LES FRÈRES BENEDETTI

SALVATORE, DOMINIC & SERGIO

NATASHA KNIGHT

Traduction par VALENTIN TRANSLATION

Traduction par ISABELLE WURTH

Traduction par JUNE SILINSKI

Couverture par Coverluv

À PROPOS DE CE LIVRE

Ce coffret comprend Salvatore, Dominic et Sergio, trois romances dark dans le monde de la mafia.

Il s'agit de la trilogie principale de l'univers des Frères Benedetti, mafia et dark romance !

Ils sont classés par ordre initial de parution et l'auteure recommande de les lire dans cet ordre.

Toutefois, l'histoire de Sergio se déroule en premier d'un point de vue chronologique. Si vous souhaitez lire l'histoire dans l'ordre chronologique, les tomes peuvent être lus dans l'ordre suivant :

Sergio : Mafia et Dark Romance
Salvatore : Mafia et Dark Romance
Dominic : Mafia et Dark Romance

VOLUME 1

SALVATORE : MAFIA ET DARK ROMANCE

PROLOGUE

SALVATORE

Je signai le contrat placé devant moi, en appuyant si fort que je laissai une rainure sur la feuille de papier. Je posai le stylo et glissai les pages vers elle sur la table.

Lucia.

Je pus à peine voir son regard quand elle leva de grands yeux innocents et effrayés vers les miens.

Elle fixa les documents officiels qui la lieraient à moi, qui la rendraient mienne. Je ne savais pas si elle lisait ou si elle les regardait simplement, en essayant de donner un sens à ce qu'il venait de se passer. Ce qui avait été décidé pour elle. Pour nous deux.

Elle tourna des yeux rougis vers son père. Les questions que j'y vis ne m'échappèrent pas. La requête. L'incrédulité.

Pourtant, DeMarco garda les yeux baissés, la tête basse, vaincu. Il ne pouvait pas regarder sa fille, pas après ce qu'on lui avait imposé.

Je le compris, et je détestai encore plus mon propre père pour l'avoir forcé à le faire.

Lucia retint sa respiration irrégulière. Tout le monde l'entendait, ou juste moi ? Je vis le pouls rapide battre dans son cou. Sa main trembla quand elle prit le stylo. Elle rencontra mon regard une fois de plus. Une dernière requête ? Je la vis lutter contre les larmes qui menaçaient de couler sur ses joues déjà salies.

Je ne comprenais pas ce que je ressentais en voyant ces larmes. Bon sang, je ne savais plus ce que je ressentais à propos de quoi que ce soit.

— Signe.

Sur l'ordre de mon père, elle se retourna. Je vis leurs regards se heurter.

— On n'a pas toute la journée.

Le qualifier de dominateur serait un euphémisme. C'était quelqu'un qui faisait trembler les hommes adultes.

Mais elle ne baissa pas les yeux.

— Signe, Lucia, dit doucement son père.

Elle ne regarda plus personne après ça. Au lieu de cela, elle posa la pointe du stylo sur le papier et signa son nom – Lucia Annalisa DeMarco – sur la ligne pointillée à côté du mien. L'avocat de ma famille apposa le sceau sur les pages, dès qu'elle eut fini. Il les prit rapidement et quitta la pièce.

Je supposai que c'était officiel, alors. Décidé. Acté.

Mon père se leva, m'adressa son fameux regard désapprobateur et sortit de la pièce. Deux de ses hommes le suivirent.

— Tu as besoin d'une minute ? lui demandai-je.

Voulait-elle dire au revoir à son père ?

— Non.

Elle refusait son regard ainsi que le mien. Au lieu de quoi, elle repoussa sa chaise et se leva, sa jupe blanche désormais froissée tombant sur ses cuisses. Elle serra les poings le long de ses flancs.

— Je suis prête.

Je me levai et fis signe à l'un des hommes qui attendaient. Elle le précéda comme s'il l'accompagnait à son exécution. Je jetai un coup d'œil à son père, puis à la table d'examen glaçante avec les attaches en cuir qui pendaient encore, inutiles, leur victime étant libérée. L'image de ce qui s'y était passé quelques instants plus tôt me fit honte.

Mais cela aurait pu être bien pire pour elle.

Cela aurait pu se passer comme mon père le voulait. Sa cruauté n'avait pas de limites.

Elle pouvait me remercier de lui avoir épargné cela.

Alors, pourquoi me sentais-je toujours comme un monstre ? Une bête ? Une marionnette pathétique et sans couilles ?

Lucia DeMarco m'appartenait, mais cette pensée me rendait malade. Elle était le symbole, le trophée vivant du triomphe de ma famille sur la sienne.

Je sortis de la pièce et pris l'ascenseur jusqu'au hall d'entrée, vidant mes yeux de toute émotion. C'était une chose que je savais bien faire.

J'émergeai sur le trottoir, dans l'atmosphère étouffante et bruyante de Manhattan, et je montai sur le siège arrière de ma voiture qui attendait. Le chauffeur savait où m'emmener, et vingt minutes plus tard, j'entrai dans le bordel pour me diriger vers l'arrière-salle. L'image de Lucia couchée sur cette table d'examen, ligotée, luttant, le visage se détournant alors que le médecin la sondait avant de la déclarer intacte, était gravée dans ma mémoire pour toujours.

Je m'étais tenu debout à côté d'elle. Je n'avais pas regardé. Est-ce que cela m'absolvait ? Cela voulait sûrement dire quelque chose, non ?

Mais pourquoi ma queue était-elle dure, alors ?

Elle avait pleuré doucement. J'avais vu les larmes couler sur son visage et tomber par terre. J'aurais voulu être n'importe où sauf là-bas. Je ne voulais pas entendre les sons, les paroles dégradantes de mon père, sa respiration calme alors qu'elle luttait pour garder le silence.

Pendant tout ce temps, je n'avais rien fait.

J'étais un lâche. Un monstre. Quand j'avais finalement rencontré son regard ambré et brûlant, quand j'avais osé poser les yeux sur les siens, nous nous étions fixés et j'avais vu la requête silencieuse dans ses yeux. Un appel à l'aide muet.

En désespoir de cause, elle avait demandé *mon* aide.

Et j'avais détourné le regard.

Le visage de son père était devenu blanc quand il s'était rendu compte du coût total qu'il avait accepté ; le paiement de la dette qu'il avait mise sur les épaules de Lucia.

Sa vie contre la sienne. Contre toutes les leurs.

Cet enfoiré d'égoïste ne méritait pas de vivre. Il aurait dû donner sa vie pour la protéger. Il n'aurait jamais, au grand jamais, dû permettre que cela arrive.

Je retins mon souffle lourd. J'étais en train de me noyer.

Je me servis un verre, que je bus avant de le claquer sur la table. Je recommençai. Le whisky était bon. Le whisky rendait floue la scène qui repassait dans ma tête. Mais cela n'avait pas réussi à effacer l'image de ses yeux sur les miens. Ses yeux terrifiés et désespérés.

Je jetai le verre et il se brisa dans un coin. L'une des putes vint vers moi, s'agenouilla entre mes jambes écartées et elle sortit mon sexe de mon pantalon. Ses lèvres bougeaient, disaient quelque chose que je n'entendais pas à propos de la guerre qui faisait rage dans ma tête, et aussi paumée qu'elle puisse l'être, elle prit ma queue déjà dure dans sa bouche.

Je saisis cette garce par les cheveux et je fermai les yeux, la laissant faire son travail en me prenant au fond de sa gorge. Je ne voulais pas de douceur, pas maintenant. J'avais besoin d'autre chose. Je restai bien droit, les paupières closes pour ne plus voir l'image de Lucia sur cette table, baisant le visage de la pute jusqu'à ce qu'elle s'étouffe et que les larmes coulent sur ses joues. Jusqu'à ce que je jouisse enfin, me vidant dans sa gorge. Le soulagement sexuel, comme le whisky, ne m'apporta rien. Il n'y aurait pas assez de sexe ni d'alcool dans ma vie pour brûler cette image particulière de Lucia, mais peut-être le méritais-je ? Méritais-je de me sentir coupable ? Je devrais être un homme et l'admettre. J'avais permis que tout cela se produise, après tout. J'étais resté les bras croisés et je n'avais rien fait.

Et maintenant, elle était à moi, et j'étais à elle.

Son propre monstre.

1

LUCIA

Cinq ans plus tard
Calabre, Italie

La dernière fois que j'avais descendu l'allée de cette cathédrale, c'était le jour de ma confirmation. J'étais une enfant. Je portais une belle robe blanche et ma mère avait enroulé un chapelet entre mes doigts, liant mes mains dans la prière.

Mais je n'avais pas prié. Au lieu de ça, j'avais pensé que j'avais fière allure dans ma robe. Que c'était la plus belle de toutes. Que j'étais la plus jolie de toutes les filles.

Aujourd'hui, je portais du noir. Et je me fichais bien de savoir qui était la plus jolie. Aujourd'hui, je suivais le cercueil de mon père vers l'église.

De la dentelle noire cachait mon visage, me permettant de regarder l'assistance sans qu'elle ne me voie. Les bancs étaient vides jusqu'aux premiers rangs. Dix étaient occupés : quinze pleureuses du côté droit de ma famille, le double à gauche. Les hommes de main comptaient-ils parmi les proches endeuillés ? En tout cas, c'étaient eux que les Benedetti avaient envoyés.

Je les ignorai et regardai chacun des quinze visages qui avaient osé se présenter de mon côté. Mon père n'avait pas beaucoup d'amis. En fait, sur les quinze, deux étaient ses frères, mes oncles, et sa sœur. Les douze autres constituaient leurs familles. Mais seules les femmes étaient assises sur les bancs. Mes cousins portaient le cercueil de mon père.

Comme la procession approchait du premier rang, je me préparai au moment où je verrais son visage. Le visage de l'homme qui, cinq ans auparavant, s'était assis en face de moi dans une pièce froide et stérile et avait signé un contrat déclarant qu'il était mon propriétaire. Des vœux, comme ceux d'un mariage peut-être. Mais les mots *chérir* et *amour* étaient absents des pages ; *prendre* et *garder* avaient pris leur place.

Non, nous avions un contrat différent. Ma vie pour épargner ma famille. Moi comme sacrifice, pour payer la dette. Moi, pour montrer à tous les membres de la famille DeMarco qui voulaient encore se battre que les Benedetti possédaient leur fille. Les Benedetti possédaient la princesse DeMarco.

Je détestais la famille Benedetti. Je les détestais tous.

La procession s'arrêta. Ma sœur, Isabella, se tenait assez près derrière moi pour que je sente sa présence. Au moins, elle ne pleurait pas. Au moins, elle savait qu'elle ne devait pas montrer de faiblesse. En fait, aucun son n'émanait de sa personne.

J'avais été étonnée de la voir arriver aujourd'hui.

En rencontrant ma nièce Effie pour la première fois, j'avais eu le cœur fendu : encore une autre chose qui m'avait été enlevée.

Six porteurs déposèrent le cercueil de mon père sur la table prévue à cet effet. Ce seraient des funérailles en cercueil fermé. Pas d'exposition. Il s'était fait exploser la tête en se tirant une balle dans la bouche.

Mes cousins se tournèrent vers moi. En revanche, Luke, le fils adoptif de mon oncle, gardait le regard détourné. Il me survola pour se poser sur ma sœur. Ses yeux d'un bleu pâle et doux dont je me souvenais depuis l'enfance se durcirent jusqu'à l'acier. Je l'observai, souhaitant pouvoir me retourner et regarder moi aussi ma sœur, voir ce que ses yeux disaient. Mais ce fut à ce moment qu'il posa les yeux sur moi. Il avait l'air très différent du garçon avec qui j'avais grandi. Il *était* très différent, ou bien il l'était devenu au cours des cinq dernières années. Comme nous tous. À travers la dentelle qui me protégeait le visage, je rencontrai son regard. Pourrait-il voir la rage frémir en moi ? Il me fit un petit signe de tête rapide. Un signe de reconnaissance. Je me demandais si quelqu'un l'avait vu. Il pourrait être tué pour cela. Les Benedetti ne faisaient aucun prisonnier. Enfin, à part moi. Mais une femme. Qu'est-ce qu'une femme pouvait faire ?

Ils verraient bien.

Un homme se déplaça dans ma vision périphérique et se racla la gorge. Je savais qui c'était. Me redressant de toute ma hauteur afin de me préparer, je forçai mon cœur à interrompre ses battements frénétiques et je me tournai pour lui faire face.

Salvatore Benedetti.

Je déglutis alors que mon regard vagabondait du bas de sa cravate en soie noire jusqu'à son col. Je me souvenais bien de lui. Même si nous ne nous étions rencontrés qu'une seule fois, je ne l'avais pas oublié. Pourtant aujourd'hui, le costume semblait plus serré sur ses muscles, sa poitrine plus large, ses bras plus épais. Je me forçai à regarder plus haut, m'arrêtant à son cou, essayant de ralentir ma respiration.

Je ne pouvais pas montrer de faiblesse. Je ne pouvais pas montrer ma peur. Ce jour-là, alors qu'ils m'avaient forcée à m'asseoir sur cette table – je frémissais encore au souvenir du froid sur mes cuisses nues –, il n'avait pas parlé. Pas dit un seul mot. Il m'avait fixée, assistant à ma lutte, et m'avait regardée me mordre la langue pendant que les autres m'humiliaient.

En me remémorant autre chose, cependant, je trouvai le courage de lever les yeux sur les siens. Il s'était d'abord détourné. Était-ce parce qu'il n'avait pas été capable de me regarder ? D'être témoin de ma déchéance ? Ou parce qu'il ne pouvait pas supporter l'idée que je le voie tel qu'il était ?

Nos familles avaient décidé pour nous. Je n'avais pas eu le

choix. Je me demandai un instant quel choix il avait eu, mais je ne m'y attardai pas. Cela n'avait pas d'importance. Salvatore Benedetti régnerait un jour sur la famille Benedetti. Il serait le chef. Il deviendrait ce que j'avais promis de détruire cinq ans plus tôt.

Je masquai toute émotion en tournant mon regard vers le sien. J'avais appris à bien cacher mes sentiments ces dernières années.

Mon cœur sauta un battement, rien de plus. Tout semblait s'immobiliser, comme s'il attendait. Quelque chose flotta dans mon ventre quand ses yeux bleu cobalt rencontrèrent les miens.

Ils n'étaient pas durs comme l'acier, mais doux, au contraire.

Je me rappelai que j'avais déjà pensé cela, ce jour-là. Pendant un bref moment en cette terrible journée, j'avais cru qu'il y avait de l'espoir. Qu'il allait arrêter ce qui se passait. Mais j'avais eu tort. Toute douceur perçue ne faisait que me tromper. Elle cachait derrière elle un monstre au cœur froid, prêt à s'emparer de moi.

Il faudrait que je m'en souvienne. Que je ne me permette pas le luxe d'être dupée.

Salvatore cligna des yeux et s'écarta en me faisant signe d'entrer dans la rangée. Son père et son frère me regardaient. La victoire s'étalait sur les traits de son père. Il m'adressa un sourire cruel et tendit la main vers la place à côté de lui. Je parvins à bouger. Mes jambes me portaient alors même que je tremblais de l'intérieur.

Je transformerais ma peur en haine. Je la rendrais brûlante.

Parce que j'en aurais besoin pour survivre à ce qui m'attendait. J'avais seize ans quand on m'avait fait signer ce contrat. Je savais bien que la véritable horreur de la chose restait à venir.

Je pris ma place à côté de son père. Salvatore reprit la sienne à ma droite. J'avais l'impression qu'il prenait autant de soin que moi à ce que l'on ne se touche pas, ni son père. Je ne regardai pas ma sœur quand on la plaça sur un banc de l'autre côté de l'allée. Je ne prêtai pas attention aux hommes de main des Benedetti qui bordaient le périmètre de l'église, pas plus que je n'en avais prêté à la troupe d'hommes que les Benedetti avaient assemblée à l'extérieur. Au lieu de ça, je regardai le Père Samson. Il était déjà âgé lors de ma confirmation. Maintenant, il avait l'air très vieux.

Il bénit mon père, même s'il s'était suicidé. Il pria pour son âme. Après tout ce temps, je ne pensais plus m'en soucier. Mais cette gentillesse… cela me donna un peu de réconfort.

Personne ne pleurait. C'est étrange que personne ne pleure à un enterrement. Ce détail m'interloquait, me paraissait injuste.

Le service prit fin une heure plus tard. Mes cousins encerclèrent encore une fois le cercueil et le soulevèrent. Une fois qu'ils nous eurent dépassés, Salvatore sortit de la rangée. Il attendait que je passe devant et je m'exécutai en me raidissant quand je sentis le léger contact de sa main au bas de mon dos. Il dut percevoir ma réaction, car il ôta sa main. Nous sortîmes de l'obscurité de l'église sur la place, où le soleil italien éclatant nous aveugla momentanément. Mon père serait enterré en Calabre. C'était son souhait, retourner à son lieu de naissance. Les familles Benedetti et DeMarco étaient bien connues ici, et pour une fois, j'étais reconnaissante aux hommes de main de tenir la presse à distance, même si quelques appareils photo se déclenchèrent rapidement, capturant la scène à distance.

Postée sur le côté, je les regardai mettre le cercueil à l'intérieur du corbillard qui attendait. Les hommes des Benedetti m'encadrèrent ainsi que Salvatore, debout trop près pour que je me sente à l'aise. Une soudaine agitation attira mon attention et je vis Effie, ma nièce de quatre ans, s'échapper des mains de sa nounou, courir vers Isabella, ma sœur, et enrouler ses bras autour des jambes de sa mère. Nous fûmes plusieurs à nous retourner et je profitai de cet instant pour m'éloigner des hommes des Benedetti et me diriger vers eux, vers ma famille.

— Lucia.

Isabella me salua, les yeux rougis, les joues sèches. Elle était différente de la dernière fois que je l'avais vue. Elle avait l'air plus dure. Plus vieille que ses vingt-deux ans.

Elle prit un moment pour me regarder, pour voir comment cinq ans avaient fait la différence entre la jeune fille de seize ans qu'elle avait connue et la femme qui se tenait devant elle maintenant. Ensuite, elle me surprit en me serrant dans ses bras.

— Tu m'as tellement manqué.

Je laissai échapper un petit bruit et, pendant un moment, je permis à mon corps de s'abandonner à son étreinte. Nous étions proches pendant longtemps, mais elle était partie. Elle m'avait tourné le dos et s'en était allée. Je savais pourquoi. J'avais compris. Mais cela m'avait quand même fait mal. Ma colère contre le monde entier l'avait englobée, elle aussi, dans cet univers de haine que je m'étais créé.

La pensée que cela aurait *dû* être elle, que cela aurait *pu* être elle, jaillit dans mon cœur bien malgré moi. Ce n'était pas sa faute. Rien de tout cela n'était sa faute. En fait, elle était la seule irréprochable dans toute cette histoire.

— Maman, fit la petite voix d'Effie.

Isabella me libéra de son étreinte, mais elle me serra les bras comme pour me donner de la force. Avait-elle vu ma faiblesse à ce moment-là ? Pouvaient-ils tous voir ma peur ?

— Maman, répéta Effie avec l'impatience d'une enfant, tirant sur la jupe d'Isabella, qui la souleva dans ses bras.

— Pourquoi es-tu revenue ? demandai-je.

Ma voix semblait étrangère. Froide.

— Pourquoi maintenant ?

C'était ça ou m'effondrer, et je ne le permettrais pas.

Elle parut décontenancée. Sa petite fille m'observait alors que j'essayais de ne pas la regarder. Mais c'était impossible. De jolis yeux bleu-gris me fixaient, semblant me percer à jour. Je me demandais s'ils venaient de son père, mais Isabella avait toujours refusé de révéler son identité à qui que ce soit.

— C'est Effie, me dit-elle, choisissant d'ignorer ma question. Effie, voici ta tante Lucia.

Effie me détailla pendant un long moment, puis elle me fit un sourire rapide, une petite fossette creusant sa joue droite.

— Bonjour, Effie, dis-je en touchant ses cheveux bouclés couleur caramel.

— Bonjour.

— Pourquoi es-tu de retour ? repris-je.

J'avais tellement de colère en moi et je voulais brûler tout le monde dans le même brasier. Tous ceux qui m'avaient abandonnée. Qui m'avait si facilement abandonnée.

— Parce que je n'aurais jamais dû partir. Pardonne-moi.

Elle jeta un coup d'œil au corbillard avant d'ajouter :

— La vie est trop courte.

Je savais qu'elle n'avait pas eu le choix. Quand mon père avait su qu'elle était enceinte, il avait paniqué. Fille aînée du chef de famille DeMarco, enceinte hors mariage. Aussi moderne que soit ma famille, il y a des choses qui ne changeaient pas. Je me demanderais toujours si mon père avait regretté ses décisions. Elles lui avaient coûté deux filles.

Mais encore une fois, il n'avait pas semblé avoir beaucoup de mal à nous donner. S'il avait eu un fils, les choses auraient peut-être été différentes.

— Je viendrai te voir la semaine prochaine.

— Pourquoi ? Pourquoi s'embêter maintenant ?

Elle releva le menton, un geste têtu qu'elle faisait déjà quand nous étions petites, je m'en souvenais.

Le vrombissement d'une voiture au moteur hésitant nous fit sursauter. Les hommes de main qui tournaient autour de la place dégainèrent leurs armes jusqu'à ce que nous soyons certains qu'il n'y avait aucune menace. Mais avant de me retourner vers ma sœur, je remarquai que Salvatore, près de sa voiture, rangeait le métal brillant d'un pistolet dans son étui sous sa veste.

C'étaient des hommes violents. Des hommes pour qui tuer faisait partie de la vie. Cela faisait partie des affaires. Même après avoir grandi dans leur monde, ça me faisait toujours frissonner.

Salvatore tourna la tête vers moi. De cette distance, je ne pouvais pas voir ses yeux, mais il me regardait, debout à côté de la berline, prêt à nous conduire au cimetière.

— Je dois y aller.

— Lucia… commença ma sœur, me prenant la main cette fois.

La sienne était chaude, douce. Cela me donna envie de pleurer pour tout ce que nous avions perdu.

— Quoi ? dis-je abruptement.

Je ne pouvais pas pleurer. Je ne le ferais pas. Pas ici.

— Sois forte. Tu n'es pas seule.

— Ah bon ? dis-je en arrachant ma main. Ce serait bien la première fois !

Un éclat de colère passa dans ses yeux. Avait-elle envie de me gifler, me demandai-je ? Le ferait-elle ? Salvatore le permettrait-il ? Pendant un moment, je pensai qu'il viendrait à mon secours, qu'il punirait ma sœur pour avoir levé la main sur moi. Mais je me rappelai aussitôt qui j'étais. Qui *il* était, ce *que j'étais* pour lui.

— Je dois y aller, dis-je en esquissant un pas en arrière.

Les yeux d'Isabella se remplirent de larmes, la tristesse remplaçant la colère momentanée, et je me détournai.

Ne montre aucune faiblesse. Pas un iota.

Je fis face à Salvatore, l'homme qui me possédait. Le contrat que nous avions signé ne tiendrait pas devant une cour de justice, mais ce n'était pas le contrat qui dictait ma vie. Je savais ce qui arriverait si je ne faisais pas ce que l'on me disait. Je savais qui en paierait le prix.

Je jetai un autre coup d'œil à Isabella et à sa fille. À mes oncles, tantes et cousins.

Non, ils n'auraient pas besoin d'un tribunal pour s'assurer que je coopère. Le contrat n'était qu'un autre moyen de m'humilier, comme l'examen médical.

Non. Bloque ce souvenir. Je n'en veux pas.

Salvatore se redressa bien droit, plus grand que moi de trente centimètres du haut de son mètre quatre-vingt-treize. Il ouvrit la porte de la berline. Même de l'autre côté de la place, je voyais bien qu'il attendait patiemment et je pensais qu'il essayait peut-être de se montrer bien élevé, poli. Pour les journalistes réunis ? Sûrement pas pour moi. Je me demandai un instant si c'était ce qu'il voulait. S'il *me* voulait comme ça, sachant que ce n'était pas ma volonté.

Mais encore une fois, *posséder* une autre personne ? Ce devait être le summum pour ce genre d'homme.

Je jetai un nouveau coup d'œil à Isabella. C'était plus fort que moi. Ces cinq dernières années, j'avais été enfermée à l'école. J'avais vécu à Sainte-Mary et j'avais suivi des cours particuliers pour obtenir mon diplôme d'études secondaires avant d'aller à la petite université où j'avais étudié, gratuitement – jusqu'à un certain point. Mais maintenant, il était temps d'entrer dans la tanière du loup. Ma scolarité était terminée et il était temps pour moi de prendre ma place en tant que propriété de Salvatore Benedetti. Pendant un moment, j'essayai de m'imaginer que ce n'était pas vrai. Que c'était un rêve, un cauchemar. Que je pouvais regarder ma grande sœur et savoir qu'elle arrangerait tout, comme d'habitude. Il ne me fallait qu'un instant, et ensuite, je pourrais le faire. Aller chez mon ennemi, entrer dans sa maison sachant que j'y serais une étrangère pour toujours, détestée, ma présence comme un trophée vivant de leur victoire sur mon père, sur ma famille.

Qu'attendrait Salvatore de moi ?

Je me préparai mentalement et lui fis face, déterminée à soutenir son regard en traversant la place de l'église. Des yeux me brûlaient le dos et la foule se tut, me regardant aller vers lui. Il ne sourit pas alors que j'approchais. Rien ne changea. Son visage semblait de marbre. Je m'arrêtai à quelques centimètres, nos yeux rivés l'un à l'autre.

— Lucia.

Salvatore prononça mon nom, d'une voix grave et profonde qui me donna le frisson.

Je ne savais pas quoi dire, même si j'avais répété ce moment dans ma tête pendant des mois. Des années. Maintenant, je me tenais simplement là, muette.

Mais son père, Franco Benedetti, le chef de famille, cet homme que je méprisais, s'approcha. Il n'essayait même pas de cacher le plaisir que lui procurait la situation.

Je me raclai la gorge et retrouvai enfin l'usage de ma voix.

— Pourquoi êtes-vous ici ? Vous n'avez pas le droit.

J'entendis ma question, je savais que c'était la même que celle que j'avais posée à ma sœur.

— Je suis venu te présenter mes condoléances.

Franco se pencha vers moi en regardant autour de nous comme si nous étions des conspirateurs.

— En fait, reprit-il d'un ton plus bas, je n'aurais manqué ça pour rien au monde.

Je ne réfléchis pas. Je ne fis rien d'autre que de ressentir la colère, la rage brûlante qui se répandait en moi. Serrant les poings, je crachai sur sa chaussure. Sauf qu'il bougea au dernier moment et que je le ratai. Quand je levai les yeux, le visage de Salvatore exprimait la stupeur et celui de Franco vira au rouge, témoignant sa fureur. Bien que je tienne bon, mon cœur cognait contre ma poitrine. Je n'étais pas sûre qu'il ne me frapperait pas. Entre cela et mon commentaire à Isabella, c'était peut-être ce que je cherchais. Salvatore me saisit le bras.

— Excuse-toi !

— Non ! répondis-je, les yeux rivés sur les yeux noirs de son père.

Dominic, le frère de Salvatore, qui se tenait à quelques mètres de là, s'interposa. Il avait le sourire aux lèvres en posant son bras sur les épaules de son père. Salvatore se crispa à mes côtés.

— Nous attirons l'attention. Allez, Paps. Allons-y.

Je croisai le regard de Dominic. J'aurais juré qu'il appréciait le spectacle.

— Excuse-toi.

La poigne de Salvatore se resserra autour de mon bras.

J'inclinai la tête sur le côté.

— Je suis désolée d'avoir raté la chaussure, dis-je avec un sourire insolent.

Les sourcils de Dominic remontèrent sur son front et Salvatore murmura un juron entre ses dents.

— Allons-y, dit Dominic au moment où je pensais que son père allait exploser.

— Monte !

L'autre main de Salvatore m'empoigna la taille pour me pousser dans la berline.

— Ne me touche pas, rétorquai-je en essayant de me dégager.

Il monta à côté de moi et fit claquer la portière de la voiture. Le conducteur alluma le moteur, tandis que Salvatore refermait sa poigne sur mon genou. Ses yeux brûlants me transperçaient.

— C'était parfaitement stupide.

Ses doigts entamaient ma chair.

Je n'avais rien à dire, incapable de me libérer. Je refermai les bras sur ma poitrine.

— Baisse l'air conditionné, ordonna-t-il au chauffeur sans me quitter des yeux.

J'aurais aimé que ce soit le froid qui me fasse frissonner.

— Oui, Monsieur.

Être si proche, le revoir, c'était trop, trop intense. Cela ravivait trop de souvenirs, me prédisant un avenir dont je ne voulais pas.

— Tu me fais mal.

Salvatore cligna des yeux comme s'il étudiait un à un chaque mot que je prononçais. Il reporta son regard vers l'endroit où sa main avait saisi mon genou. Je retenais mon souffle, me sentant impuissante, consciente que j'étais entièrement à sa merci.

Cette certitude n'était que le début de mon enfer.

2

SALVATORE

Je regardais ma main sur son genou, la force avec laquelle mes doigts la comprimaient. Il me fallut un certain effort, mais je la relâchai et je m'adossai au siège, le regard toujours rivé sur elle, sur cette inconnue rebelle et courageuse.

Courageuse. Lucia était courageuse.

C'était aussi une inconnue.

Je ne savais rien d'elle. Seulement son nom et son visage. Sa signature sur un stupide bout de papier.

Je n'avais jamais vu une femme tenir tête à mon père comme ça. Je n'avais jamais vu un homme le faire non plus – ou du moins, quand c'était arrivé, c'était la dernière fois que j'avais vu cet homme vivant.

Je me tournai vers la vitre.

— Ne contrarie pas mon père. Il gagne toujours.

— Tout le monde perd un jour ou l'autre.

Elle se détourna et croisa les bras sur sa poitrine en regardant les rues défiler en direction du cimetière.

Le voile noir de son chapeau m'avait caché son visage dans l'église, mais ses yeux couleur whisky brillaient au travers. Ils étaient éclatants, durs, en colère. Très en colère. Je refusais de laisser le souvenir de son regard occuper mon esprit. Je ne connaîtrais que cette nouvelle Lucia en colère.

Celle que je devais contrôler.

Son interaction avec sa sœur avait été virulente. Je l'avais remarqué, même de loin dans la cour. Je savais qu'elle n'avait vu ni sa sœur ni son père – pas même une fois – au cours des cinq dernières années. Le jour où elle avait signé le contrat, elle avait été envoyée dans un autre État pour terminer ses études. Une école catholique toute l'année, réservée aux filles, choisie par mon père. Une petite institution cachée dans la banlieue de Philadelphie, où elle avait vécu confortablement, mais où elle était sous haute surveillance. On surveillait tous ses mouvements, et un garde du corps au minimum l'accompagnait partout où elle allait. On me faisait des rapports mensuels sur ses allées et venues. Pas une seule fois sa famille n'était venue lui rendre visite. Son père avait essayé, mais elle avait refusé de le voir. Elle avait choisi de passer les vacances à l'école.

Je la regardai en me demandant si elle le regrettait maintenant.

— Toutes mes condoléances.

Son corps se raidit et elle approcha la main de son visage en faisant mine de se gratter la joue, après l'avoir frottée sous son œil. Ce fut le seul signe que je perçus indiquant que ses larmes n'étaient pas loin.

— Tu es sérieux ? demanda-t-elle d'une voix tendue, le visage encore tourné vers la vitre.

— Je sais ce que c'est de perdre quelqu'un dont on est proche.

En fait, je le savais très bien. Mon frère, Sergio, avait été mon meilleur ami. Il ne m'était jamais venu à l'esprit, pas même dans le monde où nous vivions, qu'il puisse mourir. Ma mère était morte peu après lui. Heureusement, son décès n'avait pas été aussi violent que celui de Sergio – bien que le cancer eût apporté son propre lot de violence, liquidant une vie humaine aussi efficacement qu'une balle.

Elle se tourna vers moi et releva sa voilette, la coinçant derrière le petit chapeau qui se trouvait sur sa tête. Elle était éblouissante. La première fois que je l'avais rencontrée, elle avait seize ans. Elle était jolie, mais maintenant, cinq ans plus tard, elle n'était plus une enfant. Ses traits s'étaient aiguisés, ses lèvres étaient plus pulpeuses, ses pommettes encore plus proéminentes. Ses yeux… encore plus accusateurs.

Elle m'étudia, un examen lent et attentif, de la tête aux pieds. Quand son regard rencontra le mien, je déglutis, mal à l'aise. Le doute n'était pas nouveau pour moi. Je vivais avec tous les jours. Mais ça ? C'était nouveau, c'était quelque chose – quelqu'un – que je ne connaissais pas du tout.

Le jour où nous avions signé le contrat, le jour où je l'avais laissée être humiliée, il m'était arrivé quelque chose, une obligation s'était formée, un lien entre nous. C'était peut-être le dégoût que je ressentais pour moi-même d'avoir laissé faire ça. À l'époque, je m'étais dit que je n'avais pas le choix, mais j'avais essayé de ne pas me mentir. Plus maintenant. Après ce jour-là, la situation avait changé. Je lui devais quelque chose. Je ne savais pas ce que c'était. Des excuses ? Ça paraissait stupide, inutile. Ma protection ? Elle l'aurait, elle l'avait déjà. Mais c'était mon ennemie et aussi notre butin de guerre. Mon père avait essayé sans relâche de me l'enfoncer dans le crâne, mais il n'avait pas vu ce regard dans ses yeux ce jour-là – la requête désespérée et terrifiante qu'ils exprimaient – et il ne la revoyait pas chaque fois qu'il s'allongeait pour dormir.

En fait, je me demandais si mon père avait déjà perdu le sommeil à cause de quoi que ce soit.

Tu avais vingt-quatre ans. Qu'aurais-tu pu faire ?

Non, ça ne suffisait pas. Plus maintenant.

— Tu sais ce que c'est que de perdre un proche ?

Son ton était sarcastique.

— Mon père et moi n'étions pas proches, ajouta-t-elle.

Je la dévisageai en sentant mes traits se crisper, mes yeux s'étrécir.

Je gardai le silence.

— Laisse-moi te demander quelque chose. Tu sais ce que c'est que de voir des gens que tu aimes se faire tuer sous tes yeux ?

Je savais, mais je restai silencieux.

— Être séparée de tout le monde ? Devenir la propriété de ton ennemi ?

Oh, oui. Oui, je connaissais cela.

— D'être envoyée vivre seule au milieu d'étrangers sans un seul ami ? Sous surveillance constante. Je ne pense pas que tu connaisses cela, Salvatore, parce que si tu le savais, tu *sentirais* quelque chose. Tu aurais de la compassion. Tu serais humain.

Elle me détailla une autre fois de la tête aux pieds.

— Mais il y a une chose que tu sais, n'est-ce pas ? reprit-elle. Tu sais comment rester là et ne rien faire du tout.

Je serrai les poings et une colère brûlante s'enflamma soudain à l'intérieur de moi. Je vis le chauffeur nous regarder dans le rétroviseur, mais il continua à rouler, ralentissant au moment de franchir les portes du cimetière.

— Fais attention, l'avertis-je d'un ton bas.

Pourtant, c'était vrai. Ce qu'elle avait dit était vrai.

Les yeux de Lucia se plissèrent et elle inclina la tête sur le côté, un coin de sa bouche relevé.

— Papa t'a approuvé en apposant son sceau ce jour-là ? Il t'a tapoté le dos après ? Il t'a traité de bon garçon, railla-t-elle.

Mes ongles s'enfoncèrent dans mes paumes et je pris soin de regarder par la vitre pendant que le chauffeur garait la voiture.

— C'est ça, Salvatore ?

Elle interpréta mon silence pour de la faiblesse.

Le chauffeur coupa le moteur.

— Laisse-nous une minute.

Il quitta la voiture et ferma la portière en restant juste à l'extérieur.

Je me tournai alors vers elle.

— Es-tu la petite marionnette de papa ? demanda-t-elle.

Ses yeux déversaient de la haine. Savait-elle qu'elle avait franchi une ligne dangereuse ? Qu'elle avait abordé une vérité qui m'avait maintenu dans un état de lutte constante ces dernières années ?

Je ricanai un peu et me détendis en souriant, me penchant à peine plus près. Je pouvais voir le pouls palpiter dans son cou, me montrant que son cœur battait fort, me disant qu'à l'intérieur, elle n'était pas si sûre d'elle.

— Lucia, dis-je doucement en levant la main.

Son regard se déplaça vers ma main, puis de nouveau vers mes yeux.

Je touchai son visage avec le dos de mes doigts, caressant sa peau douce et crémeuse.

— Si jolie, ajoutai-je, les yeux sur ses lèvres, en lui agrippant le menton. Mais une si grande gueule.

Elle avala sa salive et écarquilla les yeux.

Je me penchai assez près pour sentir son parfum, une fragrance douce et légère, érotique d'une certaine façon, même là, dans la voiture. Je l'inhalai profondément avant de l'attirer vers moi, les yeux sur ses lèvres. Elle retenait son souffle.

— Tellement, tellement jolie.

Mon autre main voyagea jusqu'à sa poitrine, jusqu'au doux renflement d'un sein, où elle se posa sur son cœur battant. Elle savait que je savais que je l'importunais.

Je tournai son visage sur le côté, frottant la peau de mon menton contre la sienne avant de porter ma bouche à son oreille.

— Fais attention, chuchotai-je, la sentant trembler quand je passai ma langue sur la crête de son oreille avant de la glisser à l'intérieur.

Elle sursauta. Ses mains se posèrent sur mon torse, mais elle ne me repoussa pas.

— Si tu essaies de mordre le loup, il mordra peut-être en retour.

Pour bien me faire comprendre, je pris son lobe d'oreille dans ma bouche et je tirai doucement dessus avec les dents. Sous la main qui reposait contre son cœur, son mamelon se durcit.

Un instant plus tard, je la relâchai et me redressai, victorieux. Je tapotai ma bague contre la vitre, puis d'un air absent, je jetai un coup d'œil au blason de la famille. Le chauffeur ouvrit la portière.

— Allons enterrer ton père, lui dis-je en sortant.

Elle émergea un instant plus tard, la voilette de son chapeau remise en place. Je boutonnai ma veste.

— C'est étouffant ici, putain !

Je fis un geste pour la laisser partir devant. Elle obtempéra, refusant de rencontrer mon regard ou de faire un commentaire. Je souris, cochant mentalement mon côté de la colonne des scores pour marquer ma victoire pour cette manche.

NOUS LOGIONS DANS LA MAISON DE MA FAMILLE EN CALABRE. NOUS partagions une suite – une chambre pour chacun d'entre nous et un salon commun. Notre vol pour le New Jersey partait le lendemain. Lucia emménagerait chez moi le surlendemain. Elle avait terminé ses études, obtenu son diplôme avec mention, et maintenant qu'elle avait vingt et un ans, il était temps pour moi de prendre possession d'elle.

On frappa à la porte pour annoncer que l'on apportait le dîner. Par gentillesse, j'avais demandé notre repas dans la suite plutôt que de lui imposer un dîner avec ma famille. Une fille que je ne connaissais pas dressa la table dans le salon avant de s'éclipser. Le fumet de la nourriture fit gronder mon estomac. Je frappai à la porte de la chambre de Lucia. Je ne la forcerais pas à partager mon lit. Pas tout de suite.

— Le dîner est prêt, annonçai-je à travers la porte.

— Je n'ai pas faim. Je te l'ai déjà dit.

— Eh bien, il faut que tu manges. Tu n'as rien avalé de la journée.

— Tu te prends pour qui ? Ma mère ?

— Ouvre la porte, Lucia.

— Va-t'en, Salvatore.

— Je ne le demanderai qu'une fois.

— Et puis quoi ? Tu souffleras et tu souffleras et tu enfonceras ma porte ? N'est-ce pas ce que fait le grand méchant *loup* ?

Je souris. C'était malin.

Mais j'étais plus intelligent.

Je glissai ma clé dans la serrure et ouvris la porte. Elle poussa un petit cri en se retournant sur sa chaise devant la coiffeuse.

— Pas besoin de m'épuiser à souffler et à souffler. J'ai la clé. C'est ma maison.

Je la lui montrai pour qu'elle la voie avant de la mettre dans ma poche.

Même climatisées, les pièces étaient chaudes et humides, et sa chambre l'était plus encore. J'avais déjà enlevé l'épaisse veste et la cravate que je portais plus tôt, et je défis quelques boutons du haut de ma chemise.

— Tu veux dire la maison de ton père.

En matière de boutons, elle savait déjà sur lesquels appuyer.

Avec un sourire forcé, je me dirigeai vers sa valise pour l'ouvrir. Après avoir fouillé dans ses affaires, je trouvai une culotte en dentelle et je l'agitai en l'air du bout des doigts.

— Ne touche pas à mes affaires ! Dehors !

Elle se précipita pour arracher le sous-vêtement de ma main.

Je le brandis au-dessus de ma tête, hors de sa portée. Cette fois, mon sourire était sincère.

— Le dîner est prêt.

— Quel fils de pute ! Buté en plus.

Elle sauta pour atteindre la culotte en dentelle. Je reculai, baissant la coquetterie rose pour l'inspecter.

— Joli.

— Va te faire foutre !

Je lui permis de l'attraper cette fois-ci et elle la fourra dans sa valise, essayant de la refermer. Je la pris à bras-le-corps en ricanant et je la retournai, la maintenant immobile afin de la regarder, afin qu'elle me regarde.

— Laisse-moi partir !

Elle s'était déjà mise en chemise de nuit, une nuisette simple en coton blanc, presque transparente, qui descendait au-dessus des genoux. Elle ne portait pas de soutien-gorge et ses petits seins ronds étaient gonflés sous le tissu fin, ses mamelons foncés pressés contre le coton.

— Tu as fini l'école. Tu as vingt et un ans maintenant, Lucia. Tu connais le contrat. Tu viendras vivre avec moi. Tu m'appartiens, que tu le veuilles ou non, et tu feras ce que je dis.

— Oh ! répliqua-t-elle, l'air incrédule. Oh ! Je ferai *ce que tu dis* ?!

— Oui.

— Sinon quoi ?

Elle essaya de se libérer de mon emprise, mais je la secouai en la serrant plus fort, une seule fois. Ses doigts se crispèrent sur le tissu de ma chemise.

— Il y a tant d'options, dis-je en portant lentement mon regard sur ses seins tout en faisant glisser une épaisse mèche de cheveux par-dessus son épaule. Tant de possibilités.

Avant même que je lève les yeux sur les siens, elle tendit son bras libre pour essayer de me gifler. Je resserrai ma poigne et la jetai sur le lit. Sans qu'elle puisse se redresser, je grimpai sur elle et lui attrapai les poignets. Ils étaient petits, délicats et vulnérables. Je les écartai de chaque côté de sa tête, la coinçant sous mon poids, mon regard descendant sur ses seins ronds jusqu'à l'endroit où sa nuisette remontait sur sa cuisse, exposant une culotte de dentelle blanche.

Elle aimait la dentelle.

J'aimais la dentelle.

En fait, j'aurais aimé lécher sa chatte à travers cette dentelle.

Ma queue se raidit. Lucia sursauta, les yeux écarquillés sur l'entrejambe de mon pantalon pendant un moment, avant de rencontrer mon regard.

Tout d'un coup, je n'éprouvai plus de plaisir à m'amuser. Je la relâchai.

— Ne rends pas les choses plus difficiles qu'elles ne le sont, lui dis-je en quittant son lit, lui tournant momentanément le dos pour réajuster l'entrejambe de mon pantalon.

— En quoi est-ce difficile pour toi ? C'est moi dont le père vient d'être enterré. C'est moi qui ai tout perdu. C'est moi qui paie alors que je n'ai rien à voir avec quoi que ce soit !

Sa main tremblait tandis qu'elle essuyait les larmes qui coulaient sur son visage. Elle me regarda, les yeux rouges et bouffis, et je pris conscience qu'elle était probablement déjà en train de pleurer avant que je n'entre.

Merde.

Elle se détourna pour prendre deux mouchoirs dans la boîte, sur la table de nuit, et se sécha le visage.

— En quoi est-ce difficile pour toi ? répéta-t-elle d'une voix chevrotante alors que sa poitrine se soulevait lourdement.

Sa façon de me regarder… est-ce qu'elle pensait que j'avais voulu une chose pareille ?

Je passai la main dans mes cheveux. Décidément, j'étais un enfoiré.

— Je le pensais tout à l'heure, quand j'ai dit que je savais ce que c'était de perdre quelqu'un qu'on aime.

Elle garda le silence en me regardant.

— Même si tu n'étais pas proche de ton père, c'était ton père.

D'un côté, je savais que je devais contrôler cela, la contrôler, elle. Je savais comment mon père s'y prendrait. Je savais qu'il me traiterait de faible s'il me voyait maintenant. Mais je ne parvenais pas à m'y résoudre. Pas encore. Pas aujourd'hui.

— Écoute, la journée a été très longue. Et c'était une foutue semaine. Nous sommes tous les deux fatigués. Mange quelque chose. Je vais te laisser tranquille.

J'abandonnai sa chambre sans me retourner et je sortis de la suite en essayant de me débarrasser de l'image de son visage angoissé. C'était impossible.

— Vous avez une sale gueule, patron, me dit Marco en entrant dans le couloir.

Marco était mon garde du corps privé et mon ami. L'un des rares au monde. Peut-être le seul qui me restait.

— Je me sens comme une merde. Assure-toi qu'elle n'aille nulle part, d'accord ?

Marco acquiesça.

Je me dirigeai vers les escaliers. La maison avait trois étages, dont la moitié du deuxième était occupée par ma suite. Les pièces de mon père étaient au dernier étage, et celles de Dominic au bout du couloir. Le premier étage abritait des chambres d'amis, mais nous n'avions pas d'autres invités pour la nuit à part Lucia.

Avant d'atteindre le palier du premier étage, j'entendis de forts éclats de voix masculines. Je les suivis jusque dans la salle à manger, où un grand groupe s'était réuni autour de la table, mon père à sa tête. Il me regarda, les yeux mornes. Je me demandais ce qu'il pensait de moi à ce moment-là. S'il était surpris de me voir en bas. Dominic, mon frère cadet, était assis à côté de lui avec ce sourire stupide qu'il arborait toujours. Celui qui me donnait envie de lui casser la gueule.

Je ne manquai pas de remarquer qu'il était assis à la droite de mon père. Ma place.

Il ne fit pas un geste pour se lever. En revanche, mon oncle et conseiller familial, Roman, assis à la gauche de mon père, me céda sa place. C'était le frère de ma mère et l'un des rares hommes en qui mon père avait confiance.

— Salvatore.

Il désigna sa chaise. Je le remerciai et m'assis.

Dominic prit sa bière et se pencha vers moi.

— Je pensais que tu serais occupé avec ton petit jouet tout neuf.

— Elle vient d'enterrer son père, connard.

Je fis signe au domestique qu'il m'apporte une bière et il s'exécuta promptement. Ils étaient tous nerveux, impatients de nous servir. Probablement plus impatients que l'on parte d'ici, en fait. Je n'étais pas revenu depuis quelques années, mais je savais que lorsque nous étions là, la maison devenait une cible. La famille Benedetti était une sorte de légende ici. Le sud de l'Italie nous appartenait et nous étions en train de nous installer sur le territoire sicilien. Une autre guerre se préparait, une guerre que l'on gagnerait, comme celle que l'on avait gagnée contre les DeMarco. Partout où nous allions, la violence suivait. La fille en haut en était la preuve.

Ses paroles me revinrent en mémoire.

C'est moi qui paie alors je n'ai rien à voir avec quoi que ce soit.

Elle avait raison. Elle était innocente ; son sort avait été décidé alors qu'elle n'était qu'une enfant. La grossesse de sa sœur avait placé Lucia au cœur d'une guerre vieille de plusieurs décennies.

— C'est une gentille petite chose, reprit Dominic en sirotant sa bière. Un joli morceau de...

— Ferme ta gueule, Dominic, m'exclamai-je, les mains en l'air.

— Salvatore a raison. La fille vient d'enterrer son père, le réprimanda mon père, le regard fixé sur moi.

Je n'avais pas confiance en sa réaction, ni en lui. Mon père avait toujours été meilleur pour me faire taire. Certainement pas pour me défendre.

— Assure-toi seulement qu'elle sache qui commande, fils. Je ne veux plus jamais revoir un incident comme celui de cet après-midi, compris ?

Ah, voilà, mon père se montrait sous son vrai jour.

— Bon. Mangeons !

3

LUCIA

Salvatore m'avait surprise. Je m'attendais à de la violence. Je m'y étais préparée. Mais ça, cette gentillesse ? Sa tentative de compréhension ? C'est ce que c'était ? Je n'aimais pas cela. Et je n'aimais pas la réaction de mon corps quand il était si près de moi.

En l'entendant partir, je me rendis dans le salon. Mon estomac grondait. Je n'avais pas mangé de la journée, et même si une grève de la faim semblait séduisante, quand on avait réellement faim, cela perdait son attrait.

Je soulevai le couvercle de l'un des deux plats pour trouver un steak épais, des pommes de terre et des légumes grillés mélangés. Je déglutis, salivant déjà, et je m'assis à table. Prenant le couteau et la fourchette, je jetai un coup d'œil à la porte avant de m'attaquer au contenu du plat. S'il revenait, j'aurais honte d'avoir cédé. Même s'il tenait parole et restait à l'écart, quand il verrait que j'avais mangé, ce serait comme une deuxième victoire pour lui.

Je mis un morceau de viande dans ma bouche, si beurré et délicieux qu'il fondit sur ma langue. Mon Dieu, tout compte fait, je me moquais de ce qu'il pensait. Je pris une deuxième bouchée, puis je goûtai les pommes de terre grillées au beurre et épicées au romarin.

Une bouteille de vin était ouverte sur la table. Je me servis un verre et j'en bus une gorgée avant de retourner à la viande. Je finis presque toute mon assiette et emportai le vin avec moi dans la chambre, verrouillant la porte même si je savais qu'il avait une clé. Bien sûr qu'il avait une clé. C'était sa maison.

Je m'assis sur le lit et me versai un autre verre. Ce commentaire l'avait énervé, tout comme ce que j'avais dit dans la voiture. Je ne savais pas grand-chose de la relation de Salvatore avec Franco, mais j'avais ressenti la tension du fils quand le père s'était approché de nous à l'église. Tout s'était dessiné quand j'avais provoqué Salvatore en disant qu'il était la marionnette de son père, mais je n'avais pas conscience que j'avais enfoncé le clou. Quand j'avais dit que c'était la maison de son père, pas la sienne, j'avais vu que je lui avais tapé sur les nerfs. J'en apprendrais plus, j'observerais leurs relations, je trouverais et j'exploiterais leurs faiblesses. Peut-être s'agissait-il de dresser le fils contre le père.

Et puis, il y avait Dominic, son frère cadet. Je savais que sa relation avec Salvatore était tendue et je n'aimais pas la façon dont Dominic me regardait, mais je pourrais peut-être utiliser cela aussi.

Salvatore avait dit qu'il savait ce que c'était de perdre quelqu'un de proche. Je savais qu'il avait perdu son frère aîné, Sergio, et sa mère, à un an d'intervalle. Je supposais qu'il parlait d'eux. Je me sentis bête pendant une minute. Je pris mon verre, le vidai d'un trait et m'en servis un autre. Est-ce qu'il essayait de se lier à moi à travers notre douleur commune ou quelque chose comme ça ? Pourquoi ? Quel intérêt ?

La tête sur le montant du lit, je fermai les yeux. J'étais fatiguée, submergée d'émotions, en plein décalage horaire et épuisée. J'avais pleuré mon père après les funérailles quand on m'avait laissée seule ici. Pourquoi ne lui avais-je pas parlé quand il avait appelé ? Pourquoi avais-je refusé de le voir quand il venait à l'école ? Je savais qu'il regrettait ce qu'il avait fait en me vendant pour racheter sa vie et celle de notre famille, mais quel choix avait-il eu ? J'étais une offrande de paix, d'une certaine façon. Un rameau d'olivier. Le drapeau blanc de la capitulation pour assurer la sécurité de tous les autres : ma sœur, ma nièce, mes cousins, mes cousines, mes tantes et mes oncles. C'était le marché : plus d'effusion de sang. Nous nous rendons. Vous nous possédez.

Il se trouve que c'était moi le sacrifice.

Qui avait eu l'idée, je me demandais, mon père ou Franco ?

J'avalai deux somnifères et finis le deuxième verre de vin. Je le posai sur la table de nuit, retirai les draps et montai sur le matelas. Je voulais seulement dormir, arrêter de penser à tout.

L'obscurité tomba quand j'éteignis la lampe et je fermai les yeux. Mes pensées passèrent de Salvatore, Franco et mon père, à Izzy. La grossesse l'avait sauvée, sinon c'est elle qui serait dans ce lit en ce moment. Ils la voulaient, elle, l'aînée. J'avais entendu mon père et ma sœur se disputer, crier comme je ne l'avais jamais entendu crier auparavant. Pas chez nous, en tout cas. C'est comme ça que j'ai su qu'elle était enceinte. C'est alors qu'Izzy s'était enfuie, me laissant à un destin qui aurait dû être le sien.

Je ne pouvais pas lui en vouloir, pas quand je pensais à Effie. Elle protégeait son bébé. Mais ça ne l'innocentait pas de m'avoir laissée sans un au revoir. Sans me dire la vérité elle-même. Elle savait ce qui allait m'arriver.

Ces quelques mots que nous avions échangés à l'enterrement étaient les premiers au cours des cinq dernières années. Il était peut-être temps de lui pardonner. J'avais besoin d'au moins une alliée, n'est-ce pas ?

J'EUS MAL À LA TÊTE LE LENDEMAIN MATIN. PROBABLEMENT LE mélange de trop de pleurs, trop de disputes et trop de vin.

On frappa à la porte au moment où je fermais ma valise.

— Entrez ! lançai-je.

Je m'attendais à ce que ce soit Salvatore, mais je découvris quelqu'un d'autre devant moi.

— La voiture est prête, annonça l'homme.

C'était le même qui était resté devant la portière après nous avoir accompagnés ici hier. Il se dirigea vers ma valise. Je n'en avais pris qu'une. C'était un court voyage et nous retournions aux États-

Unis aujourd'hui. Je devais me rendre dans ma nouvelle maison, celle de Salvatore, dans le New Jersey.

— Où est Salvatore ?

— Il a été convoqué à une réunion, il est parti plus tôt ce matin.

— Comment vous appelez-vous ?

— Marco.

— Quelle réunion, Marco ? demandai-je, ma curiosité piquée au vif.

L'homme se contenta de me regarder, me laissant comprendre qu'il avait choisi de ne pas répondre.

— Très bien.

Je sortis en portant mon sac à main, laissant l'homme me suivre avec la valise. Je descendis la tête haute, espérant surtout ne pas rencontrer Franco Benedetti. Même si je détestais l'admettre, il me faisait peur.

Les portes d'entrée s'ouvrirent, laissant entrer le soleil radieux et la température déjà trop chaude. Je refusai de jeter un coup d'œil autour de moi et gardai les yeux fixés sur la voiture qui attendait dehors, le conducteur debout à côté d'elle. Les pas de Marco me suivaient.

J'étais presque à la porte quand j'entendis un petit cliquetis. Instinctivement, je tournai la tête. Dominic se tenait là, appuyé contre la porte d'une autre pièce. Il me regarda et je pris un moment pour l'observer, pour le *voir*. Salvatore et lui ne pouvaient pas être plus différents. Salvatore était grand et très musclé, alors que Dominic mesurait peut-être deux centimètres de plus, mais il n'était pas aussi charpenté, plus mince. Le premier avait les cheveux foncés et le teint mat. L'autre était blond à la peau plus claire. Ses yeux, cependant, étaient d'un gris bleu acier si glacial qu'ils me firent froid dans le dos.

Aussitôt, il afficha un grand sourire. Son expression changea et il me parut soudain désarmant.

Marco se racla la gorge derrière moi.

Je jetai un coup d'œil en arrière pour trouver les yeux de l'homme rivés sur Dominic. Celui-ci secoua la tête et disparut dans la pièce d'où il venait. Quant à moi, je sortis et pris place à l'arrière de la voiture. Après avoir chargé ma valise dans le coffre, Marco monta du côté passager et le conducteur alluma le moteur. Je contemplai le manoir pendant que nous partions, irritée que Salvatore ne soit pas venu avec moi. Je me demandais si je n'étais pas à nouveau envoyée toute seule quelque part et j'avais horreur de savoir que j'étais prisonnière de sa volonté.

J'avais une centaine de questions, mais je refusais de les poser à Marco. Je ne voulais pas qu'ils sachent que je ne me sentais pas sûre de moi. Au lieu de ça, je me redressai sur la banquette arrière de la voiture et regardai passer les petits villages italiens pendant le trajet d'une heure en direction de l'aéroport international de Lamezia Terme. Nous devions transiter par Rome. Avec tous les vols combinés, il faudrait plus de quinze heures pour rentrer aux États-Unis. Aller en Calabre, c'était toute une galère. Je me souvenais que je détestais l'avion quand nous venions ici, enfants, et cela n'avait pas changé. Je détestais toujours les longs voyages. Au moins, Salvatore ne serait pas dans l'avion avec moi. Mais Marco m'accompagnerait-il, alors ?

À l'aéroport, il m'ouvrit la portière et je sortis. La chaleur qui s'échappait de l'asphalte était étouffante après l'atmosphère dans la voiture climatisée. Le chauffeur déchargea ma valise. Marco me fit signe de prendre les devants, m'indiquant le comptoir d'enregistrement. L'agent au sol semblait connaître Marco. Je remarquai leur petit échange lorsqu'il tendit mon passeport et mon billet, que je n'avais pas pu garder – comme si j'allais esquiver les funérailles de mon propre père et prendre l'avion toute seule pour rentrer chez moi. L'agent prit ma valise et remit mon passeport et mon billet à Marco.

— Par ici, me dit ce dernier.

— Vous n'avez pas fait l'enregistrement. Vous n'aurez pas le droit de passer la sécurité.

Marco sourit.

— Je vais vous remettre à l'un de mes… collègues dans quelques instants.

L'accent italien de Marco était prononcé. Moi, j'avais grandi aux

États-Unis, et même si je parlais couramment l'italien, je n'avais pas d'accent. Salvatore non plus.

— Il voyagera avec vous.

J'aurais été surprise s'ils m'avaient laissée voyager seule, honnêtement.

J'avais l'habitude d'avoir des hommes de main à proximité depuis mon plus jeune âge. Je passai mon chemin en ignorant Marco et l'autre homme, qu'il m'avait présenté et dont j'avais tout de suite oublié le nom. Nous embarquâmes dans la demi-heure qui suivit et je m'installai à ma place. Il y avait des articles sur les funérailles de mon père dans la presse, je vis mon visage sur les photos, ainsi que ceux de Salvatore et de nombreux autres, étalés page après page sur les deux journaux locaux que je feuilletai. On faisait les gros titres ici. La famille de la mafia aux commandes, venue pour enterrer leur plus grand rival. La fille de l'homme déchu, désormais au bras du fils de la famille adverse. La plupart des articles racontaient comment nous nous étions rencontrés et comment nous étions tombés amoureux. C'était l'œuvre de Franco Benedetti. La vérité serait bien trop moche aux yeux du public.

Je pliai le journal et le glissai dans la poche du siège devant moi. Je fermai les yeux, sentant le regard de mon garde du corps, mais l'ignorant du mieux possible.

Avec un retard de trois heures à Rome, le temps que nous arrivions dans le New Jersey et que nous prenions ensuite la route pendant une heure et demie jusqu'à la maison de Salvatore, à Saddle River, j'étais épuisée. Le soir tomba et il me fallut faire un effort pour garder les yeux ouverts et m'imprégner de l'environnement de mon nouveau foyer. J'étais reconnaissante que ce soit la maison de Salvatore et non celle de la famille Benedetti.

Le domaine de Salvatore était vaste, à l'abri des regards. De hautes grilles en fer s'ouvrirent à notre arrivée. Seul le clair de lune illuminait une partie du domaine, jusqu'à ce que nous nous approchions de la maison. J'eus alors mon premier aperçu de la demeure, avec son immense garage, ses dépendances et ses nombreux éclairages paysagers. Le domaine, d'après ce que j'avais pu voir, était très étendu. Des bois entouraient la majeure partie de la propriété. Il me sembla que l'allée faisait au moins un kilomètre de long avant de s'incurver devant l'entrée principale de la résidence. Une femme était sortie nous attendre. Dès que la voiture s'arrêta, je descendis toute seule. J'avais besoin de me dégourdir les jambes après tant d'heures passées assise. J'avais grandi entourée de richesses, mais je n'avais jamais vécu dans une maison aussi grande. Cela semblait prétentieux de la part de Salvatore, peut-être une autre faiblesse. J'avançai vers la femme.

— Madame.

— Appelez-moi Lucia, lui répondis-je en essayant d'afficher un sourire chaleureux.

J'aurais besoin d'alliés. Je ne voulais pas que l'on me déteste.

La femme sourit et hocha la tête. Je me tournai vers l'homme qui avait voyagé à mes côtés. Il avait l'air aussi fatigué que moi.

— Quand est-ce que Salvatore arrivera ?

— Je ne sais pas vraiment.

— Entrez, me dit la femme.

Je la suivis à l'intérieur tout en regardant autour de moi, admirant ma nouvelle maison pour la première fois. Le grand hall circulaire menait dans plusieurs directions, dont l'une devait être la cuisine, à en juger par l'odeur délicieuse qui en provenait. J'apercevais le salon à travers une grande arcade. À l'autre extrémité se trouvait un mur de miroirs et de grandes portes menant à un patio. Des lumières tamisées de couleurs brillaient sur la surface lisse de la piscine, tentante, même maintenant. Les autres portes intérieures étaient fermées. Je reportai mon attention vers le grand escalier en marbre conduisant à l'étage supérieur.

— Vous avez faim ?

Je secouai la tête, étouffant un bâillement.

— Je suis surtout très fatiguée.

Elle acquiesça.

— Je vous emmène à votre chambre.

Je touchai son coude pour l'arrêter avant qu'elle se retourne.

— Comment vous appelez-vous ?

— Rainey.

— Rainey ? C'est un joli prénom.

— Merci.

Elle devait avoir la quarantaine. C'était étrange de me faire servir. J'avais toujours détesté cela, en fait. Je me sentais mal à l'aise et bizarre, même avec les domestiques. Une femme de ménage ou une cuisinière, à la rigueur, mais une bonne, c'était différent.

Je suivis Rainey jusqu'en haut des escaliers, vers les doubles portes au bout du couloir. Je supposais qu'il s'agissait de la chambre principale. Mon cœur battait à tout rompre alors que nous approchions, sachant que Salvatore s'attendrait à m'avoir dans son lit. Bien sûr. Pourquoi pas ? Quel sens cela aurait-il pour lui de *prendre possession* de moi sans me baiser ?

Or avant d'atteindre les portes du fond, nous tournâmes à droite, où Rainey ouvrit une porte à un seul battant.

— C'est la vôtre, annonça-t-elle en allumant, avec un geste m'invitant à entrer.

La pièce était immense et richement décorée, avec de lourds rideaux sombres drapés de chaque côté des fenêtres. La brique apparente rendait les lieux plus sombres et leur donnait un air masculin, mais j'aimais bien, surtout la grande cheminée dont je n'aurais pas besoin pour le moment. Rainey me montra la salle de bains, que je regardai à peine, mon regard obnubilé par le lit king-size à baldaquin avec une couette épaisse et des montagnes d'oreillers.

— Dois-je vous aider à défaire vos valises ? On a déjà mis vos autres affaires dans le placard.

— Mes autres affaires ?

Ah. J'avais oublié. Salvatore avait fait emballer mes affaires et les avait apportées ici, quelques jours plus tôt. Je n'avais pas grand-chose – on se contentait de peu dans un pensionnat catholique –, mais ce que j'avais était bien rangé dans le dressing devant lequel se tenait Rainey.

— En fait, je suis fatiguée. Si ça ne vous dérange pas, je vais prendre une douche et aller me coucher.

— Bien sûr.

Elle ferma les portes du dressing et s'avança pour ouvrir le lit –

autre attention que je n'appréciais pas. Je pouvais encore défaire mon lit toute seule.

— Merci, Rainey, dis-je en la renvoyant.

Après son départ, je jetai un coup d'œil dans le dressing. Énorme. Les étagères étaient pleines et contenaient mes vêtements ainsi que d'autres qui ne m'appartenaient pas. Je vérifiai la taille d'une robe à son étiquette. Trente-six. Il m'avait probablement acheté toute une garde-robe – ou plutôt, *fait* acheter. Je n'imaginais pas Salvatore Benedetti se livrer à une séance de shopping.

En dehors de la salle de bains, il y avait une autre porte que Rainey n'avait pas montrée. Je m'approchai, mais quand j'essayai de l'ouvrir, elle était verrouillée. J'en parlerais demain.

Je me rendis dans la salle de bain et découvris la douche ainsi qu'une baignoire au milieu du vaste espace. C'était une baignoire à l'ancienne, avec des pieds et des robinets en cuivre. Toutes les surfaces étaient étincelantes de propreté. Sur l'une des étagères se trouvaient plusieurs shampooings et gels douche de mes marques favorites. Même du bain moussant. Je n'avais pas pris de bain depuis des années. Je décidai de m'accorder ce plaisir.

J'ouvris les robinets de la baignoire, vérifiai la température et versai le savon liquide en regardant les bulles rose champagne apparaître presque instantanément. Je me dégottai une barrette dans l'un des tiroirs du lavabo et je m'attachai les cheveux en l'air. La masse auburn foncé tombait au milieu de mon dos quand je la laissais libre. En me déshabillant, je regardai autour de moi. Tout était haut de gamme, depuis le marbre veiné d'or sur le sol et les plans de travail jusqu'aux fixations en cuivre des robinets. Une pile de serviettes était disposée sur une étagère. Je les effleurai. Douces et épaisses. Flambant neuves.

Le bain était rempli. Je coupai l'eau et y trempai un orteil. Je distinguai mon reflet dans l'un des deux miroirs. J'avais perdu quelques kilos ces deux dernières semaines. Je courais presque tous les jours. Un mètre soixante-cinq et cinquante-cinq kilos, j'étais en pleine forme avec des muscles longs et fins, des seins petits, mais mignons, des fesses rebondies. C'était le yoga. Les sœurs du collège permettaient à une instructrice de donner des cours trois soirs par semaine et je n'en ai jamais manqué un seul. C'était cette pratique ainsi que la course à pied qui m'avaient empêchée de m'arracher les cheveux et de devenir folle, frustrée par la tournure qu'avait prise ma vie.

Je me glissai lentement dans le bain. La vapeur s'en élevait, mais la chaleur était agréable par rapport à la fraîcheur relative à l'intérieur de la maison. Ils devaient avoir enclenché l'air conditionné, puisqu'on était en juillet et que la chaleur était étouffante à l'extérieur, les soirées n'offrant qu'un léger soulagement. Je me fis un coussin avec une petite serviette et posai ma tête dessus en fermant les yeux. Entre la chaleur et mon épuisement, je dus m'assoupir, car un toussotement me fit sursauter et sortir de mon sommeil.

J'ouvris les paupières et retins mon souffle en voyant Salvatore, debout dans la salle de bains, en train de me regarder.

— Seigneur !

Je m'assis en me couvrant instinctivement, même si ce n'était pas nécessaire. Les bulles formaient une barrière entre nous.

— Tu m'as foutu la trouille !

— J'ai frappé, mais il n'y a pas eu de réponse.

Il portait un pantalon habillé et une chemise qu'il avait déboutonnée, laissant apercevoir la chaîne dorée qui entourait son cou. Une petite croix y était suspendue. Cela me renvoya cinq ans auparavant, quand je l'avais vue pour la première fois. Je me rappelais l'avoir remarquée, m'être concentrée sur ce pendentif parce que je ne supportais pas de le regarder dans les yeux.

Je rougis et détournai le regard.

— Je me suis endormie, je suppose.

— C'est dangereux dans une baignoire.

— Oui.

Je relevai les genoux pour m'assurer que les bulles me cachaient encore. Quand Rainey m'avait dit que c'était ma chambre, je pensais qu'on ne la partagerait pas. J'avais supposé que les doubles portes conduisaient à la suite parentale. Avais-je mal compris ?

— Qu'est-ce que tu veux ?

J'essayai de garder un ton amical. Salvatore sembla comprendre lentement la question. On aurait dit qu'il avait des milliers de préoccupations en tête. Était-ce à cause de la réunion à laquelle il avait été convoqué ?

Il ouvrit la bouche pour parler, mais au lieu de ça, il secoua la tête et passa une main dans ses cheveux épais et noirs. Cela me fit penser à son frère, à leur apparence différente, et en songeant à son frère, j'eus soudain froid dans l'eau.

— Je voulais voir si tu avais besoin de quelque chose, répondit enfin Salvatore.

— Non, ça va. Où étais-tu ? Marco a dit que tu avais une réunion.

J'aurais aimé savoir si nous partagions la chambre, si c'était la sienne, mais je n'arrivais pas encore à le demander.

— Oui.

Une mine d'informations !

— Lucia, es-tu très proche de tes cousins ? demanda-t-il en entrant un peu plus dans la salle de bain pour s'appuyer contre le lavabo, ignorant complètement mon interrogation.

— Question étrange. Pourquoi ?

— Je suis curieux.

— Je ne sais pas. Pas particulièrement, du moins pas depuis ces cinq dernières années.

Je n'allais pas lui dire que Luke m'avait tenue au courant des activités de ma famille pendant que j'étais à l'université. En plus, ce n'était pas comme s'il m'avait confié des secrets susceptibles d'intéresser Salvatore.

— Donc, tu n'as pas parlé à Luke une fois par mois ces cinq dernières années ?

— C'est un interrogatoire ?

Il croisa les bras sur la poitrine et m'étudia de près.

— ça devrait l'être ?

— De quoi tu parles ? Luke est mon cousin, on s'est parlé, et alors ?

— Tu n'as parlé à aucun autre membre de ta famille, pas même à ta sœur.

— Bon sang, tu me surveillais ?

— Je gardais un œil sur ma propriété, oui.

— Ah, c'est vrai, ta *propriété.*

Je le regardai fixement.

— Tu sais que je suis un être humain, n'est-ce pas ? Qu'on ne nous considère généralement pas comme des biens ?

— Je ne pense pas que notre relation soit un exemple classique.

Il s'approcha de la baignoire et je me penchai en arrière pour couvrir mes seins. Mais il ne me toucha pas. Au lieu de quoi, il s'assit sur le bord et trempa une main dans l'eau.

— Toi et Luke, vous êtes bons amis ? J'ai vu la façon dont il te regardait à l'église.

— C'est mon cousin.

— Pas par le sang.

— Qu'est-ce que tu insinues ? Quoi, tu es jaloux ?

Dès que je prononçai ces mots, je sus qu'il y avait du vrai dans cette déclaration. Je le compris quand ses yeux se tournèrent presque imperceptiblement. Dans son hésitation momentanée avant de répondre.

— Je veux être sûr que tu réalises que tu es une Benedetti maintenant. Je veux être sûr que ta loyauté est là où elle doit être.

— Ce n'est pas parce que j'ai été forcée de signer ce stupide contrat que ma loyauté a soudain changé. Je ne suis *pas* une Benedetti.

Il ricana en secouant la tête.

— L'eau refroidit.

Il se leva et s'essuya la main sur une serviette.

— Sors de la baignoire, ordonna-t-il sans me regarder.

— Je ne sors pas tant que tu es là.

— Je veux voir ce que je possède.

Il avait choisi ces mots exprès. Il entreprit de déplier l'une des serviettes éponges et la tendit, mais il resta à plusieurs mètres, de sorte que je doive marcher vers lui pour l'atteindre, ce qui lui donnerait une vue d'ensemble de ma personne.

— Qu'est-ce que tu fais exactement ? Que veux-tu, Salvatore ?

— Ce que j'ai dit. Je veux te voir. Nue.

— Tu veux voir ce que tu ne peux pas avoir ?

De piètres mots, je le savais. Il pouvait prendre ce qu'il voulait. Pour des raisons qui n'avaient aucun fondement en réalité, je ne pensais pas qu'il le ferait. Et j'étais déterminée à ne pas lui donner ce pouvoir particulier. Mon cœur battait contre ma poitrine quand je me levai lentement, la mousse s'accrochant à moi une fois debout.

— Tu veux voir ? lui demandai-je encore une fois.

Ses yeux s'assombrirent en parcourant mon corps avant de retourner vers les miens. L'attirance que j'éprouvais pour lui, celle qu'il avait pour moi, cette sorte de va-et-vient cruel entre nous, je l'utiliserais. Je serais plus forte que ça et je m'en servirais. J'enjambai la baignoire et restai debout devant lui, sur le tapis de bain.

— Regarde, alors, profites-en bien, lâchai-je.

La pomme d'Adam de Salvatore remua lorsqu'il déglutit. Sans un mot, il s'approcha de moi, soutint mon regard et enroula la serviette autour de moi. Ses yeux affamés s'accrochaient aux miens, relevant mon défi et imposant le sien alors qu'il me séchait, brutalement, la serviette douce frottant mes seins sans ménagement, puis mon sexe. Une fois qu'il eut fini, il recula en la laissant tomber sur le sol.

— Maintenant, je peux regarder comme il faut.

Il le fit, contemplant lentement ma poitrine et mon ventre, glissant sur mon sexe nu. Encore une fois, il avala sa salive, puis il rencontra à nouveau mon regard.

Je restai immobile, à le regarder. Je fixais ses yeux. Ils brûlaient, le bleu plus foncé maintenant, scintillant comme l'onyx le plus noir. Quelque chose faisait rage derrière eux, à l'intérieur. Quelque chose qui réclamait un soulagement alors même qu'il me réduisait à la chair, à une chose, à un objet possédé.

Était-ce une sorte de concours, un jeu ? Si c'était le cas, j'avais perdu, parce que je clignai des yeux en premier en tournant la tête, incapable de maintenir le contact.

— Va te coucher.

Il se retourna pour quitter la salle de bains, mais il s'arrêta à la porte.

Je m'empressai de ramasser la serviette abandonnée et la maintint contre moi, protégeant mon corps de sa vue.

— Lucia, dit-il en se retournant pour me regarder, faisant un pas vers moi. Ne tente rien de stupide.

Il se frotta la bouche, avec cette rage encore incandescente au fond des yeux.

— Je te punirai si tu me trahis.

Sur ce, il tourna les talons et sortit.

Je m'assis sur le rebord de la baignoire, toute tremblante.

4

SALVATORE

Ma verge palpitait. J'avais dû me forcer à quitter la pièce. Putain, elle était si belle. Sa colère, sa haine, ça la rendait d'autant plus attirante. Je la voulais. Je voulais la prendre. La posséder.

Le monstre en moi hurlait pour la posséder.

Mon portable sonna. Je le sortis de ma poche et consultai l'écran. C'était Dominic.

Connard. Je rejetai l'appel et faillis bousculer Rainey dans le couloir en me rendant au bureau.

— Monsieur Benedetti ! Je suis désolée, s'excusa-t-elle alors que c'était moi qui n'avais pas prêté attention.

— Non, c'est bon. C'était ma faute.

Je passai une main dans mes cheveux. Que s'était-il passé, là-haut ? Pourquoi étais-je entré en la voyant dans la baignoire ? J'aurais dû m'en aller.

— Voudriez-vous dîner, monsieur ? Mademoiselle… Lucia… n'avait pas faim, mais…

C'est dangereux de s'endormir dans la baignoire. Bon sang, qu'est-ce que je pensais ? Que c'était une gamine ? Non. Pas avec ce corps. Ce n'était certainement pas une enfant.

— Non, merci. Je suis…

J'entrai dans le bureau, je jetai un regard circulaire, puis je ressortis.

— Vous savez quoi, je suis fatigué. Je vais juste aller me coucher.

— Ah. Très bien.

Je retournai dans ma chambre. Elle communiquait avec celle de Lucia, mais je doutais qu'elle le sache. Une fois à l'intérieur, je me déshabillai, me dirigeai vers la salle de bain et fis couler la douche.

Je ne comprenais pas Lucia. Je ne me comprenais pas quand j'étais avec elle. La réunion de tout à l'heure, qui s'était déroulée à la dernière minute, avait nécessité ma présence et celle de mon père. Dominic était furieux d'avoir été laissé de côté, mais c'était comme ça. Je savais ce que Dominic voulait : tout ce que j'avais. Y compris devenir le successeur de notre père. Mais cela ne marchait pas ainsi. C'était Sergio, l'aîné, qui aurait dû lui succéder, or il avait été tué. J'étais donc le prochain sur la liste. Je n'avais aucune envie d'être le chef de la famille Benedetti, mais je voulais encore moins voir Dominic assumer ce rôle. Mon petit frère avait un côté méchant, une violence à l'intérieur de lui qui, une fois libérée, devenait terrifiante à voir. Certains jours, je n'étais pas sûr de le connaître, je n'étais pas sûr de vouloir appréhender les profondeurs de sa noirceur.

J'entrai dans la douche. L'eau était si chaude qu'elle m'ébouillanta. Je tournai légèrement le robinet d'eau froide.

Mon père, Roman, et moi étions les trois seuls Benedetti à la réunion d'aujourd'hui. Nous avons parlé de la formation d'un nouveau groupe. Luke DeMarco représentait un problème. Ou il pourrait le devenir. Était-ce la vengeance qui le motivait ou la soif de pouvoir ? J'aurais parié pour la dernière. Étant donné que l'une des filles de DeMarco ne voulait rien avoir à faire avec les affaires familiales et que l'autre appartenait à l'ennemi, Luke avait beaucoup à gagner s'il parvenait à obtenir suffisamment de soutien pour lancer une guerre. C'était exactement ce qu'il essayait de faire. Et il était allé plus loin que ce à quoi nous nous attendions. Il avait gagné des partisans dans la famille Pagani, notre adversaire le plus féroce des deux familles siciliennes.

Lucia était-elle impliquée ? J'avais vu les regards échangés entre eux à l'église, mais cela avait alimenté une autre sorte de brûlure. La jalousie. Pourquoi devenais-je tellement possessif avec elle ? Pourquoi me souciais-je de cette fille ? Je pouvais avoir toutes les femmes que je voulais, autant que je voulais. Notre contrat la liait à moi sans aucune restriction. Mon père avait tout orchestré, intéressé par l'idée d'avoir un trophée vivant sous la main qu'il pourrait torturer à sa guise.

Les idées de mon père me retournèrent l'estomac. Je fermai le robinet de la douche et pris une serviette. Évitant du regard la porte reliant ma chambre à celle de Lucia, je la contournai, grimpai dans le lit et m'allongeai là, le drap sur le côté. Je fermai les yeux et j'empoignai ma queue en l'imaginant debout devant moi, nue, la mousse glissant sur sa peau laiteuse, ses petits mamelons durs, son sexe rasé. Je commençai à me caresser. Je voulais la voir en entier, prendre mon temps. L'étendre et lui écarter les jambes. La sentir, la goûter. Plonger ma queue en elle.

Ses yeux brillaient dans mon esprit. Accusateurs et durs. Je me branlai plus vite, l'imaginant ici, en train de me regarder, de me sucer, de s'accroupir sur mon visage pendant qu'elle prenait ma verge dans sa bouche et qu'elle m'offrait sa vulve. Oh, putain !

Je me mordis la lèvre en éjaculant. Des jets de sperme atterrirent sur ma poitrine et ma queue palpita contre ma paume lorsque j'en pressai la dernière goutte en gémissant, conscient que ce ne serait pas assez, que cela ne me satisferait pas, que peu importe le nombre de femmes que je baiserais, aucune ne m'apporterait le soulagement dont j'avais besoin, celui qu'elle seule pourrait me donner.

Je me réveillai peu après cinq heures. C'était un sommeil long et profond, compte tenu de mes petits sommes habituels de deux à trois heures. Je restai allongé là quelques minutes, espérant me rendormir si je gardais les yeux fermés. La journée serait moins longue si je pouvais la passer à somnoler. Mais ça ne fonctionnait pas ainsi.

Mon portable émit un bip sur la table de nuit. Je le pris. Dominic. Un coup d'œil rapide me fit comprendre qu'il était toujours énervé à propos de la réunion. Je décidai de supprimer le message sans prendre la peine de lire le reste.

Je repoussai les couvertures, sortis du lit et tirai le rideau de côté pour regarder à l'extérieur. L'aube. Le soleil se lèverait bientôt.

Après avoir trouvé des vêtements de sport propres, je les enfilai avec mes Nike, jetai un coup d'œil à la porte communicante et sortis de ma chambre pour dévaler les escaliers. J'empruntai la porte de la cuisine qui donnait sur une grande terrasse et je m'élançai au pas de course, longeant la piscine avant de me diriger dans les bois à la rencontre du soleil. Il ne me fallut que quelques minutes pour prendre conscience que je n'étais pas seul.

Des grilles protégeaient la propriété et des caméras enregistraient tous les mouvements. Le son venait de très loin : des branches craquaient sous des pas, et j'entendais aussi des feuilles et des aiguilles de pin. Trop lourd pour un écureuil ou un oiseau. Un cerf sautait parfois la clôture, mais c'était rare. Plus je me rapprochais, plus j'entendais les bruits d'une respiration haletante. L'intrus dans ma course rituelle du matin était humain.

Quelques instants plus tard, j'aperçus Lucia. Elle ne m'avait pas vu. Je ralentis à son rythme et je la regardai. Ses muscles fins se contractèrent alors qu'elle sautait par-dessus une souche et évitait un rocher couvert de mousse. Elle avait attaché ses longs cheveux en une queue de cheval qui rebondissait d'un côté à l'autre, et la sueur brillait sur ses épaules nues. Elle portait un soutien-gorge de sport et un short, le tissu blanc brillant sur sa peau légèrement bronzée. Des écouteurs connectés à un iPhone fixé sur son bras me firent comprendre pourquoi j'étais capable de m'approcher si près sans qu'elle m'entende.

Je la rattrapai. Effrayée, elle s'arrêta, la main sur sa poitrine.

— Arrête de faire ça ! dit-elle en retirant les écouteurs de ses oreilles.

— J'étais derrière toi depuis cinq minutes. Tu devrais faire plus attention à ce qui t'entoure.

La musique était assez forte pour que je puisse entendre clairement la chanson. Mumford and Sons.

— Tu n'as pas besoin de ça de toute façon, pas quand tu cours dans les bois.

J'aimais le calme de cet endroit, la paix que j'y trouvais dès que je disparaissais sous les arbres.

Elle me regarda.

— Tu cours ?

Je hochai la tête.

— Tu te lèves tôt.

— Je n'arrivais pas à dormir.

— Moi non plus.

Je jetai un coup d'œil vers l'endroit où je courais, une clairière sur une colline offrant la meilleure vue du lever du soleil.

— Allez, viens. Je vais te montrer quelque chose.

Je tournai les talons et repartis à petites foulées. Il lui fallut un moment et j'imaginai son esprit en train de faire des commentaires désobligeants, mais elle finit par m'emboîter le pas. Je ralentis mon rythme pour qu'elle puisse suivre et nous courûmes en silence pendant les vingt minutes suivantes en montant la pente. Lucia ralentit, sa respiration se fit plus hachée, mais visiblement elle était en bonne forme physique. Elle avait l'habitude de courir.

— Waouh !

Je perçus l'émerveillement dans sa voix lorsque nous atteignîmes le sommet de la colline. Le soleil venait de sortir des nuages et le ciel était orange, rose et rouge.

— C'est... incroyable.

Elle s'avança un peu plus loin. Je la regardai en souriant.

— Magnifique, murmura-t-elle.

— C'est le seul avantage quand on est insomniaque. Je ne rate jamais le lever du soleil.

Elle me regarda et je pris soudain conscience de la facilité avec laquelle je venais de me livrer. Le personnel de la maison devait savoir que je dormais peu, mais personne d'autre.

Lucia se tourna à nouveau vers le ciel. Je l'observai, encadrée par ce spectacle de lumières.

— Depuis combien de temps es-tu comme ça ? Incapable de dormir, je veux dire.

— Depuis aussi loin que je me souvienne.

J'avais vingt-neuf ans, alors peut-être depuis mes quinze ans.

Nous contemplâmes le lever du soleil en silence. Quand il se détacha de l'horizon, elle se tourna vers moi. Dans ses yeux ambrés et vifs, les accusations de la nuit dernière étaient absentes ce matin, bien que son regard restât prudent.

— Je ne sais pas ce que je suis censée faire, dit-elle enfin, les bras croisés sur sa poitrine, sur la défensive.

— Nous sommes deux, alors.

Elle plissa le front.

— Je ne comprends pas.

— Je ne suis pas un monstre, Lucia, mais je suis le fils de mon père. On m'a obligé, tout comme toi.

Elle m'examina du regard.

— C'est à toi de choisir comment tu veux rendre les choses. Il y a pire que d'être sous ma protection.

— Ta protection ?!

— Oui, ma protection. Cela aurait pu être mon frère. Ou mon père. Où penses-tu que tu serais si c'était l'un d'eux plutôt que moi ?

— Je ne vois pas la différence.

Ses paroles m'affectèrent.

— Très bien, laisse-moi te simplifier les choses. Tu dois être obéissante.

— Je ne sais même pas ce que ça veut dire. Tu t'attends à ce que je...

Elle tourna les yeux au loin, une rougeur se propageant de son cou à ses joues.

— Qu'est-ce que tu veux ? demanda-t-elle enfin en se redressant, se forçant visiblement à me regarder.

— Ton obéissance.

Elle ouvrit la bouche pour parler, mais je m'approchai d'elle et posai mon doigt sur ses lèvres.

— Écoute-moi, Lucia. J'attends ton obéissance. Je n'ai pas dit que je la voulais. Tu m'appartiens, peu importe ce que tu en penses. Je peux faire en sorte que ça se passe bien pour toi.

J'étais incapable d'empêcher mon regard d'errer jusqu'au doux renflement de ses seins avant de remonter à ses yeux.

— Ou mal. C'est à toi de décider comment ça se passe.

— ça aurait dû être ma sœur, dit-elle soudain, les yeux pleins de larmes.

En la voyant ainsi impuissante, seule – totalement, éperdument seule –, j'eus envie de la réconforter et de la rassurer. Tout le contraire de ce que j'étais censé faire.

— Mais elle est tombée enceinte.

Elle me tourna le dos et s'essuya les yeux d'une main avant de se retourner et de me regarder à nouveau.

— Je ne sais pas ce que je suis censée faire ici. Es-tu....

Elle luttait encore.

— Est-ce que tu... putain ! Laisse tomber.

Sans prévenir, elle repartit en trombe vers la maison, en accélérant le rythme. Je la suivis facilement, laissant une courte distance entre nous. Je ne savais pas comment répondre à ses questions, ignorant moi-même ce que j'attendais d'elle. Son obéissance ? Qu'est-ce que cela signifiait ? Qu'elle s'assoie quand je disais « assise » et qu'elle se lève quand je disais « va chercher » ? C'était bien plus que ça. Une femme comme Lucia DeMarco ne donnait pas facilement sa soumission. Tout homme devait la mériter.

Ou la briser pour la lui prendre.

— Lucia, criai-je lorsque nous approchâmes de l'arrière de la maison.

Les grandes baies vitrées de la salle à manger étaient ouvertes.

Elle jeta un coup d'œil en arrière, mais elle se rua dans la maison. J'aperçus vaguement une domestique mettre la table pour le petit-déjeuner.

— Lucia !

Je n'étais qu'à quelques pas derrière elle. Quand elle trébucha sur la dernière marche menant au premier étage, je l'attrapai par la taille et la soulevai tout contre moi. Je compris alors pourquoi elle s'était enfuie. Des larmes baignaient ses joues, ses yeux étaient à nouveau gonflés, son visage rouge.

Pendant un moment, je vacillai.

Pendant un moment, je me sentis humain.

Je la contemplais en vain tout en la serrant contre moi.

— Lucia, chuchotai-je cette fois-ci en pressant une main dans son dos.

La sensation de son corps en mouvement contre le mien me fit oublier tout le reste.

Je saisis sa queue de cheval et tirai sa tête en arrière.

— Arrête ! souffla-t-elle.

Je la retins ainsi, le regard dérivant vers ses lèvres douces et roses, sa bouche légèrement ouverte, et je l'embrassai. Simplement, sans mise en scène, je l'embrassai. C'était notre premier baiser.

Elle poussa un cri, mais ma bouche l'étouffa. Je la fis reculer jusqu'à ce que son dos soit contre le mur et je me penchai pour l'embrasser plus fort, goûtant sa bouche si douce, si engageante, même si elle protestait ou essayait de le faire. Mais son corps m'offrit ce moment et elle s'ouvrit. Ses mains se détendirent contre ma poitrine, glissant même un peu sur mes biceps. J'enfonçai ma langue dans sa bouche et un gémissement m'échappa alors que ma queue se raidissait contre son ventre. On eût dit qu'un désir commun échauffait notre baiser. Les doigts de Lucia touchèrent mes épaules, m'attirant plus près, et sa langue rencontra la mienne. Elle enroula les mains autour de mon cou et me plaqua contre elle. Je relâchai mon emprise, sentant son abandon, mais aussitôt, elle me frappa. Elle me décocha un coup de genou si fort à l'entrejambe que j'en eus le souffle coupé.

Je me retournai et j'aspirai une grande bouffée d'air alors qu'elle titubait en arrière, un sourire aux lèvres.

— Tu veux mon obéissance ? railla-t-elle. Tu veux que je sois une bonne petite chose qui fait ce qu'on lui dit ? Qui écarte les jambes quand on lui ordonne ?

J'émis un son plus animal qu'humain, enflammé de l'intérieur par une fureur ardente. Lucia recula et un moment d'incertitude passa sur ses traits avant qu'elle n'atteigne sa porte au bout du couloir, posant la main sur la poignée.

— Ça ne va pas se passer comme ça, Salvatore.

Elle abaissa la poignée et ouvrit la porte.

— Si tu cherchais l'obéissance, tu as choisi la mauvaise femme !

Elle entra dans sa chambre et claqua la porte. Je me redressai. Mes bourses me tuaient. J'attrapai la clé sur le cadre de la porte. C'était exactement pour cette raison que j'avais installé la serrure spéciale sur la porte de sa chambre avant son arrivée. Elle ne pouvait pas m'enfermer dehors. Pas dans ma propre maison. Je l'imaginais là-dedans, dans tous ses états quand elle découvrirait la clé manquante. Je l'insérai dans la serrure et tournai à double tour, l'enfermant de l'extérieur.

— J'obtiendrai l'obéissance. Ça ne me dérange pas de te l'apprendre. Tu te souviens de ce que j'ai dit hier soir ?

Elle essaya d'ouvrir la porte, secouant la poignée.

Je souris lorsqu'elle pesta tout bas.

— Si tu me trahis, je te punirai. Voilà ta première punition.

JE LA LAISSAI MIJOTER PENDANT QUE JE PRENAIS MA DOUCHE. ELLE m'avait dupé avec ce baiser. Je pensais qu'elle ressentait aussi quelque chose, qu'elle aimait ça. Je crois que c'était le cas, au début. Mais peut-être que son propre sens du devoir l'avait poussée à attaquer.

Quoi qu'il en soit, je souris en enfilant un jean. L'idée de la punir m'avait excité.

En me séchant les cheveux grossièrement avec une serviette, j'allai à la porte entre nos chambres et je tournai la clé dans la serrure de mon côté. Lucia était assise sur son lit, vêtue d'un short et d'un débardeur en soie, les cheveux mouillés par la douche, les genoux repliés contre sa poitrine, un coupe-papier à la main tenu comme un couteau. L'expression sur son visage me fit comprendre qu'elle était stupéfaite de me voir entrer par cette porte. Je la refermai derrière moi et mis les clés dans ma poche.

Ses yeux me détaillèrent longuement, du haut de ma tête humide jusqu'à mes pieds nus. Je ne portais qu'un jean, souhaitant lui montrer à qui elle avait affaire. Je la dépassais de vingt centimètres et je pesais probablement trente-cinq kilos de plus qu'elle. Je ne lui ferais pas de mal, mais je n'étais pas contre un peu d'intimidation. Elle devait connaître sa place et l'apprendre rapidement.

Quand je m'approchai d'elle, elle se mit à genoux au milieu du lit et pointa le coupe-papier vers moi.

— Pose ça.

Elle secoua la tête.

— Qu'est-ce que tu vas faire ?

Je fis un pas de plus.

— Je t'ai dit de poser ça.

Cette fois, je ne lui laissai pas le choix. Au lieu de ça, lorsqu'elle recula sur le lit, je posai un genou dessus et lui agrippai le poignet. Je la traînai sur le ventre jusqu'à lui faire lâcher son arme, puis la jeter au loin. Enfin, je la relâchai. Elle se redressa sur les genoux et darda sur moi un regard noir.

— Déshabille-toi, Lucia.

— Non.

— Allez, j'ai déjà tout vu. Tu m'as montré hier soir, tu te souviens ?

Elle sauta de l'autre côté du lit. Ça me plaisait. J'avais toujours aimé jouer au chat et à la souris.

— Va-t'en, Salvatore.

— Déshabille-toi, Lucia.

Elle était déjà coincée, mais je lui laissai un peu d'espace pour lui permettre de s'enfuir, simplement parce que je n'aimais pas que le jeu se termine trop vite. Elle passa sous mon bras et fit ce que j'avais prévu. Je me retournai pour la regarder essayer d'ouvrir la porte.

— Laisse-moi tranquille !

— Où vas-tu aller ? lui demandai-je en la suivant pendant qu'elle courait pour récupérer le coupe-papier.

Je devais bien admettre qu'elle était plus rapide que je le pensais, mais je l'interceptai en plein élan et lui saisis le poignet, lui arrachant l'arme une deuxième fois.

— S'il te plaît, laisse-moi tranquille. S'il te plaît.

— Qu'y aurait-il d'amusant si je te laissais tranquille, dis-moi ?

— Je te déteste ! Je te déteste !

Le dos tourné, elle me repoussa, mais je l'avais bloquée dans mon étreinte. Elle était piégée. Nous le savions tous les deux.

— Je vais te dire comment ça va se passer. Je vais te relâcher et tu vas faire ce que je t'ordonne, te déshabiller. Une fois que tu seras nue, je m'occuperai de toi.

— Je suis désolée, d'accord ?

Je secouai la tête.

— Non, pas d'accord.

Je souris méchamment. Ma queue était déjà bien dure dans son dos, elle le devenait de plus en plus avec l'impatience.

— Qu'est-ce que tu vas faire ?

— Je n'ai pas encore décidé.

Elle tourna la tête pour me regarder et je sus qu'elle me sentait appuyer contre son dos. Elle ne pouvait pas ne pas sentir que je bandais.

— Je ne vais pas te baiser.

D'après sa tête, elle semblait étonnée que je dise cela – autant que moi, d'ailleurs. Mais il fallait le dire. Elle avait toutes les raisons d'avoir peur de moi.

Je me calmai en m'écartant un peu.

— Fais ce qu'on te dit et j'irai doucement avec toi, mais si tu m'obliges à te déshabiller, ta punition sera pire, c'est compris ?

Au bout d'un moment, elle hocha la tête.

Je la libérai, cette fois en rangeant le coupe-papier dans un tiroir de la table de nuit. Je m'assis sur la chaise à son bureau et je la regardai se déshabiller couche par couche, d'abord le débardeur, puis le short blanc. Dessous, elle portait une culotte en dentelle blanche et un soutien-gorge assorti.

— Continue, Lucia.

Elle dégrafa son soutien-gorge et le laissa tomber par terre, son regard innocent désormais remplacé par le même sentiment que j'avais vu la veille : la défiance.

C'était bien, ça. Je préférais le défi.

Je lui ferais abandonner cette habitude. Mais je prendrais mon temps, cependant. Inutile de précipiter les choses.

J'attendis qu'elle fasse glisser sa culotte. Puis elle se mit debout, nue devant moi, les poings serrés.

— Viens ici.

À contrecœur, elle s'approcha. Je pris ses hanches et je la détaillai, faisant glisser mon regard sur ses seins. Ses mamelons durcirent et un léger soupçon d'excitation rendit l'air musqué.

Je déglutis et me levai, mes mains remontant jusqu'à sa taille. Elle resta là sans bouger, le visage droit afin de ne pas me quitter des yeux.

Je l'accompagnai vers le lit et la fis asseoir dessus quand le creux de ses genoux en heurta le bord.

— Allonge-toi et écarte les jambes.

Elle me regarda farouchement et je forçai ses genoux avec les miens, les écartant un peu, les yeux toujours sur elle.

— Je t'ai dit que je n'allais pas te baiser. Je veux juste te voir. Allonge-toi, Lucia.

Elle obtempéra lentement tout en me surveillant lorsque je l'enveloppai du regard. Je m'agenouillai entre ses cuisses. Elle me laissa les écarter, m'offrant la belle vue de sa vulve qui s'ouvrait devant moi, les lèvres roses scintillantes, béantes, le clitoris gonflé.

Elle était excitée.

J'inhalai profondément, ma verge prête à déchirer mon jean pour sortir. J'appuyai une main contre sa poitrine, recouvrant un sein de ma paume pour pouvoir la maintenir couchée tout en jouant avec son téton. J'approchai ma bouche et sentis son regard sur ma tête pendant que je faisais glisser ma langue le long de sa fente. Je fus ravi d'entendre qu'elle retenait son souffle. Ses mains agrippèrent mes cheveux et elle me repoussa avant de tirer dessus.

Je levai les yeux.

— Étends les bras sur les côtés.

Elle obéit et je baissai à nouveau la tête jusqu'à son entrejambe.

Elle avait aussi bon goût que je l'imaginais. Meilleur même. Putain. Elle se pressa contre moi, la vulve ruisselante pendant que je lui suçais le clitoris puis lui léchais les lèvres, plongeant ma langue en elle.

Elle gémit en se tortillant. Je regardai son visage tout en m'activant sur le petit bouton sensible. Elle avait les yeux fermés et se mordait la lèvre. Je décrivis des cercles avec ma langue autour de son clitoris. Elle ouvrit les yeux et son visage rougit quand nos regards se croisèrent. Je pris son clitoris dans ma bouche sans la quitter des yeux, l'obligeant à faire de même jusqu'à ce que je l'entraîne vers l'orgasme, lui maintenant les cuisses écartées alors qu'elle donnait des ruades sous mes paumes, les mains derrière ma tête. Elle me plaqua contre elle en arrivant à bout, me suppliant d'arrêter, de la lâcher.

— C'est trop.

Je souris.

— C'est la punition, lui dis-je en la forçant à rester couchée pour mieux dévorer son sexe offert.

Je la fis jouir deux fois de plus. Tour à tour, elle me suppliait de continuer, puis d'arrêter, et j'entrepris d'aspirer son clitoris et de lécher chaque goutte de son plaisir jusqu'à ce que je n'en puisse plus.

Je me levai pour me mettre au-dessus d'elle, les jambes toujours entre les siennes afin de les maintenir écartées.

Je la regardai d'en haut, ses cheveux enchevêtrés, son visage rougi, ses membres alanguis. Je baissai la fermeture éclair de mon jean. Aussitôt, ses yeux s'écarquillèrent et elle sursauta en reculant. Je lui attrapai la cuisse et posai un genou sur le lit.

— Reste là.

Elle grogna légèrement, le front plissé.

— Je ne vais pas te baiser, lui répétai-je, sachant ce qu'elle redoutait.

Mais lorsque je baissai mon jean et commençai à me caresser, elle se tendit et déglutit, détournant le regard puis revenant à ma queue.

— Regarde, Lucia.

Elle en avait envie, je le voyais sur son visage, et d'une certaine façon, l'idée de corrompre son innocence me faisait bander de plus belle.

Je continuai à me masturber pendant qu'elle regardait, les yeux rivés sur ma main s'activant autour de mon sexe. Excité par son regard, je me penchai vers elle pour effleurer sa vulve avec mon gland, la faisant haleter et se mordre la lèvre.

— Oh, putain, j'aime comme tu me regardes, Lucia. Et j'adore ton goût quand tu jouis sur ma langue.

— Salvatore, commença-t-elle en essayant de s'asseoir.

Je secouai la tête.

— Reste couchée !

Elle obéit et je me branlai plus fort encore. Ma verge grossissait et mon odeur, tout comme la sienne, emplissait la pièce de sexe.

— As-tu déjà vu un homme jouir, Lucia ?

Elle rencontra mon regard et secoua la tête.

— Avais-tu déjà eu la langue d'un homme sur ta chatte ?

Elle rougit et cligna deux fois des paupières avant de détourner le regard.

— Réponds-moi.

Elle pinçait sa lèvre inférieure entre ses dents.

— Non. Je n'ai jamais...

Elle se tut.

— Je vais te jouir dessus, lâchai-je en pompant plus vite, serrant plus fort mon membre. Je vais te couvrir de mon sperme et tu vas le porter toute la journée. Tu sauras que tu m'appartiens.

Je redoublai de vigueur. C'était pour bientôt.

— Putain !

Enfin, j'explosai. Mon orgasme déferla avec violence et je saisis l'une des colonnes de son lit pour rester debout. J'éjaculai sur elle, la couvrant de mon sperme sans détacher un seul instant le regard de son visage, de ses yeux. Quand j'eus fini, je me penchai vers elle et étalai le sperme sur sa peau, sa poitrine et son cou, son ventre, son entrejambe. Ensuite, je me redressai, essuyai ma main sur sa cuisse et remontai mon jean. Lucia s'assit, fascinée par ce qu'elle voyait sur son corps.

— Habille-toi, dis-je en boutonnant mon pantalon. Le petit-déjeuner est prêt.

— J'ai besoin d'une douche.

Je secouai la tête.

— Comme je l'ai dit, tu porteras mon sperme toute la journée.

Je lui claquai la hanche à deux reprises.

— Allons-y. Je meurs de faim.

5

LUCIA

Je le détestais.

Salvatore était assis en face de moi avec un grand sourire, mâchonnant un morceau de saucisse. Je déchiquetai mon pain tout en le fusillant du regard. Il jubilait, putain.

— Je te déteste.

Je me détestais encore plus. Comment avais-je pu me rabaisser à lui obéir ? Comment avais-je pu apprécier cela ? Il m'avait fait jouir trois fois. Trois fois ! J'avais ressenti… merde, qu'est-ce que j'avais ressenti pour lui ? Ce mec m'avait fait jouir, c'est tout. Tous les sentiments étaient physiques. Sexuels.

— Tu m'aimais bien, tout à l'heure.

Il mordit dans une tranche de pain grillé enduite de Nutella, laissant un peu de pâte à tartiner poisseuse sur le côté de sa bouche. Il l'essuya avec son pouce puis se lécha le doigt sans aucune discrétion.

Agacée, je pris une pomme dans le bol de fruits et la lui lançai à la figure. Il la rattrapa comme une balle de baseball et y mordit à pleines dents.

— Merci.

Je serrai les poings en regardant cet homme exaspérant. Rainey passa avec une cafetière.

— Un peu plus, Madame ?

— Non, répondis-je en ajoutant « merci » et en pliant ma serviette.

Je me forçai à prendre une grande inspiration.

— J'ai fini.

Elle s'éloigna en hochant la tête et je me levai.

— J'en veux bien encore, Rainey, lança Salvatore.

Je repoussai ma chaise en la faisant racler sur le plancher de bois brut.

— Assieds-toi, Lucia, ordonna Salvatore pendant que Rainey le resservait, évitant soigneusement de nous regarder.

— J'ai terminé, répondis-je en posant ma serviette dans mon assiette.

— J'ai dit assieds-toi !

Son intonation me fit lever les yeux sur lui. Il s'essuya la bouche et repoussa son assiette, tout humour ayant disparu de son expression. Pendant un moment, nous nous défiâmes du regard. J'étais debout, j'aurais voulu que mes jambes bougent, mais mes membres refusaient de s'exécuter. Il me regardait en attendant de voir ce que je ferais.

Rainey, qui était partie avec la cafetière, revint, nous aperçut et déguerpit dans la cuisine. On aurait pu découper au couteau la tension qui régnait dans la salle à manger.

Salvatore haussa les sourcils et me fit signe de m'asseoir. Je réfléchis à mes options. J'étais dans sa maison, dans une ville que je ne connaissais pas, à des kilomètres de la maison voisine, sans véhicule.

Je me rassis, croisai les bras sur ma poitrine et relevai le menton.

— C'est une mimique de ta sœur.

— Quoi ?

Il redressa le menton pour me montrer.

— Têtue. Je suppose que c'est de famille.

J'ajustai ma position. Je me redressai en rabaissant mon stupide menton. Salvatore était observateur, je devais lui accorder ça. Il avait dû l'observer à l'enterrement de mon père.

— Elle et moi, nous sommes très différentes.

Il arqua un sourcil, mais apparemment il décida de ne pas poursuivre. Il changea de position, repoussant sa chaise en arrière et croisant une jambe sur l'autre. Il prenait beaucoup de place. Trop de place.

— Passons en revue les règles de la maison maintenant que tu es enfin là.

J'attendis en silence. Je l'écouterais d'abord et lui dirais d'aller se faire foutre après.

Cette pensée me ramena à une heure plus tôt, quand il était debout au-dessus de moi, son grand corps nu, sa grosse queue épaisse dans sa main qui s'agitait, encore et encore…

Je secouai la tête, repoussant cette image, et fixai du regard le sol jonché du pain que j'avais émietté pendant le petit-déjeuner. J'avais ajouté du travail à Rainey dans ma colère contre Salvatore. Je nettoierais quand on aurait fini.

— Première règle, tu ne quittes pas la propriété sans ma permission et tu ne vas nulle part seule. Jamais.

Je ricanai.

— Ben voyons…

— Voyons *quoi* ?

Il se pencha en avant, comme pour me poser une question tout en connaissant la réponse, me faisant remarquer la bêtise de ma réaction parce que lui et moi savions que je ne pouvais pas partir sans : A) avoir une voiture, et : B) connaître le code pour ouvrir la porte.

— Je refuse d'être traitée comme une prisonnière.

Je faillis ajouter *dans ma propre maison*, mais je n'étais pas chez moi.

— Ce n'est pas une prison, Lucia. Mais je veux que tu sois en sécurité. J'ai des ennemis, comme ton père. Ils pensent peut-être que le meilleur moyen de m'atteindre est de passer par toi. Je ne veux pas que tu sois blessée.

Il avait l'air presque sincère, mais encore une fois, il avait semblé différent tout à l'heure, avant d'utiliser l'abandon de mon propre corps contre moi.

— Tu es libre de te promener sur la propriété. Il y a plusieurs hectares de bois, alors fais attention de ne pas te perdre. Dans la maison aussi, seuls mon bureau et ma chambre te sont interdits. Je te ferai visiter quand on aura fini. Si tu as besoin de quoi que ce soit, tu n'as qu'à demander. Tu auras une allocation mensuelle…

— Je n'ai pas besoin de ton argent.

J'avais le mien. Ma famille n'était pas pauvre, même après que les Benedetti nous avaient anéantis. J'avais hérité de tout sauf de la maison après la mort de mon père. Cela dit, sans carte de crédit, sans aucun moyen d'accéder à cet argent tant que j'étais enfermée ici, j'étais toujours à la merci de Salvatore.

— Eh bien, tu l'auras quand même.

— Je n'en veux pas, murmurai-je.

— Qu'est-ce que tu fais, Lucia ? Qu'est-ce qui te passe exactement par la tête en ce moment ?

— J'essaie de réfléchir à ma nouvelle prison. D'abord, tu m'envoies chez les nonnes pendant cinq ans…

— Ça faisait partie de l'accord.

— J'aurais aussi bien pu être derrière les barreaux, et tu le sais !

Il se contenta de hausser les épaules.

— Maintenant je suis là, dans *ta* maison où je suis censée vivre en tant que… quoi ? Ton jouet ? Et tu m'exposes les règles comme si j'étais une enfant !

— Ce n'est pas ce que tu es ? Regarde comment tu me parles. Je ne suis pas un homme déraisonnable, Lucia, mais je me ferai obéir.

— Obéir ? Tu veux que je m'incline devant toi ? Ça ne se passera pas comme ça.

— Je crois que j'ai une assez bonne idée de ce qui va se passer.

— On a fini ?

— Non.

Je me mordis la lèvre en rongeant mon frein.

— Il y a un portable qui va arriver pour toi aujourd'hui…

— J'en ai déjà un.

Sa mâchoire se crispa et il mit une minute avant de répondre.

— Eh bien, tu en auras un nouveau. Si tu veux que ta famille ou une amie te rende visite, dis-le-moi d'abord.

— Je n'ai pas besoin de voir ma famille et je n'ai pas d'amis, alors je suis toute à toi. Je suppose que ça te rend heureux.

— Non, en fait.

Pourquoi fallait-il qu'il ait l'air aussi sincère ?

C'était à mon tour de hausser les épaules. Ayant besoin de rompre le contact visuel, je me penchai en avant pour ramasser quelques morceaux de pain dispersés par inadvertance.

— Laisse tomber. Rainey va tout nettoyer.

Je secouai la tête, sentant des larmes monter, mais refusant de les lui montrer.

— Laisse tomber, Lucia. Quand je te parle, j'exige toute ton attention.

Je reniflai, essuyai mon visage et, de nouveau en colère, je lui fis face.

— Tu attends trop de choses. Ce que tu devrais faire, c'est peut-être de reconsidérer ces attentes. Tu risqueras moins d'être déçu.

Ses yeux s'étrécirent et sa poitrine se souleva alors qu'il respirait profondément.

— Est-ce que je te contrarie, Salvatore ? Parce que tu sais ce qui me contrarie, moi ? C'est ton… truc… qui sèche sur ma peau, dis-je en serrant les dents.

Je me levai si vite que je renversai la chaise derrière moi.

— Tu m'as expliqué tes règles. Bon, très bien. Moi, j'en ai seulement une. Laisse. Moi. Tranquille !

Je tournai les talons pour partir.

— Assieds-toi, siffla-t-il. Tout de suite !

— *Va te faire foutre !* Je vais prendre une douche.

J'entendis sa chaise racler par terre et je commençai à courir vers les escaliers tout en me demandant ce que j'allais faire et là où j'irais. Bon sang. Il avait la clé de ma chambre. Ce n'était pas comme si je pouvais me cacher. Qu'est-ce que je faisais ?

Salvatore me rattrapa. Je ne me débattis pas vraiment lorsqu'il m'empoigna le bras et me traîna dans l'escalier avec lui.

— Tu veux une douche ? Bien, déclara-t-il, les dents serrées. Je vais t'emmener prendre cette putain de douche puisque mon *truc* est si *contrariant.*

— Lâche-moi.

Il m'emmena dans ma chambre, puis dans la salle de bains. Là, il me relâcha. Je reculai dans un coin, soudain épouvantée par sa fureur.

— Sous la douche ! lança-t-il en prenant le col de mon chemisier et en le déchirant.

Je poussai un cri en essayant de le repousser, tout en sachant pertinemment que ce n'était pas possible.

— Tu voulais une douche.

— Je vais le faire, protestai-je alors qu'il enlevait le bouton de mon short et abaissait la fermeture éclair. S'il te plaît. Je…

— Sous la douche !

Il me poussa dans la cabine, même si je portais encore mon soutien-gorge et ma culotte.

— Lâche-moi. Je vais le faire, je te promets.

Il s'arrêta et approcha son visage à dix centimètres du mien.

— Tu n'as pas à me promettre. Je sais que tu vas le faire.

Il fit couler l'eau et je m'éloignai du jet froid qui m'éclaboussait le bras.

Les yeux me piquèrent et je maudis les larmes qui roulèrent.

— Enlève ton soutien-gorge et ta culotte, demanda-t-il en repoussant ses cheveux d'une main, tout en reculant.

— Je vais le faire. Va-t'en, d'accord. Je suis désolée. Je n'aurais pas dû te pousser à bout.

Son souffle était audible, ses lèvres serrées. L'expression de son visage me disait qu'il essayait de se maîtriser.

— Je dois faire pipi. Laisse-moi d'abord faire pipi.

C'était une tentative. J'espérais ainsi le convaincre de partir. Je voulais un répit.

— Je suis désolée, d'accord ?

Une bataille faisait rage derrière ses yeux. Tout à coup, il me poussa contre le mur de la douche, une main enroulée autour de ma gorge. J'agrippai son avant-bras en essayant de l'arracher. Il se pencha et coupa l'eau, trempant un côté de son T-shirt dans la manœuvre.

— Pisse.

— Qu... quoi ?

Avec sa main mouillée, il baissa ma culotte jusqu'à mi-cuisse.

— Pisse !

— Salvatore...

— Pisse, putain. Tu veux que je te laisse tranquille ? Je vais le faire. Mais d'abord, tu pisses.

Nous nous dévisageâmes, ses yeux sombres pleins de colère, les miens comme ceux d'un cerf pris dans les phares d'un camion. Je ne savais pas quoi faire, si je devais ou non essayer de le raisonner. Je ne le connaissais pas. Cette vérité me frappa pour la première fois, ici et maintenant. C'était le fils d'un chef de la mafia et il allait lui succéder. J'avais vu qu'il était armé aux funérailles de mon père. Cet homme connaissait la violence, c'était son monde. Quelles horreurs ses yeux avaient-ils vues ? Quelles atrocités ses mains avaient-elles commises ?

À cet instant, il était absolument terrifiant.

Je laissai tomber mes bras sur le côté sans lutter plus longtemps contre les larmes et je fis ce qu'il me demandait. J'urinai. Il jeta un coup d'œil en bas pendant une seconde, puis il leva les yeux vers moi. Tandis que la chaleur ruisselait le long de mes jambes, il relâcha sa prise autour de ma gorge et recula en clignant des yeux comme s'il sortait d'un état de stupeur, tout en secouant la tête. Je glissai et m'assis sur le sol de la douche en le regardant me regarder. La rage s'était dissipée dans ses yeux, comme si elle s'était évaporée dans l'air, remplacée par... le remords ?

Salvatore sortit de la salle de bains et j'entendis la porte de la chambre se refermer. Je me levai et commençai à prendre ma douche. J'ôtai le reste de mes vêtements et je restai sous l'eau chaude en pleurant, le sentiment de deuil si envahissant, si entier, qu'il me faisait physiquement mal.

6

SALVATORE

Je partis.

Je sortis de la maison et me rendis au garage assez vaste pour six voitures, un bâtiment séparé de la maison principale. Je pris les clés dans la boîte près de la porte, je choisis la Bugatti et je grimpai à l'intérieur. Je tournai la clé et le moteur vrombit, vif et puissant, dans le calme du petit matin. Les grilles s'ouvrirent et les pneus crissèrent quand je quittai la propriété, m'engageant sur la petite route déserte. Je mis les gaz, appréciant la vitesse, mon corps plaqué contre le siège. Le moteur puissant de la voiture rugissait. Je prenais les virages à la corde tandis que mon pied appuyait de plus en plus fort sur l'accélérateur.

Putain, j'étais qui, moi ? Qu'est-ce que je venais de faire ? Humilier Lucia comme ça ? Lui faire du mal. Bon Dieu de merde !

J'étais un monstre.

J'inspirai et expirai de façon saccadée, l'estomac crispé, les muscles de mes bras tendus alors que je serrais fort le volant.

Elle me tapait sur les nerfs. Cette femme d'à peine vingt et un ans qui *m'appartenait* me tapait tout le temps sur les nerfs. J'avais besoin de la contrôler pour de nombreuses raisons. Mais je ne pouvais pas le faire comme ça. Bon sang, elle s'était littéralement pissé dessus. Ses yeux... ils ne m'avaient pas accusé. Non. Ils exprimaient la terreur.

— Merde ! m'écriai-je en frappant le poing contre le volant.

Une voiture surgit d'un virage et me surprit. Elle klaxonna, me sortant de mes pensées incohérentes. Je tournai violemment le volant et la Bugatti fit une embardée sur le bord de la chaussée, évitant le véhicule de quelques centimètres.

Merde !

L'homme dans l'autre véhicule me fit un doigt d'honneur.

— Va te faire foutre !

Il ne pouvait pas m'entendre de toute façon, mes vitres étaient remontées. Mon téléphone vibra dans ma poche, je ralentis et m'arrêtai. L'écran du Bluetooth annonçait que c'était Roman. Je sortis, me frottai le visage avec les deux mains et appuyai sur mes yeux. Le téléphone se tut, puis il recommença. Cette fois, je fouillai dans ma poche et m'en emparai.

— Roman, dis-je après avoir glissé le pouce sur le bouton vert.

Je m'éloignai de quelques pas pour contempler la route déserte, l'herbe scintillante de rosée au soleil, le calme du matin à l'exception des oiseaux qui gazouillaient dans les arbres.

— Bonjour, Salvatore.

— Tu appelles tôt.

— Je voulais te parler. J'ai essayé d'appeler hier soir, mais je n'ai pas pu te joindre.

— Qu'y a-t-il, Roman ? C'est à propos de la réunion ? De Luke DeMarco ?

— Ton père veut être certain que tu assisteras à son dîner d'anniversaire.

— Tu m'appelles pour ça ?

C'était à la fin de la semaine suivante, et bien sûr, j'y serais. Il n'y avait pas moyen d'y échapper. Sauf si je voulais placer Dominic en position de faveur.

— Il voulait vous inviter, toi et Lucia, à passer la nuit ici.

— Ce ne sera pas nécessaire. On rentrera à la maison.

— Il insiste.

Je pris une grande inspiration. La fête aurait lieu à la maison dans les Adirondacks, mais j'aurais fait huit heures de route aller-retour plutôt que de passer plus de temps dans cette demeure avec lui.

— Bien sûr, dis-je, compréhensif.

— Écoute, il y a encore une chose.

J'attendis.

— Ton frère.

Il marqua une pause et je l'entendis mesurer ses paroles.

— Sache qu'il a vu ton père hier soir, tard.

Mon père était retourné à la maison en Calabre après mon départ pour le New Jersey.

— Et alors ? demandai-je, guère surpris. Il était furieux d'avoir été exclu de notre réunion.

— Il attise le feu, Salvatore.

— Qu'y a-t-il de nouveau ?

Je connaissais mon oncle depuis toujours. C'était un homme intelligent. C'était aussi un homme d'affaires. Il savait ce qu'il adviendrait si Dominic, plutôt que moi, prenait la tête de la famille. Et il avait un effet apaisant sur mon père. Sergio lui faisait confiance. Et je faisais confiance à Sergio.

— Rien, mais maintenant que tu es.... distrait... par ton invitée, il suggère de s'occuper lui-même du problème DeMarco.

— S'en occuper comment ?

— Éliminer Luke DeMarco, en faire un exemple.

Je secouai la tête, même si Roman ne voyait rien.

— Putain, c'est typique. C'est à moi de régler le problème. Pas lui.

— Ton père l'écoute, tu sais.

— Ce n'est pas nouveau.

— C'est différent cette fois, Salvatore, ajouta-t-il d'un ton grave.

— Quand est-ce qu'ils rentrent chez eux ?

— En fin d'après-midi. Je prends l'avion avec eux.

Il fit une pause, mais je savais qu'il avait encore quelque chose à dire.

— Franco ne donnera pas le signal tout de suite, mais tu dois savoir ce qui se passe.

— Merci, mon oncle.

Je raccrochai et rangeai le téléphone dans ma poche. Je ne voulais pas m'occuper des preuves de jalousie de Dominic en ce moment. J'avais d'autres choses en tête. J'avais besoin de retourner à la maison. De parler avec elle. De lui expliquer que je n'étais pas un foutu monstre.

Elle avait dit qu'elle n'avait pas d'amis et avait refusé de voir sa famille. On avait plus en commun qu'elle le pensait. Elle avait appris à haïr ma famille ces cinq dernières années. J'avais appris à haïr tout le monde, peut-être. Je voulais juste, assez bêtement, qu'elle ne me déteste pas.

Je remontai dans la voiture, démarrai le moteur et conduisis pendant une heure jusqu'au cimetière. Je venais ici probablement plus souvent que je ne l'aurais dû. Je me garai près de la concession familiale et je sortis. La chaleur et l'humidité semblaient vouloir m'étouffer après le trajet climatisé. J'achetai une douzaine de lys blancs au magasin de fleurs, à un pâté de maisons de là, les préférés de ma mère, et je remontai la petite butte. Le sol sous mes pieds était moelleux, humide et couvert de mousse. Une petite grille entourait la parcelle de terrain qui abritait une grande partie de la famille Benedetti. J'empruntai le chemin habituel en lisant mentalement les noms des morts, notant le nombre d'années que chacun avait vécu. Bien trop de vies fauchées.

Après tout, c'était ce que nous faisions. Nous tuions. Nous mourions. Et pour quoi faire, en fin de compte ?

J'arrivai à l'endroit où les pierres tombales de ma mère et de mon frère se dressaient côte à côte. Je jetai les fleurs fanées, celles que j'avais apportées la dernière fois que j'étais venu, et je les remplaçai par des fleurs fraîches. J'arrachai quelques mauvaises herbes et raclai les inscriptions sur les deux pierres tombales, dégageant l'année de naissance et de mort sur la tombe de Sergio. Il avait un an de plus que moi. Marié. Sa femme était enceinte quand il était mort. Ce n'était pas juste, putain.

Quand c'était arrivé, j'avais été anéanti. Il était mon seul allié, mon ami. Il aurait su comment devenir le chef. Notre père l'aimait, et pourtant, Sergio n'était pas comme lui. Pas du tout. Il avait été abattu dans une station-service. Une fusillade stupide et lâche. Il méritait mieux que ça. Et avant tout, il méritait une vie.

Mon père s'était vengé, mais à mon sens, quelque chose ne collait pas. En fait, toute cette histoire empestait. On avait accusé une petite famille de Philadelphie qui était censée nous être loyale. Finalement, les preuves paraissaient les incriminer. Mais cela n'avait pas de sens, ni à l'époque ni maintenant. Mon père était devenu fou. Il aimait Sergio et il avait simplement réagi en tuant les fils du chef de famille. Pour mettre fin à leur expansion.

J'aurais dû être avec Sergio à la réunion dont il revenait, mais j'étais malade, ce jour-là. D'une certaine façon, j'avais l'impression d'avoir trompé la mort, mais si j'avais été là, Sergio ne serait peut-être pas décédé. Peut-être que les choses se seraient passées différemment.

Je ne disais jamais grand-chose quand je venais au cimetière et je n'y restais jamais longtemps. Je venais, voilà tout. Je voulais qu'ils sachent que je ne les avais pas oubliés. Je remontai dans la voiture et me dirigeai vers la maison de Natalie. C'était la femme de Sergio. En dehors de son amitié avec moi, elle avait coupé les ponts avec la famille après sa mort et celle de ma mère. Elle détestait mon père et mon frère. Elle détestait la vie. Mais elle avait aimé mon frère, consciente du prix de cet amour.

Mon père ne l'avait pas vraiment laissée disparaître. Après tout, elle avait mis au monde son premier petit-fils. Jacob Sergio Benedetti était né six mois après le meurtre de Sergio. Volontairement, Natalie ne lui avait pas donné de premier prénom italien, ce qui avait énervé mon père. Jacob avait maintenant un an et demi. Je savais qu'elle s'inquiétait des exigences que mon père lui imposerait à mesure que le garçon grandirait, mais elle gardait cela pour elle. Mon père les soutenait financièrement. Même si je savais que Natalie détestait ça, elle avait besoin d'argent. Et tant qu'elle l'acceptait, Franco la laissait tranquille. Il devait estimer qu'elle lui appartenait de toute façon.

Je composai le numéro de Natalie sur mon portable. Elle répondit après la quatrième sonnerie.

— Allô ?

— Natalie, c'est moi, Salvatore.

— Salut, Salvatore. Comment vas-tu ?

— ça va. Enfin, à peu près. Et toi ?

— Je vais bien. Je joue avec Jacob.

— Je peux passer ?

— Tu es sûr que ça va ?

— Oui, répondis-je précipitamment avant d'ajouter. Tu sais bien, quoi.

Natalie était la seule personne qui me connaissait vraiment. J'avais confiance en Marco, mon garde du corps, mais il ne connaissait pas cet aspect de ma personnalité. Je ne faisais pas suffisamment confiance à quiconque pour montrer ma vulnérabilité. Trop de personnes étaient prêtes à sauter sur ma faiblesse.

— Viens.

— Merci. Je serai là dans vingt minutes.

Je roulai jusque chez elle, une maison de brique à étage, à environ quarante-cinq minutes de la mienne. Ses parents habitaient à proximité et elle avait déménagé ici précisément pour être près d'eux. Quand je sonnai à la porte, Natalie répondit avec Jacob sur la hanche. Il portait toujours son pyjama, avec dans les bras la peluche que je lui avais offerte pour son premier anniversaire. Il me fit un sourire édenté. Il n'avait que trois dents, mais j'apercevais la quatrième en train de pousser.

— Waouh ! Qu'est-ce que tu as grandi !

Je pris Jacob des bras de Natalie. Il enroula les siens autour de mon cou et me planta un baiser mouillé sur la joue.

— Sympa, dit Natalie. Tu n'as pas l'air dans ton assiette.

Elle me serra dans ses bras et m'embrassa sur la joue après avoir essuyé la marque que Jacob y avait laissée.

— Entre.

Je posai le garçon par terre au milieu de ses jouets épars.

— Expresso ?

— Oui, merci.

Je m'assis sur le canapé et je regardai Jacob jouer pendant que Natalie préparait le café, puis je la rejoignis dans le salon.

— Comment était l'enterrement ?

— Bof.

Je pris une gorgée de l'expresso qu'elle m'avait tendu, sombre, riche et terriblement amer, exactement comme je l'aimais.

— Il a les yeux de Sergio, dis-je en prenant le jouet que Jacob me tendait.

Natalie caressa les cheveux du petit garçon.

— Et son côté têtu.

— Je ne sais pas. Je pense que vous en êtes tous les deux responsables.

Elle sourit.

— Tu pourrais avoir raison là-dessus. Quoi de neuf, Salvatore ?

— Lucia est à la maison avec moi.

Natalie hocha la tête. Elle connaissait la situation.

— Comment ça se passe ?

— Ça fait moins de vingt-quatre heures qu'elle est là et je crois que j'ai déjà bien merdé.

Je bus la dernière gorgée de café.

— Tu veux en parler ?

Que pouvais-je lui dire ? Dans tous les cas, je passerais pour un monstre. Comme mon père. Il aurait été fier de moi ce matin.

— Elle me déteste, comme prévu. Elle se dispute avec moi à chaque occasion. Têtue comme une mule.

— Elle n'est avec toi que depuis l'enterrement ?

J'acquiesçai.

— Alors, tu dois vraiment l'énerver, fit-elle avec un clin d'œil. Laisse-la un peu souffler. C'est un grand changement pour elle et son père vient de mourir. Un suicide, c'est ça ?

— Ça en avait l'air.

— Tu n'y crois pas ?

— Je ne crois que ce que je vois de mes propres yeux.

Elle me dévisagea, mais elle n'insista pas.

— Elle est comment ?

— Jolie. Jeune. Effrayée. Elle a craché sur mon père à l'enterrement. Ou essayé de le faire, mais elle a raté, dis-je en ricanant.

— Dure aussi, alors. Elle me plaît déjà !

— Et pleine de haine pour nous. À juste titre. Je suppose que c'est là que je suis partagé. Elle ne peut pas s'en sortir. Aucun de nous ne le peut.

Je marquai une pause avant de conclure :

— Jusqu'à ce que la mort nous sépare.

— ça fait peur.

Natalie détourna le regard un instant.

— C'est le libellé du contrat. Comme un contrat de mariage, mais différent. Et si je meurs avant elle, Dominic en hérite. Comme si elle était un putain d'objet. Mon père a un sens de l'humour tordu, comme tu sais.

Elle crispa la bouche à la mention de son nom.

— Tu veux rompre le contrat ?

Sa question me fit sursauter. Je répondis sans hésitation :

— Non.

— Elle te plaît.

Je regardai Natalie, éprouvant le besoin de corriger ce qu'elle disait. Je ne savais pas trop si cette correction était pour moi ou pour elle.

— J'ai des obligations envers elle.

Elle partit d'un petit rire.

— En plus, même si je voulais le rompre, je ne pourrais pas. Et elle non plus. Je ne veux pas qu'elle me déteste.

— Laisse-lui un peu de temps, laisse-la respirer, Salvatore, me dit Natalie en me touchant la main. Il faut simplement qu'elle te voie tel que tu es vraiment, comme moi. Elle ne voit que le nom Benedetti pour le moment. La famille Benedetti, celle qui a détruit la sienne.

Elle avait raison.

— Peut-être que tu pourrais…

Natalie secoua la tête.

— Je suis désolée, je ne peux pas. Je ne peux plus faire partie de ça.

Elle avait les larmes aux yeux.

— Je comprends. Ce n'est pas grave. Je pense simplement qu'elle a besoin d'avoir des amis, tu vois.

— Je suis désolée, disons que…

Je posai une main sur son épaule.

— Je n'aurais pas dû te le demander.

Un silence gênant s'installa entre nous.

— Tu as besoin de quelque chose ? demandai-je finalement.

— Non, tout va bien pour nous. On n'a besoin de rien.

— Tu m'appelleras si tu as besoin de quoi que ce soit, n'est-ce pas ?

— Je te le promets.

— Sergio me manque.

Mes yeux commencèrent à piquer.

— À moi aussi.

Natalie essuya les siens avant de s'appuyer contre ma poitrine. Je l'étreignis en lui frottant le dos.

— Hé, reprit-elle, j'emmène Jacob à la plage un peu plus tard. Pourquoi tu ne viendrais pas avec nous ?

Je hochai la tête machinalement. Je ne voulais pas rentrer chez moi. Je me cacherais la tête dans le sable un peu plus longtemps.

— Ça me plairait.

— Parfait.

Jacob se leva sans lâcher deux animaux de la ferme avec lesquels il jouait. Ils étaient mouillés par la bave, mais je les pris. Il s'accrocha à mes jambes en babillant.

— C'est vrai ? demandai-je sans comprendre un seul mot de ce qu'il disait.

Natalie se leva en gloussant.

— Encore du café ?

— Oui.

— Jacob, Oncle Salvatore va venir avec nous à la plage. Qu'en penses-tu, mon chéri ?

Jacob enfouit son visage contre ma jambe et sourit tout en jacassant. Je devinai le mot *plage*, puis quelque chose qui ressemblait à *oncle*, avant qu'il ne me fasse un câlin. Je le serrai dans mes bras.

Je passerais la journée ici. Ça me ferait du bien. Et je réfléchirais à ce qu'avait dit Natalie à propos de « laisser un peu de temps à Lucia ». J'en étais capable. Cela m'aiderait à me remettre les idées en place.

7

LUCIA

J'étais prisonnière ici.

Je passai la journée dans ma chambre. Je dormis un peu, puis je lus et somnolai un peu plus. Rainey m'apporta un plateau à l'heure du déjeuner quand je lui annonçai que je ne me sentais pas bien, puis un autre au dîner. Je ne demandai pas où était Salvatore ni ce qu'il faisait. Je ne savais pas s'il viendrait faire irruption ici pour me demander quelque chose. Pour me punir, m'humilier. Il n'en fit rien. Lorsque Rainey vint vider mon plateau, j'eus enfin le courage de demander :

— Salvatore est là ?

— Non, Madame. Il a appelé tout à l'heure pour dire qu'il ne rentrerait pas ce soir.

Alors comme ça, il passait la nuit ailleurs ! Où ça ? Avec qui ? Et d'abord, pourquoi je m'en souciais ? Au moins, s'il n'était pas là, il ne me ferait pas de mal.

Mais Salvatore ne rentra pas non plus la nuit suivante. Incapable de me cacher dans ma chambre, je finis par la quitter, tard le lendemain matin. Je fis un tour pour visiter la maison en regardant dans les coins, derrière les plantes, à la recherche de caméras. Je ne serais pas surprise d'en trouver. Il avait dit que j'avais le champ libre à part dans son bureau et sa chambre. Bien sûr, la première chose que je tentai, ce fut la porte de son bureau, mais elle était verrouillée. La chambre aussi était fermée à clé, or quand je vis la bonne sortir de la pièce, j'essayai de m'y faufiler. Elle avait oublié de la verrouiller derrière elle.

Je regardai autour de moi pour m'assurer que personne ne me voyait et je me glissai à l'intérieur en fermant la porte doucement derrière moi. Je passai un long moment le dos contre le panneau de bois en essayant de calmer ma respiration. Je savais que s'il découvrait que j'étais ici et que j'avais désobéi, il me punirait. Et pourtant, je me sentais comme une enfant rebelle et triomphante qui avait chapardé le bonbon auquel elle n'avait pas droit.

Je m'éloignai de la porte et pris connaissance des lieux. La chambre était à peu près deux fois plus grande que la mienne, et le mobilier de couleur sombre était entièrement en bois ou en métal. Le tapis et les rideaux étaient d'un bleu bien accordé à ses yeux dans toutes ses variantes. Des panneaux de cuir recouvraient le mur derrière les quatre montants en acier du lit, qui était parfaitement fait, tous les coins tirés puisqu'il n'avait pas dormi ici depuis deux nuits maintenant.

La porte menant à ma chambre avait une clé dans la serrure. J'avais bien pensé qu'elle se trouvait de son côté. Une autre porte ouvrait sur une salle de bain semblable à la mienne, plus spacieuse. Celle-ci contenait des serviettes noires et des accessoires de bain, rien de féminin.

La dernière porte donnait sur un dressing. J'y pénétrai et m'esclaffai en découvrant l'espace ahurissant consacré aux cintres en velours noir chargés de costumes, de vestes et de pantalons d'un côté, de chemises triées par couleurs de l'autre, et de vêtements plus décontractés, également rangés par nuances et parfaitement espacés sur le dernier côté. Trois douzaines de paires de chaussures remplissaient les petits présentoirs et deux étagères contenaient des ceintures. Les cravates étaient enroulées sur leurs propres coussins, le rangement toujours effectué par couleur. Les tiroirs contenaient des sous-vêtements et des chaussettes. Des articles de tous les jours. Pour une raison quelconque, je n'arrivais pas à associer ces vêtements avec l'homme qui possédait la maison.

Je passai la main sur les costumes, puis je les mélangeai, brouillant l'ordre maladif qui régnait dans le dressing. Pendant un moment, je trouvai ma plaisanterie plutôt amusante. Mais je me surpris aussi à les renifler profondément. Je secouai la tête et retournai dans la chambre.

Ici régnait l'odeur caractéristique de cet homme.

J'effleurai timidement l'une des colonnes en acier du lit. En pensant à ce que je faisais, je ne me sentis pas très fière. Je me posai sur le bord du lit, mais je m'encourageai mentalement à continuer. Je devais enfreindre ses règles et envahir son intimité comme il l'avait fait avec moi. Pour reprendre une partie du pouvoir qu'il m'avait volé en me faisant ce qu'il avait fait.

La surface de la table de nuit venait d'être dépoussiérée. Je passai un doigt dessus avant d'ouvrir le tiroir et d'y jeter un coup d'œil. Il était vide.

Je contournai le lit. Je compris que c'était le côté où il dormait en voyant le livre près de la lampe. Je m'assis et j'ouvris le tiroir, moins prudemment cette fois. Celui-ci n'était pas vide. J'y trouvai un flacon que je pris pour de la crème pour les mains. En lisant l'étiquette, je le reposai rapidement. C'était un contenant de lubrifiant à moitié vide. En fouillant davantage, je trouvai une guirlande de préservatifs et, derrière, une paire de menottes.

Des voix à l'extérieur me poussèrent rapidement à ranger mes trouvailles dans le tiroir. Quand la porte s'ouvrit, je me laissai tomber au sol et glissai sous le lit.

Des femmes parlaient. L'une d'elles entra pour reprendre le seau qu'elle avait laissé dans la salle de bain avant de repartir. Cette fois, elle n'omit pas de fermer la porte à clé derrière elle.

Merde !

Je sortis de sous le lit. Ce fut à ce moment-là que j'aperçus une attache en cuir accrochée au poteau. Curieuse, je m'assis et la tirai de derrière la couverture. Ensuite, j'inspectai les autres colonnes et j'en trouvai trois semblables.

Je souris. C'était un aspect de Salvatore que je n'avais pas considéré, et je ne savais pas qu'en penser.

Mais ce n'était pas le moment. J'avais un plus gros problème. Je devais sortir de sa chambre.

Il me fallut trente-cinq minutes pour crocheter enfin la serrure et entrer dans ma propre chambre. Avec l'impression d'être une sorte de cambrioleuse, je pris mon téléphone que je venais de recharger. Il y avait six messages. Tous provenaient d'Isabelle. Pas de SMS, mais des messages vocaux, les uns à la suite des autres.

« Salut Luce, appelle-moi quand tu auras ce message. »

« Je vérifie juste, tu es là ? »

« Euh, j'ai un peu l'impression de te harceler. Je ne comprends pas que tu sois encore en colère. Et puis merde, tu fais comme tu veux. J'aurais les boules, moi aussi. OK, s'il te plaît, ne fais plus la tête. »

« Putain ! » J'entendis la voix d'Effie en fond sonore, puis de nouveau ma sœur. *« Non ma chérie, maman n'a pas dit de gros mot. »*

Je souris.

« Lucia, si tu ne me rappelles pas tout de suite, je monte dans la voiture et j'arrive ! »

« Putain, j'arrive, là ! »

Je vérifiai l'heure des messages. Le dernier datait d'environ une heure et demie. Ce qui voulait dire qu'elle serait là d'une minute à l'autre.

J'empochai le téléphone et m'enfuis par la porte. En descendant les escaliers, j'entendis une voix que je reconnus comme celle de Marco. Je m'arrêtai net sur les marches pour écouter.

— Elle a de la visite.

Il devait parler au téléphone, parce qu'aucune voix ne lui répondait. Il marmonna :

— D'accord, chef.

Puis il raccrocha.

En entendant ses pas, je descendis les dernières marches et remarquai de quelle pièce il venait. Il se tourna vers moi.

— Bonjour.

Marco était toujours dans les parages, mais au moins, il était resté en dehors de mon chemin.

— Bonjour.

J'entendis une portière de voiture claquer et je me tournai vers la porte d'entrée. De la fenêtre latérale, je vis ma sœur admirer le manoir avant d'ouvrir la portière arrière pour aider Effie à sortir.

— Votre sœur est là, annonça Marco en atteignant la porte d'entrée avant moi.

— Je vois bien.

— Monsieur Benedetti a donné sa permission pour que vous la voyiez.

Il ouvrit la porte, mais son commentaire m'interloqua.

— Ah bon ? Il a donné sa permission ? Quel connard.

Marco me fit face. Il semblait sur le point de me dire quelque chose, mais Isabella parla en premier.

— Eh bien, c'est loin et protégé. Je n'étais pas sûre qu'ils ouvriraient les portes là-bas, pendant une minute.

Elle s'approcha de moi, me regarda de la tête aux pieds et me prit dans ses bras.

Aussitôt, je capitulai. Grâce à sa chaleur – sensation qui m'avait tant manqué et que je chérissais –, je me sentais protégée.

— Izzy.

J'employais le diminutif que j'avais l'habitude d'utiliser quand j'étais petite et que je n'arrivais pas à prononcer son nom complet. C'était resté. J'étais la seule personne à l'appeler ainsi.

Elle recula en me dévisageant. Je m'essuyai les yeux, mais apparemment pas assez vite, car je perçus la préoccupation dans les siens. Elle jeta un coup d'œil à Marco, qui nous regardait bêtement.

Je le détestais.

— Maman, dit Effie en tirant sur la jupe de sa mère. Le cadeau.

Sa voix aiguë me fit sourire. Elle tenait une boîte. Sur l'emballage déchiré, je vis qu'elle contenait des chocolats.

— Pourquoi tu ne la donnes pas à tante Lucia en lui expliquant pourquoi l'emballage a été déchiré ?

Effie se tourna vers moi et me remit la boîte.

— J'ai commencé à l'ouvrir pour t'aider.

— C'est vraiment pour ça ? demanda Izzy.

Je jetai un œil à ma sœur. Effie aussi.

Je me penchai alors pour lui prendre la boîte en m'efforçant de ne pas rire.

— C'est ce que je pense que c'est ? Mes chocolats préférés ? demandai-je en tirant sur un bout de l'emballage, jetant un coup d'œil à l'intérieur du papier. Tu peux m'aider à déballer le reste ?

Elle récupéra la boîte, toute contente, et termina de déchiqueter l'emballage cadeau.

— Oui. C'est aussi mes préférés.

À contrecœur, elle me la tendit.

— Garde-la. On devrait peut-être en manger un peu. Qu'en penses-tu ?

— Je pense vraiment qu'on devrait en manger !

Je me redressai et regardai autour de moi. Décidément, Marco épiait nos moindres faits et gestes.

— Allons dans le salon.

Une main sur la tête d'Effie, je passai dans la grande pièce attenante à la salle à manger. Il nous suivit. Le soleil brillait et le bleu de la piscine scintillait derrière le grand patio.

— Mon Dieu, c'est magnifique, n'est-ce pas ? souffla Izzy

— Oui, c'est vrai.

— Tu as apporté mon maillot de bain, maman ? demanda Effie, l'attention concentrée sur la piscine.

Je me tournai vers ma sœur, qui leva les yeux au ciel.

— Non, je ne savais pas qu'ils avaient une piscine.

Effie lui décocha un tel regard que je dus me couvrir la bouche pour me retenir de rire.

— Comment pouvais-je savoir ? C'est la première fois que je viens ici, protesta Izzy.

— Vous voulez boire quelque chose ? proposai-je au moment où Rainey entrait.

Elle leur adressa un sourire chaleureux et je fis les présentations.

— Qu'est-ce qui vous ferait plaisir ? J'ai de la limonade maison, peut-être pour la petite?

— En fait, pour moi aussi, déclara Izzy.

— Faite maison ? demandai-je.

Rainey hocha la tête.

— Alors, trois, s'il vous plaît.

Rainey avait été mon seul contact ces deux derniers jours. Mon univers avait toujours été restreint, mais à présent, il fondait comme peau de chagrin.

Rainey retourna à la cuisine. Marco demeura dans la pièce avec nous. Izzy et moi le regardâmes pendant qu'Effie s'affairait à enlever le plastique de la boîte de chocolats.

— Vous allez rester planté là ? lui demandai-je.

Il me dévisagea, les sourcils levés.

— Je veux profiter de la visite de ma sœur. Vous n'avez sûrement pas besoin d'écouter chaque mot que je dis. Je vous promets, ce ne sera pas très intéressant.

Avant qu'il puisse répondre, des bruits de pas retentirent sur le sol en marbre. Nous nous retournâmes comme un seul homme lorsque Salvatore entra dans la pièce. Il portait un T-shirt et un jean, le col en V soulignant son torse sculpté. Ses yeux bleu cobalt se rivèrent sur les miens et les battements de mon cœur accélérèrent. Tout mon corps se mit à fourmiller, mes tétons se contractèrent et le duvet se dressa sur ma nuque.

Une minute plus tard, il me libéra de son regard. Sa posture se détendit alors qu'il faisait un signe de tête à ma sœur et souriait à Effie, toujours aux prises avec le plastique.

— Merci, Marco. Tu peux y aller.

Ce dernier hocha la tête et quitta la pièce. Salvatore s'approcha d'Izzy.

— Je ne crois pas avoir rencontré officiellement la sœur de Lucia. Je suis Salvatore Benedetti.

Elle lui prit la main.

— Isabella DeMarco.

— Enchanté de faire votre connaissance. Et qui avons-nous là ?

Effie leva la tête.

— ça y est !

Elle brandit le plastique d'un air triomphant, puis jeta un œil à Salvatore.

— Je m'appelle Effie, dit-elle en se levant, la main tendue.

Salvatore la lui serra.

— Enchanté, Effie.

Rainey entra avec un plateau et posa les verres de limonade sur la table basse. Nous restâmes debout, mal à l'aise.

— Je vais te laisser un peu seule avec ta sœur, déclara enfin Salvatore, le ton décontracté, le regard hésitant. Je vais prendre une douche.

Il attendit. Mon corps avait encore cette vibration, sorte de chair de poule, tandis que l'air crépitait entre nous.

— Merci, lui dis-je.

Il hocha la tête et quitta la pièce. Nous le regardâmes partir. Ce fut seulement lorsqu'il sortit que nous nous autorisâmes à respirer. Je repensai à ce que j'avais trouvé dans sa chambre. Je me demandais s'il penserait qu'il avait oublié de fermer la porte entre nos suites, ou s'il saurait que j'étais entrée par effraction.

— Waouh ! Il est impressionnant.

Je soupirai.

— Oui.

Je ne pouvais pas dire à Izzy ce qu'il avait fait. Ce que j'avais fait. Je n'étais pas sûre de ce que cela signifiait ni de ce que j'en pensais.

— Effie, c'est plus poli d'offrir des chocolats aux autres avant de se servir, tu sais.

Ma sœur essayait de paraître stricte, mais je voyais bien la fierté dans le sourire qu'elle essayait de cacher.

Effie tourna ses grands yeux bleu clair vers sa mère tout en mâchant un deuxième morceau de chocolat. Elle se leva et s'approcha de nous.

— Est-ce que tu veux un chocolat ? me demanda-t-elle en se tournant d'abord vers moi.

— Volontiers.

Je choisis un chocolat noir et je la remerciai. Izzy refusa et Effie haussa les épaules avant d'en enfourner un troisième.

— Comment vas-tu ? Tu n'as répondu à aucun de mes messages. Je croyais qu'il ne te laissait pas utiliser le téléphone !

Je secouai la tête en souriant faiblement.

— Non, il était juste déchargé. Je n'ai vérifié les messages que quelques minutes avant votre arrivée.

— Eh bien, tu devrais répondre la prochaine fois. Je me suis inquiétée. Ça va ? reprit-elle doucement.

Je haussai les épaules.

— Je ne sais pas. Je ne veux pas pleurer.

Au moment où je prononçais ces mots, les premières larmes humectèrent mes cils.

— Là, là...

Izzy prit un mouchoir dans son sac.

Au même instant, Rainey sortit de la cuisine et s'approcha de nous. Je détournai le visage.

— Je vais préparer des cookies dans la cuisine. Peut-être qu'Effie voudrait m'aider ? proposa-t-elle à Izzy.

La fillette écarquilla les yeux et se leva d'un bond.

— Oh, oui, je peux, maman ?

— Vous êtes sûre ? demanda Izzy à Rainey.

Cette dernière me regarda avec un petit sourire, puis elle hocha la tête.

— Bon, merci, fit Izzy.

Effie prit la main de la servante sans hésitation et elles disparurent ensemble.

— C'était sympa, dit Izzy.

— Je n'ai pas encore réussi à la cerner.

Ma sœur me prit les mains.

— Tu ne m'en veux plus, Lucia ? C'est important. Je sais qu'on n'en a pas parlé, du fait que je suis partie. J'ai eu tort de m'en aller. Je le sais bien. Je suis de retour et je ne t'abandonnerai plus, d'accord ? Tu n'es pas seule, même si c'est ce que tu ressens en ce moment.

Je souris. D'autres larmes coulèrent.

— Non, je ne t'en veux plus, Izzy.

Cela faisait du bien de le dire. En fait, cela faisait du bien d'avoir de nouveau ma sœur à mes côtés.

Elle me serra dans ses bras, puis elle murmura à mon oreille :

— Est-ce qu'il y a des caméras ? Des micros ?

Sa question m'étonna.

— Je ne sais pas, soufflai-je en retour. Je n'en ai pas vu, mais je ne suis pas sûre qu'il n'y en ait pas.

Elle recula et me dévisagea.

— La piscine est superbe.

Je savais ce qu'elle voulait faire.

— Allons voir ça.

Nous sortîmes et nous éloignâmes de la maison en direction de la piscine.

— Comment est-il ? Quand il n'y a personne, je veux dire.

— Autoritaire.

Je ne pouvais pas lui dire ce qu'il s'était passé. Rien du tout.

— Et absent, la plupart du temps. Il revenait à peine, quand tu l'as vu.

— Il te regarde comme s'il voulait te manger toute crue.

Il me faisait peur, mais je ne voulais pas le dire tout haut, et pas à Izzy.

— Je n'arrive pas à le comprendre. Il est horrible, puis gentil la seconde d'après. Presque... attentionné. Comme s'il en avait quelque chose à foutre de ce que je ressens ou pense.

Je cueillis le seul pissenlit qui poussait sur la pelouse impeccable avant de conclure :

— Puis c'est à nouveau un crétin, et il disparaît.

— Est-ce qu'il t'oblige à...

Elle hésita.

— Coucher avec lui ?

Je pensai à ce que j'avais trouvé dans sa chambre et je sentis mon visage s'échauffer.

Elle hocha la tête.

— Pas encore.

— Bien. Tu peux aller et venir ?

— Je ne sais pas. Pas toute seule, je crois.

— D'accord, c'est très bien. Je viendrai te chercher. S'il veut envoyer quelqu'un pour nous suivre, on s'en occupera.

— Ça n'a pas d'importance, Izzy. Je suis coincée ici.

— Luke et moi.... Nous n'allons pas rester les bras croisés et les laisser tout prendre. Les laisser t'avoir, toi.

— Luke ?

— Ce n'est pas parce qu'on a perdu une guerre qu'on ne peut pas en commencer une autre.

— Izzy.

En dépit de la chaleur de la journée, un frisson me traversa.

— Vous ne pouvez pas. On a déjà perdu une fois, et on avait une armée de gars pour nous soutenir.

— Nous n'avons pas besoin d'une armée. Nous y avons accès maintenant.

— Quoi ?

Izzy partit soudain d'un grand éclat de rire, comme si j'avais raconté une blague. C'est alors que j'aperçus Salvatore debout à la fenêtre de son bureau, en train de nous épier.

— Par *accès*, tu veux dire, à travers moi ?

— Oui, comme un cheval de Troie. C'est ce que tu veux, n'est-ce pas ?

— Eh bien, oui.

Je n'avais pensé qu'à cela ces cinq dernières années, et pour une bonne raison.

— Je veux ma liberté. Et je veux que Franco Benedetti paie pour ce qu'il nous a fait. Pour ce qu'il a fait faire à papa.

Je me souvenais de la dernière fois que j'avais vu mon père. C'était dans cette horrible pièce, quand j'avais signé le contrat. Pourquoi avais-je refusé de lui parler pendant toutes ces années ? Il avait essayé. Il venait à l'université une fois par mois. Il appelait une fois par semaine. Mais je lui reprochais mon destin. C'était *lui* le responsable, même si je comprenais qu'il n'avait pas eu le choix.

J'aurais dû mieux comprendre la pression qu'il subissait.

— Et lui ? demanda-t-elle en désignant d'un mouvement de tête Salvatore, qui s'était détourné de la fenêtre.

— Je veux ma liberté.

— Eh bien, c'est un début. Allons à l'intérieur avant qu'il ne se méfie.

— Les cookies sont prêts ! cria Effie dès que nous entrâmes dans la maison.

— Ils sentent super bon !

Elle regardait fièrement Rainey apporter dans le salon une assiette de biscuits aux pépites de chocolat fraîchement cuits.

— Je suis en train de préparer les cartons, m'expliqua Izzy. Effie et moi, nous allons emménager là-bas.

— Ah oui ?

J'étais surprise. Avant son décès, papa vivait encore dans la maison où nous avions grandi. Je ne pensais pas qu'Izzy la voudrait, mais j'étais contente qu'elle ne parle pas de la vendre. Je n'étais pas encore prête pour cela. Cette idée... était trop définitive. Je n'étais pas prête à lui dire au revoir, à mettre fin à ce chapitre de ma vie de façon si permanente.

— J'aurais dû revenir plus tôt que ça, dit ma sœur. J'aurais dû lui pardonner.

— Je ne l'ai pas fait, moi non plus.

— C'est moi qui devrais être ici à ta place, dit-elle, les yeux baissés.

— Je ne veux pas y penser.

— Si je n'étais pas tombée enceinte...

— Tu restes en contact avec le père ?

Je voulais savoir qui c'était. Cela n'avait plus d'importance, pas maintenant que papa était parti, et même s'il l'avait découvert, cela n'aurait pas compté non plus.

Salvatore choisit ce moment pour entrer dans le salon.

— J'ai senti les cookies depuis le bureau.

Ses yeux rencontrèrent les miens en premier, sur la réserve, un regard presque prudent.

— C'est moi qui les ai faits, Rainey m'a aidée, déclara fièrement Effie.

— Ah, bon ? Je peux ?

Elle sourit et hocha la tête.

Il en prit un et mordit dedans.

— Eh bien, tu as fait du bon travail. Ce sont les meilleurs cookies que j'aie jamais mangés.

Effie lui adressa un grand sourire.

— C'est vrai ?

— Oui. Et Rainey est une bonne cuisinière, alors ça veut dire quelque chose.

Izzy consulta sa montre.

— Il faut qu'on y aille.

— Tu ne peux pas rester plus longtemps ?

Je ne voulais pas qu'elle parte. Je ne voulais pas être seule avec lui.

— J'ai des gens qui viennent m'aider à la maison, mais nous reviendrons bientôt, avec nos maillots de bain. Tu peux venir m'aider un de ces jours ? J'emballe des choses et je les transporte au grenier, je me débarrasse de certaines. Tu veux peut-être t'occuper de ta chambre.

Je jetai un coup d'œil à Salvatore, dépitée de devoir lui demander la permission. De devoir lui demander si je pouvais aller faire un tour. De devoir tout lui demander.

— Quand ?

Izzy haussa les épaules.

— Demain ou plus tard.

— Je pense qu'on peut arranger ça.

J'avais l'impression d'être passée de la maison de mon père au couvent des nonnes, puis chez Salvatore Benedetti. Je n'étais pas capable de décider quoi que ce soit par moi-même.

— Luce ? demanda Izzy

Je hochai la tête.

— Mon agenda est vide, lui répondis-je avec un sourire narquois à Salvatore.

Il ne réagit pas.

— Super, à bientôt alors. Allez, Effie, il est temps de rentrer à la maison.

— Pouah, on s'ennuie tellement à la maison, ronchonna-t-elle en baissant les épaules.

— Non, ce n'est pas vrai. On doit juste trouver ton carton de jouets. Peut-être que tu pourrais emballer quelques cookies pour la maison ?

Je pris une serviette, y empaquetai les derniers cookies et la tendis à Effie.

— Tiens, chérie. N'oublie pas ton maillot de bain la prochaine fois que tu viendras, au fait.

— C'est sûr, tante Lucia.

Elle me fit un câlin. Je songeai de nouveau que j'avais manqué les premières années de la vie de ma nièce. Je ne la connaissais pas. Je connaissais à peine Izzy. Ou Luke.

Luke et Izzy préparaient-ils vraiment une attaque contre la famille Benedetti ? Qu'est-ce que cela impliquait pour Salvatore ?

Il nous accompagna jusqu'à la porte. Une fois qu'elles furent parties et hors de vue, il la referma. Nous restâmes dans le hall.

— Je suis désolé. Je n'aurais pas dû faire ce que j'ai fait.

Merde. Des excuses, c'était bien la dernière chose à laquelle je m'attendais. S'il m'avait enfermée dans une pièce, s'il s'était comporté comme une bête, cela aurait été plus logique. J'aurais pu le détester. Mais des excuses ? Qu'il me propose de m'emmener chez ma sœur ?

— J'espère que nous pourrons oublier ça et recommencer à zéro, ajouta-t-il.

Nous avions tous les deux du mal à nous regarder et je n'avais aucune envie de parler de ce qui s'était passé, alors je hochai la tête.

— D'accord.

Il sourit, un tout petit peu.

— Merci.

— Si jamais tu refais ça, Salvatore, je te tue.

Ses yeux s'étrécirent, et le Salvatore pénitent disparut instantanément.

— Pas besoin de me menacer de meurtre. J'ai dit que j'étais désolé.

Il soutint mon regard jusqu'à ce que je cligne des yeux et hoche la tête, en regardant vers le bas, l'attention absorbée par un morceau de fil invisible sur ma robe.

— Tu vas vraiment m'accompagner chez ma sœur ?

— Tu n'es pas prisonnière, contrairement à ce que tu crois, Lucia. Ce contrat entre nous, les circonstances entre nos familles, ces choses nous lient. Mais bien que j'attende une certaine attitude de ta part et que je ne tolère pas la déloyauté, ça ne m'intéresse pas de te garder prisonnière. Ni toi ni moi ne pouvons sortir de cette situation, même si nous le voulions. Nous devons trouver un moyen de vivre avec.

Même si nous le voulions ? Cela voulait dire qu'il ne le voulait pas ? Et qu'est-ce que je voulais, moi ?

— Je me sens prisonnière pourtant. Je suis constamment surveillée. Je n'ai pas pu recevoir ma sœur sans que ton homme de main soit là. Je n'ai rien à faire ici. Tu as une cuisinière, des femmes de ménage...

Il avait l'air perdu.

— Tu n'es ni ma cuisinière ni ma femme de ménage.

— Mais je suis ta propriété. Tu l'as dit toi-même. J'ai un diplôme, je veux travailler, mais...

Il pinça les lèvres et détourna les yeux un instant.

— Viens dans mon bureau, Lucia.

— Pourquoi ?

Je ne lui faisais pas confiance. Et même si je détestais l'admettre, il me faisait peur.

— Pour qu'on puisse parler. C'est tout.

Je ne bougeai pas d'un cil.

— Je te le promets.

Au bout d'un moment, je hochai la tête. Il me fit signe de passer devant et me suivit de près. Il ouvrit la porte du bureau une fois que nous l'eûmes atteint et me laissa entrer. La porte se referma et il s'installa derrière son grand bureau. Je regardai la pièce autour de nous. Les murs étaient peints en gris foncé et deux fenêtres donnaient sur l'arrière-cour et la forêt au-delà. L'ameublement était en bois sombre et lourd, et son bureau, la pièce maîtresse, devait être une antiquité. Juste devant lui se trouvait un canapé en cuir, et les étagères le long de deux des murs contenaient des livres du sol au plafond. À l'écart du bureau et du canapé se trouvait un fauteuil, en cuir bien usé, avec au pied un pouf assorti. La lampe de lecture derrière la chaise était allumée, et bien qu'il fasse beau dehors, cette pièce demeurait sombre. Masculine. Même l'odeur ici était différente, ça sentait l'homme.

— Assieds-toi.

Je pris conscience qu'il m'avait vue détailler la pièce des yeux. Je m'installai sur le canapé en face de lui, le bureau entre nous. Je me sentais minuscule. Je lissai ma robe bain de soleil sans savoir que faire de mes mains.

Salvatore se leva et fit le tour de son bureau. Il me rejoignit sur le canapé, à ma grande surprise.

Cette proximité me mit encore plus mal à l'aise. Si seulement il se comportait comme je m'y attendais...

— Que sais-tu de moi ?

Je le dévisageai, attirée par lui, par ses yeux. Je me souvins un instant que leur bleu devenait presque noir quand il était excité. Je me remémorai son regard, alors que j'étais allongée devant lui. La façon dont il m'avait détaillée, puis avait agrippé son membre...

Enfin, l'image de ce que j'avais trouvé dans sa chambre défila sur l'écran de ma mémoire.

Je m'éclaircis la gorge et me concentrai sur les contours fermes de sa mâchoire au lieu de ses yeux. La barbe naissante le long de la ligne ciselée montrait qu'il ne s'était probablement pas rasé pendant les deux jours qu'avait duré son absence, et cela ne faisait rien pour faciliter ma concentration. Je baissai les yeux vers son cou, vers la chair exposée là, le T-shirt qui moulait son torse puissant.

Merde. Ça ne marchait pas. J'étais attirée par cet homme que je voulais détester. Malgré ce qu'il avait fait, l'attraction physique était comme une énergie entre nous, une notion vivante, brûlante, qui respirait.

Je fermai les yeux et voulus me concentrer. En les rouvrant, je m'efforçai de rencontrer son regard. Malheureusement, je compris ce qu'il avait perçu. Il était conscient de son pouvoir sur moi.

— Tu étais avec une femme ces deux dernières nuits ? lâchai-je de but en blanc.

Il ricana, apparemment surpris.

— Pas comme tu le penses.

Alors, c'était un oui ?

— J'avais honte de ce que j'avais fait. De ce que je t'avais fait faire.

Mon cou et mon visage virèrent au rouge.

— C'est pour ça que je suis parti. Je n'étais pas avec une autre femme, Lucia. Cela n'arrivera pas. Nous avons un contrat.

— Qui me lie à toi...

Rien dans le contrat ne parlait d'une quelconque obligation de sa part, et certainement pas de vivre en célibataire ni d'être fidèle. Ce n'était pas un contrat de mariage, après tout.

— Et moi à toi.

Maintenant, j'étais perplexe. Salvatore s'adossa au canapé et posa une cheville sur son genou.

— Laisse-moi te le redemander, Lucia. Que sais-tu de moi ? Ou peut-être que la meilleure question est : Que *penses-tu* savoir ?

— Je sais que tu es le fils de Franco Benedetti.

Je redressai le menton.

— C'est tout ce que j'ai besoin de savoir.

— Je pense que tu es plus intelligente que ça.

— Je sais que vous vous êtes serré la main quand tu as signé le contrat.

Il fit une pause, son regard vacilla un moment.

— Je ne suis pas l'aîné. Je n'aurais jamais dû être dans la situation où je me trouve.

— Tu veux dire, être le successeur de ton père ?

— Oui.

— Alors, tu es coincé avec moi ? Si ton frère était vivant, je serais à lui ?

— Je veux dire que je suis obligé de faire beaucoup de choses que je ne choisirais pas de faire normalement et que je n'approuve pas.

— Moi, tu veux dire ? Tu ne me choisirais pas ?

— Arrête de parler pour moi.

— Ce n'est pas ce que tu veux dire ?

— Pourquoi n'essaies-tu pas d'écouter pour une fois, et de te rappeler que tout ne tourne pas autour de toi, Lucia.

Trop stupéfaite pour répliquer, je fis involontairement ce qu'il me demandait.

— Je veux dire que d'abord, je n'aurais jamais rédigé ce contrat. Mais pour être honnête, n'oublie pas que ton père a accepté. Souviens-toi bien de cette vérité.

— Mon père n'avait pas le choix.

— Il aurait dû accepter de mourir...

Il marqua une pause et se pencha en avant, les mots pleins de colère, une colère à laquelle je ne m'attendais pas.

— Il aurait dû être prêt à mourir plutôt que de te voir vivre ce que tu as vécu.

Cette dernière partie me poussa à intervenir.

— Il est mort, pourtant.

Mais Salvatore avait raison. Et c'était pour cela que j'étais folle de rage contre mon père pendant toutes ces années. C'était pour cela que j'avais refusé de le voir. Il m'avait abandonnée sans se battre. Salvatore avait raison. Comment avait-il pu rester les bras croisés et regarder ce qu'ils avaient fait ? Comment avait-il pu offrir sa fille aux monstres Benedetti ?

— Je ne veux pas te faire de la peine, Lucia.

J'essuyai du dos de la main l'unique larme qui avait glissé de mon œil. Je secouai la tête, refusant de parler de peur d'éclater en sanglots. Ce serait plus facile s'il était méchant. Maudit soit-il ! Ce serait bien plus facile.

— Tout ce que je dis, c'est que je n'aurais pas fait comme mon père. Je n'aurais pas exigé la fille innocente de mon ennemi en guise de paiement.

Merde !

Je ravalai mes larmes, sachant qu'il avait toujours vu clair à travers moi.

— Mais nous sommes là, maintenant. Toi et moi, nous sommes tous les deux ici, et liés l'un à l'autre. Je ne veux pas de prisonnière. Je ne veux pas de quelqu'un qui me craint ou me hait dans ma propre maison.

— Alors, je ne comprends pas. Pourquoi tu te soucies de ce que je pense ? Je suis ton ennemie et tu as gagné. Ma présence ici en est la preuve. Celle de ton pouvoir sur moi et ma famille.

— Je ne suis pas un monstre, que tu le croies ou non.

— Qu'attends-tu de moi, dans ce cas ?

— Je te l'ai déjà dit : ton obéissance. Donne-la-moi et je te faciliterai les choses.

L'obéissance. Je détestais ce satané mot.

— Et si je ne le fais pas, tu me puniras comme tu l'as fait avant ?

— Je serai créatif dans mes punitions, oui, répondit-il, une lueur méchante dans les yeux.

La chair de poule me dressa les poils des bras et je pensai aux liens en cuir attachés aux colonnes de son lit. S'en servirait-il ? Était-ce ce qu'il entendait par *créatif* ?

Salvatore tendit la main pour toucher doucement mon genou. Mon esprit me disait de m'éloigner, mais au lieu de cela, mon regard passa de ses yeux à sa main. Je déglutis tandis qu'il caressait l'intérieur de mon genou, puis ma cuisse, repoussant ma robe vers le haut.

— Je pense que tu as apprécié au moins une partie de ta punition.

Je secouai la tête, juste un petit *non*, mais je gardai les yeux sur sa main, sur ses doigts qui dessinaient de petits cercles sur ma chair trop sensible.

Il glissa vers moi, me faisant lever les yeux, me forçant à rencontrer son regard.

— Et ça ne doit pas toujours être une punition.

Ses doigts quittèrent ma cuisse et effleurèrent le bouton supérieur de ma robe. Je le regardai sans rien dire, incapable de parler. Lentement, il défit les boutons et ouvrit le haut de ma robe.

— Regarde-moi.

Je m'exécutai, le souffle coupé en rencontrant ses yeux couleur cobalt. Avec ses deux mains, il fit glisser le haut de la robe sur mes épaules, la laissant tomber au niveau de mes coudes. Ensuite, il explora ma poitrine ainsi exposée. Un seul regard suffit pour que mes mamelons durcissent, à peine cachés derrière la dentelle blanche.

Il approcha son visage du mien, sa bouche près de la mienne, si proche, mais sans me toucher. Il embrassa doucement ma joue et mon estomac se noua. Son souffle sur mon visage fit palpiter mon clitoris.

— Je peux faire en sorte que ce soit bon, chuchota-t-il à mon oreille. Je veux que ce soit bon pour toi.

Lorsque ses doigts soulignèrent le bord de mon soutien-gorge, je passai la langue sur mes lèvres. Je voulais qu'il m'embrasse, je me préparais à ce qu'il m'embrasse. Il savait si bien s'y prendre. Je le savais. Je savais comme cela pouvait être bon avec lui.

Ses doigts s'aventurèrent dans mon soutien-gorge alors que sa bouche se rapprochait de la mienne. Cette fois, j'inclinai mon visage vers le haut afin de rencontrer le sien et je tendis une main tremblante vers le muscle nu de son bras. Son baiser était doux, lent, presque tendre alors que ses doigts chatouillaient le bout de mon sein.

Mais ensuite, la chaleur et l'intensité s'accrurent. Sa main saisit ma nuque et ma bouche s'ouvrit pour recevoir sa langue. Tout mon corps s'arqua contre lui, comme s'il avait envie –*besoin* – d'autre chose.

— Mais seules les filles sages sont récompensées, dit-il contre mon oreille.

J'étais essoufflée et je clignai des yeux lorsqu'il recula.

— Les vilaines filles sont punies. Tu as été vilaine, Lucia ?

Ses yeux semblaient danser et je sus en un instant qu'il savait.

Je me redressai, essayant de tirer sur ma robe pour me couvrir.

Salvatore secoua la tête et la pencha sur le côté en souriant.

— Dis-moi, oui ou non ?

— Non, répondis-je avec des trémolos dans la voix.

Il se pencha et j'eus le souffle coupé quand il baissa les bonnets de mon soutien-gorge sous mes seins.

— Qu'est-ce… qu'est-ce que tu fais ?

Je tentai de les couvrir.

— Non, ordonna-t-il en prenant mes poignets, les coinçant derrière mon dos.

— Salvatore ?

Sans se départir de son sourire, il m'attira vers l'avant et me coucha à plat ventre sur ses genoux. Il maintint mes poignets dans mon dos pendant que les doigts de son autre main chatouillaient l'intérieur de mes cuisses en faisant remonter ma jupe.

— Tu as fouiné dans ma chambre ? demanda-t-il tout d'un coup en coinçant la robe sous mes poignets, au niveau de ma taille.

— Quoi ? Non !

Il me frappa la fesse droite. J'en fus plus surprise qu'autre chose.

— Mais, ça ne va pas ou quoi ?!

— Tu as fouiné ? répéta-t-il.

Je me dévissai le cou pour le regarder.

— Qu'est-ce que tu fais ?

Vlan !

— Aïe ! Arrête !

— Tu as fouiné ?

Je secouai la tête, serrai les jambes l'une contre l'autre et me trémoussai pour me libérer, ce qui était impossible, étant donné sa taille et sa force.

— Non ? insista-t-il.

Ses doigts trouvèrent l'élastique de ma culotte et caressèrent la chair à cet endroit.

—Qu'est-ce que tu fais ? Laisse-moi me lever !

Je savais qu'il m'entendait, mais ça lui plaisait. Quand il commença à tirer ma culotte vers le bas, je donnai sauvagement des coups de pied et me retrouvai coincée entre les cuisses dures de Salvatore. Le bruit de sa ceinture qu'il détachait me fit cesser toute lutte. Il éclata de rire en voyant ma tête, telle une biche prise dans des phares.

— Ne t'inquiète pas.

Il enroula la ceinture autour de mes poignets et les ligota derrière mon dos.

— J'ai juste l'intention d'utiliser ma main, cette fois.

— Quoi ?

Aussitôt, il se mit à frapper une fesse puis l'autre, chaque claque résonnant dans mon cerveau, me faisant bien comprendre que c'était bel et bien réel. Que j'étais nue à partir de la taille, en train d'être fessée.

— Arrête ! Ça fait mal, putain !

Quelques instants plus tard, il s'interrompit pour masser mes fesses meurtries dans un geste circulaire.

— Laisse-moi me relever, suppliai-je en essuyant mon visage mouillé sur son jean.

— Tu as fouiné ? demanda-t-il à nouveau.

Cette fois, il n'y avait aucun humour dans son timbre de voix.

— Oui !

Il le savait, de toute façon. Pourquoi devait-il m'humilier ainsi pour me faire passer aux aveux, cela me dépassait.

— Gentille fille.

Il fit doucement glisser un doigt entre mes cuisses.

— Les mauvaises filles sont punies, mais les filles sages sont récompensées.

Soudain, sans prévenir, ses doigts trouvèrent mon sexe et j'aspirai une bouffée d'air.

J'étais tendue et je serrai fort les cuisses, mais Salvatore me titilla et me caressa jusqu'à ce que je détende mes jambes et que je les laisse tomber. Mon dos s'arqua de lui-même pendant qu'il étalait ma propre excitation sur mon clitoris. Il le frotta doucement, puis plus fort, le prenant entre deux doigts pour me faire gémir. Le plaisir montait, c'était inévitable.

— Qu'as-tu trouvé dans ma chambre ? demanda-t-il sans cesser de me caresser.

Lorsqu'un gémissement m'échappa, je laissai pendre ma tête. Je voulais disparaître. Comment pouvais-je aimer cela ? Apprécier cette humiliation ?

— Non…

— Rappelle-toi, les gentilles filles sont récompensées, les vilaines sont punies. Mentir ferait de toi une vilaine fille.

— Je te déteste, dis-je sans en croire mes propres oreilles.

— Non, pas du tout. Tu te sens impuissante et tu agis en conséquence.

— Je ne suis pas une enfant.

— Je le sais bien. Dis-moi ce que tu as trouvé.

Il recommença à me caresser le clitoris, plus fort, plus vite.

— Mon Dieu.

Il ricana.

— Dieu ? Ce serait une première !

— Je suis...

— Concentre-toi, Lucia, reprit-il, sa main libre me prenant l'un des seins.

— Des liens, dis-je dans un souffle, proche de l'orgasme quand il me pinça le téton.

— Et qu'est-ce que ça t'a fait de les trouver ?

Il lâcha mon clitoris et je gémis en me recroquevillant à nouveau. J'avais envie – *besoin* – de jouir.

— Je... Je ne sais pas.

Il me frappa la vulve et je suffoquai.

— Qu'as-tu ressenti ?

À nouveau, ses caresses revinrent et je me laissai fondre.

— De la curiosité.

Était-ce possible d'*entendre* un sourire ? Parce que c'était le cas. Soudain, je jouis. Je jouis violemment sous sa main, produisant des sons qui m'étaient étrangers, le corps ramolli sur ses cuisses, les yeux fermés, endormis. Quand ce fut terminé, je le sentis me détacher les poignets et me soulever, me bercer dans ses bras et m'appuyer contre le dossier du canapé.

— Lucia, Lucia, Lucia. Tu me surprends.

— Tu m'emmèneras toujours chez ma sœur ? demandai-je en me lovant contre lui, les yeux à demi ouverts.

— Je t'avais dit que je le ferais. Et nous devons aller faire du shopping pour te trouver une robe.

— Une robe ? Pour quoi faire ?

— Pour la soirée d'anniversaire de mon père.

8

LUCIA

Mon isolement avec les nonnes pendant cinq ans avait été plus facile que cela. Je n'avais rien eu à affronter. Je pouvais réfléchir à mon sort. Je pouvais m'énerver. Je pouvais blâmer tout le monde sans aucune confrontation. Maintenant, j'étais assise à côté de Salvatore dans sa voiture pendant qu'il me conduisait vers ce que j'aurais dû considérer comme chez moi. L'ennui, c'est que je ne savais plus ce que *chez moi* signifiait. Je ne savais plus où était ma place, qui j'étais. Ni même qui j'étais censée être.

Je regardai Salvatore à la dérobée, son profil. D'un coup d'œil, on voyait que sa mâchoire exprimait la puissance, la force, tandis que ses yeux trahissaient une profondeur sous cette couche externe, donnant une idée de la noirceur qui s'y trouvait. Il avait l'attention portée sur la route pendant que je l'étudiais, me demandant qui était cet homme. Ce qu'on pouvait attendre de lui.

Je me demandais ce qui s'était passé entre nous hier.

On m'avait examinée le jour de la signature. Son père voulait s'assurer que j'étais *intacte.* Vierge. Était-ce juste pour m'humilier ? Pour briser mon père au point qu'il ne puisse plus en guérir ?

Je secouai la tête, essayant d'effacer le souvenir du visage de mon père quand j'avais enfin pu le regarder. Il avait serré les poings, ses épaules s'étaient effondrées. Il avait été forcé d'assister à la dégradation de sa fille. Pourquoi ?

Hier, Salvatore ne m'avait pas forcée. Il n'avait pas essayé, et pourtant il en avait eu l'occasion. De multiples opportunités. Il aurait pu aisément se justifier. Je lui *appartenais*. Or il n'avait rien pris d'autre que ce que j'avais cédé. Et j'avais bel et bien cédé. Je m'étais allongée là et je l'avais laissé m'amener à l'orgasme. J'avais senti sa queue presser contre moi tout au long de la punition et de la récompense, mais il n'avait pas profité de mon corps.

J'essayai d'augmenter la climatisation, j'avais trop chaud soudain. Nos doigts se touchèrent quand Salvatore la régla à ma place et ce fut comme une décharge électrique. Nos regards se croisèrent, mais j'eus tôt fait de cligner des paupières en me détournant.

— Si tu prends cette sortie, je peux te montrer un raccourci, lui dis-je.

Il se fraya un chemin dans la circulation. Une fois à la bretelle, je lui donnai les indications. Nous nous faufilâmes dans les ruelles étroites jusqu'à la maison de mon enfance.

— Tu veux une tasse de café, d'abord ? demandai-je quand nous approchâmes de ma boulangerie préférée, soucieuse de repousser notre arrivée imminente.

J'avais peur qu'Isabella voie clair en moi. Serais-je donc une traîtresse ?

Il avait l'air surpris par ma proposition.

— Oui, d'accord.

— Voilà, tu peux te garer sur le trottoir.

En général, le parking était plein, et je voulais me promener dans les rues, voir les maisons et le quartier qui m'avait tant manqué sans que je m'en rende compte.

— Ça ne te dérange pas de marcher quelques pâtés de maisons, n'est-ce pas ? dis-je une fois que nous fûmes sortis de la voiture.

— Non, c'est bon.

Salvatore appuya sur un bouton pour verrouiller les portières et il regarda autour de lui.

— Je suis curieux de savoir où tu as grandi. C'est très différent de ce que j'imaginais.

Wayne, en Pennsylvanie, était une jolie banlieue. Calme. Riche. Et sûre, bien qu'une famille de la mafia y réside.

Je hissai mon sac à main sur mon épaule et jetai un coup d'œil au ciel. Les nuages s'étaient accumulés, épais et lourds d'humidité. Il devait déjà faire trente-deux degrés. Même si je détestais la pluie, j'aurais bien aimé qu'elle rafraîchisse l'atmosphère aujourd'hui.

Salvatore vint près de moi, toujours attentif aux environs. Il portait un T-shirt bleu marine et un jean. Je me demandais comment il faisait pour ne pas transpirer à grosses gouttes. Mon débardeur et mon short me semblaient collés à ma peau.

— Qu'est-ce que tu imaginais ? dis-je en ouvrant la voie.

J'étais contente de constater que la plupart des maisons avaient conservé leur apparence, cinq ans après.

Salvatore tourna ses yeux bleus vers moi. Aurais-je toujours le souffle coupé quand il me regarderait ?

— Je ne sais pas. Un château avec des douves ?

Je gloussai.

— C'est ta famille, ça. Nous, on est plus… discrets.

J'y réfléchis un moment. Mon père nous tenait à l'écart des choses. Il n'était pas censé diriger la famille, contrairement à mon oncle. Mais quand mon grand-père et mon oncle avaient été tués, il avait été forcé de prendre la relève. Je me rappelais quand c'était arrivé. Je me souvenais de toutes ces réunions, de tous ces gens qui étaient tout à coup dans notre maison en permanence. J'avais peut-être dix ans. Ils nous avaient dit à ma sœur et à moi qu'ils avaient eu un accident de voiture, mais j'étais plus maligne. J'étais entrée dans le bureau de mon père et j'avais vu les photos de la voiture criblée de balles. Avec eux, à l'intérieur. J'avais frissonné. Il est impossible d'oublier certaines choses, même si on en a envie. On ne m'avait plus permis de jouer dans la cour, après ça, ni de faire du vélo dans le quartier.

— Ton père ne contrôlait pas la famille.

Je m'arrêtai net.

Salvatore se tourna vers moi.

— Il est mort. Ce n'est pas suffisant ? Je pensais que ça t'aurait satisfait. Je suppose que j'avais tort.

Les larmes me brûlèrent les yeux, mais je n'étais pas triste. Perdue et pleine de remords, en revanche, tenaillée par le besoin de défendre mon père avec férocité. Le désespoir de comprendre ma loyauté incompréhensible.

Salvatore passa une main dans ses cheveux épais et noirs, et jeta un coup d'œil au loin. Il hocha la tête sans rien dire.

— Pourquoi tu ne me déposes pas à la maison ? demandai-je.

Je me sentais trahie après hier. Mais à quoi m'attendais-je ? Qu'est-ce que je croyais ? Qu'on entamerait une relation ?

— Où est le café ? s'enquit-il, ignorant ma question.

Je le désignai et pris les devants. Le café était petit, exactement comme dans mes souvenirs. Et il était bondé.

Le silence retomba dès que nous entrâmes. Je regardai les visages autour de moi. Je ne reconnaissais personne, mais je savais qu'ils devaient me reconnaître. Ou plus probablement, Salvatore. Les Benedetti n'avaient pas été les bienvenus dans ce quartier pendant longtemps. Cela n'avait pas changé, même si maintenant, ils en étaient propriétaires.

— Prenons une table, déclara Salvatore quand je m'approchai du comptoir.

— On peut prendre un café à emporter.

Je n'avais pas pensé à la réaction des gens face à lui. Face à moi, avec lui.

— Non.

Il mettait un point d'honneur à rencontrer tous les regards, et j'étais sûre qu'il percevait la même chose que moi.

— Il y a un couple qui s'en va. On peut prendre leur table.

Je regardai l'endroit que Salvatore montrait du doigt. Deux clients ramassaient leurs affaires après avoir déposé de l'argent sur la table, puis ils partirent.

— On n'est pas obligés de rester, chuchotai-je, sans savoir si c'était par gêne pour lui ou pour moi.

Les gens savaient qui j'étais. Ils le savaient, soit à cause de mon père et des photos de la famille après sa mort dans le journal local, soit à cause de Salvatore.

— On va rester.

Il tira l'une des chaises et m'attendit pour s'asseoir avant de prendre celle d'en face. Je remarquai qu'il avait choisi le siège d'où il pouvait surveiller tout le café, surtout la porte. C'était un subtil rappel de qui il était. De qui j'étais.

Une serveuse vint nettoyer et essuyer la table.

— Qu'est-ce que tu veux ? me demanda Salvatore.

— Euh, un cappuccino, s'il vous plaît. Merci.

— Je prendrai un double expresso et un éclair, s'ils sont frais.

— Cuits au four ce matin, répondit la serveuse d'un ton peu amical.

Salvatore la congédia d'un signe de tête.

Les voix s'intensifièrent au fur et à mesure que la conversation reprenait, et je me demandai combien d'entre eux parlaient de nous.

Salvatore s'adossa à sa chaise et me regarda.

— Tu venais souvent ici quand tu étais jeune ?

Je savais qu'il n'était pas insensible aux regards et aux chuchotements, mais il agissait comme s'il s'en fichait.

Je hochai la tête, essayant de me retenir de jeter des coups d'œil alentour.

— Izzy et moi venions tous les dimanches matin après l'église. Je prenais toujours des éclairs.

— Pourquoi tu n'en as pas commandé un ?

— Je n'ai pas très faim.

— Prends-en un.

Il leva la main pour attirer l'attention de la serveuse.

— Non, dis-je en lui baissant le bras afin de ne pas attirer l'attention, mais la serveuse venait déjà. Je ne pense pas pouvoir manger quoi que ce soit, Salvatore, ajoutai-je à mi-voix.

Il m'étudia d'un air curieux. *Inquiet ?*

— Ta nièce sera là aujourd'hui, n'est-ce pas ?

J'acquiesçai avant de jeter un coup d'œil vers la serveuse qui se tenait là, silencieuse, clairement mécontente d'avoir à servir un Benedetti. Est-ce qu'ils me voyaient comme une traîtresse ? Savaient-ils que l'on m'avait forcée à faire ça ? À être avec lui ? Ce fut à ce moment-là que je pris conscience qu'ils n'étaient probablement pas au courant du contrat. Mais quand même, n'étais-je pas moi-même perdue ?

— Mettez-nous six de ces éclairs dans une boîte pour emporter, demanda-t-il à la serveuse avant de se tourner vers moi. Elle a le bec sucré, d'après ce que j'ai vu.

Je souris.

— C'est gentil. Elle aimera ça, et Izzy aussi.

La serveuse revint et servit le café et la pâtisserie de Salvatore, puis elle prépara la boîte d'éclairs supplémentaires près de la caisse. Salvatore prit une grosse bouchée et je pouffai.

— Quoi ? demanda-t-il en cherchant une serviette.

— Tu as de la crème. Juste là.

Comme il ne parvenait pas à l'essuyer, je tendis la main pour le faire à sa place. Sans réfléchir, je léchai la crème sur mes doigts. Il me regarda, troublé. En comprenant ce que j'avais fait, je sortis une serviette du distributeur et me nettoyai la main.

— Ils sont très bons, dit Salvatore sans plus de commentaires.

— Tu te fiches que personne ne veuille de toi ici, n'est-ce pas ?

Il leva les sourcils en sirotant son expresso.

— Non. Pourquoi devrais-je m'en soucier ? En plus, je ne suis même pas certain que ce soit vrai.

Il baissa les yeux sur son café.

— Ce qui s'est passé, c'était il y a cinq ans, ajouta-t-il.

C'était à ce moment-là que les choses avaient viré au pire. Quand les combats dans les rues avaient transformé ce quartier, un endroit calme et sûr, en bain de sang.

— Et depuis, nous avons maintenu la paix.

— En tuant la plupart de vos ennemis.

— Les deux camps ont perdu des gens, Lucia. On vient de gagner la guerre que ton père a commencée.

Il termina son expresso et se leva, l'air furieux.

— Tu as fini ?

— J'ai besoin d'aller aux toilettes, dis-je en quittant la table.

Il hocha la tête et sortit son portefeuille pendant que je me dirigeais vers les petits WC. Une fois à l'intérieur, je verrouillai la porte et posai les mains sur le lavabo en regardant mon reflet. Je devais trouver un moyen d'être d'accord avec tout ça. C'était ma vie maintenant. J'appartenais à un homme dont je détestais le nom, mais qui m'avait fait remettre en question tout ce en quoi je croyais. J'avais besoin de donner un sens à cette réalité. Pour trouver un moyen de survivre. Je m'aspergeai le visage et tamponnai une serviette sur ma peau, puis je pris une grande inspiration avant de sortir. Il m'attendait. Son expression était dure.

Nous rejoignîmes la maison en silence. Il s'avéra que je n'avais pas besoin de donner d'instructions à Salvatore. Il connaissait le chemin. Quand il s'arrêta devant la grande bâtisse en brique à étage, avec son porche et sa balançoire suspendue à une branche dans l'arbre de la cour, mon cœur battait la chamade.

Salvatore coupa le moteur et se tourna vers moi. Il glissa une mèche de cheveux derrière mon oreille. Son pouce s'attarda sur ma joue alors que ses lèvres formaient un léger sourire. Une sorte de *peut-être*.

— Détends-toi.

— C'est si évident que ça ? demandai-je en m'agrippant à la boîte d'éclairs.

— Oui.

Le portable de Salvatore sonna. Il regarda l'écran, mais refusa l'appel.

— Je t'accompagne, puis je dois passer un coup de fil.

J'acquiesçai, étrangement reconnaissante, et je sortis de la voiture.

— Tante Lucia !

Je me retournai aussitôt pour voir ma nièce qui accourait sur la pelouse.

— Effie !

Elle se jeta sur mes jambes. Salvatore me retint, la main dans mon dos.

— Moi aussi, j'avais hâte de te voir.

Je la serrai dans mes bras.

— Regarde ce que Salvatore t'a apporté.

Elle recula et j'ouvris la boîte d'éclairs.

— Oh ! s'écria-t-elle en regardant à l'intérieur avant de se tourner vers lui avec de grands yeux. Merci !

La porte d'entrée s'ouvrit et Izzy apparut, suivie de Luke.

— Hein ? Je ne savais pas que Luke serait là.

Izzy s'approcha de nous, un sourire plaqué sur les lèvres. Je risquai un coup d'œil vers Salvatore pour constater qu'il fixait Luke.

— Qu'est-ce qu'il fout ici ? murmura-t-il.

Je me demandais si sa réaction était volontaire.

— Ils ont l'air très bons, dit Izzy, le regard sur la boîte qu'Effie tenait entre ses paumes.

Elle prit ma main et m'attira vers elle en regardant Salvatore.

— Merci de l'avoir déposée.

— Oh, je peux rester, répondit-il en me prenant par le bras pour me ramener à lui. J'aimerais voir la maison où Lucia a grandi.

— Tu ne devais pas passer un coup de fil ? lui rappelai-je, plus très sûre de quel côté j'étais.

Son sourire ne se refléta pas dans ses yeux.

— Ça peut attendre.

— Luke est venu m'aider. Luke, voici Salvatore Benedetti, dit Izzy en les présentant l'un à l'autre.

Les hommes se regardèrent dans les yeux sans se tendre la main.

— Nous nous connaissons, déclara Salvatore.

En me tournant vers Luke, je vis qu'il se tenait un peu plus près de ma sœur qu'il ne l'aurait dû, peut-être, et je me remémorai ma conversation de la veille avec Izzy.

— Maman, je peux en avoir un tout de suite ?

Mon attention se porta sur la petite fille. Mes yeux alternèrent entre elle et Luke, mais Salvatore prit la parole, interrompant mes pensées.

— Tu veux que je prenne la première bouchée, pour être sûr qu'ils ne sont pas empoisonnés ? demanda-t-il à Izzy en italien, plaçant une main sur la tête d'Effie.

Je me rendis compte qu'il avait opté pour cette langue afin qu'Effie ne comprenne pas.

Les yeux de ma sœur se durcirent.

— Oui, ma chérie, dit-elle à sa fille sans quitter Salvatore des yeux.

— Merci !

Sans avoir conscience de la tension qui régnait, Effie choisit le plus gros éclair et se mit à manger.

— Rentrons à l'intérieur et commençons.

Je me dégageai des mains de Salvatore, je le pris par le bras et l'entraînai avec moi dans la maison.

— Tu savais que Luke serait là ? s'enquit-il.

— Non. Je suis aussi surprise que toi.

Je pénétrai dans le salon. Même par une journée ensoleillée, il était sombre à cause du large porche couvert, et encore plus aujourd'hui, avec les nuages bas et lourds. Izzy avait allumé plusieurs lampes en dépit de l'heure. Je m'arrêtai dans l'entrée. La senteur de la vanille, légère mais familière, faisait remonter tant de souvenirs à ma mémoire. J'avais oublié ce parfum. Les bougies préférées de maman. Papa avait toujours prétendu les détester, mais il avait continué à les acheter même après sa mort. C'était il y a bien trop longtemps. Une vie entière.

— Il se passe quelque chose entre ta sœur et Luke ? me demanda Salvatore en observant le couple dehors, en pleine discussion animée.

— Ce sont des cousins. Ils sont proches, c'est tout.

Était-ce vraiment tout ?

— Je n'aime pas ça, Lucia. Et je n'aime pas qu'il soit là, avec toi.

Je me tournai vers lui.

— C'est aussi mon cousin. Mes parents sont morts tous les deux maintenant. J'ai besoin d'une famille autour de moi.

— Parfois, la famille est plus nuisible qu'autre chose.

Je le regardai en essayant de lire ce que je voyais dans ses yeux, mais Salvatore avait le don d'être illisible. Soudain saisie de vertige, je m'assis sur l'accoudoir du canapé et je pris une grande inspiration.

— Ne me les enlève pas, eux aussi, murmurai-je sans réfléchir, consciente qu'il en avait le pouvoir.

Que se passerait-il alors ? Izzy déclencherait une guerre. Luke et elle l'avaient déjà planifiée.

Salvatore s'approcha de moi. Il prit mes mains dans les siennes et m'obligea à le regarder.

— Je ne te les enlèverai pas.

— Promets-le, dis-je après un long moment.

— Je te le promets.

C'était la deuxième promesse qu'il me faisait.

Sans un mot de plus, je me dirigeai vers ma chambre, où Salvatore m'aida à ranger les affaires que je voulais garder, surtout des livres et de vieux journaux intimes que j'avais cachés. Mon lit se trouvait là où il avait toujours été, sous l'une des deux fenêtres. Mon père me demandait comment je pouvais y dormir pendant les mois d'été – la lumière ne me réveillait-elle pas trop tôt ? – mais j'adorais cela. Je contemplai le jardin de derrière où il avait installé une deuxième balançoire comme celle de devant.

Je restai assise pendant que Salvatore refermait le dernier carton. Ce fut en m'emparant de l'oreiller que je la découvris. Une lettre qui m'était adressée, l'enveloppe scellée, l'écriture familière.

Celle de mon père.

Je la pris et la regardai fixement. La lettre que mon père avait laissée lors de son suicide était brève. Il y disait qu'il était désolé, qu'il avait déçu tous ceux qu'il aimait.

Je passai le bout de mon doigt sur l'encre bleue avant de le glisser sous le rabat et de le déchirer. Le bruit du papier fendit l'air, étouffant tous les autres bruits, occultant toute autre personne, toute autre chose. Mon cœur battait la chamade, et ma main tremblait quand je délogeai la feuille de papier pliée.

Chère, chère Lucia,

Je sais que c'est trop peu, trop tard, et tu ne sauras jamais à quel point je suis désolé pour le rôle que je t'ai forcée à jouer dans cette terrible guerre. Je veux te dire que je n'avais pas le choix. Je voudrais en tenir tous les autres pour responsables. Et pendant un temps, je l'ai fait. Mais ça ne marchait pas.

S'il y a une chose que j'ai apprise ces cinq dernières années, c'est d'assumer la responsabilité de mes actes, leurs conséquences. Les conséquences sur toi. Et celle-ci, cette dernière, c'est celle que je ne peux pas admettre. La seule chose qui m'a brisé.

Je suis vraiment désolé, Lucia. J'ai tellement honte de moi. Je suis un homme faible, et je t'ai fait porter un poids trop lourd. Je ne peux plus vivre avec ça. Je te décevrai encore une fois en étant absent quand ce salaud viendra te réclamer. Mais tu vois, je ne peux pas vivre avec ça plus longtemps. Je ne peux pas vivre en sachant qu'ils ont détruit mes deux filles.

J'espère que tu me pardonneras. Je t'aime plus que tout au monde.

Papa

Une main sur mon épaule me fit sursauter et je levai les yeux.

— Ça va ?

C'était Salvatore. Je froissai rapidement la lettre et la jetai à la poubelle, puis je m'essuyai le visage avec le dos de la main.

— Je veux m'en aller, dis-je en cherchant quelque chose autour de moi – quoi, je n'en avais aucune idée. J'ai besoin… je ne peux pas.

— Allons.

Il m'enveloppa d'un bras et, sans un mot de plus, m'attira contre sa poitrine et me tint là en me frottant le dos d'une main et en me serrant contre lui de l'autre.

— Là, là.

J'étouffai un sanglot et je pressai mon visage contre lui, un instant, laissant sa force me soutenir, me soulager d'un poids. Or quand il m'étreignit, voyant que je me laissais aller, je secouai la tête et essuyai mon visage avant de m'écarter. Je ne pouvais pas le regarder. Je ne pouvais pas me consoler auprès de lui. C'était lui l'ennemi. Et je trahissais ma famille à chaque moment de tendresse que je partageais avec cet homme.

Je ne pouvais pas faire ça.

— S'il te plaît…

D'un signe de tête, il me conduisit à la voiture.

— Reste là.

Salvatore retourna dans la maison et il revint quelques instants plus tard pour charger les deux cartons que j'avais emballés dans le coffre. Il s'assit derrière le volant. Il me regarda d'une façon étrange, circonspecte, mesurée. Puis, sans un mot, il tourna la clé et fit démarrer le moteur, nous ramenant chez lui, dans ma nouvelle maison.

9

SALVATORE

Je savais que j'avais tort, mais j'avais fait ce que tout homme aurait fait dans cette situation. J'avais récupéré la lettre que Lucia avait jetée dans la poubelle et je l'avais lue.

Si je n'en étais pas sûr avant, je l'étais désormais. Cette ordure de père était trop faible pour rester en vie. Trop faible pour prendre ses responsabilités, même dans sa dernière lettre à la fille qu'il avait trahie. Savait-il au moins ce que sa lettre lui ferait ? Savait-il que cela ne ferait qu'ajouter à la culpabilité qu'elle ressentait déjà avec son suicide ?

Sale enfoiré !

Je faisais les cent pas dans mon bureau, le téléphone à l'oreille, quand finalement Roman décrocha à la cinquième sonnerie.

— J'ai besoin que tu fasses quelque chose pour moi, mon oncle. Juste pour moi.

J'appelais rarement Roman à l'improviste. Seulement quand j'avais absolument besoin d'un homme digne de confiance.

— Qu'est-ce que c'est ?

Il était trop malin pour accepter sans connaître les détails.

— Je sais que Luke DeMarco est sous surveillance, mais je veux qu'il le soit davantage. Je veux savoir où il passe ses nuits. Je veux savoir exactement combien de temps il passe avec Isabella DeMarco. Et…

Allais-je vraiment faire ça ?

— … Je veux un test de paternité sur la petite fille, Effie. Je veux savoir si c'est son père.

— Nous avons les mêmes soupçons.

— Et mon père ? Qu'est-ce qu'il en pense ?

— Il ne pense pas qu'elle représente une menace, donc il ne s'en est pas occupé.

— Isabella ?

— Oui.

Il marqua une pause avant de reprendre.

— Ne sous-estime jamais ton ennemi, Salvatore. Tu te ferais tuer.

— Personne ne le sait mieux que moi, mon oncle.

— Je vais garder ça entre nous pour l'instant.

— Pour l'instant. J'irai voir mon père quand j'aurai des informations solides.

— Je m'y attelle tout de suite.

— Merci.

Je raccrochai. La dernière partie était un mensonge. Si mes soupçons étaient exacts, je ne pourrais pas aller voir mon père avec les détails. Mon père n'avait pas besoin de preuves supplémentaires contre Luke DeMarco, et le fait que Lucia m'ait demandé de ne pas lui enlever sa famille me retenait aussi.

Luke récoltait des soutiens, j'en étais convaincu, mais la sœur de Lucia était-elle impliquée ? Si oui, à quel point ? À quel degré étaient-ils proches ? Et que devrais-je faire si ce que je croyais se confirmait ?

En plus de tout le reste, j'avais besoin de gagner la confiance de Lucia. Je devais m'assurer qu'elle m'obéirait et qu'elle ne ferait pas d'esclandre pendant le dîner d'anniversaire. Je devais m'assurer que mon père sache que je la contrôlais.

L'après-midi suivant, je me garai sur le parking de Nordstrom.

— Je ne veux pas aller à la fête de ton père.

Nous sortîmes de la voiture et entrâmes dans le grand magasin. Elle arborait un air insolent, mais je sentis la panique derrière ses paroles.

— Je n'irai pas.

Je posai la main dans son dos pour la conduire à l'intérieur.

— Si, tu iras. Et tu vas bien te tenir pendant que tu y seras.

— Pourquoi ? Pourquoi tu ne peux pas y aller tout seul ?

— Parce qu'il nous attend tous les deux.

Nous prîmes l'escalier mécanique. Marco et un autre homme nous suivaient. Quelqu'un jouait du piano au premier étage. Avant d'y arriver, je vis la vendeuse qui nous attendait déjà.

— Pourquoi ? répéta Lucia.

Une fois descendu de l'escalator, je pris ses bras et je les frictionnai en la tournant vers moi. Il n'y aurait pas de discussion. Elle irait. Point final. Même si c'était le dernier endroit où je voulais emmener Lucia, nous irions tous les deux.

— Parce que je l'ai dit. Maintenant, sois sage.

Je me penchai vers elle, et pour tous ceux qui regardaient, on aurait dit que je lui plantais un baiser sur la tempe, mais au lieu de ça, je lui murmurai à l'oreille :

— Sinon, je vais devoir redevenir créatif.

Ses yeux sondèrent les miens quand je reculai, interrogatifs, peut-être pour essayer d'évaluer jusqu'où j'étais prêt à aller. Honnêtement, ça ne me dérangeait pas qu'elle me pousse à bout.

— Monsieur Benedetti, dit la vendeuse en s'approchant de nous sur des talons hauts qui claquaient.

Je me tournai vers elle. Elle ne devait pas avoir plus de vingt ans.

— Je m'appelle Carla et je vais aider votre…

Du regard, elle chercha à savoir si nous avions des alliances, puis elle se reprit :

— Vous cherchez une robe du soir ?

Je ricanai, une main toujours dans le dos de Lucia.

— C'est pour elle. J'aurais l'air bête dans une robe du soir.

La fille partit d'un rire nerveux, puis elle regarda Lucia.

— Taille 36 ?

Lucia hocha la tête.

— Une préférence quant à la longueur ou à la coupe ?

Nous la suivîmes en direction des robes de créateurs.

Mon téléphone sonna. En voyant le nom de Natalie à l'écran, je m'excusai. Lucia haussa les sourcils, mais s'abstint de toute question. Marco me suivit et l'autre garde du corps resta auprès d'elle.

— Allô ?

— Salut, Salvatore. C'est Natalie. Je ne te dérange pas ?

— Non, bien sûr. Est-ce que tout va bien ?

Elle avait l'air tendue.

— Dominic est passé. Il était là quand je suis rentrée du travail.

Natalie ne faisait pas confiance à Dominic. Elle ne l'avait jamais aimé et j'avais vu Sergio se disputer avec lui. Je ne connaissais pas les détails de leur brouille, mais je soupçonnais que c'était en rapport avec Natalie.

— Qu'est-ce qu'il voulait ?

— Il a dit qu'il voulait voir son neveu. Savoir comment il allait puisque je ne l'amène pas à la maison pour leur rendre visite.

Pourquoi Dominic se souciait-il d'un bébé ? Il ne l'avait jamais fait auparavant.

— Salvatore ?

— J'écoute. Combien de temps est-il resté ?

— Juste dix minutes. Je ne voulais pas le laisser entrer. Je lui ai parlé sur le perron. Que veut-il, Salvatore ?

— Je ne sais pas, mais je le verrai au dîner d'anniversaire de mon père. Je lui parlerai à ce moment-là. Tu te sens en sécurité ? Tu veux que j'envoie quelqu'un ?

— Non, ce n'est pas grave. Disons que… de le revoir, ça m'a rappelé tellement de choses.

— Je sais.

Je l'entendis renifler.

— Je suis désolé, Natalie.

Jacob s'agitait près du téléphone.

— C'est bon, ça va aller. Il m'a surprise, c'est tout. Je ferais mieux de préparer le dîner de Jacob.

— Je peux venir moi-même si tu préfères.

— Tu as déjà bien assez à faire. Vraiment, ça va aller. Je me sens déjà mieux, maintenant que je t'ai parlé. C'est bon.

— Laisse-moi au moins envoyer quelqu'un pour surveiller la maison.

— Non. Je ne veux plus de ça pour moi, et je ne le veux pas pour Jacob. On est sortis de cette vie. C'est ce que Sergio aurait voulu pour nous.

Je hochai la tête, même si elle ne voyait rien. La vendeuse apparut, l'air déboussolé jusqu'à ce qu'elle me voie. Je tournai le dos afin de terminer mon appel.

— D'accord, mais si tu ne te sens pas en sécurité ou si tu as besoin de quelque chose, tu m'appelles, d'accord ?

— Oui. Je le ferai, Salvatore. Merci.

Nous raccrochâmes et je me dirigeai vers la fille, l'esprit en ébullition. Je me demandais ce que Dominic était en train de mijoter.

— Elle est prête pour le premier essayage, déclara la vendeuse d'un ton enjoué en montrant le salon du doigt.

Je lui emboîtai le pas. C'était une pièce privée avec un canapé et un long miroir, dotée d'un rideau pour séparer la cabine d'essayage. Une fois à l'intérieur, la fille ferma la porte et disparut derrière la séparation.

— C'est trop dénudé, se plaignit Lucia.

— C'est magnifique, rétorqua la jeune femme.

Un instant plus tard, elle tira le rideau de côté et les yeux me sortirent de la tête. Devant moi se tenait Lucia, l'air contrarié, ses longs cheveux noirs tombant en cascade sur ses épaules, une robe couleur crème épousant sa silhouette menue. Le tissu tombait jusqu'à ses pieds, que je distinguais dans des sandales à talons hauts or et argent. Ils ajoutaient dix centimètres à sa taille. La robe était très décolletée, le V plongeant jusqu'au nombril. Des pierres précieuses entouraient la ceinture et bordaient le décolleté entre ses seins, soulignant et mettant magnifiquement en valeur leurs petits monticules ronds.

— Je pense qu'on devrait remonter les cheveux, dit la jeune femme.

Elle ramena les cheveux de Lucia sur sa tête, en chignon, la poussant à sortir davantage de la cabine pour se tenir devant le miroir, son magnifique dos tourné vers moi. Le V du décolleté se répétait dans le dos.

— Il va falloir la modifier un peu ici, fit la vendeuse en montrant les épingles sur les épaules de Lucia. Mais elle sera prête demain.

— Tu es magnifique, Lucia.

Son regard croisa le mien dans le miroir. Elle se regarda à nouveau, comme si elle n'en croyait pas ses yeux. Je me demandais si c'était la première fois qu'elle portait une telle robe.

— C'est trop... bredouilla-t-elle en regardant le V entre ses seins.

— C'est parfait.

Je me levai et vins me placer derrière elle sans quitter ses yeux dans le miroir. Je retirai la pince de ses cheveux et laissai la masse tomber dans son dos. Lucia se mordit la lèvre avec un frisson.

— Trouvez-nous quelque chose de plus décontracté pour ce soir, dis-je à la fille sans quitter Lucia des yeux. Prenez votre temps.

— Oui, Monsieur.

L'employée ressortit en fermant la porte derrière elle.

Je fis alors pivoter Lucia vers moi.

— J'ai envie de toi.

Elle posa les mains sur mon torse et j'écartai ses cheveux sur les épaules. La lumière au-dessus de sa tête clignota, puis s'éteignit une fraction de seconde avant de se rallumer. Sans un mot de plus, je me penchai pour l'embrasser. J'adorais l'embrasser. Je l'avais vue nue. J'avais léché son sexe, mais c'était notre acte le plus intime à ce jour et je pris mon temps pour la goûter. Sa bouche douce, sa langue timide au début, soumise à la mienne, puis plus audacieuse, curieuse dans son exploration alors que le baiser s'approfondissait, me soutirant un profond gémissement.

On frappa et la porte s'ouvrit. Lucia sursauta, mais la fille ne prêta pas attention à nous. Elle portait une brassée de robes et elle nous adressa la parole sans nous regarder tout en les accrochant à des portants.

— Alors, qu'en pensez-vous ?

Je me tournai à nouveau vers Lucia, mon regard survolant ses seins exposés, ma queue au supplice dans la prison de mon jean.

— Nous allons prendre celle-ci.

Ma voix était rauque et je me raclai la gorge.

— Vous pourrez la livrer demain, une fois retouchée ?

— Oui, monsieur.

La fille me fit un sourire réjoui et quand je vis le prix, je compris pourquoi. Elle aurait probablement gagné une meilleure commission en une soirée qu'en un mois.

— Enlevons-la et essayons-en une autre, proposa-t-elle en ouvrant le rideau pour Lucia.

— Ici, dehors. Je veux voir.

Elle s'arrêta, perplexe, la tête inclinée de côté, mais elle jeta un coup d'œil à Lucia qui ne regardait que moi, les lèvres enflées et légèrement écartées, les yeux plus foncés et plus caramel que leur teinte de whisky habituelle.

— Ici, répétai-je en montrant du doigt l'emplacement, devant le miroir, où je pouvais la voir à la fois devant et derrière.

— Bien, monsieur.

La fille déplaça Lucia, qui ne me quittait pas des yeux.

Je m'installai confortablement sur mon siège pendant que la vendeuse détachait la ceinture et faisait glisser lentement la robe de Lucia, la laissant debout en culotte – un shorty comme celui qu'elle portait en Italie. C'était il y a si longtemps.

Je détachai mes yeux de ceux de Lucia pour lorgner son corps presque nu. Chaque fois, j'avais l'impression que c'était la première. Des épaules étroites, de petits seins hauts et ronds avec des mamelons qui pointaient sous mon regard, un ventre plat et des jambes longues, minces et fuselées. Elle était magnifique. Parfaite. Ma verge se mit à pulser en remerciement.

Je l'avais, elle était à moi. Mais je voulais qu'elle le veuille. Qu'elle me désire aussi.

Je déglutis quand elle leva les bras pour que la fille glisse une courte robe noire par-dessus sa tête. Celle-ci avait une taille basse et des manches longues, fendues sur toute la longueur.

— Le plus joli, c'est ce détail, nous dit la fille en retournant Lucia afin de la placer de dos.

L'arrière était ouvert jusqu'aux hanches, mettant en valeur sa silhouette de manière séduisante.

Je hochai la tête.

— J'aimerais voir celle-ci.

J'en désignai une autre et la jeune femme obéit en silence, déshabillant Lucia pour lui enfiler l'autre tenue. Elle la fit tourner devant moi et mon sexe devint plus dur encore. La soumission de Lucia m'excitait autant que le fait de la voir nue.

Une fois toutes les robes présentées, la fille nous laissa seuls.

— Qu'est-ce qu'on fait ? demanda Lucia alors qu'elle se tenait devant moi en petite culotte et en sandales, les mains sur ses seins, le charme rompu.

— Du shopping. Ne couvre pas tes seins.

Pendant un moment, elle résista, inquiète. Mais elle finit par s'exécuter, laissant tomber ses bras sur le côté.

— Tourne-toi.

Elle obtempéra, me présentant ses fesses encore couvertes de dentelle. Je me levai. Elle jeta un coup d'œil par-dessus son épaule, mais se retourna aussitôt.

— Mains sur le mur.

Je me tenais assez près pour m'assurer qu'elle sente mon souffle sur son épaule, la chaleur de mon corps palpitant contre le sien. Je baissai la tête et humai l'odeur propre de ses cheveux. Je vis ses mamelons durcir et la chair de poule courir le long de ses bras.

— J'aime te regarder, Lucia.

J'appuyai mon érection contre sa hanche.

— Tu ne sais pas à quel point j'ai envie de toi.

Elle déglutit quand je fis courir les phalanges d'une de mes mains le long de sa hanche avant d'insérer deux doigts sous les bords de sa culotte.

— J'aime ça.

À deux mains, je suivis le contour de la dentelle sur le doux renflement de ses fesses. Je tirai sur l'élastique, exposant un peu plus ses fesses tout en faisant glisser le tissu dans sa raie, avant de tirer encore plus haut.

Lucia sursauta.

— J'aime ton cul.

Je passai une main autour de son buste pour lui pincer un mamelon.

— J'aime tes seins.

Je descendis le long de son ventre jusque dans sa culotte, posant ma paume sur le monticule humide de son sexe.

— Et j'aime ta chatte.

J'entrepris de caresser son clitoris alors qu'elle s'appuyait contre moi, s'abandonnant, un petit gémissement lui échappant des lèvres. Ma main libre autour de son cou, je l'attirai contre moi, jouant toujours avec sa vulve moite alors que je pressais mon sexe contre son dos.

— J'aimerais enfoncer ma queue dans ta chatte, Lucia. Je veux te baiser si fort que tout le monde ici le saura. Ils sauront que tu te fais baiser. Que tu es à moi.

Elle se raidit à ces mots, comme pour résister, mais son corps tremblait déjà à l'approche de l'orgasme.

— Arrête !

Sa voix était faible. Une requête bien tiède.

— Laisse-toi faire !

— Je...

Je pris son clitoris entre deux doigts et le pinçai. Elle serra les poings, le front contre le mur.

— S'il te plaît. Ne fais pas ça. Pas ici.

— Jouis !

Elle secoua la tête, mais elle ne bougea pas, n'essaya pas de se libérer, de retirer ma main de sa culotte.

— Jouis !

— Non… oh, merde.

Ses genoux plièrent, mais je la maintins pressée contre moi, cette fois en lui empoignant les cheveux et en lui tirant la tête en arrière.

— Jouis, et je te relâcherai.

— J'ai… dit… non.

— Têtue.

Je la retournai face à moi, l'embrassai et manipulai brutalement son clitoris entre le pouce et l'index. Sa bouche s'ouvrit sous la mienne et ses bras s'enroulèrent autour de mon cou. Elle était proche de l'orgasme tout en résistant de toutes ses forces.

Elle recula.

— Je… ne… je ne veux pas.

Mais je repris sa bouche, et cette fois, je glissai dans sa culotte la main qui tenait ses cheveux. Lui écartant les fesses, j'appuyai mon doigt à cet endroit précis. Je frottai son ouverture étroite jusqu'à ce que ses genoux se dérobent et qu'elle crie en serrant les bras autour de mon cou, enfonçant son visage dans ma poitrine pour réprimer ses gémissements plaintifs alors qu'elle jouissait longuement. Son sexe trempait mes doigts, ma main, alors que son corps cédait. Enfin, elle soupira, la respiration courte, les yeux humides et sombres quand elle me regarda. Je l'étreignis, souriant et victorieux.

— Je te déteste, murmura-t-elle en fermant les yeux lorsque je réclamai sa bouche pour un baiser, à nouveau triomphant.

— Je n'ai pas faim.

— Mais tu as une volonté de fer, dis-je à Lucia en me penchant plus près. Mange ! Choisis quelque chose ou je choisirai pour toi.

Elle me décocha un regard noir, mais elle finit par acquiescer.

— Très bien. Je prendrai les raviolis aux champignons.

— Ravioli, c'est parti, dit le serveur en me regardant avant de récupérer nos menus.

Une fois les vêtements payés, Lucia s'était vêtue de la robe noire à dos nu et nous nous étions rendus dans un petit restaurant italien pour le dîner.

— Je ne peux plus me montrer à Nordstrom. Tu le sais, n'est-ce pas ?

— Personne n'a vu ta figure, lui dis-je en clignant de l'œil, tout en prenant un morceau de pain pour le tremper dans un bol d'huile d'olive.

— Tu m'énerves tellement !

Je mâchai le pain.

— Ils ont la meilleure huile d'olive du monde. Tu sais, elle est faite à partir de leurs propres oliviers de Toscane.

Elle piocha un morceau de pain et le trempa violemment avant d'en mordre un bout, puis elle s'adossa dans sa chaise et me regarda attentivement.

— Tu t'es lavé les mains ?

Mon éclat de rire fut si spontané que je faillis m'étouffer et les clients aux tables alentour se tournèrent pour nous fixer.

— J'aime ton goût, répondis-je en tendant la main sous la table, la glissant vers le haut de sa cuisse.

— Tu es affreux !

Elle l'attrapa et la repoussa.

— Ce n'est pas ce que tu disais dans le salon d'essayage.

Le serveur apporta la bouteille de vin que j'avais commandée. Lucia baissa les yeux sur ses genoux, les joues écarlates.

Il la déboucha et m'en fit goûter.

— Très bon, dis-je après l'avoir fait rouler sur ma langue.

Il remplit d'abord le verre de Lucia, puis le mien.

— Il n'y a pas de quoi avoir honte, dis-je après que le serveur fut parti et que nous eûmes levé nos verres. *Je viens d'avoir un violent orgasme dans la cabine d'essayage de Nordstrom !* ajoutai-je en minaudant, imitant une voix de femme.

Je souris et haussai les épaules. Je savais que cette résistance était en partie due à son anxiété à la perspective de la fête d'anniversaire de mon père.

— Tu n'es probablement pas la première, la taquinai-je.

Puis je lui fis un clin d'œil et décrétai que c'était le bon moment pour changer de sujet.

— Ta nièce est mignonne.

Elle me dévisagea en sirotant lentement son vin.

— C'est vrai.

— Tu es proche de ta sœur ?

— Je l'étais. Avant… tout ça.

— Que penses-tu du fait qu'elle emménage dans la maison de ton père ?

— Je suis contente qu'on garde la maison. Je ne sais pas si je suis prête à la vendre. Et je suis contente qu'elle reste dans le coin.

— Pourquoi ne vous êtes-vous pas vues quand tu étais à l'université ? Tu aurais pu le faire. Rien ne te l'interdisait.

Elle haussa une épaule.

— Tu veux dire comme quand Marco était dans nos pattes quand elle est venue me rendre visite à la maison ?

Je lui répondis avec mon sourire le plus patient.

— Tu ne voulais pas la voir ?

— Tu ne me connais pas. Ni moi ni ma famille.

— J'essaie d'apprendre à te connaître. Ce n'est pas parce que tu n'as pas été en contact avec eux que tu ne peux pas recommencer. C'est ta famille.

— Et ton frère ? Vous êtes proches ?

— Avec Dominic ?

Elle acquiesça.

— Non. Dominic n'est pas… sympa.

— Mais tu étais proche de Sergio ?

— Oui. Très.

Aucun de nous ne parla jusqu'à ce que le serveur nous interrompe en apportant nos plats. Après son départ, Lucia me regarda.

— Je regrette de ne pas avoir parlé à mon père avant sa mort. J'aurais dû lui dire que je lui avais pardonné.

— C'est vrai ? Tu l'as pardonné, je veux dire ?

Elle fit un geste évasif.

— Je pense qu'il était acculé. Et tu as tort, il ne cherchait pas à se sauver lui-même. Il m'a abandonnée pour les sauver tous. Tu... ton père avait assassiné...

— J'en ai assez de cette conversation. C'était une guerre. Les deux camps ont perdu de nombreuses vies. Toi et moi, nous le savons tous les deux.

Elle soupira tout en poussant des raviolis sur les bords de son assiette.

— Mais tu as raison. Ton père était acculé.

— Merci de l'admettre.

Je hochai la tête en enfournant une fourchetée de saumon dans ma bouche. Nous mangeâmes en silence pendant quelques minutes. Chaque fois que je la regardais, elle avait les yeux sur son assiette.

— Ta sœur n'est pas mariée ?

Je savais qu'elle ne l'était pas, et je soupçonnais déjà ce que l'homme que j'avais chargé de la suivre me rapporterait.

— Non.

— Si je peux me permettre, qui est le père d'Effie ?

Elle prit un ravioli et levai les yeux sur moi.

— Tu peux toujours demander. Tu n'as qu'à le lui demander, à elle.

Sa bouche s'étira en un sourire victorieux.

— Touché.

— Salvatore, cette fête...

Elle posa sa fourchette et s'essuya la bouche en secouant la tête.

— Je ne sais pas si je peux... Il me déteste, et je ressens la même chose envers lui. Je ne sais même pas pourquoi tu es gentil avec moi.

Je tendis le bras au-dessus de la table pour lui toucher la main.

— Je ne suis pas comme lui, Lucia.

Elle regarda ma main qui recouvrait la sienne. Elle était tellement plus grande. Elle l'engloutissait. C'était presque une manifestation physique de mon pouvoir sur elle : je pourrais la faire disparaître.

— Écoute, dis-je en retournant sa main, traçant les lignes de sa paume avec mon pouce. Nous n'avons pas le choix. Nous irons à cette fête. Il n'y a pas de *mais*, même pour moi. Toi et moi... ça pourrait être pire. Il aurait pu te garder pour lui ou te donner à mon frère. Tu n'aurais pas supporté.

Je savais qu'elle comprenait au changement de son expression, soudain plus soucieuse. Mais je voyais aussi qu'elle me faisait confiance, ou du moins, plus qu'à n'importe quel autre membre de ma famille. C'était un début.

— Je ne dis pas qu'il faut être reconnaissant pour tout cela, mais aucun de nous n'a le choix. Il faut y aller, s'en débarrasser. Fais ce que je te dis, ne fais pas de vagues. On dînera ensemble, je serai à tes côtés tout le temps. Reste discrète et ne lui donne aucune raison de prouver quoi que ce soit. Il ne ratera pas une autre occasion, Lucia.

— Alors, *fais ce que je te dis*. On en revient toujours à ça.

Elle roula des yeux, mais c'était un numéro derrière lequel je pouvais déceler la peur.

— Regarde-moi.

Elle le fit à contrecœur.

— Je ne peux te protéger de lui que si tu fais ce que je dis.

— Je vais essayer.

— Tu as fini ?

Lucia hocha la tête. Elle avait terminé la moitié de son assiette, c'était suffisant.

— Alors, allons-y.

Je jetai quelques billets sur la table et je me levai.

— Je veux te faire voir de plus près ce que tu as trouvé dans ma chambre.

10

LUCIA

Il n'essaya pas de cacher son amusement en voyant ma tête. Et s'il l'avait dit pour me faire oublier la soirée de son père, ce fut efficace, parce que pendant tout le chemin du retour, je ne pensai qu'à cela.

Une fois arrivé à la maison, Salvatore garda sa main dans mon dos et donna leur soirée à Rainey et Marco. Ensuite, nous nous rendîmes dans le salon pour prendre une bouteille de vodka avant qu'il ne m'emmène dans sa chambre.

— Tu es toujours curieuse ? demanda-t-il une fois à l'intérieur, la porte refermée.

Dévissant le bouchon de la vodka, il but une rasade et me tendit la bouteille. Je fis la même chose, mais je fus prise d'une quinte de toux et je la lui rendis. Il ricana et but une fois de plus avant de la poser sur la table de nuit. Il baissa les lumières, découvrit le lit de sa couette et revint vers moi.

— Alors ?

— Salvatore…

Un bras autour de ma taille, il posa son index sur mes lèvres.

— J'ai envie de toi, Lucia. Ma queue n'en peut plus de vouloir être dans ta petite chatte chaude.

Il m'embrassa et je capitulai, mon corps réagissant à son toucher, le désirant déjà. Je me souvenais de ce qu'il m'avait fait ressentir, du plaisir qu'il m'avait procuré.

Ses doigts touchèrent mes épaules et je sentis la robe glisser le long de mes bras jusqu'à ma taille, laissant mes seins nus pressés contre son torse. Salvatore s'arrêta un moment, puis s'écarta. Sous son regard sombre, mes tétons pointèrent. D'une main, il retira sa chemise par-dessus sa tête. Je regardai son corps musclé et puissant alors que le désir brûlant s'insinuait au creux du mien.

De grandes mains trouvèrent mes hanches alors qu'il s'approchait pour m'embrasser à nouveau, les yeux ouverts. Salvatore tira la robe vers le bas et me l'ôta complètement. Il recula et je le vis enlever son jean et son boxer. Je m'humectai les lèvres à la vue de sa verge épaisse prête pour moi.

Il s'assit sur le bord du lit, saisit la bouteille et but à nouveau. Quand il me la tendit, je secouai la tête. Il remit la vodka sur la table de nuit et désigna ma culotte.

— Enlève ça.

Mon bas-ventre se crispa. Glissant mes doigts sous l'élastique, je fis glisser ma culotte et la retirai. Les yeux de Salvatore se dirigèrent vers mon sexe sans cacher l'avidité dans son regard.

— Viens ici.

Il montrait l'espace entre ses jambes écartées.

Je m'approchai de lui et il me prit les mains.

— Contraception ? demanda-t-il.

Pendant un moment, je fus un peu perdue.

— Oui. Je prends la pilule.

J'avais des règles abondantes depuis des années et j'utilisais la pilule afin de régler le flux et soulager la douleur.

Il hocha la tête, puis il prit l'un de mes seins dans sa bouche, tétant d'abord puis mordant le mamelon. Je sursautai sans savoir si la sensation dominante était la douleur ou le plaisir. Tout en me regardant, il répéta le même geste sur l'autre sein, laissant mes deux tétons mouillés et frais dans la pièce climatisée.

— As-tu déjà eu le sexe d'un homme dans la bouche ? demanda-t-il en me poussant à me mettre à genoux.

Je secouai la tête. J'étais vierge, il le savait. Je posai mes mains sur ses cuisses, regardai son membre dressé et passai la langue sur mes lèvres en me préparant mentalement.

Salvatore plaça une main derrière ma tête.

— Lèche.

Il m'attira vers l'avant et j'effleurai son gland mouillé, goûtant les perles salées qui s'y étaient accumulées. Je levai les yeux et vis qu'il me regardait. Il me guida sur toute sa longueur. La peau était douce sur le membre rigide. Cela me donna envie de mettre du cœur à l'ouvrage, de m'agenouiller devant lui et de lui donner du plaisir.

— C'est bien, maintenant ouvre la bouche.

Il enfonça son sexe dans ma bouche pendant que nos regards restaient rivés l'un à l'autre.

— C'est bien.

Il gémit et ferma les yeux en exerçant de lents va-et-vient, tout entier dans ma bouche.

— C'est très bien.

Il se leva, gardant une poignée de mes cheveux dans la main, et continua ses mouvements érotiques.

— J'aime te regarder comme ça, Lucia, à genoux, la bouche pleine. Tu ne sais pas à quel point j'ai envie de te baiser le visage, de m'enfoncer dans ta gorge.

À ces derniers mots, il pompa plus profondément, me faisant étouffer, les doigts serrés dans mes cheveux quand j'essayai de reculer.

Je cherchai l'air en poussant contre ses cuisses.

Il sourit, puis il se retira un peu.

— Encore une fois.

Il me pénétra plus profondément, faisant jaillir des larmes au coin de mes yeux alors que je luttais en vain et qu'il tirait plus fort sur mes cheveux, à la limite de la douleur. Quand il répéta ce geste en s'enfonçant un peu plus loin tout en souriant, en me regardant, j'éprouvai l'étrange impression qu'il aimait mes larmes, ma lutte.

— Mais je ne jouirai pas dans ta gorge ce soir, dit-il en me tirant par les cheveux. À quatre pattes !

Il me jeta sur le lit.

— Les fesses vers moi !

Je le regardai en me demandant si c'était normal d'être excitée par le traitement brutal qu'il m'infligeait, sachant très bien que je l'étais.

Une fois au centre du lit, à quatre pattes, je jetai un œil par-dessus mon épaule. Il monta sur le lit derrière moi, les yeux sur mes fesses, puis sur mon visage. Il attrapa le lien en cuir sur ma gauche et le fit glisser sur le lit. Prenant mon poignet, il me tira le bras pour l'attacher. Ensuite, il répéta la manœuvre de l'autre côté, de telle sorte que je me retrouvai avec le buste et le visage contre le lit, les bras tendus de chaque côté et les fesses en l'air.

Salvatore remua derrière moi et s'agenouilla entre mes jambes. Il m'agrippa les fesses et les écarta largement.

— Regarde-moi.

Je tournai la joue pour le voir. J'étais excitée, gênée, je le désirais. Quelque chose coulait le long de ma cuisse. Je savais que c'était ma propre envie.

— Tu dégoulines, Lucia.

Il baissa la tête vers moi pour recueillir la goutte sur sa langue. Il la fit glisser le long de ma cuisse jusqu'à mon entrejambe.

J'émis un petit bruit, enfouissant mon visage dans le matelas pendant qu'il fourrait le sien contre ma vulve.

— J'adore te regarder comme ça, Lucia, tout écartée et offerte à moi.

Son menton rugueux égratignait ma chair tendre. Il me lécha du bout de la langue, me chatouillant le clitoris avant de plonger en moi. Avant que je puisse jouir, cependant, il se redressa. Je me tordis le cou pour le regarder à nouveau.

— Et j'adore ton petit trou du cul sexy.

Je me raidis lorsque son pouce y exerça une pression.

— Je vais baiser ce trou aussi…

Comme je protestais, il sourit tout en poussant contre mon anus serré.

— Quand je le voudrai, tu me le donneras. Tu te mettras à

genoux comme tu l'es en ce moment, et tu me supplieras de te baiser par-derrière.

Mon gémissement eut pour effet d'agrandir son sourire.

— Mais ne t'inquiète pas. Ce n'est pas pour ce soir. Ce soir, je veux enfoncer mon sexe dans le tien. J'irai doucement au début, mais ce que je veux, Lucia, c'est te pilonner jusqu'au fond. Jusqu'à ce que tu me supplies d'arrêter et que tu me supplies d'en avoir plus en même temps. Jusqu'à ce que tu cries mon nom.

J'arquai le dos, me mordant la lèvre. Je voulais sentir ses mains sur moi, sa bouche sur moi. Je le voulais *en* moi.

— Fais-moi jouir, Salvatore, suppliai-je.

Mon corps frissonna à mes propres paroles.

— Tu en as très envie, hein ?

— Hmm.

— C'est ta première fois, pourtant ?

Il le savait, même s'il continuait à me poser la question tout en frottant sa verge dans mes replis moites. Sa chaleur, sa dureté, la douceur de sa chair nue sur la mienne. Tout cela me procurait un plaisir intense.

— Oui.

— Tu as peur ?

— Non.

— Peut-être que j'aime que tu aies un peu peur, Lucia.

Ce murmure grave me donna le frisson.

— Peut-être que j'aime te maîtriser et te baiser fort pendant que tu cries. Peut-être que ça m'excite.

Il s'installa entre mes jambes.

— Garde tes yeux sur moi. Je veux te regarder.

Je hochai la tête et je déglutis quand sa queue se fit sentir.

— J'ai un peu peur, peut-être, avouai-je d'une voix rauque.

— La peur te fait mouiller.

Il enfonça alors son membre en moi, plus lentement que je l'espérais, m'étirant inexorablement. Cette intrusion me fit une impression bizarre, comme si j'étais trop étroite pour lui, mais alors qu'il entrait et sortait, je commençai à me détendre. Je fermai les yeux pour mieux ressentir. C'était agréable.

— Les yeux, Lucia.

Je les rouvris et le regardai. Je vis son visage tandis qu'il donnait de lents coups de reins en moi, s'enfonçant un peu plus profondément, me prenant davantage, pressant contre une barrière qui me fit écarquiller les yeux. J'essayai de me redresser, mais il me caressa le dos.

— Du calme, garde tes yeux sur moi. Ça ne fera mal qu'une minute. Après, tu me supplieras de te baiser plus fort.

Je serrai les poings, essayant de dégager mes bras. Salvatore se pencha sur mon dos, étira ses bras sur les miens, sa queue logée en moi.

— Je veux te sentir tout entière, chuchota-t-il en avançant lentement. Je veux sentir ta chatte se contracter sur ma queue.

Il se retira, puis il ondula des hanches, s'enfonçant plus profondément.

— Je veux sentir la chaleur de ton sang de vierge.

Le coup de reins suivant m'arracha un cri.

— Je veux t'entendre crier. J'aime ça.

Une autre poussée, plus dure cette fois.

— J'aime te sentir jouir.

Il passa une main sous mon corps, la fit glisser sur ma poitrine, mon ventre, s'insinuant dans mes plis pour trouver mon clitoris.

— Oh, Seign...

— Dur et doux à la fois. Je veux te baiser à vif.

Il se retira complètement, puis il s'enfonça à nouveau, embrassant mon épaule avant de la mordre, le souffle court.

— Je vais jouir, parvins-je à dire alors que son sexe en moi touchait le point idéal et que ses doigts frottaient sur mon clitoris.

C'était trop, trop de sensations, trop d'émotions, trop de lui. Entendre sa respiration laborieuse, le sentir grossir encore plus en moi, tout cela me submergeait. Quelques instants plus tard, l'orgasme déferla et des sons inconnus jaillirent de ma gorge. Les poussées de Salvatore se firent plus fortes, plus rapides. Je me sentais à vif, comme il l'avait prédit, mais tout ce que je voulais, c'était le garder à l'intérieur de moi, au-dessus de moi. J'aimais qu'il me possède, que ses doigts me besognent et me fassent jouir.

— Oh, putain.

C'était un grognement. Enfin, il s'immobilisa, sa queue se contracta et il éjacula, me remplissant. Je regardai son visage du coin de l'œil, ses yeux si sombres. Ils étaient noirs. Quand il s'arrêta, il s'effondra sur moi, m'aplatissant sur le lit. Son sexe se ramollit et glissa lentement. Un filet de sperme se répandit sur mes cuisses alors qu'il restait sur moi, le visage sur mon dos. Il défit les menottes à mes poignets avant de poser une main possessive sur ma hanche. Puis il m'embrassa doucement le cou et les épaules jusqu'à ce que mes yeux se ferment et que je m'endorme dans ses bras.

11

SALVATORE

Quand j'étais enfant, j'adorais venir à la maison des Adirondacks, mais j'avais l'impression que c'était il y a cent ans. Maintenant, alors que nous approchions de la propriété, Lucia était assise à côté de moi dans la voiture, toute tendue. Elle était belle dans la robe crème que j'avais choisie, ses cheveux auburn relevés sur sa tête, son maquillage foncé accentuant la forme en amande de ses yeux couleur whisky.

Je touchai son genou quand nous nous arrêtâmes à la barrière de sécurité.

Elle sursauta.

— Tout va bien se passer. Je reste avec toi.

Elle hocha la tête, mais la tension ne cessait de monter.

Je détestais cela. En saluant le garde du corps et en rejoignant le garage, je sus qu'elle était ici pour qu'on la montre, qu'on l'expose comme un gage du triomphe de mon père, du triomphe de ma famille. Je savais aussi que mon père n'avait pas oublié ce qu'elle avait fait à l'enterrement. Il la punirait pour cela, et j'avais le sentiment qu'il le ferait ce soir.

Il fallait juste que je la maîtrise comme il fallait. Après avoir garé la voiture, je sortis et contournai le capot.

— Je me sens mal, dit-elle.

Glissant sa main dans la mienne, je la serrai avec chaleur.

— Tout ira bien. Respire, c'est tout.

Nous étions à peine à l'intérieur que l'on m'appela par mon nom. C'était Dalia, la femme de Roman.

— Salvatore. Ah ! Te voilà. Je n'étais pas sûre de te voir ce soir.

Elle se pencha et je l'embrassai sur les deux joues, comme d'habitude.

— Dalia.

Je ne l'avais jamais appelée *tante* Dalia. Cela ne me convenait pas, dans la mesure où elle n'avait que deux ans de plus que moi. Mon oncle aimait les jeunes femmes.

Elle tourna les yeux vers Lucia, qui se tenait raide à côté de moi. Je les présentai l'une à l'autre.

— Lucia, voici Dalia, la femme de mon oncle Roman, que tu as… déjà rencontrée.

Merde. Elle l'avait rencontrée il y a cinq ans, le jour où elle avait signé le contrat.

Heureusement, elle ne releva pas ce détail, se contentant de la saluer par un mouvement de tête.

— Lucia *DeMarco*, n'est-ce pas ?

Dalia pouvait être une garce, mais sa remarque sembla encourager l'audace de Lucia.

— Oui, c'est ça. Lucia *DeMarco*, confirma-t-elle en prononçant lentement son nom de famille et en se redressant.

Le sourire conquérant sur ses lèvres annonçait à tous ceux qui osaient se poser des questions qu'elle ne serait pas une victime.

Je la respectais pour cela, mais j'étais inquiet aussi. Si mon père la voyait faible, s'il pensait qu'elle était brisée, au moins un peu, il pourrait lui ficher la paix.

Dalia ne s'attendait sûrement pas à la réponse de Lucia.

— Enchantée de vous rencontrer, parvint-elle à dire avant de s'éclipser.

Je chuchotai à Lucia :

— Fais attention.

Elle me regarda en levant les sourcils d'un air arrogant.

— Qu'est-ce que tu veux dire ? Je lui ai simplement confirmé qu'elle avait raison.

— Ne fais pas de vagues, Lucia. Une fois cette soirée terminée, tu n'auras plus à revoir ces gens.

— Je les emmerde.

Je lui comprimai la main dans un étau.

— Aïe !

Les invités de mon père se tournèrent vers nous alors que nous avancions dans la pièce, sans même essayer de cacher leur intérêt pour Lucia. Je lâchai sa main et pris deux verres de champagne auprès d'un serveur qui passait.

— Bois, lui ordonnai-je en lui tendant le verre.

Elle s'en saisit et avala une grosse gorgée.

— Allons voir mon père. Il nous attend, j'en suis sûr.

Alors qu'elle penchait son verre, je lui soufflai :

— Sois sage. Ne le contrarie pas. Souviens-toi de ce dont on a parlé.

— D'accord.

Mon père se tenait au bout de la pièce, près de la cheminée. Je savais qu'il nous avait vus, mais il ne dit rien, continuant sa conversation avec Roman et deux autres invités. Pourtant, avant que nous approchions, Dominic s'interposa sur notre chemin, détaillant avidement Lucia du regard, m'obligeant à lui poser une main sur la nuque.

Elle était à moi.

— Dominic.

Il quitta Lucia des yeux et la lueur d'amusement disparut dans son regard dès qu'il rencontra le mien.

— Salvatore.

À nouveau, il se tourna vers Lucia.

— Je ne crois pas avoir été présenté officiellement à la belle Lucia DeMarco.

Cette dernière se recroquevilla sous mes doigts. Dominic tendit la main pour serrer la sienne. Il lui fallut un moment, mais elle finit par répondre à son geste.

— Dominic.

Curieusement, je fus agréablement surpris qu'elle reste froide dans ses salutations.

— Papa t'attend. Il est fâché que tu sois en retard.

Il but une gorgée de sa bière, les yeux fixés sur Lucia qui observait l'assistance, défiant du regard tous les hommes et les femmes qui la dévisageaient.

— Ah bon ? Mieux vaut ne pas le faire attendre plus longtemps, alors. Excuse-nous.

Je fis exprès de cogner mon épaule contre la sienne et je guidai Lucia vers mon père, qui surveillait maintenant notre approche. Son regard, comme celui de Dominic, la détailla du haut en bas. Cela me fit frémir.

Je me penchai pour murmurer à son oreille : « Tiens-toi bien », en guise de rappel.

Elle ne répondit pas, mais garda les yeux rivés sur ceux de mon père.

— Tiens, tiens, dit Franco Benedetti en regardant sa montre. Content que tu aies pu prendre du temps pour nous, Salvatore.

— La circulation, mentis-je.

Chaque fois que j'étais près de lui, je me sentais à nouveau comme un enfant et j'avais horreur de cela – cet enfant avide de plaire sans jamais réussir à le faire. Il ne répondit pas à mon mensonge et se tourna vers Lucia en lorgnant ouvertement son corps.

— C'est tellement agréable de te voir plus dévoilée qu'à l'enterrement.

Lucia serra les poings le long de son corps et j'exerçai une pression sur son cou en guise d'avertissement. Même si elle essayait de le cacher, je savais qu'elle craignait mon père. L'ennui, c'était que sa haine l'emportait sur cette peur.

— Une année de plus de votre vie qui se termine, répondit Lucia en regardant le serveur qui venait d'apparaître avec un plateau de champagne frais. Voilà qui mérite un toast.

Mon père était fou de rage. J'étais mal à l'aise aux côtés de

Lucia. J'avais envie de la secouer, de lui demander ce qu'elle n'avait pas compris dans : « Tiens-toi bien ».

J'entendis le rire de Dominic derrière moi. Roman posa une main sur l'épaule de mon père.

— Eh bien, puisque mon fils nous a enfin honorés de sa présence, allons dîner !

Les doigts serrés sur la nuque de Lucia, je la gardai sous surveillance pendant que mon père disparaissait dans la salle à manger. Je l'entraînai dans un coin du couloir, la retournai vers moi et lui donnai une violente secousse au bras.

— Si tu ne veux pas que je te mette des coups de ceinture sur les fesses, ici et maintenant, ferme ta gueule, compris ? Ne le provoque pas. Ce n'est pas le genre d'homme que tu peux emmerder. Il se vengera.

— Tu me fais mal.

Je regardai mes mains, si comprimées autour de ses bras que mes phalanges avaient blanchi. Je la relâchai, me détournai et passai une main dans mes cheveux. Je feignis un sourire lorsque quelqu'un passa.

— Pourquoi a-t-il du pouvoir sur toi ? Qu'est-ce que ça peut te faire ce qu'il pense ?

Je me retournai pour lui faire face, la faisant trébucher en arrière.

— Pas ici. Pas maintenant. Ferme-la, c'est tout. Suis-je assez clair ?

J'avais prononcé ces derniers mots les dents serrées. Nous avions juste besoin de survivre à ce dîner. Elle pourrait alors retourner dans notre chambre et nous partirions tôt le lendemain matin. Mais à combien de soirées comme celle-ci aurions-nous à survivre ? Et que se passerait-il si elle ne faisait pas ce que je lui disais, si elle le poussait à agir ? Que ferait-il ?

Il me la prendrait.

Il prendrait ma place.

Il donnerait tout à Dominic.

Elle n'avait aucune idée de ce qu'elle faisait.

— Allons-y.

Son regard me poignarda comme si, en la forçant à entrer, je la trahissais. En un sens, je le faisais. Parce que j'étais un lâche, oui. Mais c'était le seul moyen.

Vingt-huit paires d'yeux se tournèrent vers nous lorsque nous entrâmes dans la salle à manger, le regard vide de mon père fixé sur Lucia qui, pour une fois, se garda de le défier en retour. Au lieu de quoi, elle darda les yeux sur les motifs intriqués de la fresque murale, regrettant probablement de ne pas pouvoir y disparaître.

Alice au pays des merveilles. Ma mère avait adoré l'histoire et mon père lui avait fait une surprise avec cette fresque. La tendresse n'était pas un trait que j'associais à mon paternel, mais il l'avait ressentie. Pour elle, au moins. C'était presque comme si je n'avais jamais connu cette version de Franco Benedetti, cependant – et d'une certaine façon, c'était triste.

Mon père tira la chaise à côté de lui.

— Lucia.

Merde ! Le seul autre siège vide se trouvait au bout de la table, aussi loin d'elle que possible.

Lucia traîna les pieds et je dus la pousser pour qu'elle avance. Sous les yeux des invités, je la fis asseoir entre mon père et Dominic, puis, les poings serrés, je m'éloignai vers la chaise vide. Les yeux de Lucia rencontrèrent les miens. Je voyais bien dans son regard qu'elle ne tiendrait pas compte de mes avertissements.

Les serveurs commencèrent à servir du vin et les conversations démarrèrent. Je voyais les yeux lubriques de mon frère et de mon père consumer Lucia. Elle était entre eux, raide, les yeux sur son assiette, le visage tendu, les bras serrés le long du corps. J'avais appris à connaître les petites choses qu'elle faisait, les petits mouvements dont elle n'avait peut-être pas conscience pour se protéger. Pour se cacher. Et peut-être vouloir disparaître.

Je me sentais impuissant, car les plats étaient servis les uns après les autres. Je goûtai à chaque assiette, me forçant à participer à la conversation ou du moins à sourire et à faire semblant d'écouter, mais j'étais incapable de détacher mon regard d'elle. Elle refusa d'avaler une seule bouchée, mais elle enchaînait les verres. Après un regard noir dans ma direction, elle reporta enfin son attention vers Dominic. Il me fit un sourire et passa le bout des doigts sur l'épaule de Lucia.

Je fulminais. Je faillis casser le pied du verre de vin que je tenais. En me raclant la gorge, je me levai et, heurtant mon couteau contre le cristal, j'attirai l'attention de tous.

— Un toast.

Tout le monde prit son verre. Tout le monde sauf Lucia.

— À mon père, pour son anniversaire.

Nous attendîmes. La pièce était silencieuse tandis que mon père la regardait, de plus en plus furieux, visiblement. Je voulais qu'elle prenne son verre, qu'elle boive une dernière gorgée avant que je puisse nous excuser et l'emmener, mais elle s'y refusait. Elle était trop entêtée, même pour sauver sa peau.

— Joyeux anniversaire, lançai-je en espérant détourner son attention. Et bien d'autres encore après celui-ci, père.

Tout le monde se joignit à moi pour lui souhaiter une longue vie. Après un moment, mon père se tourna vers moi, porta un toast en levant son verre et but sans me quitter des yeux, en colère, sombre et menaçant.

Il se leva. Les invités posèrent leurs couteaux et leurs fourchettes et s'essuyèrent la bouche, se levant à leur tour. Lucia demeura assise. Au moins, elle savait rester immobile. Comme si les invités comprenaient, ils quittèrent la salle à manger sans un bruit, nous laissant seuls, mon père, mon frère, Lucia et moi. Un serveur ferma les portes.

— Punis-la, ordonna-t-il, crachant les mots. Fais-le bien, ou je le ferai pour toi.

Un sourire planait sur les lèvres de Dominic. Je hochai la tête, une seule fois. Dominic et mon père sortirent de la salle à manger. Je regardai Lucia assise là, le visage insolent. Seuls ses yeux trahissaient sa peur.

J'enlevai ma veste et l'accrochai au dos d'une chaise, puis je desserrai ma cravate, déboutonnant le haut de ma chemise avant qu'elle ne m'étrangle. Pendant tout ce temps, mes yeux restaient fixés sur les siens. J'avançai vers elle, retroussant ma manche droite tout en marchant. Je me demandais si elle savait ce qui allait arriver, ce qui *devait* arriver maintenant. Pourquoi la pièce contiguë à la nôtre était-elle soudain devenue si calme ? On aurait dit qu'il n'y avait personne derrière les portes pour en témoigner.

J'attrapai la boucle de ma ceinture et la défis.

Ce fut à ce moment qu'elle comprit. Elle fit mine de se lever, mais j'étais trop près et je l'arrêtai en chemin.

— Ne rends pas les choses plus difficiles.

Je me demandais si ceux qui étaient dans l'autre pièce avaient entendu le bruit de ma ceinture quand je l'avais arrachée de ses passants, quand j'avais obligé Lucia à se lever de sa chaise et l'avait forcée à se pencher sur la table pas encore débarrassée.

— Salvatore...

— Silence.

Je soulevai sa robe jusqu'à la taille. Elle se débattit, mais je la maintins à plat, tirant sa culotte vers le bas pour la faire glisser sur ses hanches jusqu'à ses chevilles.

— Estime-toi heureuse qu'il ait fermé les portes.

— Tu ne peux pas...

Je saisis une poignée de ses cheveux et je me penchai près de son oreille.

— Une seule putain de gorgée. Tu aurais pu boire à sa mort, en secret, pour ce que j'en avais à faire, mais il fallait que tu refuses. Maintenant, tu en paies le prix.

Je me redressai en gardant une main sur le plat de son dos, prenant mon élan avec l'autre. Le claquement du cuir sur sa chair se fit entendre, en même temps que son inspiration aiguë.

— Il lui faudra plus que ça, lui dis-je en la fouettant à nouveau. Excuse-moi, mais à moi aussi.

Je redoublai d'ardeur, conscient que je n'avais pas le choix. Je voulais la battre pour sa stupidité, son incapacité à tenir une putain de promesse. Si je ne le faisais pas, il s'en chargerait. Ou pire, il laisserait Dominic le faire sous mes yeux.

Il fallut près de trente coups pour que ses cris deviennent rauques et qu'elle éclate en sanglots, alors que je fouettais sa chair de tout mon cœur, tout en me haïssant. Je la haïssais de m'avoir obligé à cela, je détestais mon père pour le pouvoir qu'il exerçait sur moi. Pour le pouvoir que je lui avais permis d'exercer.

Je n'arrêtai que lorsque le silence de l'autre côté de la porte se changea en brouhaha. Le tintement de l'argenterie sur les plats me fit comprendre que le gâteau était servi. Les vautours étaient rassasiés, ou peut-être s'ennuyaient-ils. Je les détestais tous, mais c'était moi que je détestais le plus.

Quand je levai la main de son dos, elle resta telle qu'elle était, penchée sur la table, la robe remontée jusqu'à la taille, les fesses nues. J'ajustai l'entrejambe de mon pantalon avant de glisser la ceinture le long des passants pour la boucler. Des zébrures rouges striaient ses fesses et ses cuisses, et quand je plaçai la paume sur sa hanche, sa chaleur palpita contre ma peau.

Je serrai les doigts.

Elle geignit

Je pris sa culotte et l'empochai avant de soulever Lucia pour la mettre debout. L'ourlet de sa robe retomba sur ses chevilles, la recouvrant. Je la fis pivoter vers moi et l'enlaçai alors qu'elle pleurait contre ma poitrine tout en me frappant de ses poings. Des hoquets entrecoupaient ses sanglots. Je la pris dans mes bras et la portai jusqu'à notre chambre par l'escalier de service, ignorant les regards du personnel. Je verrouillai la porte derrière nous. Assis sur le lit, je la berçai sur mes genoux, refusant de la lâcher alors même qu'elle se débattait.

— Je t'avais prévenue.

Elle écrasait ses poings sur mon torse pour essayer de se libérer. Les larmes coulaient sur son visage noir de mascara.

— Ça t'a plu ! hurla-t-elle alors que la preuve de mon excitation appuyait contre sa hanche.

— Je n'ai pas aimé te faire mal.

— Tu bandes, connard ! Tu as adoré ça !

— Je ne peux pas nier que je sois excité.

Un coin de ma bouche frémit.

— Mais tu l'as mérité.

— Je te déteste !

Elle me griffa le côté du visage.

Je la retournai sur le lit, lui saisis les poignets et les écartai, m'assoyant à cheval sur ses hanches.

— Je t'avais prévenue, merde. Tu ne peux t'en prendre qu'à toi-même !

— Ils ont tous entendu !

— C'était le but. L'humiliation. Tu as de la chance qu'il n'ait pas exigé que les portes restent ouvertes !

Pendant sa lutte, sa robe avait glissé, exposant un sein.

— Lâche-moi ! Ne me regarde pas !

Elle se débattait avec ardeur. Je perdis mon sang-froid quand elle essaya de me mettre un coup de genou à l'entrejambe. Coinçant ses poignets dans une main, je les tendis au-dessus de sa tête.

— Je peux te regarder quand je veux.

Je saisis le décolleté en V de la robe et le déchirai. Le tissu céda dans un bruit intensément satisfaisant.

Plus Lucia se battait contre moi, plus je bandais.

— Je te déteste ! s'égosillait-elle.

J'écrasai mes lèvres contre les siennes, et pendant un moment, elle s'apaisa, surprise peut-être.

Je reculai.

— Non, ce n'est pas vrai, lui dis-je.

Je l'embrassai à nouveau. Je défis mon pantalon, m'installai entre ses jambes et lui pinçai le mamelon de ma main libre.

— Tu me rends fou.

Mes mots étaient sortis avec colère. J'écartai en grand l'une de ses jambes, puis je reculai pour la regarder. Elle me rendit mon regard, les poings serrés. J'approchai ma queue de l'entrée de son sexe.

— Tu me rends dingue.

Je m'enfonçai d'un seul coup.

Elle grogna, les yeux sur les miens.

— Va te faire foutre.

J'exerçai plusieurs va-et-vient vigoureux.

— Baise-moi, dit-elle soudain.

Je ne tiendrais pas longtemps, mais son sexe mouillé me faisait comprendre qu'elle le voulait aussi.

— Ta chatte en redemande, Lucia.

— Plus fort ! hurla-t-elle d'une voix rauque.

— Putain, Lucia !

Je fis ce qu'elle m'avait demandé, la baisant plus fort tout en la regardant sans avoir l'impression de pouvoir me rassasier.

Relâchant ses poignets, je posai les deux mains sur son visage. Nous étions tous les deux hors d'haleine. Je repoussai les cheveux qui lui collaient au front et je la gardai comme ça, perdu dans ces yeux qui brûlaient d'une ardente lueur ambrée. Sa bouche s'ouvrit et je l'embrassai, tout près de l'orgasme, comme elle.

— Qu'est-ce que tu me fais ?

— Quoi ? demanda-t-elle, perplexe.

J'avais dû le dire à haute voix. Les mains de Lucia me saisirent les épaules. Je reconnus sur son visage cette expression qu'elle avait juste avant de jouir. J'aimais la voir ainsi, la regarder dans les moments qui précédaient son orgasme, son visage quand elle lâchait prise. C'était la chose la plus excitante.

— Je te déteste, chuchota-t-elle en enfonçant les ongles dans mon cou, sur mes épaules.

Elle serra les doigts, les yeux clos.

— Oui, je te déteste vraiment.

— Lucia.

Son sexe se contracta autour de mon membre alors qu'elle jouissait. Je la suivis dans le plaisir, me soulageant au plus profond de son corps, la remplissant tout entière. Je sentais, pour la première fois depuis ce maudit contrat, que je la revendiquais comme mienne. Qu'elle était à moi. Bel et bien mienne.

12

LUCIA

Je regardai par la fenêtre. La lumière du soleil filtrait à travers les rideaux. Je clignai des yeux, perdue un instant, mais la douleur entre mes jambes et sur mes fesses eut tôt fait de me rappeler où j'étais.

Le réveil à côté du lit indiquait 7 h 04 du matin.

Je tirai le drap de soie sur mon corps nu et m'assis. Aussitôt, je tressaillis et me recouchai. À côté de moi, l'oreiller était vide, de travers. Je le touchai, je me penchai et j'y enfouis mon nez, puis je me relevai en secouant la tête.

Qu'est-ce que je faisais, bon sang ?

Il m'avait fouettée, humiliée, puis baisée.

J'avais joui.

Je l'avais supplié de me baiser plus fort.

Je me détestais.

Non, je *le* détestais. Il fallait que je m'en souvienne.

Pourquoi était-ce si difficile de s'en souvenir ?

Je sortis du lit et me rendis dans la salle de bains. Il avait dû prendre une douche récemment. La vapeur embuait encore les coins du miroir et le parfum de son après-rasage flottait dans l'air.

Curieusement, ça me plaisait, ça me réconfortait.

Le démon que je connaissais. Voilà ce que c'était. Un démon. Je connaissais Salvatore. Je connaissais ses limites.

Merde ! Je me faisais des illusions.

J'allai aux toilettes et, sans surprise, je découvris du sang entre mes jambes même si je n'avais pas mes règles. Il m'avait baisée à vif, comme il l'avait promis.

Et tu as joui.

Je tournai le dos au miroir. Les marques sombres et croisées me rappelèrent combien je devais le haïr, le voir tel qu'il était : un Benedetti. Mon ennemi.

J'effleurai les marques boursouflées, y appuyant délibérément les doigts pour me forcer à me souvenir que c'était mon ennemi. Je ne pouvais pas me permettre de lui faire confiance, de dépendre de lui. Il me ferait du mal. Cela n'en était-il pas la preuve ?

Et cette étrange émotion – non, ce n'était pas de l'émotion, seulement de la confusion… Je me sentais perdue, mais qui ne le serait pas dans mon cas ? Isolée de ma famille et sous la *protection* de Salvatore Benedetti, j'avais besoin de lui pour tout. Pour chaque maudite chose. C'était précisément pour cela que j'avais des sentiments pour lui. C'était peut-être une forme de syndrome de Stockholm ? Certes, ce n'était pas un enlèvement traditionnel, mais ce n'était pas comme si j'étais ici par choix. Ce n'était pas *mon* choix, en tout cas.

J'ouvris le robinet de la douche et me laissai glisser sous l'eau chaude. Je voulais nettoyer mon corps de son toucher. Je voulais effacer de mon esprit le souvenir de ma réaction à son égard.

Il m'avait fouettée et je l'avais supplié de me baiser.

Je me frottai les cheveux avec du shampooing et le corps avec du savon, serrant les dents quand l'eau chaude me brûla les fesses. Quand j'eus fini, je sortis de la douche et je me séchai. Je voulais m'en aller. On m'avait seulement dit que je devais passer la nuit ici. Pas plus. Et si son père m'obligeait à rester ? Si Salvatore était déjà parti et m'avait laissée ici toute seule ?

Paniquée, je me précipitai dans la chambre à coucher. Je trouvai mon téléphone dans mon sac à main et je composai le numéro d'Isabella.

— Allô ?

— Izzy ?

J'étais sûre de l'avoir réveillée.

— J'appelle trop tôt. Je suis désolée.

— Non, non, non, c'est bon. Tu vas bien ?

— Je ne sais pas. Je suis chez Franco Benedetti dans les Adirondacks.

— Quoi ?

Eh bien, voilà qui l'avait réveillée !

— Je devais y aller. C'était son anniversaire. On attendait notre présence. En fait...

— Ça va, Luce ?

Je n'entendais plus que la préoccupation dans sa voix. Je sentis mes yeux piquer, mais je clignai des paupières. Je n'avais pas besoin de larmes. Je détestais la faiblesse. Je détestais ça !

— Je...

La porte s'ouvrit et Salvatore entra avec deux tasses de café. Je soupirai de soulagement.

— Lucia, que s'est-il passé ? demanda Isabella, qui avait probablement entendu mon soupir.

Salvatore me regardait d'un air interrogateur. Il referma la porte. Il portait un jean et un T-shirt, son uniforme habituel, et il avait lissé ses cheveux foncés. Il me dit tout bas, du bout des lèvres :

— Ça va ?

Je me détournai.

— Non, rien, je vais bien. Je croyais qu'il m'avait laissée ici, chuchotai-je en espérant que Salvatore n'entendrait rien.

En fond sonore, j'entendis une voix masculine demander à ma sœur ce qui se passait.

— Qui est avec toi ?

Isabella poussa un soupir.

— Personne. Je me lève et je viens te chercher tout de suite.

— Non, c'est bon. Il ne va pas me laisser ici.

Je me retournai pour voir Salvatore en train de siroter son café tout en me regardant. C'était plutôt une question adressée à Salvatore que je venais de formuler.

Il secoua la tête.

— Je t'appellerai quand on sera rentrés à la maison. Euh, je veux dire, chez lui.

Putain, qu'est-ce qui n'allait pas chez moi ?

— Je dois y aller.

— Tu es sûre ?

— Oui. Désolée d'avoir appelé si tôt, sœurette.

— Pas de souci. Tu peux m'appeler quand tu veux, de jour comme de nuit, d'accord ?

Je hochai la tête.

— Merci. Je t'aime.

Je n'avais pas dit ça depuis plus de cinq ans.

Il y eut une pause.

— Je t'aime aussi.

Je raccrochai et glissai le téléphone dans mon sac.

— Je pensais que tu m'avais abandonnée ici.

— Je ne te ferais pas ça. Viens.

Je m'approchai.

— Ça va ?

Je haussai les épaules en baissant les yeux pour cacher mon regard. Pourquoi sa question me donnait-elle l'impression d'être en manque d'affection ? Pourquoi le fait qu'il me prenne dans ses bras me donnait-il envie de pleurer ? Parce que c'était bien ce que je ressentais. C'était ce que j'éprouvais lorsqu'il m'étreignait comme s'il allait me garder en sécurité pour toujours, même après l'événement de la veille. Et cela me faisait monter les larmes aux yeux.

La dernière fois qu'il m'avait tenue ainsi, je m'étais dérobée. Cette fois, je n'en fis rien. Je me laissai fondre en lui. Aucun de nous ne parla. Je fermai les yeux contre sa poitrine, me sentant perdue et blessée, vulnérable et infiniment reconnaissante qu'il soit là. Cela n'avait aucun sens.

— On peut y aller ? demandai-je, une fois certaine de maîtriser mes pleurs.

Il me regarda et essuya mes yeux humides.

— Pas encore. Je dois descendre prendre mon petit-déjeuner,

mais je te trouverai une excuse. Fais ta valise. Nous partirons dès que possible.

Je hochai la tête et allai m'asseoir sur le lit, mais je me relevai dès que mes fesses eurent touché le matelas.

— Lucia ?

Je me tournai vers lui.

— Ça fait mal ?

À son expression, il était évident qu'il savait que c'était une question idiote.

— À ton avis ?

Il me dévisagea, le front plissé. Au moins, il eut la décence de détourner le regard un instant.

— Si ça peut changer quelque chose, sache que je ne voulais pas te punir sur ordre de mon père.

— Mais tu l'as fait.

— J'essaie de te dire que je suis désolé.

— Parfois, être désolé ne suffit pas, Salvatore.

Il resta là un moment, les yeux rivés sur les miens.

— Fais ta valise. On partira dès que possible.

Il sortit, me laissant debout, enveloppée dans ma serviette.

Son absence emplit tout l'espace dès que la porte se referma et je croisai les bras autour de mon buste, plus seule que jamais. Malgré tout, je me forçai à bouger. À m'habiller. Et même si je détestais cela, à descendre les escaliers pour affronter Franco Benedetti.

Je ne pouvais pas me cacher, je ne voulais pas. Sinon, je prouverais qu'il avait gagné. Qu'il m'avait fait honte et que je me cachais de lui, que j'étais effrayée. C'était vrai, mais que je sois maudite si je laissais cette peur prendre le dessus.

Je m'habillai, fis ma valise et coiffai mes cheveux mouillés en chignon avant de tamponner de l'anticerne sous mes yeux. Je pris mon sac et sortis dans le couloir. Là, je marquai une pause en voyant un escalier à chaque extrémité. Je regardai par-dessus la rampe, mais tout était calme en bas. J'optai pour l'escalier à ma droite et descendis les marches. En bas, j'entendis une porte s'ouvrir et la voix de Salvatore retentit. Je la suivis, m'efforçant de rester bien droite alors que mon cœur battait à toute allure et que mon ventre se crispait.

Je ne laisserais pas Franco Benedetti gagner. Pas question.

En atteignant la porte, j'allais tourner la poignée, mais la voix forte de Franco me retint.

— Tu sais ce que j'attendais de toi !

— Je ne la ferai pas parader dans cette pièce pleine de parias. Elle a été assez humiliée comme ça. C'est fait. Elle est à moi. C'est moi qui décide !

Un coup se fit entendre. J'imaginai un poing sur une table. Celui de Salvatore ? Il me défendait ?

C'est alors que le rire de Franco résonna. Calme au début, menaçant, s'amplifiant lentement, presque dément. Quelqu'un applaudit.

— Mon fils ! Il a enfin des couilles.

Je serrai les poings, le souffle court.

— Bien, Salvatore. C'est *ta pute*. Mais souviens-toi, je te l'ai donnée. Je peux aussi bien la reprendre. Occupe-toi de Luke DeMarco avant qu'il n'ait d'autres alliés. Tu as une semaine ou Dominic le fera. J'en ai fini avec lui.

Quoi ? Quoi ? Qu'est-ce qu'il voulait dire, s'occuper de Luke ?

Soudain, je perçus des bruits de pas, lourds et rapides, et je me ruai vers les escaliers. Je m'enfuis pour me cacher derrière la rampe. Franco Benedetti sortit de la pièce, le visage rouge de colère, les poings serrés.

Je me précipitai dans la chambre à coucher et fermai la porte pour réfléchir, pour essayer de donner un sens à tout cela. Devais-je appeler ma sœur et l'avertir de ce que j'avais entendu ? Prévenir Luke ? Ou devrais-je d'abord essayer d'en savoir plus ? Voir si Salvatore me dirait quelque chose ?

Quand on frappa à la porte, je sursautai en pensant que c'était Salvatore et que nous pouvions y aller. Elle s'ouvrit, mais ce fut Dominic qui entra. Il me regarda d'une façon étrange, presque curieuse, pourtant il resta sur le pas de la porte.

— Salut, dit-il avec désinvolture, le sourire aux lèvres, la voix presque douce, trop douce. Je voulais voir si tu allais bien. Mon frère peut être une brute et, pour être honnête, on aurait dit qu'il ne se retenait pas hier soir.

Je rougis. Il parlait de la fessée, du sexe ou des deux ?

— Je… ça va, bafouillai-je.

Il hocha la tête et entra. Je ne l'aimais pas, je n'aimais pas la façon dont ses yeux parcouraient la pièce ainsi que mon corps.

— Je suis content.

Encore une fois, la voix douce, un sourire mielleux aux lèvres.

— Si tu as besoin de quoi que ce soit, dit-il en prenant une carte dans sa poche, voici mon numéro privé.

— Je ne…

— Prends-la et souhaite ne jamais avoir à t'en servir. Comme je l'ai dit, mon frère peut être très physique. Brutal même. J'ai déjà vu ce qu'il faisait, Lucia. J'ai nettoyé derrière.

Quoi ?

Comme je ne bougeais pas, il s'approcha, prit ma main, la retourna et posa la carte dans ma paume.

— Qu'est-ce que tu fous ici, bordel ?

Je sursautai à l'apparition soudaine de Salvatore, mais Dominic ne lui adressa qu'un petit sourire avant de curer un ongle.

— Je venais voir comment allait Lucia. Puisqu'elle *ne se sentait pas bien*, tu sais. Elle m'a l'air en forme, pourtant, étant donné la situation.

— Fous le camp d'ici, Dominic.

Ce dernier haussa les épaules et se retourna vers moi après avoir fait un pas en direction de la porte.

— Si jamais tu as besoin de quoi que ce soit, Lucia…

— Elle n'aura jamais besoin de toi.

Salvatore s'avança d'un pas raide, me refroidissant de son regard alors qu'il agrippait mon poignet et m'arrachait la carte des mains. Il ne la regarda même pas. Il n'en avait pas besoin, sans doute.

Dominic sortit. Salvatore referma derrière lui, la main toujours sur mon poignet.

— Tu me fais mal, Salvatore.

Colère, frustration, j'ignorais ce que c'était, mais peu importe ce qu'il ressentait, j'étais heurtée de plein fouet.

— On dirait que je ne suis bon qu'à ça, dit-il en me lâchant enfin. Viens, on s'en va.

Il prit les valises et disparut dans le couloir.

Je le suivis hors de la chambre à coucher, impatiente de me retrouver loin d'ici, mais redoutant à la fois sa colère. Je ne savais plus si elle me sauverait ou me détruirait.

Nous ne croisâmes personne en partant. La voiture de Salvatore attendait devant la porte d'entrée. L'homme qui avait dû l'avancer lui remit les clés. Salvatore chargea les valises dans le coffre et ouvrit ma portière sans attendre que j'entre avant de faire le tour de la voiture. À l'évidence, il était aussi pressé que moi de partir.

Nous n'échangeâmes aucune parole pendant les vingt premières minutes du trajet de retour. Puis la tension retomba.

— Dominic va te persécuter. Tu ne dois pas avoir affaire à lui, compris ?

Il gardait les yeux sur la route, esquivant mon regard.

— C'est un ordre ?

Aussitôt, il tourna la tête vers moi.

— Oui.

— Sinon quoi, tu vas encore me fouetter ? Les portes ouvertes cette fois ?

Ses mains se crispèrent sur le volant, ses phalanges blêmes.

— Ne me pousse pas à bout, pas maintenant.

— Qu'est-ce qui s'est passé là-bas ?

Son visage se tendit encore plus.

— J'ai entendu, Salvatore. J'ai entendu que tu me défendais. J'ai entendu ton père se mettre en colère.

— Alors, tu n'as pas appris ta leçon ? Tu fouinais encore ?

— Je ne fouinais pas. Je descendais prendre mon petit-déjeuner pour me montrer. Lui montrer qu'il n'avait pas gagné.

Salvatore ricana et secoua la tête. Le sourire qui était apparu sur son visage était triste.

— Tu ne comprends pas, Lucia. Il gagne toujours.

— Je te l'ai déjà dit, tout le monde perd un jour ou l'autre.

— Pas Franco Benedetti.

Tous ces mots semblaient si lourds pour lui que cela me rendait triste. Bêtement triste. Mais j'avais besoin de poser une dernière question. J'avais besoin de savoir une dernière chose.

— Il a parlé de s'occuper de Luke.

Salvatore me jeta un regard de travers. Il ne répondit pas à ma question, mais ce qu'il dit alors fit passer tout le reste au second plan.

— Je vais te laisser rompre le contrat. Une fois que tout sera dit et fait, et que je serai le grand patron, tu seras libre, Lucia.

13

SALVATORE

Je ne pouvais pas gagner. Personne ne le pouvait. Ce que je lui avais dit, je le pensais. Franco Benedetti gagnerait. Et tous les autres perdraient. Lucia se rendit directement dans sa chambre quand nous rentrâmes à la maison, et je m'enfermai dans mon bureau. Elle ne m'avait pas parlé pendant tout le trajet. Probablement en colère contre moi, mais je m'y attendais. Je m'en occuperais plus tard, car en ouvrant mon ordinateur portable, je découvris un e-mail de Roman concernant les activités de Luke.

Luke n'avait pas chômé, rencontrant plusieurs membres de la famille Pagani dans la région des trois États. Nous le savions, cependant. Ce n'était pas nouveau. Ce fut la partie suivante qui m'intrigua.

Il passait ses nuits dans le lit d'Isabella DeMarco.

Malgré cela, j'avais tort, car les résultats avaient prouvé qu'il n'était pas le père d'Effie.

Mais ce n'était pas le plus étrange. Ce que je lisais n'avait aucun sens.

Je décrochai le téléphone et appelai Roman, mais avant qu'il ne réponde, la porte s'ouvrit. Lucia se tenait là, l'air furieux.

— Alors, tu vas t'enfermer ici sans me parler ?

Elle entra.

— Parce que je ne sais pas sur quel pied danser avec toi, ajouta-t-elle.

Je refermai mon ordinateur portable juste au moment où Roman répondait au téléphone.

— Je te rappelle.

Je me levai et allai fermer la porte.

— On ne t'a jamais appris à frapper ?

— Qu'est-ce qui se passe, Salvatore ? Que s'est-il passé ce matin ? Tu étais très bien. Tout allait bien entre nous. Puis tu as eu ce petit-déjeuner de travail, et je ne sais pas... On dirait que tu n'arrêtes pas de tirer le tapis sous mes pieds !

— Je te l'ai dit, je te rendrai ta liberté dès que je le pourrai. Je croyais que c'était ce que tu voulais.

— Il ne s'agit pas de ça. Tu ne peux pas jeter le contrat à la poubelle. Et en plus, combien de temps faudra-t-il avant que tu sois le grand patron ? Et si tu changes d'avis ?

Je me rassis derrière le bureau, mais je reculai et croisai une cheville au-dessus de mon autre genou.

— Je ne le ferai pas.

Voilà qui la fit taire une seconde. Elle resta là, hébétée.

— Si tu veux te disputer, je ne suis pas d'humeur. Pas maintenant.

Elle se dandina, les bras croisés sur sa poitrine.

— Et la vérité, alors ? Tu es d'humeur pour ça ? C'est quoi le problème dont tu dois t'occuper avec Luke DeMarco ?

Je la détaillai du regard. Elle s'était changée pour enfiler une robe jaune clair et je constatai qu'elle ne portait pas de soutien-gorge en dessous. Mes bourses se crispèrent, mais je parvins à me contrôler. Lucia devenait rapidement une faiblesse. Ma faiblesse. Il fallait que j'arrête tout de suite. Je pensais ce que j'avais dit, que je la libérerais de son contrat. Je devais veiller à ce que, le moment venu, elle parte sans se retourner.

La meilleure façon d'y arriver, c'était d'être un connard.

Je me penchai en avant, les coudes sur le bureau.

— Comment va ton cul, Lucia ?

— Mon cul ne te regarde pas.

— Montre-moi.

— Va te faire foutre.

— Tu veux savoir pour Luke DeMarco ?

Elle me regarda d'un air méfiant, mais elle hocha la tête.

— Très bien. Il crée des ennuis. Beaucoup d'ennuis.

— Que voulait dire Franco quand il t'a demandé de t'en occuper ?

— Tu n'es pas surprise par ce que je viens de te dire ?

Elle haussa une épaule.

— Nous serons toujours ennemis.

Il me fallut un moment pour digérer sa remarque. Je décidai d'aller plus loin, histoire de voir ce qu'elle savait.

— Pourquoi ton père a-t-il renié ta sœur ?

— Parce qu'elle est tombée enceinte.

— Cela ne te semble pas étrange ? Je veux dire, de nos jours, les femmes ont constamment des bébés hors mariage et toutes seules.

Elle me dévisagea. Que savait-elle ? Isabella s'était-elle confiée à elle ? Jusqu'à quel point ?

— Je ne sais pas. Je suppose que mon père était vieux jeu.

— Ta sœur ne s'est-elle jamais posé la question ? Pourquoi était-il prêt à la perdre ? Et son petit-fils ou sa petite-fille aussi ?

— Mon père n'a jamais pris les meilleures décisions concernant l'une ou l'autre de ses filles, tu sais.

— Non, tu dois avoir raison.

— Pourquoi cette question ?

— Je suis curieux. Pourquoi tu n'irais pas te baigner ? Il fait beau dehors.

— Pourquoi me repousses-tu ? Je pensais…

Elle s'assit avec précaution sur le bord du canapé. Je m'en voulais d'être la cause de sa douleur. Était-elle innocente ? Ou en savait-elle plus qu'elle le laissait entendre ? Et si Luke n'était pas le père d'Effie, alors qui était-ce ?

— Qu'est-ce que tu pensais ?

— Tu as dit des choses hier soir.

Elle secoua la tête, puis elle mit les mains sur son visage et le frotta avant de me regarder à nouveau.

— Je suis complètement perdue. Je ne sais pas ce que je suis censée ressentir. Je ne sais pas où j'en suis, et dès que je crois avoir compris quelque chose, t'avoir compris, toi, tu attaques et tu t'éloignes.

En la regardant, je me massai la nuque et inspirai, puis expirai vivement. Je ne pouvais pas être un connard. Pas avec elle. Elle méritait mieux.

— Il vaut mieux garder nos distances, Lucia.

Je ne veux pas te faire de mal, mais il semblerait que je ne sois bon qu'à ça.

Elle m'observa. Ses grands yeux semblaient perdus. Je comprenais pourquoi. Comme elle l'avait dit, elle ne savait pas sur quel pied danser.

Mon téléphone vibra sur le bureau. En y jetant un coup d'œil, je découvris un texto de Natalie.

« J'ai besoin de toi ! »

Qu'est-ce que… ?

— Salvatore ?

Lucia me ramena sur terre.

Va te baigner, dis-je en me levant, tapotant mes poches à la recherche de mes clés.

— Alors, c'est tout ? Va te baigner ?

Elle ricana et se leva à son tour.

Je trouvai les clés et entendis à nouveau le bourdonnement du téléphone.

« Vite, s'il te plaît ! »

— Je dois y aller.

— Non !

Elle se précipita sur moi et m'attrapa le bras avant que j'arrive à la porte.

— Tu ne peux pas t'en aller comme ça. Me laisser ! Tu ne peux pas m'abandonner. J'ai le droit d'avoir des réponses à mes questions !

Je me dégageai et je la fis brutalement asseoir sur le canapé.

— Je dois y aller. Quand je reviendrai, on parlera. Je suis désolé, mais je ne peux pas maintenant.

— Ce sera trop tard !

Mon esprit était trop rempli par les messages angoissés de Natalie pour que les paroles de Lucia puissent y pénétrer. Je sortis en trombe de la maison et montai dans la voiture encore garée dans l'allée. Sans un regard derrière moi, je roulai pied au plancher jusqu'à la maison de Natalie.

14

LUCIA

Je n'arrivais pas à y croire. Il m'avait plantée là. Comme ça ! Après ce qui s'était passé dans la chambre la veille au soir, ce qu'il avait dit, je pensais qu'il ressentait quelque chose. Et même si je lui avais lancé que je le détestais, ce n'était pas vrai. Je devais tenir bon, refuser de lâcher prise.

J'éprouvais des sentiments pour lui.

Ce matin, quand il m'avait défendue, cela ne signifiait donc rien ? Et sa réaction possessive lorsqu'il avait vu Dominic dans notre chambre ?

Mon Dieu, j'étais stupide.

Son portable vibra à nouveau et je me levai. Il l'avait oublié dans sa hâte. Le dernier texto était affiché à l'écran.

« Tu reçois mes messages ? J'ai besoin de toi ! »

Le nom du contact était Natalie.

Une certaine Natalie avait *besoin* de lui ?

Et il avait tout lâché pour elle. En un clin d'œil, il avait tout laissé tomber et s'était enfui de la maison sans même penser à prendre son portable avec lui !

Très bien. Qu'à cela ne tienne. C'était probablement à cause d'elle qu'il me libérerait de mon contrat. Il ne voulait pas de moi.

J'étais un fardeau. Il avait prétendu ne pas avoir pris plaisir à m'humilier hier soir, et pourtant il bandait en le faisant. Il s'était servi de moi. Il s'en amusait tant qu'il le pouvait. Il trompait probablement Natalie parce qu'il était *obligé* de me garder.

Il se moquait de moi. J'étais vraiment une pauvre conne.

Il désirait cette femme ? Bien. Il pouvait l'avoir. Bon débarras !

J'entrai dans la salle de bains qui jouxtait son bureau et je laissai tomber le téléphone portable dans les toilettes avant de détaler dans ma chambre. Je jetai quelques affaires dans un sac marin. Je ne me souciais plus de rien. Je n'avais pas le droit de quitter la propriété ? Je devais lui dire où j'étais tout le temps ?

Il pouvait aller se faire mettre ! Ou aller la mettre, elle.

En passant la lanière du sac par-dessus mon épaule, je me dirigeai vers le garage. Je savais qu'ils laissaient les clés des voitures ici et j'avais vu le code que Salvatore avait tapé sur le petit coffre qui les contenait, de même que celui permettant d'ouvrir le portail. Je partais. C'était terminé.

C'était facile de monter dans une voiture. Sortir du garage l'était tout autant. En arrivant à la porte, je vis Marco courir après moi dans l'allée. Je saisis le code pour ouvrir la porte, mais rien ne se produisit.

Merde.

Je réessayai, un œil sur le rétroviseur où la silhouette de Marco approchait. Il était rapide.

Je tentai à nouveau ma chance, en vain. Je fermai les yeux.

Réfléchis. Réfléchis ! Tu l'as vu hier !

Après une ultime tentative, je soupirai de soulagement lorsque les grandes grilles s'ouvrirent, lentement comme de la guimauve. J'avançai la voiture au maximum, trop consciente de la présence de Marco à quelques mètres de là. Finalement, les portes furent suffisamment écartées pour me permettre d'accélérer à fond en faisant crisser les pneus sur le gravier, arrachant de la terre et des cailloux, laissant mon poursuivant dans un nuage de poussière.

Je souris en le voyant sortir son téléphone et le mettre à l'oreille. Il essayait sans doute d'appeler Salvatore, de lui dire que j'avais enfreint l'une de ses règles stupides. Dommage que le téléphone de Salvatore soit au fond des toilettes !

J'éclatai de rire.

Le trajet jusque chez Isabella ne fit rien pour me calmer. Au contraire. Quel était le but de tout cela ? Pourquoi me prendre alors qu'il voulait quelqu'un d'autre ? Pourquoi ?

Parce que papa a dit qu'il devait le faire s'il voulait devenir le chef.

C'était n'importe quoi. Le père de Salvatore le contrôlait. Il devait faire ce qu'on lui disait, sinon on lui enlèverait ce à quoi il avait droit. On donnerait tout à Dominic. Ma vie n'avait pas d'importance. Ce que je ressentais n'avait pas d'importance.

Ressentir ? Non, je ne ressentais rien. Rien de tendre, en tout cas.

Mais je commençais tout juste à lui faire confiance.

Le démon que tu connais.

Au moins, l'indifférence de Salvatore m'avait protégée. Franco ou Dominic, ils me feraient bien pire. Je n'en doutais pas.

Alors, pourquoi son indifférence me blessait-elle ? Qu'est-ce que je voulais, exactement ?

La maison d'Isabella semblait déserte quand j'arrivai. Je garai la voiture dans l'allée, assez loin derrière pour qu'elle ne soit pas visible de la rue. Je me demandais si elle laissait la clé de rechange là où nous avions l'habitude de la cacher au cas où nous serions enfermées dehors. Mais alors que je descendais la longue allée vers la maison, j'aperçus Isabella regarder par la fenêtre de la cuisine. Je levai la main pour la saluer, mais elle ne répondit pas. Elle semblait inquiète. Je la vis disparaître et elle vint ouvrir la porte de derrière avec empressement.

— Lucia ?

Je tombai dans ses bras, éclatant en sanglots sans savoir exactement pourquoi. Qu'allais-je lui dire ? Comment expliquer que j'étais jalouse et blessée ? Que malgré tout ce qu'il m'avait fait, tout ce *qu'ils* m'avaient fait, je voulais être avec lui. Parce que c'était la vérité. Je voulais Salvatore.

— Qu'est-ce qui ne va pas ? Que s'est-il passé ?

Nous entrâmes dans la cuisine.

— Assieds-toi.

Elle tira une chaise et fit glisser une boîte de mouchoirs devant moi. Elle nous prépara du thé tout en me regardant à la dérobée pendant que je me mouchais et me nettoyais le visage, me forçant à inspirer et expirer profondément pour tenter de me maîtriser. Enfin, elle posa une tasse de thé devant moi et s'assit, buvant une longue gorgée.

— Que s'est-il passé ?

Que pouvais-je bien lui dire ? Je n'avais pas peur qu'elle me juge. Je ne voulais simplement pas qu'elle me croie faible. Ou pire, qu'elle estime que je la trahissais.

— Je suis tellement perdue.

Je secouai la tête, pris la tasse de thé et regardai fixement le liquide sombre qui faisait des tourbillons.

— Il t'a fait du mal ?

Oui. Oh, oui.

J'avalai une gorgée de thé et regardai ma sœur bien en face.

— Je crois qu'il a une liaison.

Elle parut surprise.

— Pourquoi penses-tu ça ?

— Parce qu'on était au milieu d'une conversation quand il a reçu un texto d'une certaine Natalie et il est parti en trombe. Il était si pressé qu'il a laissé son téléphone derrière lui. J'ai lu l'un des messages.

— Qu'est-ce qu'il disait ?

— Elle lui demandait de se dépêcher. Elle avait besoin de lui.

Isabella regarda sa montre. Je poursuivis :

— Il m'a laissée en plan et il est parti en plein milieu d'une conversation !

— Natalie, ce n'est pas le nom de la femme de son frère ?

— Quoi ? Dominic est marié ?

— Non, pas Dominic. Sergio.

— Oh. Merde, comment ai-je pu oublier ça ? Il a une liaison avec la femme de son frère décédé ?

— Pourquoi en arrives-tu à cette conclusion ? Ça peut être n'importe quoi.

— Tu le défends ?

Elle s'appuya sur son dossier et croisa les bras sur sa poitrine.

— J'essaie de comprendre pourquoi tu t'en soucies autant.

J'aurais presque décelé une accusation dans son regard. Je posai le coude sur la table et laissai tomber mon front dans ma main.

— Je ne sais pas, putain.

La chaise d'Isabella racla bruyamment par terre. Elle se leva et se dirigea vers son téléphone sur le plan de travail. Elle saisit un texto, sans doute, puis se tourna vers moi. Toujours debout, elle me dévisagea d'un drôle d'air. Enfin, elle revint vers moi et me frotta le dos.

— C'est naturel, je suppose, quand tu vis avec quelqu'un qui tient toute ta vie entre ses mains, de développer des sentiments. Mais tu n'es pas amoureuse de lui.

Je repoussai sa main.

— Amoureuse ? Qui a parlé d'être amoureuse ?

Elle se rassit.

— Je te dis simplement que tu ne dois pas t'en vouloir pour ça. Bon débarras, et j'espère bien qu'il baise la femme de son frère mort !

— Izzy !

— Je suis désolée, c'est sorti tout seul. Le plus important, c'est que tu sois sortie de cette baraque. Et que tu n'y retournes pas.

— Où est Effie ?

Je venais soudain de me rendre compte que la petite fille n'était pas là.

— Elle est allée nager avec sa meilleure amie. Elles devaient dîner ensemble après. Il faut que j'aille la chercher bientôt.

— Tu aurais dû voir la tête de Marco quand je suis partie !

— Je parie que ça valait le coup.

— Izzy, j'ai entendu quelque chose ce matin chez Franco Benedetti. Je voulais t'en parler.

— Quoi ?

— Salvatore et son père discutaient. Je ne sais pas si Dominic était là ou pas, mais j'ai entendu son père dire qu'il devait s'occuper de Luke.

Elle ne parut pas étonnée par ce que je disais.

— Ils savent que tu essaies de faire bouger les choses, Izzy. Tu dois faire attention.

— C'est Luke. Pas moi.

— Eh bien, alors tu dois lui dire d'être prudent. Qu'est-ce qui se passe entre vous deux ? J'ai bien vu comment il te regardait à l'église, et il était là l'autre jour. Vous avez une liaison ?

— Une liaison ? Ça paraît tellement illicite !

Elle prit sa tasse de thé et vida son contenu dans l'évier.

— Tu es obnubilée par les liaisons aujourd'hui, ou quoi ? me demanda-t-elle, le dos tourné.

— C'est le père d'Effie, Izzy ? C'est pour ça que papa...

Elle ricana, puis regarda sur le côté.

— Luke n'est pas le père d'Effie.

— Qui est-ce alors ?

Lorsqu'elle se retourna, je trouvai son regard plus dur qu'à l'habitude.

— ça n'a pas d'importance. Ce qui compte, c'est de savoir ce que nous allons faire pour t'éloigner de Salvatore.

Le portable d'Isabella sonna à ce moment-là et elle consulta l'écran.

— Je dois répondre. Je reviens tout de suite.

Elle quitta la cuisine pour entrer dans le salon. J'étais étonnée qu'elle veuille garder cette conversation secrète.

— Ce n'est pas le bon moment, l'entendis-je chuchoter.

Elle prononça mon prénom avant de raccrocher et retourner à la cuisine.

— Qui était-ce ?

— La maman qui a emmené Effie à la piscine.

— Ah. Tu pouvais lui parler, tu sais.

— C'est bon. Elle prenait juste des nouvelles. Tu as faim ? Je peux te faire un sandwich.

— Non, ça va. Je vais m'allonger, si ça ne te dérange pas.

— Bien sûr, vas-y.

Je me levai et sentis cette distance entre nous, quelque chose d'étrange qui n'avait jamais existé auparavant. Mais elle s'approcha de moi et me serra dans ses bras.

— Ça va aller, sœurette. Je ne permettrai pas qu'il te fasse du mal. Je vais m'occuper de tout.

Un malaise s'installa en moi alors que je me dirigeais vers mon ancienne chambre. Quelque chose n'allait pas dans son intonation ou sa posture… ça sonnait faux. Mais je n'arrivais pas à mettre le doigt dessus. Ce n'était peut-être rien. C'étaient peut-être les cinq années qui nous avaient séparées. Elle avait changé aussi, comme nous tous. Elle était devenue un peu plus dure. Mais c'était peut-être ce dont elle avait besoin pour survivre.

Après un court repos et un dîner réchauffé au micro-ondes, plus tard dans la soirée, je m'étais préparée et j'étais montée me coucher dans mon ancienne chambre. J'avais l'estomac lesté de plomb. Guère plus tard, je me réveillai à cause de la pluie qui battait contre la fenêtre, mais aussi des éclats de voix, une dispute. Je m'assis et jetai un coup d'œil sur mon téléphone. Il était un peu plus de minuit. L'écran annonçait huit appels manqués, tous de la part de… surprise, surprise : Salvatore.

Je suppose qu'il était revenu de chez Natalie. *Quel connard.*

Ignorant les messages, je sortis du lit et ouvris la porte. Les voix provenaient d'en bas. C'étaient Isabella et un homme. Même si je connaissais la voix, je n'arrivais pas à la remettre. Cette voix n'avait rien à faire ici.

— Tu m'avais promis. Je ne veux pas qu'il soit blessé !

Ma sœur avait l'air agitée.

— Je calme simplement le jeu. Détends-toi.

— Comment veux-tu que je me détende ? Mon Dieu, j'aimerais que tout cela soit fini !

Je m'avançai sur le palier et me faufilai dans les escaliers. En entendant le craquement familier sur la troisième marche, je me figeai, espérant qu'ils n'avaient pas entendu. Ils continuèrent à se disputer.

— Tu dois y aller. Tu ne peux pas rester ici.

Je soupçonnais ma sœur de ne pas avoir conscience qu'elle chuchotait si fort.

— Je me suis occupé de ce que tu voulais que je fasse. Je n'ai pas droit à une petite récompense ?

Ce que tu voulais que je fasse ?

— Je suis sûre que Salvatore sera là d'une minute à l'autre. Il n'est pas stupide, il sait où elle est allée. Sors d'ici avant qu'il n'arrive.

Salvatore allait venir ?

— Je me suis garé à quelques rues. Je vais me cacher dans une chambre. Ne t'inquiète pas, bébé.

C'était *Dominic* ? Il appelait ma sœur *bébé ?*

Des pneus crissèrent à l'extérieur de la maison. Les phares brillaient à travers les vitres et une portière claqua.

— Elle le tient par les couilles, dit l'homme au moment où quelqu'un appuyait sur la sonnette.

Je fis demi-tour et courus dans ma chambre en faisant semblant d'en sortir lorsqu'Izzy accourut vers ma porte.

— C'est la sonnette ? lui demandai-je.

Je ne voulais pas qu'elle sache que j'avais entendu autre chose.

— Viens, me dit-elle.

Je descendis les escaliers. Izzy ouvrit la porte d'entrée.

Un Salvatore trempé et furieux se tenait juste de l'autre côté, le regard fixé sur moi.

15

SALVATORE

— C’est le milieu de la nuit, dit Isabella sur le pas de la porte.

Je regardai par-dessus son épaule et j’aperçus Lucia qui se tenait sur la première marche de l’escalier.

— Je ne serai pas long, dis-je, les yeux sur Lucia. Je suis seulement venu récupérer ce qui m’appartient.

Je me tournai vers Isabella.

— Bouge !

— Non.

— Bouge !

— J’appelle la police.

— La police ? Elle m’appartient, la police !

— C’est bon, Izzy. Laisse-le entrer.

Lucia descendit l’escalier et croisa les bras sur sa poitrine. Elle portait une courte chemise de nuit rose en dessous des fesses, et ses cheveux étaient comme au réveil : un joyeux bazar.

— Tu n’es pas obligée de l’écouter, lui dit Isabella en s’écartant malgré tout pour me laisser passer.

Les yeux de Lucia ne quittaient pas les miens.

— Prends tes affaires !

— Comment va Natalie ?

— Natalie ? C'est à cause de ça que tu es partie ?

J'étais rentré à la maison et j'avais trouvé mon portable dans la cuvette des toilettes. Natalie avait-elle envoyé un autre texto que Lucia avait lu ? Mon téléphone était protégé par un mot de passe, mais les messages clignotaient et restaient à l'écran assez longtemps pour qu'elle n'en ait pas eu besoin.

Lucia releva le menton. Elle était jalouse. Elle était jalouse, putain !

Je la dévisageai, et plus je le faisais, plus elle devenait nerveuse et se dandinait d'un pied sur l'autre en se mordant la lèvre.

— Rentrons à la maison. On en parlera là-bas.

— C'est ici ma maison, Salvatore. Je reste.

Je m'approchai d'elle et regardai ses pieds nus, avec leur joli vernis à ongles rose, avant de lui prendre les bras et de les écarter. J'essayai de sourire. J'étais énervé quand j'étais rentré à la maison et que j'avais appris sa fugue. Marco avait tenté de me joindre, mais tout ce qu'il avait pu faire, c'était de laisser des messages en supposant que je les avais reçus. Comme mon téléphone était dans les toilettes, je n'avais appris le départ de Lucia qu'en rentrant à la maison vers vingt-trois heures.

Or maintenant que j'avais compris pourquoi elle s'était enfuie, je n'étais plus en colère. J'étais surpris.

— Tu viens avec moi, chuchotai-je. Ta maison n'est plus ici, Lucia, plus maintenant. C'est chez moi.

Je me fichais que sa sœur entende. Ce qu'elle pensait de moi m'était complètement égal. J'avais parlé à Roman des tests ADN, et maintenant, je faisais le rapprochement.

Les yeux de Lucia s'écarquillèrent et pendant un moment, je vis qu'elle voulait y croire, qu'elle voulait bien faire ce que je disais, mais Isabella s'éclaircit la gorge.

— Luce, tu n'es pas obligée de faire ce que tu n'as pas envie de faire.

Je lui décochai un coup d'œil. Je ne ressentais que du dédain pour elle alors que les choses se mettaient lentement en place, morceau par morceau. Je reportai mon attention vers Lucia.

— Je vais le dire encore une fois. Prends tes affaires et monte dans la voiture, ou je t'emporte sur mon épaule. Mais d'une façon ou d'une autre, tu dormiras dans mon lit ce soir.

Je vis Lucia déglutir et ses seins pointèrent sous la chemise de nuit rose.

Elle était excitée.

— Et que va-t-il se passer ?

— Luce...

Je levai un doigt vers Isabella sans quitter Lucia des yeux.

— C'est entre nous.

Lucia se raidit, regarda sa sœur par-dessus mon épaule, puis se retourna vers moi, défiant mon regard.

— Tu ne peux pas me forcer à y aller.

Je souris.

— J'espérais que tu dirais ça.

Elle poussa un petit cri de surprise quand je la saisis par les hanches et la soulevai par-dessus mon épaule. Je lui assenai une grande claque sur les fesses lorsqu'elle me donna des coups de pied et me frappa le dos avec ses poings.

— J'appelle la police ! s'exclama Isabella en se ruant dans la cuisine.

Sans prêter attention à elle, je sortis sous les trombes d'eau qui nous détrempaient tous les deux.

— Laisse-moi descendre !

— Je t'ai donné le choix, lui dis-je en ouvrant la portière du côté passager et en la laissant tomber sur le siège.

Immédiatement, elle essaya de sortir, mais je la poussai en arrière contre le siège avec le plat de la main.

— Tu as fait le mauvais choix.

Je bouclai sa ceinture de sécurité, claquai sa portière et la verrouillai le temps de m'asseoir à la place du conducteur. Enfin, j'appuyai sur l'accélérateur, nous propulsant vers l'avant.

— Tu ne peux pas... m'enlever comme ça !

— Remets ta ceinture de sécurité.

Elle l'avait détachée. Que pensait-elle faire, sauter d'une voiture à 160 km/h ?

Je m'assurai que la portière était verrouillée, au cas où.

— Je te jure, Lucia, si je dois m'arrêter pour te corriger...

— Ralentis ! cria-t-elle dans un virage.

— Attache ta putain de ceinture de sécurité.

— Je te déteste.

Elle la boucla lorsque je m'engageai sur l'autoroute.

— Tu dis ça souvent. Surtout quand tu es excitée.

— Je ne suis pas excitée !

Mes yeux passèrent de son visage à ses mamelons.

— Non, visiblement, non...

Elle se couvrit avec les bras.

— Tu n'as pas le droit, Salvatore.

— J'ai tous les droits. Tu as signé un contrat.

— J'avais seize ans, et je n'avais pas le choix !

— Et quel est ton choix maintenant ? Hein ? Rompre le contrat ? Risquer la sécurité de ta famille ?

— Tu ne leur ferais pas de mal.

Je la regardai de nouveau, content qu'elle me fasse confiance. Mais je n'étais pas le seul danger.

— Peut-être pas, mais d'autres le feraient.

— Est-ce que tu vas me menacer pendant le restant de mes jours ?

Je secouai la tête, concentré sur la route. J'avais des choses plus importantes à penser en ce moment. Comme, par exemple, comprendre ce qui s'était passé cet après-midi.

Lorsque nous arrivâmes aux grilles et que nous remontâmes l'allée, le silence qui nous séparait formait comme un épais brouillard impénétrable. La pluie tombait encore. Puisque la structure du garage était séparée de la maison, je m'arrêtai aussi près que possible de la porte et je sortis. Lucia avait déjà ouvert sa portière. Elle évaluait la distance entre la voiture et la maison.

— Tu es pieds nus. Je vais te porter.

Je me penchai pour la soulever, me mouillant pour la troisième fois cette nuit-là.

— C'est bon. Ne me touche pas.

— Arrête de te battre contre moi. Les cailloux vont t'écorcher les pieds.

Je la portai, un bras sous les genoux et l'autre dans le dos.

— Je t'ai dit de ne pas me toucher !

Alors que je me penchais pour fermer la portière, elle se dégagea de mes bras et se retrouva à quatre pattes dans un grognement.

— Lucia !

— Ne t'approche pas de moi !

Elle se releva et se dirigea vers la pelouse de devant.

— Bon sang !

Je m'élançai à sa poursuite, même si elle n'avait nulle part où aller. S'il n'avait pas plu, je l'aurais laissé faire. Cela dit, la connaissant, elle aurait pu s'empaler sur les grilles pour essayer de s'enfuir.

Elle courait vite, mais le sol glissant sous ses pieds nus l'empêchait d'avancer. Elle tomba à deux reprises avant que je la rattrape. Quand j'enroulai un bras autour de sa taille pour la soulever, elle me décocha un coup de pied dans les jambes et me fit tomber sur elle.

— Laisse-moi tranquille ! Pourquoi tu ne peux pas me *laisser tranquille* ?

Elle se battait comme une chatte sauvage, me griffant et me donnant des coups de pied jusqu'à ce que je lui plaque tout mon poids dessus, attrape ses deux poignets et la piège sous mon corps.

— Arrête ! Arrête de te battre !

— Je te déteste. Je te déteste, et je n'arrêterai jamais.

Je la regardai. Les larmes et la pluie trempaient son visage.

— Tu finiras bien par te calmer.

— Pourquoi es-tu venu me chercher ? Qu'est-ce que tu attends de moi ?

— Qu'est-ce que j'attends ?

Je regardais son visage rougi par l'effort, sa bouche ouverte pour aspirer l'air, ses cheveux noirs ébouriffés sur sa tête, collés à son visage, trempés et sales.

— Qu'est-ce que j'attends ?

Elle se débattait. Je touchai son front avec le mien, ses yeux brûlaient d'un ambre doré.

— *Ça !* dis-je en l'embrassant.

Elle essaya de dire quelque chose, mais quoi que ce fût, je l'étouffai. Ses lèvres douces et humides cédèrent sous les miennes. Alors même qu'elle tentait de résister, son corps se rendit, sa bouche capitula. Elle émit un petit bruit lorsque ma langue glissa sur la sienne. Je la goûtai, l'ancrant au sol sous mon corps, ma verge comme de l'acier contre son ventre doux.

— C'est ça que je veux, dis-je en réclamant encore une fois sa bouche, tandis que je tendais la main pour sortir mon sexe de mon pantalon.

Sa chemise de nuit était déjà remontée jusqu'au milieu de son ventre.

— Et ça.

Je l'embrassai de nouveau, cette fois plus doucement, sur les lèvres, puis sur le menton, la joue. Je voulais voir son visage, ses yeux. En glissant mes doigts dans sa culotte, j'écartai le tissu sur le côté. Elle se mordit les lèvres en me regardant.

— Je te veux, toi.

Je la pénétrai et elle se cambra en fermant les yeux momentanément.

— Toi.

Je m'enfonçai en elle, son sexe étroit et mouillé formant comme un fourreau autour de ma queue.

— Je te veux, Lucia, lui dis-je en prenant ses poignets dans mes mains, les coinçant sur les côtés.

Je regardai son visage tout en la baisant, juste quelques coups de reins rapides et brutaux. Elle s'agrippa à moi en jouissant, produisant ce gémissement de plaisir. Elle comprima mon sexe jusqu'à me faire ralentir et je jouis, le cœur battant, sans respirer jusqu'à m'être entièrement vidé.

La pluie diminua enfin, comme si elle correspondait à nos humeurs. Je l'embrassai et, lentement, je m'agenouillai pour fermer mon jean avant de la soulever. Elle me laissa faire, cette fois, se laissa porter dans la maison et jusqu'au premier étage dans ma chambre à coucher. Une fois dans la salle de bain, j'ouvris le robinet de la douche et la posai à l'intérieur. Je la suivis dedans pour la déshabiller, elle d'abord, puis moi, sous le flot de l'eau chaude.

— Je te veux, toi, Lucia, lui dis-je encore une fois en l'adossant contre le mur pour l'embrasser. Aussi mal que ce soit, je veux être avec toi.

Lucia était couchée dans mon lit, des pansements sur les écorchures de ses genoux et de ses paumes, bien au chaud sous les couvertures. En sécurité dans mes bras.

— Natalie est ma belle-sœur. La femme de Sergio.

Elle me tournait le dos, je ne pouvais pas voir son visage.

— Elle a un fils qui était à la garderie pendant qu'elle travaillait, comme d'habitude. Quand elle est allée le chercher, il n'était plus là. Le personnel de la garderie avait merdé et avait laissé Jacob partir avec quelqu'un qui prétendait être son oncle.

Elle tourna la tête vers moi, puis elle s'allongea sur le dos. Je laissai mon bras sur son ventre, une main possessive sur sa hanche.

— Elle était dans tous ses états, comme tu peux l'imaginer.

— Ils l'ont retrouvé ?

J'acquiesçai.

— C'était Dominic, j'en suis sûr. Il l'a déposé chez les parents de Natalie, mais seulement après quelques heures.

— Jacob va bien ?

— Il va bien maintenant. Il n'a qu'un an et demi, donc il n'a pas pu nous en dire plus. Il a été déposé avec une brassée de jouets et une glace qui avait fondu sur lui. Il aurait couru dans les bras de sa grand-mère, apparemment, et aurait pleuré en appelant sa mère.

— Pourquoi Dominic a-t-il fait ça ?

— Pour montrer qu'il en est capable. C'est ce qui m'a le plus énervé. C'était la seule chose qui pouvait terroriser Natalie.

— Je n'imagine même pas ce que Natalie a dû ressentir.

Je hochai la tête. Je ne l'avais jamais vue comme aujourd'hui, pas même à l'annonce de la mort de Sergio.

— Je suis la seule personne en qui elle a confiance, Lucia. Je ne pouvais pas l'abandonner, ni elle ni mon neveu.

— Tu aurais dû me le dire.

— Je sais.

— J'ai supposé… Je pensais qu'elle était ta… que vous aviez une liaison.

Elle baissa les cils et son visage devint rouge de honte.

— Je t'avais dit que je ne ferais pas ça. Le contrat…

— Il ne stipule rien à ce sujet.

— Je ne m'intéresse à personne ni à rien d'autre en ce moment, Lucia.

Les mots *en ce moment* me firent réfléchir. Je me demandais si elle les avait remarqués.

— Ne t'inquiète pas. Je te libérerai quand même le moment venu.

Elle s'apaisa.

— Je suis fatiguée.

Je la serrai contre ma poitrine et posai mon menton sur sa tête.

— Dors.

LUCIA DORMAIT ENCORE PROFONDÉMENT QUAND JE ME RÉVEILLAI TÔT le lendemain matin. En l'embrassant doucement sur le front, je sortis du lit et la bordai, puis je lui laissai un mot et me rendis chez Dominic. Il vivait à environ quarante-cinq minutes d'ici. En arrivant, je vis la berline de mon père dans l'allée circulaire. Je me demandais ce qu'il faisait ici, s'il venait voir Dominic à propos du problème Luke DeMarco.

Ne sois pas aussi paranoïaque !

Lucia mise à part, cela me dérangerait-il vraiment que Dominic devienne le prochain chef ? Ce titre m'intéressait-il ? Ou profiterais-je de l'occasion pour partir ? Cela dit, le déménagement n'était pas vraiment une option. Rien dans cette vie n'était simple.

Je chassai cette pensée. J'avais besoin de me concentrer. En me garant derrière la voiture de mon père, je marchai jusqu'à la porte d'entrée. Ma colère d'hier remontait à la surface à toute vitesse, au fur et à mesure que je m'approchais. Lucia l'avait tempérée. Elle avait calmé ma fureur, l'avait transformée en autre chose. Elle avait réveillé un autre côté de moi, un côté que j'avais essayé de garder enfoui pendant très longtemps. J'avais toujours considéré cet aspect de ma personnalité comme de la faiblesse, mais c'était le contraire.

Je sonnai à la porte. Une femme que je n'avais vue ici que deux fois vint m'ouvrir. Dès qu'elle me reconnut, je vis la panique sur son visage.

— Monsieur Benedetti, Dominic vous attend-il ?

— Non, c'est une visite surprise.

Elle semblait nerveuse et bloquait la porte.

— Il est en réunion, monsieur, et il a demandé qu'on ne le dérange pas.

— Ah bon ?

Je jetai un coup d'œil derrière elle. Une femme passait l'aspirateur dans le salon, mais à part cela, la maison était silencieuse.

— Eh bien, j'ai besoin de le voir, alors s'il vous plaît, écartez-vous.

— J'ai bien peur de ne pas pouvoir, monsieur.

— Quel est votre nom ?

— Patricia, monsieur.

— Patricia, je dois voir mon frère. Il faut que vous vous écartiez.

— Monsieur, s'écria-t-elle en regardant dans son dos, désespérée. Je ne suis pas censée…

Je souris du mieux possible, sentant mes yeux se plisser.

— J'en prends l'entière responsabilité, Patricia. Ne vous inquiétez pas.

Elle hésita et j'en profitai pour la pousser doucement hors de mon chemin en entrant dans la maison. J'allai directement au bureau de Dominic, situé à l'arrière. Un homme était posté devant la porte, et il était évident que ma présence le surprenait. Je me contentai de sourire et passai devant lui. J'avais posé la main sur la poignée de la porte quand je sentis la sienne tomber sur mon épaule.

Je lui jetai un coup d'œil en coin, les sourcils levés, avant de croiser son regard.

Ses yeux s'ouvrirent en grand et le poids de sa main s'allégea.

Il savait qui j'étais. Bien.

— Monsieur...

— Reculez.

Il lui fallut un moment et je n'attendis pas qu'il se décide. Au lieu de quoi, je tournai la poignée et poussai la porte pour trouver Dominic, Roman et mon père assis autour de la table ronde.

Ils se retournèrent comme un seul homme. Mon père et Roman étaient surpris, Dominic furieux.

— Comme vous êtes bien installés ! m'exclamai-je en dardant les yeux sur Roman, l'homme en qui j'avais le plus confiance parmi les trois.

— J'avais dit *personne* ! rugit Dominic au soldat qui montait la garde.

— Monsieur...

Le garde du corps marmonna quelque chose, mais je m'en fichais. En revanche, quand Dominic fit le tour de la table, je me jetai sur lui, le saisissant au col pour le pousser jusqu'au mur.

— C'est quoi, ce bordel ? fit mon père.

— Salvatore !

Je perçus le cri de Roman, mais tout ce que je pouvais voir, c'étaient les yeux de Dominic, son regard à la fois méchant et fier, comme le connard insolent qu'il était.

Il savait exactement pourquoi j'étais ici.

— Qu'est-ce que tu voulais ? Enlever Jacob ?

Son sourire s'agrandit.

— Enlève de là tes putains de mains !

— Tu as foutu une trouille épouvantable à Natalie !

— Que se passe-t-il ? demanda mon père derrière moi.

— Rien... commença à dire Dominic.

— Ça s'appelle un kidnapping, connard ! lançai-je avant de le cogner fort contre le mur.

— Salvatore, lâche-le ! ordonna Roman d'une voix trop calme. Lâche-le.

— Ouais, Salvatore, lâche-moi, répéta Dominic en écho.

Son visage, son intonation, tout m'exaspérait. Il se foutait de tout et n'en avait rien à faire. Ni de Jacob. Ni de Natalie, ni de personne.

— Espèce d'enfoiré !

Je le libérai et il se redressa en essayant d'arranger son col. Mais au même moment, je lui collai mon poing dans la figure, frappant si fort sa mâchoire que sa tête alla heurter le mur et qu'il s'y affaissa.

— Tu n'en as rien à foutre, hein ?

Je le redressai, et cette fois, j'enfonçai mon poing dans son ventre.

— Tu te fous de faire peur à ce petit garçon ! De faire peur à la femme de ton frère !

Il fallut trois hommes et Roman pour nous séparer, mais avant cela, j'avais envoyé un autre coup de poing dans la mâchoire de Dominic. Il peinait à se tenir debout, l'air mauvais alors qu'il essuyait le sang sur sa lèvre.

— Qu'est-ce que tu racontes, Salvatore ? s'enquit mon père.

Je constatai alors qu'il se tenait à l'écart, une grande lassitude dans les yeux.

— Pourquoi tu ne le lui dis pas ? demandai-je en me débattant contre les hommes qui me tenaient, regardant Dominic, son air furieux et les bleus qui coloraient déjà son visage. Dis-lui ce que tu as fait !

— C'est aussi mon neveu.

— Va te faire foutre, tu ne t'en es jamais occupé.

— Assez !

La voix de mon père résonna dans la pièce.

— Asseyez-le !

Les hommes qui me retenaient me poussèrent sur un siège et m'y maintinrent. Je vis mon père avancer à grands pas vers Dominic. Je ne l'avais jamais vu faire cela auparavant.

— Est-ce que tu as fait du mal à Jacob ? demanda-t-il d'un ton menaçant.

— Je ne lui ai pas fait de mal. Je l'ai emmené faire du shopping et je lui ai acheté une putain de glace !

— Tu lui as fait peur. Ce n'est qu'un enfant. Le fils de notre frère !

— Dominic ? fit mon père, le visage soudain livide.

Je me libérai des hommes qui me retenaient et me levai.

— Je n'ai qu'un message pour toi.

Ma voix était grave et basse.

— Ne t'approche plus de Natalie ni de Jacob, ou sinon, que Dieu me vienne en aide…

— Dominic ! reprit mon père, insistant.

Je sortis en bousculant l'un des hommes de mon frère.

— Je m'en vais. Ne me touchez pas.

— As-tu levé la main sur le fils de Sergio ? entendis-je mon père demander encore une fois.

Sans un regard en arrière, je quittai la maison et retournai à ma voiture, satisfait d'avoir cogné Dominic. Je ne croyais pas vraiment que ma menace mettrait Jacob et Natalie en sécurité.

Lorsque je démarrai le moteur et tournai le volant, un mouvement vers la porte attira mon attention. C'était Patricia. Elle jetait de fréquents coups d'œil par-dessus son épaule tout en se dirigeant vers moi. Je baissai ma vitre.

— Monsieur Benedetti.

Elle était essoufflée.

— Oui ?

— Votre oncle m'a demandé de vous donner ceci.

Elle me glissa un mot avant de s'éloigner tout aussi précipitamment.

— Merci, Patricia, dis-je, la tête déjà ailleurs.

Je dépliai et pris connaissance du bref message rédigé à la hâte : *Dominic a rendu visite à Isabella DeMarco tard hier soir, juste avant ton arrivée là-bas.*

Dominic était chez elle ? Quand j'étais entré dans la maison ? Enfin, dans le hall d'entrée, plutôt ? Lucia savait-elle que Dominic était là, me l'avait-elle caché ? Cela confirmait-il mes soupçons grandissants ?

16

LUCIA

Je me réveillai en sursaut, le souffle court, la gorge affreusement sèche.

En regardant autour de moi, je me rappelai où j'étais la veille au soir. Je me trouvais dans le lit de Salvatore, son odeur toujours sur son oreiller. Le creux laissé par sa tête contenait maintenant un petit morceau de papier.

En le dépliant, je lus :

Je dois m'occuper de quelques affaires. Je reviendrai cet après-midi. J'ai le téléphone de Marco, et j'ai enregistré le numéro dans le tien au cas où tu aurais besoin de quelque chose.

Salvatore

Je le posai et fermai les yeux, toute penaude d'avoir jeté son téléphone dans les toilettes.

Maintenant, je devais faire face à ce qui m'avait réveillée, aussi incroyable que cela puisse paraître. J'aurais préféré avoir gardé le mot de mon père plutôt que de l'avoir jeté. Sur le moment j'étais trop bouleversée.

Mon père s'était suicidé parce qu'il ne pouvait pas vivre avec les décisions qu'il avait prises. Parce qu'il n'avait pas réussi à accepter le fait qu'à vingt et un ans, Salvatore me ferait sienne. Avait-il la moindre idée de ce que cette lettre me ferait ressentir ? Savait-il qu'ainsi, il me ferait culpabiliser davantage qu'il ne l'avait fait en signant le contrat qui me liait à la famille Benedetti ?

Mais il y avait autre chose. Il avait dit quelque chose dont je m'étais souvenue quelques instants avant de me réveiller. Il avait reproché aux Benedetti d'avoir détruit ses *deux* filles.

Quand j'avais entendu la voix de l'homme hier soir, j'avais cru l'avoir reconnue, mais ce n'était pas une voix familière. Je pensais que c'était Dominic Benedetti. Mais alors, que faisait-il chez ma sœur ? Isabella le détestait encore plus que moi.

Pourtant, ce que mon père avait dit…

Non !

Je m'assis, repoussant les couvertures. J'étais nue et je constatai que Salvatore m'avait soigneusement bandé les genoux et les paumes aux endroits où je m'étais écorchée en courant hier soir. Quand il m'avait rattrapée, il avait été brutal, mais tendre aussi. Bienveillant.

Je secouai la tête et je sortis du lit. De retour dans ma propre chambre, j'enfilai une tenue de jogging. Courir m'avait toujours aidée à me vider la tête et j'avais vraiment besoin de cela en ce moment. Une fois habillée, je sortis. J'entendis Rainey dans la cuisine. On passait l'aspirateur dans une autre partie de la maison.

Je commençai par une petite foulée en essayant de choisir de la musique, mais je m'arrêtai presque aussitôt pour enrouler les écouteurs autour du téléphone et ranger celui-ci dans ma poche. Je ne voulais pas de musique aujourd'hui. J'écouterais les bruits de la forêt.

La veille, quand je lui avais demandé ce qu'il voulait, Salvatore avait dit qu'il me voulait moi.

« En ce moment. »

La boule à l'intérieur de ma poitrine se dégonfla instantanément à cette pensée. Il était obligé d'être avec moi. Ce n'était pas comme si j'étais son propre choix.

Je mis cette pensée de côté. J'avais besoin de comprendre ce qui se passait. J'avais besoin de parler à Izzy, mais comment ? Comment lui dire que j'avais entendu la voix d'un homme sans me trahir ? À quel point serait-elle offensée si je lui demandais si Dominic Benedetti était chez elle ?

Mais si *c'était* lui ? Et si elle le connaissait depuis bien plus longtemps que je ne le pensais?

Si elle savait ce qu'il avait fait à ce petit garçon ? Enlever le fils de Natalie, comme ça?

« Je me suis occupé de ce que tu voulais qu'on fasse. »

Non. Pas possible. Izzy n'aurait jamais organisé quelque chose d'aussi terrible que l'enlèvement d'un enfant. Je devrais même avoir honte de l'avoir pensé.

Je redoublai de vitesse, même si je ne m'étais pas encore bien échauffée, transpirant en quelques minutes. Je courus plus vite que d'habitude, mais j'avais besoin d'encore plus, de brûler et d'épuiser mes muscles, de me purger.

Depuis quand les choses se compliquaient-elles autant ? Isabella et moi étions des DeMarco. Nous détestions la famille Benedetti. C'était simple. C'était noir ou blanc. Mais ça ? Cette connexion, cette attirance pour Salvatore ? Le fait que je me soumette à lui ? Cela n'avait pas de sens, ni mes questions sur Izzy à propos de ce que mon père avait mentionné dans sa lettre, pas plus que la voix de Dominic chez elle, tard dans la nuit.

Je courais trop vite sur un terrain inconnu, sans faire attention. Ainsi, quand je trébuchai sur la racine exposée d'un grand arbre, je fis un vol plané. Je n'aurais pas dû être surprise. Lorsque j'essayai de me lever, je dus me hisser sur mes bras. Ma cheville gauche commençait déjà à enfler douloureusement.

— Merde.

Je regardai derrière moi vers la maison, mais je m'étais trop éloignée dans les bois pour ne plus distinguer que les sommets décoratifs de la cheminée. Je me forçai à me lever, appuyant de tout mon poids sur ma jambe droite. En prenant appui sur les arbres avoisinants, je boitillai en direction de la maison. Il ne s'écoula pas plus de cinq minutes avant que je me rende compte que je n'y arriverais jamais seule, pas avec ma cheville qui doublait rapidement de volume.

Je sortis mon téléphone de ma poche, déballai les écouteurs et en glissai un dans mon oreille. Je parcourus le répertoire du pouce jusqu'à l'endroit où Salvatore avait entré le numéro de Marco, dont il avait emprunté l'appareil, et je le composai.

Il répondit rapidement, comme si mon appel l'avait surpris.

— Lucia ?

— Tu sais, tu m'avais dit d'essayer de ne pas me perdre quand je cours…

Il ricana et, aussitôt, je sentis qu'il se détendait.

— Tu t'es perdue ?

— Non, ce n'est pas ça. Je ne suis pas perdue, et je n'avais même pas de musique qui hurlait, mais…

— Quoi ? m'interrompit-il d'un ton anxieux. Qu'est-ce qu'il y a ?

— J'ai trébuché sur une racine et je suis tombée. J'essaie de retourner toute seule à la maison, mais ma cheville enfle et me fait drôlement mal.

— Enlève ton poids de ce côté et lève le pied si tu peux. J'arrive. Je suis devant la grille. Sais-tu quelle piste tu as empruntée ?

— Je suis partie vers l'est, comme le matin où tu m'as croisée, mais j'ai déjà passé l'endroit où nous nous sommes arrêtés la dernière fois.

— D'accord, j'arrive. Parle-moi pour que je t'entende.

Je perçus le bruit des graviers sous les pneus de la voiture. Il venait de rentrer.

— Où es-tu allé ? demandai-je puisqu'il m'avait dit de continuer à parler.

— Voir mon frère.

Pouvais-je lui faire part de mes soupçons ? Il parlait tout en marchant. La porte d'entrée s'ouvrit, il s'adressa à Marco en faisant coulisser les baies vitrées, puis le bruit de ses pas qui martelaient le sol de la forêt atteignit mes oreilles lorsqu'il se mit à courir dans ma direction.

— Mon père, Roman et lui étaient en réunion. Certains jours, je me demande si je peux faire confiance à Roman.

— Ah bon ? Tu lui fais confiance, je veux dire ?

— Des trois, oui, c'est le seul. Sergio aussi lui faisait confiance, avant. Mais je sais que s'il avait été poussé à bout, il se serait occupé de lui en premier.

— C'est Dominic qui a enlevé Jacob ? Il l'a admis ?

— Oui.

— Je t'entends ! Je veux dire, pas seulement au téléphone.

— Tu as un short de course rose vif ?

Je baissai les yeux et souris.

— Je suppose que c'était une bonne idée.

— C'est sûr, on ne peut pas te louper avec ça, dit-il en raccrochant et en apparaissant sur le chemin.

Il portait son uniforme habituel : T-shirt foncé et jeans. Ce qui me mit l'eau à la bouche.

Salvatore me balaya du regard avant de s'agenouiller près de mon pied blessé, me faisant grimacer quand il toucha légèrement ma cheville enflée.

— Aïe ! Oh là, là, tes mains !

Ses phalanges étaient écorchées et meurtries.

Il les regarda comme s'il les voyait pour la première fois et il sourit fièrement.

— Tu devrais voir le visage de Dominic.

— Tu l'as tabassé ?

Il hocha la tête, l'attention toujours sur ma cheville.

— Je vais te porter et te ramener. Laisse-moi juste passer un coup de fil.

Il appela quelqu'un et je compris que c'était Rainey lorsqu'il prononça son prénom.

— Pouvez-vous faire venir le docteur Mooney pour moi ? Lucia s'est fait mal à la cheville. Je ne pense pas qu'elle soit cassée, mais j'aimerais quand même qu'il y jette un coup d'œil.

— Je n'ai pas besoin d'un médecin, j'ai seulement besoin de glace, protestai-je.

Il m'ignora complètement.

— Merci, Rainey.

Puis il raccrocha et se tourna vers moi.

— Ne prenons aucun risque.

Il me souleva dans ses bras et je retins mes larmes. J'avais trop mal.

— Désolé.

— Ce n'est pas grave.

— Ça commence à devenir une habitude.

— Quoi ? Que tu me portes pour aller à maison ?

Il hocha la tête, manœuvrant prudemment dans la forêt pour ne pas heurter les branches avec ma cheville blessée.

— Je peux te poser une question, Lucia ?

— Bien sûr.

— Comment se fait-il que je n'aie pas vu Dominic quand je suis venu te chercher hier soir ?

Comment le savait-il ?

— Il faisait sombre, mais je suis presque sûr que j'aurais dû le voir, poursuivit-il.

— Je n'étais pas certaine que ce soit lui. Je les ai entendus de là-haut, mais je n'ai pas vu qui c'était, en fait.

— J'en étais sûr. Il était là.

— Tu veux dire que tu ne le savais pas ?

Je le regardai, perplexe.

— Pas à cent pour cent.

— Pourquoi m'as-tu posé cette question, alors ?

Il m'avait piégée.

— Tu n'aurais pas essayé de protéger ta sœur plutôt que de me dire la vérité ?

Nous approchions de la maison et j'aperçus Rainey qui attendait près des grilles, un grand sac de glace à la main.

— Réponds à ma question, Lucia.

Je regardai dans ses yeux d'un bleu profond, n'y voyant ni noirceur, ni rage, ni haine. Au contraire, j'y décelai de la bonté, autant que l'on puisse être bon en ce bas monde.

— Probablement, répondis-je avec sincérité.

Il hocha la tête.

— Merci.

— Le docteur sera là dans vingt minutes. Il a dit de mettre de la glace et de surélever la jambe, expliqua Rainey en entrant dans la maison.

Salvatore m'allongea sur le canapé et posa ma cheville blessée sur ses genoux en s'assoyant à côté de moi.

Avec un sourire, Rainey me tendit un verre de sa limonade maison ainsi que deux Advil.

— J'ai pensé que vous pourriez en avoir besoin.

Je lui rendis son sourire en mettant les cachets dans ma bouche.

— Je vous remercie. Vous me sauvez la vie.

Rainey alla attendre le médecin et je pris une gorgée de limonade, gémissant quand Salvatore me déchaussa.

— Ça fait mal.

— Je suis désolé.

Il retira doucement ma chaussette, inspecta le membre gonflé, puis plaça la poche de glace sur ma cheville.

— Comment as-tu su pour Dominic ?

— J'ai des hommes qui surveillent la maison depuis le jour où j'ai vu Luke là-bas. Luke est impliqué dans des affaires dangereuses. J'espère vraiment pour elle qu'Isabella n'en fait pas partie, Lucia.

Naturellement, je saisissais l'avertissement, mais je savais que Salvatore ne lui ferait pas de mal. Il avait promis.

Il reprit :

— J'ai été surpris d'apprendre que c'était Dominic qui était venu en pleine nuit plutôt que Luke. Est-ce qu'elle couche avec les deux ?

— Salvatore ! Tu n'en sais rien ! Même moi, je n'en sais rien ! Ce n'est pas une espèce de...

Je ne pus me résoudre à le dire.

— Je me fiche bien qu'elle couche avec cent mecs en une nuit, Lucia. Mais pas qu'elle baise mon frère.

— Elle ne voulait pas ! Elle le déteste. Elle vous déteste tous !

J'essayai d'enlever ma cheville de ses genoux, mais il posa fermement la paume de sa main sur ma cuisse.

— Qui est le père d'Effie, Lucia ?

Je le regardai en inspirant bruyamment, les yeux larmoyants

sous l'accusation. On aurait dit qu'il recueillait des informations dans mon cerveau. Des choses que je n'avais pas encore comprises, auxquelles je ne voulais pas croire.

— Pourquoi fais-tu cela ? Chaque fois que j'ai l'impression qu'on arrive enfin à quelque chose, que je pense te comprendre, pourquoi faut-il que tu foutes tout en l'air ?

Au même moment, j'entendis deux personnes arriver.

— Par ici, docteur, fit Rainey en le faisant entrer.

Salvatore et moi étions en plein défi du regard. Je dus déclarer forfait lorsqu'une larme roula sur ma joue. Je me détournai.

— Docteur Mooney, dit Salvatore. Excusez-moi de ne pas me lever, mais je crois que je risquerais de lui faire mal en bougeant sa jambe.

C'était ce qu'il faisait, de toute façon. Il me faisait souffrir. *Tout le temps.*

17

SALVATORE

Je sortis de la pièce en constatant que Roman m'appelait et je laissai le docteur Mooney bander la jambe de Lucia. J'avais raison, juste une entorse, mais douloureuse quand même.

— Roman, dis-je en entrant dans mon bureau et en refermant la porte.

— Eh bien, quelle entrée fracassante tu as faite, tout à l'heure !

— Il a enlevé Jacob à la garderie. Il était déjà allé chez Natalie il y a quelques jours et elle avait refusé de le laisser entrer. Il envoyait un message, Roman. Je voulais m'assurer qu'il reçoive bien le mien.

— En tout cas, ton père était furieux. Mais tu étais déjà parti pour voir ça.

— Ah bon ? Franco Benedetti en voulait à son *autre* fils pour changer ?

— Franco peut parfois être entêté, Salvatore. Nous le savons tous les deux. Il est plus dur avec toi parce qu'il sait que c'est toi qui le remplaceras, mais il ne peut pas faire comme si Dominic n'existait pas. Franco est plus conscient que tu le penses de la menace potentielle que représente ton frère et ce coup avec Jacob a éliminé tous les espoirs auxquels il pouvait encore s'accrocher.

— Enfin, dis-je, sarcastique.

— Quoi qu'il en soit, à moins que Dominic ne soit stupide, il ne s'approchera plus de Natalie ni de Jacob. Franco s'est rendu là-bas en personne pour lui faire comprendre qu'elle et son petit-fils sont sous sa protection.

Ni Dominic ni moi n'arrivions à la cheville de Sergio, même mort. Je détestais ressentir cette jalousie envers lui, aussi infime soit-elle. Je l'avais toujours perçue, mais cela ne s'était jamais placé entre nous. Ce n'était pas le moment. Je ne l'avais jamais fait et je ne le ferais jamais.

— Le départ de Sergio fait toujours mal à ton père. Il ne t'aime pas moins. Il lui manque juste un enfant. Il est humain, après tout.

Je me gardai de tout commentaire.

— J'aimerais te parler du test ADN, Salvatore.

— Vas-y.

Je n'avais pas encore eu l'occasion de lire le reste du rapport pour mieux comprendre les résultats.

— Quand les résultats sont revenus, éliminant Luke, j'ai utilisé un échantillon de moi-même. Les familles partagent l'ADN, dans certains cas plus que dans d'autres, mais il y a toujours quelque chose.

Roman avait étudié la généalogie pendant un certain temps et il travaillait actuellement à son arbre familial.

— Pourquoi as-tu voulu faire ça ?

Étais-je prêt à entendre ce qu'il allait me dire ?

— Une intuition. Effie DeMarco partage au moins une partie de notre ADN, Salvatore.

Je m'assis. L'entendre, c'était pire que le penser.

— Je ne suis évidemment pas le père de la petite fille, mais je fais d'autres tests aujourd'hui. J'ai pris un échantillon chez Dominic.

— Quoi, tu lui as fait un prélèvement ?

Je ricanai, mais il n'y avait pas d'humour derrière ce rire.

— J'ai enlevé des cheveux de son peigne.

— Quand le sauras-tu ?

— J'espère d'ici vingt-quatre heures.

— Mon père est au courant ?

— Non. Pas du tout. Il ne le saura que si j'en ai le cœur net à cent pour cent.

Je m'adossai dans mon siège en soupirant.

— Dominic aurait une liaison avec Isabella DeMarco depuis cinq ans ?

— Ça, je ne sais pas.

— Il est de quel côté, je me demande ?! Et quel est le rôle de Luke DeMarco dans tout ça ? C'est de plus en plus compliqué.

— Parle à Lucia. Regarde si tu peux glaner des informations. Mais elle ne le sait peut-être pas elle-même, Salvatore.

— Je pense qu'elle n'en sait rien. Non, j'en suis sûr. Et cette information ne ferait que lui faire du mal.

— Je te rappellerai dès que j'en saurai plus.

— Merci, Roman.

Je passai un autre appel pour savoir si Natalie allait bien. Elle s'était fait porter pâle au travail et passait la journée avec Jacob à la maison. Elle savait que mon père était en route, et bien que cela ne lui plaise pas, elle semblait plutôt calme et me promit de m'appeler une fois qu'il serait parti.

Quand je retournai au salon, le docteur Mooney rangeait ses affaires.

— Laissez le pansement, avec de la glace. Vous irez mieux en un rien de temps. J'ai déjà commandé des béquilles. Elles seront là d'ici une heure ou deux.

— Combien de temps en aurai-je besoin ? demanda Lucia.

— Tant que vous ressentez une douleur lorsque vous mettez le poids sur votre jambe. Pas longtemps, je suppose, une semaine ou deux.

— Merci, Docteur Mooney.

Nous nous serrâmes la main.

— De rien, Salvatore.

Il se retourna vers Lucia et la salua à son tour.

— Ravi de vous avoir rencontrée, ma chère. Appelez-moi si vous avez besoin de quoi que ce soit.

— Je le ferai. Merci encore.

Rainey raccompagna le médecin et je pris place à côté de Lucia.

— Je n'ai pas envie de te parler maintenant.

— Je ne voulais pas te contrarier avec ma question, Lucia.

— Mais tu l'as fait, Salvatore. C'est là le problème. L'enfer est pavé de bonnes intentions, non ?

— Allons nous asseoir près de la piscine avant qu'il ne fasse trop chaud.

— J'ai dit non...

Sans l'écouter, je la soulevai dans mes bras. Lucia se contenta de soupirer.

— Tu peux m'apporter ma limonade au moins ?

— Bien sûr. Tu veux manger quelque chose ?

Elle me regarda avec circonspection.

— Il me semble avoir senti un gâteau.

Moi aussi, je l'avais senti. Rainey faisait de la pâtisserie.

— Je reviens tout de suite.

Dans la cuisine, je coupai deux tranches du gâteau à la cannelle encore chaud qui refroidissait sur le plan de travail et je les déposai sur un plateau avec deux verres de limonade fraîche. De retour à l'extérieur, je tendis l'une des assiettes à Lucia et posai son verre sur la table à côté de sa chaise longue avant de prendre le siège à côté d'elle.

— C'est le gâteau spécial de Rainey.

Sans m'embarrasser avec la fourchette, je pris le gros morceau que j'avais découpé et mordis dedans.

— Mon Dieu, que c'est bon !

— Je vais grossir, gémit Lucia, la bouche pleine.

— Je m'assurerai que tu fasses assez d'exercice.

Elle me décocha un regard en coin, puis reporta son attention sur la pâtisserie dans l'assiette posée sur ses genoux.

— Il faut qu'on parle d'hier soir, dis-je en revenant au sujet précédent.

— Je croyais qu'on l'avait fait.

— À propos de ce que tu as entendu.

Son regard méfiant rencontra le mien.

— C'est ma sœur, Salvatore.

— Jacob a eu très peur, Lucia. Si Isabella a quelque chose à voir avec ça, je pense que c'est important que je le sache.

Elle se frotta le visage avec les deux mains, puis elle enfonça les doigts dans ses cheveux et tira dessus.

— Je ne sais pas, Salvatore. Ce qui est arrivé à ce petit garçon, ce que Dominic a fait, c'était cruel. J'espère que ma sœur n'a rien à voir avec ça. La femme que je connais ne ferait jamais un truc pareil. Elle ne ferait pas de mal à un enfant. Je sais qu'il n'a pas été blessé physiquement, mais l'enlever sans que sa mère le sache ? La faire paniquer comme ça et effrayer le petit garçon ? Je...

Elle détourna le regard et secoua la tête. Quand elle se retourna vers moi, ses yeux étaient brillants de larmes.

— L'ennui, c'est que je ne la connais plus. J'ai exclu tout le monde si longtemps que je ne sais même plus qui je suis. Je croyais que tout était noir ou blanc. Je détestais la famille Benedetti. Point final. Mais ma sœur impliquée, ou pire, qui organise un enlèvement d'enfant ?!

Une fois de plus, elle agita la tête, les yeux emplis d'inquiétude.

— C'est une mère, elle aussi. Comment... qu'est-ce qui nous est arrivé ?

— Trop de haine. Trop de pouvoir, répondis-je. Trop de soif de sang et de vengeance. La guerre ne transforme jamais des ennemis en amis. C'est le contraire. Elle solidifie cette rancœur. La guerre entre Benedetti et DeMarco a peut-être eu lieu au temps de nos pères, mais nous héritons de la haine, du mauvais sang. Ça ne s'en va pas comme ça. Elle se transmet de génération en génération.

— Je ne te déteste pas.

— Tu en as tous les droits, pourtant.

— Je ne sais pas. Tu n'es pas comme eux, Salvatore.

Pourtant, si. J'avais tué. J'avais volé. J'avais vécu de l'argent du sang. J'aurais versé ce sang de mes propres mains. Mais tenir tête à mon père après avoir fouetté Lucia, et puis aujourd'hui, m'éloigner sans me soucier de ce qu'il pensait... Avais-je changé ? Est-ce que je grandissais enfin hors de l'ombre de mon père, projetant à mon tour la mienne ?

Et cette ombre, serait-elle aussi noire que la sienne ?

— J'ai demandé à Roman de faire un test de paternité sur Effie, Lucia.

— Je ne veux pas savoir.

Elle commença à se lever, mais elle se rendit compte qu'elle ne pouvait pas se passer de mon aide. C'était pour cette raison que je l'avais allongée sur un transat au lieu de l'asseoir sur une chaise classique.

Je lui touchai le bras.

— Tu dois savoir.

Elle ferma les yeux et les rouvrit après une minute, mais elle garda le silence, dans l'expectative.

— Luke n'est pas son père.

À voir sa tête, j'avais le pressentiment qu'elle le savait.

— Elle porte l'ADN de ma famille.

Bon sang, l'avais-je dit à haute voix ?

Une larme coula sur chacune des joues de Lucia et je compris qu'elle savait.

— Ils testent l'ADN de mon frère en ce moment. Nous saurons bientôt si Dominic Benedetti a engendré Effie DeMarco.

Un long moment s'écoula avant qu'elle ne parle. Je ne savais pas comment Lucia prendrait ce que je lui avais dit. D'un côté, elle avait vu assez de preuves pour soupçonner la vérité. Elle l'avait deviné elle-même avant que je le dise. D'un autre côté, Isabella était toujours sa sœur et je restais le fils de l'ennemi. J'étais son geôlier, l'homme qui avait signé un contrat, revendiqué sa propriété.

— Que veux-tu en tirer, Salvatore ? Au bout du compte, qu'en feras-tu ?

J'étais assis à cheval sur la chaise. Je changeai de position pour m'installer plus confortablement et levai les yeux de l'autre côté de la piscine vers la forêt. C'était si calme ici. Tellement silencieux. Si paisible.

Je revins vers elle.

— Je veux vivre une vie tranquille. Je ne veux pas regarder par-dessus mon épaule à chaque tournant. Je ne veux pas voir un ennemi dans chaque paire d'yeux que je rencontre, chaque main que je serre. Je veux que les gens que j'aime soient en sécurité. Je veux qu'ils soient heureux.

Étrangement, six mois plus tôt, j'aurais ajouté : « J'aimerais que mon frère soit vivant », mais quelque chose avait changé. D'une certaine façon, j'en étais venu à accepter sa mort. Pas la cruauté ni l'injustice de l'acte, mais savoir qu'il était parti. Et que ma vie en était à ce point-là.

Elle se racla la gorge et cligna ses jolis yeux innocents, posant le regard quelque part entre nous. Je ne la quittai pas des yeux.

Lucia était toute l'innocence de ma vie.

Elle était ma rédemption.

Et je la voulais. Sa présence ici, nous ensemble, aussi tumultueux que ce soit, même si je n'avais aucun droit de la garder, ça me sauvait. *Elle* me sauvait.

C'est pourquoi je tiendrais ma promesse et la relâcherais dès que je le pourrais. Une fois que je serais assuré qu'elle soit en sécurité et à l'abri du danger.

— Et toi Lucia, qu'est-ce que tu veux ?

Elle me regarda dans les yeux, haussa les épaules et me fit un triste petit sourire.

— Les mêmes choses, je suppose.

— Tu les auras. Je te le promets.

Une autre promesse. Une autre que je n'étais pas sûr de pouvoir tenir. Mais j'essaierais. J'essaierais chaque jour jusqu'à mon dernier souffle de lui donner ce qu'elle voulait. Une vie. Simple, paisible, belle.

Comme elle.

Ce fut à ce moment que je compris que je l'aimais. Quelque part en cours de route, j'étais tombé amoureux d'elle.

Mais ma dette envers elle était plus grande que tout ce que je ressentais, que toute blessure ou perte que j'avais vécues. Et à cause de cette dette, je ne dirais jamais ces mots à haute voix, ni à elle ni à personne. Elle avait été enfermée presque toute sa vie, sa brève existence d'adulte. J'étais le seul homme qu'elle connaissait, un cruel tour du destin. Si je prononçais ces mots, je savais ce qui allait se passer. Lucia confondrait survie et amour. Parce qu'en ce moment, elle avait besoin de moi pour survivre, pour survivre à ma famille, pour survivre à la guerre que j'avais menée par erreur. Je resterais en vie pour elle. Je me battrais pour elle. Je ferais tout ce qui était en mon pouvoir pour la sauver. Rien d'autre n'avait d'importance, pas même ma propre vie. À partir de maintenant, tout serait pour elle.

— J'ai envie de te faire l'amour, Lucia.

Elle me regarda, perplexe, mais son corps se préparait déjà. Je le voyais dans la légère dilatation de ses pupilles, le raidissement de ses mamelons, ses lèvres entrouvertes.

— Je veux que tu en aies envie toi aussi. Je veux que tu me le demandes. Jusqu'à présent, je ne t'ai pas demandé ton accord.

— Salvatore…

Je levai la main.

— Non, c'est la pure vérité.

Elle me toucha le bras.

— Salvatore…

Je passai à l'action afin de l'empêcher de parler. Elle enfouit les doigts dans ma mèche de devant et tira légèrement dessus.

— Tu es tellement têtu.

Elle se pencha vers moi pour m'embrasser, la bouche souple, la langue douce, caressante sur mes lèvres. Puis elle recula et me regarda en déglutissant.

— J'en ai envie. J'ai envie de toi. Fais-moi l'amour, Salvatore.

Je l'enveloppai dans mes bras et l'embrassai tout en la soulevant. Je la berçai contre moi et la portai jusqu'à mon bureau. Les lèvres toujours scellées, nous entrâmes dans la pièce. Je l'emmenai vers le canapé, je l'assis dessus et m'agenouillai devant elle, entre ses genoux écartés. Les yeux dans les miens, elle enleva d'abord son haut, puis sa brassière de sport. Ses seins ronds rebondirent, les mamelons déjà dressés. Je lui enlevai son unique chaussure, puis je glissai mes doigts dans la ceinture de son short et de sa culotte. Elle décolla les hanches, me permettant de m'en délester de sorte qu'elle se retrouve assise, nue devant moi.

— Écarte les jambes et penche-toi en arrière, dis-je en sortant ma chemise de mon pantalon.

Elle fit ce que je lui demandais, ouvrant largement les cuisses, penchée en arrière. Elle m'offrait son sexe. Mes pouces de chaque côté de ses lèvres, je l'écartai davantage et posai la bouche sur elle. Je la léchai sur toute sa longueur avant de prendre son clitoris dans ma bouche tout en la regardant rejeter la tête en arrière, les paupières closes.

— Putain, Salvatore, j'adore ça.

Je suçai son clitoris en l'attirant vers moi, de sorte que ses fesses dépassent du canapé. J'enfilai un doigt dans sa fente et lorsqu'elle resserra ses muscles tout autour, je reportai mon attention sur son clitoris. Elle ouvrit les yeux.

— Tu aimes ça quand je te bouffe la chatte ?

Elle hocha la tête tout en essayant de se plaquer au maximum contre moi.

Je souris.

— Gourmande, va !

Je me levai, me débarrassai de mes vêtements et entrepris de me caresser. J'appréciais sa façon de me regarder. Ses yeux affamés ne me quittaient jamais.

— Je veux te sucer, Salvatore.

Je posai les genoux de chaque côté des siens sur le canapé, la chevauchant pour me présenter à sa bouche. Elle prit ma queue dans ses mains, puis elle glissa une paume sous mes bourses et entrouvrit les lèvres, léchant mon gland avant de me prendre dans sa bouche chaude et humide.

— Putain, Lucia, j'adore que tu me suces.

Je balançai mes hanches d'avant en arrière, bougeant lentement, savourant sa chaleur humide sur ma queue enflée jusqu'à ce que je n'y tienne plus. Il fallait que je la baise. Je me retirai et l'allongeai sur le dos, sur le canapé, avant de prendre sa jambe valide et de la repousser pour pouvoir l'admirer en entier.

— J'adore aussi te regarder, te voir humide pour moi.

Je la pénétrai, donnant quelques coups de reins en retenant mon souffle.

— Tu m'appartiens.

— Plus fort, s'il te plaît.

Je secouai la tête.

— Pas encore.

J'imprimai un rythme sensuel, prenant tout mon temps. Je la pénétrai bien profond avant de me retirer pour sentir chaque centimètre de son écrin jusqu'à ce qu'elle crie presque, me suppliant de la faire jouir.

— S'il te plaît, Salvatore !

— J'ai envie d'autre chose aujourd'hui, lui annonçai-je en me retirant complètement pour me diriger vers mon bureau.

Elle leva la tête, l'air éperdu, contrarié. J'ouvris l'un des tiroirs et en sortis ce que je cherchais, une bouteille de lubrifiant.

Elle la regarda, puis moi.

— Quoi ?

J'ôtai le bouchon et fis couler un peu de crème inodore sur ma main, enduisant mon membre sous son regard attentif. Il me fallut toute la retenue possible pour ne pas me répandre sans plus attendre.

— Tu sais ce que je veux ? demandai-je en étalant la lotion.

Elle hocha la tête. Je saisis sa jambe, la pliai au genou et la repoussai vers sa poitrine. Alors, je pressai la moitié de la bouteille sur le plat de son ventre.

— Je veux te prendre par-derrière.

Ses yeux s'ouvrirent en grand, ainsi que sa bouche, mais je l'arrêtai en trempant un doigt dans le lubrifiant avant de la porter à ses fesses.

— Je pense que tu vas aimer, lui dis-je en enduisant son anus étroit et vierge. Mais d'abord, je vais remplir ton petit trou avec ça.

Une fois de plus, je trempai mon doigt dans la lotion et elle me regarda, le rouge aux joues, le regard à la fois prudent et intrigué.

Après avoir esquissé plusieurs petits cercles, j'appuyai contre l'orifice et elle hoqueta quand le bout de mon doigt lubrifié la pénétra. J'attendis en regardant son visage alors qu'elle le laissait entrer, se détendant en quelques secondes pour me permettre d'exercer une pression supplémentaire.

Elle retint son souffle et s'agrippa à l'accoudoir du canapé. Je bougeai lentement jusqu'à ce qu'elle accueille la longueur d'un doigt entre ses fesses. Ensuite, je le retirai pour le tremper à nouveau et répéter l'opération.

— Tu aimes que mon doigt te baise le cul, Lucia ?

Elle émit un petit bruit et détourna le regard avant de m'adresser un signe de tête.

— Non, regarde-moi. Je veux voir que tu acceptes.

J'y glissai un deuxième doigt qui contracta tous ses muscles. Ses yeux restaient grands ouverts sur les miens.

— Laisse-toi faire.

Je poussai un peu plus fort, puis je décrivis des cercles à l'intérieur, étalant de la lotion sur ses parois.

— Quand je te baiserai le cul comme il faut, je te regarderai aussi. Je te regarderai quand tu t'étireras et que tu jouiras, et je te regarderai quand je te remplirai de sperme.

— Salvatore, je vais...

— Attends, Lucia. Attends que ma queue soit en toi avant de jouir.

Je ressortis les deux doigts et j'y étalai le reste du lubrifiant avant de les plonger plus facilement en elle.

— C'est ça, voilà, c'est bon, non ?

Elle hocha la tête.

— Quand ta cheville sera guérie, tu te pencheras sur mon bureau et je te mettrai les fesses en l'air. Tu vas tellement aimer que quand je te dirai de me supplier de te baiser le cul, tu le feras. Tu vas écarter les jambes et courber le dos, me supplier de te remplir les fesses avec ma queue.

— Je ne peux pas... Je vais jouir.

Elle ferma les yeux et ses parois internes me comprimèrent les doigts. Je la regardai jouir, glisser une main vers son clitoris et se caresser tout en gémissant. Sa vulve luisait tandis que mes doigts entraient et sortaient de ses fesses.

— Vilaine fille, dis-je une fois qu'elle eut joui.

Je ressortis mes doigts et levai ses deux jambes en l'air, les pressant contre ses flancs pour faciliter l'accès à mon sexe.

— Je suis plus épais que mes doigts, mais nous irons doucement jusqu'à ce que tu sois prête.

Elle acquiesça.

— Touche-toi, Lucia. Fais-toi jouir encore, cette fois avec ma queue entre tes fesses.

Elle s'exécuta et se caressa lentement alors que je posais le bout de mon sexe contre son anus, poussant lentement en elle. Je pris mon temps, m'arrêtant lorsque ses muscles furent contractés. Je regardai son visage, testant son corps pour savoir quand elle serait prête pour la suite.

— Salvatore, c'est trop gros. Ça fait mal.

— Chut. Détends-toi. Ouvre-toi pour moi.

J'entrais et ressortais, cinq centimètres à la fois, oscillant lentement du bassin, d'avant en arrière. Je voulais m'enfoncer en elle, mais je me retins jusqu'à ce qu'elle jouisse à nouveau. J'étais aux deux tiers du chemin.

— Putain, Salvatore ! C'est… Oh, mon Dieu !

Cet orgasme la saisit plus violemment, ses parois se raidirent, puis se détendirent pour s'ouvrir afin que je la remplisse pleinement.

— Tu es tellement étroite.

Je restai là, bien au fond, en sachant que ça ne durerait pas. Quand je recommençai à bouger, elle cria, ses doigts s'activant toujours sur son clitoris. Un autre orgasme succéda au précédent et elle cria mon nom. Mon nom sur ses lèvres, les sensations autour de ma verge, tout cela me fit basculer dans le plaisir. Bientôt, mon sexe palpitait en se vidant en elle. Je la possédais pleinement, tout entière.

Je m'assis dans la baignoire avec Lucia entre les jambes, sa cheville bandée reposant sur le bord. Nous nous étions à peine installés quand Marco fit irruption dans ma chambre en m'appelant. Il ne s'arrêta qu'en apercevant la pile de vêtements que j'avais jetée devant la porte, comprenant que je n'étais pas seul.

— Merde. Désolé.

— Donne-moi vingt minutes, lançai-je.

— C'est urgent.

Je jetai un coup d'œil à Lucia. Marco n'était pas du genre à crier au loup pour rien.

— Je reviens tout de suite, dis-je en sortant de l'eau et en l'installant contre le fond de la baignoire.

— Qu'y a-t-il d'aussi urgent ? demanda-t-elle.

Je me séchai et enroulai une serviette autour de mes reins.

— Aucune idée.

J'entrai dans la chambre. Un coup d'œil à Marco me fit comprendre que c'était grave.

— Que se passe-t-il ?

Il jeta un coup d'œil vers la salle de bains. Je suivis son regard, puis je m'approchai de lui.

— Que s'est-il passé, Marco ? demandai-je plus doucement afin que Lucia n'entende pas.

— Il y a eu une fusillade.

Tout mon corps se crispa.

— Qui ?

— Luke DeMarco. On le transporte par hélicoptère à l'hôpital Bellevue.

— Putain.

— Que s'est-il passé, Salvatore ?

Je fis volte-face pour découvrir Lucia dans une serviette, en train de sautiller sur une jambe, appuyée contre le mur.

— C'est Luke.

Je la rejoignis et posai son bras sur mon épaule, la soutenant par la taille.

— On lui a tiré dessus.

— Oh, mon Dieu ! Il va bien ?

— Ce n'est pas encore sûr.

— Je dois appeler Izzy. Elle n'était pas là-bas, n'est-ce pas ?

— Je ne sais pas.

— Zut, mon téléphone est en bas.

— Tenez, dit Marco en lui tendant le sien.

Elle le regarda avec surprise, mais elle le prit et passa son appel.

Au même moment, on frappa à la porte. C'était Rainey. Elle jeta un coup d'œil à l'intérieur et tendit les béquilles que le docteur Mooney avait commandées.

— Déjà là, lança-t-elle.

Son sourire s'estompa quand elle vit nos têtes.

— Merci, Rainey, lui dis-je en les lui prenant. Tu peux peut-être nous faire du café ?

Lucia me regardait.

— J'arrive Izzy, fit-elle au téléphone. J'arrive dès que je peux.

Puis elle raccrocha.

— Salvatore, je dois aller les voir.

Je hochai la tête.

— On va s'habiller et y aller.

Lucia rougit. Marco et Rainey quittèrent la pièce, mal à l'aise. Je me rendis dans sa chambre et je choisis des vêtements : une robe et un pull, au cas où il ferait froid à l'hôpital. Je l'aidai à s'habiller avant de me vêtir moi-même. Je lui remis ses béquilles fraîchement livrées.

— Merci.

Comme elle n'avait jamais utilisé de béquilles auparavant – et que nous n'avions pas le temps pour un entraînement –, je finis par la porter afin de descendre les escaliers au plus vite. Je demandai à Marco de nous suivre.

— Est-ce que ta sœur savait quelque chose ? demandai-je à Lucia une fois que nous fûmes dans la voiture, sur la route.

— Non. Seulement qu'il était dans un état critique. Il a reçu deux balles, l'une dans l'estomac, l'autre dans l'épaule. Ma sœur est sous le choc.

Je regardai ma montre.

— C'est à une heure de route environ, sans circulation.

— Merde.

Mon esprit moulinait pour savoir qui avait fait le coup. Je n'arrivais pas à me débarrasser du sentiment que l'agresseur était plus proche de moi que je le voudrais et que nous ne tarderions pas à apprendre la vérité. Mais nous nous en occuperions plus tard s'il le fallait. Pour l'instant, je devais emmener Lucia à l'hôpital et savoir ce qui s'était passé.

18

LUCIA

Salvatore passa des tonnes de coups de fil pendant qu'il nous conduisait à l'hôpital, d'abord à son oncle, puis à Marco qui nous suivait, puis à Dominic. Ce dernier ne répondit pas. Il fit également en sorte que la sécurité soit présente à l'hôpital, ce dont je lui fus reconnaissante.

Quant à moi, j'essayai Isabella à deux reprises sans parvenir à la joindre. Avec la circulation, il nous fallut bien plus d'une heure pour arriver à l'hôpital. Le téléphone de Salvatore sonna une fois de plus, au moment où il garait la voiture. Il consulta le numéro et j'entrevis le nom de son interlocuteur. C'était son père.

— Je dois répondre.

Je hochai la tête en ouvrant la portière pour sortir mes béquilles. J'avais bien choisi le moment pour me fouler la cheville !

— Marco ! lança Salvatore une fois que celui-ci eut garé sa voiture. Emmène Lucia en haut et reste avec elle jusqu'à ce que j'arrive.

Marco acquiesça et prit mon bras pour m'aider à sortir.

— C'est bon ! grommelai-je, agacée.

J'avais horreur de me sentir impuissante. Je jetai un coup d'œil à Salvatore, qui était parti avec le téléphone à l'oreille. Marco m'escorta dans l'hôpital. À la réception, j'appris où ils avaient emmené Luke. Je me rendis aussi vite que possible à l'unité de traumatologie, où je trouvai Isabella qui tenait la main d'Effie, l'air hagard et inquiet, les yeux las et rouges.

— Izzy.

Elle se retourna, le soulagement dans ses yeux rapidement remplacé par la surprise devant mon état.

— Ce n'est rien, juste une entorse. Je suis tombée en courant.

Elle se leva et nous nous embrassâmes.

— Tante Lucia, tu es blessée aussi ? demanda Effie.

— Je vais m'en sortir. C'est juste une entorse, mon chat.

Je l'étreignis avant de me tourner vers Izzy, qui regardait Marco parler à deux autres hommes que je venais tout juste de remarquer.

— Salvatore ? demanda-t-elle en les désignant d'un geste.

Je hochai la tête.

— Il voulait des agents de sécurité pour Luke et pour nous.

Elle ricana.

— C'est probablement lui qui a envoyé Luke ici !

— Attends. Non, il était avec moi.

Elle roula de gros yeux.

— Ne sois pas si naïve, Lucia. Tout ce qu'il a à faire, c'est d'en donner l'ordre !

— Maman ?

Izzy essuya une larme et baissa les yeux vers sa fille.

— Calmons-nous.

Je touchai l'épaule de ma sœur et elle soupira.

— Désolée, chérie. Ce n'est rien, dit-elle à Effie. Tout va bien se passer.

— Oncle Luke est blessé, reprit la fillette en s'adressant à moi.

— Je sais, je sais. Hé, j'ai vu un distributeur juste au coin du couloir.

Je fouillai dans mon sac à main et trouvai mon portefeuille. Je sortis quelques pièces et les lui donnai.

— Va nous chercher des barres chocolatées, d'accord ?

Elle regarda sa mère, qui accepta.

— Marco, vous voulez bien garder un œil sur elle ?

— Bien sûr.

Eh bien, c'était un Marco différent de l'homme inflexible que j'avais côtoyé jusque-là.

— Tiens, prends des sodas aussi.

Je donnai plus de pièces de monnaie à Effie pour l'occuper. Elle s'éloigna avec Marco.

— Asseyons-nous. Dis-moi ce qui s'est passé, demandai-je à Isabella une fois que sa fille fut hors de portée.

— Il était à son foutu bowling, commença-t-elle en prenant un mouchoir froissé dans son sac à main pour tamponner ses yeux humides. Il y va toujours le matin, alors les salauds savaient où le trouver. Il était allé chercher une tasse de café quand deux types sont entrés et ont ouvert le feu.

— Seigneur !

— Le propriétaire, qui travaillait au bar, s'est pris une balle dans le bras. Il va s'en sortir.

— Quelqu'un d'autre est blessé ?

Elle secoua la tête.

— Non.

— Une idée du responsable ?

À nouveau, elle ne savait rien.

— Ils portaient des cagoules de ski.

— Évidemment. Pourquoi penses-tu que c'étaient les hommes de Salvatore ?

Elle leva vers moi son regard vitreux.

— Qui d'autre qu'un Benedetti, à ton avis ?

Elle se concentra sur son sac à main comme pour y chercher quelque chose.

— Dominic fait partie de cette famille, lui dis-je en la regardant.

Elle leva les yeux au plafond, les lèvres serrées, le visage crispé.

— Il était chez toi l'autre soir.

Cette fois, elle se mit debout.

— Ce n'est pas le moment, Lucia.

— Qu'est-ce qu'il faisait là ? demandai-je en la suivant tant que bien que mal avec ces fichues béquilles.

Elle secoua la tête sans se retourner, les yeux sur Effie qui appuyait sur les boutons du distributeur.

— Izzy, que se passe-t-il ?

Enfin, elle me fit face.

— Un gros bordel, voilà ce qui se passe !

— Est-ce que tu as une liaison avec Dominic Benedetti ?

Elle leva les bras en l'air.

— Tu recommences ! Encore une autre liaison. D'abord, c'était Luke, maintenant, c'est Dominic ? Excuse-moi, sœurette, mais je ne vais pas me justifier.

— Mademoiselle DeMarco ? appela un médecin au bout du couloir.

— Oui ?

Isabella s'élança vers lui et je la suivis en boitillant.

— Les blessures de votre cousin sont très graves. Nous sommes en train de l'opérer, mais ça prendra plusieurs heures. Je ne peux pas encore me prononcer.

— Il ne peut pas mourir, fit-elle, les yeux larmoyants, la voix désespérée. Vous ne pouvez pas le laisser mourir !

Le médecin semblait immunisé contre ces émotions, tellement habitué à annoncer de mauvaises nouvelles que ça ne lui faisait plus rien du tout.

— Maman, je t'ai acheté un Snickers, s'écria Effie qui revenait vers nous avec les barres chocolatées.

Derrière elle, Marco portait des canettes de soda. Il n'avait pas l'air à sa place avec la fillette. Cela aurait été comique si nous n'étions pas debout dans une salle d'attente d'hôpital, avec Luke dans un état critique quelques portes plus loin.

— Qu'est-ce que tu m'as pris ? lui demandai-je en la soulevant, la faisant tourner pendant qu'Izzy essuyait ses larmes.

— Un Twix. Pareil que moi.

— J'adore les Twix. Bon choix.

— Je m'en doutais !

— Je reviens vers vous dès que j'aurai des informations, mais il faudra plusieurs heures avant que je sorte du bloc, ajouta le médecin.

Je les regardai. Izzy hocha la tête. Quand je reposai Effie, elle la rejoignit.

— Tiens, maman, dit-elle en tendant les friandises.

Isabella les accepta et serra la petite fille dans ses bras.

— Je t'aime, ma chérie.

— C'est juste un Snickers, répondit Effie, perplexe, en essayant de se dégager des bras de sa mère.

Salvatore entra sur ces entrefaites et je ressentis un soulagement immédiat. L'expression qu'il arborait, cependant, montrait à quel point il était préoccupé. Isabella le dévisagea d'un air mauvais, mais il la regardait avec anxiété.

— Que fais-tu ici ? Ça ne t'a pas suffi d'assister à l'enterrement de mon père ? Tu devais venir voir ça aussi ?

— Je suis là pour Lucia.

Elle ricana.

— Comment va-t-il ? me demanda Salvatore.

— Il est dans un état critique. Il va rester au bloc pendant quelques heures.

— Maman, est-ce que Tonton Luke va revenir ? Je lui ai aussi acheté sa barre de chocolat préférée.

— C'est gentil, dit Izzy avant de se tourner vers moi. Il vaudrait mieux qu'Effie rentre à la maison. Elle n'a rien à faire ici.

— Je vais l'emmener. Toi, tu restes. Appelle-moi dès que tu as du nouveau, d'accord ?

— Oui.

— Je veux rester avec toi, maman.

Isabella embrassa à nouveau sa fille.

— Je rentre dès que possible, mais tu seras mieux à la maison. Rentre et prépare les cookies que Tonton Luke aime bien. Comme ça, tu pourras les apporter quand il se réveillera, d'accord ?

— Quel genre de cookies ? demandai-je pour distraire Effie.

La fillette regarda sa mère puis elle la serra très fort en lui chuchotant quelque chose à l'oreille avant de se détourner. Une larme roula sur la joue d'Isabella.

— Tout ira bien, dis-je en l'enlaçant sans lâcher la main d'Effie. Il s'en sortira. Il est presque aussi obstiné que toi, après tout.

Elle sourit, puis se tourna vers Salvatore.

— Tu restes avec elles à la maison ?

Elle changeait complètement de ton lorsqu'elle s'adressait à lui.

— Je vais les emmener. Il y a déjà des hommes postés là-bas. Je dois assister à une réunion, mais je reviendrai dès que possible.

— Bien sûr, une autre réunion. Tu vois ce qui arrive après ces réunions, dit-elle en faisant un geste vers la porte derrière laquelle le médecin avait disparu.

— Izzy.

Je me penchai pour qu'Effie n'entende pas.

— Salvatore n'y est pour rien. Je te le promets.

— Prends soin de ma fille et prends soin de toi.

Elle me serra une dernière fois dans ses bras.

— J'ai une arme dans ma chambre, murmura-t-elle. Tiroir du chevet.

Je reculai. Elle avait une arme ? Près de son lit ?

— Voici mes clés.

Elle retira ses clés de voiture et me tendit le porte-clés. Je le pris sans un mot. Je n'en revenais toujours pas.

— Allons-y, Lucia, dit Salvatore après avoir donné des ordres à Marco.

— Appelle-moi si tu as du nouveau. Viens, Effie.

Main dans la main, nous suivîmes Salvatore jusqu'à l'ascenseur, puis la voiture. Une fois qu'Effie fut installée, je montai à côté d'elle, mes béquilles à mes pieds. Je discutai avec la fillette pendant que nous nous rendions à sa maison, à environ une demi-heure de l'hôpital. Elle essayait de cacher son malaise, mais il était évident qu'elle était anxieuse et troublée. Salvatore ne dit que quelques mots, visiblement préoccupé. Il était peut-être content qu'Effie soit là, car je ne pouvais pas le questionner.

Une fois à la maison, je vis deux voitures garées le long du trottoir, avec deux hommes à l'intérieur. Salvatore s'arrêta dans l'allée et nous sortîmes, moi en dernier, puisque je devais me débrouiller avec ces maudites béquilles. Le poids de mon corps sur mon pied me faisait grimacer. Effie garda mes béquilles pendant que je sortais de la voiture. Salvatore se dirigea vers les hommes en faction près du trottoir, sans doute pour leur donner des instructions avant de revenir vers nous.

— Prête ? demanda-t-il en fermant la portière derrière moi.

Effie hocha la tête et rejoignit la porte d'entrée.

— À quelle réunion vas-tu ?

Je n'étais pas sûre d'apprécier qu'il aille à une réunion alors que Luke venait de se faire tirer dessus.

— La fusillade faisait partie d'un ensemble. Deux de nos entreprises ont également été attaquées.

— Quelles entreprises ?

Je savais qu'ils avaient plusieurs magasins, mais je ne voulais pas savoir ce qu'ils couvraient.

— Aucune importance. Je craignais qu'il arrive quelque chose, ce sur quoi Luke travaillait, et c'est en train de se produire maintenant.

— Luke ? Mais...

— Il est à l'hôpital, je sais.

— S'agit-il de Dominic ?

Son visage changea et il regarda au loin, derrière moi.

— Je n'en sais rien, Lucia.

— Qu'est-ce que tu me caches ?

— C'est l'heure de la guerre, l'aube est venue.

Le téléphone de Salvatore sonna et il fouilla dans sa poche pour le récupérer.

— Je te rappelle tout de suite, dit-il avant de raccrocher. Allons à l'intérieur et posons-nous un peu. Je préférerais qu'on soit à la maison, mais ça fera l'affaire pour l'instant.

Nous nous dirigeâmes vers la porte. Salvatore inséra la clé dans la serrure et l'ouvrit. Effie se rendit directement dans la cuisine, nous laissant seuls un instant.

— Vous serez en sécurité ici. Je poste quatre hommes dehors. Ils ne laisseront entrer personne.

— Ni sortir, je suppose.

Il se tourna vers moi et prit mon visage dans ses mains.

— Exactement.

Il me dévisagea longuement.

— J'ai vraiment, vraiment besoin de te faire confiance sur ce coup, Lucia. Je n'ai pas le temps d'aller te chercher partout et je ne peux pas te protéger si tu disparais.

— Je ne bougerai pas d'ici.

— Bon, parce que sinon, je te donnerai des coups de ceinture sur les fesses, et cette fois, tu mettras un mois avant de pouvoir t'asseoir.

— Je t'ai dit que je ne bougerais pas, l'interrompis-je afin d'écourter l'évocation de ce souvenir douloureux.

Il hocha la tête, puis il m'embrassa sur la bouche, les mains sur mes joues.

Après l'avoir raccompagné, je jetai un dernier coup d'œil sur les voitures garées devant. Un homme était assis à l'intérieur de chacune d'elles. Je ne savais pas où les autres étaient allés, probablement faire le tour de la maison. Je m'en fichais, tant qu'ils ne rentraient pas. Je fermai la porte et me rendis dans la cuisine pour constater qu'Effie avait sorti de la farine et un gros sac de M&M's qu'elle ne grignotait même pas.

— Je n'arrive pas à attraper les autres trucs, dit-elle d'un air morose. Les gâteaux aux M&M's sont les préférés de Tonton Luke. Maman a la recette sur son iPad.

Je souris et m'accroupis à son niveau en lui frottant les bras.

— Les médecins vont faire tout ce qu'ils peuvent pour s'assurer qu'il va bien, d'accord ?

Elle acquiesça, mais son visage restait sérieux.

— Ils se sont disputés hier soir, avec maman. Je les ai entendus.

— Leur dispute n'a rien à voir avec ce qui s'est passé. Tu le sais, n'est-ce pas ?

— J'ai peur, Tante Lucia. Et s'il ne va pas bien ? S'il ne se réveille plus ?

Comment pouvais-je répondre à cette question alors que je ne savais même pas comment les événements allaient tourner ? Je regardai autour de moi et trouvai un tablier, celui de ma mère, dans le tiroir où elle le rangeait, soigneusement plié comme si elle l'avait mis hier. Mon père ne s'était pas débarrassé de ses affaires. En fait, j'étais sûre que le placard de sa chambre était encore plein de ses vêtements, si Isabella n'avait pas tout emballé. J'espérais qu'elle ne l'avait pas fait.

Je passai le tablier par-dessus ma tête et j'attachai les cordons dans mon dos.

— C'était le tablier de ta grand-mère, tu sais.

— Elle est au paradis, me dit Effie en ouvrant le même tiroir pour en sortir un deuxième tablier plus petit. Celui-ci est à moi. Je l'ai eu à mon anniversaire.

— Oh, il est joli. Tu veux que je t'aide à l'attacher ?

Elle hocha la tête.

— Bon, on commence ? Où est-ce que ta maman range son iPad ?

— Là-bas.

Je la suivis dans le salon, où elle ouvrit un tiroir de la table basse et sortit la tablette, tapant le code avant de me la remettre.

— C'est 0-0-0-0, dit Effie en secouant la tête. Je l'ai deviné en deux minutes !

J'ébouriffai les cheveux de la fillette et la raccompagnai à la cuisine. Je consultai la recette sauvegardée dans l'onglet des favoris et nous nous mîmes au travail. Il nous fallut beaucoup plus de temps que je l'aurais cru, parce qu'Effie insista pour n'utiliser que les couleurs de M&M's que Luke préférait, les disposant en forme de smileys. Nous passâmes le reste de la journée à jouer dans sa chambre ou à regarder la télévision, et pour le dîner, je réchauffai des lasagnes que j'avais trouvées dans le réfrigérateur. À vingt heures, je l'emmenai dans sa chambre et je lui lus une histoire avant de la mettre au lit. J'étais anxieuse d'être sans nouvelles d'Isabella. Quand j'essayai de l'appeler plusieurs fois, son téléphone était sur messagerie.

Je contactai Salvatore, qui répondit à la troisième sonnerie.

— Salut, c'est moi.

— Tout va bien ?

Il avait l'air pressé.

— Oui, très bien. Je me demandais quand ta réunion serait terminée.

Il soupira.

— Je ne sais pas, mais j'arrive dès que je peux. Ferme les portes et va te coucher si tu es fatiguée. Tu as des nouvelles de ta sœur ?

— Non. Elle ne répond pas au téléphone.

Quelqu'un l'appela, un homme – Roman sans doute.

— Je dois y retourner, Lucia.

— D'accord. Appelle-moi quand tu auras fini. Je me fiche de l'heure.

— Assure-toi que les portes soient bien verrouillées.

— Oui.

— Sois prudente.

— Toi aussi.

Nous raccrochâmes. Je fis le tour de la maison pour la cinquième fois, vérifiant que tout était bien fermé. Les voitures étaient encore garées à l'extérieur et je vis un homme dans la cour, au fond. Pourtant, je ne me sentais pas en sécurité. Je n'avais aucune idée de ce qui se passait, et ici, je me sentais exposée, comme si j'étais une cible facile.

Faisant abstraction de ces pensées, je me préparai une tasse de thé, puis je fermai les rideaux de toutes les fenêtres. Dans l'étagère du bureau, je dénichai de vieux albums photo. J'en pris deux et m'installai sur le canapé en attendant que ma sœur appelle ou rentre à la maison.

Ce fut à ce moment que j'entendis une porte grincer et des bruits de pas provenant de la chambre du fond, au rez-de-chaussée, celle que mes parents avaient transformée.

Je tournai la tête.

— Effie ?

C'était impossible. J'avais attendu qu'elle s'endorme en haut.

Mes cheveux se dressèrent sur ma tête et je regardai le couloir obscur à mesure que les pas se rapprochaient. Terrifiée, incapable de quitter des yeux l'espace sombre, je cherchai à tâtons mon téléphone portable sur la table basse.

Je savais qui c'était. Forcément. Pourtant, quand Dominic surgit dans la lumière du salon, je poussai un cri de stupeur, soudain tremblante quand mon regard se posa sur le pistolet qu'il tenait le long du corps.

— Lâche ce téléphone, Lucia.

19

SALVATORE

Je retournai dans la salle de réunion chez mon père. Une douzaine d'hommes étaient réunis autour de la table, tous membres de la famille, des cousins et des oncles. Mon père leva les sourcils, mais il ne fit aucun commentaire sur le fait que je me sois absenté pour prendre l'appel.

Je détestais laisser Lucia toute seule. Elle ne savait pas dans quelle mesure les choses avaient progressé au cours des douze dernières heures. J'avais moi-même été ébahi de l'apprendre.

Quand j'avais quitté la maison de Dominic, mon père était entré dans une rage folle. Roman me donna les détails. Franco était furieux à cause de mon frère. À tel point qu'il était allé lui-même s'excuser auprès de Natalie. Je savais qu'il était passé chez elle pour lui faire comprendre qu'il la protégerait, mais pour s'excuser ? Ce n'était pas le style de Franco Benedetti.

Il avait aussi posté des hommes devant sa maison quand elle avait refusé de l'accompagner en ville et de rester chez lui jusqu'à ce que les choses soient réglées. Elle n'avait pas eu le choix. Franco ferait tout ce qu'il fallait pour protéger son petit-fils.

Et il avait envoyé Dominic à la maison en Floride pour se calmer. *« Pour qu'il se sorte la tête du cul »*, selon ses mots exacts.

La fusillade contre Luke DeMarco avait surpris mon père. Il n'en était pas à l'origine, et moi, encore moins. La vidéo ne montrait que deux hommes masqués entrer dans le bowling et ouvrir le feu. C'était un miracle qu'il n'y ait pas eu de victimes collatérales.

Deux de nos commerces, un restaurant et un magasin de bicyclettes qui servaient tous deux de façades à des opérations de blanchiment d'argent, avaient été attaqués, mais aucune mort n'était à déplorer. Ces boutiques n'avaient pas de lien direct avec nous. Les enquêteurs n'avaient donc rien trouvé qui puisse relier les crimes, pourtant ce n'était que le début. On avait volé de l'argent dans les deux magasins, mais pas un montant qui aurait pu justifier des cambriolages.

Non, un message était envoyé.

C'était le prélude à une guerre.

Toutefois, la fusillade contre Luke DeMarco nous déconcertait. Il travaillait avec la famille Pagani. Pourquoi aurait-il été attaqué ?

C'était ce qui nous donnait matière à réfléchir.

— Il y a vraiment quelque chose qui me chiffonne dans tout ça. Ils n'auraient pas attaqué DeMarco. Si les choses en étaient arrivées là, DeMarco ne serait pas allé au bowling. Un détail cloche. C'est quelqu'un d'autre qui a fait le coup.

— Isabella ? suggéra mon père.

Roman me jeta un coup d'œil.

— Je l'ai vue à l'hôpital. Elle est complètement à l'ouest.

— Tu étais à l'hôpital ?

J'avais dit à Roman où j'étais, mais pas à mon père.

— C'est la famille de Lucia.

Il pinça les lèvres.

— Tu n'as rien compris à l'histoire.

— Par *rien compris à l'histoire*, tu parles de ma façon de traiter Lucia ?

Je savais bien que c'était ça. Ce n'était pas une question, en fait.

— Si tu parles du fait que je ne suis pas un monstre avec elle, alors tu as raison, je ne comprends rien à l'histoire. Peut-être que tu aurais dû la donner à Dominic, après tout.

Cette pensée me donnait la nausée, mais en prononçant cette éventualité à voix haute, et devant d'autres membres de la famille, je ne faisais que réaffirmer que je ne permettrais jamais que cela arrive.

Mon père ne répondit pas, ce qui m'étonna, et à la fois, me donna du courage.

Chacun des hommes dans la pièce semblait retenir son souffle.

— Laisse Lucia en dehors de ça. Elle ne concerne que moi, et moi seul. Point final. Parlons des dégâts, des responsables et de ce que nous allons faire pour y remédier.

Il soupira, mais se concentra à nouveau sur la tâche à accomplir. Sans doute s'occuperait-il de moi plus tard, et à ce moment-là, il comprendrait qu'il n'y avait plus rien à faire. On avait coupé mes ficelles. Je n'étais plus sa marionnette.

Il avait peut-être fallu ce contrat pour me l'apprendre, pour me libérer de ma faiblesse et de ma lâcheté face à Franco Benedetti. Si une seule bonne chose pouvait découler du vol d'une vie, c'était bien celle-là.

— Bon, revenons à la question. Qui est derrière tout ça ? fit Roman. Je crois que la famille Pagani a fomenté les attaques. Je ne pense pas qu'Isabella DeMarco aurait fait assassiner son cousin, en supposant que c'était l'intention.

— Quelle autre intention pourrait-il y avoir ? répondis-je. Ils lui ont mis deux balles.

Roman était d'accord.

— Peut-être qu'Isabella est une menace plus grande qu'on ne l'imagine. Peut-être que Luke est juste un sous-fifre, une couverture pour elle.

— Peut-être que la famille Pagani agit seule ? ajoutai-je.

— Non, affirma mon père en secouant la tête. J'ai parlé à Paul Pagani.

Il s'agissait de Paul Pagani père, un homme de quatre-vingt-six ans qui refusait toujours de céder les rênes de l'entreprise familiale à son fils. Connaissant le fils, cependant, je comprenais pourquoi.

— Il n'a autorisé aucune fusillade et il est au courant de certains pourparlers entre DeMarco et son fils. Quand il l'a appris, il a interdit toute action.

— Mais son fils aurait pu agir dans son dos, ajouta Roman.

— Et tenter de tuer Luke DeMarco ? proposa Stefano, l'un de mes cousins.

— Il y a quelque chose qui nous échappe, dis-je sans conviction.

Je vis le regard inquiet de Roman.

— Pagani a déclaré que si c'étaient ses hommes qui avaient tiré sans sa permission, ils seraient punis, mais cela ne me satisfait pas, dit mon père.

Son téléphone sonna et il regarda l'écran.

— Excusez-moi.

Il se leva et, sans toutefois quitter la pièce, il tourna le dos à la table et s'éloigna de quelques pas.

Les hommes continuèrent à parler, mais Roman et moi nous tûmes afin d'écouter la conversation.

— Comment ça ? demanda mon père en consultant sa montre. C'était il y a des heures.

Silence sur la ligne.

— Vous avez essayé de l'appeler ? Son chauffeur ?

Silence.

— Très bien. Reprogrammez le vol. Et trouvez-le.

Quand il se retourna vers nous, il me regarda immédiatement dans les yeux et fit un geste vers la porte. Roman se leva à son tour et nous sortîmes tous les trois dans le couloir, refermant la porte de la salle de réunion derrière nous.

— Dominic n'a pas pris son vol.

— Qu'est-ce que tu veux dire ?

Une sonnette d'alarme résonnait dans ma tête.

— C'est le commandant de bord qui vient d'appeler pour me prévenir qu'il était sur le point de perdre son créneau horaire, expliqua mon père, excédé.

Il tenta ensuite d'appeler Dominic, mais la communication déboucha directement sur la messagerie vocale.

— Son chauffeur a disparu aussi.

— Disparu ? répéta Roman.

Mon père passa un autre appel.

— Demande à Natalie et à Jacob de faire leurs valises et fais-les venir chez moi. Je me fiche de ce que tu dois faire pour la convaincre. Ramène-les tout de suite.

— Je dois y aller, annonçai-je en sortant mon téléphone de ma poche.

— Bon sang, j'ai besoin de toi ici, Salvatore !

Je m'arrêtai, pris une grande inspiration et pivotai vers lui.

— Dominic a toujours voulu ce que tu as, me dit-il, ce dont tu hériteras de moi une fois que je serai prêt à prendre ma retraite. Ce n'est un secret pour personne.

J'écoutai sans rien dire.

— Je n'aime pas tout ce qu'il fait, poursuivit-il péniblement, comme s'il lui en coûtait de parler. Parfois, je n'aime pas ce qu'il est.

Il inspira profondément.

— Mais c'est quand même ton frère, conclut-il.

Je trépignais. Mon père n'avait pas l'habitude de me faire culpabiliser quand il voulait me forcer à faire quelque chose que je ne voulais pas. Je n'étais pas sûr que ce fût le cas maintenant, mais ce qu'il disait déclenchait en moi un sentiment coupable.

— J'ai été sévère avec lui quand j'ai appris ce qu'il avait fait à Natalie, ajouta-t-il.

— Non, non, pas sévère, il fallait le faire. Dominic était le seul à avoir tort sur ce coup-là. La question est : est-ce qu'il s'en rend compte ? Est-ce qu'il le pense ?

Mon père passa la main dans ses cheveux clairsemés et s'assit sur une chaise, sous la fenêtre. C'était étrange de le voir fatigué, ça n'allait pas avec le personnage. Je n'avais jamais vu mon père autrement que fort. Tout puissant. Et en fin de compte, toujours sous contrôle.

J'avais toujours pensé que je fêterais sa chute, le moment où il faiblirait.

Je m'approchai de lui et je lui posai une main sur l'épaule.

— Je vais le chercher.

Il soupira, hocha la tête, puis il me regarda dans les yeux et me prit la main.

— Je suis trop vieux pour tout ça, Salvatore.

— Monte à l'étage, Franco. Je m'occupe de la réunion, proposa Roman.

Mon père le regarda, secoua la tête et se redressa avant de se lever.

— Non, je m'en occupe.

Roman accepta. Nous savions tous les deux qu'il était obligé de s'en occuper. Sinon, ce serait considéré comme une ultime faiblesse.

— Dominic est un insatisfait. Cela a toujours été le cas, je l'ai toujours poussé à en vouloir plus. Ça l'a corrompu d'une certaine façon.

Je voulais lui dire que ce n'était pas sa faute, mais était-ce bien le cas ? Au moins en partie ?

Une main sur mon épaule, il s'approcha à quelques centimètres de moi. Il se tapota la tête avec l'index.

— Il n'a pas toute sa raison, pas en ce moment. Il ne peut pas accepter sa place. Mais souviens-toi, c'est ton frère. Trouve-le et ramène-le à la maison. Fais ça, et je m'occuperai de lui.

20

LUCIA

— Qu'est-ce que tu fous ici ?

J'étais debout, appuyée sur mes béquilles. Je ne me sentais pas aussi sûre de moi que j'en avais l'air.

— Comment es-tu entré ?

Il se tenait dans la lumière juste de l'autre côté de la table basse, débraillé, la chemise sortie du pantalon, les cheveux en bataille, le visage meurtri. Il me fit un sourire en coin et je le regardai vraiment pour la première fois. La fossette sur sa joue droite me désarma un instant. Ses yeux étaient d'un bleu gris clair, ses cils étaient épais et plus foncés que ses cheveux blonds. Il était grand, bien plus d'un mètre quatre-vingt, mais il était plus mince que Salvatore, bien qu'assez musclé. Puissant, quand même.

En levant à nouveau les yeux sur son visage, je vis son sourire s'élargir. La noirceur dans son regard me rappelait qui il était.

Il glissa l'arme à l'arrière de son jean avant de sortir quelque chose de sa poche.

Je penchai la tête sur le côté quand il me la tendit, sans comprendre tout de suite ce que c'était.

— J'ai une clé.

Il avait la clé de mon ancienne maison, de la maison où vivaient ma sœur et ma nièce.

— C'est Isabella qui me l'a donnée.

— Je ne comprends pas.

En réalité, je ne comprenais que trop bien. Je ne l'avais pas encore accepté, voilà tout. J'étudiai ses traits en les comparant à ceux d'Effie. Bien qu'elle n'eût pas hérité de ses cheveux blonds, elle avait les mêmes yeux, mais les siens étaient doux, innocents. Le reste venait d'Isabella, or il y avait une chose qu'elle partageait avec Dominic : cette fossette dans sa joue droite. C'était la même que son père.

Non.

Il fallait que j'arrête. Qu'est-ce qui me prenait ? Il s'agissait de ma sœur. Le père d'Effie pouvait être n'importe qui. Mais pas lui !

Et les tests ?

Rien n'était définitif, pas encore.

Et la clé ? Pourquoi Isabella lui avait donné une clé ?

— Tu mens. Ma sœur ne t'aurait jamais donné de clé.

— Pourquoi pas ?

— Elle te déteste.

Il ricana, puis se rendit au mini-bar et se versa un verre.

— Tu en veux un ?

— Non.

Il s'adossa contre l'armoire et me regarda en portant le verre à ses lèvres, avalant le liquide ambré. J'espérais qu'il lui brûlerait la gorge en descendant.

— Qu'est-ce que tu trouves à mon frère ?

— Que veux-tu, Dominic ? Qu'est-ce que tu fiches ici ?

— C'est la marionnette de notre père, un petit jouet mécanique à la con qui fait ce qu'on lui dit. Et qui t'a humiliée, en plus. Qu'est-ce que tu lui trouves, Bon Dieu ?

— Je vois dans son cœur. Je vois ce qu'il y a de vrai derrière le masque qu'il met pour toi, comme pour ton père.

Il ricana et se resservit.

— C'est mignon. Sergio, reprit-il en buvant une grande lampée, ça, c'était un vrai mec, un homme qu'on respecte, comme moi. Même Franco Benedetti le respectait.

— Et tu penses que kidnapper son fils te rend respectable ? Ça fait de toi un monstre. Un monstre faible et haineux.

Il rit tout en s'avançant. Je m'efforçai de ne pas flancher, même quand il se posta à quelques centimètres, m'envoyant son haleine de whisky au visage. Ses yeux dérivèrent sur mon corps, puis il me regarda bien en face.

— Alors, tu devrais peut-être ouvrir les yeux et voir les autres monstres qui sont plus près.

Une voiture se gara dehors et je soupirai de soulagement. Il recula alors qu'une clé tournait dans la serrure. Isabella fit son entrée dans la maison. Elle s'arrêta sur le pas de la porte dès qu'elle le vit. Ils échangèrent un regard avant qu'elle ne détourne les yeux vers moi.

Je la regardai, puis lui, puis encore elle.

Et là, je compris.

— Que fais-tu ici ? demanda-t-elle à Dominic d'un ton beaucoup trop décontracté à mon goût, tout en refermant la porte derrière elle.

— Toujours la même rengaine.

Il termina son verre et le posa.

— J'ai faim, déclara-t-il avant de se rendre dans la cuisine, nous laissant seules.

— Izzy ? Qu'est-ce qui se passe, bon sang ?

Elle abandonna son sac sur la table basse et se frotta les yeux. Elle avait l'air vaincue à ce moment-là et je décelai ma véritable sœur au-delà de cette façade dure qu'elle affichait de plus en plus.

— Luke est sorti du bloc.

Elle se dirigea vers l'endroit où Dominic avait laissé son verre, elle le remplit du même whisky et le vida.

— Il va s'en sortir.

Elle garda le silence pendant un moment avant que son corps ne s'affaisse. Elle se mit à pleurer. Je m'approchai d'elle et l'enlaçai, les béquilles glissées maladroitement sous mes bras. Je l'étreignis si fort qu'elle finit par capituler, se laissant aller en sanglotant et en me serrant dans ses bras en retour.

— Je pensais… Je pensais… Mon Dieu, s'il mourait ?

Elle inspira profondément et s'essuya les yeux en se penchant en arrière.

— J'ai prié, Lucia. Je n'ai pas prié depuis cinq ans, fit-elle en secouant la tête. Je l'aime. Je l'aime, et tout ce que j'ai fait, c'est lui faire du mal.

— Luke ?

J'étais complètement perdue.

Elle hocha la tête. Nous nous dirigeâmes vers le canapé et nous nous assîmes.

— Il a été adopté, commença-t-elle, comme si c'était ce qui me préoccupait. Nous ne sommes pas parents par le sang.

— Je sais, Izzy. Mon Dieu, je sais. Ce n'est pas grave. Je m'en fiche. Je m'en fiche. C'est bon.

— Je te dois une explication. Des tonnes, probablement.

J'acquiesçai.

— Il y a cinq ans, même plus, en fait, j'ai rencontré Dominic. C'était accidentel, rien de prévu. J'avais dix-sept ans. C'était à une fête dans les bois et je ne savais pas qui c'était. Pareil pour lui. Il ne me connaissait pas et nous n'avons pas échangé nos noms de famille. On était juste Dominic et Isabella. C'est tout. On s'est bien entendus et les choses se sont emballées au cours des semaines et des mois suivants.

— Tu ne savais toujours pas qui il était ?

Je n'y croyais pas.

— À ce moment-là, si. Bon sang, à notre troisième rendez-vous, on le savait. Mais il y avait quelque chose. Je ne sais pas ce que c'était. Peut-être ce truc de Roméo et Juliette avec leurs familles ennemies et la romance qui allait avec, le fait de se cacher, de se rencontrer dans les bois, de s'asseoir sous les étoiles ? Juste nous. Ensemble.

— Tu es tombée amoureuse de Dominic Benedetti ?

Elle hocha la tête.

— Il n'était pas comme ça, pas à l'époque. Nous étions les premiers l'un pour l'autre. Premier amour, premier…

— Et puis, tu es tombée enceinte.

— Oui. C'était juste à l'époque où les choses allaient mal entre les familles. Dominic allait le dire à son père. Je l'ai dit à papa.

— C'est pour ça qu'il était tellement en colère contre toi.

Elle acquiesça d'un air triste.

— J'étais enceinte de l'enfant de l'ennemi. Peu importe que je sois à peine adulte et célibataire.

— Il t'a reniée parce que c'était l'enfant de Dominic ?

— Oui. Il ne pouvait pas l'accepter. Ça l'a humilié. Ça l'a mis en colère. Rien que de me regarder, ça l'énervait. Je pense que j'étais le rappel ultime de sa disgrâce.

— Combien de temps l'a-t-il su avant ton départ ?

— Un mois. Il m'a lancé un ultimatum. Avorter ou tout perdre.

— Un avortement ? Papa ? C'était un fervent catholique ! Aussi vieux jeu que possible.

Elle hocha la tête, ses yeux à nouveau brillants.

— Je ne pouvais pas faire ça, dit-elle en jetant un coup d'œil dans les escaliers. Je suis si contente de ne pas l'avoir fait.

— Franco Benedetti est au courant ?

— Non. Dominic ne le lui a jamais dit. En fait, on a arrêté de se voir dès que j'ai appris que j'étais enceinte. Enfin, ça s'est arrêté au compte-gouttes. Mais les choses étaient devenues différentes. Il m'a envoyé de l'argent, par contre, après mon départ.

— Quel grand seigneur !

— Nous étions tous les deux des enfants, Lucia, et je lui ai pardonné. Tu n'es pas obligée de le faire, mais c'est entre lui et moi.

— Effie est au courant ?

Elle secoua la tête.

— Personne ne le sait.

— Eh bien, je pense que Salvatore s'en doute.

Elle ouvrit la bouche, mais je continuai.

— Lui et Roman soupçonnaient Luke, et Roman a fait faire des tests ADN.

— Putain !

— Quand il s'est avéré que Luke ne pouvait pas être le père, Roman, qui apparemment avait des soupçons, a utilisé son propre ADN pour refaire un test. Les prélèvements correspondent. En ce moment même, ils vérifient avec celui de Dominic.

— Mon sale oncle fourre toujours son sale pif là où il ne devrait pas !

Dominic était appuyé contre le chambranle de la porte de la cuisine, son sandwich à la main. Il ne faisait même pas semblant de ne pas nous avoir écoutées. Cela n'avait pas d'importance, de toute façon. Plus maintenant.

Isabella se leva, s'enflammant soudain, et s'approcha de lui.

— C'était toi ? Est-ce que tu as ordonné le meurtre de Luke ?

Il la contourna en mordant un autre morceau, mâchant son sandwich comme si de rien n'était.

— Je ne savais pas que tu *l'aimais*, ricana-t-il.

Elle lui saisit le bras et l'obligea à se tourner vers elle.

— Nous avions un accord ! Putain, un accord !

— C'est toi qui voulais qu'il soit impliqué.

— Je ne pouvais pas les rencontrer, tu le sais bien !

— Rencontrer qui ? demandai-je.

Ils me regardèrent comme s'ils étaient surpris que je sois encore là.

— La famille Pagani. Paul Junior, le fils du vieil homme et son successeur en devenir, répondit Dominic en mettant le dernier morceau de son sandwich dans sa bouche. Un beau salaud, celui-là.

— C'est la vieille école. Ils ne veulent pas avoir affaire à une femme, dit Isabella.

— Avoir affaire à une femme pour quoi ?

— Ce que je t'ai dit quand je suis venue chez Salvatore.

— Quoi, pour commencer une autre guerre ? Revendiquer notre place en tant que... quoi, les plus grands et les plus méchants ? La famille qui verse le plus de sang ? Izzy, qu'es-tu en train de faire ? Je ne veux pas de ça. Tu ne peux pas le vouloir non plus.

— C'est ce que je voulais, au début.

Elle se laissa tomber sur une chaise.

— Mais maintenant, après ce qui s'est passé ? Après avoir vu Luke comme ça, branché à je ne sais combien de machines, à peine vivant ? Seigneur, comment pourrions-nous…

Elle s'interrompit et se tourna vers Dominic, puis elle se leva et s'approcha de lui. Elle lui planta un doigt dans la poitrine.

— C'est toi qui as ordonné la fusillade ? Est-ce que tu leur as donné l'ordre de tuer Luke ?

— Tu commences à m'ennuyer. Qu'est-il arrivé à ma petite salope vengeresse ?

— Va te faire foutre, Dominic.

— Va te faire foutre, Isabella.

Il prit son verre et le termina avant de le poser sur la table basse.

— Tu t'en es peut-être remise, mais pas moi. Je ne laisserai pas mon père tout donner à mon imbécile de frère. Non ! Bordel de merde. Pas question !

La porte s'ouvrit à ce moment-là et Salvatore fit irruption. Son visage prit soudain une expression furieuse et il poussa Dominic contre le mur le plus proche, l'avant-bras écrasé contre son cou.

— Comment es-tu entré, bordel ?

Dominic le repoussa en ricanant.

— Il faut regarder à l'intérieur de la maison avant de poster des mecs à l'extérieur, abruti.

— Maman ?

En entendant la voix d'Effie, nous nous tournâmes tous vers les escaliers. Les disputes l'avaient réveillée. Elle était plantée là, agrippée à son ours en peluche, et elle nous regardait.

— Ma chérie !

Isabella se rua vers elle et la souleva dans ses bras.

— Oncle Luke va s'en sortir, mon bébé !

— C'est vrai ?

— Oui.

— Je suis tellement contente. On peut aller le voir ?

— Il dort encore, mais bientôt. Je t'emmènerai le voir et tu pourras lui donner tous ces cookies que tu as faits.

— Ils sont délicieux, Effie, s'exclama Dominic.

Salvatore se tenait à côté de lui, les poings serrés.

— Merci, Dominic.

La familiarité entre Effie et lui me surprit et, quand je glissai un coup d'œil vers Salvatore, je vis qu'il l'était tout autant.

— Il est tard, dit Isabella par-dessus son épaule. Rentrez chez vous.

Sur ce, elle se retourna et gravit les escaliers avec Effie.

— Pourquoi tout le monde criait ? demanda la fillette à sa mère alors que leurs voix s'éloignaient.

Je n'entendis pas la réponse de ma sœur.

— Eh bien, elle a toujours été douée pour renvoyer les gens dont elle n'a plus besoin, lâcha Dominic méchamment.

— Va te faire foutre. Papa te cherche. Rentre chez toi.

— Toi aussi, rentre chez toi. Et prends ton joli petit jouet avec toi avant que je décide d'y goûter moi-même. Sa sœur était plutôt bonne…

Salvatore se leva pour le frapper, mais je lui attrapai le bras.

— Il n'en vaut pas la peine, Salvatore.

— Sors d'ici.

Salvatore ne me regardait pas, nez à nez avec son frère.

— Je n'avais pas prévu de rester.

Il s'écoula un petit moment avant qu'il ne s'en aille.

Salvatore se tourna vers moi et me prit dans ses bras.

— Est-ce que ça va ? Il t'a fait du mal ?

— Non, ça va. Il ne m'a rien fait.

— Il avait raison. J'aurais dû vérifier à l'intérieur de la maison.

Salvatore recula et me regarda comme s'il voulait s'assurer de ses propres yeux que Dominic ne m'avait pas touchée.

— Arrête. Il ne s'est rien passé. Nous savons tout, maintenant.

Ses yeux plongèrent dans les miens. Je caressai son visage.

— Ramène-moi à la maison, Salvatore.

21

SALVATORE

Lucia était assise à côté de moi, silencieuse.

— Qu'y a-t-il ?

— Effie est la fille de Dominic. Isabella me l'a confirmé.

— Je ne suis pas surpris.

— Ils sont tombés amoureux, Salvatore. Ils étaient jeunes et ils sont tombés amoureux. Tu avais raison. C'est pour ça que papa l'a renvoyée en la reniant. Il lui a donné un ultimatum : avorter ou partir. Elle est partie.

Je restai silencieux. Je comprenais un peu mieux Isabella. Je l'avais prise pour une garce haineuse et avide de pouvoir. Elle l'était peut-être, mais elle était aussi plus forte que je le pensais.

— Dominic devait le dire à ton père, mais il ne l'a jamais fait.

Je jetai un coup d'œil à Lucia.

— Tu m'étonnes... !

— Il l'a laissée partir toute seule, dit-elle en regardant au loin. Mais il lui a envoyé de l'argent.

Elle leva les yeux au ciel.

— Lucia.

J'ignorais pourquoi je ressentais le besoin de défendre Dominic. Pas vraiment en fait ; j'avais seulement besoin d'expliquer comment les choses se passaient chez nous. Comment était mon père.

— Mon père est un homme très dominateur. Quand nous étions enfants, Sergio était le seul assez courageux pour lui tenir tête.

Elle ouvrit la bouche pour parler, l'air incrédule.

— Attends. Je ne défends pas Dominic ni ce qu'il a fait. Je te dis juste qu'il y a autre chose à voir dans son histoire, une autre couche, comme avec ta sœur.

Je n'étais pas sûr qu'elle accepte mes paroles.

— Luke et Isabella… ils sont amoureux, dit-elle alors en changeant de sujet.

— J'ai entendu dire qu'il était sorti du bloc et qu'il allait s'en tirer.

— Je suis tellement soulagée.

— Il reste encore trop de questions sans réponses, Lucia. Ce n'est pas fini.

— Qui a tiré sur Luke ?

Je secouai la tête.

— C'est incompréhensible. Luke travaillait avec le plus jeune Pagani, Paul Junior. Son père a interdit toute interaction une fois qu'il a découvert ce que son fils était en train de mijoter.

— Je pense que Dominic est plus impliqué que tu ne le penses, Salvatore.

— Qu'est-ce que tu veux dire ?

— Isabella et lui, je pense qu'ils ont manigancé un truc ensemble. Elle a dit qu'ils avaient un accord.

Merde.

— Elle se demande si Dominic n'aurait pas ordonné le meurtre de Luke.

— Alors, mon petit frère travaille avec Isabella DeMarco et Paul Pagani pour faire tomber sa propre famille ?

Nous nous regardâmes dans les yeux, mais aucun de nous n'en dit plus.

Alors que nous nous approchions des grandes grilles de la maison, je sortis mon téléphone de ma poche et j'appelai Roman.

— Qu'est-ce que tu fais ? demanda Lucia.

Roman décrocha.

— Où es-tu ?

— Chez ton père. Le dernier membre de la famille est en train de partir.

— Natalie et Jacob sont là ?

— Ils viennent d'arriver. Elle est énervée.

— Ne lui demande pas de défaire ses valises.

— Qu'est-ce que tu veux dire ?

— J'organise une réunion de famille. C'est une urgence. Je veux que tu amènes Natalie et Jacob chez moi. Et je veux que mon père et Dominic viennent ici.

— Quoi ? s'exclama Lucia.

— Quelle réunion ? fit Roman en écho. Que se passe-t-il ?

— Demain matin, je veux une deuxième réunion avec toi, mon père, Dominic, Paul Pagani, père et fils, et Isabella DeMarco. Je veux que tu m'organises ça.

— Izzy ? demanda Lucia, les yeux écarquillés alors que je garais la voiture devant les grilles.

— Je te donne une heure pour amener la famille. Appelle les autres pour demain matin. Sept heures. Ça devrait leur donner assez de temps pour venir. Nous allons en finir avec tout ça.

— Rencontrons d'abord la famille pour en discuter, Salvatore. Je pense qu'il serait sage pour nous de...

— On arrête ce bordel, mon oncle. Point final.

Je coupai la communication et je me tournai vers Lucia.

— Salvatore, tu ne peux pas impliquer ma sœur.

— Elle est déjà impliquée, Lucia. Elle s'est impliquée toute seule.

— Non, je ne le permettrai pas !

— Tu ne le *permettras* pas ?!

Je sortis de la voiture et rejoignis son côté. Elle avait déjà ouvert la portière et posé ses béquilles au sol pour essayer de sortir. Je pris les béquilles dans une main et la soulevai de l'autre.

— Pose-moi. Je peux le faire toute seule.

— Je n'ai pas le temps, Lucia.

— J'ai dit lâche-moi !

— Bon Dieu. Tu es la plus têtue que je connaisse…

Je la remis au sol et elle s'appuya sur moi jusqu'à ce qu'elle puisse se hisser sur ses béquilles.

— Allons à l'intérieur.

— Tu veux que ma sœur soit dans une pièce pleine de tueurs ?

— Ce sera une réunion pacifique.

Nous entrâmes dans la maison et je fermai la porte derrière nous.

— C'est chez moi. C'est moi qui dicte les règles.

Je composai un autre numéro sur mon téléphone. Quand la sonnerie retentit, je posai ma main sur le micro et me tournai vers Lucia.

— Monte dans ta chambre. Tu m'attendras là-bas.

— Je ne suis pas une gamine, merde !

— Alors arrête d'agir comme telle.

Marco décrocha. Il était encore à l'hôpital.

— Oui ?

— J'ai besoin de toi à la maison. Fais en sorte que deux gardes restent à l'hôpital. J'organise une réunion pour demain matin. J'ai besoin de plus d'hommes ici. Nous aurons le père et le fils Pagani, et Isabella DeMarco. Les Pagani amèneront leurs propres gardes du corps. Je ne veux pas d'armes, mais je veux que les hommes soient ici.

— Je m'en occupe.

— Merci.

Je pouvais faire confiance à Marco pour s'occuper de tout, à chaque fois.

— On dirait que tu es déjà le chef de la famille, railla Lucia.

Elle n'avait pas bougé d'un pouce.

Je vérifiai l'heure et rangeai mon téléphone dans ma poche avant de me tourner vers elle. Je la regardai. Malgré sa robe froissée et ses yeux un peu fatigués, elle était encore trop jolie.

— Tu as besoin d'un peu de temps ? Avec moi ? demandai-je en réduisant l'espace entre nous.

Je glissai une main sur sa taille et je l'attirai à moi.

— Salvatore, ce n'est pas…

— Chut.

Je l'embrassai sur la bouche et jetai l'une des béquilles tandis que l'autre glissait de son bras, qu'elle me passait autour du cou.

— Montons.

Elle poussa un petit cri quand je la soulevai dans mes bras. Je la portai jusque dans ma chambre. Là, je la fis asseoir sur le lit et je passai sa robe par-dessus sa tête avant de la pousser pour qu'elle s'allonge sur le dos. Après avoir enlevé ma chemise, mon jean et mon boxer pendant que Lucia me regardait avec des yeux qui s'assombrissaient rapidement, je fis glisser sa culotte sur ses hanches et ses jambes. Je la portai à mes narines et humai à pleins poumons.

— Salvatore !

Elle tenta de me l'arracher, mais je la gardais hors de portée.

— J'aime ton odeur, lui dis-je en me penchant sur elle pour l'embrasser, étouffant son gémissement dans ma bouche.

Elle avait un goût si sucré, si innocent. Je retirai mes lèvres des siennes pour déposer un chemin de baisers le long de sa mâchoire et dans son cou, sur sa clavicule et jusqu'à un sein, puis l'autre, tirant un peu sur ses tétons avec mes lèvres. Elle étouffa un cri quand je la mordillai juste un peu plus fort qu'elle ne l'aurait voulu.

Je passai ma langue entre ses seins et lui chatouillai le nombril avant de glisser plus bas. Enfin, je m'installai entre ses jambes pour prendre son clitoris dans ma bouche.

Lucia soupira.

— Tu as un goût incroyable.

Elle enroula ses doigts dans mes cheveux, qu'elle tira.

— Attends.

— Pourquoi ? lui demandai-je en la regardant, enivré par son odeur.

— Je veux te goûter.

Elle se hissa sur les coudes et ajouta :

— S'il te plaît.

Je hochai la tête et la soulevai légèrement, puis je m'étendis sur le dos et l'installai sur mes hanches, de sorte qu'elle me chevauche.

— Ça fait mal ?

— Hein ?

Elle semblait perplexe.

— Ta cheville ?

Elle secoua la tête.

Les mains sur son bassin, je guidai sa vulve sur mon membre dressé.

— Je veux te goûter.

— Patience.

Je souris. J'aimais qu'elle soit gourmande, un peu cochonne. Je l'avais corrompue et je m'étais assuré qu'elle en adore chaque instant.

— Tourne-toi et mets tes genoux de chaque côté de ma tête.

Elle n'hésita qu'une seconde avant de se retourner, présentant ses jolies fesses, puis son magnifique sexe mouillé juste au-dessus de mon visage. En équilibre sur les coudes, elle se laissa attirer. Je pris le temps de me mordre les lèvres lorsqu'elle passa sa langue sur mon gland avant de refermer la bouche autour.

— Oh, putain, Lucia.

Je l'approchai de mon visage, la chatouillant un peu avec la barbe de quelques jours que j'aurais dû raser. J'enfonçai mon pouce dans sa moiteur avant de le faire glisser jusqu'à son anus pour y exercer une pression sans la pénétrer, pas encore, le laissant inerte pendant que je lui taquinais le clitoris avec la langue. Elle entreprit de s'activer sur ma queue.

Je n'avais été qu'avec des femmes expérimentées. La bouche innocente de Lucia sur ma verge m'enivrait. Ce qui lui manquait en expérience, elle le compensait avec un enthousiasme lubrique : elle me suça, me lécha, m'engloutissant soudain jusqu'à en hoqueter. Tout cela tandis que je lui léchais le clitoris, puis l'aspirais en glissant un autre doigt en elle. Pendant ce temps, mon pouce maintenait sa pression sur son anus.

Elle se cambra en gémissant tout en me prenant à pleines mains comme elle m'avait vu le faire, me suçant de plus belle. Mon sexe s'épaissit. Quand je fus sur le point de jouir, je pris son clitoris et redoublai d'ardeur tout en enfonçant le doigt dans son anus. Elle lâcha un cri étouffé par ma verge épaisse et turgescente dans sa bouche. L'instant d'après, je jouis à mon tour, la remplissant de mon foutre. Je sentais son anus battre sous mon doigt tandis qu'elle se pressait contre mon visage pour soutirer à ma langue un maximum de plaisir.

Peu après, Lucia était couchée à côté de moi, épuisée, les cheveux étalés sur l'oreiller, quelques mèches dans les yeux. Elle se tourna vers moi et glissa une jambe entre les miennes.

— ça m'a plu.

Elle m'embrassa.

— Tant mieux, parce que je vais avoir envie de ta bouche sur ma queue assez souvent.

Je regardai ma montre. Ils arriveraient dans vingt minutes. Tout ce dont j'avais envie, c'était de la tenir dans mes bras, de rester ici avec elle, mais j'avais des affaires à régler.

— Dors un peu, Lucia.

Je sortis du lit et la recouvris avec le drap.

Elle secoua la tête, redressée sur un coude.

— Ma sœur, Salvatore.

— Tout va bien se passer. Mais si elle a orchestré le kidnapping de Jacob, elle devra en répondre.

— Tu ne laisseras personne lui faire de mal.

Ce n'était pas une question, mais j'y répondis quand même.

— Non. Je la protégerai. Mon intention est de protéger tout le monde et de mettre fin à tout ça.

— Je veux être là, avec elle.

— Et moi, je veux que tu restes en dehors de nos histoires familiales.

— Ma sœur, c'est *ma* famille.

Je secouai la tête en haussant le ton.

— Ta sœur est dépassée par les événements et je veux qu'elle s'en sorte, elle aussi. Je peux te faire confiance pour rester ici, ou faut-il que je t'attache ?

J'avais besoin qu'elle comprenne que cette conversation était terminée.

Elle jeta un coup d'œil aux liens, se souvenant peut-être de la facilité avec laquelle je pouvais mettre mes menaces à exécution.

— Tu as vraiment le don de me mettre en colère.

— En colère, ça, je peux le gérer. J'ai juste besoin que tu sois en sécurité.

Elle hocha la tête.

— J'ai besoin d'une douche. Reste ici.

— Est-ce que je peux au moins appeler Izzy ?

— D'accord, ça marche.

Je lui lançai mon téléphone et entrai dans la salle de bain pour prendre une douche rapide avant que tout le monde n'arrive. La nuit allait être longue.

Je ne fus pas surpris que Dominic ne vienne pas.

Je ne fus pas surpris non plus de voir Lucia descendre les escaliers, habillée et manipulant maladroitement ses béquilles.

Mon père et Roman se tenaient dans l'entrée et ils la regardèrent descendre, mon père avec des yeux las plutôt que méprisants, cette fois. Je m'approchai d'elle avec l'air de dire : « tu ne perds rien pour attendre », mais quand j'essayai de prendre ses béquilles et de la porter, elle refusa.

— Je ne suis pas une invalide. Il faut juste que je m'habitue à ces trucs. En plus, ma cheville peut supporter un peu de poids.

Elle grimaça en s'y appuyant.

— Tête de cochon.

Je descendis les marches à ses côtés pour m'assurer qu'elle ne tombe pas. Le temps que nous arrivions en bas, Natalie entra dans la maison avec un Jacob endormi dans les bras.

— Papa, Roman, pourquoi n'iriez-vous pas dans la salle à manger ?

Ils hochèrent la tête et s'y rendirent tous les deux. Tout le monde était fatigué.

Rainey alla voir Natalie et enleva le sac de son épaule. Je l'avais réveillée pour préparer une chambre.

— Natalie, je suis désolé de te faire veiller si tard avec Jacob, mais je me suis dit que vous seriez plus à l'aise ici.

— Je serais plus à l'aise dans ma propre maison, répondit-elle en regardant mon père s'éloigner.

Lucia gloussa, mais elle eut la présence d'esprit de couvrir son rire par une toux.

— Je te présente Lucia. Lucia, Natalie. Et voici mon neveu Jacob.

Jacob s'agita, ouvrit les yeux puis les referma. En voyant Lucia regarder Natalie, je la découvris d'un autre œil. Je la connaissais depuis si longtemps qu'elle était comme une sœur pour moi depuis le premier jour. J'en oubliais parfois à quel point elle était attirante. Même avec ses longs cheveux noirs enroulés en chignon, sans maquillage, et vêtue d'un vieux pyjama.

— Enchantée de te rencontrer, dit Lucia avant de se tourner vers Jacob. Tu veux probablement le mettre au lit.

— Et moi aussi. Enchantée de te rencontrer. Salvatore m'a parlé de toi.

Toutes les deux me jetèrent un coup d'œil.

— Devrais-je m'inquiéter ? fit Lucia.

Natalie sourit en secouant la tête.

— Non, pas quand je vois comment il te regarde, répondit-elle avec un clin d'œil.

— Et si tu allais l'aider à s'installer avec Jacob ? proposai-je à Lucia.

Je l'attirai plus près.

— Cette fois, reste là-haut, chuchotai-je en lui pinçant la fesse pour lui faire savoir qu'elle paierait si elle redescendait.

— Très bien. Je ne veux pas être avec ton père.

Je ne lui proposai pas mon aide pour gravir l'escalier. Elle la refuserait, de toute façon. Au lieu de quoi, je me rendis dans la salle à manger et je fermai les portes.

— Où est Dominic ?

— Je ne sais pas, répondit mon père.

— Je pensais qu'il rentrerait à la maison.

— Pourquoi ça ?

— Parce que je lui ai parlé. Il était chez Isabella DeMarco.

Mon père serra les lèvres.

— Qu'est-ce qu'il foutait là-bas ?

Ce n'était pas à moi de lui parler d'Effie. Je laisserais Dominic le faire quand il serait prêt. C'était étrange. Je pris conscience à ce moment-là à quel point ces cinq dernières années avaient dû être difficiles pour mon frère. Il avait abandonné son enfant et une femme dont il avait été épris à une époque, par peur que mon père désapprouve, par peur de sa colère. Il avait voulu être accepté par lui. Il avait besoin de son approbation autant que moi. Peut-être qu'il l'attendait toujours. Il était la marionnette de mon dominateur de père, exactement comme je l'étais.

Roman se racla la gorge.

— Pourquoi ai-je l'impression que vous en savez plus que vous ne le dites, tous les deux ? fit mon père.

— Laissez-moi passer un coup de fil. Je pense savoir où il est, répondit Roman.

— C'est important qu'il soit là, insistai-je. Primordial, en fait.

Il hocha la tête et téléphona en quittant la pièce. Mon père et moi attendîmes son retour dans un silence gênant. Rainey frappa et elle entra avec un plateau sur lequel se trouvaient une bouteille de whisky et plusieurs verres. Je servis tout le monde et je l'envoyai se recoucher. Demain, il lui faudrait se lever tôt pour accueillir le reste de nos invités. Il ne nous restait que quelques heures avant leur arrivée.

— Je sais qui était derrière tout ça, annonçai-je.

Mon père but son verre de whisky, puis il reprit la bouteille pour s'en verser un second.

— Isabella DeMarco et Dominic ont comploté avec le fils de Pagani, Paul Junior. Luke était seulement l'homme de paille qui agissait en son nom.

— Je savais que cette salope nous poserait des problèmes. Un bon DeMarco est un DeMarco mort, dit mon père.

— Ça suffit, l'interrompis-je, plus calmement que je le pensais. J'ai organisé cette réunion pour mettre fin à cette stupidité, à cette querelle qui a déchiré notre propre famille. Quand est-ce que tu en auras assez ?

— Quand je serai mort.

— Ne me pousse pas à bout.

— Messieurs, nous sommes du même côté, dit Roman, debout entre nous, la main sur nos épaules. Quelqu'un va aller chercher Dominic et le ramener.

— Où est-il ?

— Dans un bar qu'il fréquente.

Roman ne s'attarda pas sur la question et je n'insistai pas.

— Il a des explications à donner, ce salaud, dit Franco. Annulez la réunion. Je m'occuperai de mon fils moi-même. Tu t'occupes de cette salope de DeMarco, et Pagani de son propre fils.

Il se leva.

— Je suis fatigué, putain. Tu m'as fait venir pour ces conneries ?

— Assieds-toi ! dis-je posément, sans me lever.

Je restai à ma place, me sentant plus en contrôle que jamais. Je savais ce que je voulais, ce que je devais faire. Tout s'arrêterait vraiment ce soir.

— Fais attention à toi, fils, dit-il en se rasseyant néanmoins.

— Nous allons régler cela publiquement. Nous allons pardonner ce qui s'est passé jusqu'à présent et nous demanderons une trêve.

— Tu n'es pas encore le chef, Salvatore. C'est moi qui décide, pas toi.

— J'ai déjà décidé. Laisse tomber.

— Franco... commença Roman.

Mon père gardait les yeux sur moi, mais il m'écoutait.

— Faisons comme Salvatore a dit et finissons-en. Tout cela a pris des proportions incontrôlables, dit Roman.

— Et comment comptez-vous obtenir l'accord de Dominic ? demanda Franco.

C'est là que nous étions tous perdus. Nous ne pouvions pas lui donner une propriété à gérer, instable comme il l'était. Il sèmerait la guerre partout où il irait. Il devait être contrôlé, mais je ne savais pas comment. J'étais désemparé en ce qui concernait Dominic.

— Je vais lui parler, déclarai-je. Je lui donnerai une dernière chance, je lui parlerai comme j'aurais dû lui parler depuis le début. Peut-être qu'il serait venu me voir il y a cinq ans, quand il avait des ennuis, si j'avais été un meilleur frère.

Le temps que Dominic arrive, il était presque cinq heures du matin. Il empestait l'alcool et trébuchait en faisant beaucoup de bruit, soutenu par deux hommes qui travaillaient pour mon père.

— Tu veux me voir, frangin ?

Ses paupières tombaient sur ses yeux et les hématomes que je lui avais causés plus tôt avaient pris une teinte pourpre.

— Tu me convoques dans ton grand domaine ? fit-il en bredouillant, avec un grand geste autour de la pièce.

— Mettez-le sous la douche.

— Je vais faire du café, annonça Roman.

Marco était également arrivé entre-temps, et des hommes étaient en train de se poster dans toute la propriété. Nous avions environ deux heures avant que tout le monde arrive. Selon Roman, Pagani Senior n'avait pas été surpris par l'appel, ce qui signifiait qu'il avait déjà parlé à son fils. Bien. Moins il y aurait de surprises, mieux ce serait.

Isabella, c'était une autre histoire. Roman lui avait parlé et lui avait expliqué la raison de la réunion. C'était peut-être une affaire de vanité, le sentiment d'être reconnue comme chef de la famille DeMarco, parce que c'était bel et bien ce qu'elle était. Nous avions sous-estimé les activités de leur clan. C'était stupide de notre part. Isabella serait là de bonne heure, aussi impatiente que moi d'oublier tout cela maintenant qu'elle avait compris ce qu'elle avait risqué de perdre.

Je fis emmener Dominic dans une chambre en bas, conscient qu'il ne tiendrait pas en place où qu'il fût, parce qu'il était irrattrapable – et ivre mort, en plus. Roman resta avec mon père pendant que je me rendais auprès de mon frère.

— Tu n'es pas encore le chef ici.

Ce fut ainsi qu'il m'accueillit quand j'entrai dans la chambre.

— Tu sens au moins un peu meilleur, lui dis-je en lui lançant l'une de mes chemises. Mets ça.

Moi aussi, je m'étais changé et je portais un pantalon de costume, mais sans la veste.

— Tu veux que j'aie l'air respectable pour ces connards ? demanda-t-il en la prenant tout de même.

— Je suis au courant pour Effie.

Il me regarda dans les yeux, mais il garda le silence.

— Tu ne l'as dit à personne pendant toutes ces années ?

— Quoi, que j'avais engrossé une DeMarco pendant que notre père t'en offrait une sur un plateau d'argent ?

Il secoua la tête avec dégoût.

— Tu es l'enfant chéri, n'est-ce pas ? D'abord Sergio, puis toi. Que Dominic aille se faire foutre, c'est ça le truc, hein ?

Je voulais le frapper, mais je devais me rappeler pourquoi il était sur la défensive.

— Je suis désolé de ne pas t'avoir facilité la tâche pour me parler.

— Ne fais pas ton sentimental avec moi maintenant, rétorqua-t-il.

Puis il entreprit de boutonner sa chemise avant de continuer.

— Papa est au courant ?

— Non. Seulement Roman et moi. Ça ne changera pas, à moins que tu décides de le lui dire.

Il hocha la tête. Je savais que c'était la seule forme de remerciement que j'obtiendrais.

— Parle-moi de la fusillade de Luke DeMarco.

Rien.

— Isabella et toi, vous travailliez avec Pagani Junior.

Il renifla.

— C'est un gros naze. Un putain d'imbécile.

— Nous sommes d'accord là-dessus. Ils seront bientôt là, Dominic. Nous allons tous être dans la même pièce. Je préférerais connaître la vérité maintenant, et que ça vienne de toi.

On frappa à la porte.

— Monsieur.

C'était Marco.

— Entre.

Il ouvrit et jeta un coup d'œil à Dominic, mais ce fut à moi qu'il s'adressa.

— Isabella DeMarco est là.

Je vérifiai l'heure.

— Elle est en avance.

Il était à peine six heures du matin.

— Lucia est au courant ?

Marco me fit un petit signe de tête.

— Bien sûr qu'elle le sait. Où sont-elles ?

— Dans votre bureau.

— D'accord. J'arrive tout de suite. Assure-toi qu'elles y restent jusqu'à ce que j'arrive.

— Bien, Monsieur.

Il ferma la porte. Je me tournai alors vers Dominic, qui avait fini de s'habiller et qui se passait un peigne dans les cheveux en m'observant.

— Dernière chance de tout me dire.

— Va t'occuper des autres, frangin. Je te retrouverai quand ce sera l'heure de la réunion.

— Comme tu voudras.

Je sortis de la pièce et me rendis directement dans mon bureau.

Lucia et Isabella étaient assises sur le canapé, en train de chuchoter quand j'entrai. Lucia eut au moins la grâce de me faire un gentil sourire.

— Tu ne devrais pas être ici.

— C'est ma sœur, Salvatore.

— Pourquoi ai-je l'impression de me heurter à un mur à chaque tournant ?

— Pour une fois, je prends son parti, Lucia. Ce sont mes histoires et je ne veux pas que tu t'en mêles, dit Isabella en se levant.

— Je ne te laisserai pas affronter ces hommes toute seule.

— Elle n'est pas seule. Je serai là, avec elle, lui dis-je.

— Luce, c'est moi qui ai fait ça. C'est ma faute. J'ai demandé à Dominic d'enlever Jacob. C'est ma faute, en fait, si l'on a tiré sur Luke.

Elle se tourna vers moi.

— Je suis désolée pour Jacob. Je voulais juste effrayer Franco. Je n'ai même pas pensé à Natalie. Il s'agissait d'envoyer un message à Franco. C'est tout. Et chaque fois que je regarde le visage d'Effie et que je la tiens dans mes bras, je pense à Natalie, à ce qu'elle a dû ressentir. Comme Jacob a dû avoir peur. Je suis désolée. J'avais tort.

Lucia lui serra la main.

Je hochai sobrement la tête.

— C'est fini ?

— Oui. En ce qui me concerne. Mais je ne suis pas sûre de tout contrôler, si tant est que j'aie déjà contrôlé quoi que ce soit. Les cambriolages - on en avait parlé, mais on n'avait rien décidé - et Luke... J'espère que ce n'est pas Dominic qui a ordonné ça.

— Je ne le sais pas moi-même, mais on le saura bientôt.

Avant que je puisse en dire plus, les voix de deux hommes qui criaient nous interrompirent. Dominic et mon père.

— Restez ici, dis-je en me précipitant vers la porte pour sortir en trombe.

Ils étaient dans la salle à manger, Roman, mon père et Dominic.

— Tu trahis ta propre famille ! criait Franco, le visage rouge de colère.

— Qu'est-ce qu'il y a pour moi ? Qu'est-ce qu'il y a jamais eu pour moi ? À quoi je sers, hein ? riposta Dominic, toute ivresse ayant quitté son organisme, sans doute consumée par le feu de sa colère. Après la mort de Sergio, tout est allé à Salvatore. Et moi, alors ?

— Tu es le plus jeune. Je ne peux rien y faire.

— La dernière roue de la charrette.

— Tu es stupide si c'est ce que tu crois !

— Tu t'inquiètes tant pour ton petit-fils. Tout tourne autour de Sergio, son fils. Prendre soin de Jacob...

— Comme je m'occuperais du tien !

— Ah oui ?

— Calmez-vous tous !

J'entrai dans la pièce, mais ni mon père ni Dominic ne remarquèrent ma présence.

Isabella me suivait, le regard fixé sur Dominic. Quand mon père s'avança vers elle, menaçant, elle se redressa et je me postai à côté d'elle.

— Espèce de petite conne, lâcha-t-il.

— Arrêtez ! Vous tous ! C'est quoi ici, une maternelle ? Nous allons tous nous asseoir et nous allons parler.

— Salvatore.

Roman venait d'entrer dans la pièce. Je me rendis compte qu'il s'était absenté.

— Je viens d'avoir Paul Pagani Senior au téléphone. Ni lui ni son fils ne seront là finalement. Il a déjà abordé le sujet avec son fils et il s'est occupé de son cas. Junior ne sera plus un problème, nous assura-t-il. Il a rendu l'argent et il a prêté allégeance au chef de la famille Benedetti.

Je hochai la tête.

— Alors, ce sera vraiment une réunion de famille.

— À part cette pute, murmura Franco en désignant Isabella.

La tension dans la pièce était palpable. Personne ne fit un geste pour s'asseoir. Il semblait que Dominic ou mon père soient sur le point d'exploser à tout moment.

Je soupirai en secouant la tête, mais avant de pouvoir parler, Dominic dégaina un pistolet qu'il garda le long de son corps.

— C'est la mère de ton autre petit-enfant, papa, mais tu es trop con pour le voir, hein ?

— Dominic, donne-moi le pistolet, lui dis-je en le surveillant pendant qu'il faisait le tour de la table vers l'endroit où se tenait mon père.

Il ne semblait pas m'entendre, pas me voir. Il ne percevait personne d'autre que notre père.

— J'étais trop lâche pour te dire qu'elle était enceinte de mon bébé. *Le mien*, espèce d'abruti.

— Dominic, répétai-je prudemment.

Franco le regardait, puis il jeta un coup d'œil à Isabella comme s'il avait enfin compris. Mais mon frère n'avait pas fini.

— Tu ne t'es jamais soucié de moi. Tout ton amour est allé à Sergio.

— Ce n'est pas vrai, rétorqua notre père. C'était l'aîné, c'est tout.

— On s'en fiche, des aînés ! Nous ne sommes plus à l'âge de pierre. Ça n'a pas d'importance.

— Tu as trahi ta famille. Je t'ai accepté comme mien et tu m'as trahi.

Toutes les têtes se tournèrent vers mon père à ce moment-là.

Roman s'approcha de Franco et lui chuchota quelque chose à l'oreille. Je regardai Dominic. Son visage se décomposait alors qu'il comprenait lentement.

— Non ! Je vais dire à ce bâtard qui il est.

Mon père repoussa Roman.

— C'est le fils d'un employé qui pense pouvoir devenir le chef de ma famille. Voilà ce qu'il est.

— Tu mens ! cria Dominic en brandissant le pistolet.

— Dominic, donne-moi l'arme, dis-je en imitant chacun de ses mouvements.

J'entendis un petit cri venant de la porte et Isabella bougea, protégeant Lucia qui venait d'entrer.

— Dominic, s'il te plaît, donne-moi l'arme.

— Vous pensiez tous que votre mère était une sainte. Qu'elle est morte en martyre, ricana Franco. Vous ne la connaissiez pas très bien. Aucun d'entre vous.

— Tu es un sale menteur, cracha Dominic.

— Elle s'est prostituée.

— Il n'en vaut pas la peine, dis-je à mon frère. Il ment et il n'en vaut pas la peine.

Mais c'était comme s'il ne m'entendait pas du tout.

— Ne t'avise pas de parler d'elle comme ça.

Dominic s'essuya le visage avec le dos de la main qui tenait le pistolet.

— Comme ta garce, reprit Franco en faisant un geste vers Isabella.

Voilà, c'était fini. Dominic visa et le visage de mon père se transforma en un masque de surprise, de stupeur. J'ignore si l'un d'entre nous pensait qu'il le ferait, qu'il appuierait sur la détente.

J'attrapai le bras de Dominic, mais il arma le pistolet. La bouche de mon père s'ouvrit et une autre raillerie en sortit, poussant Dominic jusqu'au point de rupture.

Les coups de feu ne produisent jamais le son que l'on imagine.

Ils sont plus bruyants, plus mortels et beaucoup plus rapides que dans les films.

Je n'entendis que le cri de Lucia. Tout le reste n'était qu'un bruit de fond. Tout se noya dans ce cri.

Je m'interposai entre eux avec l'intention de pousser mon père hors de la trajectoire pour le sauver. Pour empêcher Dominic de commettre l'irréparable, ce qu'il regretterait toute sa vie.

Mais cela ne fonctionne jamais ainsi dans la vraie vie non plus. Jamais comme au cinéma. Les héros ne partent pas les bras levés, triomphants.

Plus souvent, ils sont blessés.

Ils se font tuer.

Je poussai mon père à l'écart. Ma chute fut amortie par son corps, plus confortable que ce maudit sol en marbre que j'avais toujours détesté. Une seconde de plus et je serais arrivé trop tard.

À moins qu'il soit déjà trop tard ?

Lucia cria de nouveau et s'agenouilla, les mains ensanglantées, le visage éclaboussé de sang. Ses béquilles tombèrent au sol près de ma tête alors qu'elle m'attrapait les jours et regardait par-dessus son épaule, repoussant quelqu'un. Ses larmes gouttèrent sur mon visage. Elle n'arrêtait pas de les essuyer, encore et encore, tout en parlant, je crois. Sa bouche remuait, mais elle ne faisait aucun bruit. Il n'y avait pas de son. Seulement de la douleur et du feu dans ma poitrine.

Quand je posai ma main sur mon torse, il était chaud et humide. Et quand je touchai son visage splendide, je le couvris de rouge, l'enduisant sur le menton, le cou, jusqu'à ce qu'elle disparaisse de ma vue. La dernière chose que je sentis, ce furent ses cheveux qui me chatouillaient la peau, son corps qui se pressait contre le mien, ses mouvements désespérés.

22

LUCIA

— Salvatore, non !

Je tins son visage d'une main et je pressai mon autre paume à l'endroit qui n'arrêtait pas de saigner sur sa poitrine. Je l'embrassai sans relâche. Quand j'essayai de repousser les cheveux de son front, j'y laissai du sang à la place. Son sang. Mon Dieu, il y en avait tellement. Beaucoup trop.

— Ne meurs pas.

Il ne m'avait pas promis cela. Il m'avait fait trois promesses, mais il ne m'avait jamais promis de rester en vie.

Je ne lui avais jamais demandé de le promettre. Je n'avais jamais...

— Ne meurs pas, chuchotai-je.

Il était trop immobile et quand ma sœur effleura mon épaule, quand je la regardai à travers la brume de mes larmes, je soupirai en tremblant. Son visage, son regard, tout me disait que c'était mauvais.

— Un hélicoptère est en route pour l'emmener à l'hôpital, murmura-t-elle, agenouillée à côté de moi, me retenant quand je reportai mon attention vers Salvatore.

Ils l'emmèneraient. Ils l'emmèneraient et je ne le reverrais plus jamais. Pourquoi font-ils ça ? Pourquoi nous les enlèvent-ils ? Comment peut-on combler l'espace vide ? Comment peut-on dire au revoir ?

Ma lèvre tremblait. Je me penchai vers son visage, son beau visage si pâle, inerte. Mes cheveux formèrent un rideau entre nous et la pièce et j'écoutai son souffle, essayant de le sentir sur ma peau, sa douce chaleur. Je voulais qu'il me traite encore de tête de cochon.

Je voulais l'entendre me dire qu'il protégerait tout le monde.

Il l'avait fait. Il avait tenu sa promesse.

Pourquoi ne lui avais-je pas fait promettre de se protéger, lui ?

— Je suis désolée, murmurai-je.

— Lucia.

Ma sœur prononça mon nom, mais je l'ignorai.

— J'aurais dû te faire promettre, dis-je, les larmes coulant de mon visage sur le sien.

Je mélangeai le sang avec les larmes en essayant de le nettoyer. Je me remémorai alors la promesse qu'il n'avait pas encore tenue.

— Tu dois te réveiller, Salvatore, soufflai-je en reprenant mon courage à deux mains.

Il tenait ses promesses. Il ne pouvait pas refuser.

— Tu m'as promis de me donner ce que je voulais. La vie que je voulais. Tu avais promis. Tu dois te réveiller maintenant.

— Lucia, répéta Isabella.

— Va-t'en ! m'égosillai-je sans cesser de baigner son visage de mes larmes.

— Madame.

D'autres mains étaient sur moi, une autre voix me parlait.

— Lucia, ils sont là. Ils vont l'emmener à l'hôpital. Tu dois les laisser s'occuper de Salvatore.

Je gardai une main sur la poitrine de Salvatore en essayant de ne pas penser au fait qu'elle ne bougeait pas. Je levai les yeux vers les hommes, vers la pièce autour de moi, et je me penchai, les laissant s'occuper de lui. Les laissant commencer leur travail.

Deux autres hommes soulevèrent Franco Benedetti sur une civière. Roman nous regarda, le visage en état de choc, des éclaboussures de sang partout sur son costume impeccable.

— Madame, nous devons les emporter maintenant.

— Quel hôpital ? demanda Isabella.

— Bellevue.

— Viens, me dit-elle, me forçant à me lever.

— Il n'est pas mort ? demandai-je, éperdue.

L'ambulancier me jeta un coup d'œil prudent.

— Nous ferons notre possible.

— Allons-y, dit Isabella. Nous devons aller à l'hôpital. Ils seront beaucoup plus rapides avec l'hélico.

— Que s'est-il passé ? demanda Natalie sur le pas de la porte.

Son visage s'affaissa quand elle vit Salvatore inconscient sur la civière.

Je regardai dans la salle à sa recherche. Dominic.

— Où est-il ? demandai-je à ma sœur. Où est-il ?!

La colère me donnait de la force, mais ma sœur était accrochée à moi.

— Salvatore s'est interposé entre Dominic et son père, expliqua Isabella à Natalie.

— Où est Dominic, putain ?! criai-je à qui voulait bien répondre.

— Allons-y, décréta ma sœur. Salvatore a besoin de toi maintenant.

Voilà qui attira mon attention. Je me tournai vers elle et hochai la tête. Je la suivis jusqu'à la porte d'entrée, maudissant les béquilles et ma foutue cheville.

— Il est tellement stupide, bredouillai-je alors qu'elle roulait trop vite pour sortir de la propriété.

— Il voulait sauver tout le monde, rectifia-t-elle.

— Pourquoi ont-ils emmené Franco ?

— Crise cardiaque.

Un nouvel accès de larmes arriva et je retins mes sanglots.

— Il l'a fait pour rien. Il a essayé de sauver cet homme horrible pour rien.

Isabella prit ma main et la serra, me forçant à la regarder.

— Il n'est pas encore mort. Il a besoin que tu croies en lui, d'accord ? Tu ne peux pas être faible maintenant, pas maintenant, Lucia. Il a besoin de toi.

Je regardai son visage. Elle avait l'air beaucoup plus âgée que ses vingt-deux ans, tout d'un coup, et ses yeux – ils portaient toute la tristesse du monde.

— Comment va Luke ? demandai-je en me souvenant soudain de lui.

Elle se concentra de nouveau sur la route.

— Pas d'amélioration.

— Où est Dominic ?

— Il s'est échappé.

Elle secoua la tête.

— J'ai vu son visage. Il n'arrêtait pas de regarder Salvatore, allongé à ses pieds. Pendant si longtemps, c'était ce qu'il avait voulu, mais ensuite, quand c'est arrivé…

— Où est-il ?

— Son visage, Lucia. Je ne l'avais jamais vu comme ça avant. Jamais.

Je me fichais éperdument de Dominic, de ce qu'il ressentait ou de son visage. Je le tuerais à mains nues quand je le verrais.

Ma sœur avait raison, pourtant. Salvatore avait besoin de moi maintenant et je concentrerais toute mon énergie sur lui. C'était un survivant. Il survivrait. Il devait le faire.

Quand nous arrivâmes à l'hôpital, il était au bloc opératoire. On l'avait emmené dans la même unité que Luke.

Déjà vu.

Mais cette fois, le médecin ne voulut pas nous parler. Nous n'étions pas de la famille.

— Putain ! Je veux juste savoir s'il est vivant.

— Madame, vous devez vous calmer, nous dit-il.

— Lucia.

J'entendis la voix d'un homme derrière moi. Je me retournai pour voir Roman entrer dans la salle d'attente, le visage nettoyé du sang de Salvatore, bien que sa chemise en porte encore des éclaboussures.

— Ils opèrent. Ils n'ont rien à dire.

Il se tourna vers le médecin.

— Ajoutez Lucia DeMarco à la liste. Tenez-la au courant de l'état de Salvatore Benedetti.

Le médecin hocha la tête, prit note de ce que je pensais être mon nom et s'en alla.

— Merci.

Roman s'assit. Le mot *défaite* était le seul que j'aurais utilisé pour le décrire à ce moment-là.

— Et Franco ? s'enquit Isabella.

— Stable.

— Bien sûr. Bien sûr qu'il est stable alors que son fils est là-dedans, peut-être en train de mourir.

Je m'affalai sur une chaise et Isabella m'entoura de ses bras.

— Là, là. Souviens-toi, tu dois être forte. Il a besoin de toi maintenant plus que jamais.

J'acquiesçai en essuyant les larmes et la morve qui coulaient.

Nous restâmes longtemps dans la salle d'attente. Isabella s'excusa pour aller passer quelques coups de fil, s'assurer que la baby-sitter resterait plus longtemps avec Effie, prendre des nouvelles de Luke. Roman et moi demeurâmes silencieux, perdus dans notre propre malheur. Pendant tout ce temps, ma cheville me faisait mal.

— Il n'aurait jamais dû pousser Dominic à bout comme ça. Il avait juré de ne jamais le faire.

Je me tournai vers Roman.

— De quoi parlez-vous ?

J'étais arrivée dans la pièce au tout dernier moment.

Roman me regarda.

— Franco n'est pas le père de Dominic, mais il aimait ma sœur. Il l'aimait assez pour que ça reste un secret, pour faire comme si Dominic était son fils depuis le début. Il n'avait pas le droit de lui dire ça.

— Tu t'inquiètes pour Dominic ? Il mériterait d'être à la place de Salvatore.

— Personne ne devrait être là-dedans. Point final.

— Je suis peut-être horrible, mais je ne suis pas d'accord.

Il soupira.

— Tu es loin d'être une personne horrible.

Il se leva et quitta la pièce. Je restai là. Isabella me soutint jusqu'à ce que, près de quatre heures plus tard, un médecin sorte enfin à la recherche de proches parents.

— C'est moi, dis-je, même si ce n'était pas tout à fait vrai. Lucia DeMarco.

Il vérifia sur sa feuille. Satisfait, il me regarda. Cette seconde s'allongea à n'en plus finir et je crus au pire. Je devais me préparer à l'entendre, mais comment pouvait-on se préparer à apprendre une nouvelle aussi terrible ?

— M. Benedetti est un homme incroyablement chanceux. Et sa volonté de vivre est hors du commun.

Je souris, comme si on m'enlevait un poids énorme de la poitrine.

— Il va s'en sortir ?

— C'était inespéré, étant donné la trajectoire de la balle, mais oui. Il vous réclame.

— Je peux le voir ?

— Seulement quelques minutes. Il a besoin de repos. Nous allons l'endormir, mais il insiste pour vous voir d'abord.

— C'est une tête de cochon, lui répondis-je en essuyant les larmes qui coulaient à nouveau.

Je suivis le médecin avec une joie dans le cœur que je n'avais jamais ressentie de ma vie. Que je ne pensais pas possible.

J'entrai dans la chambre particulière où les machines bipaient. Les médecins et les infirmières s'activaient autour du lit de Salvatore. Il avait les yeux fermés. Soudain, il les ouvrit, détournant la tête de la femme qui essayait de le relier à un énième tube.

— Salvatore !

Je m'approchai de lui et pris le siège que l'on m'offrait.

Il ouvrit les yeux et m'adressa un faible sourire. Il n'arrêtait pas d'ouvrir et de fermer la main, et j'y glissai la mienne. Il s'interrompit alors, se calma et ferma les paupières. Je restai assise là, à le regarder. Je ne savais pas s'il me tenait la main ou si c'était moi qui tenais la sienne, mais cela n'avait aucune importance. Je le contemplai pendant son sommeil, comptant les aiguilles dans ses bras. On injecta quelque chose dans le tube de l'une des perfusions.

— Il va dormir pendant un moment. Vous pouvez rentrer chez vous et vous reposer. On vous appellera quand il sera réveillé.

— Non, répondis-je sans le quitter des yeux. Je reste ici.

— Madame...

Je sentis la petite tentative de Salvatore pour me serrer la main et je me tournai vers le médecin.

— J'ai une tête de cochon, moi aussi, pour votre information. Je reste.

23

SALVATORE

J'avais probablement rêvé que Lucia se qualifiait de tête de cochon, mais cela me fit sourire. Chaque fois que j'ouvrais les yeux, elle était là, assise à mes côtés. Au début, elle avait encore du sang sur elle. Mon sang. Puis il me sembla qu'elle avait pris une douche et qu'elle s'était changée. Je vis Roman aussi, mais elle était là constamment.

Elle s'était rappelé ce que j'avais dit, ce que je lui avais promis. Je me souvenais vaguement de sa voix, me disant que je n'avais pas encore tenu la promesse de lui offrir la vie qu'elle voulait.

J'avais changé de chambre. Je le savais d'après l'orientation de la lumière par la fenêtre. J'ignorais la durée de mon séjour à l'hôpital jusqu'à ce qu'enfin, j'ouvre les yeux, que je me sente un peu moins groggy et que les choses autour de moi ne soient plus un vague mirage.

Était-ce un mirage ? Lucia était-elle un mirage ?

— Hé, salut.

Je levai les yeux vers son beau visage souriant. Elle était toujours assise au même endroit et me tenait la main en me regardant.

— Salut.

C'était étrange de parler.

— Comment te sens-tu ?

— Comme si j'avais été écrasé par un camion.

— Tu te souviens de ce qui s'est passé ?

Mon esprit revint jusqu'à ce matin-là. Mon père, Roman, Isabella et moi dans ma salle à manger. Dominic. Dominic avec une arme. Mon père, lui disant qu'il n'était pas son fils, traitant notre mère de pute.

Un bip se fit entendre et la porte s'ouvrit. Une infirmière se précipita à l'intérieur.

Je pris une grande inspiration et les signaux sonores diminuèrent, mais l'infirmière me jeta un regard d'avertissement.

— C'est bon de voir que vous êtes réveillé, Monsieur Benedetti, mais vous devez rester calme, sinon nous devrons vous endormir à nouveau.

J'ouvris la bouche pour lui dire d'aller se faire foutre, mais Lucia me serra la main et lui parla.

— Ce n'est pas grave. Je vais faire en sorte qu'il reste tranquille.

— Merci.

L'infirmière s'en alla et je regardai Lucia.

— Ils t'ont traité de tête de cochon. Bon, c'est moi, en fait, mais ils étaient d'accord.

Je souris. Ça faisait mal de parler ou de bouger. Et malgré mon désir de continuer à la regarder, mes paupières commencèrent à s'affaisser.

— Rendors-toi. Je serai là quand tu te réveilleras.

Je me laissai aller, incapable de faire autrement. Quand je m'éveillai, la fois suivante, j'étais dans une autre chambre, moins stérile. Lucia était de nouveau assise à mon chevet et parlait à sa sœur, sur une autre chaise, et à Effie qui regardait la télévision sans le son.

— Il est réveillé, souffla Isabella.

Lucia se tourna vers moi.

— Enfin ! Je ne voulais pas dire « rendors-toi pendant trois jours »...

C'était surréaliste.

— Je veux m'asseoir.

— Autoritaire, déjà, me dit-elle d'un ton taquin en me donnant la télécommande. Tiens, appuie sur ce bouton. Arrête si c'est douloureux.

J'appuyai sur le bouton et le lit se redressa. Effie s'approcha, fascinée par la mécanique.

— Je peux en avoir un, maman ?

— Non, répondit Isabella.

Je souris et m'arrêtai quand la légère douleur lancinante dans mes côtes devint trop désagréable.

— Ça fait combien de temps ?

— Presque deux semaines.

— Je t'ai fait des cookies aux M&M's, dit Effie en me tendant une boîte. Ils ont aidé Luke, et il est sorti de l'hôpital maintenant. Si tu manges ça, tu seras bientôt dehors toi aussi.

— C'est vrai ?

Lucia prit le cookie qu'Effie me tendait.

— Je le lui donnerai après son dîner, d'accord ? Nous ne voulons pas gâcher son premier vrai repas d'hôpital, après tout.

Je fis une grimace, Effie aussi. Ensuite, elle se tourna vers moi.

— Le sandwich au fromage, c'est le seul truc sans danger, chuchota-t-elle. Et quoi qu'il arrive, ne mange pas la soupe aux pois.

Je ris, mais je fus contraint de m'arrêter. J'avais trop mal.

— Bon, allez, dit Isabella en prenant la main de sa fille. Il est temps qu'on s'en aille.

Elle me regarda.

— Je suis contente que tu ne sois pas mort.

— Merci, fis-je d'une voix hésitante, sans savoir quoi répondre d'autre.

Lucia les raccompagna, puis elle revint vers moi.

— Effie est marrante.

— Oui. Je vais me méfier de cette soupe aux pois. Je fais confiance à cette gamine.

Le silence retomba à mesure que nos sourires s'estompaient.

— Je pensais que tu étais mort. Je ne te sentais pas respirer et tu étais si calme. Et le sang…

Ses yeux s'embuèrent.

Je tendis la main pour toucher son visage, bien que mon bras me fasse mal, rien que par ce petit mouvement.

— Je ne suis pas si facile à tuer.

— J'ai gardé les vêtements que je portais.

— Hein ?

Elle haussa une épaule.

— Avec le sang.

Je dus faire une grimace en comprenant ce qu'elle disait.

— Je sais, c'est flippant.

— Tu peux les jeter maintenant. Je ne vais pas disparaître. J'ai une promesse à tenir.

Elle sourit.

— Où est Dominic ?

Elle secoua la tête.

— Personne ne le sait. Il a disparu après cette nuit-là. Bon débarras.

— Ce n'est pas le fils de mon père.

— À ce qu'on m'a dit.

— Il ne voulait pas me tuer. Tu le sais, n'est-ce pas ?

— Je m'en fiche, Salvatore. Il l'a presque fait.

Je décidai de laisser tomber pour l'instant.

— Et mon père ?

— Il a fait une crise cardiaque, mais il va bien. Il est déjà rentré. Roman mène la barque, apparemment. Il attend probablement que tu ailles mieux pour prendre la relève.

Elle partit d'un petit rire, mais son expression changea. Elle s'était assombrie.

— Il a eu une crise cardiaque ?

— Je suppose que voir un fils en tuer un autre, c'était trop pour lui, même pour son cœur de pierre.

On frappa à la porte. Nous nous retournâmes en même temps pour voir Roman pointer le nez.

— J'ai entendu dire qu'il était réveillé.

— Entrez, dit Lucia en s'écartant.

— Où sont tes béquilles ? demandai-je.

— Tu es resté endormi assez longtemps. Assez longtemps pour que ma cheville guérisse.

— Tu devrais les utiliser…

— Ne fais pas ton chef.

— Il faut que je te parle, me dit Roman en regardant Lucia.

— Je vais attendre dehors, répondit-elle en prenant son sac.

— Tu peux rester.

Elle secoua la tête.

— C'est bon. Je vais chercher du café.

— Merci, fit Roman.

Après son départ, il s'assit sur le siège qu'elle occupait et sortit un dossier de sa serviette.

— Comment te sens-tu ?

— J'ai connu mieux. Que se passe-t-il ? Raconte-moi tout.

— Tu sais pour la crise cardiaque de ton père ?

Je hochai la tête.

— Franco est à la maison, en convalescence. Mais il ne va pas bien, Salvatore.

Je ne répondis pas.

— Il voulait venir te voir, mais le docteur le lui a déconseillé.

— D'accord.

Me disait-il cela pour ne pas me blesser ?

— Il sait que tu lui as sauvé la vie.

— Je ne l'ai pas fait pour lui. Je l'ai fait parce que je savais que mon frère le regretterait pour le restant de ses jours.

— Tu as le droit de ressentir ce que tu ressens.

— Je n'ai pas besoin que tu me le dises.

Il inspira profondément.

— Où est Dominic ?

— Je ne sais pas. Il a disparu après la fusillade. Personne ne le sait. Il n'est pas rentré chez lui, il n'a rien emporté. Il est parti, c'est tout.

— C'est vrai, cette histoire ?

Roman acquiesça.

— Et tu le savais ?

— Je suis le seul, à part ton père et ta mère, qui le savais. Il regrette de le lui avoir dit.

— Il a raison.

Je maudis mon père pour avoir assené cette vérité fracassante à Dominic de cette façon. À quoi cela servait-il ? Ça ne pouvait que le blesser. Peut-être de façon irrémédiable.

— Franco n'est plus capable de gérer la famille, les affaires, rien, Salvatore. J'ai assuré l'intérim jusqu'à ce que tu sois guéri.

Nous nous observâmes longuement l'un l'autre. Je ne savais pas ce que mon oncle cherchait.

— J'ai des papiers ici, des choses que je veux vérifier avec toi.

On frappa un petit coup à la porte. Lucia entra.

— Pas maintenant, dis-je à Roman. Occupe-toi de tout pour l'instant.

— Je peux revenir, proposa Lucia.

— Non, reste. Roman, merci d'être venu.

Ce dernier accepta avec grâce d'être congédié et s'en alla. Lucia reprit sa place.

— Le café est tellement merdique ici, dit-elle en posant le gobelet en papier intact sur la table à côté.

Mais avant que nous ayons eu l'occasion de parler, le médecin entra pour m'examiner et m'annoncer que je serais à la maison dans trois jours. Lucia quitta sa chaise et se mit de côté pour laisser la place au médecin. Chaque fois que je la regardais sans qu'elle le sache, je voyais l'inquiétude sur son visage. Mon esprit retourna à ce que je lui avais promis. La liberté, dès que je serais chef. La liberté, une fois que je saurais qu'elle était en sécurité. Une vie tranquille. Le bonheur. C'était ce que je souhaitais pour tous ceux que j'aimais. Je le souhaitais spécialement pour elle.

24

LUCIA

Salvatore emménagea dans une chambre au rez-de-chaussée le temps de sa convalescence. Je dormis à côté de lui, prenant soin de ne pas toucher l'endroit encore sensible où la balle s'était logée. Je savais qu'il souffrait, mais il avait insisté pour prendre de moins en moins de médicaments, affirmant qu'il pouvait gérer la douleur. Moins d'un jour après son retour à la maison, il était capable de marcher tout seul jusqu'à la salle de bain, même si cet effort l'épuisait.

— Je déteste ça, grommela-t-il une semaine plus tard, après l'un de ses passages aux toilettes. Je déteste être faible.

Je le bordai avec la couverture, jusqu'à la taille.

— Tu deviens plus fort chaque jour.

— Pas assez vite.

— Tu détestes que quelqu'un d'autre s'occupe de toi. Tu as l'habitude de t'occuper de tout et de tous, et d'être responsable, mais tu ne supportes pas d'être dans une position de dépendance.

Il me dévisagea, puis il regarda derrière moi, vers la lumière déclinante au-dehors.

— Allons nous asseoir au soleil.

— Je vais chercher ton fauteuil roulant.

Je m'étais déjà levée pour le déplier. Il ne l'avait pas utilisé, sauf la fois où on l'avait ramené ici.

— Non.

Je tournai la tête pour constater qu'il se levait tout seul.

— Bon sang, Salvatore, ça ne prendra que plus de temps si tu ne fais pas attention...

— J'ai dit non !

Il posa son regard sur le mien, me donnant un aperçu de l'homme qu'il était – dur à cuire et sexy comme pas possible.

Il dut percevoir le changement en moi, lui aussi, car son expression s'adoucit et son regard parcourut mon corps.

Je déglutis. Mes tétons durcirent, mon ventre se crispa. Un seul regard de sa part et je tremblais.

— D'accord, dis-je en me raclant la gorge.

Puis, sans lui demander la permission, j'ouvris la porte de la chambre et j'appelai Marco.

— Il est trop têtu pour utiliser le fauteuil roulant et je ne peux pas le porter, vous pouvez peut-être l'aider à marcher.

Marco jeta un coup d'œil à Salvatore, puis à moi. Ce qu'il vit sur mon visage dut l'emporter sur ce qu'il avait vu chez Salvatore, parce qu'il posa le bras du convalescent sur son épaule et le maintint par la taille.

— Allez, patron.

Salvatore secoua la tête.

— Tu répondras de ça plus tard, me dit-il.

— C'est une autre promesse ?

Je lui adressai un sourire salace et passai devant lui en prenant mon temps, consciente qu'il regardait mes fesses tandis que j'ouvrais la marche.

Une fois Salvatore installé, Marco nous laissa. Nous restâmes assis, silencieux, en contemplant la lumière danser à la surface de la piscine. Salvatore me tenait la main.

— J'ai réfléchi, dit-il avant de se taire.

Je le regardai, mais il avait les yeux rivés droit devant lui.

— Je vais tout donner à Roman.

— Quoi ?

Je ne m'attendais pas à ça. Salvatore se tourna vers moi.

— Je n'ai qu'une chose à faire en tant que chef, puis je m'en vais.

Une chose ? Je savais ce que c'était. C'était ce que je voulais.

— Tu es libre, Lucia. Je parlerai à Roman demain, je détruirai le contrat et j'en rédigerai un nouveau, pour qu'ils ne puissent plus jamais t'atteindre, toi et ta famille. Tu seras libérée de moi, de nous tous.

Libérée de lui ?

Je le regardai dans les yeux. Ils étaient doux. Comme le jour où nous avions été forcés de signer cet horrible bout de papier. Gentils. J'avais eu tort quand je pensais qu'il était comme eux. Un monstre. C'était le vrai Salvatore. Il avait toujours été là, tapi derrière sa peur.

Mais je ne savais pas si je voulais me libérer de lui.

Une fois de plus, je m'éclaircis la voix.

— Je ne peux pas te laisser seul tant que tu n'es pas guéri.

— Ça va aller, me dit-il en fuyant mon regard.

— Salvatore...

Nous commençâmes à parler en même temps, mais il l'emporta.

— Je m'assurerai que tu aies assez d'argent pour t'installer, acheter une maison, prendre du temps...

J'arrachai ma main de la sienne.

— Je te l'ai déjà dit. Je n'ai pas besoin de ton argent.

Je détournai la tête pour éviter qu'il ne me voie essuyer une satanée larme.

Nous en revenions toujours à cela.

Il me prit la main et la serra, me forçant à le regarder. S'il avait remarqué mes yeux mouillés, il n'en laissa rien paraître.

— Je vais prendre soin de toi, que ça te plaise ou non, alors accepte-le comme acquis.

— Tu sais ce que tu vas faire ? demandai-je en ravalant la boule dans ma gorge.

Je ne savais pas de quoi parler, mais je ne voulais pas laisser un autre silence entre nous, parce que dans ce silence, je m'écroulerais.

— Vendre cette maison. Bouger. Chercher Dominic. Je ne sais pas.

— Tu t'inquiètes pour lui.

— Oui. Il a besoin de quelqu'un maintenant, après tout. Pas sûr qu'il veuille que ce soit moi, mais je vais essayer.

— Es-tu certain de pouvoir rompre avec tout ça ? Peux-tu t'en aller comme ça ?

— C'est ce que je vais faire.

Il y eut une longue pause.

— Et toi, qu'en penses-tu ? Où veux-tu aller ?

— Ma sœur met la maison en vente. Je pense que c'est une bonne idée de repartir à zéro. Elle, Luke et Effie pensent à la Floride.

Pendant un moment, je songeai à y aller, moi aussi, mais l'idée d'être loin de lui m'arrêta. C'était ce que je voulais, non ? Je ne voulais pas ma liberté ?

Amusant, comme les priorités avaient changé. Je croyais que je voudrais toujours me venger de ce qu'ils avaient fait à ma famille, mais tout cela m'avait échappé. Toute cette colère, cette haine, ça m'épuisait d'y penser, et maintenant, c'était fini.

— Salvatore...

Une fois de plus, nous avions parlé en même temps, nos voix et nos regards se heurtant.

— Si tu ne sais pas... dit-il. Ça prendra du temps pour vendre la maison. Peut-être que tu peux rester.

Je hochai la tête.

— Ce serait bien. Izzy et Luke ont besoin d'être seuls et je pourrai t'aider à arranger la maison pour la vente et m'assurer que tu...

Il prit mon visage dans ses mains et m'attira à lui pour m'embrasser, étouffant mes derniers mots.

— Je veux te faire l'amour.

— Le docteur a dit...

— J'ai besoin de toi, Lucia. J'ai besoin de toi depuis si longtemps.

25

SALVATORE

Je tins ma promesse envers Lucia. Roman vint à la maison le lendemain matin et me remit le contrat initial qu'elle et moi avions signé. Je l'annulai et je lui demandai d'en préparer un autre. Celui-ci effacerait toute dette que les DeMarco avaient envers les Benedetti, réelle ou ressentie. Les deux familles n'étaient plus liées d'aucune façon. Ce nouveau contrat ne pouvait être annulé à aucun moment désormais.

Je le signai et j'en fis envoyer une copie à Isabella. J'en remettrais une autre à mon père en mains propres. Cette vendetta insensée était terminée. J'y avais mis fin. C'était l'une des deux choses que j'avais faites pendant mes quelques heures de règne sur la famille Benedetti avant de tout donner à Roman – l'empire, les règles, le pouvoir.

Il s'écoula une autre semaine avant que je puisse retourner dans ma propre chambre à coucher, et un autre mois avant d'être complètement guéri. Pendant tout ce temps, Lucia resta avec moi. Elle prit soin de moi comme jamais quiconque, à part ma mère, ne l'avait fait.

Je revis également Natalie et Jacob. Elle vint m'annoncer qu'elle déménageait, elle aussi, avec ses parents. Elle n'avait confiance en personne d'autre que moi, et avec Roman qui prenait la relève et Dominic on ne sait où dans la nature, elle ne se sentait pas en sécurité. Mais elle me promit de rester en contact et je la laissai partir avec mon neveu. Ils me manqueraient. C'était un autre morceau de Sergio qui allait disparaître, mais je savais qu'une part de lui serait toujours avec moi, quoi qu'il advienne.

En ce qui concernait la maison, il s'avéra que je n'avais pas besoin de la mettre en vente. Un acheteur anonyme en fit l'acquisition, entièrement meublée, dans les heures qui suivirent mon entretien avec un agent immobilier. Nous devions partir dans les deux semaines. Je remerciai Rainey avec une grosse prime pour l'aider en attendant qu'elle retrouve du travail. Je n'avais pas à m'inquiéter pour Marco. Il allait travailler pour mon oncle. Lucia et moi devions tout simplement ranger nos affaires personnelles, et nous étions libres de nous en aller.

Ces deux dernières semaines dans la maison furent étrangement plus amères que douces. Lucia devait partir en Floride, où sa sœur était déjà avec Effie, tandis que Luke s'occupait de la vente de leur maison. Je n'avais pas encore décidé de ce que je ferais. Je ne voulais pas y penser pour une raison qui m'échappait. Il me restait encore une personne à voir avant de pouvoir clore ce long chapitre de ma vie.

— Peut-on prendre la Bugatti ? demanda Lucia, une lueur d'espoir dans l'œil en arrivant au garage.

— Non.

C'était mon bébé et elle insistait pour conduire « compte tenu de mes blessures ».

— On peut prendre la BMW.

Elle fit la moue, mais elle accepta les clés.

— Non que je ne te fasse pas confiance pour la conduire – même si ce n'était pas vrai –, mais moins le trajet sera chaotique, mieux ce sera.

— Je conduis très bien.

— On verra.

— Tu es nerveux ?

— À propos de ta conduite ?

Je plaisantais, mais je savais de quoi elle parlait.

Elle ne se tourna vers moi qu'en sortant du garage.

— Je ne suis pas nerveux, je veux juste en finir. Je sais que c'est mon père, et c'est peut-être mal, mais je ne ressens rien qui ressemble à de l'amour pour lui.

— Tu lui as pardonné ?

Je réfléchis.

— D'avoir été complètement nul dans les moments importants ?

Elle haussa les épaules, mais son regard était sérieux.

— C'est triste, les regrets, Salvatore.

Pourtant, je savais qu'elle en éprouvait encore.

— En fait, je lui ai pardonné, je crois. La façon dont il a choisi de vivre sa vie… Regarde-le. Il est tout seul. Il mourra tout seul. Roman sera là pour lui, mais pas nous. Je ne ressens plus aucune colère envers lui. C'est comme si j'étais rassasié, ou quelque chose comme ça. Je ne suis pas content qu'il soit seul, ce n'est pas ça. Mais il a fait son choix, et j'ai fait la paix. C'est tout ce que je peux faire.

— Tu es bon, Salvatore.

Une fois arrivé chez mon père, je sortis de la voiture. Je tenais l'enveloppe avec le nouveau contrat. C'était symbolique, rien d'autre, mais c'était nécessaire pour tourner la page.

— Prêt ?

Lucia s'accrocha à mon bras. Nous nous étions habitués à la compagnie l'un de l'autre, mais quand elle faisait des choses comme ça, qu'elle me touchait ainsi, c'était étrange, particulier. Cela faisait redoubler les battements de mon cœur.

— Tu n'es pas obligée de venir.

Je voyais bien le regard anxieux qu'elle fixait sur la maison.

— Je veux être là, avec toi, Salvatore, dit-elle en se tournant vers moi.

— Tu es sûre ?

— Oui.

Ensemble, nous prîmes une grande inspiration et nous gravîmes les escaliers jusqu'à la porte à double battant qui nous menaçait. Je sonnai et Roman ouvrit. Il nous attendait.

— Bonjour, dit-il, manifestement étonné de voir Lucia.

— Bonjour.

— Entrez, entrez. Il t'attend dans le bureau.

Je hochai la tête et fis un pas en avant. Roman posa sa main sur mon épaule.

— Dois-je tenir compagnie à Lucia ?

— Non, merci, répondis-je en serrant son bras contre moi.

Il recula.

— Je suis content que tu sois venu.

Enfin, nous entrâmes en silence. Je frappai un coup à la porte du bureau et je l'ouvris. Je ne m'attendais pas à ce que je découvris. J'entendis Lucia étouffer un petit cri, mais j'étais tellement exercé à me composer un visage de circonstance depuis tant d'années que je parvins sans peine à masquer ma surprise.

— Salvatore, dit mon père après avoir jeté un coup d'œil à Lucia à mon bras.

— Père.

Ils avaient installé un lit d'hôpital dans la pièce. Il était à la place de son bureau, qui avait été poussé sur le côté. Je me rappelais ce bureau, mes tremblements incontrôlables quand il me convoquait pour une réprimande ou une autre, dans mon enfance. Il y avait toujours quelque chose qui lui déplaisait.

— Ne reste pas planté là, entre. Ce n'est pas contagieux.

Son amertume était à la limite du regret. Je le percevais clairement.

Nous avançâmes. Il ajusta sa position et s'assit bien droit. Il avait l'air tellement plus petit que la dernière fois que je l'avais vu. Tellement plus vieux. Des cernes noirs cerclaient ses yeux et ses joues semblaient creuses. Il avait dû perdre une vingtaine de kilos aussi.

— Je suis venu pour te dire au revoir.

Je ne voulais pas retarder ce moment davantage.

Il jeta un coup d'œil à Lucia avant de me regarder à nouveau.

— Je suppose que tu as vu le contrat ?

— Roman me l'a montré.

— Eh bien, voici ta propre copie.

Je la déposai sur le pied du lit.

— Tu as eu tort de le dire à Dominic. Il n'avait pas besoin de savoir.

Il prit une grande inspiration et sa main trembla, mais ses yeux demeuraient fixes et durs.

— C'était une erreur, admit-il. Une erreur que je paierai jusqu'à la fin.

Personne ne parla pendant un long moment.

— On se reverra ?

— Non.

Il baissa le regard vers l'enveloppe, puis il releva les yeux sur moi.

— Je vous pardonne, dit alors Lucia contre toute attente. Je vous pardonne tout ce que vous avez fait, tout le mal que vous avez commis.

Il ne regardait qu'elle, mais j'étais incapable de déchiffrer l'expression de ses yeux.

— Nous n'avons jamais su te plaire, n'est-ce pas ? ajoutai-je. Aucun de nous, ni mes frères, ni notre mère, pas vraiment.

— Je n'ai jamais été un homme facile, mon fils. Ne va pas t'imaginer que je ne le sais pas. Ni que je ne suis pas conscient de mes erreurs. J'ai fait ce qu'il y avait de mieux pour ma famille.

— Je sais bien que tu le crois.

Je relâchai alors la main de Lucia et je m'approchai de lui. En me penchant, j'embrassai le sommet de sa tête.

— Au revoir, Père.

Ses yeux brillaient quand ils croisèrent les miens et il hocha la tête sans un mot. Je quittai la pièce et pris la main de Lucia. Sans un regard en arrière, nous sortîmes de la maison, remontâmes en voiture et partîmes.

Elle resta silencieuse pendant très longtemps. Je ne savais même pas où j'allais.

— J'ai envie de me nettoyer la peau, lui dis-je enfin en inspirant péniblement. J'ai envie de brûler mes vêtements et de me récurer à l'eau bouillante.

— Arrête-toi, Salvatore.

— Je veux…

— Gare-toi.

Je m'exécutai. Lucia se pencha vers moi et m'enveloppa de ses bras. J'enfouis mon visage contre son épaule et je pleurai comme aucun homme ne devrait pleurer.

— Je n'ai jamais autant voulu quitter un endroit. Je n'ai jamais autant voulu quitter une personne…

— Là, là.

— Tant de vies gâchées.

Elle me serra dans ses bras et je m'accrochai à elle. Toute une vie de douleur et de tristesse s'écoula de moi. Nous avions perdu tant de choses. Tout cela pour rien. Tant de morts, tant de colère, de jalousie et de rancœurs inutiles. J'avais tellement besoin de me purger jusqu'à ce qu'il ne me reste plus rien, rien d'autre que ce corps brisé et épuisé.

Quand je reculai enfin, je vis que le visage de Lucia était baigné de larmes. Elle essuya le mien, me frottant avec ses pouces, puis elle me regarda au fond des yeux, soumettant mon regard au sien.

— Ne pars pas, dis-je enfin. Je ne veux pas te perdre, Lucia. Pas toi. Tu mérites tellement mieux que ça, que moi…

Elle me serra de nouveau dans ses bras, de nouvelles larmes dans les yeux.

— Je n'ai pas le droit…

— Pars avec moi, dit-elle en reculant. Pars avec moi maintenant et nous recommencerons. Un nouveau départ.

Je secouai la tête.

— Je n'aurais pas dû demander. Je suis… mon monde, Lucia, il est sombre. Il fait si sombre à l'intérieur. Tu mérites la lumière. Tu mérites l'insouciance, le bonheur et la légèreté. Tellement de lumière.

— Et tu ne crois pas que c'est le cas ? Espèce d'imbécile têtu.

Elle m'embrassa, un baiser salé.

— Mon frère…

— Pars avec moi, dit-elle encore une fois, plus résolument. Tout de suite. Partons en voiture. Viens avec moi, s'il te plaît, Salvatore.

— Je t'aime, tu sais ?

Comment un homme adulte pouvait-il pleurer ainsi ?

— Moi, je le sais. C'est toi qui ne sais pas que je t'aime.

Quand elle m'embrassa, quelque chose changea au fond de moi. Je le ressentis comme une modification physique dans ma poitrine, dans mes tripes. Je fermai les yeux et je me laissai aller à mes sens. Son corps dans mes bras, ses lèvres sur les miennes, ses larmes mouillées sur mon visage. Je l'embrassai en retour en inspirant profondément, ma langue dans sa bouche, mes mains l'attirant de plus en plus près, parce que je ne pouvais plus être loin d'elle. Je ne pouvais plus la laisser partir. Ainsi, quand nous nous détachâmes, je souriais. Je fis demi-tour et je roulai vers le sud, laissant tout derrière moi. Je m'en allais avec la fille que j'aimais à mes côtés.

L'ÉPILOGUE DE LUCIA

SIX MOIS PLUS TARD

Nous l'avions fait. Nous étions en Floride. Nous avions roulé aussi loin que possible du New Jersey et nous nous étions retrouvés à l'extrémité de Key West. Nous avions acheté une modeste maison ancienne avec une petite plage privée et nous avions pris un nouveau départ.

Les rénovations de la maison nous prendraient probablement plus d'un an, mais elle me plaisait. Elle avait été construite dans les années soixante-dix et le vendeur était le fils des uniques propriétaires, qui n'avaient pas effectué de travaux depuis sa construction. Il y avait beaucoup à faire, mais le travail était sain. Cela nous occupait l'esprit, surtout celui de Salvatore.

C'était étrange au début, comme s'il ne savait pas comment se comporter sans la mafia Benedetti derrière lui. Autour de lui. Cette mafia qui lui prenait toute son énergie, le définissait. Personne d'autre ne pouvait s'occuper des lieux à part nous. Natalie et Jacob s'étaient installés en Californie. Roman s'occupait des affaires familiales sans poser de questions à Salvatore. Il s'était tellement impliqué quand Franco était le chef que ce nouveau grade lui allait bien. Je ne pensais pas que Salvatore regrettait d'avoir tout donné, mais cette vie était très différente de celle qu'il avait eue.

Ma sœur et Luke vivaient au sud de Miami, à quatre heures de route de Key West. Au début, la tension entre les deux hommes était forte, mais ils avaient quelque chose en commun. Ils avaient failli mourir tous les deux. Ils avaient tous les deux pris conscience que l'important, c'était la famille. J'aurais aimé qu'ils vivent plus près. Je voulais être avec ma sœur et Effie après notre séparation qui avait duré tant d'années, mais cela fonctionnait et c'était toujours mieux qu'avant.

Aussi heureux que Salvatore et moi puissions l'être avec la simplicité de notre nouvelle vie, il y avait une chose qui le tracassait. L'absence de Dominic.

Il avait engagé plusieurs détectives, mais tous étaient revenus bredouilles. Dominic avait disparu et Salvatore avait du mal à l'accepter.

J'étais dehors, devant le barbecue de notre petite maison, en train de regarder la mer. Je sursautai en l'entendant.

— Tu sens le steak, me dit Salvatore, soudain derrière moi, la bouche sur ma nuque.

— Bon Dieu ! Comment se fait-il que tu arrives toujours en douce ?

Il avait fait le tour de la maison pour me rejoindre, là où je faisais griller deux steaks. Il s'était absenté presque toute la journée pour aller chercher des provisions.

Il éclata de rire et me tendit un bouquet de tournesols.

— Tu es trop perdue dans tes pensées, voilà pourquoi.

J'étais perdue dans mes pensées pour une seule raison.

— Tu m'as manqué.

Sa bouche trouva la mienne.

— Moi aussi.

Je l'embrassai et je pris le bouquet.

— Ils sont jolis. Merci.

— Je suis content qu'ils te plaisent.

Il se tourna vers le gril.

— C'est encore tôt pour dîner, non ?

— J'avais faim.

— Eh bien, je n'ai pas encore faim de nourriture pour l'instant, ajouta-t-il en glissant ses mains dans la ceinture de mon short.

Il m'empoigna les fesses et m'embrassa passionnément, son grand corps plus fort, encore plus musclé depuis que nous avions commencé les travaux à la maison. Sa peau avait bronzé sous le soleil de Floride. Il semblait sourire davantage et son visage était plus détendu. Je n'aurais pas cru qu'il puisse être encore plus sexy qu'avant, et pourtant c'était le cas.

— J'y ai pensé toute la journée.

Il me souleva. J'enroulai mes jambes autour de ses hanches et mes bras autour de son cou.

— Je ne t'ai pas encore baisée sur la table de pique-nique, dit-il en écartant ma chemise sur le côté, prenant un téton dans sa bouche.

— Tu es un obsédé, Salvatore.

— J'ai l'impression que ça te plaît, Lucia.

Il me posa sur la table et continua à m'embrasser avant de faire passer ma chemise à carreaux par-dessus ma tête.

— Tu te souviens, commença-t-il en enlevant son T-shirt, quand on était dans mon bureau et que je t'ai prise par-derrière pour la première fois ?

Je sentis mon visage rougir lorsqu'il écarta mes genoux et s'y plaça. Le sourire malicieux et les yeux brillants, il déboutonna mon short et tira sur la fermeture.

Je me penchai plus près. Il pensait m'embarrasser, n'est-ce pas ? Je pris ses cheveux dans mes mains, tirai dessus, fis pivoter sa tête sur le côté et lui léchai l'oreille.

— Je me souviens que j'ai aimé ça. Mais qui a dit que je te donnerais la permission de le refaire ?

Sa main me griffa le dos, détacha l'élastique de mon semblant de chignon et saisit une poignée de cheveux.

— J'ai besoin de demander la permission ? fit-il en plaquant sa bouche sur la mienne.

Ce baiser sentait l'envie insatiable.

— Tu ne te souviens pas de ce que j'ai prédit pour la prochaine fois que je voudrais te prendre par-derrière ?

Je secouai la tête, même si je m'en souvenais parfaitement. Mes mains se déplacèrent pour explorer son torse.

— Rafraîchis-moi la mémoire.

— Quelque chose à propos du fait que tu te pencherais sur mon bureau et que tu t'ouvrirais à moi. Que tu me supplierais de le faire.

— Tu crois que je vais te supplier de me baiser ?

Je ricanai et glissai mes ongles le long de son dos, puis j'enfonçai les mains dans son short et lui empoignai les fesses.

— Oui, dit-il en tirant sur mon short, baissant la tête. Je pense que je vais te faire supplier en un rien de temps.

— Ah bon ?

Je me penchai en arrière. Il m'adressa un sourire arrogant et fit glisser l'entrejambe de ma culotte sur le côté. Il jeta un coup d'œil à mon sexe, puis il leva les yeux sur moi.

— À en juger par cette petite chatte mouillée, oui.

Il plongea la tête entre mes jambes. Je retenais mon souffle tandis qu'il s'interrompait constamment pour me narguer.

— Je pense que je vais te faire attendre, aussi.

Il taquina mon clitoris.

— Tu vas te pencher et écarter les jambes pour moi pendant que je te regarderai. Je vais peut-être même faire griller quelques steaks pendant que tu me supplieras.

Je lui enfonçai la tête contre mon sexe.

— Tu parles trop.

Bon sang, il savait y faire avec sa langue. Il pouvait me faire jouir en une minute ou une heure, selon s'il se sentait d'humeur diabolique ou non. Et aujourd'hui, Satan lui-même se régalait de moi.

Je finis par lui dire :

— Tu me tues.

Je refusais de le supplier, de lui demander de me faire jouir, mais j'essayais malgré tout de ramener sa bouche à moi.

— Reste comme ça, dit-il en se redressant. Juste comme ça, les jambes ouvertes. Et écarte ta culotte sur le côté. Je veux voir ta chatte.

— Je te déteste, lui répondis-je tout en écartant l'élastique de ma culotte, me sentant d'autant plus exposée.

— Tu m'aimes, rétorqua-t-il en disparaissant dans la maison.

Je restai ainsi. Ça me plaisait d'être à découvert, exposée pour lui. Le jardin de derrière était sans vis-à-vis, mais j'étais excitée de penser que quelqu'un pouvait faire le tour de la maison à tout moment et me trouver comme ça.

Il revint quelques instants plus tard et je vis ce qu'il avait en main. Un tube de lubrifiant.

— C'est bien, tu es sage.

Il était heureux de voir que j'étais toujours en position. Il me souleva, me retourna et me força à me pencher avant de glisser ma culotte vers le bas jusqu'à mi-cuisse. Il s'arrêta.

— Qu'est-ce que tu fais ? demandai-je en le regardant.

— Cambre les reins et écarte les fesses.

— Je ne te supplierai pas.

Je posai les mains sur mes fesses et je fis ce qu'il me demandait. L'expression sur son visage valait le coup de subir un instant de gêne. Je retirai ma culotte pour mieux écarter les jambes.

— Oh, putain.

— Quoi ? dis-je en me moquant.

J'avais envie de lui, mais je voulais qu'il me supplie lui-même.

— Tu veux ?

Il frotta son entrejambe d'une main et s'approcha de moi. Il baissa la fermeture à glissière de son short en jean, sortit sa queue et se caressa.

— Ça va, Salvatore ? demandai-je en courbant le dos, remuant les hanches avant de glisser un doigt en moi pour étaler l'humidité autour de mon anus.

Avec un gémissement, il se glissa entre mes replis moites. Je posai les mains sur la table lorsqu'il se cramponna à mes hanches. Ses yeux s'obscurcirent tandis qu'il assistait au spectacle de notre corps-à-corps.

C'était tellement bon de le sentir glisser lentement en moi, de penser qu'il me voyait quand je m'ouvrais pour lui. Je mouillais de plus belle.

Soudain, il cessa de bouger, laissant son sexe en moi, et il s'empara du lubrifiant.

Je gémis et il sourit. Dévissant le bouchon, il en recueillit une généreuse quantité avant de me l'étaler. Ce fut alors qu'il recommença à bouger, sa verge en moi et ses doigts dans mes fesses.

— Ce n'est pas juste, parvins-je à dire.

— Demande et je te baiserai fort et bien, comme tu aimes.

— Va te faire foutre.

Il retira son sexe et le frotta contre ma vulve, ses doigts s'activant toujours entre mes fesses.

— Jamais, grommelai-je en serrant les poings. Je...

Il se pencha sur moi et me titilla l'oreille avec sa langue.

— Dis simplement *s'il te plaît*. Juste une fois.

— Jamais !

— Tu es bien étroite, Lucia. C'est bon, tu sais. Tu es prête pour une bonne baise dans le cul. C'est ce que tu veux. J'ai juste besoin de l'entendre.

— Tu ne vas pas me lâcher avec ça, hein !

— Pense à ça, à ma queue qui martèle ce petit orifice étroit. Pense à quel point c'est sensible, à quel point tu es déjà si proche du plaisir.

Il écarta sa verge de mon clitoris et retira ses doigts.

— Mais si tu n'en veux pas...

— S'il te plaît !

— S'il te plaît, quoi ? chuchota-t-il, la queue à l'entrée de mes fesses.

— S'il te plaît, encule-moi.

J'aurais juré l'avoir entendu sourire.

— Je t'avais dit que tu me supplierais.

Il m'embrassa la joue avant de se redresser. Il m'écarta les fesses d'une main, enduisant son membre de lubrifiant de l'autre. Comme j'aimais le voir tenir sa queue. J'aurais pu regarder ce spectacle toute la journée. Il sourit et passa l'autre main sous mon corps.

— Et tu me traites d'obsédé ?

Je me cambrai.

— Baise-moi tout de suite.

— Sur les coudes ! Ce sera rapide et puissant.

Je me préparai, mais je n'étais pas prête pour ça.

— Les filles sages sont récompensées, Lucia, tu te souviens ?

— Putain, oui !

Ses doigts manipulèrent sans ménagement mon clitoris pendant que sa queue faisait des allers-retours, des mouvements profonds, lents au début, mais augmentant en rythme au fur et à mesure que mon plaisir grandissait. Mon premier orgasme me fit crier. Il épaissit en moi jusqu'à ce que, au bord de mon deuxième élan d'extase, il donne un dernier coup de reins et retombe sur mon dos, sa verge frémissant alors qu'il jouissait à son tour. Il haleta contre mon oreille et me mordit le lobe un peu trop fort, mais ce pincement me donna un dernier petit frisson.

Nous étions accrochés l'un à l'autre, sans parler, alors que notre respiration ralentissait. Aucun de nous deux ne tenait pour acquis le temps que nous passions ensemble. Je le savais. Comme je savais aussi que nous n'en aurions jamais assez.

Nous nous douchâmes ensuite, avant de nous asseoir pour manger. Je mis les steaks sur des assiettes et j'apportai le plat jusqu'à la table où Salvatore venait de déposer deux bières. Je pris place en face de lui.

— Tu vas vraiment manger deux steaks maintenant ?

Je hochai la tête. J'étais affamée. Je ne savais pas trop comment le lui dire, je me sentais heureuse, mais je ne savais pas ce qu'il ressentirait. Nous ne vivions ensemble que depuis six mois, si je ne comptais pas le temps passé dans le New Jersey.

Il m'observa pendant une longue minute, sirotant sa bière pendant que je dévorais la viande. Il poussa ma bière intacte vers moi. Je rencontrai son regard, mais j'enfournai une autre bouchée de viande au lieu de prendre la bouteille.

— Lucia ?

Il pouvait me lire comme un livre. Tout le temps.

— Je suis enceinte.

L'ÉPILOGUE DE SALVATORE

TROIS MOIS PLUS TARD

J'épousai Lucia sur la plage dans notre jardin. Lucia qui marchait vers moi, pieds nus, le ventre gonflé – elle était vêtue d'une robe blanche simple et fluide, liée par un fil d'or juste sous les seins et une couronne de fleurs dans ses cheveux –, c'était probablement la plus belle chose que j'aie jamais vue.

Je n'avais jamais été aussi heureux de ma vie.

Nous avions écrit nos propres vœux et elle avait accusé les hormones en pleurant tout au long de la cérémonie. Luke et Isabella étaient nos témoins et Effie notre demoiselle d'honneur. C'était tout ce qu'il nous fallait. Pas d'autres invités, à part le prêtre qui nous unit. Par la suite, nous fîmes un barbecue, nageâmes et parlâmes des prénoms des bébés et du fait qu'Isabella et Luke allaient déménager pour se rapprocher de nous. Effie parlait plus à sa petite cousine, dans le ventre de Lucia, qu'à quiconque. Elle était peut-être aussi excitée que nous deux.

Ils passèrent la nuit ici et rentrèrent chez eux l'après-midi suivant. Nous ne partîmes pas en lune de miel. Nous ne voulions être nulle part ailleurs qu'ici. Ensemble.

— Nous avons tout ce qu'il faut, me dit-elle, allongée sur une chaise longue, en regardant le ciel nocturne.

C'était vrai. Ni l'un ni l'autre ne tenait cela pour acquis.

— Tu le diras à ton père ?

— Bien assez tôt.

— Qu'est-ce qui te tracasse ?

Je la regardai et je tirai la fine couverture par-dessus son épaule. Elle s'était un peu enrobée avec la grossesse, et à mes yeux, elle n'avait jamais été aussi belle.

— Dominic. Je suis inquiet.

— Il finira bien par se montrer. Il a beaucoup de choses à régler et il se sent probablement mal pour ce qu'il a fait.

— Il doit bien savoir que je vais bien, maintenant. Il doit savoir où on habite. Il a disparu et ça me préoccupe.

Elle toucha ma main et la posa sur son ventre. Je me tournai vers elle pour lui embrasser les lèvres et caresser son ventre rond et chaud.

— Il viendra quand il sera prêt. Laisse-le respirer.

— Et s'il s'était... fait du mal ?

— Ce n'est pas son genre. C'est bien plus efficace de se torturer de son vivant, Salvatore. Toi et ton frère, la culpabilité c'est comme une seconde peau pour vous deux. C'est comme si tu devais apprendre à vivre, à respirer sans elle. Tu apprends et tu as un bon professeur, ajouta-t-elle avec un clin d'œil.

— Comment ai-je fini par être aussi chanceux ?

— Tu as signé un contrat, tu te souviens ?

Elle roula sur le côté, le dos vers moi, et je l'attirai contre mon corps.

— Maligne, va.

— N'oublie pas, tête de cochon aussi.

— Oh, non, je ne risque pas, tu le prouves tous les jours.

Elle me décocha un coup de coude dans le ventre.

— À part mon frère, ma vie ne pouvait être plus parfaite. Ça me fait un peu peur. Ça me fait plus qu'un peu peur. Et si... J'ai fait de mauvaises choses, Lucia. Je ne sais pas si je mérite tout ça.

— Tu as fait de bonnes choses aussi, Salvatore. Tu mérites tout cela et plus encore. Nous rattrapons le temps perdu, toi et moi. Il est temps pour nous d'être heureux et insouciants et de marcher au soleil avec du sable entre nos orteils. On a du retard à rattraper, en fait.

Elle serra ma main, la déposant sur son cœur.

— N'aie pas peur de perdre ça. Sois heureux et reconnaissant, c'est tout. C'est ce que j'ai appris. Je pense que c'est ce que nous sommes censés apprendre. C'est si simple, mais on rend tout cela si compliqué.

— Mon oracle.

— Je suis plus sage que toi, c'est vrai.

— Et pas du tout arrogante.

Je l'entendis sourire.

— Bonne nuit, mon mari.

— Bonne nuit, ma femme.

Je l'embrassai dans le cou et je la câlinai pendant qu'elle s'endormait, son corps se détendant, sa respiration douce et régulière. Je levai les yeux vers le ciel nocturne, vers toutes les étoiles, et j'écoutai le son de l'océan, conscient que je tenais dans mes bras tout ce qui comptait ici-bas. Sachant qu'elle avait raison à propos de Dominic, qu'il avait besoin de temps, qu'il devait s'en rendre compte par lui-même. Elle avait aussi raison à propos de la culpabilité. J'étais très doué pour l'envelopper sur mes épaules, pour m'en alourdir. Peut-être avais-je besoin d'apprendre qu'une partie de ce fardeau ne m'appartenait pas.

Lucia était sage et forte. Je lui avais donné ce que j'avais promis, une vie paisible, le bonheur. Et ce faisant, je m'étais accordé la même chose à moi-même.

Je n'étais peut-être pas capable de sauver mon frère, mais ce n'était pas à moi de le faire.

Je serrai Lucia un peu plus fort et je fermai les yeux, enfouissant mon nez dans ses cheveux. La vie était à la fois folle et belle. De la laideur et de la haine, nous en avions fait de l'amour. Je n'oublierais pas de chérir cela, de la chérir, elle, pour toujours.

VOLUME DEUX

DOMINIC : MAFIA ET DARK ROMANCE

UN MOT DE NATASHA

« Toute la beauté qu'on a perdue veut nous retrouver. »
~ U2, *Ordinary Love*

Pendant que j'écrivais l'histoire de Dominic, je n'arrêtais pas de penser à cette chanson, *Ordinary Love.* Je sentais que Dominic avait besoin de retrouver un peu de beauté dans sa vie et bien qu'il ne la recherche pas en particulier, elle l'avait trouvé.

Il a probablement été l'un des personnages sur lesquels j'ai eu le plus de mal à écrire et vous ne le considérerez pas comme un héros, pas tout de suite, peut-être jamais, pourtant j'espère avoir raconté son histoire comme il se devait.

Merci beaucoup d'avoir acheté ce livre et d'avoir eu envie de lire l'histoire de Dominic. Je dédie ce tome à chacun de mes lecteurs et j'espère que vous savez combien je vous suis reconnaissante.

1

DOMINIC

La peur a une odeur bien distincte, un parfum unique. Âcre. Acide. Et sucré, à la fois. Séduisant, même.

À moins que seuls les timbrés dans mon genre lui trouvent un quelconque attrait. Quoi qu'il en soit, la fille recroquevillée dans un coin exsudait la peur, en vagues successives.

J'abaissai le masque à tête de mort devant mon visage pour me dissimuler. La pièce était obscure, mais je savais qu'elle était réveillée. Même si elle avait retenu son souffle sans bouger un muscle, je l'aurais su. C'était l'odeur. Cette peur. C'était ce qui les trahissait toutes à coup sûr.

Ça me plaisait. C'était comme une bouffée d'adrénaline, l'attente impatiente de ce qui allait suivre.

J'aimais jouer avec elles.

Je refermai la porte derrière moi, éliminant le peu de lumière que j'avais laissé filtrer dans la chambre exiguë, sombre et à l'air vicié. On l'avait amenée la veille dans ce chalet isolé dans les bois. Tellement cliché. Un chalet dans les bois ! Pourtant, c'était la vérité. C'était là que j'accomplissais mon plus bel ouvrage. Dans la pièce, il y avait un lit à deux places équipé d'attaches, une table de chevet et un coffre avec un cadenas où je rangeais mon matériel. La porte de la salle de bain attenante avait été retirée de ses gonds avant mon arrivée. On n'y trouvait que le strict nécessaire : des toilettes, un lavabo et une baignoire. La baignoire était un luxe. En tout cas, elle l'était devenue au cours de mes périodes d'entraînement.

Des planches étaient clouées aux fenêtres de la chambre et de la salle de bain depuis longtemps et seuls de fins rayons de lumière filtraient à travers le bois disjoint. Il faisait froid dans les deux pièces. Ce n'était pas glacial, ce n'était pas dénué d'âme. Enfin, si… dans la mesure où un monstre n'en possédait pas. Je maintenais la température des pièces entre quinze et seize degrés. Assez froid pour ne pas être agréable sans pour autant causer de dégâts.

Je m'approchai de la silhouette recroquevillée au sol. Elle empestait. Je me demandais depuis combien de temps ils la détenaient. S'ils l'avaient lavée pendant tout ce temps.

Je me demandais ce qu'on lui avait fait, étant donné l'interdiction de la baiser. Mes divers employeurs donnaient rarement cet ordre. Ils se fichaient bien de savoir qui baisait les filles avant la vente aux enchères. C'était à cela qu'elles étaient destinées après tout. Mais cette fois, Léo, l'agent de liaison entre l'acheteur et moi, avait été clair avec moi sur cette restriction spécifique.

J'écartai toute idée de viol. Ce n'était pas mon truc. Je leur infligeais un tas de sévices, mais pas celui-ci. Quelques débris de mon cerveau en miettes semblaient y tenir, comme s'il s'agissait d'un principe honorable.

Honorable ?

Putain.

Je ne me faisais aucune illusion en la matière. L'honneur n'avait jamais été mon fort. Pas plus à l'époque où j'étais encore Dominic Benedetti, fils d'un roi de la mafia. À deux doigts d'hériter de tout le bordel. Et de l'honneur, j'en avais encore moins aujourd'hui. Maintenant que je savais qui j'étais. Qui j'étais *vraiment*.

Encore des pensées à écarter, à reléguer là où elles ne pourraient plus m'étouffer. Au lieu de ça, elles pesaient sur moi comme du ciment, comme des blocs de béton armé dans mes tripes.

Je m'avançai d'un pas décidé vers la fille, mes bottes lourdes résonnant sur le vieux plancher en bois décrépi.

Elle avait relevé les genoux devant sa poitrine nue, ses bras aux poignets attachés entourant ses jambes. Elle se balançait très légèrement, le visage enfoui contre ses genoux. Je remarquai qu'elle portait encore une culotte, bien que répugnante. C'était nouveau. Quand elles m'arrivaient, elles avaient généralement l'habitude d'être entièrement nues et ne se souciaient plus de rien.

Seules trois veilleuses électriques, dispersées dans la chambre, me permettaient de la distinguer. Des cheveux bruns tombaient sur ses épaules, le long de son dos. Si foncés que je me demandai s'ils seraient noirs une fois que j'aurai lavé la poussière et la crasse qui les encroûtaient.

Il était temps de s'y mettre.

Du bout du pied, je heurtai légèrement sa hanche.

— Debout, là-dedans.

Je glissai la pointe de ma botte sous sa hanche.

— Tu pues.

Elle fit un petit bruit et enfonça ses ongles dans la chair de ses cuisses, se recroquevillant plus loin dans le coin, se repliant davantage et se retirant plus profondément en elle-même.

Je m'accroupis, observant ce que je pouvais voir de son corps trop maigre. Je vérifierais ses contusions plus tard, une fois que je l'aurais nettoyée. En m'assurant qu'il n'y avait rien qui nécessite une attention immédiate. Pas de plaies infectées.

— Tu t'es pissé dessus ?

Elle soupira bruyamment, visiblement en colère.

Je souris derrière mon masque. Et voilà, c'était parti. C'était différent.

— Lève la tête, que je puisse voir ton visage.

Rien.

Je posai l'une de mes mains sur son crâne. Elle tressaillit, mais ne bougea pas. Je caressai doucement sa tête avant de saisir la masse de cheveux, épaisse et longue, et d'enrouler ma main autour, l'enveloppant sur toute la longueur, serrant le poing avant de tirer fort pour la secouer et l'obliger à me regarder.

Elle poussa un cri, empli à la fois de douleur et de colère. Son visage exprimait la même chose : les yeux rétrécis et remplis de haine, la peur, juste derrière la rébellion, dans le vert lumineux de ses iris. Sa bouche s'ouvrit quand je serrai plus fort les doigts et une larme tomba du coin de son œil.

— Enlevez vos mains de là.

Sa voix était rauque, grave, comme si elle n'avait pas parlé depuis longtemps. Je la regardai. Un visage en forme de cœur. Des lèvres pulpeuses. Des pommettes saillantes.

Jolie.

Non, plus que ça. Presque aristocratique. Arrogante. Magnifique. Différente.

Différente des filles habituelles.

Elle me dévisageait. Je me demandais si le masque à tête de mort lui faisait peur. Putain, j'avais eu peur, moi, la première fois que je l'avais mis. Rien de pire que la mort qui vous regarde en face.

— Debout, lui dis-je en la traînant par les cheveux tout en me levant.

Elle trébucha, mais je la tenais, tirant sa tête en arrière. Je la regardai affronter la douleur causée par mes doigts dans ses cheveux. Je lui donnais une leçon.

Les actes sont plus éloquents que les paroles. J'ai toujours commencé mon entraînement dès la première minute. Inutile de perdre son temps. Elle apprendrait vite à faire ce qu'on lui disait, sinon elle payerait. Elle apprendrait vite que la vie telle qu'elle la connaissait était finie. Elle n'était plus libre. Plus humaine. C'était un morceau de viande. Elle appartenait à quelqu'un. À moi.

Cette première leçon était toujours la plus difficile pour elles, mais j'étais très pointilleux.

On peut dire que j'avais trouvé ma vocation.

— Vous me faites mal, murmura-t-elle.

Elle déglutit difficilement et cligna des yeux encore plus fort, peut-être pour arrêter les larmes qui coulaient de ses deux yeux, à présent. Cette fille était une battante. Elle détestait la faiblesse. Je pouvais le voir. J'avais reconnu ça en elle. Cette bataille. Elle se battait autant avec elle-même qu'avec moi.

— Quel est le mot magique ? dis-je d'une voix moqueuse.

Elle me lança un regard furieux, cherchant à voir mes yeux à travers la fine couche de mailles qui couvrait mon visage. Je voyais bien qu'elle essayait de ne pas se concentrer sur le masque, mais plutôt sur mes yeux. Pour me rendre plus humain, moins terrifiant.

La peur. C'était la seule chose sur laquelle on pouvait toujours compter.

— Allez vous faire foutre.

Elle tendit ses mains liées pour saisir le masque, mais avant qu'elle puisse tirer dessus, je les repoussai rapidement.

— Mauvaise idée.

Je la retournai et je la poussai, appuyant le côté de son visage tout contre le mur. Elle repoussa les lambris sombres et bas de gamme avec ses mains, les poignets liés contre sa poitrine. Sa respiration se fit plus difficile, plus que la mienne.

Je l'examinai. Même sous les couches de poussière, je vis la marque bleue d'une botte sur son flanc.

J'avais raison. C'était une guerrière, celle-ci.

En me penchant plus près, je lâchai ses cheveux et pressai mon corps contre le sien, collant ma bouche à son oreille.

— Essaye encore. Le mot magique. Et rappelle-toi, d'habitude, je ne donne pas de seconde chance.

— S'il vous plaît, dit-elle rapidement avant qu'un sanglot éclate, qu'elle tenta de retenir de toutes ses forces.

La poitrine toujours pressée dans son dos, je la coinçai contre le mur. Je me demandais si elle pouvait sentir mon érection. Elle devrait, putain.

— Gia, lui murmurai-je à l'oreille.

Je connaissais son prénom, et je sus qu'il était authentique quand elle retint son souffle.

C'était tout ce que je savais, mais je ne voulais pas le lui dire. C'était tout ce que je voulais savoir. Contrairement à ce que mes différents employeurs pensaient, je n'aimais pas former les filles. Ni les vendre. Je me demandais si j'avais raison de le faire. C'était l'une des choses que mon père avait faites – mon vrai père. Un connard de première. J'avais seulement essayé d'être à la hauteur de ma lignée, ces sept dernières années. J'avais dû rattraper le temps perdu, bon sang. Vingt-huit putains d'années. Vu la terreur sur le visage de la fille, je m'en sortais bien.

Je me détestais un peu plus à cause de ça tous les jours. Mais c'était le but, n'est-ce pas ? Je ne méritais pas davantage.

— Tu m'appartiens maintenant. Tu feras ce que je dis, ou tu seras punie chaque fois. C'est compris ?

Elle ne répondit pas, mais son corps commença à trembler. Elle ferma les yeux. Je vis des larmes couler sur sa joue.

— Compris ? demandai-je encore une fois, en faisant remonter mes ongles vers le haut de son dos, jouant sous la lourde masse de cheveux à la base de son crâne, prêt à la saisir, à tirer et à faire mal.

Elle acquiesça rapidement.

— C'est bien.

Je reculai brusquement. Elle faillit tomber, mais elle se rattrapa. Elle resta debout comme elle était, le dos tourné vers moi, le front contre le mur. Elle bougea les mains pour s'essuyer les joues.

— Tourne-toi.

Il lui fallut un moment. Elle se déplaça lentement, maintenant entre nous autant d'espace qu'elle le pouvait, ses mains liées toujours devant elle pour se couvrir les seins.

Des yeux provocateurs rencontrèrent les miens. Leur couleur verte brillait en contraste avec son visage souillé de crasse. Cette fille avait quelque chose. Pas une seule des douzaines de filles que j'avais formées ne m'avait fait ressentir autre chose que le vide, un espace entre moi et elles. Elles n'étaient même pas humaines pour moi. C'était plus facile comme ça. C'étaient des choses. Un moyen d'arriver à mes fins. Je m'enfonçais plus profondément dans la dépravation, à tel point qu'une chose était certaine, je ne reverrais plus jamais la lumière du jour.

Je me préparai à la suite en laissant mon regard errer sur elle. Elle trembla et je sus que ce n'était pas de froid.

— Lève les bras au-dessus de ta tête. Il y a un crochet, là. Il y en a beaucoup d'autres.

Je la regardai détailler la pièce. Ses yeux avaient dû s'habituer à la pénombre, lui permettant de voir au moins le contour de ce dont je parlais. Des chaînes avaient été fixées au plafond à divers endroits. C'était peut-être exagéré, mais comme je l'ai dit, j'aimais jouer avec elles, et l'imagination était souvent pire que la réalité. De gros crochets étaient rivés à ces chaînes, comme des crochets de boucher. Quand j'en avais besoin, je les utilisais pour attacher les filles.

— Il faudra que tu te mettes sur la pointe des pieds pour passer autour du crochet l'anneau qui est entre tes liens. Fais-le.

Sa poitrine bougeait au rythme de sa respiration rapide, tandis que son regard parcourait à nouveau la pièce avant de s'arrêter sur le crochet au-dessus de sa tête.

Je m'approchai du coffre verrouillé et je cherchai la clé dans ma poche.

— Je te l'ai déjà dit, je n'aime pas me répéter, dis-je en me penchant pour l'ouvrir.

Je soulevai le couvercle et pris ce dont j'avais besoin. C'était comme d'habitude. Gia n'était pas différente des autres. Elles avaient toujours du mal à obéir au début.

Je fermai le couvercle et gardai la cravache le long de ma jambe pour qu'elle ne la voie pas. De retour près d'elle, je saisis l'un de ses poignets et levai ses deux bras pour l'attacher au crochet.

— Non !

Elle commença immédiatement à essayer de se libérer. C'était inutile, mais bon… Elle pouvait toujours s'épuiser. Je savais déjà qu'elle apprendrait lentement. Les rebelles étaient toujours comme ça.

— Si, dis-je en me déplaçant autour d'elle.

Elle essaya de me suivre, mais sur la pointe des pieds, elle était plus lente. Je me demandais si elle avait vu le premier coup arriver, parce qu'au son du cuir qui frappa sa chair – un son qu'appréciait mon cerveau malade –, elle avait retenu son souffle et s'était arrêtée.

— Est-ce que j'ai ton attention ?

Elle essaya de tourner sur elle-même, se tortillant pour s'écarter. Je levai encore le bras, et cette fois, je frappai sa hanche.

— Arrêtez ! cria-t-elle.

Je saisis son bras pour la forcer à se retourner et j'abattis la cravache trois fois supplémentaires sur ses fesses encore protégées par sa culotte.

— S'il vous plaît ! Ça fait mal !

— Non, tu crois ?!

Je frappai de nouveau, cette fois en la faisant pivoter afin qu'elle me fasse face, marquant le devant de ses cuisses.

Elle cria. Je me demandai quelle était la part de choc dans ce cri, même si la cravache pouvait faire un mal de chien et que je n'étais pas spécialement doux. Inutile de les dorloter.

— Encore ? demandai-je.

— Non !

J'imprimai quand même une autre zébrure sur ses cuisses.

— Non, quoi ?

— Non, s'il vous plaît, non !

— Eh bien, dis donc, peut-être que tu n'es pas aussi lente pour apprendre que je le pensais ?

Je jetai la cravache sur le lit et j'ajustai l'entrejambe de mon pantalon. Sa bouche s'ouvrit et ses yeux s'élargirent.

— Maintenant, ne bouge pas.

Je l'examinai, à la recherche d'ecchymoses. J'en trouvai plusieurs, qui semblaient toutes dater de quelques jours. Pas de récentes coupures, rien qui n'ait besoin d'autre chose que de temps pour guérir. Bien que le temps soit limité.

En la retournant, je touchai l'empreinte de la chaussure sur son flanc. Elle émit un chuintement lorsque j'appuyai.

— Tu as dû énerver quelqu'un, ricanai-je.

— Il n'a pas apprécié mon genou entre ses jambes.

J'éclatai de rire.

— J'aime les filles qui ont du tempérament, lui dis-je en glissant mes doigts dans la ceinture de sa culotte. Il va falloir enlever ça.

Elle se débattit violemment jusqu'à ce que je lui claque les fesses du plat de la main.

— J'ai dit ne bouge pas, putain.

— S'il vous plaît.

— Ça ne marchera pas chaque fois, chérie.

J'arrachai la culotte en la regardant tomber par terre. Gia pressa ses cuisses l'une contre l'autre, serrant les fesses alors qu'elle essayait de s'éloigner de moi.

— S'il vous plaît, réessaya-t-elle.

J'enfonçai mes ongles dans ses hanches pour l'empêcher de bouger.

— Tu as besoin de la cravache pour arrêter de gigoter ?

— Non ! Mais ne… s'il vous plaît, non…

Je sentais qu'elle avait du mal à cesser de remuer et je savais de quoi elle avait peur. Je savais *exactement* de quoi elle avait peur.

— Pas bouger !

Ma voix sortit comme un avertissement, grave et sombre.

Elle trembla sous ma main et laissa pendre sa tête, en respirant fort et de façon saccadée.

C'est à ce moment-là que mon pouce frotta contre une épaisse croûte. Elle faisait à peu près cinq centimètres de diamètre et quand j'appuyai dessus, Gia retint son souffle. Je me penchai pour regarder de plus près. La cicatrice circulaire se trouvait sur sa hanche gauche. C'était une marque intentionnelle, une brûlure.

— C'est quoi ?

Elle émit un petit bruit.

— Qu'est-ce que c'est ? répétai-je après lui avoir claqué l'autre hanche.

— Il n'a pas vraiment pris la peine de me le dire quand il m'a marquée.

Elle ravala un sanglot.

Je me redressai. Ça ne pouvait pas dater de plus de quelques jours, peut-être une semaine. Je verrais ce que c'était une fois la croûte guérie. En attendant, j'avais du travail.

Comme je ne la maintenais plus en équilibre, elle vacilla sur ses pieds, incapable de tenir debout compte tenu de sa taille. Elle ne devait pas mesurer plus de 1 m 60. Elle m'arrivait à peine au milieu de la poitrine quand elle avait les pieds posés à plat. Je lui tournai autour plusieurs fois, en faisant des cercles, prenant mon temps alors qu'elle essayait de suivre mes mouvements sans me lâcher des yeux.

— Tu pues vraiment, dis-je en m'arrêtant pour lui faire face. Tu t'es pissé dessus ou c'est eux qui l'ont fait ?

Je n'avais pas pu m'en empêcher. Un coin de ma bouche se souleva à cette question. Devant l'insensibilité de la chose.

Les yeux de la fille s'étrécirent. Une brève honte traversa son regard.

— Vous allez me tuer ? demanda-t-elle finalement. Si c'est le cas, faites-le. Qu'on en finisse.

Elle ne me suppliait pas pour sa liberté, ni pour sa vie, d'ailleurs. Elle n'avait pas proposé un seul pot-de-vin – elles le faisaient d'habitude. Elles offraient tout l'argent qu'elles avaient. Que leurs familles avaient. Elles étaient loin d'imaginer que la somme que l'on me donnait pour ce travail dépassait de loin ce que la plupart des familles de ces pauvres filles perdues pouvaient gagner en un an.

Des pauvres filles perdues. J'en étais arrivé à les appeler comme ça. Celle-ci, cependant, cette Gia, n'était pas une pauvre fille perdue. Non. Elle était différente, et je voulais savoir ce qui l'avait rendue comme ça.

— Tu n'es pas là pour mourir. Tu es ici pour apprendre. Nous n'avons que deux semaines, moins que d'habitude. Et étant donné ton... sale caractère (je laissai mon regard la parcourir de haut en bas), il faudrait deux fois plus de temps à n'importe qui d'autre pour ça.

Je la regardai dans les yeux et lui fis un clin d'œil.

— Mais je suis un pro. Ça va le faire.

— Apprendre ?

— Je t'apprendrai comment te comporter, pour la vente aux enchères du moins. Après ça, tu n'es plus mon problème.

— Quelle vente aux enchères ?

— La vente aux enchères d'esclaves. Il y en a une dans deux semaines. Tu vas y aller. Tu seras invitée d'honneur. L'une des invitées d'honneur, en tout cas. Bon, on va te nettoyer pour que je puisse voir avec quoi je dois travailler.

Je tendis la main afin de libérer ses menottes du crochet et elle soupira de soulagement lorsque ses pieds se retrouvèrent à nouveau à plat sur le sol. La tenant par un bras, je lui enroulai l'autre autour de la nuque et l'approchai de moi. Elle posa ses mains sur ma poitrine, laissant autant de distance que possible entre nous.

— Tu veux enlever les menottes ?

Elle balaya du regard mon visage masqué en se concentrant sur mes yeux, puis elle hocha la tête.

Je fouillai dans ma poche pour prendre deux pilules.

— Ouvre !

Elle les fixa des yeux.

— Qu'est-ce que c'est ?

Je haussai les épaules.

— Elles t'aideront à te détendre.

— Non, fit-elle en secouant la tête. Je n'en veux pas.

— Je ne me souviens pas de t'avoir demandé si tu en voulais.

Elle tourna lentement les yeux vers moi et me fit un sourire en coin, puis elle ouvrit la bouche.

— Aaahhh.

Un sacré numéro, celle-là. La prochaine fois, je lui administrerais le sédatif d'une autre façon, et quand je le ferais, elle me supplierait de le prendre de nouveau par voie orale. Mais pour l'instant, je portai ma main à sa bouche et l'entrouvris. Avant que les pilules ne puissent glisser, elle ouvrit grand et mordit fort dans la chair de ma paume.

— Putain !

Je la repoussai violemment, mais après qu'elle eut fait jaillir le sang. Ma main se leva automatiquement pour la gifler et elle s'accroupit, se recroquevillant devant moi.

Alors que j'hésitais, elle recula contre le mur, les yeux écarquillés, les mains en l'air, les paumes tournées vers moi.

Je baissai la main et lui attrapai le bras, la forçant à s'accroupir.

— À terre !

Mon sang tachait sa peau, là où je la tenais. Elle poussa un petit cri quand ses genoux heurtèrent le plancher dur.

— Ramasse-les.

Elle gémit, murmurant des paroles incohérentes. Je m'accroupis à côté d'elle et je saisis les cheveux sur sa nuque pour la forcer à me regarder.

— *Ramasse-les.*

Ses yeux terrifiés faisaient des allers-retours entre moi et les pilules sur le sol. Soutenant mon regard, elle tendit la main vers elles et les ramassa.

— Donne-les-moi.

Elle le fit, la main tremblante, les yeux fixés sur les miens.

— Tu veux avaler ça, ou tu veux que je te les fourre dans le cul ?

J'avais l'air calme, comme si je me contrôlais tout à fait. Elle ne se doutait pas que c'était quand j'étais dans mon pire état. Quand la rage me possédait.

Elle m'étudia, incapable de parler, peut-être ?

— Dans le cul, alors ! dis-je en la relevant, la tirant contre moi.

Pourtant, à l'instant où nous fûmes debout, les pilules avaient disparu dans sa gorge et elle m'avait saisi l'avant-bras, essayant de soulager la pression sur ses cheveux.

— Ouvre.

Elle s'exécuta et je lui tournai la tête dans tous les sens pour m'assurer qu'elle avait bien avalé. C'était le cas.

Je la relâchai et elle trébucha en reculant.

— Tu m'en dois une, lui dis-je.

Je parlais d'une punition, mais d'après son regard, elle ne comprenait pas. Je me dirigeai vers la porte.

— Attendez.

Je la déverrouillai et l'ouvris. J'irais me soigner la main pendant que les pilules feraient effet.

Gia s'approcha de moi et s'arrêta.

— Va t'allonger, lui dis-je.

Elle serait bientôt dans les vapes. La dose était probablement trop élevée. C'était une petite chose fragile. Elle devait peser cinquante kilos, toute mouillée.

— S'il vous plaît, laissez-moi partir, réussit-elle à articuler.

Je la pris par le bras et l'accompagnai vers le lit. Je la soulevai pour la poser sur le matelas.

Elle enfonça ses genoux dans sa poitrine, et mes yeux tombèrent à nouveau sur la croûte qui s'était formée sur sa hanche. Quelque chose m'inquiétait. J'avais le sentiment que je n'aimerais pas ce que j'allais trouver une fois la blessure complètement guérie.

Je croisai à nouveau son regard. On se fixait, ses yeux scrutant les miens, inquiets.

Elle attrapa la couverture et la tira vers elle. Le bout de ses doigts effleura les miens quand je l'attrapai et la lui retirai.

La chaleur était un privilège qu'elle n'avait certainement pas mérité.

Elle tremblait.

— S'il vous plaît. J'ai tellement froid.

Je la regardai en secouant la tête.

— Ne te bats pas contre moi, Gia, chuchotai-je. Tu ne gagneras pas.

2

GIA

Je m'endormais et me réveillais sans cesse. Il y avait eu des moments de lucidité, puis j'avais eu l'impression de partir un moment. Je m'étais éloignée de la conversation, puis je l'avais suivie à nouveau, comme si rien ne s'était passé, comme si je ne m'étais pas assoupie. Ça avait duré combien de temps ?

Je me souvenais de ma dernière nuit avec Victor. Je m'étais juré que je ne serais pas une victime. Je ne l'autoriserais pas à me briser. Le souvenir me fit frissonner.

Merde.

Merde, merde, merde.

Est-ce qu'ils pensaient que je ne les entendais pas ? Que je n'entendais pas le putain de feu en train de crépiter ?

Mateo avait merdé. Mon Dieu, il avait tellement merdé, et il avait payé. Il avait payé cher. Il était parti. Et il m'avait sauvée, il s'était assuré que je survivrais.

Ils m'avaient fait surveiller. Victor, ce connard de Victor, m'avait fait surveiller. Je le regardais fixement assis là, tout suffisant, dans son costume trois pièces parfait, en train d'ajuster ses poignets en faisant tourner ses boutons de manchettes dorés, avec ce sourire sur son visage, celui que je voulais effacer de façon permanente. C'est lui qui avait le plus de sang sur les mains, même s'il n'avait jamais levé le petit doigt pour faire le sale boulot et tuer.

— Prêt, patron, dit un de ses hommes masqués.

Je ne vis jamais leurs visages.

Un gémissement m'échappa. Je ne voulais pas faire de bruit. Je ne voulais pas crier, lui donner satisfaction. Mais je reculai aussi loin que possible, même si les chaînes m'empêchaient de bouger de plus de quelques centimètres.

Victor se leva.

— Dernière chance, Gia.

Je jetai un coup d'œil au fer à marquer qui fumait. Je ne voulais pas laisser mon regard s'attarder, je ne voulais pas que la peur me paralyse. Je ne le voulais pas. Je ne le pouvais pas. Pourtant la lueur orange, l'odeur, la chaleur, ça me fichait la trouille. Je jetai un regard frénétique sur Victor. Est-ce que je ne pourrais pas m'évanouir d'abord ? Est-ce que je pourrais les énerver assez pour qu'ils me frappent ? Qu'ils m'assomment avant de le faire ?

— Qu'est-ce que t'en dis ? demanda Victor, assez près maintenant pour lever mon visage vers le sien.

— Dernière chance de te baiser ? demandai-je, un léger tremblement dans la voix quand l'homme qui tenait le fer s'approcha si près que je pouvais le sentir.

Et je pouvais imaginer l'odeur qu'aurait la chair brûlée. Ma chair. Je serais forte. Pour Mateo. Il avait été fort jusqu'à la fin.

Victor s'accroupit à côté de moi, enroula une mèche de cheveux autour de son doigt et tira dessus.

— Qu'est-ce que t'en dis ? me taquina-t-il encore. Il adorait ça. Ce putain de salaud vivait pour ça.

— Qu'est-ce que j'en dis ?

Il attendit.

Je le regardai droit dans les yeux, sachant que j'avais scellé mon propre destin, mais prenant tout de même mon courage à deux mains. Je crachai. Je crachai sur son visage arrogant de tueur.

— Je dis non, merci. Tu me tueras de toute façon.

Le dos de sa main me frappa si fort le visage que des étoiles dansèrent sous mes yeux, mais ce ne fut pas suffisant pour me faire perdre connaissance.

Il se leva.

— Espèce de salope prétentieuse.

Il hocha la tête vers l'homme qui tenait le fer, et deux autres mains me firent tourner sur le côté.

Une douleur brûlante me traversa, j'ouvris la bouche et je poussai un cri glaçant. Le grésillement du fer et l'odeur de la chair carbonisée étaient trop durs à supporter.

Je ne m'évanouis jamais, ni pendant, ni après, ni jusqu'à ce que Victor me gifle à nouveau.

— Je te mettrai à genoux, Gia. Que Dieu me pardonne.

Le sourire enragé sur son visage fut la dernière chose que je vis. Ses paroles restèrent un mystère alors que j'encaissais une douleur comme je n'en avais jamais ressenti auparavant, accueillant enfin la noirceur du dos de la main de Victor sur ma joue, reconnaissante, soulagée.

J'étais sûre que Victor me tuerait. Pourquoi ne le ferait-il pas ? Avais-je encore la protection d'Angus Scava ? Angus Scava était le patron de la famille Scava. J'étais fiancée à son fils. Je n'étais peut-être pas son premier choix en tant que belle-fille, mais il m'avait acceptée, il avait même été gentil avec moi, pour son fils.

Mais m'aurait-il fait marquer au fer rouge et m'aurait-il envoyée ici ? Entre les mains de ce psychopathe ? Pour faire quoi ? Qu'avait-il dit ? Qu'il m'entraînerait. M'entraînerait pour la vente aux enchères d'esclaves.

La vente aux enchères d'esclaves.

Non. Angus Scava n'aurait pas commandité ça. C'était Victor qui agissait seul.

Je clignai des yeux, essayant de me tourner sur le dos, mais incapable de le faire. C'était comme si j'étais trop lourde pour bouger. Les pilules devaient être une sorte de relaxant musculaire et la dose était trop élevée. Je devinais que c'était son intention, cependant. Pour me neutraliser. Ce serait plus facile de me contrôler si je ne pouvais pas me défendre.

Je pensai à mon ravisseur, l'homme au masque. Cet horrible masque. Je n'avais même pas pu voir ses yeux à part un soupçon, une lueur de couleur. Bleu ou gris. Je n'en étais pas sûre. Je n'avais pas eu besoin de les voir pour reconnaître la méchanceté, la cruauté. Mais il y avait autre chose. Quand il avait levé la main pour me gifler et qu'il s'était arrêté – c'est là que je l'avais ressenti. Puis lorsqu'il avait vu la marque sur ma hanche. Un répit momentané, une pause au milieu de la folie.

Je secouai mentalement la tête. Je m'accrochais à des broutilles afin de garder espoir. L'homme qui me détenait n'était pas meilleur que Victor ni n'importe lequel de ses hommes. Il me préparait à être vendue comme esclave. Je n'avais aucun doute sur ce que cela impliquait.

J'avais eu peur qu'il me viole. Quand il avait enlevé ma culotte, j'avais cru que c'était fini. Il allait le faire. Victor ne l'avait pas fait. Il n'avait pas laissé ses hommes le faire non plus. Pourquoi ? Pourquoi ne pas les laisser faire ? N'était-ce pas ce qu'il voulait ? Pour me briser ? Pour... qu'est-ce qu'il avait dit : *me mettre à genoux ?*

C'était peut-être son accord avec Mateo, avant qu'il ne le tue, qui m'avait sauvée de l'horreur du viol.

Je fermai les yeux sur l'image de Mateo avant qu'il ne meure, la forçant à disparaître. Je ne voulais pas me souvenir de mon frère comme ça. J'avais besoin de garder son image telle qu'il avait été avant, dans la vie. Avant d'avoir rencontré Victor. Avant que tout n'arrive.

Pourquoi Victor n'avait-il pas laissé ses hommes me violer ? Pourquoi ne l'avait-il pas fait lui-même ? Cela n'avait aucun sens. Il me désirait. C'était évident. Cela faisait deux ans que j'avais eu le malheur de le rencontrer.

Vente aux enchères.

Esclave.

Au réveil suivant, je pus me rouler sur le dos et lever mes bras lourds à quelques centimètres du lit sur lequel je me trouvais encore nue.

Je devais savoir où j'étais et qui était l'homme qui me détenait en ce moment. Il allait me former, donc il avait probablement été engagé par Victor. Me former à quoi, cela dit ? À ne pas me battre ? Je n'arrêterais jamais. Je ne les laisserais jamais gagner. Je ne laisserais jamais Victor gagner.

Je me demandais si Angus Scava savait ce qu'il avait fait. Il le tuerait s'il le savait, j'en étais sûre. J'avais presque été sa belle-fille, après tout. J'avais été fiancée à James, son fils. James m'avait aimée. Angus Scava ne permettrait jamais que ceci m'arrive.

Je repensai à James. À quel point tout allait bien, deux ans auparavant. Avant qu'il ne soit tué. Avant l'arrivée de Victor. Je me posais des questions sur ma mère. Savait-elle pour Mateo à ce moment-là ? Savait-elle qu'on avait disparu, au moins, même si elle ne savait pas qu'il était mort ? Elle était à Palerme, et même si nous n'étions pas particulièrement proches, elle avait sûrement essayé de téléphoner.

Le loquet glissa et le bruit attira mon attention.

Pour la première fois depuis très longtemps, je pensai à l'homme qui avait promis à mon père de protéger ma famille. L'homme pour qui mon père avait travaillé et pour qui il était mort. Il avait juré de nous protéger, Mateo et moi. Pourrait-il me sauver de ça ?

Mais c'était il y a des années. Et une promesse faite à un fantassin ne pouvait pas signifier grand-chose pour un chef du crime organisé.

La porte s'ouvrit.

Je clignai des paupières, levant la tête du mieux que je pouvais et regardant mon ravisseur remplir l'encadrement de la porte. Il mesurait trente centimètres de plus que moi et il était fort. Je ne pourrais jamais le faire tomber physiquement. Et s'il continuait à me droguer, je ne pourrais pas faire grand-chose.

La lumière délimitait son corps de l'extérieur, créant une sorte d'auréole autour de sa tête. Je plissai les yeux, désormais habituée à l'obscurité, et quand il ferma la porte, je revis son visage – ce masque. Un crâne. Une tête de mort. Comme s'il était la mort.

J'émis un petit bruit et mon corps tenta instinctivement de reculer. J'essayai, du moins. Il ne se passa pas grand-chose. Rien d'autre à part lui, qui s'approchait en riant. Il avait dû voir la tentative. Il semblait tout voir.

Il s'assit sur le bord du lit et quand je vis la bouteille d'eau dans sa main, j'ouvris la bouche. Je venais de me rendre compte à quel point elle était sèche, à quel point j'avais soif.

Je ne pus m'éloigner ni me couvrir quand son regard me détailla, mais lorsqu'il tendit la main vers sa poche et en sortit la clé dont il se servit pour détacher mes poignets, tout ce que je ressentis, ce fut de la gratitude.

— Faut vraiment que je te lave.

Il décapsula la bouteille et je déglutis par anticipation. Mais ensuite, il la porta à ses lèvres et en prit une longue gorgée, en vidant la moitié. J'avais envie de pleurer. Je le fis peut-être, mais je ne pouvais pas en être sûre.

— Tu as soif ? demanda-t-il.

Je clignai des yeux.

— Je t'aime bien comme ça, tu sais ? Tu es plutôt mignonne quand tu ne parles pas.

Puis il inclina ma tête et la maintint pendant qu'il portait l'eau à mes lèvres et me donnait deux petites gorgées, avant de mettre la bouteille de côté et de rester là, debout.

— Très bien.

Il arracha sa chemise. Il avait l'air étrange, la poitrine nue, mais il portait toujours ce masque qui couvrait son visage. Dans la pièce faiblement éclairée, je vis qu'il avait un tatouage sur une partie du torse et sur un bras. Mais je n'en distinguai pas la forme. C'était juste une ombre.

— Allons te nettoyer.

J'eus à peine le temps de le regarder avant qu'il ne me soulève et ne me transporte dans la salle de bains. Mon visage flottait contre sa poitrine musclée pendant qu'il me portait, sa peau douce, son odeur de propre, séduisante même – si je n'étais pas tenue contre ma volonté. Il y avait autre chose aussi. L'odeur était presque familière. Était-ce un après-rasage que quelqu'un de ma connaissance utilisait aussi ? Je n'arrivais pas à m'en souvenir.

— Ce sera sans doute un peu froid au début.

Je suffoquai quand il me mit dans la baignoire glacée, mais je penchai la tête sur le côté et je restai allongée là, tremblante, incapable de bouger. Il prit une chaise dans le coin et s'assit.

J'observai ses yeux pendant qu'il me détaillait de la tête aux pieds. J'essayai de me couvrir, réussissant à placer une main sur mon pubis – ou assez près pour prétendre que je me protégeais.

— Bon, alors.

Il ouvrit les robinets. J'essayai de reculer devant le flot d'eau glacée qui jaillit. On aurait dit que personne ne s'était baigné ici depuis très longtemps.

— Pas de ça entre nous, finit-il de dire en repoussant ma main. On va devenir très intimes, toi et moi.

Je gémis et me retournai à moitié sur le côté. Je vis ses yeux se poser sur la croûte et ma hanche, là où Victor m'avait marquée.

L'eau se réchauffa et il mit le bouchon pour laisser la baignoire se remplir. Il prit ensuite un gant de toilette et un savon qui se trouvait sur le bord de la baignoire.

J'émis un grognement contrarié.

— C'est propre, dit-il en tenant le carré de tissu. Relativement.

Je dus faire une grimace parce qu'il rit carrément.

— Je plaisante, ça va. Putain, détends-toi, princesse.

Princesse. Victor m'avait appelée comme ça plusieurs fois. Il avait pris cette habitude de Mateo. Mais la façon dont il le prononça me donna la chair de poule.

— Arrêtez, dis-je d'une voix pâteuse.

— Tiens, tiens, tu as retrouvé ta voix.

Il fit mousser le gant et entreprit de me frotter. Je dus admettre que l'eau qui remplissait la baignoire me faisait du bien, après m'avoir coupé le souffle quand elle avait touché la plaie sensible sur ma hanche. Chaude, presque bouillante. Il faisait si froid dans l'autre pièce.

Il leva mes deux bras et frictionna chacun de mes doigts, n'oubliant aucun millimètre carré de peau, accordant une attention particulière à mes seins jusqu'à ce que mes mamelons se durcissent.

— Joli, dit-il.

J'essayai d'écarter vivement le gant, mais il prit ma main et secoua la tête comme s'il réprimandait une enfant.

— Sois sage et je n'ajouterai rien à la punition que tu as déjà reçue pour m'avoir mordu.

La chair de poule m'envahit à ses mots, et je fis ce qu'il disait. Je restai immobile pendant qu'il me nettoyait, ses gestes plus doux que je ne l'imaginais, surtout autour de la tache encroûtée et tendre sur ma hanche, comme s'il y faisait attention. Peut-être voulait-il être sûr de pouvoir lire ce que c'était.

Mon ravisseur écarta alors mes jambes et, les yeux rivés sur les miens, il fit glisser le tissu savonneux entre elles.

Je protestai en refermant les cuisses et repoussant sa main. Ainsi, je retrouvais ma mobilité petit à petit. Mais ce ne fut pas assez pour faire une différence, puisqu'il se contenta de répondre par un « tss, tss » désapprobateur. Cette fois, il retint mon genou pour m'écarter davantage les cuisses et me nettoyer l'entrejambe. Mon visage s'échauffa. Comme il avait allumé ici, je pouvais voir à travers les mailles qui lui couvraient les yeux – et je jure qu'il souriait derrière son masque. Je le haïssais pour cela, je le haïssais pour la douce invasion qu'il m'infligeait, pour la réaction naturelle de mon corps quand il frotta ce point très délicat, encore et encore, comme s'il voulait puiser cette même chose en moi.

— Voilà, dit-il. Presque fini.

À ma grande honte, il me tourna sur le côté et me nettoya aussi les fesses en prenant son temps jusqu'à ce qu'il soit satisfait, avant de me laisser enfin m'allonger pendant qu'il vidait la baignoire.

— On va changer l'eau pour te laver les cheveux.

Il se mit debout, son regard glissant le long de mon corps.

Je me redressai un peu, même si j'avais encore besoin du soutien de la baignoire, et je m'éclaircis la gorge.

Il me laissa m'asseoir et remplit à nouveau le bain, puis il s'assit à son tour et prit une bouteille de shampooing bon marché à moitié pleine. Combien de filles étaient venues ici avant moi ? Combien en avait-il lavées comme il me lavait ? Combien en avait-il... dressées (je dus déglutir pour ne pas m'étouffer sur le mot), vendues comme esclaves ?

Je sentis mes yeux se remplir de larmes. Me faisais-je des illusions ? J'étais dans un tel pétrin. Après James, je m'étais tenue à l'écart du milieu et j'avais averti Mateo de le faire aussi. Je l'avais mis en garde de ne pas avoir affaire à la mafia. À des hommes comme Victor Scava. Mais il l'avait fait, et il en avait payé le prix fort. Allais-je le payer maintenant, moi aussi ?

Son pouce frotta ma joue et je réalisai que j'avais commencé à pleurer. Je regardai ses yeux quand il essuya mes larmes, m'attendant à des commentaires grossiers, à des blagues sur mon avenir, mais je ne reçus que le silence.

Je tournai la tête. Le moment était passé. *Pouf.*

— Respire profondément.

Il avait la main sur mes cheveux. Il me laissa à peine le temps d'enregistrer les mots avant de m'enfoncer la tête sous la surface de l'eau. Celle-ci gargouilla dans mes oreilles, et mon cri se transforma en bulles avant que ses doigts ne tirent sur mes cheveux et ne me ressortent de l'eau.

J'aspirai de l'air, paniquée, et il se contenta de rire.

— Rien de tel qu'un petit plongeon sous l'eau pour se réveiller, hein ?

Je crachai de l'eau et toussotai pendant qu'il m'appliquait du shampooing sur la tête.

— Je t'avais dit de respirer profondément. La prochaine fois, tu sauras.

— Pourquoi ? criai-je.

— Pour te laver les cheveux, idiote.

— Pourquoi faites-vous ça ?

— Oh, ça...

Il frotta ses mains jusqu'à ce qu'elles se mettent à mousser, puis il enfonça ses doigts dans mon cuir chevelu.

— Pour l'argent. Pourquoi d'autre ? Pourquoi fait-on les choses si ce n'est pour l'argent ?

Je le regardai, espérant voir son visage, ses yeux. J'en avais besoin pour le comprendre.

— Laissez-moi voir votre visage.

Il fit une pause. S'attendait-il à autre chose ?

— On replonge, respire profondément.

J'eus à peine le temps de réfléchir et emprisonnai un peu d'air avant qu'il ne m'enfonce la tête sous l'eau, puis quelques instants plus tard, me tire vers le haut.

— Votre nom, dites-moi au moins votre nom.

— Tu ne devrais pas poser d'autres questions, plutôt ?

Il me plongea encore trois fois avant que la mousse ne soit rincée. Enfin, il enleva la bonde du syphon.

Il prit l'une des deux serviettes élimées sur le portant - me faisant penser, encore une fois, à celles qui m'avaient précédée - et, une fois l'eau vidée, il me la drapa sur les épaules et m'aida à me lever. Il s'accrocha à moi, peut-être pour tester lui-même les effets dissipés ou non de la drogue. C'était loin d'être fini, vu que mes genoux se dérobèrent dès que je me mis debout.

M'enveloppant dans l'une des serviettes, il me ramena dans la chambre et me déposa sur le lit.

— Des questions comme : que va-t-il m'arriver une fois que je serai vendue ?

Me laissant là, il retourna dans la salle de bain pour revenir un moment plus tard avec une brosse. Je remarquai les cheveux pris dans les soies de la brosse. Blonds, roux et bruns. J'avais envie de vomir.

Il écarta la serviette comme s'il déballait une barre chocolatée, puis après m'avoir tapotée pour me sécher, il la laissa tomber sur le sol.

La chair de poule envahit tout mon corps, à cause de la température basse de la pièce sur ma peau encore humide, mais aussi à la pensée de mon avenir, du destin qui m'attendait.

— Ou qui m'achètera, et qu'attendra de moi mon nouveau propriétaire ?

Il s'assit, adossé contre la tête de lit, et me souleva pour m'installer entre ses jambes. J'étais parfaitement consciente de mon dos nu contre sa poitrine tout aussi dénudée. Il était chaud, au moins. Après avoir essuyé mes cheveux avec la deuxième serviette, il commença à les brosser. Son geste n'était pas très doux, mais pas cruel non plus. Pas volontairement, du moins.

— Va-t-il me baiser lui-même, ou me faire passer par une dizaine d'amis pour m'initier ? poursuivait-il.

Je me demandais s'il employait ce ton bas et détaché délibérément. Si c'était pour me faire peur. Si son souffle sur mon visage me faisait savoir qu'il n'y aurait pas de limites. Que plus rien n'était à moi, même pas l'air que je respirais.

Sentait-il les secousses silencieuses qui me brisaient de l'intérieur ?

Serait-il aussi insensible si c'était le cas ?

— Ou peut-être quelque chose d'aussi simple que : est-ce qu'ils utiliseront du lubrifiant ?

Il ricana à cette phrase, mais c'était un rire sans joie. En fait, il avait l'air de plus en plus abattu à chaque commentaire. Ses tiraillements sur mes cheveux, pour démêler les nœuds, devenaient chaque fois un peu plus rudes comme s'il faisait de moins en moins attention.

Il me laissa réfléchir à cette dernière question pendant un moment. Quand il réussit enfin à passer la brosse sans accroc, il m'allongea et se leva.

Je me roulai sur le côté, le sédatif cessant peu à peu son effet. Les picotements dans mes membres me faisaient comprendre que c'était presque fini. J'en serais bientôt libérée.

Mais pas assez tôt.

— Peut-être quelque chose de plus imminent, comme : à quelle punition dois-je m'attendre pour ma transgression de tout à l'heure ?

Punition.

Il me fit rouler sur le ventre et me tira vers le bout du matelas jusqu'à ce que mes jambes pendent au bord.

J'essayai de quitter le lit, mais cela s'avéra trop difficile. Quand il vit ma tentative, il ricana.

— Tu veux voir mon visage ? demanda-t-il d'une voix calme.

Il s'approcha de là où j'étais allongée, ma joue droite appuyée contre le drap.

— Je suppose que ça n'a pas d'importance.

Il avait parlé plus pour lui-même que pour moi. Il s'accroupit, se plaçant à la hauteur de mes yeux.

— Est-ce que ça ferait une différence pour toi ?

Il écarta de mon front une mèche de cheveux mouillés et le passage de son doigt me fit frissonner.

— Pour moi ? ajouta-t-il.

Sa voix, sa sonorité, paraissait désespérée, comme si cela ne faisait vraiment aucune différence. Comme si rien n'avait d'importance.

— Non, pas vraiment, pas pour toi. Et pas vraiment pour moi non plus.

Il tendit la main pour arracher le masque de sa tête.

Je le regardai alors, les yeux écarquillés, le souffle coupé.

De courts cheveux blond foncé étaient dressés sur sa tête à cause de l'électricité statique, me faisant penser à un enfant avec un ballon, un garçon qui glousse parce que ses cheveux partent en éventail dans toutes les directions.

À quoi est-ce que je m'attendais ? Un monstre. Un monstre affreux, horriblement défiguré. Peut-être une difformité ?

En tout cas, je ne m'attendais pas à ça.

Certainement pas.

Il était... magnifique. Au-delà de la beauté. Son visage démentait une innocence qui ne lui appartenait pas. J'avais l'intime conviction qu'il n'avait jamais été innocent.

Des yeux bleu-gris, de la couleur de l'acier le plus froid, adoucis par les cils les plus épais que j'aie jamais vus illuminaient le visage d'un ange, sculpté dans une pierre solide, incassable. D'une beauté excessive, insoutenable. Une barbe blonde de trois jours, plus foncée que ses cheveux et parsemée de gris, saupoudrait sa mâchoire dure et carrée. Ses lèvres étaient pleines, comme gonflées par un baiser.

Un baiser.

Il avait le visage d'un homme tout droit sorti d'un magazine. Mais il n'y avait pas seulement cette beauté nonchalante, facile et trompeuse. Il y avait autre chose. Tellement plus. Et ce mystère se cachait derrière ses yeux, dans cet abîme bleu-gris sans fond. En les regardant, un frisson parcourut mon dos et tous mes poils se dressèrent. À son regard, je devinais qu'il avait pris plus et perdu plus qu'un seul être humain ne le pouvait. Cet homme avait appris des choses terribles. Il avait vu le pire que l'humanité ait à offrir. C'était un homme qui pouvait faire le mal.

Non. Bien plus que le mal.

Un homme qui avait fait des choses innommables.

Je frissonnai

Et il sourit.

Un sourire purement diabolique. La fossette de sa joue droite me désarma – ou l'aurait fait, si je n'avais pas vu la noirceur, la dépravation, le froid, le vide glacial dans ces yeux d'acier, magnifiques. Je souhaitais revenir en arrière, et je sus qu'il le comprenait. J'aurais aimé qu'il n'ait jamais enlevé le masque à tête de mort. J'aurais aimé qu'il ne m'ait jamais montré cela, ce démon parfait, cette beauté idéale et froide.

— Tu veux savoir mon nom ? demanda-t-il en se levant, comme s'il lisait dans mes pensées.

Je secouai la tête. Il me caressa les cheveux, tel un parent fier. Il détacha ensuite sa ceinture et la fit glisser dans les passants. Le son me fit tressaillir. Il prit la boucle dans sa main et fit tourner la ceinture deux fois autour de ses phalanges en me regardant.

Il se plaça derrière moi.

— Je t'ai sous-estimée.

Le premier coup de ceinture me brûla les fesses et m'arracha un cri.

3

DOMINIC

Je ne me fais pas d'illusions sur la noirceur de mon âme. C'est un abîme obscur, un trou si profond et si sombre qu'il pourrait me consumer.

Il pourrait m'avaler tout entier. Il le fera, d'ailleurs, tôt ou tard.

Après avoir quitté la chambre de Gia, je verrouillai la porte et posai le masque sur la table de la cuisine. J'ouvris le réfrigérateur et sortis une bière, que je décapsulai avant d'en boire la moitié tout en me rendant dans ma chambre. Après avoir fouetté les fesses de Gia, j'avais besoin d'un remontant. Et d'une douche. Les châtiments corporels étaient toujours un dur labeur. Une séance d'entraînement, en quelque sorte.

Et ça me faisait bander.

Putain de malade.

Dans ma chambre, j'enlevai mes bottes, mon jean et mon boxer, terminant le reste de la bière tout en faisant couler la douche. J'avançai sous le jet glacé avant même que l'eau ne se réchauffe, mais le froid ne fit rien pour soulager mon érection dure comme la pierre.

J'avais entendu Salvatore me décrire une fois. Il parlait à Marco, son garde du corps – sa cheville ouvrière, en fait, mais qui étais-je pour juger, au vu de la situation ? Je n'oublierai jamais le mot qu'il avait employé. L'unique mot. *Monstre.*

Le truc, c'est qu'il avait raison depuis le début. L'enfant chéri venait d'enfoncer le clou.

J'étais un monstre.

Salvatore pensait qu'il était un monstre lui-même, pour avoir fait ce qu'il avait fait à Lucia. Ça me faisait bien rire. C'était un putain de chevalier blanc comparé à moi. Il avait fait de mauvaises choses. On ne pouvait pas y échapper. Après tout, c'était la mafia, et il en était le roi. Ou du moins, il aurait pu l'être, mais il avait tout donné à notre oncle. Je pouvais toujours appeler Roman mon oncle. On était liés par le sang. Ça devrait me réconforter, mais en réalité, ça me rendait malade.

Qu'ils aillent se faire foutre ! Tous ces connards de Benedetti. Roman leur avait prêté allégeance, mon oncle que j'avais détesté à cause de la confiance qu'on lui accordait, siégeait désormais en tant que roi de la famille. Qu'il aille se faire foutre, lui aussi.

Je n'ai jamais été l'un d'eux. Je n'ai même pas réussi à ressembler à mes frères ni à l'homme que j'avais pris pour mon père pendant vingt-huit ans. Aveugle et stupide. Je ne ressemblais même pas à ma mère, à part les yeux. La couleur, au moins. Mon regard était celui de mon père : Jake Sapienti, *le serpent*. J'étais Dominic Sapienti, et je ressemblais à mon minable de père. Comment ma mère avait-elle pu tomber amoureuse de lui ? Et surtout une fois qu'elle avait appris à le connaître ? Vu de l'extérieur, je pouvais comprendre. Mais l'intérieur ? Noir comme l'âme de Satan.

Il avait bien mérité son surnom. Il serpentait d'une loyauté à l'autre. Où que soit le paiement, il était là. Pratiquement pas d'amis, mais trop d'ennemis pour qu'on puisse les compter. Un tueur. Impitoyable. Détestable. Il faisait le travail que personne d'autre ne voulait faire. Les emplois que personne ne voulait prendre. Des crimes qui me faisaient grimacer. Même moi.

Roman m'avait appris que Franco avait failli le tuer quand il avait appris la vérité à mon sujet. À propos de la liaison de sa femme. Elle l'avait supplié de ne pas le faire, affirmant qu'elle l'aimait. Et Franco l'adorait trop pour blesser l'homme qu'elle aimait.

Si ce n'était pas romantique, ça ?! Un vrai Roméo.

Je repensai à Gia.

À son visage.

Ses yeux.

Sa peur.

J'empoignai ma queue et je commençai à me branler, une main contre le mur pendant que l'eau m'aspergeait la tête et les épaules. Je baisai ma main en l'imaginant penchée sur le lit. Son souffle, ses grognements et ses cris, ses tentatives engourdies pour s'écarter de la ceinture. Je m'enfonçai plus fort dans ma paume en repensant à ses fesses nues qui rebondissaient à chaque coup, les marques prenant une teinte rouge vif. J'imaginais la chaleur de ses fesses si je les écartais pour plonger dans sa moiteur. Je me demandais si elle serait mouillée. Si elle serait prête pour moi.

Cette idée fit palpiter ma verge. Certaines filles grimpaient au rideau avec ça. Pas comme je l'avais fait tout à l'heure, peut-être, mais quelques-unes aimaient se faire fouetter. Ça les faisait mouiller. Même si je ne les violais pas, je les faisais jouir en les punissant. C'était un jeu de pouvoir. C'est tout. Elles m'appartenaient, leur douleur et leur plaisir m'appartenaient.

J'imaginais Gia en train de jouir. Je m'imaginais agenouillé derrière elle, lui écartant les fesses et me régalant de son sexe – *putain* – alors qu'elle me suppliait d'arrêter. Je rejetai la tête en arrière et l'eau me piqua le visage comme des aiguilles pendant que je soufflais.

Elle me supplierait. Je la ferais supplier. Je lui ferais mal, puis je ferais céder son corps, je la pousserais à se rendre même si elle luttait contre le plaisir et sa soumission envers moi, un homme qu'elle en viendrait à haïr. Je regarderais cette trahison s'infiltrer dans son cerveau. Je la baiserais. Et je n'arrêterais pas. Voilà ce que c'était. L'apprentissage. Elle avait besoin d'apprendre, et la douleur le lui enseignerait. Le plaisir aussi. Il savait vous apprendre qui était votre maître.

Je m'affalai vers l'avant, le cœur battant, ma queue palpitant toujours dans ma paume. J'ouvris les yeux.

Ce que j'aurais dû faire, par contre, c'est jouir sur elle au lieu de le faire sous la douche.

L'humiliation aussi était un bon professeur.

Mais j'avais le temps. Pas trop... plus que deux semaines avant la vente aux enchères. Ça devrait faire l'affaire.

Je me lavai les cheveux et récurai mon corps. Je faisais ça souvent, frotter ma peau jusqu'à la douleur. Pendant les sept dernières années, c'était comme si j'essayais de m'arracher de l'intérieur. Je me détestais. Je suppose que je l'avais toujours fait, mais maintenant j'avais une raison. Maintenant, je savais d'où je venais. La racaille que j'étais.

Je sortis de la douche et je pris une serviette, frottant le tissu rugueux contre ma peau en entrant dans la chambre.

Avais-je eu l'intention de devenir ce que j'étais ? Un mercenaire à louer ? Prendre les emplois les mieux payés, quel qu'en soit le prix pour mes victimes ? Pas consciemment, non. Mais ces dernières années, j'avais fait tout ce que j'avais pu pour être à la hauteur de mon héritage. J'étais un mercenaire. J'étais allé là où était l'argent.

Je n'aimais pas former les femmes, les préparer pour quelque chose comme ça. Mais j'étais bon. Et je n'étais pas sûr qu'il y ait un autre travail sur terre qui me fasse me sentir aussi merdique que celui-là. Enlever des femmes et les livrer sciemment aux mains d'autres monstres comme moi. Pires que moi.

J'étais bel et bien un putain de malade.

J'avais commencé à prendre ce genre de travail deux mois après avoir appris la vérité. Après cette nuit chez Salvatore, quand mon univers avait explosé autour de moi et m'avait laissé avec un pistolet fumant entre les mains, penché sur le corps de mon frère – demi-frère – à l'agonie.

Il n'était pas mort.

Mais ça n'avait pas d'importance. J'avais ressenti la haine de Franco. Son dégoût. Avait-il toujours ressenti cela pour moi ?

Je m'assis sur le bord du lit, comme si j'avais besoin d'être soutenu.

J'avais toujours été trop con pour le voir, c'est ça ? Trop arrogant ? J'étais le préféré de ma mère. Son petit prince. Je savais pourquoi maintenant. Elle aimait mon père plus que Franco Benedetti. Et j'étais le résultat bien vivant de cet amour.

Je secouai la tête. Que penserait-elle si elle me voyait maintenant ?

Ma gorge se noua et je me levai. Il fallait que j'oublie. Il fallait que j'oublie, bordel ! Je pourrais essayer toute ma vie de comprendre, ça ne changerait rien. Ça ne changerait rien du tout. Je devais seulement arrêter d'y penser.

Je m'approchai de la commode et j'ouvris le tiroir du haut pour en sortir une paire de sous-vêtements propres, un jean et un t-shirt à manches longues et col en V noir. C'était tout ce que je portais, ces jours-ci. En dessous, il y avait la photo que j'y conservais. Je la sortis du tiroir et j'effleurai le petit visage. Le petit visage souriant. Effie. Ma petite fille. Elle avait onze ans maintenant. Et elle me manquait. J'avais fait partie de sa vie de temps à autre pendant ses trois premières années et demie, et quand Isabella et elle étaient retournées dans le New Jersey, je la voyais presque tous les jours. Je pense que c'est pour ça qu'elle me manquait maintenant, même après tant d'années.

Mais je n'étais que Dominic avec elle. Pas papa.

Papa.

Je secouai la tête. *Elle est mieux sans toi, connard.*

Isabella, pour une raison inconnue, continuait à m'envoyer des photos par e-mail. J'avais imprimé celles que j'aimais particulièrement. C'était étrange. Je ne pensais pas qu'elle voudrait de moi dans son entourage. Est-ce qu'elle se sentait mal à propos de ça ?

Non. Cette salope n'avait pas de conscience. Ou elle n'en avait pas avant Luke.

Elle était la seule à savoir comment me joindre et je savais qu'elle ne l'avait dit à personne. C'était la confirmation de son manque de conscience. Elle avait regardé sa sœur et mon demi-frère me chercher, encore et encore, et elle n'avait jamais dit un mot.

De toute façon, elle ne savait pas pour ce chalet dans les bois.

Même elle ne pourrait pas pardonner cela.

Je remis la photo dans le tiroir et je m'habillai. C'était ce dont j'avais besoin, me souvenir de tous les voyous que j'avais connus dans ma vie. Pour me souvenir qu'aucun d'entre nous n'avait de conscience. Sauf peut-être Salvatore. Oh, et puis, qu'il aille se faire foutre. J'en avais marre de penser à lui.

Dans la cuisine, je pris une autre bière, je l'ouvris et bus une gorgée en regardant la réserve de nourriture. Les placards avaient été rangés avant mon arrivée. Ça faisait partie de la mise en place. J'avais eu plusieurs contacts, mais un seul homme savait où se trouvait ce chalet. Et je ne le connaissais que sous le nom de Leo. C'était lui qui me trouvait les boulots.

Personne ne savait qu'ils embauchaient Dominic Benedetti ou Dominic Sapienti. Leo préparait le chalet et livrait les filles. Je ne les enlevais pas. J'étais purement formateur. Je passais environ six semaines avec elles. Je les avais jusqu'à la vente aux enchères. Et je les livrais soumises.

Comme je l'ai dit, je ne me faisais aucune illusion sur ce que j'étais.

Je sortis les œufs, le bacon, et j'allumai un brûleur. Mes pensées revinrent à la fille. Aucun son ne sortait de la pièce. Tout le monde pleurait après le fouet, mais elle dormait probablement à cause du médicament que je lui avais administré.

Elle était différente des autres. Elle s'était battue contre moi ; elles le faisaient toutes jusqu'à un certain point. Mais elles me suppliaient de les garder en vie. Elle avait fait le contraire. Elle m'avait dit d'en finir si je devais la tuer. Je me demandais d'où elle venait. Qui l'avait eue, et qui l'avait marquée. Je me demandais si son nouveau propriétaire voudrait que cette marque soit retirée. D'habitude, ils les aimaient pures. Peut-être qu'il imprimerait sa propre marque par-dessus celle qui décorait déjà sa hanche ?

Mais il y avait une chose qui me dérangeait. Ça me turlupinait un peu. Quand elle m'avait mordu la main, j'allais la gifler, mais je m'étais arrêté. Je ne m'étais jamais arrêté avec les autres filles. C'était quelque chose dans ses yeux qui m'avait poussé à suspendre mon geste. Pas la peur, mais autre chose. Un sentiment presque familier.

Je mis des morceaux de bacon dans la poêle et je cassai deux œufs à côté. Le grésillement et l'arôme firent grogner mon estomac et je me demandai qui elle était. Ce n'étaient pas seulement ses regards, mais ce qu'il y avait à l'intérieur. Elle était différente des autres. Ce n'était pas une fille ramassée au hasard dans la rue. Et j'avais le sentiment qu'elle était plus âgée que les filles habituelles, de quelques années. Les filles que je formais avaient entre dix-huit et vingt et un ans généralement. Je ne les prenais pas plus jeunes. Je dirais que Gia avait vingt-quatre ou vingt-cinq ans. Les acheteurs voulaient généralement de la chair fraîche.

Putain de malades.

Plus malades que toi ?

Je brouillai les œufs tout en envoyant cette voix se faire foutre. Une fois que tout fut cuit, je posai le repas dans une assiette sur la table, je sortis mon ordinateur portable de son sac à côté de la porte et je le mis en marche. Je finis mon assiette pendant que je vérifiais mon solde bancaire pour l'acompte – dix mille dollars d'avance, le reste à la vente, le prix final déterminé par le montant que la fille avait obtenu. Pas mal d'argent. Mais je savais que le trafic d'êtres humains rapportait beaucoup. Les enchères étaient toujours intéressantes. J'aimais regarder les filles. Qui ne le ferait pas ? Mais j'aimais encore mieux regarder les acheteurs, surtout des hommes, des couples et quelques femmes célibataires. Les mêmes semblaient apparaître à chaque vente. Je me demandais s'ils augmentaient leur cheptel de femmes volées ou s'ils avaient besoin de remplacer la marchandise perdue ou endommagée.

Ce peu de conscience qui me rongeait fut replacé dans sa boîte et le couvercle se referma hermétiquement. Je pensai à la fille – le *boulot* – en me demandant comment je pourrais maximiser mes gains. Elle était belle, même si elle était plus âgée que les autres, mais elle avait quelque chose que la plupart n'avaient pas : cette arrogance. Rien de tel que de briser une fille arrogante. J'avais juste besoin de la préserver pendant sa formation, de la forcer à s'incliner avec un soupçon d'indignation.

Une fois que j'eus terminé, je fis la vaisselle, puis je pris une barre de céréales et une bouteille d'eau et je me dirigeai vers la chambre de Gia. Le froid à l'intérieur me donna le frisson. Je la vis sur le lit, endormie, pelotonnée contre elle-même. Je posai l'eau et la barre de céréales sur la table de chevet et je repartis. Demain, je lui donnerais une chance de récupérer la couverture.

4

GIA

Je mangeai la barre de céréales et je bus l'eau dès mon réveil. Je ne me souvenais pas de la dernière fois où j'avais eu de la nourriture digne de ce nom. Un repas chaud. J'avais rêvé de bacon en dormant. J'avais même l'impression de pouvoir le sentir, là. C'était comme un mirage dans le désert. Je devais en avoir vraiment envie.

Aucune lumière ne filtrait à travers les lattes de la fenêtre condamnée, alors je sus qu'il était tard. Tard comment ? Aucune idée. Et il faisait froid. Très froid. J'étais contente d'avoir si peu de lumière dans la pièce. Dormir sur ce matelas nu en sachant que d'autres avaient été là avant… eh bien, je n'avais pas envie de savoir ce qui le tachait.

Je restai à la fenêtre pendant un moment, sachant que crier ne servirait à rien. Si quelqu'un pouvait m'entendre, il se serait assuré de me bâillonner. Ce n'était pas la première fois qu'il faisait ça. Il le savait très bien. Mais j'essayai quand même. Je hurlai par la fenêtre sans me soucier qu'il m'entende ou non.

— Hé ho, vous m'entendez ? Il y a quelqu'un ?

Rien. Rien que le bruit de la nuit. Je retournai au lit et m'assis en me frottant les bras pour me réchauffer.

J'aurais bien aimé savoir ce qui allait m'arriver. Mon ravisseur – comment s'appelait-il ? Je décidai de l'appeler La Mort. Il ressemblait à un ange de la mort. Ce masque à tête de mort cachait son visage d'ange.

J'avais besoin de trouver d'autres informations. De savoir où j'étais. À quelle distance de la civilisation ? Je n'entendais aucun bruit et mes tentatives pour regarder par les interstices de la fenêtre s'étaient avérées inutiles. La pièce empestait le vieux et le moisi, comme si elle n'avait pas été utilisée depuis un moment. Le matelas et l'oreiller – je ne voulais pas savoir ce qu'ils sentaient. Mais si je m'approchais de la fenêtre, en plus de l'air glacial, je pouvais sentir les pins. On était quelque part dans les bois. La question était de savoir si c'était loin ou pas de la civilisation.

La Mort. Il m'avait fouettée si facilement. Il n'avait même pas eu besoin de me tenir pour le faire, même s'il avait dû ajuster ma position à plusieurs reprises. Il fallait que je pense à ne pas avaler les pilules la prochaine fois. Je ne devais pas perdre le contrôle ainsi. Il fallait que je trouve une occasion de m'échapper. Mais si, au moment où j'en avais l'occasion, je me retrouvais avec plusieurs hommes dehors ? Et s'il n'était pas seul ? Si j'arrivais à échapper à La Mort et à sortir juste pour me retrouver devant un deuxième homme ? Ou un troisième. Victor en avait tellement sous la main.

Mais est-ce que La Mort travaillait pour lui ? Je suppose que c'était le cas. Victor devait faire de l'argent avec cette enchère. Est-ce qu'il me faisait ça pour tenir sa promesse envers Mateo ? Il tenait parole si cruellement. Il la trahissait si facilement.

Mateo l'avait supplié de me laisser en vie.

Il était à genoux quand ils m'avaient amenée ici. Il avait été battu, il était en sang, attaché et par terre, au milieu de cette horrible pièce où l'odeur du sang frais et de la mort prenait le dessus sur tous les autres sens. Quand il m'avait vue. Seigneur, ses yeux quand il m'avait vue ! Le choc. L'horreur. Comme si tout ce qu'ils lui avaient fait jusque-là n'était rien. Comme si le fait que je le voie comme ça – Mateo, mon grand frère, mon héros, celui qui prenait toujours soin de moi, qui me *sauvait* chaque fois –, le fait que je le voie à genoux, l'avait brisé d'une manière bien pire que tout ce qu'ils avaient pu lui faire auparavant.

Il les avait suppliés, alors. Je savais qu'il ne l'avait pas fait avant. Victor me l'avait dit.

Victor.

Victor avait paru tellement content de lui en entendant mon frère supplier.

Je tuerais Victor de mes propres mains. Je lui ferais ce qu'il avait fait à mon Mateo. J'essuyai les larmes chaudes qui coulaient sur ma joue et je me ressaisis. Mais je me souvenais... je me souvenais de ce qu'il avait infligé à Mateo pour promettre de me laisser en vie. Ce qu'il m'avait obligée à regarder.

Je fis un bond hors du lit et courus vers la salle de bains pour arriver aux toilettes, juste avant que la barre de céréales ne refasse le chemin inverse. Cela faisait tellement longtemps que je n'avais pas mangé. Je ne savais même plus depuis quand.

Quand mes haut-le-cœur prirent fin, j'ouvris l'armoire à pharmacie pour chercher une brosse à dents. J'en trouvai une, de voyage, mais il n'était pas question que je me lave les dents avec une brosse usagée. Et avant qu'il ne m'oblige à le faire, je la jetai dans les toilettes. Au moins, il y avait un tube de dentifrice. J'en mis un peu sur mon doigt et je me brossai les dents tant bien que mal.

Il fallait que je me concentre. Que je trouve un moyen de sortir de là.

À la lumière de la lune, je fis à nouveau le tour des deux pièces, mais comme la première fois, je ne trouvai rien. La commode où il rangeait la cravache était fermée à clé, pourtant je savais que si j'arrivais à l'ouvrir je pourrais y trouver une arme quelconque. Quelque chose pour m'aider à m'évader, ou du moins pour le blesser et avoir le temps de m'enfuir. Il devait bien avoir un téléphone. Je le prendrais et j'appellerais David Lazaro. Le contact de Mateo. J'avais mémorisé son numéro. Était-il de mèche ? Est-ce qu'il avait piégé Mateo ?

Aucune importance. Pas pour l'instant. Il fallait d'abord que je me tire d'ici. Il devait avoir une voiture. Si on était perdus dans les bois, et j'en étais convaincue, il avait bien besoin d'un véhicule. Je pourrais le prendre. Je verrais pour la suite. Il fallait juste que je sorte de cette pièce.

Je ne savais pas combien de temps s'était écoulé, mais j'essayai d'ouvrir la porte pour la centième fois. J'étais tellement énervée, à force, que cette fois je tapai dessus avec les deux poings en lui criant de me laisser sortir.

On alluma une lampe dans la pièce d'à côté. Je retournai à toute vitesse vers le lit, montai dessus et attendis, le dos pressé contre les montants.

Le loquet glissa et je me retrouvai à enserrer mes genoux avec mes bras, cachant mon visage derrière mes mèches de cheveux. Quand la porte s'ouvrit, je levai la tête. La Mort se tenait là, sans le masque, vêtu d'un jean et d'un t-shirt à manches longues. Je vis à ses cheveux mouillés qu'il venait de prendre une douche. Il avait dû transpirer en me fouettant, je suppose.

J'eus mal aux fesses et je déplaçai mon poids sur le lit.

Il ne ferma pas la porte.

Sans mot dire, il entra. Je l'étudiais.

Il m'observa. Son regard était comme des chaînes qui me clouaient sur place.

Puis il fouilla dans sa poche, pour prendre la clé de la commode, j'imagine. Dès que son regard me quitta, ce fut comme s'il me relâchait. Comme si les liens qui me retenaient bêtement au lit avaient été brisés lorsque la porte s'était ouverte et que j'avais couru. Je bondis plus vite que je ne pensais pouvoir le faire, me ruant sur la porte. Je ne trébuchai pas, je ne réfléchis pas, je courus, un point c'est tout. Ce n'était pas une grande pièce. Il ne me fallait que quelques pas pour y arriver. Mais je n'y parvins pas. Et je sus en voyant ses yeux qu'il s'attendait à ce que je le fasse. Qu'il avait laissé la fichue porte ouverte exprès pour me tester ! Je le sus à l'instant où il tendit le bras et m'attrapa, juste avant que je puisse poser le pied sur le seuil. À un pas de l'autre pièce, largement éclairée.

La Mort me saisit par la taille et me claqua les fesses violemment avant de me porter jusqu'au lit et son matelas taché, tandis que je hurlais et donnais des coups de pied.

— Lâchez-moi !

Il me jeta assez fort pour me faire rebondir. Je me débattis pour lui échapper.

— Tu es tellement prévisible, fit-il d'une voix calme.

Je glissai du lit pour lui faire face et je plantai mes mains sur le matelas. Mon regard alternait sans cesse entre la porte et lui.

— Remonte sur le lit.

Nous dansions tous les deux d'un pied sur l'autre, lui imitant mes mouvements pendant que j'oscillais de gauche à droite, cherchant l'occasion de m'enfuir.

— Laissez-moi partir ! Vous n'êtes pas obligé de faire ça.

— Monte sur ce putain de lit.

Mon Dieu, il avait l'air blasé de tout. Comme s'il s'emmerdait royalement.

— Je ne sais pas combien vous êtes payé, mais je peux vous payer plus.

C'était un parfait mensonge. Je n'avais pas d'argent.

Je fis deux pas, puis je m'arrêtai, debout face à lui de l'autre côté du lit, et il fit de même.

— Non, tu ne peux pas. Maintenant, monte sur le lit et je prendrai ton obéissance en considération quand ce sera le moment de te punir.

Mes fesses m'élancèrent quand il dit cela. Je secouai la tête et, cette fois, je fonçai. Je partis droit sur la porte même si je savais que je n'y arriverais pas. Il était plus rapide. Il était plus grand. Et il était plus fort. Ainsi, quand la porte se referma en claquant et que je faillis me coincer les doigts, je ne fus pas entièrement surprise.

Je fis demi-tour, le sentant tout proche. Assez proche pour lui mettre un coup de genou ? Il n'avait pas encore fermé la porte. Si je pouvais…

Mais il dut anticiper le mouvement, parce qu'il prit mon genou entre ses cuisses et s'appuya contre moi, me pressant contre la porte. Nous restâmes debout ainsi, à nous regarder l'un l'autre, le souffle court, ma poitrine nue se soulevant contre la sienne alors que je luttais pour prendre de l'air pendant qu'il m'étouffait à moitié. Je sentis cette sorte d'attirance étrange envers lui, cette sorte de… désir ? Non, pas tout à fait. Il était peut-être beau, mais il était mauvais. Il ne valait pas mieux, pas plus que Victor. L'attirance, cependant, je savais qu'il la ressentait aussi. Je le voyais à la façon dont il me regardait, maintenant qu'il ne portait plus de masque.

Mais l'attirance sexuelle était du domaine du corps, pas de l'esprit. Pas du cœur. Si c'était ça, c'était mécanique. Rien de plus.

Mais il y avait autre chose. Quelque chose d'autre. Quelque chose de différent.

Parfois, les choses dont nous ne nous souvenons pas sont porteuses d'émotions. Ce sentiment de bien-être ou de mal-être, c'est ce qu'il y a entre deux inconnus. Et nous étions des inconnus. Seulement ce sentiment… non, j'étais perdue. C'était peut-être une sorte de syndrome de Stockholm, même si c'était trop tôt, pas vrai ? Depuis quand ce syndrome avait-il fait son entrée ? Peut-être parce que Victor m'avait gardée pendant… combien de temps au juste ? Des jours ? Des semaines ? Des heures ? Depuis combien de temps avais-je été témoin de l'exécution de Mateo ?

Non, j'étais déboussolée. Il n'y avait aucune émotion. Pas de sentiment. Il n'y avait que de la confusion. De la confusion et de la haine.

Nous restâmes ainsi, les yeux fermés, et je la sentis, je sentis sa queue contre mon ventre, dure, épaisse et prête. Il était excité. Je savais qu'il avait déjà été excité en ma présence. Quand il avait terminé de me fouetter, j'avais vu à quel point son jean était tendu au niveau de son entrejambe.

— ça t'excite, hein ? dis-je d'une voix plus proche du murmure qu'autre chose, avec l'intention de lui faire comprendre que je le méprisais, pour qu'il pense qu'il me répugnait. Tu aimes ça. Tu aimes courir après les filles nues dans cette pièce délabrée, avec ton petit masque !

Il sourit et appuya sa queue contre moi une fois, comme pour dire : « oui, oui, oui, j'aime ça. »

— Je ne porte plus mon masque, là.

— Tu aimes faire peur aux femmes qui mesurent moitié moins que toi ? Qui n'ont physiquement aucune chance ?

L'instant d'après, il enserra mes poignets entre ses mains et me tira les bras au-dessus de la tête. Il se pencha pour que son front appuie contre le mien.

— Oui, Gia, chuchota-t-il.

Ses yeux errèrent sur mon visage et se posèrent sur ma bouche.

— J'aime beaucoup ça.

Je déglutis, sentant mes mamelons se durcir contre le tissu de son t-shirt. Je me détestai pour cela. J'en voulais à mon corps.

— J'aime bien me battre, aussi.

Il porta sa bouche à mon oreille, inhalant le long de ma joue.

— Ça me fait bander, chuchota-t-il.

Il pencha le visage à l'endroit où mon pouls palpitait contre ma gorge et passa sa langue dessus, une dégustation prolongée pour me faire comprendre qu'il savait que j'étais terrifiée, qu'il savait comment battait mon cœur, et qu'il savait, malgré la bravade dans mon discours, que j'étais morte de trouille.

Mais ça ne voulait pas dire que j'avais fini de me battre, et il ne le savait pas.

Il ramena son visage vers le mien. Une fossette se creusa dans sa joue droite lorsqu'il remonta le coin de sa bouche en regardant mes lèvres légèrement entrouvertes. Il pensait avoir gagné. Il pensait que j'avais envie de lui. Ses yeux déclarèrent sa victoire présumée.

Il se pencha et m'embrassa. Il prit ma lèvre inférieure entre les siennes et gémit quand il la suça. Je restai là, sentant mon corps s'amollir contre le sien, me laissant aller, utilisant ses réactions perfides à mon avantage. Et lorsque j'inclinai ma tête en arrière, qu'il m'embrassa à pleine bouche et qu'il glissa sa langue entre mes lèvres, je choisis ce moment pour frapper. Même en sachant très bien que je serais punie, je frappai. Je reculai la tête et je cognai son nez. Une fracture serait assez douloureuse pour me laisser la seconde dont j'avais besoin afin de déguerpir.

Mais il n'y eut pas de fracture. Je le sus instantanément, parce que sa prise sur mes poignets se resserra et qu'il les frappa violemment contre la porte.

— Tu n'es qu'une garce.

Il abaissa mes bras et les tordit derrière mon dos d'une seule main, essuyant le sang de son nez avec le dos de l'autre. Il me fit tourner afin de se placer derrière moi, puis il me dirigea vers le coffre qu'il déverrouilla sans un mot pour sortir trois jeux de menottes en cuir semblables à celles avec lesquelles j'étais attachée en arrivant ici.

Je luttai contre lui pendant qu'il me ramenait au lit. Je ne demandai pas d'être libérée. Je ne suppliai pas. Mais je me débattis parce qu'il avait raison. J'étais une garce. Et je n'allais pas lui faciliter la tâche. Même si cela voulait dire que je le paierais.

Il ne parla pas non plus, ne m'ordonna pas de rester tranquille. Il ne fit rien d'autre que de garder son emprise sur moi, la resserrant un peu. Quand nous arrivâmes au lit, il relâcha mes poignets et s'empara d'un bras, me poussant à m'asseoir sur le bord. Je luttai contre lui pendant qu'il tirait dessus et m'attachait le cuir au poignet avant de m'obliger à relâcher l'autre pour pouvoir les ligoter ensemble. Il rencontra mon regard par la suite, et je sus que c'était pour me montrer qui était le chef ici. Je me méprisai pour le petit cri que je poussai lorsqu'il me tira vers l'arrière sur le lit afin d'attacher les menottes à un anneau au montant. Il s'était préparé à tout ça.

Il me lâcha les bras et se releva en me regardant de haut.

Je testai les liens, consciente qu'ils tiendraient, mais j'avais besoin de le faire. Je crois que je n'oublierai jamais ce cliquetis, le métal sur le métal, et le bruit de mon cri plus fort, empli de désespoir quand il prit l'une de mes chevilles pour la tirer vers un coin du lit et l'attacher. Son visage demeura dénué d'expression quand il avança tranquillement vers l'autre côté, et je me retrouvai à marmonner, à bredouiller des supplications tandis qu'il étirait l'autre jambe et me ligotait pour que je reste étendue là, jambes écartées, exposée à sa merci.

Il se tint de côté et me détailla, d'abord mon visage, mes yeux, puis mes seins, mon ventre et enfin mon sexe. Là, son regard plana un peu et quand il se déplaça pour grimper entre mes jambes, je poussai un cri et le suppliai. Je le suppliai de ne pas me violer. Je le suppliai de m'épargner. Je demandai pitié. Il me regarda simplement, puis mon sexe, et il plaça ses mains à l'intérieur de mes cuisses en faisant lentement glisser le bout de ses doigts, de plus en plus haut, jusqu'à ce que les larmes coulent le long de mon visage. Ses doigts se posèrent de part et d'autre de ma vulve et m'écartèrent.

— S'il te plaît. S'il te plaît, ne fais pas ça.

Il s'arrêta alors et son regard rencontra le mien. Je pensais qu'il dirait quelque chose, mais il n'en fit rien. Il m'observa pendant longtemps, comme s'il voulait que je sache qu'il détenait tout le pouvoir. Que je lui appartenais, qu'il pouvait me faire ce qu'il voulait. Enfin, il baissa la tête et me lécha. Il passa sa langue sur toute la longueur, lentement et délibérément, tandis que ses yeux restaient fixés sur les miens et que ma respiration se coinçait dans ma gorge. Il recommença, prenant tout son temps, goûtant chaque centimètre de ma personne, taquinant le bouton dur de mon clitoris jusqu'à ce que je n'en puisse plus, jusqu'à ce que je sente mon dos s'arquer, mon corps remuer sans la permission de mon cerveau. Je ne pouvais pas le regarder dans les yeux, parce que j'y voyais ma honte, je voyais comment mon corps s'était plié si vite, s'était donné si facilement à cet homme, mon ravisseur. Mon geôlier. Mon gardien. Mon bourreau.

Je fermai les yeux très fort et je restai allongée là pendant qu'il suçait mon clitoris. Je mourus un peu plus quand j'entendis le gémissement qui sortit de ma bouche alors qu'il me taquinait, me titillait, me goûtait et me faisait mouiller, jusqu'à me faire jouir si violemment que je crus que j'allais me briser en deux. Et peut-être que je le fis, peut-être, d'une certaine façon, je fus brisée.

Il ne parla pas quand ce fut fini. J'ouvris les yeux sur les siens qui me fixaient quand il se leva du lit et s'essuya la bouche du revers de la main. Nous restâmes ainsi pendant longtemps jusqu'à ce que, finalement, je cligne des paupières et me détourne, humiliée, et qu'il quitte la pièce en refermant la porte derrière lui.

Je pleurai en silence pour mille raisons. Pour mon frère. Pour moi-même. Pour la honte que j'avais ressentie alors que l'air frais séchait ma vulve, à l'endroit où il m'avait léchée jusqu'à l'orgasme.

Je pleurai, sachant que j'avais joui sous la langue de mon ennemi, sachant que ce n'était que le début, qu'il y aurait tant de trahisons, tant de concessions. Je me demandais qui je serais à la fin. Si je survivrais, surtout.

Et je me détestais de ne plus vouloir être seule. Je me détestais pour ma faiblesse. Ma peur.

5

DOMINIC

Lui bouffer la chatte n'impliquait pas de pénétration. Ce n'était pas la même chose que de la baiser. Je ne veux pas dire que je n'avais pas baisé les autres filles. Bien sûr que je l'avais fait. Certaines. Pas toutes. Seulement si elles étaient vierges, d'une certaine manière. Bon, c'était *presque* vrai. C'était mieux pour elles, plus facile si je leur enlevais ce poids. Mais je n'en avais jamais léché aucune. Je n'avais jamais voulu le faire. J'avais joué avec elles, j'avais aimé en baiser certaines, mais c'était juste ça, une baise, un coup. Là, c'était différent. C'était peut-être comme un baiser. Trop personnel.

Et je l'avais embrassée, aussi, ou essayé de le faire. J'aurais dû la remercier d'avoir failli me casser le nez.

Je ne sais même pas ce qui m'avait poussé à le faire. Certes, ma queue était déjà dure après notre petite lutte, mais merde, c'était la norme, et au cours des deux dernières années, j'avais appris à bien connaître mon poing. Quand je voulais une femme, je payais. Du sexe anonyme, exactement comme je l'aimais.

Alors, pourquoi lui avais-je bouffé la chatte ?

Et pourquoi n'arrêtais-je pas de penser à son goût ? Aux sons qu'elle avait émis quand elle avait joui, la façon dont elle avait poussé ses hanches contre moi, même si elle m'avait résisté.

Je l'avais senti à nouveau, ce sentiment étrange de familiarité, quand j'étais entré dans la pièce et qu'elle était assise sur le lit, en train de me regarder comme ça. C'étaient ces maudits yeux tourmentés. Tourmentés ? Ou tourmenteurs ? Ils avaient vu le mal. Ils avaient vu en moi et le mal qui y séjournait. Elle avait survécu au mal. Mais me survivrait-elle, à moi ?

Pourtant, il n'y avait pas que ça. Je connaissais ces yeux-là. Aussi ridicule que cela puisse paraître, ils étaient liés à un souvenir lointain, quelque chose de bref, de meilleur... que cela.

Bon sang, c'était ridicule. J'avais juste besoin de me concentrer et de faire mon travail, et si cela exigeait que je la baise pendant que j'y étais – vierge ou pas –, alors ainsi soit-il. C'était stupide, étant donné que je les formais pour devenir des esclaves sexuelles. Quelle différence ça ferait pour elles si je les baisais ? Aucune, c'est tout. Je devais me rappeler que c'était un boulot. Tout sentiment nostalgique, toute attirance pour cette fille, je devais m'en débarrasser. Elle n'était rien de plus qu'une mission. Certes, une mission avec une restriction : pas de pénétration. Mais bon sang, si ça devait arriver, ça arriverait. Tout le monde s'en foutrait, sauf à la fin.

Je finis mon café, tirai le rideau de la cuisine pour masquer le soleil trop brillant, et j'entrai dans sa chambre. Elle était couchée, mais éveillée, et dès que nos regards se croisèrent, elle battit des paupières et détourna les yeux. Je fermai la porte à clé derrière moi, j'entrai dans la salle de bains où j'avais laissé la chaise et je l'apportai dans la chambre. Je posai dessus la couverture que j'avais amenée.

Elle y jeta un œil.

— Il fait froid ici, dis-je en passant.

Elle détailla mon visage, mes yeux.

— Je pense que tu as besoin d'aller aux toilettes, non ?

Elle hocha la tête et son regard se posa sur un point, juste au-delà de moi. Je pensais qu'elle serait gênée après la séance improvisée d'hier soir. Je n'avais pas l'intention de faire ce que j'avais fait. Je voulais juste la tourmenter un peu. J'étais en train de lire et tout ce tapage m'avait agacé, franchement. Elle devait savoir que je ne l'aurais pas gardée dans un endroit où on la trouverait facilement, alors pourquoi tous ces cris ?

— Tu as bien dormi ? demandai-je, assis au bord du lit, en passant un doigt sur les menottes à ses chevilles.

— Tu t'attendais à ce que je dorme bien, nue et humiliée, dans cette chambre froide ?

Bon, pas de non-dits entre nous, alors. Elle était franche. Ça me plaisait. Je repoussai une mèche de cheveux de son visage et elle secoua la tête pour se débarrasser de ma main. Je saisis son menton et la forçai à me regarder.

— Quand je me fais sucer, ça m'endort d'un coup. De la façon dont tu as joui, je pensais que tu allais dormir jusqu'à la semaine prochaine.

Son visage se réchauffa sous mes doigts et je ne pus m'empêcher de sourire en voyant le rouge se propager le long de son cou et de ses joues.

— Le moins que tu puisses faire, c'est me remercier.

— Je te déteste. Tu es le pire de tous.

— Pire que les hommes qui t'ont marquée ?

Je levai les sourcils, même si franchement, je m'en fichais. En fait, elle avait raison. J'étais bien le pire de tous.

— Le pire, cracha-t-elle.

— Alors, il n'y a pas de malentendu entre nous.

Je détachai d'abord ses chevilles, puis je la décrochai de l'anneau en haut du lit, mais je lui maintins les poignets attachés.

— Vas-y.

— Les mains liées ?

— Appelle-moi quand tu auras fini. Je viendrai t'essuyer.

Je faillis rire quand son visage vira au rouge. Je crus qu'elle allait exploser. À vrai dire, c'était un numéro, ce ton plat et désintéressé. Bien sûr, je m'en fichais, mais… un soupçon de conscience se glissa à travers les murs fissurés de ma poitrine. Il s'infiltrait à travers la plus petite lézarde, et ça m'emmerdait. Je n'aimais pas ça.

Elle entra dans la salle de bains. Je remarquai les bleus sur ses fesses. Je ne l'avais pas fouettée trop fort, mais suffisamment pour lui rappeler de bien se tenir chaque fois qu'elle s'assiérait.

Pendant qu'elle faisait ce qu'elle avait à faire, je m'approchai du coffre, je l'ouvris et j'en sortis ce dont j'avais besoin : le collier et la cravache. Quelques instants plus tard, elle revint, essuyant des gouttelettes d'eau sur son visage.

— J'ai besoin d'une brosse à dents.

— Il n'y en a pas une, là-dedans ?

Elle n'hésita pas.

— Non.

— C'est drôle, j'aurais juré…

Son regard tomba sur les affaires que je tenais et je vis l'effort qu'elle produisit pour rester calme.

— Tu aimerais gagner une couverture ? demandai-je. Peut-être avoir plus d'eau et de nourriture ?

— Que dois-je faire ?

La question fut posée lentement et prudemment.

— Mets-toi à genoux.

Elle m'étudia, de la méfiance plein les yeux, de l'hésitation aussi, d'après la façon dont elle se mordilla la lèvre.

— Qu'est-ce que tu vas faire ?

— Mettre ce collier autour de ton cou.

Je n'avais plus envie de jouer, tout d'un coup.

Je pouvais voir son esprit mouliner, essayer de comprendre ce qu'il fallait faire, ce qu'on attendait d'elle, peut-être ce qui lui occasionnerait le moins de douleur. Mais lentement, elle s'agenouilla. J'en fus étonné.

Je restai immobile, à la regarder. Elle détourna le regard, sans doute pour prendre ses distances. Je me raclai la gorge et m'avançai vers elle, le collier et la cravache dans la même main. Elle resta sans bouger, mais elle me regarda à nouveau, les yeux plus vigilants. Je tournai une fois autour d'elle, contemplant sa jolie tête, la chair lisse de son corps tonique, voire trop maigre. Il faudrait que je la nourrisse bientôt. Pour ce que j'en savais, cette barre de céréales était tout ce qu'elle avait mangé depuis des jours.

Quand je m'arrêtai derrière elle, elle se dévissa le cou pour me voir.

— Regarde devant toi, à moins qu'on te dise le contraire.

Elle me jeta un regard méfiant, mais elle fit ce que je lui avais demandé. Je souris. La douleur et le plaisir, la menace de la première et la honte du second. Des professeurs remarquables, cette paire.

Je pris la brosse que j'avais laissée sur la table de nuit, je m'assis sur le lit derrière elle et je posai le collier et la cravache pour pouvoir attraper ses cheveux.

Je les brossai sur toute la longueur en prenant soin de démêler les nœuds, d'en apprécier le poids, l'éclat une fois brossés. Quand j'eus terminé, je les tressai en une longue natte foncée le long de son dos et je les attachai avec un élastique enroulé autour du manche de la brosse. Je me levai, m'accroupis derrière elle et l'observai, appréciant sa posture agenouillée, si délicate, si docile, dans l'expectative. Je me demandais à quel point son cœur battait fort, et quand je passai le dos de ma main sur la courbe de son cou, elle frissonna.

Je m'arrêtai.

Je crois que nous retenions tous les deux notre souffle.

Je me forçai à continuer et je pris le collier, le passant pardessus sa tête pour le fixer autour de son cou, verrouillant la petite serrure à l'arrière, celle dont moi seul avais la clé et qu'elle porterait jusqu'à ce qu'on la vende. Je me levai, la main sur son crâne et la cravache dans l'autre, et je la contournai pour qu'elle puisse me voir.

Elle leva son joli regard vers le mien. Le vert de ses yeux brillait et ses pupilles étaient sombres, dilatées. Elle était calme. Ses mamelons se froncèrent, et une odeur – son odeur, comme j'avais appris à la reconnaître hier soir – flotta dans l'air entre nous.

Elle était excitée.

Je serrai le poing et saisis les cheveux sur sa nuque. Elle tressaillit, mais elle resta telle qu'elle était, les mains jointes sur ses genoux. J'approchai sa joue de moi, de ce renflement dur sous le tissu du jean.

— Les hommes vont te désirer.

Pourquoi cette pensée ne me plaisait-elle pas ?

— Ils paieront pour t'avoir.

En fait, cette idée me fit serrer le poing dans ses cheveux. Je ne le remarquai que lorsque la première larme glissa du coin de son œil, mais je ne relâchai pas mon emprise, parce que pour l'instant, tout ce que je voulais, c'étaient ses lèvres autour de ma queue et sa langue sur toute sa longueur pendant qu'elle me suçait. Ce dont j'avais besoin, c'était de lui éjaculer dans la gorge, et quand elle s'étoufferait, de jouir partout sur elle, de la marquer comme mienne, de la détruire. Elle en serait anéantie et c'était ce que je devais faire. L'emmener jusqu'au point de rupture, mais la garder juste au bord de cet abîme.

La beauté était agenouillée à mes pieds.

Et je serais la bête qui la briserait.

Le monstre qui la détruirait.

Il valait mieux moi qu'un autre.

Elle serait mienne, aussi tordu et contre-nature que ce soit. Dans un esprit tordu et contre-nature.

— Que t'est-il arrivé pour que tu sois comme ça ?

Sa voix calme traversa mes pensées, accusatrice.

— Pour que tu puisses faire ça ? ajouta-t-elle.

Nos yeux se fixèrent. Je sentis le mouvement dans ma poitrine, un flash-back sur moi, celui que j'avais été autrefois. Dominic Benedetti. Avec une place dans le monde, une maison, une raison de vivre. Un homme avec l'univers à ses pieds.

À la suite de ce souvenir, je pris brusquement conscience d'avoir perdu la tête. Ce sentiment étouffait tout le reste alors que les regrets et le deuil m'engloutissaient.

— Quoi ? lui dis-je.

Je me demandais si, dans cette milliseconde, elle avait vu un éclair d'émotion sur mon visage.

J'avais chaud, j'étais en sueur. J'avais l'impression que...

— J'ai changé d'avis. Je veux connaître ton nom.

Je clignai des yeux pour déloger cette emprise, cette chose étrange et nouvelle qu'elle m'imposait, mais c'était inefficace.

— Dis-moi ton nom, demanda-t-elle.

Mon poing devint flasque dans ses cheveux.

— Pourquoi ? Pourquoi est-ce important ?

— Je ne veux pas t'appeler La Mort.

Ma perplexité dut transparaître dans mon regard.

— Ton masque. Ta façon d'agir. Tu essaies d'être froid, comme si tu t'en foutais, mais je sais que ce n'est pas vrai. Il y a autre chose. Il y a plus que ça chez toi.

Je serrai le poing et je souris devant sa douleur.

— Ne te fais pas d'illusions. Il n'y a rien d'autre.

— Alors, ça n'aura pas d'importance si tu me dis ton nom.

— Qu'est-ce que ça peut te faire ?

— Tu peux m'obliger à faire ce que tu veux, de toute façon.

— La contrainte et le consentement, ce sont deux choses différentes.

— J'ai l'impression que tu aimerais me forcer.

— Tu as raison, lui dis-je.

Puis je m'accroupis pour que mon visage soit à quelques centimètres du sien. Je la respirai et sondai ses yeux, laissant tomber mon regard sur sa bouche avant de reculer.

— Ne va pas t'imaginer que ce que je t'ai fait signifie quelque chose. Ce n'est qu'une partie du travail.

C'était un mensonge. Je me penchai plus près, suffisamment pour suivre la courbe de son oreille avec ma langue. Elle trembla.

— Je te sens, Gia, chuchotai-je. Je sens ton sexe. Et je parie que si je glissais ma main entre tes jambes, tu serais mouillée.

Elle ne cligna pas des yeux, ne respira pas. Je la défiai du regard et comme elle restait silencieuse, je me relevai, victorieux.

— Si je… (elle s'éclaircit la voix) Si je te suçais, tu jouirais aussi. Ça n'a pas d'importance, ça ne veut pas dire que tu as un certain pouvoir sur moi. C'est physique. C'est tout.

— Tu veux me sucer la queue ?

Je savais que ce n'était pas ce qu'elle voulait dire.

— Non. Je faisais simplement une remarque.

— Quelle remarque ? demandai-je froidement. Je n'ai pas compris.

— Je te déteste.

Au début, elle était en colère, mais quand elle répéta ces mots, les larmes brillèrent dans ses yeux et elle se détourna.

— Tu l'as déjà dit.

Je baissai les yeux sur le sommet de sa tête, content qu'elle ne me regarde plus, content qu'elle ne puisse plus voir mon visage à ce moment-là, pas avant que je me ressaisisse, que je me souvienne qui j'étais.

— C'est normal que tu me détestes.

Mes paroles n'exprimaient aucune émotion.

Elle tamponna les paumes de ses mains contre ses yeux.

Je m'écartai et préparai la cravache. J'avais besoin de me concentrer sur le jeu, d'avancer. Je réfléchissais trop. Je réfléchissais trop à elle.

— Penche-toi en avant. À genoux. Comme un toutou.

— Qu... quoi ?

Le mot sembla buter contre ses lèvres, pris entre les larmes et les sanglots.

— Penche-toi !

Je brandis la cravache et elle sursauta.

— C'est ce que tu fais, n'est-ce pas ? Tu bats les femmes. Tu les attaches et tu les frappes jusqu'à ce qu'elles soient tellement effrayées et tellement brisées qu'elles n'ont plus de volonté. Plus la volonté de te défier.

Je glissai mes doigts dans l'espace entre son collier et son joli petit cou. J'avais horreur de ce qu'elle disait, mais c'était la vérité.

— C'est ça, lui dis-je en tirant d'un coup sec pour qu'elle soit obligée de tendre les mains devant elle afin de ne pas tomber la tête la première. C'est ce que je fais.

— Très bien !

Elle essaya de s'écarter, mais je la retins.

— Tu veux me fouetter ? D'accord. J'ai connu pire. J'ai survécu à pire. Tu n'es rien du tout. Tu ne peux même pas me dire ton nom.

J'abattis la cravache sur ses fesses et elle réprima un cri.

— Marche à quatre pattes ! dis-je en la tirant vers l'avant avant de relâcher le collier, l'obligeant à se débattre pour prévenir sa chute.

Puis je frappai à nouveau.

— Au moins, je savais qui était Victor !

Elle pleura, mais elle fit quelques pas avant de marquer une pause pour s'essuyer le visage.

— Je ne t'ai pas dit d'arrêter !

Je la tirai encore et elle avança, s'empressant de se mettre à l'abri de la cravache.

— Plus vite !

— Je ne peux pas aller plus vite, espèce de malade.

Elle tomba en avant, les mains liées entravant sa progression.

— Tu as faim ? demandai-je brusquement en lui assenant un autre coup.

Elle me regarda et je vis la réponse dans ses yeux, je l'entendis à la façon dont son estomac gronda.

— Alors, tu ferais mieux de bouger. Tu as froid ?

Elle ravala ses larmes et s'arrêta encore pour s'essuyer le visage. Je la frappai, visant là où elle avait été marquée. Cette fois, elle lâcha un cri et tomba sur le côté, protégeant sa hanche tout en me regardant d'un air accusateur.

— Tu ferais mieux de t'y habituer. T'habituer à être traitée comme ça.

— Comme un putain de chien, tu veux dire ?

— C'est une bonne façon d'y penser. C'est de l'obéissance et tu es ma chienne.

— Tu es un lâche. Tu te caches derrière un masque. Tu assenes tes armes contre qui ? Des femmes sans défense, ligotées, qui font la moitié de ta taille !

— Va te faire foutre, Gia.

— C'est ce que tu fais. Avoue. Mais tu dois aussi admettre ce que ça fait de toi. Un putain de lâche.

— Comment t'es-tu fait prendre, au fait ? lui demandai-je en serrant le collier, la hissant sur les genoux.

Elle se débattit comme une bête. Je me penchai sur elle et mon visage se retrouva à quelques centimètres du sien.

— J'ai l'impression qu'on ne t'a pas choisie au hasard.

— Lâche-moi. Tu me fais mal !

— Alors ? Comment ? Dis-moi.

— On ne m'a pas choisie au hasard, espèce de connard.

Elle me repoussa la poitrine, mais elle n'était pas assez forte.

— Tu as fait chier un petit ami ? Il en a eu assez de ta bouche de salope ?

Des larmes s'accumulèrent dans ses yeux et se répandirent sur ses joues, une douleur crue et intense faisant ressortir le vert de ses iris.

— Tu ne sais rien de moi. Rien du tout !

— Dis-moi !

Je la secouai fort, la forçant à se mettre sur ses pieds et la pressant contre le mur, où je la retins par la gorge.

Son visage rougit et elle me regarda. Je n'étais pas sûr qu'elle soit capable de parler. Une rage plus brûlante que l'enfer me traversa et je lui serrai le cou.

— Dis-moi, putain !

Elle s'asphyxia en sanglotant, et quand je relâchai ma prise, elle se mit à tousser.

— Est-ce qu'il a demandé qu'on te marque, comme punition ?

— Ce n'était pas mon petit ami, s'étouffa-t-elle.

Je la relâchai et elle tomba à genoux, sans cesser de toussoter.

— C'est un meurtrier. Un monstre.

Elle se tut, leva le visage et ajouta :

— Comme toi.

Je plissai les yeux, même si nous savions tous les deux qu'elle avait raison. La chambre était étrangement silencieuse, elle était à genoux à mes pieds, les yeux rouges, les joues mouillées de larmes. Et la haine me transperçait.

— Comme toi, dit-elle à nouveau.

Elle s'assit sur ses talons, le regard baissé, et elle céda aux larmes qui semblèrent interminables. Je l'observai comme le monstre qu'elle m'accusait d'être. Le monstre que j'étais. Je restai là et la regardai tomber en miettes jusqu'à ce qu'elle se calme, puis je tirai la chaise plus près et je m'assis, le regard toujours sur elle, comme si je n'avais jamais vu cela auparavant, jamais vu une personne se déliter.

Elle s'assit et essuya ses dernières larmes. Son regard me disait qu'elle était alimentée par la haine désormais. C'était la haine qui la maintenait debout.

— D'habitude, je n'en ai rien à foutre des filles qui passent par ici, mais tu es différente. Tu es comme moi, Gia. Tu es remplie de haine.

— Je ne suis pas comme toi.

Je l'ignorai.

— Peut-être que je ne prendrai pas la peine de t'emmener à la vente aux enchères ? Peut-être que je te garderai pour moi jusqu'à ce que je t'épuise ? Jusqu'à ce qu'il ne reste plus rien.

Elle me regarda fixement. Était-ce la peur qui la rendait muette ? Qui faisait couler les larmes de ses yeux ?

— C'est une perspective effrayante, n'est-ce pas ?

— Ce serait le cas s'il y avait du vrai, mais tu n'es qu'un employé.

Sa voix se brisa, trahissant sa panique. Pourtant, elle continua.

— Tu n'es personne. Tu travailles pour eux. Ce n'est pas à toi de décider. Ce n'est pas à toi de choisir ce qui m'arrive.

Je déglutis péniblement. Elle avait raison. Elle avait tout à fait raison. Elle fit une pause, et je me demandai si elle pouvait déchiffrer mon visage. J'avais besoin d'en finir, de reprendre le contrôle.

— Tu ne sais rien de moi, me défendis-je.

— Je crois que si.

Elle renifla, s'essuyant le nez et les yeux.

— Et tu as tort. On a de la haine en nous tous les deux, mais je ne me déteste pas. Je sais qui je suis. Je ne suis pas mauvaise. Je ne fais pas de mal aux gens. Toi… tu es un monstre. Tu te détestes plus que tu ne pourrais jamais détester quiconque.

Je déglutis encore frénétiquement. Je voulais mon masque, j'en avais besoin. Elle m'avait vu, elle avait vu à travers moi, et elle avait dit les mots dont j'avais trop peur, que j'étais trop lâche pour dire moi-même. Les mots que j'étais trop faible pour m'approprier.

Je me levai et donnai un coup de pied à la chaise derrière moi, l'envoyant s'écraser contre le mur du fond. Ça la fit sursauter et elle s'écarta aussitôt.

— Tourne-toi ! ordonnai-je.

Elle jeta un œil sur la cravache et je la vis trembler tandis que ses yeux rouges et bouffis sondaient les miens.

— Tourne-toi, bordel, dis-je, plus posément cette fois.

S'était-elle rendu compte que j'étais pire quand je devenais calme ? Je la vis réfléchir. J'observai cette fille qui avait vraiment besoin d'une leçon d'humilité. Cette fille qui creusait trop profondément sous ma putain de peau.

Elle darda une fois de plus les yeux sur la cravache et je la mis de côté. Je n'en avais pas besoin. Il y avait d'autres punitions. La douleur n'était pas ce que je pouvais faire de pire.

Je vis sa gorge remuer alors qu'elle déglutissait, mais lentement, elle se détourna de moi. Ses cheveux étaient partiellement sortis de la tresse. Je tendis la main pour tirer l'élastique tout en tenant ses cheveux. Gia sursauta, mais garda sa position. J'ébouriffai la natte que j'avais si soigneusement faite jusqu'à ce que ses longs cheveux lui pendent dans le dos. J'en saisis la masse et je la posai sur son épaule. Elle demeura tendue, les épaules relevées, les bras serrés le long du corps quand je m'accroupis pour passer le bout de mes doigts sur sa colonne vertébrale. Sa peau était si douce, son corps svelte, ses formes longilignes et harmonieuses, sa taille étroite laissant place à des hanches arrondies. Ses bras étaient toniques, tout comme ses jambes, je l'avais remarqué. À part les bleus et la cicatrice de la marque, elle était impeccable. Parfaite.

Je retirai ma main comme si j'avais été brûlée et je me levai.

— Pose ton front sur le sol et décolle les hanches.

Ma voix avait un ton différent, plus calme, plus sombre. Mon sang pulsait dans ma verge dure, prête, impérieuse.

Gorgée de désir pour elle.

Elle tourna la tête, jetant un coup d'œil derrière elle, mais elle ne parvint pas à soutenir mon regard.

— Fais-le.

Je ne savais pas ce que j'allais faire. Je pouvais anticiper ce à quoi elle s'attendait, pourquoi son visage s'était tordu et pourquoi elle restait silencieuse en se penchant lentement vers l'avant, ses mains liées glissant sur le sol, créant un coussin pour son front alors qu'elle faisait ce qu'on lui avait dit.

J'attendis, je l'étudiai, menue, effrayée et si érotique. Je la voulais. Je voulais sa reddition, sa soumission, mais plus que ça. Je la voulais d'une manière différente. Pas comme les autres. Pas comme les femmes d'avant, dans mon ancienne vie.

Elle souleva les hanches lentement et je retins mon souffle.

Je l'avais vue nue. Je l'avais nettoyée. Je l'avais touchée. Je l'avais goûtée. Mais cette exposition de son corps devant moi, même si elle était sous la contrainte, c'était différent. Une part de moi languissait de l'avoir. J'avais hâte de la prendre. De la posséder. De la briser et qu'elle m'appartienne.

Cette part de moi désirait ardemment que cette capitulation, cette soumission, soit bien réelle.

J'ignore combien de temps nous restâmes ainsi, elle silencieuse et obéissante, moi en transe, sous cet étrange charme. Je la regardais comme si c'était la première femme que je voyais comme ça, la désirant comme jamais je n'avais désiré auparavant. Un sentiment pur m'envahit, au moins momentanément avant qu'elle ne renifle. Et je sus qu'elle pleurait. Elle pleurait doucement. Effrayée.

Non.

Terrifiée.

Vaincue.

Brisée.

Je fis un pas en arrière, voyant pour la première fois ce sol crasseux dans cette pièce crasseuse. Cet endroit terrible où je la briserais, où je briserais cette créature belle et parfaite. Je la rendrais moins belle. Je lui enlèverais tout. C'était ce que je faisais. Ce que j'avais fait à tant d'autres.

Je trébuchai encore à reculons, je fis un faux pas et je me surpris moi-même.

Pur. Un sentiment pur. Quelle blague ! Quelle blague de *malade* !

Je tournai les talons et sortis en claquant la porte, la verrouillant derrière moi, enfermant Gia à l'intérieur. Je pris ma veste et mes clés et je sortis du chalet d'un pas raide, enfreignant ma propre règle en la laissant seule. Je montai dans mon pick-up et je traversai le passage étroit dans les bois pour déboucher sur la route. Je ne m'arrêtai pas à la ville la plus proche, comme je l'aurais fait dans le passé. Je ne voulais pas de femme. Et je ne voulais pas de whisky. Je voulais juste sortir de ma tête. Sortir de ma peau. Je voulais être quelqu'un d'autre. N'importe qui. Parce que la pire ordure de la terre devait être meilleure que la merde que j'étais, l'aberration que j'étais. Ce monstre haineux qui blessait, qui cassait, qui prenait la beauté qui ne lui appartenait pas et la détruisait.

Elle avait raison. Salvatore avait raison.

J'étais un monstre.

J'étais le pire des monstres.

6

GIA

Il avait laissé la couverture. Après m'être lavé le visage et les mains, je l'attrapai et je m'enveloppai les épaules, sans me soucier de la saleté, des taches ni de l'odeur. Je la posai simplement sur moi et montai sur le lit. Je m'allongeai sur le côté, frissonnante, les genoux serrés contre ma poitrine, agrippée à cette couverture immonde. Malgré tous mes efforts, je ne pouvais faire cesser les larmes. Je pleurais comme lorsque j'avais vu Mateo mourir. Comment pouvait-il encore me rester des larmes ? Comment pouvais-je ne pas être morte de déshydratation après tous ces pleurs ?

Ils lui avaient tiré dans la nuque après lui avoir coupé la langue. Ils m'avaient fait regarder tout ça, le regarder alors qu'il posait son visage sur le billot – une saloperie de souche d'arbre tachée du sang séché de combien d'autres ? Je l'avais vu poser sa langue sur le tronc, les yeux écarquillés, essayant de ne pas montrer sa peur, sans y parvenir. Du coin de l'œil, j'avais vu Victor hocher la tête, donner l'ordre. J'avais vu la hache tomber, le sang couler et Mateo s'écrouler en émettant un cri étouffé. Lui, mon frère. Mon frère indispensable, aimant et fou, que j'aimais tellement, tellement, putain !

Il l'avait fait pour me sauver. Pour m'épargner. Il avait fait promettre à Victor. Il avait conclu le marché. Il avait offert sa langue en échange de ma vie.

Et après, était-ce par pitié qu'ils l'avaient remis sur ses genoux et qu'ils avaient pressé sa tête sur le bloc jusqu'à ce qu'il la tienne là, le menton posé sur sa propre langue arrachée, dans la flaque de son propre sang qui s'écoulait sur la souche ? Il m'avait regardée une fois de plus avant de fermer les yeux. C'était le moment où il avait perdu espoir. Je le savais, je l'avais vu. Victor avait appuyé le canon de l'arme contre sa nuque. Cette fois, c'est moi qui avais crié.

Il y avait eu tellement de sang, une quantité impossible. Le sang de mon frère m'avait aspergée alors qu'il tombait, disparaissait, son corps sauvagement battu et assassiné, sa vie volée devant mes yeux, à quelques centimètres de moi tandis que je restais impuissante à le sauver.

Il avait fait promettre à Victor de ne pas me tuer. C'était le marché. Ils lui auraient coupé la langue de toute façon, mais ils l'auraient peut-être fait après sa mort. Ou peut-être qu'ils l'auraient forcé. Je ne le savais pas. Je m'en fichais. Tout ce que je savais, c'était que je n'oublierais jamais le bruit de la hache qui tombe, l'expression de Mateo, son regard. Et puis ce dernier bruit assourdissant de l'arme à feu.

J'avais lu que, dans la vraie vie, contrairement aux films, ça ressemblait à un pop, mais ce n'était pas un pop. C'était une explosion, une détonation assourdissante et perçante. Plus forte que tout ce que j'avais entendu auparavant. Plus horrible que tout ce que j'avais vu.

Je n'oublierais jamais ce jour-là. Je n'oublierais jamais ce qu'ils lui avaient fait. Et c'était la seule chose qui me permettait de rester debout désormais. Ce qui me faisait tenir, tout entière. Parce que si je cédais maintenant, alors la mort de Mateo n'aurait servi à rien. Victor pensait avoir gagné. Que Mateo et moi étions finis. Mais il avait tort. J'avais juré de me venger de ce qu'il avait fait. Je l'avais promis en silence à Mateo, à moi-même. Et j'avais besoin de me ressaisir, de reprendre mes forces, parce que je savais maintenant que j'avais une chance. Je le savais.

Je m'attendais à ce que La Mort me viole. J'avais pensé... J'avais pensé : qu'est-ce qu'il pourrait vouloir d'autre ? Je l'avais nargué. Je voulais peut-être qu'il me tue, en fait, qu'il mette fin à tout cela, qu'il prenne la décision et qu'il m'enlève la responsabilité de la vengeance. Mais c'était faible. Je le savais à présent. Je le savais déjà avant. Et lui, cet homme que j'appelais La Mort, il m'avait surprise. Il m'avait involontairement donné de l'espoir.

J'étais différente à ses yeux. Il me désirait. Je pouvais le voir sur son visage, dans son regard. Il avait commis une erreur en enlevant ce masque. Il n'aurait jamais dû faire ça. Il ne me connaissait pas. Il ne savait pas que je ne reculerais devant rien pour venger mon frère.

Bien qu'il eût raison sur un point. Il y avait un domaine où nous nous ressemblions. Nous portions la haine en nous tous les deux. Nous avions tous les deux été blessés, non, nous avions été battus. Mais ni lui ni moi n'avions cassé, et je ne le ferais pas maintenant. Il voulait me briser. C'était son travail. Cependant, je soupçonnais que ce n'était pas tout à fait vrai. Ses propres émotions contradictoires l'avaient affaibli. Mais il serait bon de se rappeler que ces choses-là le rendaient dangereux. Elles le rendaient instable et imprévisible. J'avais besoin de le contrôler. Je n'avais pas besoin de chercher un moyen. Je savais comment faire. Je devais d'abord admettre que l'idée ne me repoussait pas comme elle l'aurait dû. L'idée de ses mains sur moi, de sa bouche sur moi, de sa queue en moi, ça ne me dégoûtait pas. Au contraire. Et c'était précisément ce qui me rendait malade. Je me demandais qui j'étais, comment je pouvais ressentir ces choses-là. Pourquoi ne haïssais-je pas cet homme ?

Si je le haïssais, s'il me repoussait, je ferais quand même ce que j'avais à faire, et je me détesterais un peu moins pour cela. Mais en l'état actuel des choses, je savais que je devais être une sorte de monstre pour pouvoir ressentir de l'attirance envers mon ravisseur. Pour avoir joui sous sa langue. Et pour en avoir encore envie.

J'avais menti quand je lui avais dit que c'était seulement physique. Ce n'était pas physique, pas pour moi. Cela n'aurait jamais pu l'être.

Il avait dit qu'il avait deux semaines pour me former, pour me préparer à la vente aux enchères. J'avais deux semaines, alors. Deux semaines pour lui entrer dans la peau, pour creuser si profond qu'il ne pourrait pas me laisser partir. Il n'aurait pas d'autre choix que de me garder. Peut-être même de m'aider.

Non, ça, je ne pouvais pas l'espérer. Je le tuerais à la première occasion. Ce serait un bon entraînement avant que le moment soit venu de tuer Victor. Parce que c'était nouveau pour moi. J'étais peut-être née dans une famille de criminels, des hommes qui avaient travaillé pour diverses familles de la mafia pendant des générations, mais je n'avais jamais touché une arme à feu, jamais senti le poids d'une arme dans mes mains. J'apprendrais, cependant. J'apprendrais peut-être même à manier une hache quand viendrait le moment d'abattre Victor.

Je laissai la haine m'alimenter tout en rassemblant mon courage avant de repousser la couverture. J'entrai dans la salle de bains et, les mains liées, j'ouvris l'eau de la douche. Je n'attendis pas qu'elle se réchauffe. Au lieu de ça, j'entrai dans la baignoire et je restai sous un jet d'eau glacée, sans penser à la saleté sous mes pieds, à la saleté qui m'entourait. Je lavai ma peur et me forçai à penser à Mateo, à sa force jusqu'à la fin. J'échangeai la peur contre la force et laissai l'eau emporter toute faiblesse en moi. Quand j'eus fini, je retournai dans ma chambre et j'attendis là, prête à ce que La Mort revienne.

Mais il ne revint pas. Pas en l'espace de six repas.

Quelques heures plus tard – je ne savais pas si c'étaient des heures, car le temps semblait s'écouler lentement, une heure étant égale à un jour –, la porte se rouvrit. Mais ce ne fut pas La Mort qui entra.

Toute ma détermination, tout le courage que je pensais avoir rassemblé, toute la force et le dynamisme que j'avais accumulés disparurent quand cette porte s'ouvrit et qu'un autre homme entra.

Le seul bruit ambiant était celui de ma respiration. Il était presque aussi grand que La Mort, mais bâti différemment, bedonnant bien qu'encore fort. Il avait les cheveux foncés et des billes noires à la place des yeux. Sa peau était bronzée et tannée. J'aurais dit qu'il avait dans les trente-cinq ans, d'après son regard qui semblait mûr. Je ne pouvais pas voir son visage. Il avait un bandana noir drapé sur le nez et la bouche.

Je tirai la couverture à moi.

— Ne te dégonfle pas.

Il entra dans la pièce et ferma la porte derrière lui, la verrouillant avant d'empocher la clé. Il portait un plateau-repas et deux bouteilles d'eau.

Je commençai à saliver à cause de l'odeur de riz et de poulet qui montait de la boîte à emporter. Je m'assis bien droite, incapable de la quitter des yeux. Mon estomac grogna et l'homme ricana. Alors qu'il s'approchait, je reculai sur le lit, la couverture sur moi. Ses yeux restèrent durs tout le temps qu'il me regardait et il posa le plateau sur la table de nuit.

Il sortit ensuite une fourchette. Une vraie fourchette, pas en plastique.

— Tu as une seule chance avec ça. Si tu penses que tu peux essayer de me poignarder avec, ou faire autre chose de stupide, je te fouette les fesses et je jette ton prochain repas par terre pour que tu le lèches à même le sol, compris ?

Je déglutis, affamée, le regard fixé sur celui de l'homme, et je hochai la tête.

Il me tendit la fourchette. J'hésitai, comprenant que c'était un défi à la façon dont il levait un sourcil.

Je tendis la main avec l'intention de lui arracher la fourchette sans le toucher, mais il avait d'autres projets. Dès que je fus assez près, il me saisit le poignet et me tira vers lui en me tordant le bras.

Je hurlai de douleur.

— Je ne joue pas à ce putain de jeu, c'est clair ?

— Oui ! Tu vas me casser le bras !

Il tira une fois de plus, tout sourire, et m'arracha un autre cri avant de me relâcher, posant la fourchette sur le plateau.

— Mange tout.

Sur ce, il se retourna et repartit comme si notre échange était le plus décontracté au monde.

Une fois la porte fermée derrière lui, je pris la boîte et la fourchette et j'ouvris le couvercle. Du poulet, du riz et même du brocoli. Comme c'était gentil de me donner des légumes ! C'était fade, mais chaud, et je mangeai jusqu'à la dernière bouchée caoutchouteuse, me forçant à ralentir pour ne pas la vomir. Mon corps avait besoin de ce carburant. J'en avais besoin si je voulais avoir la moindre chance de survivre.

Cet homme m'avait déconcertée. La Mort était-il parti ? Avait-il démissionné ? Est-ce qu'on pouvait le faire dans son travail ?

Je faillis rire à cette dernière pensée. Je vidai la deuxième bouteille d'eau et je m'assis, réconfortée après avoir mangé. À quand remontait la dernière fois où j'avais eu quelque chose de chaud ? Depuis combien de temps étais-je ici, et combien de temps Victor m'avait-il gardée prisonnière avant de me livrer à La Mort ? Depuis quand Mateo était-il mort ?

L'homme aux yeux perçants revint pendant cinq autres repas. Il vérifia que j'avais tout mangé, emporta les déchets et me laissa une autre assiette remplie. À son troisième passage, je commençai à poser des questions : quel jour était-ce ? Quelle heure ? Où était La Mort ? Il ne répondit jamais à une seule. Il semblait que nous avions un emploi du temps régulier, rythmé par les repas. Peut-être deux en vingt-quatre heures ? Je n'en étais pas sûre, mais j'étais affamée chaque fois.

La livraison du septième repas changea tout. Au moment où je commençais à me sentir plus à l'aise, même si j'envisageais d'utiliser ma fourchette pour faire ce qu'il m'avait expressément interdit, tout changea.

Ce fut à ce moment-là que La Mort revint.

Il arriva pendant mon sommeil. C'était la nuit. Aucune lumière du soleil ne pénétrait par les lamelles de bois au-dessus des fenêtres. Je me réveillai et le trouvai dans la chambre, debout au pied du lit, à me regarder. Je sursautai, poussai un cri et me reculai le plus près possible de la tête de lit, la couverture serrée dans mes bras comme une barrière entre lui et moi.

Il portait encore son masque. Ça me prit une minute, mais je sus que c'était lui. Je le sus d'après son corps, d'après sa façon de bouger, comme s'il transpirait le pouvoir.

— Je n'avais pas l'intention de te faire peur.

Sa voix était moqueuse. Il fit le tour du lit et il me fallut tout mon courage pour ne plus crier, pour ne pas courir de l'autre côté de la pièce et lui échapper. Il avait changé. Il était différent. Il était arrogant, un salaud comme au tout début.

— On va changer notre façon de faire.

Il s'empara de la couverture et me l'arracha. Je tombai en avant et je dus lâcher prise sur la seule chose qui me réconfortait. Mais c'était peut-être mieux ainsi. Elle me donnait un faux sentiment de sécurité. Comme si, d'une façon ou d'une autre, tout irait bien. Ça n'irait jamais bien. Rien ne serait plus jamais bien. Comment aurais-je pu le croire ? Comment aurais-je pu croire que je pourrais le séduire ? Que je pourrais, d'une façon ou d'une autre, le conquérir, lui donner suffisamment envie de moi pour qu'il ne m'emmène pas à la vente aux enchères, mais qu'il me garde pour lui ? Qu'il m'aide à venger le meurtre de mon frère ?

— J'ai entendu dire que tu avais mangé et fait ce qu'on t'avait ordonné.

Je ne répondis pas, j'en étais incapable. Je le regardai simplement, le regard collé à ce putain de masque quand il plia la couverture et la posa sur la chaise, dans le coin.

— Et que tu n'avais pas attaqué Leo avec la fourchette.

Leo. C'était le nom de l'autre homme. Comment s'appelait La Mort ? Et pourquoi portait-il encore ce masque ? C'était une barrière qui le protégeait de moi, qui le mettait à l'écart, et le regarder me terrifiait.

— Je n'aime pas le masque, dis-je d'une toute petite voix.

— Ah bon.

Ce n'était pas une question.

Il détacha sa ceinture et la fit glisser le long des passants en la tenant comme le soir où il m'avait fouettée, la boucle dans sa paume. Il leva ensuite l'autre main et, avec son index, il me fit signe de m'approcher.

— Mets-toi à genoux.

Il désignait le sol à ses pieds.

Je le regardai et me mis à trembler, incapable d'ôter mes yeux de ce terrible masque.

— Gia.

— Enlève-le. S'il te plaît, enlève-le.

Je saisis les barreaux de la tête de lit quand il posa un genou sur le matelas, comme s'il allait venir me chercher.

— S'il te plaît, enlève-le.

En un instant, il était sur le lit, s'emparant de mes cheveux d'une main et me traînant au loin sur le plancher.

— J'ai dit à genoux, putain ! hurla-t-il.

Je me recroquevillai à ses pieds, me couvrant les oreilles du mieux que je pouvais, les poignets encore liés, le cœur battant, les larmes coulant le long de mes joues. Je hurlai sous la brûlure de la ceinture qui me cinglait la peau.

— Quand je dis à genoux, c'est à genoux, putain !

Il me frappa deux fois de plus. Sa colère était palpable, sa rage si réelle et si terrifiante que je fis plus que m'agenouiller. Je m'accroupis à ses pieds, le front sur le sol, puis sur sa botte. Je savais qu'il me punissait non seulement pour avoir désobéi à son premier ordre, mais aussi à cause de la dernière fois qu'il était ici, pour ce qui s'était passé à ce moment-là, pour la façon dont il était parti, pour sa fuite. Il me punissait pour sa propre faiblesse, son propre péché.

Quand il recula, je gardai la tête baissée en gémissant, la poitrine soulevée par ma respiration laborieuse, le dos et les fesses en feu après les coups de fouet qu'il m'avait assenés.

— À quatre pattes.

J'obéis, me déplaçant aussi vite que possible. Cette fois, je ne méritais pas les coups. Il fit deux pas de plus.

— Avance vers moi.

Je m'exécutai et m'aplatis. Je parcourus la distance maladroitement, les mains liées, tous les membres tremblants. Quand je l'atteignis, il fit encore deux pas en arrière, puis un autre, me faisant tourner en rond autour de la pièce.

— Maintenant, penche-toi au bord du lit.

— S'il te plaît, ne me fouette plus. J'ai fait ce que tu m'avais demandé. S'il te plaît.

— Tu ne fais pas ce qu'on te dit, là, n'est-ce pas ?

Je déglutis et je jetai un coup d'œil à sa main qui serrait la ceinture. Je rampai jusqu'au pied du lit et me levai, puis je me penchai dessus comme la première nuit où il m'avait fouettée.

— Écarte les jambes.

J'obéis, écartant les jambes alors qu'il se tenait derrière moi. Je ne savais pas à quoi m'attendre, s'il allait me fouetter, me baiser ou les deux.

— Ne te retourne pas, quoi que je fasse.

Je ne répondis pas. J'en étais incapable. Il me fallut tout mon courage pour ne pas regarder par-dessus mon épaule.

Un silence interminable. Je savais qu'il me regardait jusqu'à ce que, une éternité plus tard, ses pas brisent le silence et qu'il s'approche. Je retins mon souffle, mes larmes enfin taries, et quand il posa la ceinture sur mon dos, je sursautai sous le cuir frais et lourd.

Je sentis le bout de ses doigts me toucher, ses mains sur mes fesses qui me chatouillèrent d'abord, puis m'écartèrent.

— S'il te plaît, suppliai-je sans trop savoir ce que j'implorais.

Je ne m'attendais pas à ce qui suivit, à la douce humidité de sa langue sur moi, sur mon sexe, qui me léchait, me goûtait, m'écartait largement alors qu'une main serpentait vers mon clitoris. Il commença à frotter le petit bouton durci.

Je serrai les poings et me mordis la lèvre. Sa langue me tourmentait habilement. Le plaisir était insupportable alors que je luttais. Je perdis la bataille quand il la glissa en moi, ses doigts frottant toujours plus fort. J'arquai le dos et je m'appuyai contre lui, contractant les muscles de mes cuisses et fermant fort les yeux, aspirant le sang de ma lèvre dans un effort pour étouffer le gémissement qui précéda l'orgasme, tandis qu'il continuait à me sucer et à me caresser. J'eus le souffle coupé et je griffai le matelas. Mes genoux flanchèrent et je commençai à glisser du lit.

Il me saisit, et au même instant, je tournai la tête pour croiser son regard, découvrant que le masque avait été jeté quelque part sur le sol. Les yeux bleu-gris étaient dardés sur moi, les pupilles dilatées et sombres. D'une main, il me maintint clouée au lit tandis que, de l'autre, il défaisait son jean et abaissait son boxer. Il empoigna son membre et nous ne nous lâchâmes pas des yeux.

Il entreprit de se caresser. Je regardais son visage, son visage d'ange, ses yeux brûlants, ses lèvres gonflées, entrouvertes et mouillées par mes sécrétions.

— J'aime ton goût, dit-il en donnant un léger coup de reins.

Je posai les yeux sur la main qui tenait sa queue, le regardant se branler de plus en plus fort et de plus en plus vite.

— Je t'avais dit de ne pas te retourner, non ?

Je léchai mes lèvres, incapable de regarder ailleurs. J'étais prête quand il m'empoigna les cheveux pour me mettre à genoux devant lui.

— Suce-moi, Gia.

Il me secoua une fois par les cheveux.

— Si tu mords, je te tue.

Je hochai la tête. Je n'avais pas l'intention de mordre. J'ouvris la bouche pour le prendre tout entier, son goût salé, la peau douce autour de sa queue épaisse et dure. Il s'enfonça trop loin, trop vite, manquant de m'étouffer, mais quand j'essayai de le repousser, il me fit tenir tranquille et recommença, les yeux posés sur les miens, me faisant comprendre qu'il me punissait.

— Je t'avais dit de ne pas te retourner.

Il s'enfonça de plus en plus profondément dans ma gorge, me coupant le souffle jusqu'à ce que je m'évanouisse presque, puis il me libéra un instant afin que je puisse reprendre désespérément quelques bouffées d'air avant de recommencer.

— Tu apprendras à faire ce qu'on te dit.

Sa verge s'épaissit incroyablement, bien trop grosse pour ma bouche, et sa main dans mes cheveux tirait si fort qu'elle m'arracha les larmes des yeux.

— Putain, Gia.

Il me poussa en arrière de sorte que ma tête appuie inconfortablement contre le montant du lit, et il s'arrêta. Je sentis le premier jet de sperme atteindre le fond de ma gorge. Je m'étouffai, je n'étais pas prête, mais il me tint immobile, les yeux toujours fermés jusqu'à ce que je n'en puisse plus. Finalement, il se retira en tenant fermement sa queue, alors que des jets de sperme couvraient ma poitrine et mes seins, me marquant comme sienne, me revendiquant, me possédant.

Ce ne fut qu'après s'être vidé qu'il me relâcha. Il remonta son boxer et son jean, et me regarda d'un œil étrange qui me sondait. Il enfonça ensuite la main dans l'une de ses poches et en sortit deux petites pilules. Je les regardai, puis lui, et je secouai la tête, sentant à nouveau les larmes affluer, ces putains de larmes interminables.

Il n'eut qu'à hausser les sourcils pour m'avertir et je tendis la main. Il les fit tomber dans ma paume et me regarda les mettre dans ma bouche et les avaler. Il m'obligea à rouvrir la bouche pour s'assurer que je ne les cachais pas, et quand il fut satisfait, il prit sa ceinture et le masque abandonné par terre et il repartit, m'enfermant une fois de plus dans la chambre.

7

DOMINIC

J'allai dans ma chambre en attendant que la drogue agisse. Là, à l'intérieur du même tiroir où je rangeais la photo d'Effie, je trouvai une petite boîte et l'ouvris. Dedans, il y avait ma bague, celle que je portais quand j'étais un Benedetti. Celle que tous les Benedetti de sexe masculin portaient. Je m'assis sur le lit et je l'étudiai, faisant taire l'envie de la passer à mon doigt. Je chassai de mes pensées tout ce que j'avais perdu. Combien ma vie était censée être différente.

Isabella m'avait appelé tard la veille au soir. Je ne lui avais parlé qu'une seule fois depuis mon départ, quand elle m'avait appelé pour m'annoncer que Salvatore avait tout cédé à notre oncle, Roman. Elle n'avait pas appelé lorsqu'Effie s'était cassé le bras. Je ne l'avais découvert qu'en la voyant porter un plâtre rose vif sur l'une des photos. Elle n'avait pas non plus appelé pour me parler de ses fiançailles avec Luke. Ça aussi, je l'avais vu quand j'avais repéré la pierre à son doigt sur une autre photo de ma fille. Non que je me soucie qu'elle épouse Luke. Ils se méritaient l'un l'autre. En ce qui concernait Isabella, je n'éprouvais aucune affection. C'était la mère de mon enfant. C'était tout ce que j'avais à dire. Nous serions toujours connectés, quoi qu'il arrive, mais ça ne voulait rien dire de plus.

Non, elle m'avait appelé pour me parler d'un corps. Le corps de Mateo Castellano. J'avais côtoyé Mateo. Il y a quelques années, il avait travaillé pour Franco Benedetti. En fait, il m'avait prévenu au sujet d'un marché qui s'avérait être un piège, ce qui m'avait probablement sauvé la peau, même si je ne l'avais pas reconnu à l'époque. Trop arrogant, évidemment. On s'entendait bien. C'était même devenu un ami. Mais ensuite, il avait disparu, il avait tourné la page, sans doute. Lui, comme moi désormais, n'était plus personne. Il allait là où l'argent l'amenait.

Je ne compris pas la raison de son appel au début. Les types comme nous mouraient tout le temps. Un effet secondaire de la vie mafieuse. Pourtant, l'annonce de la mort de Mateo m'avait fait le même effet qu'à la mort de mon frère, Sergio. Ça m'avait fait réfléchir.

Il y avait autre chose. Isabella avait dit que le tueur avait tout fait pour qu'on retrouve le corps. C'était pour envoyer un message. Castellano avait été roué de coups, ce qui ne m'avait pas surpris, puis abattu à la manière d'une exécution : une balle derrière la tête. Mais il y avait encore une chose. Encore deux choses, en fait.

On lui avait coupé la langue. C'était un mouchard.

Je lui avais dit sans ménagement que je n'étais pas totalement surpris, vu qu'il avait déjà mouchardé quand il m'avait sauvé la mise. Mais elle m'avait demandé de me taire et d'écouter. Il y avait une marque sur lui. Une trace. Au milieu de sa poitrine. Elle avait vu une photo. Je ne savais pas comment elle avait mis la main sur une photo comme celle-là, même si elle était incroyablement débrouillarde. Ne jamais sous-estimer Isabella DeMarco. Je ne le savais pas encore ?

Elle pensait que la marque m'intéresserait. C'était celle de Salvatore, apparemment. La marque était une version plus grande des armoiries de la famille Benedetti, un symbole de pouvoir vieux de plusieurs générations dans notre milieu, du moins dans le sud de l'Italie et dans le nord-est des États-Unis. C'était une réplique exacte de celle que j'avais dans la main. Mateo Castellano avait été marqué avant sa mort, et quelqu'un voulait faire passer deux messages : d'abord, que c'était un mouchard, et les mouchards étaient traités sans merci. Ensuite, que c'était un Benedetti qui avait fait le boulot.

Mais ce n'était pas comme ça que Roman opérait. Ce n'était pas son *modus operandi*. Franco, peut-être, mais lui avait une autre forme de cruauté. Il était tout aussi brutal, mais pas aussi moyenâgeux dans sa torture. Je ne soupçonnais pas Salvatore une seconde.

Voilà pourquoi j'avais donné les pilules à Gia.

Mateo avait mon âge, ou presque. Il avait une petite sœur. Je l'avais rencontrée une fois, il y a longtemps. Je crois que j'avais dix-sept ou dix-huit ans. C'était à une fête à laquelle mon père avait assisté, au cours de laquelle une réunion secrète avait eu lieu. Il m'y avait amené. Quand ils étaient tous partis discuter, je m'étais promené dans la propriété. Je m'ennuyais, vexé de ne pas avoir été convié à la réunion. Un peu plus loin, à l'écart de la maison, j'avais croisé une petite fille coincée contre un arbre par deux garçons d'une douzaine d'années, je dirais. Apparemment, ils essayaient de lui prendre quelque chose, et elle s'était bien battue, mais elle ne devait pas avoir plus de sept ans. J'avais dit aux garçons de foutre le camp et de laisser la gamine tranquille. Elle m'avait jeté un coup d'œil. Ce n'était pas du genre « merci de m'avoir sauvée ». C'était un regard noir. Elle m'en voulait autant qu'à ces garçons. Je me souviens que j'avais ri quand Mateo nous avait trouvés là-bas et lui avait dit de rentrer à la maison pour aider leur mère. Elle lui avait parlé en italien et m'avait jeté un regard de travers avant de rentrer chez elle en courant. L'éclat de ses yeux verts en colère, sous son épaisse frange brune, m'était désormais familier et troublant.

Je ne connaissais pas le nom de la sœur de Mateo. Je n'avais jamais demandé.

Et j'avais un soupçon que j'aurais bien aimé effacer.

Je devais vérifier la marque sur la hanche de Gia.

Elle aurait le bon âge. Cette soirée s'était passée il y avait dix-sept, presque dix-huit ans. Si je ne me trompais pas sur l'âge de la petite fille, sept ans, ça lui en ferait vingt-quatre maintenant.

Est-ce que je détenais la sœur de Mateo Castellano dans cette pièce ? Si oui, qui me l'avait envoyée, bon sang ? Savaient-ils qu'ils me l'envoyaient ? Et pourquoi la marque des Benedetti ? Je savais que Franco trempait dans bien des domaines, mais l'esclavagisme sexuel n'en faisait pas partie. Il avait fait de sales coups, mais il n'avait jamais enlevé de femmes pour les vendre.

Voilà pourquoi j'avais besoin qu'elle soit assommée quand j'avais vu la marque pour la première fois. Je ne voulais rien trahir. Elle savait qui l'avait enlevée, et c'était une affaire personnelle. Je ne m'étais jamais donné la peine d'en demander plus, parce que je n'en avais rien à foutre, et je ne voulais pas savoir. Mais maintenant que j'avais entendu parler de la marque sur Mateo Castellano, je devais en avoir le cœur net.

Après avoir rangé la bague, je me préparai quelque chose à manger. Je tenais à m'assurer qu'elle soit dans les vapes avant d'y retourner. Après plus d'une heure d'attente, je sortis la clé de ma poche et déverrouillai la porte. La lumière de la chambre dans laquelle je me trouvais éclaira sa forme immobile sur le lit, bien cachée sous la couverture. Je m'en approchai pour m'assurer qu'elle dormait. C'était bien le cas. Je sortis une ampoule de la commode et je la vissai aux fils du plafond, d'où je l'avais enlevée avant l'arrivée de Gia. J'allumai. L'ampoule n'était pas trop forte, mais suffisamment lumineuse. Gia ne bougea pas.

Assis au bord du lit, je retirai la couverture, rongé par la culpabilité quand une odeur de sexe monta de son corps. Je n'avais pas eu l'intention de faire ça, tout à l'heure. Je voulais lui faire savoir que j'étais de retour et que c'était moi qui commandais. Mais ensuite, en la regardant ainsi... Bon sang, je l'avais désirée.

Je compris qu'elle n'avait pas pu se doucher avant que le cachet ne l'assomme.

Elle marmonna quelque chose et roula sur le dos.

Me dérobant à ce que j'avais à faire, je retournai dans ma chambre et je revins avec un gant de toilette, une serviette propre et du savon. Je lui avais acheté une brosse à dents et je la posai, toujours dans son emballage, sur le bord du lavabo de sa salle de bain. Je fis ensuite couler de l'eau chaude sur le gant et je frottai le savon dessus jusqu'à le faire mousser. Après avoir rincé le gant, je retournai à son chevet et lui nettoyai doucement le visage, la poitrine et le ventre, puis je rinçai deux fois de plus et lui lavai les cuisses et le sexe jusqu'à ce que l'odeur ait disparu. Je l'essuyai avec la serviette propre sans la quitter des yeux.

Je pouvais bien me dire que c'était pour m'assurer qu'elle ne se réveille pas, mais je savais que c'était un mensonge. D'une certaine façon, je ressentais pour elle quelque chose que je n'avais ressenti pour aucune des autres malheureuses qui avaient dormi dans ce même lit. D'habitude, je pouvais mettre une barrière entre moi et le travail, quel qu'il soit ou qui que ce soit. Mais avec elle, je n'arrivais pas à comprendre pourquoi cette barrière ne tenait pas debout. Elle avait tenu cinq minutes quand j'étais entré dans cette pièce la première fois. C'était peut-être l'attirance physique, le penchant que je ressentais envers elle ? C'était peut-être la marque sur sa hanche ? Peut-être que je savais déjà, inconsciemment, que ce serait différent ? Aucune idée. Il fallait que je m'y mette et que je voie cette foutue trace une bonne fois pour toutes.

Après avoir suspendu le gant et la serviette à sécher dans la salle de bain, je retournai dans la chambre à coucher et la tournai sur le côté, regardant la croûte qui recouvrait la marque en cours de cicatrisation. Mon cœur battait la chamade. Je touchai la peau rugueuse. Elle avait déjà commencé à s'écailler sur les bords, révélant une peau rose en dessous, un cercle contenant une crête. Avec mon ongle, je grattai la croûte, exposant de plus en plus de peau. Bientôt, je reconnus le *F* ornemental de *Famiglia.* Pour les Benedetti, la famille passait en premier.

Quelle blague, putain !

La croûte devint plus difficile à enlever une fois que les bords eurent disparu, mais je n'avais pas besoin d'aller trop loin. J'avais vu ce qu'il me fallait voir. Le *B* stylisé de Benedetti, les pointes de lances qui se croisaient au sommet, protégeant le *famiglia* en dessous. Je n'avais pas besoin de voir la tête de lion au centre de la crête. Sa crinière prit forme sur les bords et je n'eus aucun doute qu'une fois la cicatrice complètement guérie, je verrais le sceau des Benedetti sur sa peau.

Je me levai rapidement, regardant la fille d'en haut. Puis je m'accroupis à nouveau jusqu'à ce que mon visage soit à vingt centimètres du sien et je repoussai les mèches sur sa joue, les glissant derrière son oreille pour mieux la contempler, cette jolie femme inconsciente allongée sur ce lit crasseux, les yeux fermés, les lèvres entrouvertes, le souffle léger. J'essayai de me remémorer la petite fille de la fête, mais la seule image que j'en avais gardée, c'étaient ses yeux. Gia m'avait regardé comme ça une fois, un regard noir sous ses cheveux foncés, qui m'avait transpercé comme une pointe chauffée à blanc.

Mais était-elle la petite sœur de Mateo Castellano ? Celui qui l'avait tué l'avait-il aussi enlevée ? Qu'est-ce qu'elle avait à voir dans toute cette histoire ? Comme si elle avait besoin d'être impliquée... C'était la mafia italienne, après tout. Les familles prospéraient ensemble et elles étaient détruites ensemble. Cette femme endormie était-elle la fille que j'avais sauvée de l'agression par deux garçons à l'occasion de cette fête ?

Je me levai brusquement et je m'éloignai.

Qu'est-ce que ça pouvait faire, de toute façon ? C'était juste un boulot. Rien de plus. Ce n'était pas parce que je l'avais sauvée des mains de gamins idiots il y a des années que nous étions liés, que j'allais être à nouveau son sauveur. Je devais me rappeler que je n'étais plus un Benedetti. Je n'avais plus d'armée derrière moi. J'étais Dominic Sapienti. Autrement dit, personne. Même si j'avais très envie de la protéger, que pouvais-je faire ? Non que j'aie assez pour l'acheter. J'avais gaspillé tout mon argent en achetant la demeure de Salvatore, les murs et le terrain. Tout ce qu'elle contenait m'appartenait maintenant et elle pourrissait là, sous sept ans de poussière parce que je ne risquais pas d'y retourner un jour. Je ne savais même pas pourquoi je l'avais achetée.

Et même si j'avais pu, qu'est-ce que j'aurais fait ? J'aurais acheté cette fille ? Je l'aurais gardée pour moi ?

Gardée.

— Tu es un abruti, Dominic, murmurai-je.

Je me levai et rejoignis le centre de la pièce pour dévisser l'ampoule du plafond, plongeant à nouveau la pièce dans l'obscurité. Je mis un moment à me réadapter.

La garder, et faire quoi ? Je l'interrogerais sur la marque. Je trouverais qui l'avait fait. Pourquoi ils l'avaient fait. Et ensuite ?

C'était l'inconvénient de mon métier. Je ne savais jamais qui m'avait engagé, et ils ne savaient jamais qui ils avaient engagé. Un monde de monstres anonymes.

Je pris le téléphone dans ma poche arrière et je commençai à composer un numéro que je n'avais pas composé depuis bien des années. Je ramenai la couverture sur elle en admirant son visage doux et innocent – du moins, quand elle dormait –, puis je sortis de la chambre, verrouillant la porte derrière moi. Je consultai l'écran du téléphone. Un chiffre de plus et il se mettrait à sonner. Mon cœur battait fort et mes mains étaient moites. J'appuyai sur *fin*. Je n'étais pas prêt pour ça. Pas encore. Au lieu de cela, j'ouvris mon ordinateur portable et je m'assis à la table de la cuisine, où je tapai le nom de Mateo Castellano dans le champ de recherche Google, sachant déjà ce que je trouverais.

8

GIA

La lumière filtrait à travers les lamelles de bois qui recouvraient la fenêtre de la chambre à coucher. Mes paupières étaient collées quand je les ouvris en clignant des yeux, ma bouche était comme du coton et ma tête était lourde. Un mélange entre la vie et la drogue.

Je m'assis, tirant la couverture sur moi, et je m'enroulai dedans. Pourquoi devait-il laisser la chambre aussi froide ?

Je me grattai tête. C'est alors qu'un petit mouvement près du lit me fit sursauter. J'émis un cri involontaire.

La Mort était assis sur la chaise, sans masque, l'air sombre, l'œil noir, le regard lourd. Il me surveillait.

Chaque poil de mon corps se hérissa et mon cœur fit un bond. Que faisait-il ici ? Depuis combien de temps me regardait-il dormir ? Pourquoi ? Comment me torturerait-il aujourd'hui ?

J'agrippai la couverture et j'attendis.

— Qui t'a envoyée à moi, Gia ?

Je remontai les jambes et m'assis sur les genoux en me couvrant autant que possible.

— Qui t'a marquée, Gia ?

Je dus déglutir plusieurs fois pour que ma voix fonctionne.

— Pourquoi ?

La question me fit paraître faible. Vulnérable.

— Je sais qui tu es.

Je le regardai fixement, cet homme qui me retenait prisonnière. Ce cruel ravisseur qui donnait et prenait à sa guise, qui suscitait en moi une peur bleue et qui m'attirait comme personne d'autre. Son visage, celui d'un ange, était gravé dans la pierre la plus dure. Ses yeux d'acier étaient plus froids en ce moment, le plaisir qu'il prenait à se moquer de moi ne rougeoyait plus comme les braises d'un feu mourant. Une colère, une haine l'avait remplacé, et ce feu brûlait intensément, prêt à consumer. À anéantir.

C'était terrifiant à voir.

— Quelle importance, qui je suis ? demandai-je, le cœur battant, consciente que la glace sur laquelle je marchais était mince.

J'attendis en le regardant, pour voir quelles conséquences mes paroles allaient entraîner.

Son expression ne changea pas.

— Qui t'a envoyée à moi ?

C'était comme s'il retenait son souffle.

— Victor Scava.

Cela sembla le surprendre, car il lui fallut une minute pour continuer.

— Il t'a marquée ?

Je hochai la tête.

— Sous les ordres de qui ?

— Je ne sais pas. Je ne sais pas s'il a reçu des ordres de qui que ce soit.

— Pourquoi a-t-il fait ça ?

L'émotion me traversa, les souvenirs, un deuil intense. Devant moi était assis l'un des hommes responsables de ma souffrance. Je ne savais pas s'il était impliqué dans la torture ou la mort de Mateo, mais je savais que je ne lui devais rien.

Rassemblant mon courage, je levai la tête bien haut.

— Qu'est-ce que ça peut te faire ? Pourquoi tu poses toutes les questions que tu veux, alors que tu ne réponds même pas à celle que je t'ai posée ?

— Tu veux toujours savoir mon nom ? C'est si important pour toi ?

Il avait peut-être raison. J'aurais peut-être dû poser une autre question. Mais je hochai la tête en plissant les yeux.

— Dominic. Je m'appelle Dominic (une hésitation, puis)... Sapienti.

Même dans la pénombre, je vis qu'il détournait les yeux en prononçant son nom de famille et je sus que c'était un mensonge.

— Dominic Sapienti, répétai-je en l'observant attentivement.

Il hocha la tête une fois en clignant des yeux et je fus certaine d'avoir vu juste.

— Il m'a marquée parce que je ne voulais pas baiser avec lui.

Il parut surpris. Son front se plissa et un pli se forma entre ses sourcils alors qu'il digérait mon information en attendant que je continue.

Je haussai les sourcils.

— On dirait que tu aimes me lécher. Je suppose qu'il voulait le faire, lui aussi. Ça fait de toi un monstre de l'avoir fait sans ma permission, alors qu'il aurait pu, mais qu'il a choisi de s'abstenir ?

— Il a choisi de te marquer à la place. De te marquer de façon permanente. Il t'a ensuite envoyée à moi, sachant ce que je te ferais, ce que tu aurais à endurer avant d'être vendue comme un animal. Je dirais que ses actes l'emportent sur les miens dans la foire aux monstres.

— Va te faire foutre.

— En plus, je ne me souviens pas que tu m'aies repoussé. D'ailleurs, si ma mémoire est bonne, et c'est le cas, tu en redemandais en enfonçant tes fesses contre ma figure.

Je me détournai. Il avait raison.

Il se leva, s'approcha du lit et se plaça au-dessus de moi, son corps comme un avertissement. Saisissant mon menton, il me força à le regarder.

— J'aurais pu en avoir plus. Je peux encore.

Je voulais lui dire quelque chose, le défier, mais toutes les sonnettes d'alarme se déclenchèrent en moi et je baissai les yeux. Je devais être intelligente, et pousser cet homme à me faire du mal n'était pas intelligent du tout.

— Parle-moi de ton frère.

Il me relâcha et s'assit sur la chaise.

Je le fixai du regard. Comment savait-il pour Mateo ? Qu'est-ce qu'il savait, au juste ? Cela faisait-il partie de sa « formation » ? Il voulait me rendre dingue maintenant, parce que me faire mal physiquement et s'assurer que je me haïsse à cause de mes réactions envers lui n'était pas suffisant ?

— C'est pour ça que tu es là ? C'est pour ça que ton patron m'a envoyée à toi ?

— Je ne travaille pas pour Victor Scava, précisa-t-il rapidement d'un air dégoûté.

— Alors, je ne comprends pas. Pourquoi m'enverrait-il chez toi si tu ne travailles pas pour lui ?

— Je suis un travailleur indépendant. Parle-moi de ton frère, Gia. Dis-moi ce que Mateo a fait pour se faire tuer, pour t'attirer le genre d'ennuis dans lesquels tu es fourrée.

J'entendis le changement de son intonation, de ses paroles, de toute sa façon d'être envers moi. Je ne comprenais pas.

— Mon frère était quelqu'un de bien qui fréquentait des gens méchants, et quand il a essayé de s'en sortir, ils l'ont tué.

— On lui a coupé la langue. Cela signifie une chose dans notre milieu.

J'eus mal au cœur à cette affirmation. Parviendrais-je un jour à penser à Mateo sans cet affreux souvenir ?

— *Ton* milieu.

— Non. *Notre* milieu.

Je baissai les yeux sur mes genoux en soupirant. Il avait raison. C'était notre milieu.

— Comment sais-tu ce qui est arrivé à Mateo ?

— Son corps a été retrouvé hier. On l'a laissé dans un endroit où on pouvait le trouver. Celui qui l'a tué envoie un message. Maintenant, dis-moi pourquoi ils l'ont exécuté.

— Qu'est-ce que ça peut te faire ?

Il se leva, passa la main dans ses cheveux et détourna le regard, secouant la tête comme s'il tenait une conversation avec lui-même, une dispute interne. Il se tourna enfin vers moi.

— Dis-le-moi, bordel.

— Parce qu'il était allé voir les fédéraux à propos de ce que tu es en train de me faire, justement. Il avait commencé à travailler pour Victor. Je lui avais dit de ne pas le faire, que Victor était un mauvais cheval. Il l'a découvert à la dure, et quand il a essayé de faire ce qu'il fallait, ils l'ont tué. Ils l'ont torturé et ils m'ont obligée à regarder.

Ma voix se brisa et j'essuyai une larme indésirable.

— Je pense que c'est surtout ça qui l'a détruit.

La pièce devint silencieuse. Quand je levai les yeux, Dominic me fixait, affecté, mais silencieux.

— As-tu quelque chose à voir avec ça ? Avec le fait que Mateo soit allé voir les fédéraux ?

Je secouai la tête.

— Je ne savais pas ce que Victor faisait. Je ne savais pas qu'il vendait des filles, pas avant que mon frère me le dise.

— Pourquoi Victor ne t'a-t-il pas tuée ?

— Parce que c'est un malade ?

J'essayais de prendre la situation à la légère, mais un sanglot remonta dans ma gorge.

Son téléphone vibra au même instant, nous interrompant. Dominic fouilla dans sa poche pour le récupérer sans me lâcher des yeux.

— Tu étais fiancée au fils d'Angus Scava, James ?

Je hochai la tête.

— Quand il est mort, Victor est entré en scène. Il était le suivant, puisque M. Scava n'avait pas d'autres enfants.

— M. Scava ? Tu dis ça avec tendresse, Gia. Scava n'est pas un homme gentil.

— Il a toujours été gentil avec moi.

Dominic secoua la tête comme si ce que je disais était incroyable.

— Comment peux-tu être sûre qu'il n'a pas commandité tout ça ? demanda-t-il avec un grand geste pour me montrer la pièce.

— Non. Sûrement pas. James m'aimait et il aimait James. Il ne me ferait pas ça.

— Tu es une imbécile.

— Tu n'as pas de cœur, pas d'âme. Je ne m'attends pas à ce que tu comprennes ce genre d'amour, l'amour d'un père.

Dominic recula comme si je l'avais poignardé. Il lui fallut un moment pour s'en remettre.

— L'amour est changeant. Jetable. Il n'est pas éternel, pas dans notre monde. Seuls les imbéciles croient au bonheur éternel, Gia.

Il se tourna alors vers son téléphone. Son visage changea. La confusion et l'inquiétude se succédèrent sur ses traits pendant qu'il lisait le message.

— Je vais le tuer. Je vais mettre une balle dans la tête de Victor Scava, déclarai-je.

Il me regarda, le front plissé et les yeux noirs. Puis, sans un mot, il sortit et m'enferma, me laissant une fois de plus dans cette pièce sombre et humide, perdue, mais aussi, d'une certaine manière, pleine d'espoir.

Le corps de Mateo avait été retrouvé. On l'avait laissé dans un endroit où l'on pouvait le trouver. Et sa découverte avait ébranlé mon geôlier.

9

DOMINIC

Apparemment, l'un des hommes de Roman aurait tué Castellano. Franco est furieux. Il avait juré de protéger les enfants Castellano ou un truc comme ça. C'est incroyable, non ?

Je dus lire le message d'Isabella deux fois pour comprendre. Pour m'en imprégner.

Le père de Mateo avait travaillé pour Franco. Il avait pris une balle pour lui. Il était mort en lui sauvant la vie. Je m'en souvenais maintenant. Je l'avais entendu dire, après-coup. J'avais entendu Franco parler avec Roman du fait qu'il devait prendre soin de la famille Castellano. S'assurer que tout le monde sache qu'ils étaient sous sa protection.

Et Roman avait fait tuer Mateo Castellano ? Pourquoi diable l'aurait-il marqué ? Pourquoi faire de la publicité ? Franco aller le tuer, putain. Cela n'avait aucun sens. Si ce que Gia me disait était vrai, ça voulait dire qu'il s'était livré au trafic d'esclaves sexuelles ? La famille Benedetti vendait-elle maintenant des femmes au marché noir ?

Je m'assis à la table de la cuisine et je cherchai le numéro de Salvatore. Il était temps. Bon sang, c'était du passé, tout ça.

J'appuyai sur *appel* et j'écoutai sonner. Il me fallut prendre sur moi pour ne pas appuyer sur le bouton *fin*, cette fois. Et quand il décrocha, sa voix si familière même après toutes ces années, il me fallut une minute pour lui répondre. Il me fallut cette minute pour que mon cœur cesse de battre à cent à l'heure et que ma voix fonctionne.

— Salvatore, dis-je avant d'attendre.

Silence à l'autre bout de la ligne. Puis :

— Dominic ? C'est toi ?

Entendre sa voix, putain, ça me rappelait tant de souvenirs. Tant d'émotions.

— C'est moi, dis-je d'un ton monotone.

— Seigneur !

Si je pouvais dire que j'avais entendu un jour le soulagement dans sa voix, ce serait maintenant. Comme s'il en avait quelque chose à foutre.

— Où tu étais passé, bordel ? Je te cherche depuis sept ans.

— Je suis là. Je vais bien.

Je fis une pause.

— Comment tu vas ?

C'était poli de le demander et j'avais besoin d'être poli. J'avais besoin d'informations.

— Très bien. Bien.

— J'ai entendu dire que tu avais deux gosses qui courent partout et un troisième en route.

— Tu as gardé un œil sur moi ?

— Ouais.

— Deux petites filles. Un garçon à naître dans six semaines.

Il marqua une pause avant d'ajouter :

— Ils devraient rencontrer leur oncle un jour.

— Non, putain.

Je me levai, les dents serrées.

— C'est mieux comme ça.

— Mieux pour qui ?

J'ignorai sa question.

— Et Effie ? demanda-t-il.

— Mieux pour elle aussi.

— Non, pas mieux. Où es-tu ? Est-ce que ça va ?

Je détestais le ton de sa voix. La sincérité dans ce qu'il disait.

— Je suis dans le coin, et je vais bien. J'avais besoin de savoir qui j'étais.

— Tu es mon putain de frère, voilà qui tu es.

— Pas si simple.

— Je pensais que tu étais mort, dit Salvatore.

— Après ce qui s'est passé, j'aurais bien voulu.

Un long silence s'ensuivit. Les mots *je suis désolé* auraient pu coller parfaitement ici. *Je suis désolé d'avoir failli te tuer*. C'était peut-être même vrai ? Mais je ne pouvais pas prendre ce chemin. Je détestais la famille Benedetti. Je les détestais tous. Et cela devait inclure Salvatore.

Un silence.

— J'ai entendu dire qu'ils avaient trouvé un corps. Mateo Castellano. Roman a-t-il ordonné le meurtre ?

Salvatore soupira.

— Je pense que c'est assez évident, non ?

— Je croyais que la famille Castellano était sous la protection de Franco.

— Moi aussi. Père est énervé. Je ne sais pas comment Roman survivra à ça.

Les serpents s'échappaient toujours quand on pensait les avoir coincés. Mais cette fois, j'étais sûr que ce n'était pas Roman.

— On ne l'a pas piégé ?

— Je ne sais pas. Je lui ai parlé, mais je n'en suis pas sûr.

— Tu connais les détails ?

— Je me fiche des détails. C'est pour ça que je suis ici, en Floride, loin de cette vie. Pour garder ma famille en dehors de tout ça. On m'a déjà interrogé deux fois et je vais te dire ce que je leur ai dit. Roman et moi, nous parlons deux fois par an. Je l'ai appelé pour avoir l'esprit tranquille. Il prétend que ce n'est pas lui.

— Tu le crois ?

Il soupira et prit un moment pour répondre.

— Écoute, je ne suis plus impliqué là-dedans. Point final. Et maintenant, je te dis que toi non plus. La meilleure chose que tu aies faite, c'est de t'éloigner de notre père.

— *Ton* père.

— Oui, eh bien, peut-être que tu devrais compter tes bonnes étoiles.

— C'était un meurtre brutal.

— Je sais que toi et Mateo, vous avez été amis, mais tu ne peux pas t'impliquer dans cette histoire. Tu ne peux pas y retourner. Laisse Franco s'en charger.

Salvatore avait toujours eu cette façon de vous enfoncer des conneries dans le crâne, surtout s'il pensait qu'il le faisait pour votre bien. Ça n'avait pas changé, apparemment.

— Je ne suis pas vraiment en dehors de ça, Salvatore.

— De quoi tu parles, bordel ?

— Mateo a une sœur.

— Qui a disparu quelques jours après lui et qui est probablement morte.

— Non, elle n'est pas morte.

— Merde, Dominic. Qu'est-ce que tu racontes ?

— Écoute, j'avais juste besoin de savoir si Roman avait ordonné le meurtre. Est-ce qu'il se couvre maintenant que le corps a été retrouvé ? Parce que ça ouvre une autre boîte de Pandore.

— De quel genre ? demanda-t-il résolument.

Je savais qu'il attendait que je remplisse les blancs. Je me demandais s'il savait que je n'avais pas parlé à Roman depuis plus de cinq ans. Et comment pouvais-je lui dire que je savais que Gia Castellano était en vie et que je la détenais ici ?

— Je sais que c'est Victor Scava qui a mis une balle dans la tête de Mateo Castellano.

— Scava ? Le neveu d'Angus Scava ? Qu'est-ce qu'il aurait à voir avec tout ça ? La marque sur la poitrine de Castellano, c'est le blason de la famille Benedetti.

— Alors, tu crois que c'est notre oncle qui l'a commandité ?

— Je ne sais pas ce que je crois, et je suis fatigué d'y réfléchir. Je suis désolé que Mateo ait été tué, mais rien ne le ramènera, et le fait que je le sache, ou toi, ça n'y changera rien. Reste en dehors de ça, Dominic.

— Victor Scava est impliqué dans le trafic d'esclaves. Mateo allait livrer des preuves. C'est pourquoi il a été réduit au silence. Pour en faire un exemple.

— Reste en dehors de ça, répéta Salvatore.

— C'est trop tard, c'est foutu.

— De quoi tu parles ? Comment tu sais tout ça ?

— J'ai Gia Castellano avec moi. Elle a été témoin du meurtre. Scava l'a aussi marquée. La même marque...

Je marquai une pause, mais je devais tout lui dire maintenant. D'une certaine façon, c'était une sorte de confession. Même si je n'avais aucun espoir de rédemption. Bon sang, j'avais dépassé ce stade depuis bien longtemps !

— Elle doit être mise aux enchères dans une semaine.

— Mise aux enchères ? Qu'est-ce que ça veut dire, cette connerie ?

Il savait très bien ce que ça voulait dire. C'était la seule chose dans laquelle les Benedetti n'étaient pas impliqués. Une chose sur laquelle Franco, son père avant lui, et encore son père avant lui, avaient mis leur veto. Pas de trafic d'êtres humains.

Des saints, ces mecs-là !

— Roman pourrait-il être impliqué avec Victor Scava dans une entreprise pareille ? tentai-je.

— Le trafic d'êtres humains ? Non. Pas question. Où es-tu exactement, et pourquoi tu détiens la fille ?

— S'il n'est pas impliqué, pourquoi Mateo aurait-il été marqué du sceau des Benedetti ? Pourquoi ne pas le tuer tranquillement et se débarrasser du corps ? Je veux dire, on sait tous comment se débarrasser d'un putain de corps si c'est nécessaire. Scava envoyait un message. Je veux savoir quel est ce message, et comment les Benedetti sont impliqués.

— C'est n'importe quoi, Dominic.

— Sans blague.

— Roman sait...

— Et il s'en fout. Il est roi maintenant. C'est toi qui le lui as permis, tu te souviens ?

— S'il a trahi notre père…

Je fermai les yeux et me pinçai l'arête du nez en comptant jusqu'à dix. Je ne relèverais pas sa remarque. Le fait qu'il se taise me laissait comprendre qu'il avait réalisé son erreur.

— Où es-tu, et où est la fille ? demanda-t-il.

— Dans le Vermont.

— Dans le Vermont ? Tu détestes le froid.

— Je survis.

Quoi, on était partis pour parler de la pluie et du beau temps, maintenant ?

— Qu'est-ce que tu veux dire par « la mettre aux enchères » ? Tu ne peux pas être impliqué dans quelque chose comme ça.

— Je suis déjà impliqué.

Une douzaine de filles étaient impliquées. Salvatore soupira.

— Parle-moi de la vente aux enchères.

— Dix, peut-être douze filles. Assez d'acheteurs invités pour rendre les enchères intéressantes.

— Bon Dieu !

Je partis d'un rire sec.

— Sais-tu qui sera présent ? s'enquit-il.

— Non.

— Est-ce que tu peux le savoir ?

— Il n'y a pas vraiment de liste d'invités pour ce genre d'événements.

Salvatore fit une autre pause après ma remarque.

— Notre oncle y est-il déjà allé ?

Sa question avait tout d'une mise en garde.

— Pourquoi acheter le produit quand c'est lui le fournisseur ?

Plus j'y pensais, plus la culpabilité de Roman était évidente, plus je voyais sa présence permanente, quand il observait en silence, ayant gagné la confiance de Franco comme personne d'autre ne l'avait fait, pas même ses fils.

— Non. Pas possible. C'est notre oncle, Dominic, merde ! Meilleur que notre père ne l'a jamais été pour nous.

— *Ton* père. *Ton* putain de père !

— Laisse tomber.

— J'essaie encore de digérer le fait que je ne suis pas celui que je croyais être depuis vingt-huit ans et tu me dis de laisser tomber ?!

Un autre long silence s'étira.

— Je suis désolé, fit-il avec un soupir. Qu'est-ce que tu sais exactement de la vente aux enchères ?

— Ce n'est pas ma première.

— Tu achètes des filles ?

— Je fournis des filles formées pour ça.

— Seigneur.

Merde. Je laissai tomber la tête en l'agitant doucement de haut en bas. À quoi je jouais, bordel ? Combien de vies avais-je détruites ? Combien d'autres allais-je encore briser ? Tout ça pour me prouver à moi-même et au monde entier que j'étais une ordure ? Bon Dieu. J'aurais mieux fait de me tirer une balle dans la tête.

— Dominic ?

— Oui, dis-je en m'essuyant le nez avec le dos de la main.

— Nous devons faire quelque chose pour la vente aux enchères.

J'entendis le « nous ». Et je sus ce que je devais faire.

Je me levai.

— Non. Pas nous. *Moi*. Tu n'es plus impliqué, plus maintenant, tu te souviens ? Tu t'es bien débrouillé, en t'enfuyant avec Lucia. Garde-la en sécurité. Protège ta famille. Ne tente pas le diable deux fois.

Le début était plein de rancune, mais cette dernière partie, je la pensais vraiment.

Il fit une pause et je l'entendis presque s'apprêter à discuter avec moi. Mais il ne le fit pas. Sa famille passait en premier. C'était bien normal.

— Qu'est-ce que tu vas faire ?

— Je ne sais pas. Je vais d'abord voir si Roman est impliqué.

— Ça n'a pas de sens, Dominic. Il ne serait pas impliqué dans quelque chose comme ça. Tu l'as déjà jugé et condamné dans ton esprit. Et tu es tout seul, souviens-toi de ça.

Ce qui voulait dire que je n'avais aucun soutien. Aucun.

— Je ne serai pas seul.

— Qu'est-ce que ça veut dire ?

— La sœur de Mateo. Elle sait au moins une partie de ce qui se passe. Et elle veut se venger du meurtre de son frère.

— C'est une femme. Pas entraînée. Innocente, peut-être. C'est une victime. Tu ne peux pas l'impliquer plus qu'elle ne l'est déjà.

— Tu n'as donc pas appris à ne pas sous-estimer les femmes déterminées ?

Nul besoin de prononcer le nom d'Isabella DeMarco.

— Sois prudent avec Roman, dit Salvatore. Il est différent maintenant. Plus fort.

— Il a toujours été comme ça. Seulement, tu ne l'avais jamais remarqué.

— Je parlerai à Papa, dit Salvatore.

— Comment va-t-il ?

La question avait fusé avant que je puisse l'arrêter.

— Il est désolé, dit Salvatore doucement. Il m'écrit, et chaque fois il me dit combien il est désolé de ce qu'il t'a dit. Il a perdu ses deux fils cette nuit-là.

Je me mordis la langue pour ne pas parler. Je n'en avais rien à foutre. Rien du tout.

Salvatore soupira.

— Il est plus âgé. Plus faible. Mais c'est Franco Benedetti. Il nous survivra, à tous. Cela dit, si c'est vrai, il écorchera Roman vivant.

Il fit encore une pause.

— Tu as un endroit sûr où aller, pour la mettre en sécurité ?

— Oui.

— Ne me dis pas où.

— Je n'y comptais pas. Il faut que j'y aille.

— Reste en contact avec moi. S'il te plaît. Et si tu as besoin de moi…

— Non. Reste avec ta famille.

— Je t'aime, mon frère.

Putain de merde. Comment ces mots pouvaient-ils m'affecter encore ? Sept ans plus tard ?

— Je dois y aller.

Je coupai la communication avant de dire quelque chose de stupide. Avant de devoir ravaler les mots que j'avais servis à Gia et de passer pour un imbécile.

La première chose que je devais faire, c'était sortir Gia de là.

Je ne me faisais aucune illusion sur ce que cela signifierait pour moi. J'allais voler Victor Scava. Peut-être son oncle, Angus, le chef de la famille Scava. L'un ou l'autre me tuerait pour ce que j'allais faire.

Mais d'après ce que Gia m'avait dit, Victor au moins savait où nous étions. Il nous avait envoyés dans ce chalet. Je l'avais déjà utilisé. Huit fois, pour être précis. C'était donc lui qui m'avait engagé tout ce temps-là. Savait-il que j'étais Dominic Benedetti ? Si c'était le cas, m'aurait-il envoyé Gia avec notre marque sur son corps ? Ou était-ce justement le but ? L'avait-il envoyée pour que je la découvre ?

Pendant un moment, j'eus l'idée de l'emmener à Franco. Pour lui rappeler sa promesse de la protéger, elle et sa famille. Et après ? Je vis dans le monde réel. La famille précède toute promesse et, en fin de compte, Roman était de la famille. C'était son beau-frère. Gia était la fille d'un fantassin mort et la sœur d'une balance.

Soit Victor Scava avait marqué et tué Mateo Castellano, et avait maquillé le crime pour qu'on croie que c'était l'œuvre de Roman, soit il avait reçu l'ordre de Roman de le tuer. Victor accepterait-il un ordre de Roman ? Non. Impossible. Et Roman n'avait pas pu lui demander d'apposer son putain de nom sur le mort. Il était beaucoup trop malin pour ça.

Les deux familles ne traitaient pas ensemble. Il n'y avait pas de rivalité ; elles ne partageaient pas le même territoire. Mais y avait-il une sorte d'allégeance ? Un pacte secret ? Est-ce que quelque chose avait mal tourné au point que Victor veuille éliminer Roman et qu'il ait envoyé un message pour que la famille de Roman se retourne contre lui ?

En fin de compte, ce dernier n'était pas à la tête de la famille. Comment pourrait-il l'être sans même être un Benedetti ? Quand j'avais appris que Salvatore lui avait confié toute l'opération, je m'étais senti tellement en colère. Le trône des Benedetti ne lui appartenait pas. Il lui appartenait encore moins qu'à moi, putain. C'était lui l'usurpateur.

Alors, qu'est-ce que j'étais, moi, si c'était lui l'usurpateur ? J'étais fait du même bois. Mieux valait que je m'en souvienne. Le nom Benedetti ne m'appartenait pas non plus. Et pour finir, je l'éliminerais. Je voulais mettre fin à cette famille. Mettre fin à leur loi. Leur faire mordre la poussière.

Pourtant, je devais admettre que ça faisait toujours mal. L'idée que lui, mon oncle, soit à la tête de la famille que j'avais tant voulu diriger. Ça piquait plus qu'un peu.

Après avoir rangé mes maigres affaires dans un sac marin, je choisis un sweat-shirt à capuche et un pantalon de survêtement pour que Gia puisse les porter pendant la route. Elle nagerait dans les vêtements, mais c'était mieux que d'être nue. Je lui offrirais quelque chose à sa taille le plus vite possible. Pour l'instant, il fallait qu'on file d'ici. Je ne savais pas si Scava viendrait la chercher plus tôt. Pour l'emmener aux enchères lui-même. Ou lui coller une balle dans la tête, pour ce que j'en savais. Victor Scava était un fils de pute.

J'entrai dans sa chambre et je la trouvai debout près de la fenêtre, à essayer de regarder à l'extérieur entre les lamelles du bois.

Elle se retourna pour me faire face, pressant son dos contre le mur. La panique agrandissait son regard comme chaque fois que j'entrais. Je l'étudiai en essayant de garder mon attention sur son visage, afin de ne pas me souvenir des choses que je lui avais faites, mais plutôt de me concentrer sur ses yeux, ses yeux pleins de défi, beaux, tristes et terrifiés.

— Habille-toi, dis-je en jetant les vêtements sur le lit. On s'en va.

Il lui fallut quelques secondes pour comprendre ce que j'avais dit.

— Où allons-nous ?

— Loin d'ici. Dépêche-toi.

— Pourquoi ?

— Parce que je l'ai dit.

— Je… c'est le moment ? Les deux semaines se sont écoulées ?

Je restai perplexe pendant un moment, puis je réalisai qu'elle pensait qu'il était temps d'aller à la vente aux enchères.

— Non. On quitte cet endroit. Je ne t'emmène pas aux enchères.

— Alors, où m'emmènes-tu ?

— Dans un endroit sûr.

Elle me dévisagea, dubitative.

— Allons-y. Sauf si tu veux rester ici et attendre que quelqu'un vienne te chercher. Ce pourrait être aujourd'hui ou dans quelques jours si tu ne te pointes pas aux enchères, mais ils viendront, et je ne veux pas être ici quand ils le feront. Maintenant, ça ne me dérange pas que tu sois nue – en fait, je préfère ça –, mais tu pourrais être plus à l'aise en portant des vêtements, vu qu'il gèle dehors.

— Pourquoi m'aides-tu ?

Elle s'avança vers les vêtements sur le lit. Je la suivis et je lui détachai les poignets, récupérant les menottes. Elle passa le sweat à capuche par-dessus sa tête. Je le vis tomber presque jusqu'à ses genoux.

— Parce que tu vas m'aider. Je n'aime pas Victor Scava et je pense qu'il se fout de ma gueule.

J'omis de mentionner que c'était contre ma famille, pour deux bonnes raisons. Premièrement, je ne voulais pas qu'elle sache qui j'étais, et deuxièmement, je ne comprenais pas pourquoi je considérais encore la famille Benedetti comme la mienne.

Gia mit le pantalon et le retroussa. Elle dut remonter la ceinture et la retourner pour qu'il ne tombe pas. Puis elle se tint là, à me regarder dans l'expectative.

— C'est trop grand pour toi, mais ça ira jusqu'à ce qu'on arrive au van.

Elle glissa ses pieds dans la paire de bottes que j'avais posée devant elle. Elle avait l'air un peu ridicule, mais je l'aimais bien dans mes vêtements.

Je m'écartai et lui fis signe de me suivre.

Elle avança, peu sûre d'elle au début, puis elle prit de l'assurance, impatiente de sortir de la pièce. Au moment où elle me dépassait, je lui attrapai le bras et la fis arrêter.

— Juste une chose. Tu fais ce que je te dis, sinon... Tu as besoin de moi pour survivre maintenant. Je suis la seule personne qui puisse te protéger de Scava. Ne te fous pas de moi. C'est clair ?

— Je ne t'aime pas, Dominic, et je te fais encore moins confiance, mais je sais que tu détiens la clé de ma liberté, alors je promets de ne pas te baiser, d'accord ? fit-elle en essayant de se libérer.

Je tirai plus fort et je me penchai plus près, suffisamment pour que ma barbe mal rasée frotte contre sa joue douce pendant que je respirais. Puis je lui saisis le visage et nous nous retrouvâmes nez à nez.

— Tu sais te servir de ta bouche, mais je préfère l'utiliser à d'autres fins.

Elle retira brusquement son visage de ma main.

— Ne me prends pas pour une mauviette, Gia, lui dis-je en la secouant une fois. Je fais ça pour moi, pas pour toi.

Je pris le sac de voyage avec mes vêtements et mon ordinateur, et nous sortîmes du chalet.

10

GIA

Dominic conduisit le SUV aux vitres fumées à travers un étroit passage dans les bois, laissant le chalet derrière nous. J'y jetai un dernier coup d'œil alors qu'on rebondissait sur le chemin, frémissant sous les sensations qu'il évoquait, comme un lieu décrépit, abandonné, hanté. Peut-être était-il hanté ? Peut-être que les fantômes des filles qui m'avaient précédée traînaient dans cette horrible cabane.

Je tremblais de tous mes membres. Dominic me regarda à la dérobée. Il avait l'air ailleurs, tellement perdu dans ses pensées que mon mouvement involontaire sembla le surprendre.

— Le chauffage va bientôt se mettre en marche, dit-il, reportant son attention sur le chemin de terre.

Il pensait que je tremblais de froid. Non. C'était la terreur qui me saisissait encore, avec ses longs doigts glacés.

— Qu'est-ce qui a changé ? demandai-je.

Que s'était-il passé entre hier et aujourd'hui ? Est-ce qu'il arnaquait Victor en m'emmenant loin du chalet ? Qu'est-ce que cela signifiait pour lui ? Pour moi ? À quoi cela pourrait-il bien me servir ?

— Qu'est-ce que tu veux dire ?

— Pourquoi partons-nous ? Pourquoi est-ce que tu m'aides ?

— Je ne t'aide pas. C'est moi que j'aide.

— À quel jeu Victor joue-t-il avec toi ?

— Je ne sais pas encore.

— Je ne comprends pas.

— Tu n'as pas besoin de comprendre. Tu dois juste être reconnaissante.

— Où allons-nous ?

— Tu poses beaucoup de questions.

— Si tu réponds, j'arrêterai peut-être.

— Espèce de maligne.

— Espèce de brute.

— Dans le New Jersey. On va quelque part où Victor ne pensera pas à te chercher. Parce que quand il découvrira que tu es partie, il viendra nous chercher tous les deux.

— Et il le saura en remarquant mon absence aux enchères ?

Il hocha la tête et emprunta un virage vers une route goudronnée déserte. Un panneau annonçait une autoroute à quarante kilomètres de là.

— Franco Benedetti a promis à mon père qu'il nous protégerait, Mateo et moi, quand il serait mort.

— Ah oui ?

Dominic n'avait pas l'air surpris.

— Je devrais peut-être aller le voir.

— Parce qu'il a fait du bon boulot en protégeant ton frère ?

— Tu marques un point.

Je gardai le silence un moment.

— Il reste combien de jours avant les enchères ?

— Huit.

— Quel jour on est ?

Je ne le savais même pas.

— Le onze janvier.

— Ils ont tué Mateo le lendemain de Noël.

Ils étaient venus me chercher le matin même. Cela signifiait que j'avais été retenue prisonnière pendant plus de deux semaines.

Dominic ne répondit pas. Nous roulâmes en silence, tous les

deux perdus dans nos pensées, jusqu'à ce que nous nous retrouvions sur l'autoroute. C'était encore tôt le matin et il y avait peu de voitures sur la route à part nous. Un panneau m'indiqua qu'il y avait un McDonald's à la prochaine aire de repos.

— J'ai vraiment faim. On peut prendre à manger ?

Il me regarda comme si la nourriture était la dernière chose à laquelle il pensait.

— S'il te plaît ?

Il mit son clignotant et nous prîmes la sortie. Il roula lentement jusqu'à la fenêtre du drive-in.

— Si tu essaies quoi que ce soit, Gia...

— Je ne ferai rien. Je te l'ai déjà dit au chalet. Je veux Victor Scava. Je ne suis pas assez folle pour croire que je peux y arriver toute seule.

C'était vrai. Je devais être réaliste. La haine de Dominic pour Victor signifiait que nous avions un ennemi commun. Il m'emmenait loin de lui. Je n'allais pas m'imaginer que Dominic était bon, pas du tout, mais tant que nos buts étaient identiques, il était le moindre des deux maux.

Il hocha la tête.

— Qu'est-ce que tu veux ? demanda-t-il devant le tableau des menus.

— Tout.

J'avais envie de tout manger en lisant les différents choix, mais je m'en tins à un *McMuffin* saucisse et œuf avec un café.

Dominic commanda un sandwich et un café pour lui aussi. Il me jeta un dernier coup d'œil d'avertissement quand nous arrivâmes à la fenêtre du drive-in.

Je levai simplement les deux mains et secouai la tête. Je ne ferais rien du tout. Lui échapper, c'était peut-être malin – aller à la police, encore plus –, mais si je voulais me venger de la mort de Mateo, il fallait que je m'accroche. J'avais besoin de Dominic.

J'observai la fille au guichet quand il apparut. Je vis ses yeux briller et son sourire s'agrandir, et pour des raisons que je ne comprenais pas, je ressentis une jalousie au fond de mon cœur. Une colère envers son audace. Et quand Dominic commença à flirter avec elle, la colère se mit à bouillir. Je lui arrachai grossièrement le sac des mains tandis qu'il plaisantait avec la fille, qui lui tendait nos cafés.

— Je n'ai pas intérêt à l'embêter quand elle a faim.

Il lui fit un clin d'œil en me jetant un regard de travers.

— Elle a les dents pointues et une langue encore plus aiguisée.

La fille gloussa comme une idiote. Je jetai simplement un regard noir à Dominic.

Nous démarrâmes enfin.

— Pourquoi as-tu flirté avec elle ?

Il mordit dans son sandwich.

— Qu'est-ce que ça peut te faire ?

— Je ne sais pas. Je n'aime pas qu'on se moque de moi.

Il haussa une épaule.

— C'est bon. Je n'avais pas mangé de McDonald's depuis mon enfance. Ma mère acceptait d'y aller uniquement quand on partait en vacances.

Je le regardai. C'était difficile de l'imaginer enfant avec une mère. Le SUV rebondit sur la route juste au moment où je portais le gobelet à ma bouche. Le liquide me brûla la langue. Merde.

— Combien de filles as-tu envoyées aux enchères ?

Il tourna la tête vers moi, mais ne répondit pas. Au lieu de cela, il regarda à nouveau la route.

— Laisse-moi te demander autre chose. Ce n'est pas la première fois que Victor t'embauche, n'est-ce pas ?

Il secoua la tête.

— Son oncle est au courant ?

— Je ne sais pas.

— Il ne l'aime pas beaucoup.

C'était vrai. Angus Scava supportait à peine Victor, mais il était obligé de faire avec. Il n'y avait personne d'autre pour prendre les rênes de la famille.

— Il avait préparé James à reprendre la famille. Mais ensuite, il a été tué.

— On lui a tiré dessus, c'est ça ?

Je hochai la tête.

— En rentrant d'une réunion à laquelle il était allé à la place de son père.

Les sourcils de Dominic étaient froncés en permanence, mais il semblait habitué à protéger ses pensées. Le sentiment momentané de vulnérabilité que je vis dans ses yeux disparut comme s'il n'avait jamais été là.

— Les Scava sont une famille puissante. Le grand-père de James a été tué de la même façon que lui. Il avait une sœur qui est morte dans un accident de voiture. Je sais que Mme Scava a fait deux fausses couches. James était le seul survivant direct. Pas de chance.

— Non, ce n'est pas une question de chance. C'est une grande famille du crime organisé. Ils ont des ennemis. Plus tu es puissant, plus tu es détesté.

— Tu sembles en savoir beaucoup à ce sujet.

Il me jeta un coup d'œil.

— Je les ai côtoyés. Et ta famille ?

— Les hommes sont des fantassins depuis aussi longtemps que je me souvienne. Je ne pense pas qu'il y en ait beaucoup qui aient dépassé la cinquantaine. Putain, c'est stupide. Quel gâchis.

— Comment as-tu rencontré James Scava ?

— Lors d'une fête qui servait de couverture à une réunion. Mon père était devenu le garde du corps de M. Benedetti. J'avais été invitée. Mateo n'y était pas allé. Il faisait des études ailleurs. Il sortait de tout ça, il prenait un nouveau départ.

— Continue.

Je réalisai que j'avais arrêté de parler. Je ne savais pas quand James avait cessé de me manquer. Il avait été si bon, si attentionné, si protecteur envers moi.

— Je venais d'avoir vingt ans. Son anniversaire était un jour après le mien. Il avait trente ans, c'était plus vieux que les garçons avec qui je sortais d'habitude, mais on s'entendait bien.

— Tu savais qui il était, ce qu'il faisait, et tu es quand même tombée amoureuse de lui ?

— Il m'a épargné ce côté des choses. Tout comme mon père. Je n'ai jamais été témoin de rien. Et c'est facile de prétendre que ça n'existe pas quand c'est quelqu'un qu'on aime qui a du sang sur les mains.

Dominic prit une bouchée de son sandwich.

— Ils n'ont jamais trouvé son assassin.

— Comment en sais-tu autant ?

— C'était dans les journaux.

— M. Scava pensait que c'était une famille rivale, mais je ne serais pas surprise que Victor ait les mains sales.

— C'est une sacrée accusation.

— Ce n'est pas une accusation si c'est la vérité.

— Fais attention, Gia.

— C'est un peu tard pour ça, non ?

— Dis-moi comment Mateo a eu affaire à Victor.

— Quand mon père a été tué, Mateo est revenu pour maman et moi. Il voulait être certain qu'on s'occupait de nous, qu'on nous protégeait. Il ne m'a pas écoutée quand je lui ai dit de retourner à ses études, que tout irait bien. Et puis il a commencé à travailler pour Victor. Je n'étais pas sûre au début. Si j'avais su ce que Victor préparait, je serais allée voir M. Scava, mais je ne l'ai su que trop tard.

— Es-tu certaine qu'Angus Scava n'est pas déjà impliqué ?

— Je te le dis, il ne m'aurait pas fait ça. Il n'aurait jamais laissé Victor…

Je me tus en me remémorant ces soirs où Victor me tourmentait, me faisait peur.

— Ta mère, où est-elle maintenant ?

— Elle passe du temps chez sa sœur près de Palerme. Je ne sais pas ce qu'elle sait. Il faut que j'aille lui parler.

— Non.

— Comment ça, non ?

— C'est trop dangereux.

— Mais…

— Pas maintenant, Gia. Laisse-moi réfléchir. Je suis sûr qu'elle ne veut pas enterrer deux enfants.

Voilà qui me cloua le bec. Il avait raison.

— Victor a toujours été jaloux de James. J'irais même jusqu'à dire qu'il le détestait.

Je bus le restant de mon café tiède et je me tournai vers lui.

— Combien de temps dure le trajet ?

Je ne voulais plus parler de ça.

— Encore quelques heures.

— Et après ?

— Après, je vais me renseigner sur ce qui se passe.

— Et moi ?

— Tu feras ce que je te dis, Gia, et je ne serai pas obligé de te faire du mal.

— Tu connaissais Mateo ?

Je demandais à tout hasard. Au début, j'avais eu l'impression qu'il m'était familier, que je l'avais déjà rencontré.

— Non.

Il ne voulait pas me regarder et je ne le crus pas. Mais pourquoi aurait-il menti ?

— Tu ne me feras pas de mal, dis-je sans trop savoir pourquoi.

— Un ennemi commun ne fait pas de nous des amis.

— Tu ne le feras pas.

— Comment sais-tu que je ne t'emmène pas à la vente aux enchères ? Tu ne crois pas qu'il serait plus facile pour moi de transporter une *esclave* coopérative ?

Il me laissa un moment pour digérer cela avant de continuer.

— Tais-toi maintenant. J'ai besoin de réfléchir.

Bien. J'avais besoin de réfléchir, moi aussi. J'avais besoin de savoir comment je procéderais. Même si je voulais tuer Victor, n'était-il pas plus intelligent d'utiliser les preuves que Mateo avait recueillies et de les donner aux fédéraux ? Je savais toujours où se trouvait la copie des conversations enregistrées : à l'abri des regards. Mais ensuite, quoi ? Faire partie du programme de protection des témoins et vivre cachée pour le restant de ma vie ? Est-ce que je pouvais faire confiance au contact de Mateo ? Devais-je aller voir Angus Scava, ou bien Dominic avait-il raison de penser qu'il pouvait être impliqué lui aussi ? Qu'il aurait pu ordonner le meurtre de Mateo et mon enlèvement ? Étais-je naïve de penser qu'il me soutiendrait plutôt que sa propre famille, même s'il détestait Victor ? Qu'est-ce que j'étais pour lui ? Rien. Encore moins maintenant que James nous avait quittés.

J'avais besoin de réfléchir. De décider quoi faire. Comment procéder. Comment faire payer Victor tout en restant en vie.

J'avais besoin de savoir comment supporter mon ravisseur, comment faire correspondre nos objectifs, et pour finir, j'avais besoin de trouver un moyen de lui échapper. Je n'avais aucun doute quant au fait qu'il avait autant de sang sur les mains que Victor, et je ne pouvais pas oublier cela, quelle que soit mon attirance envers lui.

11

DOMINIC

Gia s'endormit au cours de l'heure suivante, me laissant dans un silence bienheureux alors que je roulais vers la maison de Salvatore.

Ma maison.

Toutes mes pensées menaient au même endroit : je devais comprendre l'étendue de l'implication de Roman ; et Dieu sait s'il était impliqué ! Je le sentais au plus profond de mes tripes. Mon instinct me dictait que Victor et lui étaient partenaires dans cette entreprise secrète, au moins dans une certaine mesure.

Mais je ne devais pas oublier que c'était le frère de ma mère. Il l'aimait. Franco lui faisait confiance. Sergio aussi. Salvatore ne faisait confiance à personne, et il semblait que les sept dernières années n'aient fait que mettre plus de distance entre lui et la famille Benedetti. Et moi ? Roman et moi avions une étrange relation. Il savait depuis le début qui j'étais, et qui je n'étais pas. Il avait été correct avec moi, en quelque sorte, mais il passait toujours avant les autres. Bon sang, on pouvait dire la même chose de chacun d'entre nous. Sauf peut-être Salvatore.

Roman m'avait aidé à réaliser l'acte de vente de la maison de Salvatore, à revendre les voitures et une grande partie des meubles.

Il avait fait en sorte que la maison soit entretenue, même si personne n'y habitait. Pourquoi ? Pourquoi m'avait-il aidé après cette nuit-là, alors que j'étais éliminé, fini, que je n'étais plus une menace ? Un fils Benedetti de moins au tableau ?

Mais pourquoi pas, après tout ? Pourquoi éveiller mes soupçons en refusant de m'aider ? Et ainsi, ne pouvait-il pas mieux me suivre à la trace ? Me maintenir à ma place, loin de la sienne ?

Je repensais à ces années et je me demandais s'il avait vraiment été de notre côté, ou s'il s'était occupé de chacun d'entre nous, les yeux rivés sur la récompense depuis le début : devenir chef de la famille Benedetti.

Non, cela semblait trop tiré par les cheveux. Trop improbable.

Et pourtant. Être si proche du pouvoir que Franco Benedetti avait exercé et rester impuissant à ses côtés pendant tant d'années ? J'étais conscient de l'effet que ça faisait. Je savais ce que ça faisait de moi.

Un pouvoir corrompu. Et Roman était corrompu. Je parierais ma vie là-dessus.

Je ralentis sur le dernier kilomètre vers la propriété. La nuit était tombée et un croissant de lune illuminait un millier d'étoiles dans la nuit claire. Gia remua à côté de moi.

— On y est ?

— Oui.

Elle se frotta les yeux et se pencha vers l'avant pour mieux voir, alors que nous nous approchions suffisamment pour que les lumières du SUV se répercutent sur les grilles protégeant la propriété.

Je fis ralentir le véhicule et elle découvrit les environs.

Au cours des derniers kilomètres, j'avais été tendu. Maintenant, cette tension avait atteint un tout autre niveau. Je n'étais pas revenu depuis cette nuit-là. Je n'étais pas allé dans la salle à manger depuis la fusillade, et j'étais sur le point d'y être confronté à nouveau.

— Reste dans la voiture, lui dis-je en sortant pour saisir le code.

Je laissai les grilles s'ouvrir. Le seul changement que j'avais apporté à la propriété après l'avoir achetée, c'était de changer toutes les serrures et d'installer un système d'entrée sans clé.

Une fois les grilles ouvertes, j'avançai le SUV, puis je m'arrêtai de nouveau pour les regarder se fermer derrière nous. Je changerais le code demain. Roman le connaissait aussi. Je n'y avais pas réfléchi à deux fois, à l'époque.

Gia était assise, stupéfaite de ce qu'elle voyait alors que nous remontions la longue allée qui menait à la porte d'entrée.

— Qu'est-ce que c'est ?

— Ma maison.

En le disant, je pris la pleine mesure de cette réalité. J'avais repris la maison de Salvatore, j'avais conservé certains de ses meubles. Et il ne le savait même pas.

Je ne pris pas la peine d'essayer de comprendre ma propre motivation.

— Ta maison ?

— ça paye bien, la vie de mercenaire.

— Je ne peux pas te payer autant.

Je garai la voiture. Gia sortit. J'avançai jusqu'à la porte d'entrée et je tapai le code. La combinaison s'enregistra, un déclic signala le déverrouillage de la porte et je l'ouvris. Le souvenir de cette dernière soirée inonda tous mes sens alors que je me tenais sur le seuil, accroché à la poignée de porte pour rester debout tandis que la vague s'écrasait sur moi. Puis, lentement, beaucoup trop lentement, elle passa. Je déglutis difficilement et j'allumai d'une main tremblante. Le couloir s'éclaira immédiatement et je m'écartai pour permettre à Gia d'entrer.

— Waouh !

Ce fut tout ce qu'elle dit en regardant autour d'elle, les yeux rivés sur le plafond voûté orné d'une fresque. Salvatore avait mauvais goût, si vous voulez mon avis, mais étrangement, la regarder admirer tout ça, la voir tout émerveillée, ça me rendait bêtement fier.

Je me raclai la gorge, et en refermant la porte derrière nous j'entendis la serrure s'enclencher. Je progressai rapidement dans la maison pour allumer au fur et à mesure, constatant que des couches de poussière recouvraient les draps qui protégeaient les meubles.

— Il faudra nettoyer, dis-je en évitant du regard la porte fermée donnant sur la salle à manger.

J'essayais de ne pas penser à cette nuit-là. À ce que j'y trouverais. C'était la seule pièce que je n'avais pas permis que l'on nettoie. Je me demandais à quoi cela pouvait ressembler maintenant – les verres abandonnés sur la table désormais remplis de poussière, le whisky évaporé depuis bien longtemps. Est-ce que le sang s'était infiltré dans cet odieux sol en marbre ? Avait-il éclaboussé et taché les murs de façon indélébile pour que l'on s'en souvienne toujours ? Cela me ramènerait-il à cette nuit, cette nuit terrible, où j'avais appris la vérité et où j'avais tout perdu en même temps ?

— Cette pièce est interdite, annonçai-je à Gia en faisant un geste vers la porte fermée de la salle à manger.

Elle prit appui sur une jambe et plissa les yeux. Elle semblait sur le point de dire quelque chose de spirituel, mais son expression changea, comme si elle comprenait que c'était sérieux. Comme si elle savait qu'il ne fallait pas m'emmerder avec ça. Elle hocha la tête.

Je m'approchai du bar et trouvai une bouteille de whisky encore intacte. Je la pris, ainsi qu'un verre. Gia me suivit dans la cuisine, où j'ouvris le robinet qui gargouilla et attendis que l'eau soit claire avant de rincer le verre. Je le remplis à moitié d'alcool et je le lui tendis.

Elle hésita, mais s'en empara ensuite et but une gorgée en fermant les yeux. Cela devait lui brûler la gorge. Elle me le rendit ensuite et je bus une longue gorgée avant de remplir à nouveau le verre, appréciant la chaleur de l'alcool. Salvatore avait bon goût dans ce domaine.

— Je peux prendre une vraie douche ?

J'acquiesçai et je finis le verre, puis je lui emboîtai le pas vers l'ancienne chambre de Lucia à l'étage.

— C'est la chambre de qui ? demanda-t-elle en regardant le maquillage abandonné, le rouge à lèvres ouvert sur le bord du lavabo, la paire de chaussures jetée à côté du lit.

— De la femme de mon frère.

Elle me regarda, perplexe.

— C'était la maison de mon frère. Il l'a quittée il y a sept ans. Je l'ai reprise.

Elle sonda mon visage, mes yeux. Avait-elle entendu l'histoire des frères Benedetti ? Comment l'un avait failli tuer l'autre ? Personne ne savait ce qui s'était passé cette nuit-là, du moins en ce qui concernait la véritable raison. Personne ne connaissait le secret que Franco avait dévoilé. Personne, sauf les témoins présents. Pour les gens de la mafia, Dominic Benedetti était bien vivant et il était parti après une dispute familiale.

— La salle de bain est là. Tu devras faire la poussière. Je dois passer un coup de fil. Dois-je t'enfermer dans la chambre, ou bien tu vas rester tranquille ?

— M'enfermer ?

Elle posa les mains sur ses hanches et leva les sourcils bien haut sur son front.

Je hochai la tête. Je n'avais pas le temps de m'occuper d'elle pour l'instant. Il fallait que je passe ce coup de fil. J'avais besoin de savoir où Roman se trouvait.

— Je vais rester tranquille, dit-elle sur un ton irrité. Et je veux qu'on m'enlève ça.

Elle montrait le collier du doigt.

— On devrait clarifier certains points.

Je m'approchai d'elle, la pris par le collier et la fis marcher à reculons jusqu'à ce que son dos touche le mur. Elle s'appuya contre ma poitrine, mais je tirai vers le haut, la forçant à lever le menton. Ses yeux s'écarquillèrent, furieux, mais craintifs aussi, comme dans le chalet.

— Tu es toujours à moi, tu m'appartiens toujours. Quand je t'ai fait sortir du chalet, je t'ai volée à Victor Scava. Je ne t'ai pas libérée. Tu ne me donneras pas d'ordres. Tu les recevras et tu obéiras. Tu comprends ?

Je sentis sa gorge remuer quand elle déglutit. Elle pinça les lèvres et ses petites mains frappèrent ma poitrine.

— Je t'ai demandé si tu comprenais.

— Oui, fit-elle sans desserrer les dents.

Je lui adressai un sourire.

— Bien.

Je la libérai. Elle prit une grande inspiration et resta contre le mur tandis que je sortais. Sans fermer la porte derrière moi, je descendis dans le bureau de Salvatore. Mon bureau. Là, j'allumai et je retirai les draps de la chaise et du bureau, puis je m'assis. Je fis défiler les numéros sur mon portable et, parvenu à celui de Roman, j'appuyai sur *appeler*.

Il répondit à la deuxième sonnerie.

— Dominic ?

— Ça fait longtemps, mon oncle.

Il soupira profondément.

— Oui, c'est vrai.

Je ne l'avais pas vu depuis presque sept ans, et sa voix me disait que Salvatore avait raison. Il s'était endurci pendant ce temps.

— J'ai entendu parler du corps, dis-je sans tourner autour du pot.

Un silence…

— Et tu veux savoir si j'ai ordonné le meurtre de Mateo Castellano.

— Je suis curieux de savoir pourquoi tu l'as marqué pour que tout le monde, et même leur putain de grand-mère, sache que c'était toi.

Je faisais l'idiot. Même si Salvatore lui avait parlé après notre appel, ce dont je doutais, il ne m'aurait pas trahi.

— J'ai des ennemis, Dominic. Tu sais comment ça marche chez nous. Et les mouchards ne sont pas tolérés. Point final.

Il avait l'air sévère, impassible, comme un vrai chef de famille. Mais il n'avait toujours pas répondu à ma question.

— Il avait travaillé pour nous dans le passé. Son père était un ami de Franco.

— Les affaires sont les affaires. Où es-tu, Dominic ?

— Dans l'ouest.

Je ne lui en dirais pas plus. Plus j'y pensais, plus Roman devenait coupable à mes yeux.

— As-tu besoin d'argent ? Je peux t'envoyer quelque chose. Franco ne le saura pas.

Je fis la grimace devant sa charité. Il dilapidait l'argent des Benedetti comme si c'était le sien.

— Non, mon oncle. Je n'ai pas besoin d'argent.

Je pouvais entendre l'hostilité dans ma propre voix. Lui aussi, sans doute.

Encore un silence.

— Tu vas bien, alors ? Tu veux que je fasse quelque chose avec la maison ? Reviendras-tu ?

— Non. Je suis simplement curieux depuis que j'ai entendu parler du meurtre, de la marque. Ça ne te ressemblait pas.

— Le corps n'aurait pas dû être retrouvé, expliqua-t-il sans ambages.

Encore une fois, il ne prenait pas ses responsabilités, même s'il ne les niait pas non plus.

— Il a été abandonné n'importe où. On dirait qu'il y a eu une sacrée négligence.

— Je dois aller voir Franco, Dominic. C'était bien d'avoir de tes nouvelles.

— Passe-lui le bonjour.

Je raccrochai et je m'appuyai sur le dossier de ma chaise. J'avais huit jours avant la vente aux enchères. Huit jours, au plus, jusqu'à ce que Scava vienne nous chercher, Gia et moi. Huit jours pour découvrir comment Roman était impliqué.

Un bruit sourd attira mon attention et je me levai. Nous étions enfermés dans la maison. Personne n'était là, à part nous, personne ne connaissait cet endroit à l'exception de Roman, et il ne savait pas où j'étais. J'avais laissé mon pistolet dans le SUV, mais en regardant dans les tiroirs du bureau de Salvatore, j'en trouvai un autre avec des munitions. Je chargeai le canon et j'ouvris la porte du bureau en tendant l'oreille. Un autre bruit me parvint, cette fois depuis la cuisine. Je m'y rendis, balayant le grand espace du regard tout en avançant. Les moutons de poussière avaient un air sinistre et fantomatique dans l'obscurité.

Il y avait de la lumière dans la cuisine. Je pouvais la voir sous la porte. Juste avant de l'ouvrir, j'entendis Gia marmonner un juron de l'autre côté.

J'ouvris la porte et je secouai la tête. Elle se tenait devant le plan de travail, en train de sucer le bout de son doigt. Elle se figea, son regard tombant sur l'arme que je tenais à la main. Je mis le cran de sûreté et le glissai à l'arrière de mon jean, puis je la détaillai de la tête aux pieds. Je m'éclaircis la voix.

— J'ai trouvé les vêtements dans le placard.

Elle portait un pull surdimensionné couleur lavande qui lui tombait sur l'épaule et une jupe noire, courte et moulante. Une paire de bottes en peau de mouton à hauteur du mollet mettait en valeur ses jambes minces et toniques. Elle avait relevé ses longs cheveux noirs en un chignon mouillé et désordonné, et elle avait nettoyé la crasse des derniers jours sur son visage.

Gia se dandina en remettant son doigt dans sa bouche.

— Je crois que j'ai oublié comment utiliser un ouvre-boîte.

Elle avait l'air si différente de la jeune femme du chalet. Tout en elle semblait avoir changé, maintenant qu'elle avait enfilé des vêtements corrects, pris une douche et gagné une certaine liberté. Elle avait l'air confiante. Et tellement belle !

Je m'éclaircis la voix.

— Il doit y avoir une trousse de secours quelque part, connaissant Salvatore.

Je commençai à ouvrir les placards et les tiroirs pour la chercher, m'efforçant de ne pas la regarder.

— Salvatore ?

Je m'arrêtai. J'en avais trop dit.

— Mon frère.

— Et sa femme, Lucia.

Je la regardai attentivement.

— Comment le sais-tu ?

— Elle aime écrire son nom dans ses livres, dit Gia en souriant.

Puis son sourire s'évanouit.

— Tu ne mens pas, n'est-ce pas ? Elle n'était pas… une esclave…

Je repensai à la relation de Salvatore et Lucia, comment elle avait commencé, comment elle devait être, comment elle avait tourné.

— Non.

Réponse simple.

— Ils sont mariés et ils ont deux enfants, un troisième en route. Ils s'aiment, ajoutai-je, perplexe quant à la raison pour laquelle j'avais précisé cette dernière partie.

Je savais ce qui se cachait derrière ma colère quant à la façon dont les choses s'étaient passées à l'époque où j'étais le dernier de la liste, celui qui n'hériterait qu'à la mort de ses deux frères aînés. Je l'avais toujours su, mais je ne l'avais jamais admis, ni à moi-même ni à personne. En réalité, j'étais jaloux. J'avais toujours été jaloux, surtout de Salvatore.

— La voilà, dis-je en trouvant la trousse, incapable de la regarder avant de maîtriser l'expression de mon visage.

Trop d'émotions dans cette maison. Trop de souvenirs.

Je la lui tendis d'une main et elle la prit, un silence gêné entre nous. Je jetai un œil sur le plan de travail. Elle l'avait nettoyé et elle avait trouvé des pâtes, une bouteille d'huile d'olive encore intacte et une boîte de thon. Une casserole d'eau frémissait sur la cuisinière.

— Tu penses que le thon est toujours bon après sept ans ?

Je haussai les épaules.

— On le saura vite.

— Le garde-manger est rempli. Mais surtout de nourriture périmée, dit-elle en mettant le coin d'un pansement dans sa bouche pour enlever l'emballage.

Je le lui pris des mains pour l'aider, puis ignorant l'intensité presque électrique au moment de la toucher, je fis taire l'attirance entre nous et passai son doigt ensanglanté sous l'eau pour le nettoyer. Après l'avoir séché, j'y appliquai le pansement.

— Voilà.

Je lâchai sa main aussi vite que possible.

— Merci.

Elle se racla la gorge et se concentra sur les pâtes.

— Tu n'es pas restée dans ta chambre, dis-je en ouvrant la boîte de thon.

— J'avais faim. Ne t'inquiète pas, quand je t'ai entendu parler, je suis passée devant la pièce où tu ne veux pas que j'entre et je n'y suis pas allée, dit-elle en roulant des yeux.

Je jetai un coup d'œil dans le garde-manger pour vérifier. Elle avait raison. Il y avait beaucoup de nourriture, dont la moitié devrait être jetée, mais ça suffirait pour quelques jours. Au moins le temps que je décide quoi faire.

En arrivant devant un placard où la vaisselle était empilée, je pris deux assiettes, les lavai et les posai sur le plan de travail.

— Est-ce que tu sais quelles informations Mateo avait sur Victor Scava ?

Elle me regarda furtivement, puis reporta son attention sur la casserole en répondant. C'est comme ça que je sus qu'elle mentait. Les femmes essaient d'avoir l'air occupées quand elles disent des mensonges.

— Non. Pas spécifiquement.

Je reniflai.

— Je ne pense pas vouloir prendre de risques avec ça.

Je jetai la boîte avec son contenu dans la poubelle. Gia continuait à fixer les pâtes. Je me lavai les mains et les séchai, puis je me tournai vers elle.

— Ça ne te dérange pas ?

Elle me lança un regard nerveux.

— Non, tu as probablement raison.

Je pris son poignet, le serrai un peu et l'obligeai à me regarder

— Quelles informations Mateo avait-il sur Victor Scava ?

Elle me dévisagea d'un air détaché, masquant la douleur qu'elle ressentait derrière ses yeux intelligents tout en réfléchissant à ses options.

— Il portait un micro et il a enregistré quelques conversations.

— Pourquoi as-tu menti quand je te l'ai demandé la première fois ?

Je relâchai un peu ma prise et lui retournai le bras pour voir l'intérieur doux de son poignet, si petit et délicat, puis je la regardai dans les yeux.

J'exerçai une nouvelle pression, douloureuse cette fois.

Elle tressaillit

— Pourquoi as-tu menti ?

— Je ne sais pas.

Nous nous fixâmes alors que l'eau bouillait dans la casserole.

— As-tu eu accès aux enregistrements ?

Elle serra la mâchoire et je lui tordis le bras derrière le dos, si proche que nos corps se touchèrent, le sien menu et souple, le mien plein de désir.

— Oui.

J'attendis tout en lui tordant à nouveau le bras et elle poussa un cri.

— Tu me fais mal !

— Où ?

Ma voix était claire et calme, en comparaison avec son cri de panique.

— À la bibliothèque où je suis bénévole.

— Tu es bénévole à la bibliothèque ?

— J'aime lire.

— Où exactement ?

De l'eau se déversa sous le couvercle des pâtes et crépita en coulant sur la cuisinière.

— Mateo a enregistré le fichier sur l'un des ordinateurs. Un ordinateur public. Personne ne le trouvera.

Je souris.

— Intelligent.

— Tu me fais vraiment mal.

Comme si j'avais besoin d'un rappel. C'était elle qui en avait besoin.

— Je t'avais dit que je le ferais.

Elle n'obtint pas de réponse. Je la relâchai et elle recula en se frottant le bras. Je baissai le gaz sous le brûleur.

— Est-ce que tu as écouté les enregistrements ?

Elle secoua la tête.

— Il ne l'avait fait que la veille de sa disparition. Je l'ai découvert le lendemain matin en entrant pour prendre mon service et j'ai trouvé une enveloppe cachée sous le clavier de mon ordinateur, avec mon nom au recto. J'ai reconnu l'écriture de Mateo et je l'ai lue dès que j'ai pu. C'était une note griffonnée avec le chemin d'accès vers un fichier. C'est tout. Je n'ai pas eu le temps de le télécharger.

— Pourquoi tu ne me l'as pas dit avant ?

— Tu ne me l'as pas demandé.

— L'omission est aussi un mensonge.

— C'est une situation merdique. Je ne sais plus où j'en suis et tu passes de la torture à… à…

Elle fit un geste en montrant la cuisine.

— Jouer à papa-maman dans la maison.

— On ne joue pas à papa-maman, putain !

— Mon cul ! Mon frère est mort. Il est mort à cause de ce qu'il y avait sur cet enregistrement. Excuse-moi si je ne lâche pas tout sans réfléchir devant un homme que j'ai surnommé La Mort !

Je reculai, remplis un verre d'eau du robinet que je bus en me forçant à respirer pour me calmer.

— Qu'est-ce que tu allais faire avec le dossier ? demandai-je finalement.

Elle haussa les épaules.

— Tout dépendait de ce qu'il y avait dessus. Les livrer, je suppose, faire arrêter Victor, l'envoyer en prison.

— C'est naïf.

— Tu crois que je ne le sais pas ?

Je savais qu'elle essayait de paraître détestable, c'était malin, mais ça ne marchait pas. Elle avait seulement l'air triste et un peu perdue, en fait.

Je secouai la tête et retirai la casserole du feu.

— Ne me mens plus jamais, dis-je sans la regarder.

Elle se recula pendant que j'égouttais les pâtes, les servais dans les assiettes et versais de l'huile d'olive par-dessus. Après avoir essuyé la table de la cuisine, j'y posai les assiettes.

— Les ustensiles sont là-dedans.

Elle semblait ne pas savoir si la conversation était terminée ou non.

Je me rendis dans le salon, où je trouvai une bouteille de vin que je pris et rapportai avec deux verres dans la cuisine. Gia s'était assise entre-temps, silencieuse, le regard sur moi.

— J'espère que tu aimes le rouge.

Après avoir rincé les verres, je m'assis à la table, versai le vin et attaquai mon plat.

Gia mangea aussi, en silence. On n'entendait que le cliquetis des fourchettes et des couteaux sur les assiettes.

— Et maintenant ? demanda-t-elle quand nous eûmes fini. Je ne veux pas me cacher.

— J'ai besoin d'écouter ces conversations. Où se trouve cette bibliothèque ?

— À Philadelphie.

— Nous irons demain. Est-ce que Victor est au courant pour les enregistrements ? Sait-il que tu es au courant ?

— Je ne pense pas qu'il sache qu'il existe une copie. Je sais qu'il avait une clé USB qu'il a détruite. Il est assez bête pour penser que c'est la seule copie. Quand il m'a interrogée, il ne m'a pas posé de questions directes, alors je pense que Mateo lui a dit que je n'étais pas impliquée et que je ne savais rien.

— Ne le sous-estime pas.

Je ne pensais pas que Victor était un homme stupide. Enfoiré, mais pas bête. Bien que l'arrogance tende à donner des œillères. Je l'avais appris à mes dépens. Peut-être que son arrogance l'amènerait à se faire pincer.

Après avoir mangé, Gia mit la vaisselle dans l'évier et commença à la laver. Je la regardai en terminant le vin. Aucun de nous ne parlait.

— Je dors dans la chambre de Lucia ? demanda-t-elle en s'essuyant les mains une fois qu'elle eut fini.

Je hochai la tête.

— Où est-ce que tu dors ?

— Pas dans ton lit. Ne t'inquiète pas.

Elle me fit un sourire en coin.

— Je vais me coucher, alors.

Je la regardai marcher vers les portes battantes.

— Gia, l'appelai-je une fois qu'elle les eut ouvertes.

Elle se retourna.

— Ne t'échappe pas.

— Pour faire quoi, franchement ? demanda-t-elle, une main sur la hanche.

Je croisai les jambes et je souris en me balançant sur ma chaise.

— Franchement ? Des conneries, lui dis-je en l'imitant.

— Même pas en rêve.

Elle tourna les talons et quitta la pièce. Je riais sous cape, conscient qu'elle ferait exactement ce que je lui avais interdit de faire.

Je suivis Gia à l'étage une demi-heure plus tard et j'entrai dans l'ancienne chambre de Salvatore. Je pris une douche, puis j'enfilai un boxer propre. Laissant la porte entrouverte, je retirai la couverture du lit, que je préparai avec des draps propres avant de me coucher pour attendre. Je n'avais pas verrouillé la porte de Gia volontairement. Je voulais voir ce qu'elle allait faire. Elle n'avait pas confiance en moi, ce qui était prudent, mais j'avais toujours besoin d'elle, et partir toute seule ne ferait que lui attirer des ennuis. Elle ne le pensait peut-être pas, mais elle ne connaissait pas ce milieu comme je le connaissais. Victor ne l'aurait pas laissée partir ainsi. Et si Roman était impliqué, il n'était pas du genre à laisser des traces. Gia était précisément une trace.

J'appuyai ma tête contre l'oreiller et je fermai les yeux. J'étais fatigué et je venais de m'endormir quand je l'entendis : le grincement d'une porte inutilisée depuis trop longtemps, qui s'ouvrait lentement. Je clignai des paupières et tendis l'oreille. Elle marchait doucement, mais la maison était vieille et elle grinçait. Beaucoup. J'attendis qu'elle soit dans l'escalier avant de rejeter les couvertures et de sortir du lit. Je ne pris pas la peine de mettre mon pantalon et je laissai le pistolet sur la table de nuit. Puis je me glissai hors de la chambre et la regardai dans le noir. Elle trébucha une fois, se redressa et se dirigea vers la porte d'entrée. Elle s'empara des clés du SUV que j'avais bêtement laissées sur la table du couloir, et quand je la vis taper le code que j'avais utilisé pour nous faire entrer – petite créature sournoise, elle avait regardé –, je dévalai les escaliers en courant.

Gia se retourna en m'entendant brusquement, et cette seconde fut ce dont j'avais besoin. J'arrivai juste au moment où elle passait la porte. En la rattrapant par la taille, je faillis tomber sur elle alors que nous trébuchions tous les deux.

— Ne jamais sous-estimer une femme déterminée, lui dis-je en la ramenant à l'intérieur.

— Laisse-moi partir ! cria-t-elle. Espèce de connard, laisse-moi partir !

Elle me donnait des coups de pied et de poing. Je la retournai, la jetai par-dessus mon épaule et lui assenai une tape sur les fesses. La porte se referma derrière nous alors que je portais une Gia toutes griffes dehors dans les escaliers, puis dans ma chambre où je la jetai sur le lit. En voyant son visage rouge, ses cheveux étalés sur mon oreiller, ses yeux féroces et furibonds comme ceux d'un chat sauvage, je devins fou.

Elle resta immobile pendant une seconde, puis elle essaya de me repousser. J'aplatis une main sur sa poitrine et la repoussai en arrière. Je la chevauchai et, un genou entre ses jambes, je coinçai l'une de ses cuisses entre les miennes. J'appuyai de tout mon poids sur elle, attrapant ses poignets que je transférai dans une seule main. Ensuite, de l'autre, je lui tapotai légèrement le visage à deux reprises.

— Comme je l'ai déjà dit, tu es tellement prévisible.

— J'avais franchi la porte avant que tu me rattrapes, merde !

Je saisis son menton, pressai mon genou contre son entrejambe et regardai ses yeux s'assombrir.

— Pas assez loin, cependant, vu que tu es dans mon lit maintenant. Tu joues, tu paies, Gia.

Elle essaya à nouveau de s'échapper avec sa jambe libre, se débattant contre moi avec tout ce qu'elle pouvait bouger avant que je colle ma bouche sur la sienne pour lui voler un rapide baiser. Je m'interrompis assez longtemps pour la prévenir.

— Ne me mords plus jamais, putain !

Je l'embrassai violemment, la dévorant sans pitié. J'appréciais sa saveur et son côté guerrière. Je lui écartai les lèvres de force et les lui mordillai, pas trop fort, mais assez pour sentir le goût métallique du sang. J'étais nul.

Gia émit un petit bruit sous mon corps. Tout en gardant ses

deux poignets dans l'une de mes mains, je soulevai le sweat à capuche qu'elle portait et lui pris un sein, pinçant son mamelon à travers le soutien-gorge. Je l'embrassai à nouveau, étouffant son gémissement et le mien tout en pressant mon sexe contre elle. Ma main vint déboutonner le jean qu'elle avait enfilé pour s'enfuir. Je dus libérer ses poignets afin de saisir à deux mains le pantalon serré et le faire glisser sur ses hanches.

Elle me tira les cheveux, mais ses yeux étaient clos et sa bouche ouverte pour laisser passer ma langue. Je fis descendre mon boxer à mi-chemin sur mon bassin et je saisis ma verge, me plaçant entre ses jambes écartées. Je reculai pour la regarder : son joli visage, sa bouche lascive et haletante.

Ses mains s'agrippèrent à ma nuque, ses doigts s'emmêlant dans mes cheveux, et quand je saisis une poignée de sa masse de cheveux foncés, relevant son menton obstiné, elle s'approcha pour m'embrasser en retour, donnant autant qu'elle prenait, me mordant avec ses petites dents acérées alors que je collais ma queue contre son entrée humide et chaude. En la regardant dans les yeux, je m'enfonçai en elle, d'un seul coup, jusqu'à la garde, lui arrachant un cri de douleur. Ses doigts tirèrent à nouveau sur mes cheveux. Je fermai les yeux et l'embrassai tout en allant et venant dans son étroit passage. Elle remonta les hanches, enroulant ses deux jambes autour de moi, et quand j'ouvris les paupières, je vis qu'elle me regardait, les yeux sombres et les pupilles dilatées. Elle se mordit la lèvre alors que son sexe se contractait autour du mien, me soutirant son plaisir. Il me fallut toute mon énergie pour tenir bon jusqu'à ce qu'elle relâche la prise de ses cuisses, tel un étau autour de ma taille. Je me retirai, le souffle coupé, et je jouis sur son ventre, mon sexe palpitant entre nous tandis que j'éjaculais. Enfin, je retombai lourdement sur elle, la maintenant sous mon corps. Nous étions tous les deux épuisés et nos respirations n'étaient plus que halètements hachés. Elle frissonna alors que je roulais sur le dos, une main autour de son poignet, dans un silence absolu.

12

GIA

Merde.

Je le regardai. Dominic avait les yeux au plafond, sa respiration ralentissait. Il avait le front en sueur. Son torse musclé, humide et tatoué se soulevait et retombait avec régularité. J'admirai l'œuvre d'art. Des dessins complexes, en couleur et en noir et blanc, recouvraient le haut de sa poitrine du côté droit, puis son bras, et se terminaient juste sous son coude. Je savais qu'ils s'enroulaient aussi autour de son dos. Par-dessus son épaule. J'en avais déjà entrevu les bords.

Au centre du dessin se trouvait une horloge. Elle affichait trois heures trente-trois. De lourdes chaînes l'entouraient et la sinistre faucheuse avec une tête de mort tenait un chapelet entre ses dents grotesques. En dessous, un œil de cristal bleu me fixait, et autour, des motifs sombres et complexes dont j'ignorais la signification bordaient à la fois l'horloge et la faucheuse. À l'intérieur de ces dessins étaient inscrites des dates. Un sentiment de regret transparaissait dans cette image. Le temps écoulé. Le malheur et la damnation.

Décidément, le surnom que je lui avais donné avant de connaître son nom lui correspondait bien.

La Mort.

Et je venais de le baiser.

Ou plutôt, *il* venait de me baiser. Nous avions baisé ensemble. Il n'avait pas eu à me forcer. J'avais écarté les cuisses et je l'avais serré fort pour prendre mon plaisir. J'avais aimé son goût et je l'avais désiré. Je le voulais. J'avais besoin de le sentir en moi. Je voulais m'assurer qu'il sache qu'il ne me prenait rien.

Je ne serais pas une putain de victime. Pas cette fois. Plus jamais.

Dominic baissa le regard sur mon visage.

— Tu baises comme tu te bats.

Que répondre à cela ? La vérité, c'était que je n'avais jamais été comme ça avec quelqu'un d'autre. Et même si j'essayais de me convaincre que je l'avais fait pour ne pas lui laisser le pouvoir sur moi, je n'avais jamais désiré un autre homme comme je le désirais, lui. Sa noirceur m'attirait autant qu'elle aurait dû me repousser. Sa solitude, ses secrets, tout cela fonctionnait comme un aimant impossible à ignorer.

Il se glissa hors du lit et fit tomber son boxer sur le sol. Je ne pus m'empêcher de laisser mon regard vagabonder sur son corps, un corps parfaitement sculpté et puissant.

— Debout !

Il tendit la main.

Je m'assis, puis je me levai en essayant de remonter mon jean sur mes hanches, sentant sa substance couler sur mon ventre, sous le sweat à capuche que j'avais trouvé dans le placard.

— Non, dit-il en éloignant ma main. Enlève-le. Enlève tout.

Je serrai les dents, mais mon ventre se crispa à cet ordre.

— Allez, Gia. Enlève ça tout de suite !

Je me déshabillai, en colère, me débarrassai de mon jean et passai le sweat à capuche par-dessus ma tête. Il n'y avait rien d'érotique dans la manœuvre, alors que je retirais la culotte et la jetais par terre avant de dégrafer mon soutien-gorge, le laissant tomber sur la pile en désordre. Cet homme m'avait vue nue plus souvent qu'habillée.

Dominic me regardait. Son regard sur moi ne faisait que me

donner envie et je me méprisais pour cela. Ses yeux provoquaient un désir ardent entre mes jambes. Encore.

Mais ils me donnaient aussi envie de comprendre la noirceur qu'ils renfermaient.

— Tu es belle avec mon sperme sur toi.

— Je te déteste.

Il referma sa main autour de ma nuque et ramena mon visage vers le sien.

— Je m'en fiche, murmura-t-il.

Je le crus. Il se fichait de ce que je pensais, de ce que je ressentais. Je n'étais pas sûre qu'il se soucie de grand-chose.

Un frisson me traversa. Il se leva et me conduisit par le cou jusqu'à sa salle de bains. Elle était semblable à la mienne, mais plus grande et aussi noire que la mienne était blanche. Des gouttes d'eau s'accrochaient encore au mur de verre et à la porte de la douche. Il s'approcha et fit tourner le robinet.

— Entre !

Je pénétrai dans la cabine, le ventre exposé au jet. C'est alors que je le sentis derrière moi, son corps nu touchant le mien.

Je me retournai, paniquée.

— Quoi ?

Il posa un regard décontracté sur mes fesses et ses mains s'agrippèrent à mes hanches. Il se pencha et porta sa bouche à mon oreille.

— Ça m'a plu de te baiser.

Je me figeai en le sentant bander à nouveau, et quand il se frotta contre moi en se penchant pour ramasser le flacon de gel douche, je retins mon souffle.

— Je pense que tu as aimé ça aussi.

Il en fit couler un peu dans sa paume et commença à l'étaler sur mon ventre, mes seins, jusqu'à mon sexe puis il remonta. Je ne respirais plus. Il tourna mon visage et m'embrassa, tandis que ses doigts trouvaient mes tétons, le savon glissant dessus tandis qu'il les pétrissait. Sa langue plongea à l'intérieur de ma bouche, étouffant complètement mon gémissement.

Il me retourna de sorte que mon dos soit appuyé contre le mur.

Les yeux dans les miens, il écarta mes bras de chaque côté. Entre lui et moi, sa verge était épaisse, dure et prête. Dieu me pardonne, mais je voulais la toucher, *le* toucher, l'embrasser et le sentir en moi.

— Tu es magnifique, putain.

Il inclina la tête pour embrasser mon visage, mon cou, tandis que l'eau de la douche nous coulait dessus. Il lâcha l'une de mes mains et je la ramenai sur sa poitrine, puis il glissa la sienne entre mes jambes pour frotter mon clitoris d'abord, et ensuite le pincer fort. Sans le lâcher, il recula un peu pour me regarder.

Je grognai involontairement et j'essayai de m'approcher pour l'embrasser, mais il se déplaça de sorte que son nez vint toucher le mien pendant qu'il tordait et pinçait mon renflement nerveux.

— Je devrais te punir pour avoir essayé de t'enfuir.

Il se pencha et me mordit la lèvre inférieure.

— Tu ne le feras pas, dis-je en fermant les yeux alors qu'il me pinçait plus fort. Putain !

— Tu aimes ça ?

J'enroulai ma main autour de sa nuque et mes yeux se portèrent sur les siens. Il savait que j'étais vulnérable. Il l'avait vu, et ça m'excitait encore plus.

— Je vais jouir !

Sous son regard, je me laissai aller, ses doigts s'activant alors que je haletais et gémissais. Mes genoux cédèrent au point qu'il dut me tenir droite. L'orgasme arriva rapidement, après ce qu'on venait de faire, et quand il relâcha mon clitoris, je criai en écarquillant les yeux pour le voir me soulever et m'empaler sur son membre épais.

J'avais l'impression de répéter « oh oui, putain » en boucle, sans relâche. Dominic ricana, mais son visage devint sérieux quand il coinça mes deux poignets au-dessus de ma tête et amena sa bouche sur la mienne. Les yeux grands ouverts, il me baisa plus fort, plus vite, jusqu'à ce que nous criions tous les deux dans l'orgasme – mon troisième, le deuxième pour lui. Mes parois internes se contractèrent autour de sa queue frémissante avant qu'il ne se retire, me couvrant de son sperme une fois de plus.

Je ne garde aucun souvenir de la fin de la douche. Tout ce que je sais, c'est qu'au moment où il me mit dans son lit et grimpa à côté de moi, j'étais à moitié assoupie, épuisée, lessivée et vide. Et quand il se retourna pour enrouler son corps autour du mien, je me laissai aller au sommeil le plus profond et le plus réparateur depuis une éternité.

Quand je m'éveillai le lendemain matin, Dominic était déjà parti. Je sortis du lit, honteuse de la douleur entre mes jambes, le souvenir de la nuit précédente à la fois humiliant et excitant.

Je l'avais désiré. J'avais voulu chaque centimètre de son corps. Et je l'avais eu.

Je ramassai les vêtements que je portais lors de ma tentative d'évasion – presque réussie – et je me glissai dans le couloir de ma chambre – la mienne, du moins pour le moment. Je choisis des habits dans le placard de Lucia, remerciant ma bonne étoile qu'elle et moi soyons de la même taille. La plupart de ses affaires m'allaient bien. Ça faisait bizarre de porter les sous-vêtements d'une inconnue, mais je le fis quand même. Après avoir choisi la tenue du jour, j'allai m'habiller dans la salle de bains. Je voulais vérifier comment la marque guérissait, puisque la croûte avait commencé à se décoller.

Debout devant le miroir, je me tournai sur le côté et je regardai ma hanche, arrachant la peau encroûtée déjà soulevée. Je détestais la marque, cette marque permanente que Victor avait gravée en moi. Cela me rappelait toujours cette nuit-là. Son pouvoir sur moi. Je savais que c'était stupide de penser que c'était une faiblesse. Moi seule contre lui et plusieurs de ses hommes ? Je n'avais aucune chance. Mais je m'étais battue malgré tout, sachant pertinemment que je perdrais. Sachant que je paierais. C'était ce qui m'avait valu tous ces bleus, presque tous effacés maintenant. Victor était une brute. Un voyou. Mais ça ne voulait pas dire que je n'avais pas honte chaque fois que je regardais cette maudite marque.

Le cercle ainsi tracé contenait ce qui semblait être un blason familial. Je m'attendais à découvrir les armoiries de la famille Scava et je fus étonnée du contraire. Je connaissais leur symbole. Il figurait sur un collier que James m'avait offert au bout d'un mois. Ce n'était pas ça.

Un B se tenait au centre de cette marque, large et richement orné. Des lances protégeaient ce B et le *Famiglia* en dessous. Une crinière de lion servait de toile de fond et de support au dessin.

Je me penchai pour regarder de plus près, perplexe. Quel genre de marque était-ce ?

Dominic le saurait-il ? Il semblait en savoir beaucoup sur le monde de la mafia. Il avait dit « notre milieu ». C'était un initié. J'avais d'abord supposé que c'était un fantassin, puis un mercenaire peut-être, une fois que je l'avais un peu mieux connu. Il savait sûrement ce dont il s'agissait.

— Gia ?

Dominic m'appela brusquement depuis la chambre.

Je sursautai, saisissant une serviette et la tenant contre moi lorsqu'il entra dans la salle de bains, vêtu d'un jean et d'un pull moulant en cachemire noir. Mes yeux tombèrent sur les bords du tatouage que le col en V laissait voir. Il s'arrêta en me voyant. Son regard bleu-gris glissa sur moi puis remonta pour rencontrer le mien.

— Quoi ? demandai-je une fois que j'eus retrouvé l'usage de ma voix.

Je pris un air agacé, comme lui. C'était de la comédie, cependant. De la comédie pour lui aussi ? Agissait-il délibérément de façon dure et cruelle ?

Non. Ce serait une erreur stupide de penser ça.

— Je veux y aller, dit-il en entrant.

Il s'arrêta et je constatai qu'il avait du mal à me regarder dans les yeux, même s'il voulait faire mine de s'en moquer. Comme s'il n'était pas affecté. Je savais qu'il la ressentait aussi, cette folle attirance physique qui faisait des étincelles comme un fil sous tension entre nous.

— Il faut juste que je m'habille. Laisse-moi une minute.

Ses yeux s'étrécirent un peu et je me tournai en me couvrant du mieux possible. Je pris conscience que le miroir m'exposait tout entière lorsque son regard glissa vers le mur.

— S'il te plaît, insistai-je.

Je ne pouvais m'empêcher de baisser la tête. J'avais besoin de gérer ça, de trouver comment me comporter en sa présence. Une baise comme celle de la nuit dernière ne m'aidait pas. Ça ne faisait que brouiller la ligne déjà floue.

Il hocha la tête, mais je remarquai son regard posé sur ma hanche, comme si lui aussi essayait de mieux voir. Je pourrais le lui demander. Je devrais. Il saurait. Mais au lieu de cela, je tirai la serviette par-dessus. Enfin, il tourna les talons et sortit, et je pus à nouveau respirer, comme s'il avait volé tout l'oxygène de la pièce en y pénétrant.

Je m'habillai rapidement, me brossai les cheveux, les coiffai en queue de cheval et sortis en m'arrêtant devant la coiffeuse de la chambre pour appliquer du gloss et du mascara, sans trop savoir pourquoi. Je n'essayais pas d'être belle pour lui. C'était mon geôlier. Ce serait bien si je pouvais m'en souvenir de temps en temps, bon sang.

Dominic se tenait dans le couloir, les clés à la main, l'impatience visible sur son visage.

— Je peux manger quelque chose d'abord ?

— Tu manges beaucoup.

— C'est l'heure du petit-déjeuner.

Il soupira, mais sa position se détendit un peu.

— J'ai vu des barres de céréales. Ça ne périme pas, si ? Je vais en prendre quelques-unes.

Je sortis avant qu'il ne puisse m'arrêter.

— Bien. Dépêche-toi, lança-t-il derrière moi.

Dans le garde-manger, je trouvai les barres en question – du chocolat noir au sel de mer, mes préférées –, j'en pris deux, ainsi que deux bouteilles d'eau, et je retournai dans le hall où je le trouvai en train de me tenir la porte ouverte. J'avançai vers le 4x4. Dominic me suivit.

— J'ai changé le code, alors ne t'embête pas avec une autre tentative d'évasion.

— Ha ! J'étais sûre que tu ferais ça !

J'allai ouvrir la portière du SUV, mais il la referma, me faisant sursauter. Aussitôt, mon cœur se mit à battre plus fort. Il était là, penché à quelques centimètres au-dessus de moi.

— Je pourrais juste t'enchaîner au lit, si tu préfères ? Peut-être que je le ferai, quand on sera de retour.

Il resta ainsi, le regard brûlant sur moi jusqu'à ce que je détourne les yeux, concédant sa victoire. Dominic ouvrit ma portière et fit le tour de la voiture sans attendre que j'entre. Une fois installé, il fit démarrer le moteur. Une panique momentanée m'envahit.

— Et s'il y avait quelqu'un ? S'ils me voyaient ?

— Scava pense que tu es au chalet. Personne ne te cherche. J'ai déjà appelé. Je leur ai dit que tout allait bien. Que nous étions dans les temps.

Je hochai la tête alors que nous quittions l'allée, mais ma peur de Victor Scava – aussi nauséeuse que cela me rende – était bien réelle.

— Pourquoi ne m'a-t-il pas tuée ? Cela n'aurait-il pas été plus intelligent, au cas où je sache quelque chose ?

— Tu fais une erreur si tu penses que Victor Scava est intelligent.

Il le prenait à la légère, mais son visage devint soudain sérieux.

— Il ne voulait pas non plus qu'on te baise pendant la formation. Le contact a été très précis là-dessus.

— Quoi ?

Dominic me regarda alors qu'il franchissait la grille encore ouverte.

— Tu m'as bien entendu. Et d'après ce que tu m'as dit, il ne t'a pas violée. Est-ce que ses hommes t'ont touchée ?

Je secouai la tête.

— Il ne les a pas laissé faire.

— Pourquoi ?

— Victor était jaloux de James. Peut-être qu'il me voulait pour lui ? Il m'a proposé de m'épargner le marquage au fer rouge si je baisais avec lui. Quand j'ai dit non, il ne s'est pas imposé à moi.

— Et il t'a envoyée vers moi pour te former et te vendre ?

— Peut-être qu'il avait prévu de m'acheter lui-même.

— C'est un malade. Il en serait bien capable. Tu en sortirais certainement… humiliée.

— Parlons d'autre chose.

— L'adresse de la bibliothèque.

Je la lui dictai et il la programma dans le GPS. Il étudia la carte, puis éteignit la petite machine.

— Je sais où c'est. Ça va nous prendre un peu plus d'une heure.

Je déballai l'une des deux barres.

— Il y en a une pour moi ?

— Non.

Quand je la portai à ma bouche, il se pencha pour y mordre.

— Ne sois pas impolie, Gia.

— Va te faire foutre, Dominic.

Il sourit et enfourna le reste dans sa bouche.

— Merde. Elle est rassie.

Je souris, mais j'avais des papillons dans le ventre et je rougis. Je dus me retourner et regarder le paysage par la vitre, incapable de supporter son regard intense. J'avais l'impression qu'il me lisait comme un foutu livre.

Je me concentrai sur autre chose. Sur ma mère. Je me demandais si elle préparait l'enterrement de Mateo. Je me demandais à quel point elle était inquiète pour moi. Je ne savais pas s'ils avaient saccagé mon appartement. Ils m'avaient enlevée alors que je sortais d'un café après le travail. Est-ce qu'elle savait au moins que j'avais disparu ? Sûrement, maintenant qu'elle savait pour Mateo. Elle avait dû contacter Angus Scava en constatant que j'étais introuvable. C'était le premier endroit où elle avait dû aller.

Je faillis demander à Dominic de l'appeler, mais je me retins. Il dirait non. De toute façon, ça ne dépendait pas de lui. Je m'assurerais de la contacter, ou au moins de lui faire comprendre que j'étais en vie. Je lui dirais de retourner en Sicile. Elle était plus en sécurité là-bas qu'ici.

L'idée que Victor puisse lui avoir fait du mal s'imposa alors à moi.

Non, il n'aurait pas fait ça. Il ne l'aurait pas impliquée. Il n'y avait aucune raison de le faire.

— A-t-il fait du mal à ma mère ? Tu le sais ?

Dominic me regarda comme s'il n'avait pas entendu ma question. Je la répétai.

— Je n'ai rien entendu là-dessus, mais je n'ai pas cherché à en savoir plus. Je vais passer un coup de fil pour savoir.

À ma grande surprise, il sortit son téléphone et composa tout de suite un numéro. C'était celui de son frère, Salvatore. Ils parlèrent quelques minutes, Dominic en quête d'informations et Salvatore, je suppose, promettant de rappeler dès qu'il en saurait plus.

— Merci.

Mais ça n'allait pas être suffisant pour moi. Je comptais passer moi-même quelques appels une fois à la bibliothèque, quand il serait occupé à copier les fichiers.

13

DOMINIC

Le temps que nous trouvions une place et que nous entrions dans le magnifique bâtiment de la vieille bibliothèque de la rue Vine, il était déjà tard dans la matinée. La circulation était affreuse et le stationnement toujours un problème. Je tenais la main de Gia. Pour ceux qui nous regardaient, nous avions l'air d'un couple normal entrant dans l'immeuble.

La main de Gia était moite dans la mienne et je savais qu'elle était nerveuse. Elle n'avait aucune raison de l'être, bien que nous soyons désarmés puisque j'avais laissé mon pistolet dans le SUV, supposant que je devrais passer par un détecteur de métaux.

— Passe devant, lui dis-je sur un ton décontracté, même si je regardais tout le monde avec méfiance alors que nous nous dirigions vers la longue rangée d'ordinateurs à usage public.

— Hé, Gia. Tu as manqué ton service l'autre jour.

Un homme s'approchait de nous, le visage rayonnant en voyant Gia, mais il eut tôt fait de froncer les sourcils quand je me rapprochai, passant mon bras autour de sa taille. Je me sentais soudain beaucoup plus possessif que je n'aurais dû l'être.

Bon sang, c'était évident qu'elle rencontrerait des gens qu'elle connaissait. Elle était bénévole, après tout.

Gia se crispa à mes côtés.

— Souris, lui dis-je.

— Salut, Ron, fit-elle d'une voix tendue. Je ne me sentais pas bien. J'avais demandé à mon amie d'appeler, mais elle a dû oublier.

Ron n'arrêtait pas de me regarder et j'éclatai presque de rire devant ses efforts pour garder le sourire.

— Non... elle n'a pas appelé. Je t'ai couverte. Pas de soucis.

— Merci, Ron.

Je m'éclaircis la voix.

— Tu ne me présentes pas, chérie ?

Je dus me mordre la langue pour ne pas rire carrément devant la tête de Gia.

— Hum, Ron voici... hum... Donnie.

Elle se reprit rapidement et se détendit. Elle sourit, même. Au moins pendant quelques secondes.

— Son petit ami, lui dis-je, en la serrant plus fort et en l'attirant à moi.

Donnie ? D'où ça sortait, ça ?!

— Oh, euh, ravi de vous rencontrer. Enfin... je ne savais pas que tu avais un petit ami, fit Ron en esquivant mon regard.

— Oui, insistai-je. Nous ne sommes pas ensemble depuis longtemps, mais une fois qu'on a goûté à Gia, eh bien, il n'y a rien de mieux...

Je lui fis un clin d'œil. Elle avait l'air mortifiée.

— Bon, on a un emploi du temps chargé, ajoutai-je en regardant ma montre.

— Ravie de t'avoir vu, Ron, dit Gia en partant d'un pas résolu vers les ordinateurs publics.

— Moi aussi, lança Ron derrière elle.

Il me fallut prendre sur moi pour ne pas lui faire un doigt d'honneur.

— C'était quoi ce cirque ? demanda-t-elle entre ses dents. Comment as-tu osé dire ça ?

— Donnie ? C'est quoi, ce putain de nom, *Donnie* ?!

Elle s'arrêta net et se tourna vers moi, une main sur la hanche, un sourcil levé.

— Tu voulais que je lui dise ton vrai nom ?

— Tu n'as rien trouvé de mieux que Donnie ?

Elle sourit.

— Celui-là… commença-t-elle en changeant de conversation alors qu'une femme âgée abandonnait un ordinateur.

— Allons-y.

Quelqu'un d'autre essaya de prendre le siège, mais je poussai Gia en avant pour qu'elle s'assoie.

— J'attendais ! protesta la femme.

— Nous aussi.

Sans prêter attention à elle, je regardai Gia prendre la souris et naviguer vers le fichier. Mateo l'avait bien caché tout en le laissant accessible.

— Voilà, c'est ça, dit-elle enfin.

Je pris la clé USB dans ma poche et la lui tendis.

— Copie-le.

Elle se leva.

— Moi, il faut que j'aille aux toilettes. Copie-le, je reviens.

Avant que je puisse discuter, elle était partie. La femme avec qui nous nous étions disputé la place nous montrait du doigt en discutant avec l'employé au comptoir. Je savais que nous avions peu de temps. Je pris la relève pour copier le fichier sur ma clé USB en espérant que Gia ne serait pas assez bête pour essayer de s'enfuir. Je ne pensais pas qu'elle le ferait. Pas avec cette preuve en main, pas en sachant que je pouvais copier le fichier puis l'effacer. Bien sûr, je ne le ferais pas. C'était ma sauvegarde.

— Monsieur.

L'employé de la bibliothèque s'approcha de mon siège, accompagné de la femme, juste au moment où le dossier finissait d'être copié.

— C'est lui. Il m'a donné un coup pour passer devant moi !

Je les ignorai tous les deux et vérifiai que le fichier complet avait bien été copié sur ma clé USB avant de l'éjecter.

— J'ai fini, dis-je en m'éloignant dans la direction où Gia était partie, cherchant des yeux le panneau pour les toilettes.

Mais je ne la trouvai pas là-bas. Marmonnant un juron dans ma barbe, je partis rapidement à sa recherche dans les allées. J'allais la tuer. J'étais de plus en plus en colère à chaque pas. Et puis je la vis en train de parler à ce connard de Ron derrière un bureau, un téléphone coincé entre son menton et son épaule.

— Gia !

Toutes les têtes se tournèrent. Quelqu'un me fit *chut* et je me précipitai vers elle d'un pas vif, sans m'arrêter. J'avais envie d'envoyer valser le téléphone. Je la vis parler et je la rejoignis au moment où elle raccrochait.

— Donnie ! Tu es là. Tu as fini ? Je ne te voyais plus.

— Oui, j'ai fini. *On* a fini, dis-je en saisissant son bras alors qu'elle faisait le tour du comptoir. Allons-y !

— Gia ? fit Ron.

— Putain, c'était quoi ça ? sifflai-je tout bas entre mes dents.

— Il fallait que j'appelle ma mère. Je savais que si je te le demandais, tu ne me laisserais pas faire, alors je n'ai pas pris la peine de passer par ton intermédiaire. Elle est morte d'inquiétude.

— Tu lui as dit où tu étais ?

— Je ne sais même pas où est la maison, et non, je n'ai pas mentionné la bibliothèque. Elle prépare l'enterrement de mon frère, Dominic ! Je sais que tu n'as pas de cœur, mais essaye un peu d'être humain pendant une minute.

Elle essuya une larme sur sa joue alors que nous arrivions à la voiture.

Je me mordis la lèvre. J'avais envie de la secouer, mais j'avais de la peine pour elle et je la détestais – ou voulais la détester – pour ce qu'elle disait. Enfin, c'était vrai, elle avait raison. Je n'avais pas de cœur. Les monstres n'avaient pas de cœur.

Alors, pourquoi ses paroles me faisaient-elles mal ? Qu'est-ce que j'en avais à foutre ?

Je claquai sa portière et pris une minute pour me calmer, les ongles enfoncés dans les paumes. Je m'installai sur le siège du conducteur et je sortis le SUV du parking, tellement furieux que j'avais du mal à respirer. À côté de moi, Gia regardait droit devant elle et je pouvais voir ses yeux briller. Elle se retenait de pleurer.

— C'était stupide de faire ça.

Elle ne répondit pas.

— Vraiment stupide, Gia, merde !

Toujours rien.

Nous roulâmes en silence tout le chemin du retour. Une fois arrivés à la maison, Gia m'échappa et courut à l'étage dans sa chambre, claquant la porte derrière elle. Bien. Très bien. Elle n'irait nulle part, nous étions bien enfermés. Je m'occuperais d'elle plus tard. Je voulais d'abord écouter les enregistrements, et je voulais le faire sans elle.

Après avoir pris mon ordinateur portable dans le sac, j'entrai dans le bureau et je fermai la porte derrière moi. Je branchai la clé USB, j'appuyai sur le bouton de lecture et je me penchai sur mon ordinateur pour écouter.

La qualité de l'enregistrement était merdique, avec un max de parasites. Soit l'équipement de Mateo était nul, soit son micro était mal branché. Je pouvais distinguer la voix de Victor Scava, son rire grinçant, ses sautes d'humeur toutes les minutes qui me donnaient mal à la tête. Cet homme était fou, c'était clair. Il disait une chose, puis son contraire quelques minutes plus tard.

Une grande partie de la conversation était inutile, du moins pour mon objectif. Il parlait de transporter de la drogue. De l'argent. Je ne me souciais pas de ces trucs-là. Je voulais savoir pour le trafic. Je voulais entendre la voix de Roman.

Mateo avait dû enregistrer pendant un bon mois. Je me demandais comment ils avaient fini par comprendre qu'il portait un micro. Je songeai à la façon dont ils l'avaient tué. À ce moment-là, Victor rit encore. Je serrai les poings.

Enfoiré de sadique.

En quoi es-tu différent ?

J'ignorai cette voix intérieure et me replongeai dans les enregistrements en repassant un morceau ici ou là. Ce fut seulement vers la fin que les choses devinrent intéressantes.

Je n'entendis jamais la voix de Roman. Une fois, Victor parlait au téléphone avec quelqu'un. Il était furieux après cet appel. La conversation portait sur le transport d'un produit. Ce produit particulier, je le compris, vivait et respirait. Son interlocuteur lui remontait les bretelles. Victor avait merdé, apparemment. Typique. Après qu'il eut raccroché, je compris qui c'était.

— Ce trou du cul se prend pour le boss ! Putain d'imposteur. Il pense qu'il peut me dire quoi faire. D'abord le vieux Scava et maintenant lui.

—On l'élimine, patron ?

Des parasites sonores.

— Non. Je ne peux pas faire ça, pas encore.

Un silence. D'autres parasites.

— Si mon oncle, cette pédale, découvrait...

Les parasites coupèrent le reste de la phrase. Quand Victor revint, il riait et quelqu'un se faisait frapper.

— J'ai une bien meilleure idée. Ce connard va mourir, mais ce n'est pas moi qui vais le tuer.

Une lutte, des grognements. D'autres coups de poing suivirent, puis des meubles que l'on fracasse.

Je pensais à Mateo en train de regarder la raclée, peut-être même en train de l'administrer. Je me demandais ce qui lui était passé par la tête à ce moment-là. Il devait savoir ce qui lui arriverait si Victor trouvait le micro.

— Cet imposteur de Benedetti aura ce qu'il mérite. Mais je laisserai mon oncle le faire.

— Comment, patron ?

— Il me prend pour un abruti. Il pense que je ne sais pas qu'il me garde comme bouc émissaire, qu'il me traite comme un putain de fantassin et qu'il prend le contrôle sur ce que j'ai commencé. Sur ce qui me revient de droit !

Mon cœur s'emballa. Les parasites masquèrent la suite, mais j'avais tout ce dont j'avais besoin.

— Je vais laisser mon oncle creuser sa tombe et celle de ce trou du cul.

À nouveau des parasites, puis un rire.

— Une pierre deux coups, comme on dit !

Je vérifiai la date de cet enregistrement. C'était le vingt-trois décembre. Même pas vingt-quatre heures avant la disparition de Mateo.

Victor Scava avait tué Mateo parce qu'il était une balance, mais il avait utilisé sa mort pour déclencher une guerre. Une guerre au sein de la famille Benedetti. Il voulait éliminer Roman.

Je suppose que c'était une chose sur laquelle lui et moi étions d'accord.

Roman en moins et aucun fils Benedetti pour prendre la relève, Victor Scava pouvait s'installer sur leur territoire. Prendre le contrôle. Peut-être qu'il renverserait son propre oncle dans la manœuvre.

Mais s'il pensait que je resterais là à le regarder, il se trompait.

14

GIA

Je restai assise dans ma chambre, attendant que la colère de Dominic s'estompe. C'était plus intelligent de rester en dehors de son chemin, du moins pour le moment. En fouillant dans le placard de Lucia, je me sentais comme une sorte de criminelle, de fouineuse. Elle avait beaucoup de livres. J'aurais de quoi m'occuper pendant un moment.

J'en choisis un sur son étagère, je m'assis sur le lit et je l'ouvris. Mais je n'allai pas très loin. Pas au-delà de la première page blanche, où elle avait fait un croquis qu'elle avait ensuite rayé rageusement. Je reconnus le dessin, mais il me fallut une minute pour comprendre pourquoi je le connaissais. Je le regardai longuement, comprenant que c'était le dessin de la marque sur ma hanche. Je lus les mots *« Benedetti assassins ! »* qu'elle avait écrits sous le dessin. Je me posais des questions à son sujet. Ce n'étaient pas les mots d'une femme amoureuse. Dominic m'avait-il menti ? Lucia était-elle autant victime que moi ?

Je n'avais pas besoin de comparer le dessin à ma marque. Je l'avais étudiée. Je l'avais mémorisée. Je savais que c'était la même chose. J'avais juste besoin de trouver le lien.

Quand j'étais petite, mon père me protégeait de son travail, mais comme il était criminel, il y avait des limites à ce que l'on pouvait cacher à sa famille. Nous étions des enfants, Mateo et moi, mais nous n'étions pas aveugles. Nous avions vu des choses.

Mateo avait découvert le monde dans lequel vivait notre père le jour de ses dix-huit ans. Ma famille avait organisé une grande fête d'anniversaire pour lui, une réunion pour la famille élargie et les amis que nous n'avions pas vus depuis des années. Il devait y avoir trois cents personnes chez nous ce jour-là, avec Franco Benedetti en tête de liste des invités. En fait, il avait profité de l'occasion pour rassembler plusieurs hommes, dont mon père, pendant la fête.

De toute évidence, je n'avais pas été invitée à la réunion, non seulement en raison de mon sexe, mais aussi parce que je n'avais que sept ans. Ce jour-là, mon père avait présenté Mateo à Franco Benedetti. Mateo avait reçu son tout premier emploi ; quelque chose de simple, Dieu merci. Je me souviens combien il était fier. Combien il était excité.

Franco Benedetti aimait mon père, pour une raison quelconque. Il le traitait différemment de ses autres hommes de main. Mon père voyait comme une promotion le fait de devenir l'un des gardes du corps personnels de Franco, de voyager avec lui partout, de revenir de moins en moins souvent à la maison. Mateo l'avait supplié tant de fois de le rejoindre, considérant Franco comme s'il était Dieu tout puissant. Mais il n'en avait jamais reçu l'autorisation.

C'était au cours d'un de ces voyages que mon père avait été tué. Il était mort en protégeant Franco Benedetti. Il avait sauvé la vie de Benedetti en sacrifiant la sienne. Alors, Franco avait promis de s'occuper de Mateo, de moi et de notre mère.

Je ne savais pas que mon frère était à la réunion et je l'avais cherché pendant la fête. Je voulais du gâteau, mais ma mère avait dit qu'il fallait attendre que Mateo chante *Joyeux Anniversaire* d'abord, alors j'avais décidé d'aller le chercher moi-même. J'avais pris l'enveloppe que M. Benedetti avait déposée pour lui, le cadeau d'anniversaire de Mateo. Ma mère avait fait des commentaires sur son épaisseur, sachant qu'elle contenait de l'argent. Elle l'avait mise sur le dessus du réfrigérateur pour la conserver, mais j'avais grimpé sur une chaise et je l'avais descendue pour l'apporter à Mateo en me disant qu'il serait heureux. Je l'aimais. C'était le meilleur grand frère. Il était protecteur et me faisait même plaisir en jouant à la poupée quand je le suppliais.

Je ne l'avais pas trouvé et je m'étais éloignée de la propriété sans me rendre compte que deux garçons plus âgés m'avaient vue avec l'enveloppe et me suivaient. Ils m'avaient coincée quand nous étions assez loin pour que personne ne nous entende et ils m'avaient demandé de la leur donner. De leur donner le cadeau d'anniversaire de Mateo.

Pas question, je leur avais dit.

Eh bien, ils ne voyaient pas ça du même œil et j'avais réalisé ce jour-là à quel point j'étais impuissante sans Mateo pour me sauver. Cela m'avait énervée, en fait, et je m'étais préparée à me battre, bien consciente que je perdrais, mais refusant de revenir à la maison les mains vides. Au moins, Mateo saurait que je m'étais battue pour lui.

Toutefois, je n'avais pas eu à le faire parce qu'un autre garçon était là aussi. Un garçon plus âgé, un ami de Mateo. Ou du moins, quelqu'un que j'avais vu avec Mateo plusieurs fois.

Ce garçon... J'arrêtai de respirer.

Voilà pourquoi j'avais ressenti quelque chose, une impression de sécurité ou de protection émanant de Dominic au chalet. C'était ça l'étrange sentiment de familiarité.

Il était là, ce jour-là. Il était venu chez moi. À la fête d'anniversaire de mon frère.

Dominic Sapienti était Dominic Benedetti.

Dominic Benedetti avait dit à ces garçons d'aller voir ailleurs et il m'avait rendu l'enveloppe.

Il m'avait sauvée ce jour-là, et plus tard, son père avait juré de garder ma famille en sécurité. Dominic le savait. S'il ne le savait pas, je le lui avais dit sur le trajet depuis le chalet, et il n'avait fait aucun commentaire.

Et maintenant, je portais le sceau de sa famille sur ma hanche, marquée à jamais. Ils avaient marqué la poitrine de Mateo au fer rouge avant de le tuer. Dominic Benedetti ou sa famille avait tué

Mateo. Ils avaient ordonné mon kidnapping, m'avaient envoyée pour être vendue comme esclave sexuelle. Sous les ordres de l'homme pour lequel mon père avait donné sa vie.

Je descendis pour l'affronter, supposant qu'il était derrière les portes fermées de la seule pièce dont il m'avait interdit l'accès. Mais quand j'ouvris ces portes, je m'arrêtai net devant ce que je découvris. Les éclaboussures de sang sur les murs, les traces rouges là où il s'était infiltré dans le sol en marbre, la bouteille d'alcool à moitié bue sur la table, les verres avec un résidu de whisky et de poussière, comme si quelqu'un buvait encore en ce moment, comme si cette pièce avait été figée dans le temps.

Je réalisai que rien n'était couvert dans la salle à manger. Pas de draps contre la poussière, rien. Deux chaises gisaient sur le côté, preuve d'une soirée tragique dont j'avais entendu parler, de la nuit qui avait entraîné le déclin de la grande famille Benedetti. La nuit où un frère avait presque tué l'autre.

Je regardai autour de la pièce et passai une main dans mes cheveux, essayant de donner un sens à tout cela. Je vis la grande vitrine sur le côté. À l'intérieur était exposé un livre poussiéreux, le volume, grand et lourd, de la famille Benedetti. J'ouvris la porte vitrée et l'en sortis, effleurant le relief de l'écusson sur la couverture en bois. J'en traçai chaque aspérité et tous mes poils se hérissèrent. Il me fallut un moment pour pouvoir ouvrir le livre.

Des générations de Benedetti étaient représentées à l'intérieur. Mais je ne me souciais pas de ceux qui étaient partis depuis longtemps. Je tournai les pages, progressant rapidement vers la fin du livre, remarquant la reliure, consciente que c'était un livre qui allait grossir avec le temps, ajoutant de plus en plus de membres à mesure que les anciennes générations mourraient et que de nouvelles naîtraient. Je vis d'anciens certificats de naissance, de mariage et de généalogie. Je reconnus des noms, des unions destinées à lier des familles, faisant des Benedetti l'une des plus puissantes, sinon *la* plus puissante des familles du crime organisé en Amérique.

Du moins, la plus puissante jusqu'à cette nuit-là. Jusqu'à ce que

Franco soit témoin de la bataille entre ses fils, et qu'il frôle lui-même la mort par crise cardiaque.

C'est alors que les choses avaient commencé à s'effondrer pour la famille Benedetti.

Je retournai le livre, le posant afin d'accéder aux dernières pages. Je vis la photo de Sergio dans les bras de ses parents. Je vis la famille s'agrandir avec la naissance de Salvatore, alors que Sergio était tout petit.

Sachant ce que j'allais trouver à la page suivante, je la sautai. Je ne voulais pas la voir tout de suite. J'arrivai à la photo de Sergio et de sa femme, le jour de leur mariage. Elle riait tant que ses yeux étaient fermés sur le cliché. Puis vint la date de sa mort. Et celle qui annonçait la naissance de son fils, quelques mois après.

Il n'avait jamais vu son propre fils.

Je revins en arrière sur les quelques pages que j'avais sautées, mon cœur battant la chamade, le sang martelant mes oreilles dans un bruit insupportable. Je trouvai la page qui représentait le troisième fils. Dominic. Ses parents souriaient, mais je devinai la tension sur leurs visages, l'effort que cela leur demandait. Ils n'avaient pas la même expression que pour les deux autres naissances.

La photo la plus récente de Dominic devait dater d'au moins dix ans. Il avait environ vingt-cinq ans. Il se tenait à côté de son père lors d'une fête, le bras autour de son épaule, avec un sourire arrogant. Tout en lui était insouciant, comme s'il était le garçon qui allait tout obtenir. La fille à ses côtés le regardait fixement, amoureuse, alors qu'il semblait à peine conscient de sa présence.

Dominic Benedetti avec son père, Franco. L'homme qui s'était engagé à prendre soin de ma famille. Victor travaillait-il pour lui ? Était-ce une sorte de rébellion contre Angus Scava ? Il savait qu'Angus ne l'aimait pas. Mais cela signifiait-il que Victor avait obéi aux ordres de Franco Benedetti ? C'était logique. La marque en disait long sur la vérité. Mateo et moi avions été marqués du sceau de la famille Benedetti, pas de celui des Scava. Franco nous avait baisés. Il avait promis à mon père de nous protéger, puis il avait tué mon frère et m'avait faite prisonnière. Dominic, un homme que je prenais pour mon allié, pour une raison étrange, n'était autre que son fils. Je portais sur ma hanche la marque de Dominic Benedetti comme si j'étais du bétail, une chose que l'on possédait et non une vie humaine.

Il m'avait menti.

Il m'avait dit que Victor jouait à un jeu, mais Dominic en était le maître.

La fureur faisait rage en moi.

J'avais été dupée.

On s'était joué de moi.

J'avais couché avec mon ennemi. J'avais dormi à côté de lui, je m'étais accrochée à lui, et ça me donnait envie de vomir.

Je m'emparai de la première chose que je vis et je criai en l'envoyant s'écraser sur le mur ensanglanté, regardant le verre se briser en éclats sur le marbre.

Je ne m'arrêtai pas là.

15

DOMINIC

Quelque chose se brisa sur le sol dans l'autre pièce. Gia poussa un cri. Je pris le pistolet et me levai d'un bond, sortant du salon en courant en direction des portes ouvertes de la salle à manger, où un autre fracas me fit armer mon pistolet, prêt à tirer.

Elle poussa un deuxième cri, mais ce n'était pas la peur que j'y entendis.

Je tournai au bout du couloir et ouvris l'une des doubles portes à coups de pied pour trouver Gia debout, au milieu du sol taché de sang, du verre brisé tout autour d'elle. Son visage ne reflétait que la fureur.

— Toi !

Elle me regardait avec mépris, la lèvre retroussée, les yeux durs. Aucune peur dans son regard en me voyant, pas plus qu'en voyant le pistolet que je tenais, armé et prêt à tuer.

— C'était toi !

Elle prit la bouteille qui était encore sur la table de la salle à manger ce soir-là. Celle que Franco et Roman avaient bue. Elle la souleva.

— Qu'est-ce qui se passe, Gia ? demandai-je en tendant une

main, paume à plat, pendant que je désarmais le pistolet et le glissais dans la ceinture à l'arrière de mon jean.

Déjà vu.

Sauf que je n'avais pas désarmé le pistolet, ce fameux soir.

Elle me jeta la bouteille à la figure, la rage lui enflammant le visage quand je m'écartai vivement sur la droite. Le verre se brisa à mes pieds et le liquide poisseux me tacha le jean.

— Calme-toi. Qu'est-ce qui se passe ?

— C'était ton ami.

Elle chercha dans la pièce le prochain objet à me jeter.

Je m'approchai d'elle lentement tandis qu'elle me visait avec l'une des coupes en cristal sur la table.

— Mon père a pris une balle pour le tien. Il était censé nous protéger ! Il l'avait promis le jour où mon père est mort *pour lui* !

Elle jeta la coupe. Je fis un pas de côté et le verre vola en éclats contre le mur derrière moi.

— Et toi… tu étais l'ami de Mateo.

— Gia.

Je gardai une voix calme tout en me rapprochant. J'essayai de ne pas regarder la tache sur le sol en marbre, les éclaboussures sur le mur que je n'avais ordonné à personne de nettoyer.

— Tu aimes tes petits masques, hein ? demanda-t-elle en regardant dans la pièce sans rien trouver à jeter, avant de se tourner à nouveau vers moi. Dis-moi, c'est toi qui as marqué Mateo au fer rouge ? C'est toi qui m'as marquée ?

Elle retint sa respiration et pressa les paumes sur ses yeux.

— Je n'ai jamais vu vos visages. Tout le monde, sauf Victor, portait un masque.

Elle me regarda à nouveau.

— Espèce de sale connard !

— Gia, dis-je, assez près pour saisir ses poignets quand elle essaya de me frapper. Gia, arrête !

— Tu l'as tué ?

— Non.

— Tu étais là ? Tu l'as tenu ? Est-ce que tu…

Un sanglot lui coupa la parole et elle inclina la tête contre ma poitrine.

— Tu lui as tranché la langue ?

— Non.

Bon sang. Elle avait vu ça ?

— Je sais qui tu es. Je le sais.

Je la lâchai et elle s'écroula au sol, le visage dans les mains.

— Gia.

Je m'accroupis.

— Ne me touche pas.

Elle me repoussa et s'assit, adossée contre le mur ensanglanté. Je m'assis en face d'elle en la voyant s'effondrer.

— Ne... commença-t-elle, mais ses mots restèrent en suspens.

— La marque était un piège. Une partie du plan de Victor, Gia.

— Mateo essayait juste de faire ce qu'il fallait.

Elle secoua la tête sans m'écouter, le visage crispé, perplexe.

Je remarquai alors le livre sur le sol à côté d'elle. Le livre de la grande famille Benedetti. Le blason de notre famille – non, pas *la nôtre*, putain ! Quand est-ce que je me mettrais ça dans la tête, bon sang ? Quand est-ce que j'arrêterais de la considérer comme *la mienne* ?

— Tu le savais depuis le début, murmura-t-elle.

Elle leva la tête, ses yeux rouges et gonflés.

Mais il fallait que je regarde encore le livre. La page ouverte. Franco et ma mère, qui tenaient leur deuxième enfant, Salvatore. Sergio se tenait à côté d'eux, la main dans celle de son père. Du bois sombre lambrissé dans le fond, et au-dessus un tableau du blason maudit. Franco avait l'air plus grand, plus droit, le visage rayonnant, si fier. La putain de famille parfaite !

— Le sang, c'est quand tu as essayé de tuer ton frère.

Ses mots pénétrèrent mon esprit. Me forçant à l'écouter.

— Tu penses que personne ne sait, mais nous savons tous. J'aurais dû reconnaître les noms.

Je levai les yeux sur elle. Je n'avais aucune défense.

— Tu as dû me trouver assez stupide, hein ? demanda-t-elle.

— Non.

— Tu es malade, Dominic. Tu es un timbré, fou à lier.

Aussitôt, je me raidis et ma poitrine se serra. Elle avait raison. Chaque mot qu'elle avait dit était la vérité. La culpabilité devait être gravée sur mon visage, car Gia tendit la main pour me pousser en arrière.

— Tu es un monstre rempli de haine.

Elle se leva, instable, et je la suivis en secouant la tête, incapable de parler. Je m'approchai d'elle alors qu'elle frappait du poing contre ma poitrine.

— Malade.

Je la repoussai contre le mur et je posai mes lèvres sur les siennes. Ce n'était pas un baiser, c'était pour la faire taire. Je mangeais ses mots pour ne pas avoir à les entendre. Parce que ce qu'elle disait était vrai. Je ne niais pas les faits. Mais entendre quelqu'un le dire... L'entendre, *elle*...

Elle posa les mains de part et d'autre de ma tête et tira sur mes cheveux, son corps cédant juste un peu alors qu'elle essayait de me repousser. Elle tourna le visage sur le côté et elle cracha, comme si mon goût la répugnait.

— Tu es un meurtrier.

Tout en la regardant, je saisis sa mâchoire pour la forcer à ramener son visage vers moi, assez serré pour qu'elle ne puisse pas parler. J'enroulai ensuite un bras autour de sa taille, je la soulevai et fis quelque pas pour la porter jusqu'à la table, où je l'allongeai sur le dos.

— Tais-toi, lui dis-je en défaisant les boutons de son jean.

— Tu as trahi ta famille.

— Je t'ai dit de la fermer.

J'emportai son pantalon avec sa culotte.

Elle grogna en se redressant, leva la main et me gifla à toute volée.

— Que font-ils à ceux qui trahissent leur propre famille ? siffla-t-elle entre ses dents. Un mouchard perd sa langue. Et toi ? Qu'est-ce que tu perds ?

Tout. Absolument tout.

J'empoignai l'une de ses mèches, un goût de sang sur la langue. Je m'étais mordu la lèvre.

— Encore !

Elle me gifla à nouveau, cette fois avec le dos de la main. Elle était la seule personne à dire la vérité à haute voix. À me dire ce que j'étais sans avoir peur de moi.

Je me mis à bander en la regardant, en voyant la fureur brute enflammer ses yeux.

— Encore.

Elle obéit, la paume ouverte entrant en collision avec ma joue. Du sang éclaboussa son visage, mais elle ne tressaillit pas et n'arrêta pas son geste. Je restai là, à la laisser faire. Je la tenais par les cheveux, mais je me laissai gifler jusqu'à ce que mon visage s'engourdisse, jusqu'à ce qu'elle grogne sous l'effort, jusqu'à ce que sa main soit fatiguée. Elle cessa enfin de me gifler et me griffa les joues avec ses ongles, faisant couler encore plus de sang. J'écrasai encore ma bouche contre la sienne, puis je posai le pistolet sur la table et je déboutonnai mon propre jean, le faisant descendre avant d'essayer de me glisser entre ses jambes, incapable d'y parvenir avec son jean serré à mi-cuisse.

— Je te déteste, souffla-t-elle contre ma bouche.

Je lui léchai les lèvres, puis j'en pris une dans ma bouche et la dévorai, savourant Gia avant de la faire glisser de la table pour la retourner sur le ventre et la plaquer dessus.

— Je te déteste, répéta-t-elle quand je lui saisis les hanches et que je lui écartai les cuisses pour y coller ma verge et m'enfoncer en elle.

Je grognais, j'avais besoin de ça, besoin de la posséder, j'avais désespérément envie d'être en elle, d'être connecté à elle. Elle dit autre chose, la respiration haletante. Quelque chose que je ne compris pas. Avec une main dans ses cheveux, je tournai son visage sur le côté et me penchai sur son dos, la bouche contre sa joue, au coin de ses lèvres.

— Fais-moi mal, Gia, chuchotai-je, proche de l'orgasme.

Elle secoua la tête autant que ma prise le permettait.

— Non. Je ne vais pas te faire de mal. Je vais te *tuer*, dit-elle, les yeux momentanément fermés alors que son sexe se contractait autour du mien. Je vais te tuer, putain, Dominic Benedetti.

— Fais-le. Tue-moi, murmurai-je alors qu'elle aspirait ma lèvre dans sa bouche, puis la mordait.

Je la tins contre moi et je poussai fort une dernière fois, jouissant en elle comme un volcan en éruption sans me soucier qu'elle ne prenne aucun plaisir, sans même me retirer, éjaculant et me vidant, les bras serrés autour de sa taille jusqu'à ce que, finalement, épuisée, ma queue glisse hors d'elle dans le sperme visqueux laissé entre nous deux.

Je reculai en titubant tout en remontant mon jean. Gia se redressa, se tourna vers moi, mon pistolet à la main, et je sus ce qu'elle voulait. Je vis la haine dans ses yeux, je vis son désir, son envie.

— Étais-tu là quand ils ont tué mon frère ? demanda-t-elle en armant le pistolet. Ils portaient des masques. Ils portaient tous des masques.

— Non.

— Étais-tu là quand Victor m'a fait marquer au fer rouge ?

Je secouai la tête et tombai à genoux devant elle, lui saisissant les hanches. Je les inclinai vers moi, je pris son clitoris dans ma bouche et le suçai, sentant mon odeur sur elle, mon propre goût. Sa main libre saisit la table dans son dos et je l'écartai, un mélange de nos deux fluides ruisselant entre ses cuisses. Je l'étalai le long de sa vulve en suçant avec plus d'ardeur, avant de sentir ses genoux se dérober quand elle cria. Elle jouit sans lâcher le pistolet armé, la main sur mon épaule pour se tenir droite, le corps frémissant, le souffle court.

Je relâchai ma prise et j'observai son visage, son beau visage doux et triste. Elle glissa à genoux et nous restâmes comme ça, à nous regarder, ennemis, amants, comme des pions dans un jeu.

— Tue-moi, Gia, murmurai-je d'une voix faible alors que je prenais sa main, celle qui tenait mon arme, et que je plaçais le canon sur ma poitrine. Tue-moi une fois que j'aurai tué mon oncle. Une fois que j'aurai tué Victor.

Elle me fixa du regard, et pendant un long moment, je me

demandai ce qu'elle allait faire. Il suffisait qu'elle recule rapidement le doigt et je serais mort. Libéré de cette putain de misère.

Je n'avais même pas peur.

Mais elle secoua la tête, posa l'arme à côté de nous et s'accrocha à mes joues ensanglantées. Elle y fit courir sa langue, puis la glissa entre mes lèvres cramoisies avant de m'embrasser, le goût de mon sang se mélangeant à sa salive.

— Je veux appuyer sur la gâchette quand je serai face à Victor. C'est *moi* qui vais le tuer. Pas toi.

Elle retira à peine ses lèvres des miennes en marmonnant ces mots.

Je hochai la tête et l'embrassai. Une fois, j'avais appelé Isabella ma petite garce vengeresse. Je souris en l'embrassant, en m'accrochant à Gia qui m'étreignait. Je savais que nous nous étions agenouillés à l'endroit même où j'avais presque tué Salvatore, je savais que j'avais baisé Gia debout sur la tache de son sang. Je savais que j'étais vraiment un monstre parce que je n'avais pas trouvé cela malsain. Je n'avais pas ressenti de culpabilité. Plus maintenant. Et alors que j'enlevais les vêtements de Gia et que j'écartais ses jambes pour me régaler à nouveau, je me sentais bien. Je me sentais affamé. Affamé de vengeance. Affamé d'elle.

Gia était mon égale. Ma partenaire parfaite.

J'avais raison quand je lui avais dit qu'elle était comme moi. Qu'elle avait autant de haine que moi.

Et je lui faisais confiance pour faire ce qu'elle avait promis.

Elle m'achèverait une fois que ce serait fini.

Je l'aiderais à se venger.

Et ensuite, tout serait fini pour moi.

J'emporterais dans ma tombe ce qui restait de la famille Benedetti, une bonne fois pour toutes.

16

GIA

Je gardai le pistolet de Dominic. Je le glissai sous l'oreiller à côté de moi et je m'endormis.

Je ne savais pas s'il avait dormi cette nuit-là. Je ne me rappelais même pas être montée pour aller au lit après ce qui s'était passé dans la salle à manger.

Une odeur de sexe imprégnait ma chambre. Ce fut la première chose que je sentis, son odeur, la mienne, quand j'ouvris les yeux. Je m'assis dans le lit, me frottai le visage et pris l'arme chargée.

Je tuerais Victor Scava avec cette arme.

Puis je tuerais Dominic.

C'était ce qu'il voulait que je fasse. Il me l'avait demandé. J'avais fini par le comprendre hier soir. J'avais enfin vu à travers lui. Vraiment. Il était en désaccord avec lui-même depuis le début, à la fois mon cruel ravisseur, puis mon allié, puis mon amant. Je savais pourquoi maintenant.

Je sortis du lit et je franchis la porte qui reliait nos chambres. Je me moquais de mon apparence, du fait que j'étais nue, pas lavée. Que son sperme avait séché et s'était encroûté entre mes jambes. Je m'en foutais.

Je me souciais seulement du pistolet dans ma main.

Dominic sortit de la salle de bain, une serviette enroulée autour de la taille, une autre dans la main en train de sécher ses cheveux.

— Depuis combien de temps te caches-tu ? demandai-je.

Il s'arrêta et me regarda.

— Tu as besoin d'une douche, Gia.

Il se remit à marcher et jeta sur le lit la serviette qu'il avait utilisée pour se sécher les cheveux.

— Combien de temps ?

Il s'arrêta à nouveau et se retourna, marqua une pause, puis avança tout droit sur moi, la tête inclinée sur le côté.

— Renseigne-toi avant de te promener avec un pistolet à la main en attendant des réponses.

Il enroula tranquillement sa main autour de mon poignet.

— Tu as besoin d'une douche, dit-il à nouveau.

— Tu ne supportes pas ta propre odeur ?

Il plissa les yeux et m'arracha l'arme des mains.

— Il est à moi !

Je le suivis jusqu'à la commode en essayant de lui reprendre le pistolet, quand il ouvrit un tiroir et le rangea à l'intérieur.

Il m'attrapa les poignets et me fit reculer de quelques pas.

— Il faut que tu arrêtes tes conneries et que tu prennes une douche, putain.

— Il est à moi, répétai-je en le regardant dans les yeux, des océans bleu-gris si profonds que je pourrais m'y perdre si je ne faisais pas attention.

— Je ne te le prends pas. Il est à toi. Allez, viens.

Sa voix était calme, comme s'il parlait à une enfant qui piquait une colère.

Il m'emmena dans la salle de bain et fit couler un bain. La première fois qu'il m'avait donné un bain me revint à la mémoire et je m'écartai. Mais il retint mon poignet.

— Détends-toi. Tu veux que je te donne quelque chose pour te détendre ?

— Tes petites pilules ? Non, merci.

— Alors, sois gentille et monte dans la baignoire.

Je regardai le bain se remplir, je le vis vérifier la température et la régler.

— Grimpe !

— Je veux qu'on m'enlève ça, aussi.

Je montrais le collier du doigt.

— Et je t'ai déjà dit que je l'enlèverais quand je serais prêt à le faire.

— Pourquoi fais-tu ça ?

— Parce que j'ai besoin que tu reprennes tes esprits si on veut attraper les salauds qui ont tué Mateo et qui t'ont marquée.

Je pris ses mots en considération, étudiant son visage, ses yeux. Il désigna à nouveau la baignoire et relâcha mon poignet lorsque j'enjambai le rebord. Aussitôt, une pensée me revint.

— Tu as une fille.

Il me fixa comme si c'était la dernière chose qu'il s'attendait à m'entendre dire. Puis il hocha la tête une fois et apporta une bouteille de gel douche et un gant de toilette. Il s'assit sur le bord de la baignoire, y trempa le gant et l'en sortit avant d'y presser le gel douche. Il fit mousser le liquide sur mon cou et dans mon dos.

— Effie. Elle a onze ans maintenant.

Son visage paraissait si triste à ce moment-là. C'était celui de l'homme que j'avais entrevu hier soir, celui qui avait mal. Celui qui était brisé.

— Je ne l'ai pas vue depuis longtemps. Presque sept ans.

— Pourquoi ?

Il leva les yeux sur moi, et pendant un moment, je crus qu'il allait dire autre chose, mais ensuite, comme s'il venait déjà de se livrer, la vérité sortit.

— Parce que je suis un lâche.

Il tourna les yeux, trempa le gant de toilette dans l'eau et le reposa sur moi.

— Elle est mieux sans moi, de toute façon.

— Que s'est-il passé cette nuit-là ?

Il savait de quelle nuit je parlais. Il n'y en avait pas d'autres.

— J'ai tiré sur mon frère, expliqua-t-il sans détour. J'ai failli le tuer.

Il refusait de me regarder. Je lui pris la main lorsqu'il trempa le gant dans l'eau, puis je la posai sur sa joue. En voyant les égratignures que j'avais laissées la veille, je me dis que j'aurais dû lui mettre un pansement.

Dominic me regarda enfin, d'un air étrange, sombre... vide. Comme s'il avait passé ces sept dernières années à créer une faille si large, un trou si béant qu'il ne pourrait jamais plus franchir ce gouffre.

Il se dégagea de ma main et recommença à me laver, l'attention entièrement tournée vers ses gestes pendant qu'il parlait.

— Ne te méprends pas, Gia. Je ne suis pas un mec bien. Être père ne fait pas de moi quelqu'un de meilleur. Le fait que ma fille me manque ne me rend pas bon. Quand je dis qu'elle est mieux sans moi, je le pense. Je me connais. Je sais ce que j'ai fait, ce que je suis. Je sais ce dont je suis capable.

Il se détestait. Je l'en avais accusé au début, et c'était plus vrai que je ne l'avais réalisé alors. Une part de moi – bon Dieu, pas seulement une part, pas n'importe laquelle, *mon cœur* – se brisa pour lui.

— Raconte-moi ce fameux soir, dis-je au bout d'un moment, une fois qu'il eut entrepris de me shampooiner les cheveux.

— Salvatore a finalement compris ce qui se passait. Roman... Roman cherchait la merde depuis le début, je n'en doute pas. N'importe quoi pour me discréditer. Même si je n'avais pas besoin qu'on m'aide beaucoup pour ça.

— Depuis le début, s'il te plaît.

— Salvatore et Roman ont découvert que j'étais le père de la petite fille d'Isabella DeMarco, Effie. Les DeMarco étaient nos plus grands rivaux à l'époque.

Il fit une pause, me laissant une minute pour digérer l'information.

— On s'était rencontrés quand on était jeunes. Enfin, elle était jeune et j'étais stupide. Je ne savais pas qui elle était, au début, et elle ne savait pas qui j'étais. Elle est tombée enceinte, et le soir où nous avons décidé de l'annoncer à nos familles, je me suis dégonflé. Pas elle. Elle l'a dit. Et puis, elle a disparu. C'était soit ça, soit le vieux DeMarco voulait qu'elle se débarrasse du bébé.

— Je me souviens de la guerre entre vos familles.

Ça me revenait vaguement. J'étais trop jeune pour faire attention à tout ça à l'époque.

— Lucia a été donnée à Salvatore comme compensation, ou un truc de ce genre.

— Oui, un truc de ce genre.

— Ça aurait été sa grande sœur si tu ne l'avais pas mise enceinte, c'est ça ?

Il fit oui de la tête.

— Ils ont réglé le problème, continua-t-il. Luke, son cousin, un imbécile si tu veux mon avis, a réussi à se faire tirer dessus par un autre abruti. C'est ce qui a tout déclenché. Roman, mon putain d'oncle (il cracha les mots) a essayé de me mettre ça sur le dos, mais Salvatore, mon frère qui ne peut rien faire de mal, voulait juste la paix. Eh bien, moi, j'emmerde la paix. On est dans la mafia. On ne peut pas choisir la paix.

Il cessa de me shampooiner pendant une minute et regarda au loin. J'en étais bien contente. Dans sa colère grandissante envers sa famille, le massage était devenu un peu rude.

— Tu sais ce que tu as quand tu es le dernier-né d'une famille mafieuse, Gia ?

J'attendis, les yeux dans les siens quand il se retourna vers moi.

— Rien. Tu n'as rien.

Il reprit le shampooing et je me mordis la langue pour me taire et le laisser raconter son histoire.

— Et si tu es un bâtard…

— Un bâtard ?

— J'étais bourré cette nuit-là. Salvatore… il n'aurait jamais pu être le chef. Jamais. Bon sang, il ne voulait même pas. Mais il était prévu que ce soit lui. Il a organisé une réunion chez lui, et mon oncle m'y a traîné. J'avoue que j'étais à moitié saoul quand je suis entré dans la salle à manger avec un pistolet chargé.

Il secoua la tête.

— Puis mon père a traité Isabella de pute. Il a traité ma mère de pute ! Je n'ai pas pu le supporter.

Il déglutit. Je vis sa pomme d'Adam tressauter.

— Il n'y en avait que pour Sergio. Pour l'enfant de Sergio. Il avait un autre petit-enfant. Il était temps qu'il le reconnaisse. Mais il avait un autre tour dans sa manche.

Dominic grimaça, les yeux distants comme s'il revoyait la scène.

— Il avait toujours le dernier mot, Franco Benedetti.

— Qu'est-ce que…

— Il s'est avéré que je n'étais pas de lui.

Il me regarda dans les yeux et ajouta :

— Je suis le bâtard d'un fantassin et de la femme de Franco Benedetti.

Oh, mon Dieu.

Ma mâchoire se décrocha. Personne ne le savait. Ils savaient seulement que Dominic avait essayé de tuer son frère.

— Tu vois, je n'essayais pas vraiment de tuer Salvatore.

Dominic secoua de nouveau la tête, les yeux brillants pendant un instant.

— Il s'est mis entre moi et Franco et il a failli mourir pour ça.

Dominic fit tomber le gant de toilette qu'il avait récupéré dans la baignoire. L'eau nous éclaboussa et il se leva. Me tournant le dos, il passa une main dans ses cheveux.

— Dominic, commençai-je en sortant du bain toute dégoulinante, de la mousse et du shampooing encore accrochés au corps.

Je m'approchai de lui, posai une main sur son épaule et je le forçai à se retourner.

— J'ai failli tuer la seule personne de cette famille qui soit digne de vivre, Gia.

Il avait un sourire de fou, un sourire qui, je le savais, contenait une vague d'émotion.

— Tu ne l'as pas fait, cependant. Tu n'as pas fait ça.

Il me repoussa quand je mis mes deux mains sur ses épaules, mais je refusai de bouger. Je pris son visage entre mes mains et je l'obligeai à me regarder pour qu'il me voie. Qu'il voie le moment présent. Ce qui était là, juste devant ses yeux.

— Il a eu tort de te le dire comme ça.

— Laisse tomber, Gia. Laisse-moi tranquille.

— Non.

Je l'embrassai, alors même qu'il essayait de passer devant moi. Je l'embrassai tout simplement en essayant de m'accrocher à lui.

Ses mains se posèrent sur ma taille, cherchant toujours à me repousser pour qu'il puisse se frayer un chemin hors de la salle de bain.

— Gia...

— Tu dois garder la tête froide si tu veux attraper ces salauds, lui dis-je en l'embrassant plus fort quand il s'arrêta, entendant dans ma propre bouche les mots qu'il avait employés quelque temps plus tôt. Embrasse-moi, Dominic.

Il me regarda, puis tourna son visage sur le côté, ses mains toujours sur ma taille. Au moins, il ne me repoussait plus.

— J'ai dit embrasse-moi, putain !

Cette fois, il ne se détourna pas, il ne recula pas. Il m'embrassa, me faisant sortir de la salle de bain à reculons, passant les bras autour de moi alors que son baiser devenait affamé, presque vorace. Lorsque l'arrière de mes genoux toucha le lit, il m'y poussa et laissa tomber sa serviette, son membre dressé contre son ventre, les yeux fous, alors que je m'étendais et écartais les cuisses pour lui.

— Dominic, réussis-je à dire alors qu'il s'agenouillait entre mes jambes, puis s'allongeait sur moi.

— J'ai joui en toi hier, dit-il entre deux baisers.

— Je suis sous contraception.

Je l'embrassai en retour, aussi affamée que lui.

— Et je n'ai pas de maladie, ajoutai-je.

— Moi non plus.

Il s'enfonça en moi et, pour la première fois depuis qu'on était ensemble, on ne baisa pas. On fit l'amour. Dominic remua lentement au fond de moi, me gardant si près de lui qu'il n'y avait pas un centimètre entre nous. Nos yeux étaient ouverts tout le temps, nous fixant l'un l'autre. Et quand ce fut fini, quand nous fûmes épuisés, nous nous accrochâmes encore l'un à l'autre, incapables de nous lâcher, sachant, d'une certaine façon, que nous serions le sauveur l'un de l'autre. Sachant qu'au fur et à mesure que nos ennemis se rassemblaient en dehors de ce sanctuaire, nous n'avions que l'autre sur qui compter.

Je me demandais si nous allions mourir ensemble, consciente que je ne pouvais pas faire ce que j'avais dit hier, pas maintenant, *plus* maintenant que j'avais appris ce que je savais. Je comprenais son dégoût de lui-même. Sa haine. Son deuil. C'était ce que j'avais ressenti chez lui. Je l'avais ressenti *pour* lui. Ça ne le rendait pas meilleur. Ça n'effaçait pas l'ardoise, ça ne laverait pas ses mains du sang qu'il avait versé. Rien ne le pourrait jamais. Mais ça le rendait différent. Ça le rendait humain.

Depuis cette nuit-là, il avait essayé de se suicider. Et maintenant, il avait un dénouement en vue. Après ce dénouement, il voulait que je le tue.

Je savais déjà que je ne le ferais pas.

Je ne pouvais pas.

17

DOMINIC

J'étais assis dans mon bureau et j'attendais que Leo décroche. C'était la veille de la vente aux enchères et je devais faire le point. C'était la procédure. Un jour ou deux avant la vente, on me donnait l'adresse pour la livraison. Les enchères avaient lieu dans des endroits différents à chaque fois. Certaines dans des maisons privées, d'autres dans les bois. On ne savait jamais.

— Leo.

Il répondait toujours de la même façon.

— Elle est prête à partir, annonçai-je.

— Bien. Je t'envoie l'adresse tout de suite.

— Combien tu en as ?

Je posais toujours la même question, alors je fis comme d'habitude.

— Onze.

— Et les acheteurs ?

— Deux dizaines.

— Des noms que je devrais connaître ?

Leo marqua une pause. Ce n'était pas sur ma liste de questions habituelles.

— Non, dit-il au bout d'un moment. Pas de noms que tu devrais connaître. Les restrictions n'ont pas causé de problème, j'espère ?

Il s'était fait un point d'honneur à bien insister sur la règle du « pas de baise » quand il avait livré Gia au chalet. Maintenant, cela prenait tout son sens.

— Non. Mais ça m'intrigue, par contre. Ça rend mon travail plus difficile.

— C'est à la demande de l'acheteur.

— Elle a un acheteur ? Pourquoi la vendre aux enchères, alors ?

— C'est une expérience humiliante, n'est-ce pas ?

Je serrai le poing, enfonçant les ongles dans ma paume.

— Très.

Mon téléphone reçut un SMS. Je le regardai rapidement.

— J'ai l'adresse.

J'avais déjà commencé à la saisir dans *Google Maps*.

— À demain.

Nous raccrochâmes et je zoomai sur l'endroit.

— Je veux aller à la vente aux enchères, déclara Gia.

Je levai les yeux et la découvris, debout dans l'embrasure de la porte. Je ne l'avais pas entendue descendre les escaliers. Elle portait une robe au crochet gris foncé, la coupe serrée accentuant chacune de ses courbes, chaque doux renflement, chaque pointe tendue.

Je m'éclaircis la gorge et ajustai l'entrejambe de mon pantalon, me forçant à la regarder dans les yeux. La façon dont elle souleva légèrement un coin de sa bouche me fit comprendre qu'elle était consciente de son effet sur moi. Qu'elle savait qu'elle était belle. Je le savais aussi. Je l'avais vu le premier jour, quand elle était blottie dans un coin, battue, sale et puante. Mais aujourd'hui, c'était différent. Aujourd'hui, elle était stupéfiante ; chaque part d'elle-même bien vivante, électrique. Ses cheveux étaient lâchés, son épaisse frange contrastant vivement avec sa peau pâle et crémeuse, intensifiant son regard émeraude qui semblait briller plus fort. Peut-être à cause de sa nouvelle mission, de sa haine ravivée.

— Non.

Je m'adossai à la chaise, croisant les bras sur ma poitrine. Elle s'appuya contre l'encadrement de la porte dans la même posture.

— Pourquoi ?

— Parce que c'est dangereux.

— Vraiment ? Je n'avais pas réalisé.

— Ne fais pas la maligne, Gia.

— Pourquoi je n'irais pas ? Victor sera là, non ?

— Je ne sais pas.

— Il ira, c'est sûr. Il s'attend à me voir sur l'estrade des enchères, non ? Est-ce qu'il n'a pas envie de me voir humiliée ? Il m'a dit, quand ils m'ont marquée, qu'il me verrait à genoux. Il l'a juré. Je n'avais pas compris qu'il le pensait au premier degré.

Je l'étudiai. Elle avait raison. Il serait probablement là pour regarder ça.

Elle entra dans le bureau, balayant du regard les livres le long du mur avant de s'asseoir sur le canapé.

— Qui c'était au téléphone ?

— Leo

— Qui est Leo ?

— L'homme qui t'a nourrie pendant que j'étais… absent.

— Un homme charmant.

— Un homme dangereux.

— Qu'est-ce qu'il a dit ?

— Il a confirmé ce que tu pensais, que Victor a l'intention de te racheter. Il acceptera toujours les offres, mais il ne prévoit pas de te revendre. Il veut te voir humiliée, selon les mots de Leo.

Elle plissa les yeux au maximum et je vis la rage au fond de ses pupilles, crue et sans retenue. Je devais m'assurer de la contrôler complètement avant de la laisser hors de ma vue. Nous devions être intelligents, sur ce coup. Ce que j'avais prévu me mettrait une cible dans le dos, avec de nombreux hommes prêts à tirer derrière moi.

— Je ne veux plus me cacher, ni de Victor ni de personne.

— Je comprends, dis-je en me grattant la tête.

Je jetai un autre coup d'œil à la photo de la grande écurie, au milieu de nulle part. Ça sentait mauvais. Je le savais déjà. Ce n'était pas la première vente aux enchères tenue dans une grange, et la vieille pisse était la pire.

— Qu'est-ce que tu regardes ? demanda-t-elle en faisant le tour du bureau.

Je lui montrai l'écran.

— Le théâtre de la vente aux enchères.

Elle zooma sans rien dire. Je regardai son visage et je vis son malaise, la peur qu'elle ressentait tout en essayant de la cacher.

— Tu n'as pas à te cacher de moi.

— Cacher quoi ?

Elle se renfrogna.

— La peur.

— Je n'ai pas peur.

Mais elle ne me regardait pas en face.

— Bien sûr que non, dis-je en me levant. Sais-tu comment tirer avec le pistolet que je t'ai donné ?

Elle secoua la tête.

Je souris et sortis l'arme du tiroir dans lequel je l'avais mise.

— Je m'en doutais.

— Je suppose que tu as beaucoup d'expérience.

— Plus que tu n'as envie de le savoir, dis-je avec grand sérieux.

Elle me détaillait du regard, comme si elle hésitait à poser la question suivante. Enfin, elle baissa les yeux.

Non, elle ne voulait pas savoir à quel point mes mains étaient ensanglantées.

— Apporte les munitions.

Elle regarda les deux boîtes dans le tiroir sans savoir laquelle prendre. Je pris la bonne et secouai la tête, avant de me diriger vers la porte en premier. Gia me suivit.

Je me rendis compte que j'avais laissé mon téléphone portable dans le bureau quand je l'entendis sonner, juste au moment où nous avions atteint les portes.

— Je reviens tout de suite. Vois si tu arrives à charger le pistolet sans te blesser.

Elle prit la boîte et le pistolet et me fit un sourire en coin.

— Je vais voir si je peux faire ça. Je ne suis qu'une idiote de fille, tu sais.

— Non, pas une idiote, mais une fille, ça c'est sûr, dis-je en prenant son menton dans ma main, relevant son visage pour l'embrasser sur la bouche.

Être près d'elle, ça me donnait envie. C'était comme si je ne pensais qu'à la baiser, à la façon dont je voulais la prendre. Les nombreuses positions que je voulais encore essayer. On aurait dit que je n'arrivais pas à m'approcher assez près et que la posséder, être en elle, était le seul moyen.

L'appel fut redirigé sur la messagerie, mais il fut interrompu, parce que le téléphone se remit à sonner.

— Insistant.

Je vis Gia déglutir, les yeux grands ouverts sur les miens quand je la relâchai.

Je retournai dans le bureau, vérifiai quel numéro s'affichait, et je pris l'appel d'un glissement de pouce.

— Salvatore ?

Je ne m'attendais pas à ce qu'il revienne si rapidement avec les informations.

— J'ai de mauvaises nouvelles.

Sa voix était si grave et si basse que mon cœur fit un bond.

— Qu'est-ce qu'il y a ?

Je paraissais normal, mais c'était comme si j'étais à côté de mes pompes en train de me regarder. Comme si ce n'était pas moi qui tenais le téléphone, qui l'écoutais annoncer sa nouvelle.

— C'est notre… c'est Franco.

Je m'écroulai dans le canapé, un frisson me donnant soudain la chair de poule.

— Quoi ?

C'était sorti tout seul.

— Il est décédé, Dominic. Roman l'a trouvé.

Au même moment, Gia revint en disant :

— Rien qu'une fille…

Mais son sourire s'effaça quand elle vit mon visage.

— *Quoi ?* fit-elle avec les lèvres.

— Ils pensent que c'est une autre crise cardiaque, continua Salvatore.

Je m'en fichais. Je m'en foutais. Je m'en foutais éperdument.

— Tu devrais venir à la maison, dit-il enfin.

— Quand est-ce arrivé ?

— Il y a plus d'un jour. Il avait renvoyé son personnel chez eux. Le vieil imbécile. Il les avait tous renvoyés.

— Il est resté mort dans la maison pendant plus d'une journée ?

— Oui.

Un silence. Gia s'agenouilla à mes pieds, le visage curieux et inquiet tourné vers le mien comme si elle essayait de lire dans mes pensées.

— Viendras-tu à la maison, Dominic ? demanda Salvatore. Je suis en route. Mon vol décolle dans quelques minutes.

— Qu'est-ce qu'il y a ? chuchota Gia.

— Je dois y aller.

— Dominic, reprit Salvatore avant de soupirer.

— Je dois y aller, articulai-je péniblement avant de raccrocher, rendu muet par la stupeur.

— Quoi ? persista Gia.

Je regardai son visage avide d'informations.

— Franco Benedetti est mort. Mon oncle l'a trouvé ce matin.

Aucune émotion ne traversa son visage. Elle me fixa, dans l'attente.

— Je devrais être en train de danser, non ? dis-je brusquement, me levant d'un bond.

Je me frottai la nuque en décrivant des cercles, sans la voir se lever, sans rien voir.

— Je devrais fêter ça.

— Dominic.

Elle me toucha le bras. Je sursautai, puis l'écartai d'un coup d'épaule.

— Dominic.

Elle fut plus insistante cette fois, sa main plus ferme.

— C'est le seul père que tu aies connu. C'est naturel...

Je la regardai, incapable de parler. Je ne voulais pas qu'elle me voie, pas maintenant, pas comme ça. Il y avait trop d'émotions que je n'aurais pas dû ressentir. Trop de souvenirs qui refaisaient surface, trop de colère, trop de rage, trop de regrets.

— Va-t'en, Gia.

— Non.

— Laisse-moi tranquille.

Elle secoua la tête.

Franco Benedetti était mort. Et les derniers mots qu'il m'avait dits étaient pour me renier. Pour m'humilier. Ses derniers mots m'avaient renié !

— Dominic.

— Putain, lâche-moi, Gia !

Ce qu'elle vit dans mes yeux l'effraya. Je le savais. Je m'en rendis compte. Je le sentis, même. Elle fit un pas en arrière, comme elle l'avait fait dans cette pièce, au chalet. Elle ne me quitta pas des yeux, comme si elle attendait que son ennemi frappe. Pour se préparer à ce moment-là.

Je passai une main dans mes cheveux. Je faillis dire quelque chose, mais je me ravisai. Je sortis à grands pas, récupérant les clés dans ma poche et m'assurant de bien l'enfermer dans la maison, puis je quittai la propriété en voiture. J'avais besoin de réfléchir. De contrôler ces putains d'émotions. Il m'avait rendu faible de son vivant, il ne le ferait pas une fois mort. Je ne lui donnerais pas ce pouvoir sur moi, plus jamais.

Je le détestais.

J'avais besoin de me rappeler que je détestais Franco Benedetti.

18

GIA

Le portable de Dominic sonna encore. Il l'avait laissé dans le bureau. Je me précipitai dans la pièce et m'en emparai en lisant l'écran avant de répondre à l'appel.

— Allô ?

Une hésitation à l'autre bout.

— Salvatore ? demandai-je.

— Qui est-ce ?

— Gia. Gia Castellano.

Un silence.

— Vous êtes toujours là ?

— Où est mon frère, Gia ?

— Il vient de partir. Il ne voulait pas me parler. Je pense qu'il a besoin de prendre un moment seul pour digérer ce que vous venez de lui dire.

— Oui, je vois ça. Où êtes-vous ? Non, ne me dites pas.

J'entendis une dernière annonce d'embarquement dans le fond.

— Écoutez, je ne vous connais pas. J'ai entendu parler de votre frère, cependant. Toutes mes condoléances.

Je ricanai. Les gens ne savaient-ils pas que ça n'aidait jamais d'entendre de telles formules ?

— Mais *mon* frère a besoin de quelqu'un en ce moment. Il ne devrait pas être seul, Gia. Je ne sais pas quel genre de relation vous avez, mais...

— Il va revenir.

— Vous avez l'air confiante.

— Je le suis. Et je serai là quand il reviendra.

— Si vous pouviez, essayez de le faire venir à la maison... L'enterrement aura lieu demain après-midi. Ce serait bien qu'il fasse ses adieux.

— Je ne sais pas s'il est prêt pour ça. Je ne connais pas toute l'histoire, mais d'après ce que j'ai vu, c'est ce qu'il fuit depuis sept ans.

— Je sais. C'est Dominic. Il est prévisible. Il prendra toujours le chemin le plus extrême.

J'étais agacée que Salvatore traite Dominic de prévisible, mais sur ce point, je devais admettre que j'étais d'accord. Mon esprit passa à autre chose.

— Les Scava seront-ils aux funérailles ?

Il y eut une pause.

— Angus Scava, je suppose.

J'entendis une voix de femme, qui lui disait qu'ils allaient fermer les portes s'il n'embarquait pas immédiatement.

— Pourquoi ? me demanda-t-il.

— Il faut que vous partiez. Je vais lui parler. Je vais le faire venir.

Je coupai la communication avant qu'il puisse me poser à nouveau la question. J'avais le sentiment qu'il en savait au moins un peu sur moi. Je fis les cent pas dans le bureau, en réfléchissant et en imaginant des scénarios. La vente aux enchères aurait lieu demain. Mais maintenant, avec l'enterrement le même jour, ça changeait tout. Je ne connaissais pas les projets de Dominic pour la vente, mais les obsèques avaient ouvert une autre voie. Peut-être une façon plus intelligente d'accéder à ce que nous voulions.

Je montai à l'étage vers le dressing de Lucia, j'empoignai un sac de voyage et je commençai à faire mes valises. Je trouvai une robe noire. Je serais superbe dedans. Elle serait parfaite pour l'enterrement. Et pour montrer à Victor Scava qu'il avait échoué. Qu'il allait payer, maintenant. Demain, ce serait peut-être l'enterrement de Franco Benedetti, mais ce serait aussi ma fête de sortie. Je ne me souciais pas de Benedetti. Non, rectification. Je me souciais que la nouvelle ait tant de pouvoir sur Dominic, vu leur histoire. Je savais maintenant qu'il n'avait vraiment rien fait d'autre que de s'enfuir, rien d'autre que de s'enfoncer dans ce trou noir depuis sept ans. Un trou dont il ne serait pas capable de sortir, pas tout seul. Je le voyais dans ses yeux, je l'avais lu dans sa réaction. C'était la même chose que j'avais vue quand il m'avait tenue dans ses bras au chalet. Ce soupçon d'humanité, la vulnérabilité derrière toute la haine et la rage. Dominic Benedetti était peut-être un monstre, mais c'était un monstre au cœur qui saignait. Ce cœur n'était pas en or. C'était plutôt du fil barbelé et de l'acier avec des bords tranchants et mortels.

Et c'étaient ces choses-là qui m'attiraient.

C'était peut-être parce qu'il n'était pas le seul monstre dans cette relation étrange qui se nouait entre nous. Peut-être que nous avions tous les deux vraiment rencontré notre égal.

L'amour n'était pas toujours beau. Il n'était pas toujours gentil ni doux. L'amour pouvait être une saloperie laide et tordue. J'avais toujours su que c'était le genre d'amour que je trouverais. Le seul qui puisse me toucher. Parce que certains d'entre nous appartiennent aux ténèbres, et c'est le cas pour Dominic et moi.

Après avoir fini de faire mon sac, je me rendis dans la chambre de Dominic et j'y trouvai le sien. Il ne l'avait pas déballé depuis son arrivée. Je le vidai pour voir son contenu. Deux jeans, deux chemises, c'était tout. Avec une petite enveloppe abîmée, qui tomba de la poche d'un des jeans. Je la ramassai et l'ouvris. J'en sortis une vieille photo d'une petite fille, un plâtre rose vif au bras et un grand sourire en direction de l'appareil photo. De la saleté s'étalait sur son visage et des mèches de cheveux étaient hirsutes sur sa tête, sauvages, rebelles, comme si elles refusaient d'être contenues dans sa queue de cheval. Elle semblait avoir environ neuf ans.

Je ne pus m'empêcher de sourire à la petite fille, des plis en travers du visage à cause de la photo trop souvent manipulée. Effie. J'aurais compris qu'elle était liée à Dominic même si je ne la connaissais pas. C'était à cause de sa fossette, exactement au même endroit que la sienne. Mais plus encore, ses yeux trahissaient son ADN. La couleur, la forme, l'audace dans le regard. C'était tout Dominic.

Comment pouvait-il rester loin d'elle ? Si j'avais une enfant, pourrais-je me tenir à l'écart ? Sortir de sa vie ? Il l'aimait. Je le savais à la façon dont il parlait d'elle. Mais c'était sa punition, son auto-flagellation. Et c'était parfaitement logique. Dominic se détestait pour ce qu'il avait fait. Il se détestait pour ce qu'il était, et surtout, pour ce qu'il n'était pas.

Je remis la photo dans son enveloppe et je fouillai dans son placard pour lui trouver un costume. Je me dis que les vêtements de Salvatore étaient probablement encore là, comme ceux de Lucia, et j'avais raison. Je me demandais pourquoi il était parti si vite. Il fallait que je le lui demande.

Je pris conscience qu'il m'avait demandé où nous étions. Il ignorait donc que nous étions chez lui ? Bon, Dominic avait dit que c'était sa maison désormais. Je voulais rencontrer Salvatore, je voulais comprendre la dynamique de la famille. Je me demandais si Salvatore reconnaîtrait le costume que j'avais choisi pour son frère. Je pris ses affaires de toilette, je finis de faire son sac et je descendis pour attendre son retour en sachant ce que je ferais pendant son absence.

Il avait laissé son ordinateur portable dans le bureau, et la petite clé USB – celle qu'il avait utilisée pour copier le dossier de Mateo – était restée dans l'un des ports. Je m'assis derrière le bureau et j'attendis en me préparant à la suite, en me disant que ce serait bientôt fini. Que j'aurais bientôt ma revanche.

L'OBSCURITÉ ÉTAIT TOMBÉE QUAND UNE PORTIÈRE DE VOITURE CLAQUA et me réveilla. Je levai la tête du bureau et je regardai autour de moi, perdue pendant un moment avant de me souvenir. Je regardai l'heure sur le téléphone de Dominic. Un peu plus de deux heures du matin.

J'éjectai la clé USB de l'ordinateur et je la glissai dans ma poche, puis je sortis dans le hall. Dominic se tenait devant la porte, les yeux dans le vague.

— Salut. Ça va ?

— Pourquoi es-tu encore debout ?

— Je t'attendais. J'ai pensé que tu pourrais avoir besoin de quelqu'un.

Il sembla surpris par ma réponse.

Des cernes assombrissaient ses yeux et ses cheveux semblaient avoir été ébouriffés par ses mains tout au long des dernières heures.

— Tu ne vas pas bien.

— Qu'est-ce que c'est ?

Son regard tomba sur les sacs que j'avais préparés et posés au bas de l'escalier.

— Je me suis dit qu'on aurait besoin de vêtements pour l'enterrement.

J'attendis sa réponse avec impatience. Il me dévisagea.

— Tu ne peux pas venir.

— Tu ne peux pas m'en empêcher.

— Scava sera là. Sans parler des autres personnes qui pourraient être impliquées.

— Je ne me cache pas. Je te l'ai déjà dit. Je vais utiliser ça pour ma sortie en grande pompe.

— Un enterrement pour une sortie.

Il ricana en secouant la tête.

— Tu es une fille tordue.

— Quelle différence cela fait-il de toute façon ? Il va découvrir après-demain que nous avons disparu quand je ne me pointerai pas à la vente aux enchères. Il n'y a pas de meilleur endroit pour l'affronter que publiquement, au sein de sa propre communauté.

— Il y a d'autres personnes, Gia. D'autres joueurs. Ce sont des hommes très dangereux dont tu parles.

— Tu as entendu parler de David et Goliath ?

— Qu'est-ce que tu vas faire ? Abattre Victor Scava avec un lance-pierre ?

— Ne te moque pas de moi. Ce n'est pas toujours le plus grand et le plus méchant qui gagne. Je vais gagner ce round et je vais gagner cette guerre.

— J'ai dit non.

Il se retourna pour avancer vers la cuisine. Je le suivis.

— Tu n'as pas à décider pour moi. Plus maintenant.

— Non, Gia. *Non.*

Nous entrâmes dans la cuisine et je tirai son bras en arrière, le forçant à s'arrêter.

— Tu n'as pas à me dire non. Pas cette fois.

J'étais nourrie par la colère. Je ne voulais pas rester en retrait. Pas question, putain.

— Tu sais que tu me dois ça. J'ai le droit, Dominic.

— Tu as tous les droits, mais tu vas te faire tuer. Lâche-moi. Je suis fatigué et j'ai faim.

— Eh bien, il n'y a rien à manger dans cette maison qui n'ait pas sept ans d'âge ! Tourne-toi pour me parler.

Il libéra son bras et ouvrit la porte du garde-manger.

— Regarde-moi, bon sang !

— Tu ne comprends pas comment ces hommes fonctionnent. La cruauté avec laquelle ils tuent.

Il me tourna le dos, comme s'il s'en foutait.

Eh bien, je l'obligerais à s'y intéresser.

— Comme toi, tu veux dire ? dis-je en reculant alors que son corps se tendait devant mes yeux.

Dominic se retourna alors, réduisant l'espace entre nous. Il se tenait face à moi, toute sa fureur concentrée sur moi.

Je m'efforçai de tenir bon, même si mon esprit moulinait frénétiquement pour tenter sans y parvenir de ravaler les mots dès l'instant où ils étaient sortis de ma bouche.

Il me prit par les bras et me fit marcher jusqu'au comptoir. Mon cœur se mit à battre, envoyant du sang chargé d'adrénaline jusque dans mes oreilles.

C'était le Dominic effrayant. C'était l'électron libre, Dominic le sauvage.

C'était le Dominic qui me faisait mouiller.

Et il le savait.

Je vis instantanément le changement. Je vis un côté de sa bouche se soulever pour former ce sourire qui montrait qu'il connaissait son pouvoir. Il l'avait lu sur mon visage, il était habitué. Il était habitué à ce que les femmes fassent ce qu'il disait. Habitué à ce qu'elles tombent à genoux à ses pieds.

Qu'il aille se faire foutre ! Je ne me mettrais pas à genoux pour lui. Pour aucun homme. Plus jamais.

Enroulant une main autour de ma nuque, il fourra l'autre sous ma robe et entre mes jambes pour empoigner brutalement mon sexe.

— Tu parles comme si tu avais une queue, murmura-t-il. Mais tout ce que je sens ici, c'est une chatte mouillée et dégoulinante.

— Tu es un porc machiste, dis-je en déglutissant avec peine.

— Je pense que tu aimes ça. Tu aimes te battre avec moi. Ça t'excite, n'est-ce pas, Gia?

Son sourire s'élargit. Sa verge était dure, pressée sur mon ventre tandis que sa main se mettait à remuer, ses doigts glissant dans ma culotte et trouvant mon clitoris.

— Arrête.

— Tu étais comme ça avec tes petits amis ?

Ses yeux s'assombrirent alors que son doigt s'enfonçait douloureusement en moi.

— Non. Jamais.

— Mais tu aimes ça avec moi ?

Je ne réussis pas à contenir la secousse qui me traversa, mais je refusais de détourner le regard. Je ne voulais pas le laisser gagner.

— Tu aimes que ce soit brutal avec moi ?

Il pétrissait mon clitoris et je retins mon souffle. J'attrapai son avant-bras en essayant de lui ôter la main.

— Arrête.

— Essaye un peu.

Il enfouit les doigts dans mes cheveux et tira ma tête vers l'arrière.

— Oblige-moi à arrêter, Gia.

Sa voix était dangereusement basse, comme un avertissement. Un défi.

Je le regardais, dégoûtée par la faiblesse de mes jambes alors qu'il glissait ses doigts mouillés en moi.

— Regarde-toi. Tu es une femme. Tu n'es pas à la hauteur, et je n'ai pas de vendetta contre toi. Comment comptes-tu combattre l'armée de Scava ?

— Je vais y aller, sifflai-je entre mes dents.

— J'aime quand tu te bats, Gia. J'aime ça. Mais tu dois apprendre à écouter.

— Qu'est-ce que tu vas faire, me fouetter les fesses encore une fois pour me forcer ?

Il frotta la longueur de sa queue contre moi et je sentis chaque centimètre de son érection, même à travers la barrière des vêtements.

— Peut-être.

Il m'embrassa rudement avant de me tordre le cou pour placer sa bouche au creux de mon oreille.

— Mais je ne pense pas que ce soit nécessaire.

Ses doigts glissèrent en moi, puis remontèrent vers mes fesses en y étalant le produit de mon excitation. J'émis un souffle rauque.

— Je pense qu'en fait, baiser ton cul sera bien plus efficace que de le fouetter, et je pourrais aimer ça encore plus.

Il tourna encore mon visage vers le sien.

— Pourquoi fais-tu ça ? demandai-je.

Je dus fermer les yeux quand il recommença à jouer avec mon clitoris.

— Tu voulais mon attention. Tu l'as.

Il libéra mon cou et tira la robe vers le haut, puis au-dessus de ma tête, la déchirant un peu en forçant.

— Tu joues avec le feu, jeune fille.

Il jeta la robe sur le côté et me regarda de haut en bas, debout devant lui avec mon soutien-gorge et ma culotte d'emprunt. Il déchira le soutien-gorge, puis plongea de nouveau son regard dans le mien.

— Et si tu ne fais pas très attention, tu vas te brûler.

Il se pencha et prit mon mamelon dans sa bouche tout en faisant glisser ma culotte.

— Arrête, dis-je d'une voix à peine audible. Je ne veux pas de ça.

— Je pense que si, au contraire.

Il se leva à nouveau pour me regarder.

— Tu as envie de moi, Gia. Aussi tordu que ce soit, tu as envie de moi.

— Non.

Ma réponse ne me sembla même pas convaincante. Il sourit.

— Ce n'est pas grave.

Il pencha son visage vers le mien, léchant une larme que je n'avais pas remarquée.

— J'ai envie de toi, moi aussi. Je veux que tu te battes contre moi. Je veux t'obliger. Je veux te serrer contre moi et te baiser jusqu'à ce que tu cries mon nom. Je veux jouir sur toi, pour que tu saches à qui tu appartiens. Pour que tu saches qui te possède.

Il me lâcha afin de passer sa chemise par-dessus sa tête, dénudant son torse. Il avait les bras de part et d'autre de mon corps, m'encerclant sans me toucher.

— Touche-moi, Gia.

Son murmure bas et grave me fit frissonner.

Je le regardais fixement. Ses pupilles s'étaient dilatées de sorte que de fins cercles bleu-gris entouraient le noir. Ma respiration se fit saccadée et tous les poils de mon corps se dressèrent.

Je me déplaçai lentement, timidement, fixant du regard sa poitrine musclée, son tatouage et jusqu'à son ventre, jusqu'à la traînée de poils qui disparaissait sous son jean. Les mains tremblantes, du bout des doigts, je fis ce qu'il m'avait demandé. Je le touchai et nos crânes se rejoignirent alors que nous regardions tous les deux mes doigts passer sur ses muscles durs, sur sa peau douce.

— Tu me rends fou, putain.

Sa poitrine gronda sous la dureté de ses mots. Il saisit mon poignet avec vigueur et posa ma main à plat sur sa poitrine, sur son cœur. Son autre main me prit la hanche.

— Tu sens ?

Son cœur battait en staccato frénétique sous ma main et je me surpris à me mordre la lèvre quand je tournai mon regard vers le sien, nos deux têtes toujours inclinées. Il glissa sa main sur mon ventre et la fit reposer sur mon cœur. Il ne fit pas remarquer que le mien battait tout aussi fort et aussi frénétiquement. Je ne savais pas ce que cela signifiait. Ce qu'il voulait. Tout ce que je savais, c'était que je le voulais, lui. Je voulais tout de lui.

— Sors ma queue, ordonna-t-il.

Obéissante, je laissai le bout de mes doigts glisser sur son ventre, mes deux mains manipulant maladroitement la fermeture éclair pour défaire son jean et le descendre ainsi que son boxer, assez bas pour saisir sa verge. J'empoignai son sexe en érection, refermant mes mains tout autour, étalant l'humidité sur son gland.

— Mets-toi à genoux, ordonna-t-il encore.

Je ne le ferais pas. N'avais-je pas juré que je ne m'agenouillerais pas pour lui ? Pour aucun homme ?

La main de Dominic poussa un peu sur mon épaule et, sans volonté, je glissai à genoux sur le sol froid et dur.

Il attendit que je lève les yeux vers lui.

— Suce-moi, Gia. Garde les yeux sur moi, pour que je puisse te regarder me prendre. Pour que je puisse te regarder t'étouffer et pleurer pendant que je baise ta bouche.

Il saisit mes cheveux et je sentis une goutte de ma propre excitation glisser le long d'une de mes cuisses alors que j'ouvrais la bouche pour le prendre. J'aimais son goût salé, je voulais qu'il me force, qu'il le fasse à la dure, qu'il me blesse un peu, peut-être. Il avait raison. J'étais sacrément perturbée. Et en le prenant plus profondément, en regardant ses yeux, je sus qu'il l'était aussi. Nous étions tous les deux bousillés, et d'une certaine façon, nous nous étions trouvés. Ensemble, nous étions devenus autre chose, quelque chose de tordu, mais pas laid. Sombre, mais profond et entier, et je savais sans aucun doute que, lorsque le moment serait venu de partir, je laisserais un morceau de moi derrière. Un morceau qui ne m'appartiendrait plus.

Je m'étouffai et il s'enfonça dans ma bouche. Il donna trois coups de reins jusqu'à ce que des larmes brouillent ma vision. Enfin, il me releva et m'embrassa, sa bouche dévorant la mienne, tout en me soulevant pour m'empaler sur lui. Sa verge épaisse me soutira un cri alors que je glissais sur toute sa longueur, chaque centimètre m'étirant un peu plus. Au contact de mon clitoris contre lui, je me raccrochai à ses épaules pour être plus près, pour le sentir, pour tout ressentir.

— Putain, Gia !

Il m'embrassa, me piégeant contre le plan de travail pour mieux me prendre. Quand il tomba au sol, je me demandai si ses genoux lui faisaient mal à cause de l'impact de nos deux corps, mais il s'écarta simplement pour me regarder, pour démêler mes membres, me retourner et me forcer à me mettre à quatre pattes. Il m'ouvrit les cuisses et je cambrai le dos. Quand il m'écarta et s'enfonça de nouveau en moi, je poussai un cri. Ses coups de boutoir redoublèrent et, le souffle court, il lâcha un râle. Lorsqu'il se calma en moi et que sa queue palpita en libérant le premier jet de sperme, je jouis. Je jouis violemment, le comprimant comme si j'avais besoin de m'accrocher à lui, d'être possédée par lui, d'être tout contre lui.

J'aurais pu m'effondrer, mais il glissa hors de moi et m'attira en arrière afin de m'asseoir entre ses jambes, le dos contre sa poitrine, lui-même adossé au mur. Les carreaux froids contre ma peau chaude et moite me faisaient du bien. Dominic me serra contre lui. Son souffle me réchauffa l'oreille. Aucun de nous ne parla pendant un moment. Je me demandais à quoi il pensait. S'il essayait de trouver un moyen de m'empêcher de partir. Il pourrait me laisser ici et s'en aller seul. Il pourrait me faire faire tout ce qu'il voulait. Malgré toutes nos discussions, je savais qu'il déciderait. Ça se réduisait à l'essentiel. Il était plus grand que moi. Il était plus fort. Il pouvait me faire faire tout ce qu'il voulait.

— Je veux y aller avec toi. S'il te plaît, Dominic.

— C'est dangereux.

— Tu me garderas en sécurité.

Aussitôt, je me demandai qui était le plus étonné par ces mots, Dominic ou moi-même.

19

DOMINIC

J'avais perdu l'esprit, c'était certain.

Je regardai Gia, assise à côté de moi, le visage fermé. Nous étions tous les deux silencieux. Un air lourd d'anxiété flottait entre nous et tout autour de nous. Nous étions tous les deux tendus à l'idée de ce qui allait arriver. Comment serais-je traité ? Qu'est-ce que les gens savaient ? Et pourquoi diable en avais-je quelque chose à foutre ? Pourquoi y allais-je, de toute façon ?

La nouvelle de la mort de Franco s'était installée comme un lourd manteau noir autour de moi, en moi, m'engloutissant. Je ne savais pas ce que je devais ressentir. De la haine ? De la colère ? Mais tout ce que j'éprouvais, c'était du regret. Et un sentiment de deuil comme je n'en avais jamais ressenti auparavant.

C'était fini.

Il était mort.

Il n'y aurait pas de retour en arrière. Pas de rachat. Pas de pardon.

Salvatore m'avait dit qu'il avait demandé de mes nouvelles. Avait-il vraiment regretté ce qui s'était passé ? Avait-il regretté de me l'avoir dit comme ça ? Toutes ces années, j'avais cru qu'il m'aimait. Vraiment. C'était peut-être stupide, mais je l'avais cru. Avoir perdu cet amour, je le réalisais maintenant, avait brisé une part de moi.

Et à travers cette cassure s'était infiltrée une noirceur qui avait suinté dans mon âme. Cela avait fait de moi un homme que je ne reconnaissais plus. Mais j'avais trouvé Gia, meurtrie et effrayée, blottie dans un coin de cette pièce décrépite. Au moment où elle avait posé son regard brûlant sur moi, elle m'avait vu. Elle avait vu à travers moi. Tous les morceaux brisés en moi. Et maintenant qu'elle savait, maintenant que je lui avais raconté mon histoire – c'était la première fois que je le faisais –, on aurait dit que ces morceaux s'étaient lentement recollés, même si c'était à l'envers, le tissu cicatriciel couvrant à peine les innombrables bords, tranchants comme des rasoirs.

Je n'étais plus l'homme que j'avais été autrefois.

Mais j'étais plus fort. J'étais peut-être plus dur, j'étais peut-être plus sombre, mais j'étais résolument plus fort. Et je ne serais plus jamais dupe. Je ne serais plus jamais faible.

Les nerfs me tordaient les tripes alors que nous approchions de la maison dans les Adirondacks. Son endroit préféré. La dernière fois que j'étais venu ici, c'était pour fêter son anniversaire.

Je me tournai vers Gia.

— Tu fais ce que je dis. Chaque mot, compris ? Tu ne me lâches pas et tu fais exactement ce que je dis.

— Tu me l'as déjà dit, et j'ai promis de le faire.

Les yeux de Gia faisaient des allers-retours entre la route et moi. Et alors même qu'elle se comportait comme une dure à cuire, les cernes sous ses yeux et le fait qu'elle ait refusé de manger témoignaient de son anxiété.

— Et la vente aux enchères ? s'enquit-elle.

Je souris, vraiment satisfait.

— Je m'en suis occupé.

Elle inclina la tête sur le côté en attendant d'en savoir plus.

— Regarde-les tous à l'enterrement demain. Nous verrons qui est impliqué.

Je n'en dirais pas plus pour l'instant.

Nous roulâmes pendant les quinze dernières minutes en silence.

Alors que nous approchions des portes de la maison, je vis plusieurs voitures déjà alignées dans l'allée. Je me garai derrière la dernière, reconnaissant plusieurs véhicules. Je coupai le moteur et pris une grande inspiration. La main de Gia toucha la mienne et je sursautai. Elle ne dit rien, mais m'observa d'un regard qui en disait long.

— Prête ?

— Prête.

Nous descendîmes du SUV en même temps. Je glissai un pistolet à l'arrière de mon jean, m'assurant que ma veste le protégeait. Gia avait le sien dans son sac à main, bien que nous n'ayons plus le temps pour des leçons. Laissant nos valises dans le coffre, je me postai à côté de Gia et lui pris la main. Elle était froide et un peu moite. Étrangement, cela m'incita à me tenir plus droit, me donnant assez de force pour nous deux.

— Quoi que tu fasses, ne montre pas ta peur, lui murmurai-je.

Cette fois, elle ne niait pas qu'elle la ressentait. Elle hocha simplement la tête alors que nous approchions de la double porte.

Sans hésitation, j'appuyai sur la sonnette. La dernière fois que j'étais venu ici, j'étais entré en utilisant ma propre clé. Cette clé resta dans ma poche aujourd'hui.

À ma grande surprise, Salvatore ouvrit comme s'il m'attendait juste derrière. Nous marquâmes tous les deux une pause. Ses yeux me scrutèrent de la tête aux pieds, et il me fit un petit sourire et un signe de tête en me tendant la main.

Je la pris, retrouvant la poigne ferme de mon frère alors qu'il m'enlaçait en me tapotant le dos.

— C'est bien. Tu as bien fait de venir.

Il me libéra. En l'observant, je constatai que sa barbe était à présent poivre et sel. Je discernai les rides autour de ses yeux et de sa bouche, non pas des rides dues à l'inquiétude ni aux difficultés de la vie. Non. Des rides de bonheur. Il avait bonne mine et il était bronzé. Un pur produit de la vie heureuse au soleil.

Lucia apparut, la peau hâlée, mais toujours la même à part son ventre arrondi qui dépassait de la robe moulante qu'elle portait. Elle vint se mettre à côté de son mari. Le visage de mon frère avait changé, son sourire avait grandi, son regard s'était éclairci lorsqu'il l'avait suivie à travers la pièce.

Ce que je ressentais, cependant, était bien différent cette fois.

Ce n'était pas avec envie que je les regardais. La jalousie avait cédé la place à autre chose. Je ne savais pas quand cela s'était produit, mais j'étais conscient de la façon dont ma main s'enroulait autour de la taille de Gia alors que je la serrais contre moi.

Le regard de Salvatore se déplaça vers elle tandis que celui de Lucia croisait le mien.

— Lucia, dis-je en lui adressant un petit signe de tête. Tu es très belle. La grossesse te va bien.

— Dominic, répondit-elle, se rapprochant un peu plus de Salvatore. Je suis contente que tu sois venu. Pour Salvatore.

Le sens de ses paroles ne m'échappa pas. Elle ne m'avait pas pardonné pour ce que j'avais fait – pour avoir abandonné sa sœur, sa nièce, pour avoir presque tué l'homme qu'elle aimait.

Je le comprenais et j'admettais ma responsabilité. Il faudrait plus que ma présence pour gagner la faveur de Lucia.

— Tu dois être Gianna, dit alors Salvatore en dévisageant ma compagne.

— Juste Gia, répondit-elle en lui tendant la main.

Le regard de Lucia se porta sur ses vêtements, un jean et un pull. Gia lâcha ma main et fit un petit tour sur elle-même.

— C'est à toi, dit-elle à Lucia. J'étais un peu dans la mouise. J'espère que ça ne te dérange pas.

— Ils te vont très bien. Je suis Lucia. Ravie de te rencontrer. Je suis désolée pour ton frère...

Gia secoua la tête et Lucia se tut.

Le regard de Salvatore revint vers moi.

— Tu arrives de Saddle River ?

Je fis un signe de tête.

— C'est toi qui as acheté la maison ?

Encore une fois, j'acquiesçai. Je me sentais gêné, pour la première fois depuis très longtemps.

Il m'étudia, mais ne dit rien de plus à ce sujet.

— Entrez. Je crois que Roman t'a installé dans ton ancienne chambre. Il n'a pas parlé d'une invitée.

— Gia reste avec moi.

Même moi, je remarquai mon intonation possessive.

Lucia et Salvatore échangèrent un regard rapide, mais reculèrent pour nous laisser entrer.

— Comment vont Effie et ta sœur ? demandai-je à Lucia.

En fait, je me faisais l'effet d'un connard. Un vrai trou du cul. Un père absent.

— Super. Luke a été génial avec elles.

Sa pique me remit à ma place.

— Lucia ! la coupa brusquement Salvatore en serrant sa main.

Elle s'éclaircit la voix.

— Quand Effie a appris qu'on allait te voir, elle a voulu à tout prix t'envoyer tes cookies préférés. J'ai une boîte pour toi en haut. Non pas que tu les mérites.

— Assez, dit Salvatore en posant sa main sur sa nuque en guise d'avertissement.

Elle tourna son visage obstiné vers le sien et ils se fixèrent sans sourciller. Salvatore dut serrer un peu plus les doigts, car Lucia plissa les yeux et se mordit la lèvre. Probablement pour se retenir de parler.

— Elle a raison, lui dis-je. Je suis un père merdique. Lucia dit simplement la vérité.

— Nous ne sommes pas ici pour nous disputer. Nous sommes ici pour un enterrement. L'enterrement de notre père.

— Pas…

— Il t'a élevé comme son propre fils. Et il a regretté ce soir-là. Mets ta colère de côté, au moins pour le moment. Cet homme est mort, pour l'amour de Dieu !

Salvatore et moi fermâmes les yeux en serrant les poings.

Gia se racla la gorge quand Roman sortit du bureau. Je ne sais pas ce que Roman ressentit en me voyant. Il avait appris depuis longtemps à cacher toute émotion sur son visage. Mais quand son regard tomba sur Gia, je vis le changement infime dans ses yeux, cette étincelle de surprise.

Non. De stupéfaction.

— Dominic, fit-il en me tendant la main, m'attirant dans une étreinte brève et froide. Je sais que Franco serait heureux que tu sois venu.

— Tu as l'air en forme, mon oncle.

C'était vrai. Son costume était plus cher que ceux qu'il portait quand il n'était pas chef de famille, et la bague des Benedetti à son doigt ne passait pas inaperçue. Comme s'il en avait le droit...

— Je n'avais pas réalisé que tu amènerais une invitée.

Il se tourna vers Gia. Il l'étudia de près, sans trahir ce qu'il ressentait.

— Gianna Castellano, dit Roman en s'adressant à elle.

Sa bouche se transforma en un sourire qui remonta presque jusqu'à ses yeux.

— Je pense que tu étais grande comme ça, la dernière fois que je t'ai vue.

Il fit un geste à hauteur de sa taille.

— Franco serait heureux de t'avoir ici.

Gia lui serra la main, sans rien laisser transparaître alors même que je sentais sa tension à mes côtés.

— Tu connais mon oncle Roman ? lui demandai-je.

Son regard se porta sur le mien. Elle se souvenait peut-être de ce que j'avais dit que je ferais à mon oncle, le soir où je lui avais fait promettre d'appuyer sur la gâchette quand ce serait fini. Quand elle aurait eu sa vengeance.

Elle s'éclaircit la voix et tourna les yeux vers lui.

— Je me souviens vaguement du nom, mais je suis désolée, je...

— Je serais surpris que tu te souviennes de moi. Tu étais une enfant.

— Connaissiez-vous mon père ? demanda-t-elle.

— Oui, je le connaissais.

Je pouvais voir sur le visage de Roman qu'il ne s'attendait pas à ce que Gia lui pose des questions et qu'il ne les appréciait pas.

— Et mon frère, Mateo ? insista-t-elle.

Je relâchai la taille de Gia pour prendre sa main, la pressant en guise d'avertissement.

— Oui. Sincères condoléances.

— Également, réussit-elle à dire.

Roman fit un signe de tête.

— Je vais faire préparer une chambre...

— Elle partagera la mienne. Demande à la bonne d'apporter des serviettes supplémentaires, ordonnai-je.

Pendant un bref instant, les yeux de Roman devinrent mornes et sombres, et pour la première fois, je crus apercevoir le vrai Roman. Mais je lui avais toujours parlé de cette façon. Je m'étais toujours senti supérieur et je ne l'avais jamais caché.

— Bien sûr, dit-il.

Un couple monta les marches au même moment et il s'excusa. Nous nous écartâmes tous les quatre, chacun d'entre nous observant chaque mouvement des autres.

— Avez-vous amené votre couvée ? demandai-je à Salvatore, étonné de ne pas entendre les enfants courir partout.

— Non. Ils sont chez Isabella et Luke.

— Ça ne me plaît pas, chuchota Lucia en direction de Salvatore, assez fort pour que Gia et moi puissions l'entendre.

— Ça va aller. Il ne va rien se passer. Nous rentrerons à la maison demain dès que le testament aura été lu, lui dit-il.

Une femme de chambre s'approcha et Roman lui ordonna de nous emmener, Gia et moi, dans notre chambre.

— Tu veux monter d'abord ? J'ai besoin de parler à mon frère.

— Lucia, tu pourrais peut-être aller aider Gia ? commença Salvatore.

— Je comprends que je suis indésirable, dit-elle. Viens. Tu as l'air d'apprécier ça autant que moi, Gia.

Ensemble, elles se retournèrent et suivirent la bonne dans les escaliers.

Salvatore et moi nous dirigeâmes vers la salle à manger.

— Un homme nommé Henderson, qui prétend être un ami de père, a demandé un entretien privé avec nous, dit-il à voix basse. Apparemment, c'est urgent. Il veut nous rencontrer avant l'enterrement si possible. Certainement avant la lecture du testament.

— Pourquoi ?

— Un autre corps a été trouvé. Je ne suis pas sûr que Roman soit déjà au courant.

— Un corps ?

— Même marque. La nôtre.

Il fit une pause.

— Un agent fédéral. Henderson croit qu'il était le contact de Mateo Castellano.

— Un putain d'agent fédéral ? Marqué du sceau des Benedetti ?

Salvatore acquiesça.

— Qui est ce type, Henderson ?

— Je ne sais pas. Il a fait des boulots pour père ces derniers mois. Roman ne sait rien de lui, apparemment.

— Un entretien urgent, hein ?

Salvatore hocha la tête.

— Je pense que nous devrions y aller avant les funérailles. Nous partirons ensemble, tous les quatre, et nous nous retrouverons au bureau d'Henderson. Il était catégorique, personne ne devait savoir. Il semblait... nerveux. Les rumeurs circulent, Dominic. La famille s'est affaiblie, et avec la mort de père, nos ennemis deviennent de moins en moins subtils. La méthode d'exécution de Mateo Castellano a attiré une attention malvenue sur la famille. Et maintenant, avec l'apparition du cadavre d'un agent fédéral, ce sera pire.

— J'ai entendu l'enregistrement que Mateo a fait. Au moins, ce qu'il a enregistré avant d'être tué.

— Et ?

— Scava cite Roman. Ils étaient dans ce truc ensemble. Roman fait partie du réseau de trafic d'êtres humains.

— Comment ? Père n'aurait jamais approuvé ça.

— Peut-être qu'il travaillait seul. Je sais que c'est une chose dans laquelle la famille n'a jamais trempé. C'est une tout autre histoire.

Salvatore hocha la tête. Franco avait toujours été catégorique à ce sujet. Je n'en connaissais pas les raisons, mais je n'y avais jamais réfléchi.

— D'après ce que j'ai pu comprendre, Scava veut faire croire que c'est Roman qui a mis le contrat sur Mateo. Et maintenant, je suppose, sur l'agent fédéral aussi. Pourquoi ? S'ils étaient dans le coup ensemble, pourquoi ? À moins qu'il ne veuille que Roman soit éliminé.

Au même moment, il sortit d'une autre pièce en discutant avec une femme plus âgée, l'expression endeuillée.

— Serpent.

— Sois prudent, Dominic. Ne laisse pas entendre que tu sais. Cela dit, venir avec la sœur de Mateo, ça lui a sûrement mis la puce à l'oreille. Pourquoi tu as fait ça ? Ce n'est pas ton coup le plus intelligent.

— Non. Mais je n'allais pas la laisser seule non plus. Victor Scava la veut. Il l'a déjà achetée, apparemment. La vente aux enchères n'est qu'une formalité. Une humiliation.

Salvatore tressaillit, la bouche tordue par le dégoût.

— Elle reste à mes côtés, ajoutai-je.

— Si je n'en savais pas plus...

— Elle est sous ma protection, c'est tout.

— Qu'est-ce qu'on fait pour la vente aux enchères ?

Je souris.

— Je suppose que les téléphones vont sonner demain à l'heure du service religieux.

— Tu les as appelés ?

Je hochai la tête.

— Quelqu'un sait d'où vient l'information ?

— Non.

Je me tus et nous nous tournâmes tous les deux pour regarder notre oncle. L'implication de Roman serait confirmée demain.

— Allons à l'étage. Je sais que Lucia ne veut pas être seule.

Il s'interrompit.

— Les souvenirs de la dernière fois, dit-il, laissant glisser son regard vers la salle à manger.

Je m'en souvenais et je ne manquai pas la pointe de honte dans les paroles de mon frère, sur son visage et même dans son comportement.

— Il faut juste que je prenne nos sacs, lui dis-je.

— Je vais t'aider.

Salvatore et moi portâmes les deux valises pour la nuit à l'étage et nous nous séparâmes devant ma porte. Je regardai Salvatore disparaître dans le couloir en direction de sa chambre. Après un petit coup à la porte, j'ouvris mon ancienne chambre pour trouver Gia qui se tenait près de la fenêtre, en train de se ronger les ongles.

— Il y a beaucoup de gens qui arrivent, me dit-elle.

— C'est juste la famille ce soir. Ne cherche pas Scava.

Elle saisit la boîte de cookies – que Lucia lui avait donnée, sans doute.

— Tiens. Ils sont pour toi. Et il y a un mot avec.

Je lui pris des mains l'enveloppe et la boîte en fer blanc et je m'assis sur le bord du lit en regardant les deux objets posés sur mes genoux. Je touchai le couvercle, traçant le motif de couleur vive, puis je l'ouvris pour y trouver des biscuits aux pépites de chocolat. J'en offris un à Gia. Elle secoua la tête et me regarda, une main sur le cou, frottant son menton de la paume. Je choisis un biscuit et mordis dedans. Ma gorge se noua. Sept ans d'émotions que j'avais refoulées menacèrent de m'étouffer.

Il me fallut tout mon courage pour ravaler leur morsure avant de remettre le reste du biscuit dans la boîte, sans rien goûter.

— Je te donne une minute, dit Gia en disparaissant dans la salle de bain.

Je mis la boîte de côté et je sortis la lettre de l'enveloppe. Son écriture était jolie, très différente des grosses lettres capitales qu'elle traçait à l'époque. Maintenant, son écriture était soignée.

Cher oncle Dominic,

Merci pour tous les jouets, les vêtements et les choses que tu m'envoies chaque mois. Quand j'ai su que Lucia te verrait, j'ai voulu qu'elle te donne ça.

Maman m'a dit pourquoi tu devais partir comme tu l'as fait. Elle m'a raconté la vraie histoire de ce qui s'est passé cette nuit-là. Je veux que tu saches que je ne pense pas que Salvatore soit encore en colère contre toi. Je le sais parce que parfois je me lève pour boire un verre d'eau et j'entends des choses. Je n'écoute pas aux portes ni rien. J'ai juste entendu par accident. En plus, je crois que tu manques à oncle Salvatore, et tu devrais le savoir. Personne n'est en colère contre toi. Tu nous manques à tous, surtout à moi. Peut-être que tante Lucia est un peu fâchée, mais elle a juste besoin de te connaître comme je te connais, et la seule façon de le faire, c'est que tu viennes me voir. Tu peux même rester avec nous. Et peut-être que je suis un peu en colère aussi, puisque tu es parti sans me dire au revoir. Mais je te pardonnerai si tu viens. Je te le promets. D'accord ?

Je t'aime, oncle Dominic.

Effie

PS : J'espère que tu aimes les cookies.

PPS : J'ai eu un téléphone pour mes onze ans. Voilà mon numéro si tu veux m'appeler.

Je lus la lettre deux fois et je mémorisai le numéro de téléphone. La bouffée d'émotion, quand je devinai sa petite voix à travers ses paroles, me brisa le cœur, mais me remplit aussi d'espoir. Comment était-ce possible qu'elle ne m'en veuille pas d'être parti comme ça ? Comment pouvait-elle me pardonner ?

Comment avais-je pu créer une chose aussi belle ?

Le passage sur l'écoute aux portes me faisait bien rire. C'était ma fille jusqu'au bout des ongles. Et je me demandais de quoi elle parlait en mentionnant les cadeaux. J'envoyais de l'argent tous les mois. Mais je n'avais jamais rien envoyé de concret. Est-ce qu'Isabella achetait des cadeaux et disait que c'était de ma part ? Elle aurait fait n'importe quoi pour sa fille. Elle l'aimait farouchement. Est-ce qu'elle avait aussi couvert mes manquements ?

Gia ressortit de la salle de bain et s'assit à côté de moi sur le lit. Je ne retirai pas la lettre quand son regard tomba dessus.

— Tu lui diras la vérité un jour ?

— Je ne sais pas.

— Elle t'aime. Et elle a le droit de savoir.

Je pliai la lettre et la rangeai dans ma poche en me levant.

— Elle est plus en sécurité si mes ennemis ne la connaissent pas.

Je m'approchai pour regarder par la fenêtre le nombre croissant de voitures et j'ajoutai :

— Après-demain, j'aurai des ennemis.

Gia vint se placer à mes côtés.

— Ce n'est que le début, Gia.

Nous partîmes tous les quatre, tôt le lendemain matin. Mon frère et moi mîmes Lucia et Gia au courant pendant le trajet.

— L'agent, vous connaissez son nom ? demanda Gia.

— David Lazaro. Ça te dit quelque chose ?

— C'était le contact de Mateo.

— Roman doit forcément le savoir, maintenant.

— Sans aucun doute. La maison d'Henderson est ici à gauche.

Nous nous garâmes au coin d'une belle maison de taille modeste et nous sortîmes, dans la fraîcheur et l'humidité matinales. Nous marchâmes en silence jusqu'à la villa. Le vieil homme, M. Henderson, nous salua, visiblement surpris par la présence des femmes.

— Mesdames, vous restez ici pendant qu'on discute ? demanda Salvatore sur le ton de l'interrogation.

— Ma gouvernante va faire du café, dit M. Henderson.

Sur ce, nous entrâmes dans son bureau en fermant la porte.

— Merci d'être venus. Je sais que nous n'avons pas beaucoup de temps, alors je vais aller droit au but. D'abord, toutes mes condoléances.

— Merci, répondit Salvatore alors que j'essayais de rester de marbre.

— Je réalise que vous ne me connaissez pas, mais je travaillais pour une agence où j'avais accès à certaines… choses.

— Quel genre de choses ?

— Surveillance. Vidéo, audio, et autres.

Nous étions tous les deux perplexes.

— Excusez-moi… commença Salvatore, mais Henderson lui coupa la parole.

— Nous y arriverons. D'abord, le testament. Ce qui sera lu cet après-midi sera une surprise pour votre oncle. Je sais pertinemment qu'il ignore ce dernier changement apporté quelques jours avant la mort de votre père.

— Quel changement ? demandai-je. Et comment le savez-vous ?

— J'ai été témoin. Votre père me faisait confiance.

— M. Henderson, je suis désolé, mais je ne comprends pas, dit Salvatore.

— Vous comprendrez bientôt.

Henderson se tourna vers moi.

— Dominic, votre père vous nomme comme successeur.

Les mots me percutèrent.

— Quoi ?

— C'était son souhait que vous deveniez le chef de la famille Benedetti.

— Mais…

Salvatore posa une main sur mon avant-bras.

— Tout a déjà été décidé. J'ai cédé mon pouvoir à Roman, dit-il à Henderson.

Il secoua la tête.

— Votre père était vivant quand vous l'avez fait. Il a le dernier mot. Et il a parlé.

— Vous allez tout retirer à Roman ? demanda Salvatore.

— Pas moi. Votre père.

— Pourquoi moi ? Je ne suis même pas… commençai-je.

Henderson se tourna vers moi.

— Franco Benedetti est désigné comme votre père sur votre certificat de naissance. Vous êtes son fils, élevé comme un Benedetti. Et vous êtes nommé chef de famille.

— Que va-t-il arriver à Roman ?

— Il est écarté. Il n'héritera pas d'un centime.

— Pourquoi ? demanda Salvatore. Pourquoi ce changement soudain ?

Henderson s'éclaircit la gorge.

— À cause de moi.

Il nous regarda l'un l'autre, le visage grave.

— Je suis tombé sur quelque chose, il y a quelque temps, quelque chose que j'ai dû taire trop longtemps. Le temps était venu pour moi d'aller voir votre père et de lui dire ce que j'avais appris.

— Crachez le morceau, dis-je. De quoi parlez-vous ?

Salvatore ne dit rien.

— L'homme qui a ordonné l'assassinat de votre frère était plus proche de vous que vous ne le pensez.

Non.

— C'est votre oncle qui a ordonné le coup.

Il s'arrêta comme pour ménager son effet.

— Et si vous aviez été là, Salvatore, comme prévu, vous seriez mort aussi.

— Quoi ?

Je dus me racler la gorge.

— Quel genre de preuve avez-vous ?

— Une conversation téléphonique avec un homme nommé Jake Sapienti.

Le temps s'arrêta. À part le martèlement du sang dans mes oreilles, la pièce devint complètement silencieuse. Les yeux d'Henderson se fixèrent sur les miens comme pour me donner le temps d'y voir clair. De me faire comprendre.

Ce fut comme si j'avais reçu un coup de poing dans les tripes quand je compris.

Salvatore me regarda et je sus qu'il connaissait aussi le nom de mon père.

— Un enregistrement ? demanda-t-il.

La parole me manqua. Je m'assis sans rien dire.

— Le téléphone de Sapienti était sur écoute. Les fédéraux cherchaient des informations sur ses employeurs depuis longtemps. À l'époque, ils avaient de plus gros chats à fouetter que votre oncle. Et puis, les preuves sont devenues de l'histoire ancienne. Perdues ou oubliées.

— Perdues ou oubliées ? répéta Salvatore. Comment une chose pareille peut-elle être « perdue ou oubliée » ?

— Nous sommes humains, et il y a beaucoup de mauvaises personnes partout, fiston. Votre oncle n'était pas la pire d'entre elles, pas à l'époque.

— Je veux l'entendre, déclarai-je.

Henderson me regarda et je me demandai si toutes les couleurs avaient quitté mon visage.

— Vous en êtes sûr ?

La main de Salvatore tomba sur mon bras. Mais je n'y prêtai pas attention. Je ne fis que hocher la tête, une fois. Henderson se leva et tritura son matériel à l'ancienne.

Dès que la bande démarra, on entendit clairement la voix de Roman, dépitée, sur l'enregistrement.

— *Il t'en manque un*, siffla-t-il entre ses dents.

Salvatore se raidit à côté de moi. Nous savions tous les deux ce qu'il voulait dire.

— *Garde ton argent. Tu ne m'as pas dit qui il était. Trouve quelqu'un d'autre pour faire ton sale boulot, espèce de rat. Quand Benedetti apprendra qui a mis le contrat sur son fils, tu auras ce que tu mérites, siffla Jake.*

— *Et pas toi ? Il ne te croira jamais, et il te tuera.*

— *Si j'avais su qui il était...*

Sapienti devint moins audible, sa voix plus basse.

Je n'avais jamais entendu la voix de Jake Sapienti, mais je devais d'abord comprendre que l'homme qui m'avait donné naissance, l'homme que ma mère était censée avoir aimé, avait tué mon frère. Il avait abattu le fils bien-aimé de ma mère.

— Le corps de M. Sapienti a été retrouvé peu après l'assassinat de Sergio.

— Comment avez-vous eu cet enregistrement ? demandai-je.

— Le gouvernement fédéral a engagé les services de l'agence pour laquelle je travaillais. C'est tout ce que j'ai le droit de dire à ce sujet, répondit M. Henderson.

— Pourquoi maintenant ? Pourquoi aller voir mon père après tout ce temps ? demanda Salvatore.

— Et comment savons-nous que vous n'êtes pas en train de fabriquer tout ça ? Pourquoi vous souciez-vous de ce qui arrive à la famille Benedetti ? demandai-je, debout maintenant, en faisant les cent pas en fixant le vieil homme d'un œil noir.

— Dominic, commença Salvatore.

— Les gens ne font pas ce genre de choses par bonté de cœur, Salvatore. Ouvre les yeux.

Je me retournai et je marchai le long de la pièce, passant les deux mains dans mes cheveux en essayant de donner un sens à ce que je venais d'apprendre.

À savoir que mon oncle avait engagé l'homme qui m'avait engendré pour tuer mon demi-frère.

— M. Henderson, peut-être...

— Mon fils était le témoin qui est mort ce jour-là avec votre frère. C'était un jeune homme, qui devait se marier quelques semaines plus tard. Donc vous voyez, votre oncle est aussi responsable de sa mort.

— Pourquoi maintenant ? insistai-je. Pourquoi n'êtes-vous pas allé voir mon père à ce moment-là ?

Henderson s'adossa à son siège et retourna les paumes sur le bureau.

— Parce que je suis seul maintenant. Ma femme est décédée il y a quelques mois. Il n'y a plus personne qui puisse être blessé ou tué à cause de ce que je fais désormais.

— Et Roman n'est pas au courant du changement de testament ? demanda Salvatore.

— Non.

Salvatore regarda sa montre et se leva.

— Nous devons y aller, M. Henderson. Nous allons être en retard pour l'enterrement de mon père.

Henderson se leva. J'observai le vieil homme, grand, mais courbé et fatigué.

— Pourquoi me nommer comme successeur, alors que c'est mon père qui a tué son fils bien-aimé ? demandai-je sans vraiment m'adresser à eux.

— C'était son dernier acte, peut-être pour bien finir les choses avec vous. Il vous aimait comme les siens, et il a beaucoup regretté cette dernière nuit. Le peu de temps que je l'ai connu, il en parlait souvent. De vous aussi, souvent.

Henderson fit le tour du bureau.

— La vieillesse nous fait voir les choses différemment, fiston.

Il posa une main sur mon épaule. Je regardai cette main, incapable de parler, peu disposé à ressentir quoi que ce soit. Je l'écartai d'un coup d'épaule. Salvatore et moi nous dirigeâmes vers la porte.

— Encore une chose, messieurs, commença Henderson.

Nous nous arrêtâmes et nous tournâmes vers lui. Il arrangea quelque chose sur son bureau avant de nous regarder.

— Les gardes qui seront à la lecture du testament sont fidèles à votre père.

Je regardai les yeux du vieil homme. Et je compris le message.

Salvatore le remercia et lui dit au revoir. Nous sortîmes enfin de la pièce.

Lucia et Gia se levèrent. Quand nos yeux se rencontrèrent, Gia se renfrogna. La colère emplit son regard. La violence, même. Puis elle reporta cette colère sur Henderson. Salvatore dut le voir aussi, car au moment où elle faisait un pas vers l'homme, il intervint, la prenant par le bras.

— Allons-y. On s'en va.

Ses yeux alternèrent entre lui et moi.

— J'ai dit qu'on partait, dit Salvatore.

Lucia prit l'autre main de Gia.

— Viens. On parlera dans la voiture.

20

GIA

Lucia m'avait dit ce matin qu'elle avait porté la robe que j'avais maintenant aux funérailles de son père, des années plus tôt. Qu'elle ne l'avait portée qu'une seule fois. Nous l'appelâmes la robe funèbre. Je décidai de la brûler une fois que j'en aurais fini avec elle aujourd'hui.

Pendant que nous attendions le retour des hommes, elle me posa des questions sur Dominic. Elle me demanda si nous étions en couple. Je ne sus pas répondre à cette question, alors je déplaçai la conversation vers elle et sa famille. À la façon dont elle parlait de Salvatore, je savais qu'elle l'aimait. Et à la façon dont il la regardait, on voyait bien qu'il vénérait le sol sur lequel elle marchait.

Je l'admets, je devins envieuse. Je n'avais jamais vécu quelque chose comme ça. Loin de là, pas même avec James.

Maintenant, alors que les hommes étaient assis, silencieux sur le siège avant du SUV pendant que nous roulions vers l'église, je les observais, étudiant leurs différences physiques, du plus clair au plus foncé. Mais la chose qui m'impressionnait le plus, c'était la similitude de la noirceur à l'intérieur de chacun des frères. Je savais quelle vie ils avaient traversée. Enveloppés dans l'ombre, ils avaient vu et fait des choses terribles. Des choses qu'aucun d'eux n'oublierait. Des choses qui ne devraient peut-être pas être pardonnées non plus.

Je faisais aussi partie de ce monde. Leur monde. Le jour où j'avais vu Mateo torturé et tué m'avait plongée dans ses sombres profondeurs. Nous étions assis là maintenant, tous ensemble. La différence entre Dominic et moi, et Salvatore et Lucia, c'était qu'eux vivaient dans la lumière. Ils pouvaient s'en aller. Ils l'avaient fait une fois et le feraient encore. En quelques heures, ils se débarrasseraient de la noirceur et la laisseraient derrière eux. Ils récureraient leurs corps avant de toucher leurs enfants. Mais pour Dominic et moi, je savais dans chaque cellule de mon corps qu'il n'y aurait pas d'échappatoire. Lui et moi étions plongés dans les ténèbres. Nous allions y mourir.

— Je ne veux pas rester pour la lecture du testament, dit Lucia. Je ne veux pas non plus que tu y sois, Salvatore.

Son visage avait perdu son éclat, était devenu blême. Aucun des deux hommes n'avait parlé depuis que nous étions montés dans la voiture, mais elle avait dû sentir la chose vibrer en eux tout comme moi.

Salvatore sortit du SUV et ouvrit la portière de Lucia. Ils se tinrent là, à côté de la voiture, leurs têtes inclinées l'une vers l'autre, parlant à voix basse, dans une telle intimité que je me sentais comme une intruse à les regarder, mais j'étais incapable de les quitter des yeux.

Salvatore essuya les larmes de Lucia. Ils se tenaient si près l'un de l'autre. C'était comme s'ils n'étaient qu'une seule personne. Il embrassa alors son front et posa une main sur son ventre. Lucia fit un signe de tête, et Salvatore jeta un coup d'œil à Dominic. Un signal passa entre eux.

— Entrons, dit ce dernier.

Mon cœur battait la chamade, mon ventre était noué. Des berlines noires bordaient la rue, le corbillard était déjà vide, le corps de Franco Benedetti attendant probablement déjà au bout de l'allée.

— Victor est-il ici ? demandai-je en serrant le sac qui contenait le pistolet.

— Je ne sais pas.

— Pourquoi Lucia ne voulait-elle pas que Salvatore vienne à la lecture du testament ?

Il secoua la tête, son esprit manifestement à des millions de kilomètres.

— Qu'est-ce qu'il y a ? Qu'est-ce que cet homme vous a dit ?

Dominic se tourna vers moi, mais s'il était sur le point de parler, il se ravisa.

— Finissons-en avec ça.

Il regarda au loin, retournant à ses pensées, se déplaçant comme un robot.

L'orgue se mit à jouer au moment où nous entrions dans l'église. Tout le monde se leva et se retourna et je sentis mon visage s'empourprer alors que tous les yeux se posaient sur nous.

Le service allait commencer, mais nous l'avions interrompu. Et maintenant, nous étions le centre de l'attention.

— C'est raté pour une entrée discrète, chuchota Dominic à mon oreille.

Puis il se redressa et sembla devenir plus grand.

Je levai les yeux vers lui et je vis comment il avait appris à ne rien révéler. Je vis sa force, la cruauté de son regard, alors qu'il scrutait chaque personne présente avec des yeux froids et durs.

Je frémis à ses côtés, heureuse de ne pas être celle qu'il regardait ainsi.

Il posa sa main sur ma nuque, pressant le collier froid contre ma peau ; un symbole de protection. De possession aussi. Il voulait que je le sache, ainsi que tout le monde.

Dominic Benedetti me possédait.

Et d'une manière étrange et tordue, je voulais être à lui.

Je me dis que c'était pour le moment un jeu, un rôle que je jouerais. Une chose nécessaire. Mais si je grattais légèrement à la surface de cette pensée, j'y voyais un mensonge.

Nous remontâmes l'allée lentement, avec détermination. Dominic posait les yeux sur chaque rangée, comme s'il était le chef. Comme s'il possédait chacune des personnes ici.

Le premier téléphone sonna et Dominic regarda sa montre. Je

levai les yeux vers lui et je vis son regard impitoyable alors qu'il se tournait vers l'homme qui répondait. Quelqu'un que je ne connaissais pas. Quelqu'un dont j'étais sûre qu'il avait pris note mentalement.

Mais ensuite, du coin de l'œil, je vis Angus Scava, le père de James. Celui qui devait être mon futur beau-père et l'oncle de Victor.

Je déglutis, incapable de détacher mes yeux des siens. Il pencha la tête sur le côté, un coin de sa bouche se souleva alors qu'il hochait la tête comme pour dire « bien joué ».

Un autre téléphone se mit à sonner quelque part, derrière nous, mais nous continuâmes. Et là, à deux rangs devant Angus Scava, juste derrière le banc presque vide qui nous attendait, se tenait Victor, le visage rouge de colère, les yeux lançant des éclairs vers les miens.

Ma première impression ne fut pas la peur. Mais l'envie de rire. On aurait dit qu'il allait exploser.

La main de Dominic se resserra autour de mon cou et je crispai mon sac plus fort, sentant la forme dure du pistolet.

Je rendis à Victor son regard noir. Puis, comme son père l'avait fait pour moi, je penchai la tête sur le côté et plissai les yeux en guise d'avertissement. La guerre venait d'arriver à sa porte. Œil pour œil, dent pour dent. Une vie pour une vie. Il avait tué mon frère. Je le tuerais. Dominic s'en assurerait.

Le téléphone de Victor sonna aussi. Il baissa les yeux pour le sortir de sa poche, et nous nous arrêtâmes à ce moment-là. Nous avions atteint le cercueil ouvert.

Quelqu'un décrocha encore un autre téléphone. L'oncle de Dominic, Roman, mit discrètement le sien à son oreille. Dominic regarda Salvatore, dont les yeux s'étaient étrécis. Une entente silencieuse s'établit entre eux.

Dominic porta son attention sur moi, tournant mon visage vers le sien, ses yeux bleu-gris semblables pendant un moment à ceux qui étaient derrière le masque à tête de mort qu'il portait les premiers jours. Mais ensuite, ils changèrent. Pas tout à fait plus doux, non. Dominic brûlait trop fort pour ça. Au lieu de quoi, ils semblaient se consumer, et devant tous ces gens, Dieu et le cercueil ouvert de Franco Benedetti, il m'embrassa à pleine bouche.

Les femmes poussèrent un cri et quand il me relâcha brusquement, toute l'église sembla retenir son souffle.

J'étais sidérée. Son regard me défiait. Me mettait au défi de faire un geste tout en m'avertissant de rester immobile. Il jeta un regard sur le prêtre qui observait cette arrogance, cette effronterie, ce péché contre Dieu et contre l'humanité. Dominic ne broncha pas. Au contraire, il regarda une fois de plus l'assemblée, satisfait de ce qu'il voyait, avant de tourner les yeux vers le cercueil. Son visage ne trahissait aucune émotion, rien, comme s'il n'était pas affecté. Je savais que ce n'était pas le cas. Je savais que Dominic ressentait quelque chose. Il le ressentait profondément. Il se comportait comme s'il n'en avait rien à faire, mais à l'intérieur, c'était un volcan bouillonnant d'émotions, hypersensible, et tellement, tellement bien éduqué pour cacher tout cela.

J'attendis avec lui, à côté de lui, jusqu'à ce qu'il soit prêt. Je regardais le vieil homme dans le cercueil sans rien ressentir.

Dominic se retourna vers moi, les yeux mornes, et il me conduisit dans l'allée de sorte que je me tienne entre lui et son oncle. Le visage de Roman était devenu blanc. Il mit le téléphone dans sa poche. Dominic se pencha vers lui.

— Un appel urgent, mon oncle ?

Roman mesurait quelques centimètres de moins que Dominic. Il serra les poings tout en déglutissant. Mais il n'eut pas l'occasion de répondre, car on entendit le prêtre se racler la gorge dans les haut-parleurs et commencer la cérémonie. Tout était silencieux, à part la voix de l'homme d'Église, mais je me demandais combien de personnes dans la salle écoutaient vraiment l'office religieux.

Je m'attendais à voir Victor après la cérémonie. Ou au moins, au cimetière. Mais il était parti avant la fin du service. La déception se mêlait au soulagement alors que je me tenais aux côtés de Dominic qui saluait les personnes endeuillées, leur serrant la main, faisant des commentaires tout en nuances sur son retour, hochant la tête quand quelqu'un disait quelque chose à propos de Franco Benedetti.

Derrière nous, des lis de Calla couvraient les tombes de la mère de Dominic et de Sergio. Le regard que les deux frères jetèrent sur ces deux pierres tombales ne m'échappa pas.

Salvatore et Lucia se tenaient dans la même travée et, à côté d'eux, Roman, l'air plus inquiet que triste. Mon regard se porta sur les soldats qui entouraient les parents et les amis du défunt, mais quand je reconnus Angus Scava qui s'éclaircissait la voix, je me tournai pour regarder le vieil homme.

— Gianna.

Il m'avait toujours appelée par mon prénom complet. Il prit mes deux mains dans les siennes, se faisant un devoir de les retourner.

— Monsieur Scava, répondis-je. Vous avez l'air en forme.

Son regard se posa momentanément sur Dominic avant qu'il ne touche mon annulaire.

Pensait-il que nous étions fiancés ?

— Si peu de temps après la mort de James, ajouta-t-il.

— James est mort il y a deux ans, Monsieur Scava.

— Scava, dit Dominic à côté de moi, son bras autour de ma taille. Où est ton neveu ?

Le visage d'Angus Scava se durcit.

— Il devait s'occuper de certaines affaires.

— Il s'est occupé d'affaires nous concernant de trop près et je n'apprécie pas ça, insista Dominic en tirant sur le revers de sa chemise.

— Non. Moi non plus. On s'occupera de lui.

— Il a tu... commençai-je, prise de colère.

— Je m'en occupe, dit Dominic, en me coupant.

Ils parlaient de la mort de Mateo, de mon kidnapping, comme si ce n'était rien.

Scava regarda Dominic. Ils se tenaient à la même hauteur, les yeux dans les yeux, deux hommes puissants qui n'avaient pas peur de se battre. À côté d'eux, Salvatore observait, sombre et menaçant.

— Messieurs, commença Roman en plaçant une main sur chacune de leurs épaules. Ce n'est ni le moment ni le lieu.

Dominic serra les mâchoires en tournant son visage vers son oncle. Il n'essayait plus de cacher son ressentiment envers l'homme mûr.

M. Scava observait la confrontation, un petit sourire au coin des lèvres.

— À quelle heure est la lecture du testament, mon oncle ? s'enquit Dominic entre ses dents.

Roman regarda sa montre.

— Dans l'heure. On devrait y aller.

Dominic hocha la tête, puis se tourna vers Scava.

— Cette conversation n'est pas terminée.

— Certainement pas, approuva le vieil homme. Gianna, c'était un plaisir de te voir si… rétablie.

Les doigts de Dominic s'enfoncèrent dans la peau de mon bras.

— Allons-y, dit-il.

M. Scava regarda Dominic m'emmener, d'un air très différent de celui qu'il avait affiché pour me parler.

— James était-il comme son père ? demanda Dominic alors que nous montions tous dans le SUV, Salvatore et Lucia à l'arrière.

Pourquoi cela ressemblait-il à une raillerie ?

— James n'était pas du tout comme lui.

Dominic se tourna pour me faire face.

— Il aurait été le chef de la famille s'il avait survécu.

Je secouai la tête, peut-être par naïveté. Je m'en fichais.

— Il n'était pas comme son père.

— Je suis comme lui, dit Dominic. Impitoyable. Froid. Sans merci.

Je soutins son regard, sachant qu'il utilisait ses paroles comme un avertissement. Sachant que je serais assez intelligente pour en tenir compte.

— Pas avec moi, plus maintenant, répondis-je au contraire.

À ces mots, la surprise apparut sur son visage. De manière imperceptible, mais je la perçus.

— Es-tu prêt, mon frère ? Roman ne va pas être content, dit Salvatore.

— Il sait comment se comporter. Je pense qu'il est très bon pour ça, en fait.

Sur ce, Dominic fit demi-tour et quitta le cimetière pour retourner à la maison. Nous restâmes silencieux. Sauf Lucia, qui parla à sa sœur au téléphone, demandant des nouvelles des enfants. Quand nous arrivâmes à la maison, je fus surprise de voir autant de véhicules. Avait-on demandé à tant de membres de la famille d'assister à la lecture du testament ? Cela me parut étrange. Mais encore une fois, je n'avais jamais assisté à quelque chose comme ça. Les funérailles, oui. C'était incontournable dans le métier qu'avait choisi mon père. Cela dit, ceux qui étaient morts dans notre entourage n'avaient pas assez d'argent pour faire un testament.

Dominic gara le SUV, prit une longue inspiration, se prépara à la suite et adressa un signe de tête à Salvatore.

— Allons-y.

— Que va-t-il se passer ? demandai-je en serrant son bras. Tu sais quelque chose.

— Je vais être nommé chef de la famille, dit-il catégoriquement.

Ma main glissa de son bras, puis Salvatore et lui s'éloignèrent de Lucia et moi, s'éloignant dans la bibliothèque où une dizaine d'hommes s'étaient rassemblés. Deux se tenaient à l'extérieur. L'un d'eux s'approcha pour fermer la porte, sa veste s'ouvrit et la lumière se réfléchit sur le pistolet caché dans son étui.

21

DOMINIC

L'exécuteur testamentaire, M. Abraham Marino, un homme qui travaillait pour la famille Benedetti depuis plus de deux décennies, se tenait derrière le bureau. Il s'adressa aux membres de la famille qui avaient demandé à être présents, passant en revue les questions préliminaires. Roman se tenait à côté de lui comme s'il était le propriétaire des lieux. Salvatore était assis à ma droite. Deux gardes se tenaient juste devant les portes et deux autres au fond de la salle. Je me demandais comment ils allaient tous réagir une fois le testament lu, quand je serais nommé chef de la famille.

Je reconnaissais toutes les personnes présentes dans la salle. Elles dirigeaient leurs propres petites familles à l'intérieur du grand parapluie Benedetti. Certaines que je n'avais pas vues depuis ma jeunesse, et d'autres qui assistaient à tous les événements.

En réalité, Roman pourrait tenter un coup d'État. Selon le nombre d'hommes qui lui étaient fidèles, il pouvait gagner. Mon père était mort. Il pouvait forcer le passage même si, sans argent et avec les comptes tenus au nom de Benedetti, il aurait du mal à les payer. Durant toutes mes années dans une famille de criminels, j'avais appris une chose : dans la plupart des cas, la loyauté était fragile. C'était l'argent qui régnait. La loyauté penchait généralement du côté de l'argent liquide. Et après la lecture du testament, ce serait le mien. Cette maison serait ma maison. La voiture que mon oncle conduisait serait ma putain de voiture.

Il avait engagé mon père biologique pour tuer Sergio et tenter de tuer Salvatore.

Il avait trahi ma mère, sa sœur. Il avait trahi son neveu. Il avait trahi Franco. Il avait trahi toute la famille Benedetti.

Comment diable Salvatore pouvait-il rester assis à côté de moi maintenant, sans laisser paraître aucune émotion, aucun trouble, même pas de haine ?

J'avais une vingtaine d'années quand Sergio était mort. Pendant un moment, je m'étais demandé pourquoi Roman n'avait pas aussi ordonné mon assassinat, mais ensuite j'avais compris. Il avait joué contre mon père depuis le début. J'étais un bâtard. Mon père le savait déjà. Roman comptait sur le fait que, lorsque Franco apprendrait que c'était l'homme dont le sang coulait dans mes veines qui avait pris la vie de ses fils, il me renierait, pour le moins. Peut-être même qu'il comptait sur Franco pour me tuer.

Je repensai aux paroles d'Henderson : *« La vieillesse nous fait voir les choses différemment, fiston. »* Il avait dit que l'identité de mon père biologique n'avait pas d'importance. J'étais un Benedetti selon mon certificat de naissance. J'avais été élevé comme un Benedetti. Il y avait une petite partie de moi, quelque chose de profond sous la misère, qui souriait à cette idée. Qui ressentait plus de bonheur en y songeant que je ne le devrais probablement.

Franco avait-il vraiment regretté cette nuit-là ? Éprouvait-il de la peine pour ce qui s'était passé ? Pour me l'avoir dit comme ça ? Avait-il essayé de me retrouver ? Roman avait su où j'étais, à un moment donné. Au moins au début. Avait-il caché cette information à Franco, sachant que le vieil homme voulait se réconcilier avec moi ? Franco avait-il seulement souhaité une réconciliation ?

Je couvris mon visage avec mes mains et me frottai les yeux.

Je ne le saurais jamais. Je n'avais que ça. Il fallait que je le prenne au pied de la lettre. Franco Benedetti m'avait nommé comme successeur. Il m'avait accepté comme sien dans son dernier acte. Il allait me donner ce que je voulais depuis si longtemps – les rênes de la famille Benedetti.

Et je me sentais enivré par le pouvoir.

Salvatore s'éclaircit la voix à côté de moi, en me regardant.

Je me redressai.

— M. Benedetti a apporté quelques changements à son testament dans les derniers jours de sa vie.

M. Marino me jeta un regard.

Je restai impassible, mais je remarquai que Roman avait plissé les yeux.

— Ceci est son testament, et il souhaitait que personne ne conteste ces changements, qu'ils soient honorés.

Un murmure passa dans la foule. L'avocat se racla la gorge. Roman s'assit au début de la lecture. M. Marino passa en revue divers points, de petits legs, de l'argent qui changeait de mains, des dettes oubliées ou transmises, la mention de membres de la famille, d'enfants dont on se souvenait. Puis vinrent les récompenses pour la loyauté passée et future.

— C'était le souhait de M. Benedetti que je lise la partie suivante comme il l'a écrite, comme s'il vous parlait en ce moment.

Salvatore et moi échangeâmes un regard.

— Je me rends compte que dans une famille comme la nôtre, il y aura des différences. Il y a eu des différences. Mais la famille est la famille, et pour les Benedetti, la famille passe en premier. C'est notre devise. C'est la voie que nous empruntons. Dans la vie, j'ai fait de mon mieux pour ma famille, pour vous tous. Je sais que ça n'a pas toujours semblé ainsi, mais je l'ai fait. Dans la mort, j'espère corriger les erreurs que l'on n'a pas pu me pardonner dans la vie.

Je fis tout mon possible pour rester impassible.

— Chaque famille a reçu une somme d'argent, que vous recevrez en privé à la fin de cette lecture. Chaque enveloppe contient aussi un contrat. Si vous acceptez les fonds qui vous sont offerts, alors votre fidélité à la famille Benedetti est renouvelée, nos liens forts comme de l'acier et incassables. Si vous choisissez de ne pas signer le contrat… eh bien…

Il s'arrêta brusquement pour regarder tout le monde dans la pièce. Je me demandais si mon père lui avait aussi donné cette instruction. Ce serait bien son genre.

— J'espère que vous ne choisirez pas cette voie.

Mon père. Franco Benedetti. C'était mon vrai père, pas Jake Sapienti. Salvatore avait raison. Henderson avait raison. J'étais un Benedetti.

Je m'assis plus droit dans mon fauteuil.

— Mon fils Salvatore a choisi de quitter ce mode de vie. Il a choisi un bonheur différent, et je ne lui en veux plus. Il a choisi un chemin que je n'ai pas choisi. Je le pouvais, mais je ne le voulais pas. Je respecte sa décision et sa famille. Mes petits-enfants recevront des fonds en fidéicommis…

L'avocat cita le montant.

— Salvatore et sa femme, Lucia, auront toujours la protection de la famille.

Mais pas d'argent.

Je jetai un coup d'œil à Salvatore, dont le masque était bien en place.

— À Roman, mon ami d'autrefois. Ah, Roman, le frère de ma femme bien-aimée…

Je pouvais presque voir Franco secouer la tête.

— Tu connais le dicton : « Garde tes amis près de toi, garde tes ennemis encore plus près » ?

Tous les yeux se tournèrent vers Roman, qui regardait droit devant lui.

— Eh bien, mon ami, tu m'as gardé dans ta poche, n'est-ce pas ?

Des murmures éclatèrent, mais l'avocat leva la main pour les faire taire et il tourna la tête vers moi.

— À mon plus jeune fils, Dominic : Je te laisse ce que tu as toujours voulu. Je laisse la famille Benedetti, ta famille, entre tes mains, mon fils. Malgré tout, de tous mes fils, tu es celui qui me ressemble le plus, n'est-ce pas ?

Roman se leva.

— C'est...

— S'il vous plaît, asseyez-vous, Monsieur Russo.

Un des gardes du corps personnels de mon père, un homme que je connaissais depuis que j'étais enfant, s'avança derrière la chaise de Roman et posa une main sur son épaule. Il se rassit. Deux autres soldats fidèles à mon père s'approchèrent du bureau et se placèrent derrière lui, les yeux tournés vers tout le monde et personne à la fois.

— Maintenant, en ce qui concerne ces contrats. J'ai ici chacune des enveloppes. Quand votre nom sera appelé, veuillez vous approcher du bureau. Monsieur Benedetti ?

Il me fallut un moment pour réaliser qu'il s'adressait à moi. Une fois que je croisai son regard, il continua.

— Votre signature est également requise.

Il fit un geste vers le fauteuil derrière le bureau. Le fauteuil de Franco Benedetti. Le fauteuil de mon père.

Je me levai, sentant tous les yeux sur moi alors que je m'avançais. Je jetai un coup d'œil à Roman et je m'assis. Salvatore se dirigea vers la porte et se posta à un endroit où il pouvait voir chaque famille lorsqu'elles seraient appelées, leurs enveloppes ouvertes et les contrats placés devant elles.

Je ne savais pas si c'était la coutume. Si après le décès du père, les vieux accords étaient renforcés, renouvelés, rappelés. Je ne savais pas s'il le faisait pour moi, pour sauvegarder ma position si quelqu'un apprenait la vérité derrière ma filiation. Si quelqu'un contestait mon droit à ce siège.

Le premier homme, Antonio Santa Maria, signa le contrat. Antonio était un cousin, distant, mais puissant. Son allégeance à mon père n'avait jamais été remise en question. Ses fils l'entouraient, Gregorio et Giovanni, tous deux âgés d'une vingtaine d'années.

— Ton père était un bon ami. Ma loyauté n'a jamais faibli et ne faiblira jamais, promit Antonio.

— Merci, dis-je.

Je me tournai vers chacun des fils et leur serrai la main. Je les regardai dans les yeux et hochai la tête une fois. Je me demandais s'ils resteraient alliés ou s'ils deviendraient ennemis un jour.

Ils sortirent de la pièce.

L'homme suivant s'approcha. Puis encore le suivant. Chacun d'eux prêta allégeance. Chaque homme signa. Je pris note de ceux qui regardaient dans la direction de mon oncle. Ces hommes savaient que refuser de signer était synonyme de mort. Je ne doutais pas que Roman avait des partisans parmi eux. Ils allaient sans doute planifier une mutinerie. Mais aujourd'hui, j'allais envoyer un message. Aujourd'hui, mon premier jour à la tête de la famille Benedetti, j'enverrais un message très clair.

Finalement, presque une heure plus tard, tous les contrats avaient été signés et il ne restait plus que l'avocat, quatre soldats, Salvatore, Roman et moi.

L'avocat remballa ses papiers, chacun des contrats soigneusement placé dans sa mallette. Il se tourna ensuite vers moi.

— J'espère que nous continuerons à travailler ensemble, Monsieur Benedetti, dit-il en me tendant la main. J'ai hâte d'être au service du fils de mon ami.

Ami. C'était drôle. Mais il était loyal. Je lui tendis la main.

— Merci, Monsieur Marino. Je vous contacterai bientôt.

Il jeta un coup d'œil à Roman, puis, sans le saluer, se dirigea vers la porte, serra la main de Salvatore et partit.

— Assurez-vous que la maison soit vide de tout invité, ordonnai-je à l'un des hommes en regardant Roman.

— Oui, Monsieur.

— Je veux que Gia soit là.

— Tu penses que c'est une bonne idée ? demanda Salvatore.

— Va la chercher pour moi, mon frère.

En dépit de sa désapprobation, visible sur son visage, Salvatore sortit et revint quelques instants plus tard avec Gia à ses côtés.

Elle regarda les hommes rassemblés, son visage ne trahissant aucune émotion pour ceux qui ne la connaissaient pas. Moi, je la connaissais. Et je la sentais très émue.

Elle se tenait contre le mur, près de la porte, aux côtés de Salvatore.

J'ouvris le tiroir en haut à droite du bureau de mon père. Je l'avais déjà fouillé cent fois, et je savais où il cachait son pistolet. Je le sortis, trouvai le silencieux plus au fond du tiroir et je le vissai sur le canon. J'exécutai ce geste avec un étrange sentiment de sérénité, de paix. Comme si finalement, pour la première fois de ma putain de vie, c'était bien. Comme si j'avais raison.

Salvatore se demandait si c'était une bonne idée de faire venir Gia, mais elle devait voir ça. Elle avait besoin de voir que justice était faite pour son frère, pour elle-même. Mais elle avait aussi besoin de me voir tel que j'étais. Je n'étais pas bon. Je ne serais jamais bon. Elle ne devait avoir aucune réserve, aucun espoir, aucune illusion. Cette dernière partie était étrange, mais je savais qui j'étais maintenant. C'était clair, indéniable. Et Gia faisait partie de cette clarté. Je savais ce que je voulais, et c'était elle. Mais je lui devais la vérité, et ce dont elle serait témoin aujourd'hui était la vérité absolue.

— Dominic...

Roman ouvrit la bouche quand je me déplaçai sur le côté du bureau et que je m'y appuyai en lui faisant face.

— Silence, mon oncle.

Le garde derrière lui posa sa main sur son épaule.

Le pouvoir. Putain. Une bouffée de pouvoir fit circuler le sang plus fort dans mes veines.

— Tu as engagé Jake Sapienti pour assassiner Sergio.

Roman sursauta.

— Savait-il qui était Sergio ? Connaissait-il la marque ?

Il fallut un moment à Roman, mais le fait que je pointe mon arme sur lui fit bouger ses lèvres.

— Non. Il ne connaissait que la plaque d'immatriculation de la voiture. Il a eu des remords... quand il a découvert qui il avait tué.

— Mais pas toi.

Mon oncle resta assis en silence.

— Tu aurais tué Salvatore le jour même s'il avait été là où il devait être. Tu t'es introduit au sein de la famille Benedetti pour prendre ce qui ne t'appartenait pas.

— Dominic, toi et moi, nous sommes une vraie famille...

Je secouai la tête.

— Tu es un traître, mon oncle.

Le dégoût me tordait la lèvre.

— Tu as trahi mon père. Tu as pris sa confiance, son assurance, son amitié… Il te prenait pour son seul véritable ami, mais tu n'as jamais été l'ami de personne, n'est-ce pas ?

— Ce n'est pas…

— Tu as fait assassiner son fils bien-aimé, ton propre neveu. Abattu comme un putain de chien.

Une rage furieuse déclencha mes paroles et ma poitrine se resserra.

— Tu as utilisé Sapienti pour l'assassiner. Pourquoi ? Pourquoi as-tu fait ça ? Pourquoi enfoncer un autre clou dans un cercueil déjà scellé ? Pourquoi ?

— C'était une erreur, Dominic. Juste une erreur.

— Tu ne commets pas d'erreurs. Je le sais.

Je fis une pause en vérifiant le chargeur de l'arme.

— S'il te plaît, Dominic…

— Où sont passées tes couilles, mon oncle ?

Je regardai tout le monde assemblé dans la pièce.

— Qu'est-ce qui arrive à ces hommes « puissants » quand ils sont assis face au canon du fusil au lieu de le braquer sur la figure de leur ennemi ?

Personne ne répondit.

— Tu as appris au cours des sept dernières années ce que c'était que d'exister en dehors de la famille, Dominic. De ne pas tout à fait lui appartenir. De ressentir une impuissance totale à côté de la main qui dirige le monde. Tu sais maintenant comment c'était pour moi, pendant toutes ces années. Tu ne peux pas nier que tu le sais.

— Je n'ai aucune raison de le nier. Tu as raison. Et tu sais quoi, c'était vraiment lamentable. Mais je n'ai pas trahi ma famille à cause des cartes de merde qu'on m'avait données. Toi, tu t'es joué de nous. Tu t'es joué de mon père. Pendant des années.

— Ce n'est pas ton vrai…

Quelqu'un arma son arme. Je me retournai et vis Salvatore en train d'avancer, le regard furieux dardé sur mon oncle.

— Écoute, mon vieux. Tu vas écouter maintenant, et montrer du respect. Sergio n'a pas pu voir son petit garçon. Il n'a pas pu dire au revoir à sa femme. À aucun d'entre nous. Tu lui as enlevé ça. Tu as tué ton propre neveu, dit Salvatore, la rage tranchant le calme ambiant. Maintenant, tu vas écouter.

Il propulsa ces mots à travers ses dents serrées. Roman déglutit difficilement, les yeux brillants. Avait-il des remords ? Quelle importance ?

— Avant que je ne te tue, dis-je en attirant son attention sur moi, je veux connaître ton implication avec Victor Scava.

— Laisse-moi partir, quitter la ville, quitter ce foutu pays. Je te dirai tout, mais ne...

Sa voix se brisa.

Putain de lâche.

— Ne fais pas quoi ? demandai-je d'un air goguenard.

Je le détestais.

— Ne me tue pas, supplia-t-il.

— Mets-toi à genoux et implore-moi de ne pas te tuer.

Il regarda autour de la pièce. Il devait savoir que personne ne l'aiderait. Lentement, les jambes tremblantes, il se mit à genoux devant moi. Quel abruti. Quel salaud, lâche, pantin. Il pensait vraiment que je lui laisserais la vie sauve ?

Je remarquai l'anneau qu'il portait encore.

— Enlève de ton doigt la bague des Benedetti.

Il regarda sa main, puis moi. Sans doute décida-t-il qu'il pouvait me concéder cela, parce qu'il fit glisser l'anneau étroit et me le remit. Je le posai sur le bureau.

— S'il te plaît, Dominic, je vais te dire ce que tu veux savoir, laisse-moi vivre. Laisse ma famille...

Je pointai l'arme sur son épaule et j'appuyai sur la détente. Roman tomba en arrière, Gia poussa un cri.

— Elle reste, annonçai-je aux hommes devant la porte, les yeux sur Roman.

— Je ne pars pas, dit-elle.

Je posai les yeux sur elle, mais je m'adressai aux hommes :

— Assurez-vous-en.

Puis je me retournai :

— Mon oncle, dis-je en le regardant encore. Lève-toi, putain. Remets-toi sur tes genoux.

Salvatore resta silencieux à mes côtés, mais menaçant. Il avait peut-être quitté la famille, mais c'était de là qu'il venait. Ce n'était pas la première fois qu'il voyait quelque chose comme ça. Aucun d'entre nous n'était innocent, personne. Même pas Sergio, le mort béatifié.

Mais tout de même. La loyauté régnait et la trahison engendrait la mort. Dans ce cas, une mort lente et douloureuse.

— Victor Scava, dis-je.

Roman tenait son épaule blessée et regardait Gia derrière moi.

— Je veux un accord, répondit-il.

— Aucun accord.

J'armai le pistolet, prêt à tirer à nouveau.

— Attends ! cria Roman. J'ai des informations pour elle.

Je jetai un coup d'œil à Gia, tout comme Roman.

— Sur son frère.

— Ne joue pas à ce putain de jeu…

— Attends, Dominic, cria Gia en accourant, saisissant mon bras armé.

Je le dégageai en la maintenant derrière moi. Ma balle trouverait son bon emplacement cette fois.

Roman reprit la parole.

— Angus ne donnera pas les rênes de la famille à Victor. Il veut les lui prendre.

— Angus Scava a, quoi, même pas soixante ans ? Victor pensait qu'il allait juste transmettre les rênes de sa famille comme ça ?

— Victor rassemblait des partisans.

— Tu es son numéro un ?

— Non. Ma loyauté a toujours été envers notre famille.

Je visai son autre épaule.

— Non ! s'écria-t-il en levant les deux mains. S'il te plaît !

— Tu as toujours été loyal envers *toi-même,* mon oncle.

— Que savez-vous ?

La voix de Gia m'empêcha d'appuyer sur la gâchette.

— Un agent fédéral a été retrouvé mort hier, dit Roman. Lui aussi a été marqué du même sceau que ton frère. C'était le contact de Mateo.

— Je ne comprends pas, fit Gia en me regardant d'un air désespéré.

— Parle plus vite, dis-je à Roman.

— Passons un marché.

— Dominic, écoutons-le, avança Salvatore.

— Un marché dépend de ce que tu nous dis, alors commence à parler. Si je pense que tu mens, j'appuie sur cette putain de détente, compris ?

Roman hocha la tête.

— J'ai arrêté de traiter avec Victor il y a un mois quand Angus Scava a eu vent de ce que son neveu préparait. Victor n'était pas très intelligent dans sa façon de faire. Il a sous-estimé Angus. Il pensait qu'une alliance avec moi lui donnerait l'influence dont il avait besoin pour prendre le contrôle de la famille Scava. J'ai... fait une erreur.

— Tiens-t'en aux faits.

Je n'avais aucun intérêt à écouter ses mensonges.

— J'ai promis de l'aider en échange d'un nouveau territoire.

Il hésita, choisissant soigneusement ses mots.

— Une fois que j'aurais pris la relève, nous assassinerions Angus Scava, qui ne manque pas d'ennemis, et Victor prendrait la tête de la famille. Je pensais qu'il serait plus facile de gérer Victor qu'Angus. C'est pourquoi j'ai accepté.

— Qu'est-ce que les filles enlevées ont à faire avec ça ?

Il marqua un temps d'arrêt avant de répondre :

— J'ai pris un pourcentage dessus.

— Tu n'avais aucun scrupule à kidnapper et à vendre des êtres humains ? demandai-je, dégoûté.

Il baissa simplement les yeux vers le sol, comme s'il prenait conscience de l'atrocité de son commerce.

— Mon frère... dit Gia.

Roman tourna les yeux vers elle.

— Mateo était... mal à l'aise avec les filles. Battre un connard qui ne paie pas ce qu'il doit, c'est différent que d'enlever des jeunes filles...

— Parce qu'il avait une conscience, le coupa Gia.

— Il est allé voir les fédéraux, mais il n'a pas eu de chance. Il se trouve que cet agent était sur le registre du personnel d'Angus Scava. C'est comme ça qu'Angus l'a découvert. Inutile de dire qu'il n'était pas satisfait du programme de son neveu, mais il fait partie de la famille. Il n'a pas pu se résoudre à le tuer, je suppose. Et il sentait l'argent qu'il pouvait se faire. Angus Scava a pris en charge l'opération. Il a laissé Victor responsable, au moins en apparence, mais c'était lui qui prenait toutes les décisions.

Ses yeux fixaient Gia, comme s'il voulait s'assurer qu'elle comprenne bien cette partie.

— Angus Scava n'aurait pas ordonné l'exécution de mon frère, dit-elle doucement.

— Non seulement il l'a fait, mais il a aussi ordonné la tienne.

Elle secoua la tête.

— Non. Je ne vous crois pas.

— Victor était censé te tuer.

— Pourquoi ne l'a-t-il pas fait ?

— Une rébellion contre Angus. Le désir. Qui sait ? Il n'est pas fiable.

— Et l'agent ? Pourquoi le tuer ? demanda Salvatore.

— Toute vie humaine est facilement remplaçable pour Angus Scava. Il y a plus d'un agent corrompu employé par le gouvernement fédéral. Et maintenant qu'Angus avait pris en charge l'opération, il voulait que je me retire. Il n'avait pas besoin de moi, et cela représentait une opportunité de mettre la famille Benedetti hors service pour de bon. Franco et – ou – moi serions arrêtés, ce serait la fin pour nous. Les fédéraux ne prennent pas le meurtre de leurs agents à la légère.

— Angus Scava n'aurait pas ordonné l'exécution de mon frère. Il n'aurait pas ordonné que je sois tuée.

Je regardai Gia. Elle avait les yeux fermés, les mains de chaque côté du visage, les doigts pressés contre les tempes.

— C'est pourtant ce qu'il a fait.

Il avait prononcé ces mots si froidement que je levai mon arme et appuyai sur la détente, lui collant une balle dans l'autre épaule.

Roman hurla, à l'agonie.

— Relève-le, ordonnai-je au garde derrière lui, qui le remit sur les genoux.

— Un marché !

— Donc avant qu'Angus n'intervienne, tu avais accepté d'aider Victor à renverser son oncle pour subvenir à tes besoins, pour l'argent, pour le pouvoir. Ainsi, quand Franco Benedetti est mort, tu étais prêt à prendre en charge plus que la part des Benedetti, le rôle du *Consigliere* en deuil, un véritable frère pour le Benedetti déchu que ses fils avaient abandonné.

— Pitié, Dominic, supplia Roman. J'ai fait des erreurs...

— Tu as ordonné le meurtre de Sergio. Tu as trahi mon père. Ces choses ne peuvent pas être pardonnées, mon oncle, crachai-je.

— S'il te plaît, Salvatore...

Il se tourna vers lui, comme une dernière requête. Mon frère resta silencieux.

— Je peux faire traîner ça pendant des heures, mais parce que tu m'as donné ces informations, je vais t'octroyer cette clémence.

— S'il te plaît, Dominic. S'il te plaît, je...

— Aujourd'hui, c'est un message que j'envoie, mon oncle. Je fais savoir à tout le monde que si on me trahit, on meurt. On meurt très lentement, d'une mort très douloureuse.

Assis par terre dans une mare de sang, Roman pleurait comme un bébé, suppliant pour sa vie sans valeur.

Je me tournai vers Gia et lui tendis le pistolet.

— Tu veux l'achever ?

Elle le fixait, sans me regarder. Des larmes coulaient sur son visage d'albâtre, toutes les couleurs l'ayant quitté alors qu'elle regardait l'horreur qui se déroulait devant elle. Elle secoua la tête et se tourna vers moi avec un air si désespéré que je vacillai.

— Emmenez-la. Je vais en finir avec ça, dit Salvatore.

— Il faut que...

Salvatore se tourna vers moi.

— Non, ce n'est pas nécessaire. Prends soin d'elle.

Je regardai une fois de plus mon oncle, qui commençait maintenant à supplier Salvatore. Rangeant le pistolet dans mon pantalon, je pris Gia dans mes bras. Je la fis sortir rapidement de la pièce et je gravis les escaliers en la portant, car elle tremblait trop pour marcher. Je fermai la porte de ma chambre derrière nous et je la déposai dans la salle de bains afin de nettoyer le sang qui avait éclaboussé ses jambes nues, ses chaussures, sa robe.

Elle tremblait pendant que je la déshabillais tout en lui parlant. Pas sûr qu'elle entende un seul mot tant ses larmes coulaient.

— Il est en partie responsable de la mort de ton frère. Tu ne devrais pas avoir pitié de lui.

— Je sais.

Elle avait dit cela en sanglotant alors que j'ouvrais le robinet de la douche et que j'attendais que l'eau se réchauffe.

— Ce n'est pas ça. Je ne...

— Il a tué mon frère, dis-je. Il aurait tué Salvatore.

— Je sais, fit-elle encore, s'accrochant à moi quand j'essayai de la mettre dans la douche.

J'enlevai ma veste et je posai le pistolet sur le lavabo. Son regard se posa sur l'arme. Elle pleura de plus belle. Sans la lâcher, j'entrai dans la douche. Je restai tout habillé et je la forçai à se mettre sous le jet, alors qu'elle me tenait comme si elle voulait nous souder ensemble, comme si elle était incapable de se tenir debout toute seule.

— Il fallait que tu voies ça, Gia.

Elle hocha la tête, enfouissant le visage dans ma poitrine.

— Il fallait que tu voies ce dont je suis capable.

— Tu crois que je ne savais pas ?

Sa voix était pleine d'angoisse quand elle tourna ses yeux émeraude vers les miens.

— Alors... je ne comprends pas. Je pensais que tu voudrais...

— C'est vrai. Je le dois à Mateo. Je me le suis juré. C'est juste que... je ne pense pas en être capable. Je ne pense pas que je puisse appuyer sur la détente contre Victor. Je ne pense pas que je puisse tenir ma promesse de le tuer.

Quelque chose en moi s'ouvrit et je l'étreignis avec force,

prenant sa tête entre mes bras et la berçant pendant qu'elle pleurait. Sa douleur avait cet étrange impact sur moi. Elle me faisait ressentir les choses. Pour la première fois de ma vie, je *ressentais* la douleur d'une autre personne.

— Tu n'as pas à le faire, lui dis-je en chuchotant.

— Si, il le faut. J'ai juré de me venger.

— Tu le feras, mais il n'est pas nécessaire que tu agisses toi-même. Tu n'as pas besoin d'avoir du sang sur les mains.

Elle secoua la tête et nous poussa à l'écart du jet.

— Quoi qu'il arrive, le sang m'appartiendra.

— Chut. Non.

— Je suis faible, dit-elle doucement, les mains sur mes joues, les yeux dans les miens.

— Tuer ne rend pas fort, Gia.

J'essuyai les larmes de ses yeux et je pris son doux visage entre mes mains.

— Je ne serai pas faible.

— Peut-être qu'il est temps de laisser quelqu'un porter tout ça. Peut-être qu'il est temps de lâcher prise et de me laisser porter ce poids, de me laisser te porter.

Elle repoussa les cheveux mouillés de mon visage. Elle semblait sur le point de dire quelque chose, mais elle se hissa sur la pointe des pieds et plaqua sa bouche sur la mienne dans un baiser doux et tentateur. J'aimais l'embrasser comme ça. L'embrasser comme si nous ne nous battions pas, alors que ses mains tâtonnaient les boutons mouillés de ma chemise jusqu'à ce qu'elle en dégage mes épaules, puis la moitié de mes bras. Nous nous embrassâmes comme si nous ne pouvions pas supporter de nous séparer, comme si nous avions besoin de nous toucher alors que je la soulevais et la portais dans la chambre. Je la posai toute mouillée sur le lit et j'arrachai le reste de mes vêtements tout en m'installant entre ses cuisses. Ses bras et ses jambes s'enroulèrent autour de moi, m'attirant à elle. Sa bouche se colla de nouveau à la mienne alors que je la pénétrais sans jamais la lâcher, pas une fois, pas avant que nous nous affalions sur le lit, épuisés.

Elle savait qui j'étais désormais. Ce dont j'étais capable. Et elle n'avait pas reculé devant moi. Elle n'avait pas peur de moi. C'était tout le contraire. Elle s'était accrochée à moi. Nous nous accrochions l'un à l'autre comme à la vie, comme à l'oxygène. Comme s'il ne nous était plus possible de respirer, de vivre, de rester l'un sans l'autre.

22

GIA

Le lendemain matin, je me réveillai seule dans le lit de Dominic. La vue de son oncle agenouillé devant lui, recroquevillé, suppliant, implorant pour sa vie pendant que Dominic armait froidement son pistolet et tirait, me hantait. Je pensais à Mateo. À la façon dont il était mort. Dominic voulait que je sois dans cette pièce hier. Il voulait que je voie l'un des hommes responsables du meurtre de Mateo à genoux, devant la justice d'un autre genre, celle de la mafia, qui lui rendrait ce qu'il lui devait : une vie pour une vie.

Je n'avais pas de peine pour son oncle. Il méritait ce qu'il avait eu, et pas seulement pour Mateo, mais pour tout le reste. Dominic m'avait raconté l'histoire, toute l'histoire, après qu'on eut fait l'amour hier soir. Il m'avait raconté ce que le vieil homme, Henderson, lui avait dit. Il m'avait parlé de la lecture du testament, de la disposition que son père avait prise pour que chacune des familles lui renouvelle son serment d'allégeance en tant que chef. Il m'avait parlé de la trahison de son oncle. Il m'avait raconté comment son père – oui, il l'appelait désormais son père – avait scellé le destin de Roman et avait laissé à ses fils le soin de faire justice. Et il m'avait dit pourquoi il voulait que je sois dans cette pièce. Pas seulement pour Mateo, pas seulement pour que je voie que la mort de Mateo était vengée, mais pour le voir, lui, Dominic, entrer si naturellement, si facilement dans ce nouveau rôle de chef d'une famille tachée par le sang.

Dominic Benedetti possédait maintenant les Benedetti.

Je touchai la cicatrice sur ma hanche.

Je suppose que c'était cohérent. Il me possédait aussi. Me laisserait-il partir une fois que ce serait fini ? Ce dont nous avions discuté ce jour-là dans la salle à manger, ce jour où j'avais appris la vérité sur la marque, la vérité sur qui il était, le jour où il m'avait baisée dans cette pièce ensanglantée alors que j'avais perdu la raison. Quand il avait perdu la tête, lui aussi. Le jour où il m'avait promis que mon frère serait vengé et où je lui avais promis de le tuer une fois que tout serait fini.

Mais tout avait changé depuis. Son père lui avait tout laissé dans son dernier acte de contrition. Dominic avait eu ce qu'il avait toujours voulu.

Je n'aurais pas été capable de tenir ma promesse et de le tuer, de toute façon, mais maintenant je me demandais même s'il voulait que je le fasse.

Tout était différent désormais.

En jetant les couvertures, je sortis du lit et je me rendis dans la salle de bain pour prendre une douche.

Quelle ironie ! *Fais attention à ce que tu demandes. Tu pourrais bien l'obtenir.* James me disait ça il y a longtemps quand je trouvais du charme à la vie au sein de la mafia. Quand je n'avais pas encore vu son côté sombre et terrible. Quand je n'avais pas encore vu la mort.

Les paroles de Dominic me revenaient. « *Tuer ne te rend pas fort.* » Il avait raison, je le savais. Mais tenir l'arme qui met vos ennemis à genoux, c'était grisant. Cette pensée fit battre mon cœur plus fort et m'échauffa le sang. Cela me fit sentir puissante.

Mais ensuite, l'image de l'homme qui saignait s'imprima dans mon cerveau, comme si elle marquait l'intérieur de mes paupières, et je baissai la tête. Il ressemblait beaucoup à Mateo quand Victor l'avait mis à genoux. Il était affaibli, impuissant et effrayé. Mateo n'était pas un saint. Je le savais. Personne dans ce monde ne pouvait l'être. Absolument personne. Je ne me faisais pas d'illusions sur ce point. Je me demandais si avant que ce soit fini, une fois que tout serait dit et fait, j'aurais aussi du sang sur les mains. N'en avais-je pas déjà, même si ce n'était pas moi qui avais appuyé sur la détente hier ?

Je coupai l'eau, frémissant à la mémoire de Dominic si détaché, si peu affecté, alors que le condamné était agenouillé devant lui.

Il voulait que je le voie ainsi.

Je retournai dans la chambre pour m'habiller et j'entendis une portière de voiture claquer dehors. La chambre de Dominic donnait sur le devant de la propriété et je pouvais voir Salvatore charger une valise à l'arrière d'un SUV. Lucia se tenait à côté de lui, une main sur son ventre, l'autre sur la portière. Elle voulait s'en aller. Elle voulait être partie. Je le comprenais. Mais elle et moi, nous étions différentes. C'était la princesse mafieuse qui avait été enfermée dans une tour et qui n'avait jamais rien voulu de tout cela. Moi, j'étais la fille d'un fantassin, quelqu'un dont personne ne se souciait, et c'était moi qui avais fini dans le lit du nouveau roi.

La question était : où voulais-je être, maintenant ?

Qui avais-je envie d'être ?

Salvatore et Dominic parlaient, se tenant mutuellement les mains comme deux hommes puissants faisant une alliance. Ils s'embrassèrent brièvement, presque maladroitement. Dominic tourna son attention vers Lucia, qui avait dû lui dire au revoir avant que Salvatore n'ouvre sa portière et qu'elle ne monte en voiture. Pas d'étreinte de sa part. Elle n'aimait pas Dominic, c'était un euphémisme.

Ce dernier se posta sur les marches de l'entrée et regarda la voiture partir. Il y resta jusqu'à ce qu'elle disparaisse sur la route épaisse et boisée. Il se tourna alors vers la fenêtre comme s'il savait que je me tenais là. Nos regards se croisèrent et mon cœur sauta un battement. Il se tourna vers l'un des hommes qui le flanquaient – il y avait deux gardes du corps, je m'en rendis compte – et je m'éloignai de la fenêtre pour m'habiller avant de descendre.

La porte du bureau était ouverte. J'entendis Dominic parler à l'intérieur. Je me forçai à y entrer, me demandant si l'odeur serait identique à la veille – les relents métalliques du sang mêlés à la peur et à la haine. Mais le bureau avait été déplacé et la moquette avait disparu. Il ne restait plus que le plancher nu.

Dominic me regarda et dit à son interlocuteur qu'il devait le laisser. Après avoir raccroché, il se leva.

— Gia.

Je cherchais des preuves le long des murs, des éclaboussures de sang, de chair, mais il n'en restait aucune.

— Tout a été nettoyé, dit Dominic en venant à mes côtés. Tu as probablement faim. Allons prendre le petit-déjeuner.

Il parlait avec une telle désinvolture.

— Est-ce que ce qui s'est passé hier te bouleverse ? demandai-je pendant qu'il me conduisait hors de la pièce.

Il marqua une pause.

— Je ne dirais pas que ça me bouleverse, mais ce n'est pas comme si je dansais de joie, Gia. C'était mon oncle. Il jouait au ballon avec moi quand j'étais petit. Il a toujours fait partie de ma vie, autant que je m'en souvienne.

— Je suis désolée.

Il ne répondit pas. Nous entrâmes dans la salle à manger, où un buffet chaud et froid attendait sur la table. Dominic versa deux tasses de café et j'en pris une, même si je ne me sentais pas assez d'appétit pour manger.

— Je pensais que je me sentirais mieux.

Il posa sa tasse, prit une assiette et commença à la remplir d'œufs brouillés et de bacon.

— Ce n'est jamais le cas.

Il avait parlé sans me regarder.

— On doit deviner comment continuer, c'est tout.

Il choisit un siège et entama son repas.

— Mange, Gia.

Je pris une assiette et je restai là, en me demandant si j'aurais à nouveau de l'appétit un jour.

— Dis-moi quelque chose, demanda-t-il.

Je n'avais toujours pas bougé pour remplir mon assiette.

— Qu'est-ce que tu veux ?

Il s'adossa à sa chaise en mâchant une tranche de bacon.

— Comment ça ?

Il m'étudiait comme s'il prenait mes mesures.

— Ce qu'ils ont fait à ton frère, à toi... Qu'est-ce que tu veux ?

Je compris ce qu'il voulait dire et je me préparai à la suite, sachant exactement ce que je voulais, sachant qui j'étais, avec quoi je pouvais vivre. Je me tournai vers le buffet et je remplis mon assiette, puis je m'assis à côté de lui pour manger. Il hocha la tête et reprit sa fourchette.

— Salvatore et Lucia devaient prendre leur vol de retour. Ils m'ont demandé de te dire au revoir.

— Est-ce qu'il...

Je secouai la tête. Je ne voulais pas demander. Bien sûr, il avait fini le travail que Dominic avait commencé.

— Mon oncle est mort, si c'est ce que tu demandes.

— Tu crois ce qu'il a dit ? Que c'était Angus qui était derrière tout ça ?

— Les mourants sont des hommes désespérés.

Dominic leva les yeux sur moi.

— Mais je ne sais pas trop. Je ne serais pas surpris si c'était lui. Je l'en crois capable.

— Je veux qu'on se voie.

— Avec Angus Scava ?

Dominic semblait surpris.

— Et Victor ? On va remonter la liste, Gia. S'occuper d'eux un par un.

Je secouai la tête.

— C'est pour moi. Ton oncle, il te devait bien ça. Mais ça, c'est pour moi.

Il réfléchit en plissant les yeux, me détaillant attentivement.

— Es-tu sûr de savoir ce que tu fais ?

— Oui. C'est très clair, en fait.

Je pris ma fourchette et plongeai les yeux dans mon assiette.

23

DOMINIC

J'observai Gia toute cette journée et la suivante. À vrai dire, son silence était un peu effrayant. Je m'attendais à ce qu'elle soit plus à bout – comme une femme, je suppose.

Comme une femme.

J'avais l'air d'un con en disant ça. Je n'avais jamais été attiré par les femmes faibles. En fait, seules deux femmes s'étaient démarquées parmi toutes celles avec qui j'avais été. Isabella et Gia. Deux femmes fortes. Deux femmes déterminées. Deux femmes qu'il ne valait mieux pas se mettre à dos.

Je le pensais vraiment quand je lui avais dit que je ferais le sale boulot. Je n'étais pas sûr de ce qu'elle attendait de cette rencontre avec Scava. Elle devait savoir qu'elle ne pouvait pas juste entrer là-dedans et tuer cet enfoiré. On se rencontrerait dans un endroit relativement public, mais nous serions tous les deux armés. Et nous aurions des soldats armés autour de nous. Pourtant, je ne lui avais pas demandé quel était son programme. Elle était déterminée et elle avait sa propre histoire avec Angus Scava. Je serais là avec elle pour la protéger, mais je la laisserais faire ce qu'elle devait faire pour être en paix avec elle-même.

— Tu m'observes.

Elle était assise à côté de moi à l'arrière du SUV blindé pour aller au restaurant.

— Tu m'observes depuis deux jours.

— Je suis curieux.

— Tu es nerveux ?

Je secouai la tête.

— Non. Je veux être sûr que tu obtiennes ce que tu veux avec tout ça. Si tu me disais...

— Non, Dominic. Ça m'appartient. Ça n'a rien à voir avec toi.

— D'accord, mais si je sens que tu vas dépasser les bornes...

— ça me regarde. Tu m'as dit que tu m'aiderais et j'ai juste besoin que tu sois là avec moi. J'ai besoin que tu me portes un peu, ou au moins que tu me laisses m'appuyer sur toi. Je te fais confiance pour ça.

Nous nous arrêtâmes sur le trottoir du restaurant italien, un endroit qui appartenait à Scava. C'était branché et populaire, et à mon sens, la cuisine était épouvantable. Angus Scava devait déjà se trouver à l'intérieur. J'avais vu deux de ses hommes à côté de sa berline garée au bout de la rue.

Je me tournai vers Gia, admirant la robe noire étroite qui épousait ses formes, les talons qui faisaient paraître ses jambes plus longues. Elle avait lâché ses cheveux et ils pendaient dans son dos. Ses yeux brillaient, presque scintillants ce soir. Elle était vivante et vibrante comme si l'adrénaline la traversait alors même que nous étions assis là.

Je posai le plat de ma main sur son cœur.

— Tu es nerveuse.

— Est-ce qu'il le saura ?

— Non. Sauf s'il te touche comme ça, et s'il le fait, ce sera la dernière chose qu'il touchera.

Ça la fit sourire.

— Tu sais comment garder un visage impassible ?

Elle acquiesça.

— Je ne te lâcherai pas d'une semelle.

— Merci.

Je frappai à la vitre et le conducteur ouvrit la portière. Je sortis et je vis que mes hommes étaient déjà alignés – le nombre que j'avais amené correspondait au nombre de Scava. Je ne m'attendais pas à la guerre, pas ce soir, mais je savais par expérience qu'il ne fallait jamais être pris au dépourvu.

J'aidai Gia à sortir et je la conduisis vers l'entrée. En remarquant que tous les yeux s'étaient tournés vers elle, j'en fus ravi. Ça me plaisait que tous les hommes qui passent la désirent à leur bras. Que chaque femme ressente une petite pointe de jalousie en faisant mine de ne pas la remarquer.

Un homme ouvrit les portes et nous entrâmes, suivis de deux de mes hommes. La salle était grande et moderne, mais complètement vide de clients ce soir. Je n'entendais que quelques employés travailler dans la cuisine ouverte. Scava était assis dans le box du fond comme s'il était le roi.

— Pourquoi est-ce désert ? demanda Gia.

J'avais mon idée.

— Pour l'intimité, répondis-je en omettant de préciser ce que je soupçonnais.

Angus Scava sourit. Il nous regarda entrer, ses yeux glissant sur Gia alors que nous nous approchions. Sale con. Il était assez vieux pour être son père. Il l'aurait presque été, si son fils était resté en vie assez longtemps pour l'épouser.

Je ressentis un soupçon de possessivité en y pensant. Une pointe de jalousie. Ce qui était ridicule, étant donné que James était mort.

— Gianna.

Il se leva à notre approche.

— C'est un plaisir de te voir.

Il prit sa main et embrassa ses phalanges, puis se redressa.

— Tu es ravissante. Mon fils avait un goût exquis.

Elle le regarda froidement sans rien dire.

Je me raclai la gorge. Scava se tourna vers moi.

— Dominic.

— Angus.

Il fit un geste vers le box.

— Je vous en prie. J'ai pris la liberté de choisir le vin. J'espère que ça ne vous dérange pas.

— Pas du tout, tant que vous prenez la première gorgée, dit Gia.

Angus ricana quand nous nous assîmes, et le serveur nous servit. Il se fit un devoir de saisir son verre, de faire tourner le liquide rouge foncé et d'inspirer avant d'en prendre une longue gorgée.

— Je suis encore en vie, annonça-t-il.

Elle ne touchait toujours pas au sien, mais je pris mon verre et bus une gorgée.

— Mes condoléances, encore une fois, Dominic. J'ai entendu dire que ton oncle n'était pas mort en douceur hier soir.

— C'était un menteur et un traître. Il a eu ce que les menteurs et les traîtres méritent.

Il pencha la tête sur le côté et leva les sourcils.

— Tu es aussi direct que ton père.

— Vous avez fait des affaires avec mon oncle ? demandai-je.

— Lui et mon neveu étaient impliqués dans certaines choses, dit-il en croisant le regard de Gia pendant qu'il buvait.

Je la sentais tendue à côté de moi.

— Où est Victor ? demanda-t-elle.

— Je ne pensais pas que vous voudriez que je l'invite, vu les circonstances.

— On peut arrêter ces conneries ? cracha-t-elle. Vous parlez comme si nous étions tous là pour boire un verre de façon amicale. C'est faux.

Je souris.

— Elle est directe, elle aussi.

— Tu as changé, ma chère, lui dit-il.

— Vous m'avez ouvert les yeux, répondit-elle.

Angus claqua des doigts et nous levâmes les yeux. Une porte s'ouvrit et deux hommes entrèrent avec Victor. Il ne tenait pas tout à fait seul sur ses jambes. Au lieu de ça, il était courbé, soutenu par leurs épaules et maintenu en position verticale, la tête oscillant d'un côté à l'autre, le visage meurtri, traînant des pieds alors qu'ils avançaient.

Gia poussa un cri. Je lui pris la main sous la table.

— Mon neveu a fait de mauvais choix, commenta Angus. Concernant ce qui est arrivé à ton frère, Gianna, tu as toutes mes excuses. Et tu auras celles de Victor, sauf qu'il ne peut pas vraiment parler pour le moment.

— Je vais vomir, dit-elle.

— Non, ça va aller, répondis-je.

— Ce n'est pas un travail de femme, n'est-ce pas ? fit remarquer Angus. Gianna, dans un effort pour faire amende honorable quant à ce que mon neveu a infligé à ton frère, j'aimerais t'offrir un cadeau. Veux-tu la langue de Victor ?

— Vous... vous êtes malade !

— Non, je suis seulement un homme qui punit les menteurs et les traîtres. Victor a estimé que ce serait une bonne idée d'essayer de sauver sa peau en me faisant passer un nœud coulant.

Le visage d'Angus changea, empreint de dégoût.

— Je n'aime pas voir les agents fédéraux sur le pas de ma porte. Les affaires de famille sont les affaires de famille, n'est-ce pas, mon garçon ?

La seule réaction de Victor fut de grogner lorsqu'un des hommes lui enfonça son coude dans les côtes – déjà cassées, sans doute, compte tenu des ecchymoses sur chaque partie visible de son corps.

— Je sais que c'était vous. Je sais que Victor n'était rien de plus que votre fantassin, dit Gia.

— Tu ne sais rien.

— Comment avez-vous pu faire ça ? Vous nous connaissiez, Mateo et moi. Nous avons mangé à votre table. J'ai dormi chez vous. J'étais fiancée à votre fils. Comment avez-vous pu ordonner sa mort ? Comment avez-vous pu ordonner la *mienne* ?

— Je n'ai jamais aimé te voir bouleversée, Gianna.

— Êtes-vous sans *cœur ?* Si inhumain ?

— J'aimais beaucoup James, et s'il avait vécu, je t'aurais acceptée comme ma fille.

— Pourquoi moi, alors ? Pourquoi ordonner mon exécution ?

Il ne répondit pas.

— Vous êtes un monstre. Un horrible monstre.

— Je ne laisse pas de traces. On ne peut pas, dans mon business. En nettoyant le bazar derrière mon neveu, j'ai découvert qu'il en avait laissé pas mal. James n'en a pas laissé non plus, d'ailleurs. Je sais que tu aimes te faire des illusions en pensant qu'il était meilleur que moi, meilleur que lui…

Angus me montra du doigt.

— Mais la vérité, c'est que tu es entourée de montres, Gianna. Et tu les attires comme des mouches. Que peux-tu en déduire sur toi-même ? Comment dit-on déjà ? Qui se ressemble s'assemble ?

— Ça suffit, Scava, dis-je, les yeux rivés sur Gia qui tressaillit à ses paroles.

Je ne savais pas ce qui lui passait par la tête. Si elle croyait à ses conneries. J'avais fait en sorte qu'elle vienne sans arme. Je n'allais pas prendre le risque qu'elle fasse quelque chose d'aussi stupide que de tenter de tuer Angus Scava au milieu de son restaurant.

— Sortez-le d'ici, dis-je en faisant un geste vers Victor.

Scava acquiesça pour que les hommes emmènent Victor.

— Je veux partir, me dit Gia.

— Tu ne m'as pas répondu. Est-ce que tu veux sa langue ? demanda à nouveau Angus.

Elle se jeta sur lui, faisant tomber la bouteille et nos verres pleins avant que je ne l'attrape. Deux hommes qui se tenaient derrière Scava dégainèrent leurs armes.

— Rangez-moi ça, bon Dieu, ordonna Scava en ramassant sa serviette.

Gia se débattait contre moi, mais je la retenais fermement.

— Ce n'est pas l'endroit, lui dis-je.

— Vous êtes un grand malade, s'exclama-t-elle. Vous voulez me faire un cadeau ? Vous savez ce que je veux ? Je veux que vous retourniez le pistolet que vous utiliserez pour le tuer et que vous vous mettiez une balle dans la tête à la place.

Je la poussai vers l'un de mes hommes.

— Ça suffit ! Emmenez-la à la voiture.

Angus était assis là, à essuyer le liquide rouge sang qui tachait ses vêtements, son visage, ses mains.

— Posez-moi par terre, s'égosillait Gia. Lâchez-moi.

Une fois la porte fermée et Gia partie, Scava leva les yeux vers moi.

— Je sais que tu étais impliqué, Angus. Je sais que c'est toi qui as ordonné le meurtre de Mateo et celui de Gia. Mais ton neveu ne l'a pas fait, pas par bonté de cœur, bien sûr. Il voulait qu'elle soit humiliée. Il voulait que la femme que ton fils aimait soit dégradée.

Je secouai la tête.

— Gia a raison. Tu es un monstre. Mais tu as raison aussi. Nous le sommes tous. Ne t'approche plus d'elle, compris ? Elle est sous ma protection.

Je savais quels devaient être mes choix. Les plus réalistes.

— Elle ne représente pas une menace pour moi.

Il hocha la tête et se leva.

— Revenons à ce qu'il en était quand ton père régnait, d'accord ? fit-il en me tendant la main.

Je regardai sa main. En la serrant, je trahirais Gia.

Je le regardai dans les yeux. Ils étaient durs et mornes, exactement comme les miens. Je serrai les poings le long de mon corps.

— Non, vieux. Pas question.

24

GIA

Nous ne parlâmes pas sur le chemin du retour, et quand nous arrivâmes à la maison de son père – la sienne désormais –, je montai les escaliers. Sentant le regard de Dominic me brûler le dos, je m'arrêtai au bout de deux marches et me retournai pour lui faire face, même si j'étais encore incapable de le regarder dans les yeux.

Angus Scava avait raison. Nous étions tous des monstres. J'avais vu de quoi Dominic était capable. Et je savais que James était pareil, inutile d'essayer de me persuader du contraire. Et moi, je voulais tellement me venger que j'étais prête à leur faire ce qu'ils m'avaient fait, ce qu'ils avaient fait à mon frère.

Œil pour œil, dent pour dent. Une vie pour une vie.

Qui étais-je, en fait ?

En voyant Victor comme ça, j'avais cru que c'était ce que je voulais. Je pensais que je serais satisfaite. Mais je m'étais sentie vide, laide et malade.

« Qui se ressemble s'assemble. »

J'étais un monstre, tout autant qu'eux tous.

— Je veux rentrer à la maison.

Je retournerais chez ma mère, j'emménagerais avec elle jusqu'à ce que l'on puisse vendre la maison, et je partirais pour de bon. Loin, très loin. Même si je savais qu'aussi loin que je m'enfuirais, je ne pourrais jamais m'échapper. Ni à mon nom. Ni à ma peau.

Dominic hocha la tête, mais je vis sa mâchoire se contracter.

— Je vais arranger ça.

Il fit un pas vers moi. Je secouai la tête en reculant.

Il s'arrêta.

— Quand ? demanda-t-il.

— Le plus tôt possible.

Il semblait abasourdi.

— Demain ?

Je redescendis les deux marches.

— Maintenant.

Il avait l'air surpris.

— Il faut que tu fasses tes bagages...

— Quels bagages ? Des vêtements qui ne m'appartiennent pas ?

Je sentis ma lèvre trembler et mes yeux se remplir de larmes, mais d'une manière ou d'une autre, je réussis à interrompre le frisson qui me saisissait. Je réussis à retenir ces larmes.

— Ce n'est pas vrai, ce qu'il a dit, Gia. Tu n'es pas un monstre. Tu n'es pas...

— S'il te plaît... Je t'en prie.

Dominic détourna le regard, puis sortit une clé de sa poche.

— Tourne-toi.

Je touchai le collier autour de mon cou. Il semblait appuyer plus lourdement sur ma peau. Je l'avais oublié. J'avais tout oublié.

Je me retournai et je relevai mes cheveux. Quand ses doigts effleurèrent ma peau, je frissonnai. Le bruit de la petite clé qui glissa dans la serrure fut aussi fort qu'une grosse clé de fer tournant dans une serrure médiévale, et puis je fus libre. Le poids avait disparu. Je n'étais plus à lui.

J'avais froid, et quand j'enroulai mes bras autour de mon buste, Dominic enleva sa veste et la posa sur mes épaules. Je le laissai faire. Pendant un moment, nous restâmes là, à nous regarder l'un l'autre. J'avais une envie folle de me glisser dans ses bras, de me presser contre sa poitrine et de me laisser étreindre, mais je ne voulais pas le faire. Je ne pouvais pas.

Il se tourna vers l'un de ses hommes.

— Emmenez-la où elle veut, dit-il.

L'homme hocha la tête et se dirigea vers la porte.

Dominic sortit son portefeuille et l'ouvrit.

— Tu vas avoir besoin d'argent.

— Non. Je ne veux rien de toi.

Il n'aurait fallu qu'une minute de plus pour que les larmes coulent et me noient. J'avais besoin de sortir de là.

— Si jamais tu as besoin...

— ça n'arrivera pas.

— Gia !

Il commença à tendre la main, puis il changea d'avis.

— Tu seras en sécurité. Toi et ta mère. Scava ne s'approchera pas de vous.

Je fis un signe de tête. Je ne pouvais pas parler.

Je baissai les yeux et je serrai sa veste plus près de moi. Je la garderais. Je garderais une seule chose de lui.

— Tu auras toujours ma protection. Tout ce dont tu as besoin.

Je le regardai une dernière fois, mémorisant son visage, ses yeux qui m'étudiaient de si près, si attentivement, des yeux qui semblaient vouloir me soutirer des mots que je ne pouvais pas prononcer, ni maintenant ni jamais. Des yeux qui voyaient les choses que je ressentais, les choses que je ne devrais pas ressentir, qui retenaient une tendresse que je ne voyais que lorsqu'ils se posaient sur moi.

Sans un autre mot, j'allai vers la porte. L'homme l'ouvrit et je sortis de la maison. Je ne me retournai pas, ni quand il ferma la portière de la voiture ni quand nous partîmes.

Je ne savais pas s'il me regardait m'éloigner, mais je savais qu'il était contrarié. Je savais qu'il ne s'attendait pas à cela. Pourtant, je ne pouvais pas penser à ces choses-là. Je ne pouvais pas. Pas si je voulais être capable de continuer.

25

DOMINIC

Je me rendis immédiatement dans le bureau et je fermai la porte. La maison semblait déjà différente. Vide.

Je pris place derrière le bureau et j'ouvris mon ordinateur portable.

C'était mieux qu'elle parte. C'était mieux pour elle. Que pouvais-je lui offrir ? Une vie en tant que ma… quoi ? Épouse ? Je ne pouvais pas la condamner à cela. Gia était née dans ce monde, mais elle pouvait en sortir. Elle avait besoin d'en sortir. Malgré tous ses discours de vengeance, elle ne pouvait pas supporter la réalité. Je le savais. C'était en partie pour cela que j'avais été attiré par elle. Aussi sauvage qu'elle fût, la lumière de son innocence brûlait en elle.

D'une certaine façon, je cherchais l'absolution.

Elle était propre.

Et je n'avais pas à la salir ni à la souiller avec mes péchés.

J'ouvris le tiroir du bureau et j'en sortis la lettre qu'Effie m'avait écrite. Je pris le téléphone et composai le numéro. Je ne vérifiai l'heure qu'après qu'il eut commencé à sonner et je réalisai qu'il était peut-être trop tard pour l'appeler, plus de dix heures du soir.

Mais elle décrocha.

— Allô ? fit sa petite voix.

Je souris, les larmes embuant mes yeux tandis que mon cœur battait la chamade.

— Salut, Effie. C'est moi, Dominic.

— Oncle Dominic ! Tu as appelé !

J'entendis son exaltation et cela me fit un bien fou.

— Tu as fait ces délicieux cookies, comment ne pouvais-je pas t'appeler ?

Il y eut une pause. Elle ne savait pas quoi dire, comment procéder.

— Effie, je suis désolé d'avoir mis autant de temps à t'appeler. Je suis vraiment désolé, et tu n'as pas à dire que tu me pardonnes. Je veux juste que tu saches que j'ai fait une erreur, et j'espère que je peux me rattraper maintenant. Je vais faire tout ce que je peux pour ça.

— Oh, oncle Dominic.

Je l'entendis renifler.

— Je t'ai déjà pardonné, idiot. C'est juste que tu me manques vraiment.

— Moi aussi, ma chérie.

— Où es-tu, oncle Dominic ?

— Je suis dans le New Jersey, mais je prévois un voyage en Floride très bientôt.

— C'est vrai ?

— Oui. Je dois juste parler à ta mère pour arranger certaines choses. Peut-être que tu pourras me faire visiter le coin ?

— J'adorerais ! Je suis une super guide touristique. Je sais tout ce qu'il y a à voir ici. Attends...

J'entendis la voix d'Isabella dans le fond, qui demandait si elle était encore réveillée. Effie inventa une excuse pour dire qu'elle allait boire un verre d'eau et qu'elle irait au lit si sa mère arrêtait de l'interrompre. Ça me fit rire. Quelques instants plus tard, elle reprit la ligne. Cette fois, elle parlait tout bas.

— Désolé. Ma mère pense que je suis encore toute petite.

— Eh bien, tu es une enfant, et je t'ai probablement appelée assez tard. Tu n'as pas école demain ?

— Si, mais ce n'est pas grave. Ça va aller.

— Je n'en suis pas si sûr. Tu sais quoi ? Si on se disait au revoir pour l'instant ? Tu gardes mon numéro de téléphone et tu m'appelles demain après l'école. En attendant, je vais appeler ta mère et voir si je ne pourrais pas organiser une visite.

— Ce serait super. Je t'appellerai demain à trois heures cinq en descendant du bus, d'accord ?

— Je le note dans mon agenda.

— Oncle Dominic ?

— Oui ?

— Je ne suis pas censée le dire, mais il y a un secret, et je suis super excitée et impatiente. Puisque tu es si loin, ça va si je te le dis, non ?

— Je ne le répéterai à personne.

Elle gloussa.

— Je vais bientôt avoir un petit frère ou une petite sœur, chuchota-t-elle. Maman me l'a dit la semaine dernière.

Isabella était enceinte. Je fus surpris et je me sentis presque exclu. Comme si tout le monde continuait à vivre sa vie et que j'étais coincé ici, dans le passé, tout seul.

— C'est super, ma chérie. Je suis content pour toi.

J'espérais qu'elle n'entendrait pas l'effort que je faisais pour prononcer ces mots.

— Je vais pouvoir garder le bébé aussi. Et je ne le ferai pas gratuitement !

J'éclatai de rire.

— Tu as raison.

— Effie !

C'était la voix d'Isabella.

— Donne-moi ce téléphone, jeune fille. Tu sais que tu n'as pas le droit de t'en servir après vingt heures.

— Je dois y aller.

Elle raccrocha. Je souris en moi-même, me demandant quand nous allions enfin lui dire la vérité. Lui dire que j'étais son père.

Je tenais encore le téléphone, conscient qu'il allait sonner dans la minute qui suivrait. Comme prévu, la sonnerie retentit. Je répondis.

— Pourquoi tu l'appelles à vingt-deux heures un soir d'école ? demanda Isabella.

— Parce que je n'aurais jamais dû arrêter de l'appeler.

On se mit d'accord pour que je m'envole pour la Floride la semaine suivante. Étonnamment, Isabella n'y était pas opposée. C'était peut-être parce que nous étions d'accord pour ne pas dire à Effie que j'étais son père avant qu'elle devienne adulte. C'était plus sûr de cette façon, surtout maintenant que j'avais repris la tête de la famille Benedetti. J'avais des ennemis avant, et j'en aurais encore plus désormais. Je ne voulais pas faire d'elle une cible pour ces ennemis.

Me retrouver avec Effie fut encore plus merveilleux que je ne l'avais imaginé. J'avais besoin de sa douce innocence, de sa vision intelligente et de sa nature insouciante. Je passai une semaine dans un hôtel des environs et je l'emmenais à l'école, où je venais la chercher tous les jours. Pendant le week-end, nous descendîmes aux Keys pour rendre visite à Salvatore et Lucia et rencontrer mes autres nièces et mon tout nouveau neveu. Lucia toléra ma présence, mais elle était trop fatiguée pour faire autre chose que nourrir le petit Sergio, qui pesait à la naissance plus de quatre kilos et avait exactement les mêmes yeux que son homonyme.

Pourtant, pendant tout le temps que nous passâmes là-bas, je me sentis comme un étranger. Effie m'aimait et m'acceptait. Salvatore aussi. Mais je n'appartenais pas à leur monde. J'avais l'impression de jeter une ombre noire sur le pas de leur porte, et cela me dégoûtait. Je ne voulais pas être perçu ainsi.

Quand je rentrai chez moi, je me rendis dans la maison des Adirondacks. Dans la grande et spacieuse demeure de Franco. Pendant les huit mois qui suivirent, je consacrai mon temps aux affaires de la famille, en m'occupant autant que possible, mais j'errais dans la maison comme un fantôme. J'avais gardé tout ce que Gia avait porté jusqu'à ce que son parfum se dissipe, et même après, je rangeai le sac de sport dans le placard à côté de mes affaires.

Je pensais qu'avec le temps, je l'oublierais. Ou du moins, qu'elle ne me manquerait plus. Mais ce ne fut pas le cas. Peu importe le temps qui passait.

Je gardai sa trace. Elle et sa mère avaient vendu la maison de son enfance, près de Philadelphie. Sa mère était retournée en Italie, où sa sœur vivait toujours, et Gia avait loué un appartement à Manhattan. Je m'y rendis souvent, et chaque fois, je m'approchai de la porte de l'immeuble avant de faire demi-tour.

Elle n'avait pas besoin de moi dans sa vie.

Je décidai que je détestais la maison dans les Adirondacks. Elle ne contenait que de sombres souvenirs du temps passé, de la haine et de la jalousie et d'un vieux monde dont je n'étais pas certain de vouloir faire partie. Toutes ces années, je n'avais rien voulu d'autre que d'être le chef. Pendant tout ce temps, je n'avais pas réalisé ce que cela signifiait. Que mon père serait mort. Que tous ceux qui comptaient seraient partis. Je me sentais plus seul que jamais dans ma vie, et d'une certaine façon, tant que je restais ici, je savais que je serais coincé dans ce passé froid et vide.

Ce fut le matin où je décidai de mettre la maison en vente que je vis l'article dans le journal. Angus Scava avait été inculpé pour trafic de drogue, extorsion et fraude fiscale, et il était complice de plusieurs meurtres, dont celui de Mateo Castellano. Le suspect principal ? Victor Scava.

Désormais, il devait regretter de ne pas avoir coupé la langue de son neveu.

Je pliai le journal et me levai. Je me dirigeai vers la fenêtre, je l'ouvris et je respirai une grande bouffée d'air frais d'automne. L'été touchait à sa fin.

Ce matin-là, je décidai aussi autre chose. Je pris les clés de mon SUV et je sortis en appelant en chemin mon avocat, M. Marino, l'exécuteur testamentaire de mon père. Je lui donnai les instructions pour mettre en vente non seulement cette maison, mais aussi celle de Salvatore. Je lui demandai de me trouver un endroit à New York. Un endroit qui n'avait jamais appartenu à personne avant moi. Et qui ne serait rien qu'à moi. Ce serait la première étape de ma véritable prise en charge des Benedetti, famille du crime organisé.

Je ne faisais pas cela par colère. Je ne le faisais pas pour me venger. Je le faisais simplement parce que j'en avais besoin. Parce que je ne voulais plus de cela, pas tout seul. Je ne voulais pas de cette maison vide. De cette vie vide. Je la voulais, elle. Je voulais Gia.

Un roi avait besoin d'une reine, bon sang ! Et j'avais été un parfait idiot de lui laisser croire qu'elle pouvait s'en aller comme ça.

Je partis vers Manhattan et j'arrivai à l'heure du déjeuner. Je savais où Gia travaillait. Elle était serveuse les week-ends tout en allant à la faculté de droit pendant la semaine. J'entrai dans le restaurant, *The Grand Café*, je jetai un regard circulaire et, malgré la foule, je la repérai instantanément.

— Je veux une table dans sa section, dis-je au maître d'hôtel.

— Vous avez une réservation, Monsieur ?

Je regardai le petit homme trapu du haut de ma stature et je sortis mon portefeuille.

— Voici ma réservation, lui dis-je en lui remettant plusieurs billets.

Il se racla la gorge et je le suivis jusqu'à une table. Une fois assis, elle ne me remarqua pas tout de suite, et j'ouvris le menu en l'attendant. Mon cœur battait frénétiquement. Bien que je sache qu'elle n'avait pas de petit ami, et presque pas d'amis, je ne savais pas comment je serais reçu. Elle était discrète, et j'imaginais que son existence était aussi solitaire que la mienne.

Elle s'approcha en écrivant quelque chose sur sa tablette avant de se présenter. Puis elle leva les yeux.

Nos regards se croisèrent et elle s'interrompit en pleine phrase. Non, au milieu d'un mot.

Elle avait les cheveux relevés en chignon désordonné et elle avait laissé pousser sa frange, qu'elle avait épinglée en une épaisse mèche sombre et brillante sur le côté. Elle portait une chemise blanche et un pantalon noir, ainsi que les chaussures les plus laides que j'aie jamais vues, et pourtant elle ne pouvait pas être plus belle à mes yeux.

— Que...

Sa voix resta coincée dans sa gorge.

— Ça fait longtemps.

Elle me quitta des yeux et regarda autour d'elle.

— Je... Dominic...

— Assieds-toi.

— Qu'est-ce que tu fais ici ?

— Je voulais te voir. *J'avais besoin de te voir.*

Ses yeux parcoururent le café.

— Je... tu... je ne peux pas.

Elle s'éloigna rapidement, détacha son tablier et disparut par une porte.

Je me levai pour la suivre, manquant renverser des mains d'une serveuse un plateau chargé de boissons alors que la porte s'ouvrait et que j'entrais dans la cuisine animée.

— Monsieur, vous ne pouvez pas entrer ici, me dit-on.

Je vis la nuque de Gia alors qu'elle disparaissait par une autre porte. Je la suivis, ignorant les protestations, et je poussai la porte qui menait dans une ruelle. La puanteur de la ville et des poubelles submergea mes sens et je me demandai comment les deux personnes qui se tenaient en face et qui fumaient des cigarettes pouvaient le supporter.

En me voyant, ils eurent vite fait de laisser tomber leurs mégots et de les éteindre avant de passer la porte que je venais de quitter.

— Gia ! criai-je en regardant dans une direction, puis dans l'autre, où je l'aperçus appuyée contre un mur, les bras croisés sur son ventre.

Le soleil faisait ressortir les tons roux naturels de ses cheveux foncés, alors qu'elle m'attendait là, la tête baissée.

— Tu ne devrais pas être ici, dit-elle en levant les yeux quand je m'approchai.

Être si près d'elle, la voir, l'entendre...

— Si justement, lui dis-je, tendant la main pour la toucher avant de la retirer aussitôt de peur qu'elle ne s'enfuie ou disparaisse. En fait, je n'aurais jamais dû te laisser partir. C'était ma plus grosse erreur à ton sujet.

Elle me fixa, le regard perdu.

— J'en ai fait beaucoup, mais c'était la plus grosse. Te laisser croire les paroles de Scava, quand il disait que tu étais une sorte de monstre, ça aussi, c'était une erreur. Te faire regarder le soir où...

Je secouai la tête.

— Tu es trop pure pour ça. Je n'aurais jamais dû te laisser voir...

— Stop. Je ne veux rien entendre.

Elle plaqua les mains sur ses oreilles comme une petite fille.

— Gia...

— Il faut que tu partes, dit-elle en me coupant la parole.

— Gia ?

Quelqu'un ouvrit la porte et l'appela. Je la pris par le bras.

— Tu as des clients, dit la femme en me regardant d'un air circonspect.

— Juste une minute, répondit Gia sans détourner les yeux.

— Ça va ?

— J'arrive dans une minute.

La femme retourna à l'intérieur.

— Je suis allé voir Effie. Et j'ai mis les maisons en vente...

— Il faut que tu partes, dit-elle en me coupant la parole.

Elle se redressa et essuya ses yeux, essayant d'effacer toute émotion de son visage.

— Tu ne peux pas rester ici. Tu ne peux pas.

La porte s'ouvrit à nouveau, et cette fois, la femme revint avec deux hommes.

— Gia, dit l'un d'eux en sortant. Tout va bien ?

— Va-t'en, Dominic. Je ne veux pas de toi ici.

L'homme vint se poster à quelques mètres de nous.

— Vous l'avez entendue. Vous devez partir, Monsieur.

— Gia !

Je tendis le bras vers elle, mais elle tourna le dos et disparut derrière l'homme, à l'intérieur du bâtiment.

— Monsieur, fit ce dernier.

Je lui lançai un regard noir, puis je vis la femme qui nous observait depuis l'entrée. Je tournai les talons et je m'en allai. Mais je ne partis pas vraiment. Je quittai la ruelle, mais pas la ville.

Si elle ne voulait pas de moi, alors je lui ferais tenir sa promesse.

Je roulai jusqu'à son immeuble et là, j'appuyai au hasard sur toutes les sonnettes jusqu'à ce que quelqu'un me fasse entrer. La colère, la confusion et la sensation de rejet tournaient comme un ouragan dans ma tête. Ce fut facile d'entrer au 4A, son petit appartement miteux avec sa chambre à coucher pour une personne, sa petite cuisine et son salon à peine aussi grand que ma salle de bain. La lumière pénétrait à peine par la fenêtre et l'ombre de l'immeuble d'en face bloquait le soleil. Je jetai un coup d'œil dans la pièce, ouvrant chaque tiroir, conscient que je n'avais pas le droit, mais suffisamment énervé pour ne pas m'en soucier. J'avais ouvert mon cœur. Putain, j'avais tout déballé. Et elle ne se donnait même pas la peine de me parler cinq minutes.

Eh bien, qu'elle aille se faire foutre.

Je lui rappellerais sa promesse.

Je dévissai l'ampoule au plafond, je sortis mon pistolet de l'arrière de mon jean et je le posai sur sa table basse. Puis je m'assis sur le canapé, je fixai la porte, et j'attendis.

26

GIA

Je renversai des verres sur trois clients et je fis tomber deux assiettes pleines après le départ de Dominic. Je ne m'attendais pas à le revoir. Je n'avais jamais pensé qu'il se pointerait. Je n'avais pas pris la peine de me demander comment il m'avait trouvée. Il avait des ressources. Il avait probablement gardé un œil sur moi pendant tous ces mois.

Cela m'énervait un peu, maintenant que le choc s'était dissipé. Comment osait-il revenir dans ma vie alors que je venais juste de la reprendre en main ? En assemblant des morceaux de moi-même pour en faire quelque chose de normal.

Après ce jour où nous avions rencontré Scava, j'avais eu froid pendant longtemps. J'avais froid et je m'étais sentie vide. Ma mère et moi avions fait le deuil de Mateo ensemble. J'étais presque sûre qu'aucune de nous deux n'avait vraiment cessé de faire son deuil, mais il était temps de passer à autre chose. Nous avions vendu la maison, et elle était retournée en Italie avec sa sœur. J'avais déménagé à New York et j'avais décidé d'obtenir mon diplôme en droit et de me mettre à l'écart des connards comme Angus et Victor Scava. C'était ce que je pouvais faire de mieux pour honorer la mémoire de Mateo.

J'avais gardé la clé USB avec l'enregistrement du téléphone. Je l'avais seulement rendue quelques semaines plus tôt. Je savais que si je le faisais trop tôt, Angus saurait que c'était moi et se vengerait. Je l'avais envoyée anonymement, et ça avait marché. Ils s'en étaient pris à Victor, et Victor était maintenant leur suspect vedette contre le plus gros poisson : son oncle.

Voir Victor comme ça au restaurant ce soir-là, roué de coups, son oncle menaçant de lui couper la langue, m'avait écœurée. J'avais compris sans l'ombre d'un doute que je n'étais pas comme ça. Scava m'avait traitée de monstre ? Je l'avais cru. Et je suppose que j'en aurais été un si j'avais fait ce que j'avais décidé.

Le bus me déposa à un pâté de maisons de mon appartement. Il était presque minuit, et j'avais mal aux pieds et au dos. J'avais fait le double de mes heures aujourd'hui, mais j'avais besoin d'argent. Ma mère voulait m'aider, or elle n'en avait pas plus que moi, alors je vivais dans un appartement de merde, dans un quartier encore plus merdique, et je me débrouillais seule.

Je gravis les escaliers de l'appartement et déverrouillai la porte extérieure, puis je montai au quatrième étage. Comme la lampe du couloir était encore hors service, j'utilisai la lampe de poche de mon téléphone pour glisser ma clé dans la serrure et la tourner. Lorsque je tendis la main pour allumer l'appartement, rien ne se produisit. Je me demandai s'il s'agissait d'une panne dans l'immeuble. Mais je vis la lumière qui provenait de sous la porte de l'appartement voisin et mon cœur se mit à battre plus vite. J'écarquillai les yeux, m'efforçant de voir dans l'appartement sombre. Une forme se dessinait devant la fenêtre, assise sur le canapé.

Étaient-ce déjà les hommes de Scava ? Savait-il que c'était moi qui avais remis les preuves ? Il n'était pas stupide. Peut-être que je l'étais, moi, en revanche, pour avoir tenté une chose pareille.

— Tu n'as pas intérêt à t'enfuir.

Le soulagement me submergea quand je reconnus la voix de Dominic. Mais aussitôt, je me souvins de cet après-midi. Et de la façon dont je l'avais renvoyé.

— Entre et ferme la porte, Gia.

Je restai immobile. La chair de poule m'avait envahie au son de sa voix et de son intonation autoritaire.

— Je t'ai dit d'entrer et de fermer la porte.

Il ne me ferait pas de mal. Je le savais. Mais sa voix était étrange. Comme le soir où j'avais découvert qui il était vraiment.

— Je ne savais pas que tu t'introduisais dans les appartements, lui dis-je en entrant et en fermant la porte.

— Tu serais étonnée de ce que je peux faire.

Il se pencha et alluma la lampe à côté du canapé. C'est alors que j'aperçus le pistolet sur la table basse et que je fis un pas en arrière.

Il se leva.

— Je ne vais pas te faire de mal.

— Qu'est-ce que tu veux, Dominic ?

Il avança sur moi et je ne pus que le regarder bouger, à nouveau étonnée par la largeur de ses épaules, l'espace qu'il prenait et l'effet de sa simple présence sur mon corps.

— Tu me dois quelque chose, Gia.

Il s'arrêta lorsque les pointes de ses bottes heurtèrent mes chaussures. Il enroula une main autour de ma nuque et passa ses doigts dans mes cheveux, me coupant le souffle et faisant battre mon cœur.

— Domi…

Je ne réussis pas à prononcer son nom, parce qu'il colla sa bouche sur la mienne, étouffant le son de mes paroles.

J'avais oublié la sensation de ses lèvres. J'avais oublié le goût qu'il avait, la sensation de son corps si dur et si puissant, j'avais oublié comment il tirait sur mes cheveux et forçait mon visage à se rapprocher du sien. Sa langue glissa dans ma bouche et je fermai les yeux, laissant faire sa main pendant que l'autre remontait le long de ma hanche et de ma taille pour me prendre un sein et en presser le bout.

Il rompit notre baiser et tourna ma tête sur le côté pour me chuchoter à l'oreille :

— Tu me dois quelque chose, et je suis là pour le récupérer.

J'appuyai sur sa poitrine, tâtant les muscles en dessous, puis je déplaçai mes mains vers ses biceps et je refermai les doigts autour avant de l'embrasser. J'aimais qu'il me morde un peu la lèvre, j'aimais la sensation de sa queue qui durcissait contre mon ventre.

En entendant la porte se fermer derrière moi, je sursautai. Les yeux bleu-gris de Dominic s'enfoncèrent dans les miens, différents de ceux de l'après-midi. Plus durs. Comme lorsqu'il me regardait au début, au chalet. Comme lorsqu'il me baisait.

Je restai là, haletante, la bouche ouverte comme un chiot, les yeux larmoyants alors qu'il tirait un peu plus fort sur mes cheveux.

— Tu n'es pas curieuse de savoir ce que tu me dois ?

Il me fit traverser le petit appartement et entrer dans ma chambre, me laissant tomber sur le lit avant de monter dessus. C'était mon ancien lit de jeune fille. Je l'avais depuis plus de quinze ans, et il grinça sous notre poids combiné.

— Ton appartement est merdique.

Il remonta sa chemise par-dessus sa tête, le clair de lune faisant apparaître le cadran blanc du tatouage sur sa poitrine, presque comme un fantôme.

— Tais-toi, dis-je, les mains sur son torse, incapable de me passer de sa chaleur, de sa force.

Il m'avait manqué. Il m'avait tellement manqué.

Il déchira ma chemise par le milieu et la fit passer de chaque côté de mes bras. Cela m'aurait énervée si je n'étais pas aussi excitée. Il me regarda dans les yeux et fit descendre les bonnets de mon soutien-gorge sous mes seins. Il en prit un dans sa bouche, le suça et le mordit un peu plus fort qu'il ne l'avait fait avec ma lèvre.

Je gémis en arquant le dos.

Il fit peser tout son poids sur moi et me fixa, le visage à vingt centimètres du mien. En me regardant, il prit ma main et l'attira à lui, dans son dos, où je sentis la crosse du pistolet que je n'avais pas remarqué et qu'il avait rentré dans son jean.

Je poussai un petit cri et je retirai ma main, ou du moins, j'essayai de le faire, mais il m'en empêcha.

— Prends-le !

— Non.

— Prends-le, Gia.

Je secouai la tête.

— Putain, prends-le !

Il enroula ma main autour du pistolet et, ensemble, nous le retirâmes de sa ceinture.

Je regardai l'arme, puis lui.

— Tu te souviens de ce que tu m'as promis ? me demanda-t-il en s'asseyant, me coinçant entre ses cuisses.

— Arrête. Je ne veux pas de ça.

Mais il garda sa main enroulée autour de la mienne pour que je ne puisse pas le lâcher.

— Je n'en ai rien à foutre de ce que tu veux. J'ai essayé, cet après-midi, mais tu m'as envoyé paître.

— Dominic…

Il ramena le pistolet entre nous et pressa la bouche du canon contre sa poitrine.

Mon cœur battait à tout rompre.

— Tu as promis de me tuer. Tu l'as juré.

Je me mis à pleurer en silence, de grosses larmes coulant de mon visage sur le lit. Dominic entoura ma gorge de son autre main et il serra. Les larmes se tarirent et mes yeux s'écarquillèrent alors que je cherchais ma respiration. Il arma le pistolet sans jamais me quitter des yeux.

— Appuie sur la détente, Gia.

J'essayai de secouer la tête, mais je ne pouvais pas bouger.

— Je suis un intrus. Ce sera de la légitime défense. Maintenant, tiens ta promesse, et appuie sur cette putain de détente.

Il me lâcha la gorge et je m'étouffai en haletant, ma main posée mollement autour du pistolet.

— Je ne veux pas, dis-je d'une voix faible.

Il me tapota le visage, de petites gifles qui ne faisaient pas mal, mais qui étaient agaçantes.

— *Je ne veux pas,* m'imita-t-il.

Dominic enserra de nouveau ma gorge avec sa main puissante.

— C'est toi qui n'as pas tenu ta promesse ! hurlai-je.

Il garda sa main là, mais relâcha sa prise. Je crus voir un semblant de sourire sur ses lèvres.

— Tu n'as pas tenu ta foutue promesse, répétai-je.

Il me laissa retirer ma main de la sienne, mais je gardai le pistolet pointé sur lui.

— C'est ça. Mets-toi en colère.

Il prit le poignet qui tenait le pistolet et le plaqua contre le lit. Pendant qu'il gardait son regard fixé sur le mien, ses mains s'activèrent sur les boutons de mon pantalon, puis glissèrent à l'intérieur pour recouvrir mon pubis par-dessus ma culotte.

— Allez, énerve-toi, Gia.

Je fermai les yeux, mais la sensation de ses mains à nouveau sur moi, mon propre désir, prirent le dessus sur tout le reste.

— Tu l'as laissé partir !

Il glissa sa main à l'intérieur de ma culotte, et dans mes plis, ses doigts trouvèrent mon clitoris, ma fente mouillée et prête.

— Tu *m'as* laissée partir, dis-je plus doucement.

Merde. Je fermai les yeux et je commençai à remuer le bassin contre sa main.

— Je ne pouvais pas te forcer à rester, dit-il doucement.

Quand j'ouvris les paupières, je vis qu'il s'était penché sur moi.

— Il fallait que ce soit ton choix.

Sa voix devint grave et rauque.

— Mais c'était avant, et maintenant j'ai changé d'avis.

— Baise-moi, bredouillai-je pendant qu'il arrachait mon pantalon et ma culotte, alors que je les faisais glisser vers le bas. J'ai besoin de te sentir en moi, Dominic.

Le pistolet était oublié, à côté de nous, et il se servit de ses deux mains pour se délester de son jean ainsi que de son boxer.

— Si je te baise…

Sa queue était prête, tout contre mon sexe.

— Si tu dis oui…

J'ouvris mes cuisses aussi largement que possible.

— Tu ne pourras plus t'en aller. Pas une autre fois. Plus jamais.

Il me pénétra. Il n'attendait pas ma réponse, pas vraiment.

Et je n'aurais pas dit non.

Je poussai un cri et il resta immobile en moi.

— Ouvre les yeux, Gia. Regarde-moi. Je suis juste là, putain.

Je m'exécutai en essayant de bouger mes hanches sous lui, mais j'en étais incapable.

— Écoute-moi, Gia. Tu ne pourras pas changer d'avis. Je ne te laisserai pas t'en aller encore une fois. Est-ce que tu me comprends ?

Je fis un signe de tête en arquant le dos.

— S'il te plaît. Je veux...

Il se retira et poussa de nouveau. Je haletai, me mordant la lèvre, goûtant mon sang. *Du sang.* Avec lui, il y aurait du sang.

— J'en veux plus.

Il sourit, se retira et m'empala une fois de plus.

— Tu es partie, putain.

Il était en colère, furieux et sexy comme pas possible.

— Je ne te laisserai plus jamais t'éloigner de moi. Putain, plus jamais.

Je me mordis encore la lèvre, plus fort, faisant perler le sang. Ce fut à ce moment que l'orgasme m'emporta. Je jouis sous son regard. Je jouis en le regardant. Mon sexe se contracta autour du sien, et il ne cligna même pas des yeux jusqu'à ce que je lui soutire chaque goutte de plaisir, lui prenant ce qu'il donnait tout en sachant que cela scellait notre pacte, que j'étais à lui, que je serais à lui lorsqu'il recommencerait à donner des coups de reins, qu'il me baiserait et que je le regarderais jouir.

J'étais à lui pour toujours.

27

DOMINIC

— Qu'as-tu eu à voir avec l'arrestation d'Angus Scava ?

J'étais assis sur un tabouret, devant le plan de travail de la cuisine, en train de peler une pomme et de la regarder préparer du café. Elle me tournait le dos, mais je la vis se raidir.

— Rien.

— Menteuse.

Elle versa deux tasses de café à partir de la vieille machine et en posa une devant moi. Elle sirotait son mug, de l'autre côté du plan de travail, les yeux dans les miens. Je voyais qu'elle réfléchissait pour trouver une réponse. Croyait-elle que je n'avais pas vu que la clé USB avec l'enregistrement avait disparu quand nous étions partis pour l'enterrement de mon père ?

Je pris ma tasse et j'attendis.

— Non rien, dit-elle encore en se retournant.

Je bus une gorgée de mon café.

— Mon Dieu. C'est quoi, cette merde ?

Je regardai l'eau marron foncé dans ma tasse. C'était exactement ce que cela paraissait : de l'eau marron sale.

— Ne sois pas snob. La machine à café était là quand j'ai emménagé. Ça va.

Elle prit une autre gorgée, mais même moi, je voyais bien qu'elle se forçait.

— On s'y habitue, ajouta-t-elle.

— Je ne m'y habituerai pas, moi.

Je me levai et je fis le tour du plan de travail jusqu'à l'évier, où je jetai ma tasse avant de prendre la sienne pour en faire de même.

— Qu'est-ce que tu fais ?

— Allons prendre un vrai café.

Je secouai la tête avant qu'elle essaye de me contredire.

— Tu es italienne, bon sang. Tu ne peux pas me dire que tu aimes cette merde.

— Je n'ai pas dit que j'aimais ça.

Elle prit son sac et sa veste, et nous sortîmes.

Une fois dehors, nous remontâmes deux rues jusqu'à un petit café. À l'intérieur, nous nous assîmes dans un coin loin des fenêtres. Gia commanda un cappuccino et moi un double expresso. Après qu'on nous eut servis, je lui demandai à nouveau :

— Gia, qu'est-ce que tu as à voir avec l'arrestation de Scava ?

Elle haussa les épaules, les yeux rivés sur le motif floral que la serveuse avait dessiné avec sa mousse.

— J'ai remis l'enregistrement. Je l'ai envoyé anonymement.

Je secouai la tête.

— Penses-tu que Scava ne saura pas qui l'a envoyé ?

— Il pensera que c'est Victor.

— Peut-être... peut-être pas. Il va se venger, tu sais.

Elle leva les yeux vers moi.

— Tu me protégeras.

Voilà qui me ramenait en arrière.

Oui, je la protégerais, mais je ne m'attendais pas à ce qu'elle le dise, parce que cela impliquait beaucoup plus.

— Je ne pouvais pas le laisser s'en tirer comme ça, Dominic. Mateo est mort à cause de cette preuve.

— Je sais. Mais tu te mets en danger maintenant.

— Il est derrière les barreaux.

— Il peut diriger toute son organisation depuis sa cellule. Tout ce qu'il a à faire, c'est de donner des ordres.

— Je ne pouvais pas ne rien faire.

Je bus une gorgée.

— Je sais. Tu reviendras avec moi aujourd'hui. Tu ne peux pas rester dans ton appartement.

— J'ai un travail et je fais des études.

— Tu n'as pas besoin de travailler, et tu peux prendre un semestre de congés.

— J'ai déjà pris trop d'années de congés. J'ai vingt-cinq ans, Dominic.

— Si tu meurs, tu seras en congés toute ta vie, tu ne crois pas ? Tu étudies pour devenir avocate. Quelle est la meilleure option, à ton avis ?

— Tais-toi.

— J'ai mis les deux maisons en vente, celle de mon père et celle de Salvatore. On va s'installer à Manhattan.

— On emménage ensemble ? Juste comme ça ?

— Tu ne m'as jamais semblé du genre à réclamer une longue période de séduction avec des fleurs et des promenades romantiques sur la plage.

— Non, c'est sûr. Mais là, c'est un peu rapide, tu ne trouves pas ?

— Je te veux avec moi. Je pensais avoir été clair la nuit dernière.

— Pour que je sois toujours un petit cul à ta disposition ?

Je m'adossai contre ma chaise, un peu perdu tout à coup.

— C'est ce que tu penses ?

Elle ne répondit pas, mais me regarda du coin de l'œil.

— Gia, tu es une fille brillante. Tu crois vraiment que je suis venu te chercher après huit mois d'absence, en te disant tout, en déballant mon cœur, parce que tu es juste un joli *petit cul* pour moi ?

— Est-ce que tu considères que ce qui s'est passé la nuit dernière, ce que tu as dit, c'est déballer ton cœur ?

Encore une fois, je fus surpris.

— Qu'est-ce que tu veux ? Je n'ai jamais été du genre fleurs et promenades romantiques sur la plage, moi non plus.

— Peut-être que c'est mon style, après tout, dit-elle sur la défensive, détournant momentanément son regard du mien.

Je souris, encore un peu perplexe, mais je comprenais. Je me penchai en avant et je pris son menton dans ma main, l'inclinant pour qu'elle me regarde.

— Je t'aime. C'est ce que tu veux entendre ?

Elle me fixa du regard, comme si elle ne me croyait pas.

— Je t'aime, et ces huit mois sans toi ont été comme une petite tranche d'enfer, pire que les sept années que j'avais vécues avant de te trouver recroquevillée dans le coin de ce chalet pourri. De toute ma vie, je n'ai jamais voulu quelqu'un autant que je te veux, toi. Et même si j'aime tant te baiser, ce que je veux dire, c'est que je te veux dans ma putain de vie, pas seulement dans mon lit. Je ne veux plus te perdre de vue encore une fois. Je te veux en sécurité, près de moi et…

Elle pleurait et souriait à la fois.

— Quoi ? demandai-je.

— Tu es un romantique, dans le genre chelou.

Elle se pencha en avant et m'embrassa doucement les lèvres.

— Tu n'es pas tendre en paroles, mais tu as un plus grand cœur que tu ne le penses, Dominic Benedetti.

Elle s'installa plus confortablement, les mains toujours dans les miennes, et nos doigts s'entremêlèrent.

J'étais troublé en la regardant. Je me sentais… peu sûr de moi. Je n'avais jamais dit ces choses à aucune fille auparavant. Je ne les avais jamais ressenties ni même pris la peine de faire semblant. Avec elle, cependant, j'en pensais chaque mot.

— Peut-être qu'on devrait se marier pendant qu'on y est.

J'avais lancé cette proposition avant de perdre mon sang-froid.

Gia éclata de rire, puis elle essuya une larme avant de remettre sa main dans la mienne.

— Tu me demandes en mariage ?

— Tu dis oui ?

— Je ne sais pas. Tu n'es pas censé te mettre à genoux ou quelque chose comme ça ?

Je regardai les autres clients dans le café. Personne ne prêtait attention à nous, mais ils le feraient dans une minute. J'écartai la table à côté de la nôtre – heureusement elle était vide – et je me mis à genoux, ses mains toujours dans les miennes.

— Voilà.

— Oh, mon Dieu, Dominic, je n'étais pas sérieuse ! Lève-toi !

Elle regarda autour d'elle en essayant de me relever.

— Non. Gia Castellano, je t'aime et je veux que tu m'épouses. Je te le demande. Ici, sur un putain de genou.

Tout le monde nous regardait, maintenant.

Le visage de Gia rougit et elle regarda les gens, puis moi. Elle sourit, pleura et hocha la tête.

— Je suis d'accord.

Je me levai et la hissai à mes côtés, l'entourant de mes bras et déposant mes lèvres sur les siennes alors que tout le monde commençait à applaudir et à siffler.

Elle rompit notre baiser et me chuchota à l'oreille :

— C'était tellement gênant, Dominic.

— Si tu veux de la romance, tu vas en avoir un maximum.

Je lui pris le menton et j'inclinai sa tête en arrière pour l'embrasser à nouveau, dans un long et doux baiser.

— Je t'aime, dit-elle. Depuis longtemps maintenant. Je ne sais même pas quand c'est arrivé.

— Je crois que c'est la première fois que j'ai vu tes yeux. Quand ils me regardaient méchamment, ajoutai-je en la faisant sourire. Sortons d'ici.

Il me fallut deux mois pour faire la seule chose que je devais faire afin de fermer la porte sur le passé avant de pouvoir aller de l'avant.

— Tu veux que je vienne avec toi ? demanda Gia.

Nous venions de franchir les portes du cimetière. Nous nous arrêtâmes près de la parcelle de ma famille.

Je regardai la section entourée de grilles, les trois plus grosses pierres tombales.

— Non. J'ai besoin de faire ça tout seul.

Je serrai sa main.

Elle hocha la tête et je sortis de la berline avec les bouquets de fleurs. Je faisais de la buée en respirant dans l'air vif matinal, et tout ce que j'entendais, c'était le bruit des feuilles qui crissaient sous mes pieds.

Je gravis la colline au milieu des pierres tombales d'innombrables autres Benedetti jusqu'à atteindre les leurs.

Accroupi, j'enlevai quelques mauvaises herbes, puis je déposai les fleurs devant chacune des tombes. D'abord, ma mère. Puis mon frère. Et enfin, mon père.

C'est alors que je fis une pause, en traçant du doigt son nom et ses dates. Je m'assis sur un banc près de sa tombe et je regardai la voiture qui attendait. Avec ses vitres teintées, je ne pouvais pas voir à l'intérieur et je me serais senti idiot si quelqu'un m'avait vu, pourtant je m'éclaircis la voix et me retournai vers la tombe de mon père.

— J'aurais dû faire ça quand tu étais en vie.

Mes yeux étaient humides et me brûlaient. La mort était si définitive et le regret tellement permanent.

— Ce soir-là, ça m'a emmerdé, Paps. Que tu me dises la vérité comme ça, ça m'a fait chier. Je n'étais comme aucun de mes frères. Sergio se sentait lié par le devoir, et Salvatore est trop bien pour cette vie. Moi, je la voulais. Bon Dieu, je la voulais tellement, cette vie, que je pouvais la goûter. Tu as raison, tu sais. Ce que tu as écrit dans le testament sur le fait que je sois le plus proche de toi. Tu as raison. Qui l'aurait cru, hein, vu les circonstances ?!

J'essuyai mon visage d'une main et je me levai. Je fis un petit tour en donnant des coups de pied dans des pommes de pin pour me maîtriser. Je ne l'entendis même pas arriver derrière moi jusqu'à ce qu'elle glisse sa main dans la mienne. Gia se tenait tout près, mais me laissait de l'espace en même temps. C'était ce que nous étions devenus l'un pour l'autre. C'était comme si nous savions, comme si nous ressentions les besoins de l'autre, au point de ne pas supporter de voir l'autre souffrir.

Gia, une femme que j'avais blessée, que j'avais été payé pour briser, m'avait offert une partie de son âme et avait volé un morceau de la mienne.

— ça va ? demanda-t-elle doucement.

Je hochai la tête et nous retournâmes vers la tombe.

— Je t'aime, vieux. Tu me manques et j'aurais aimé ne pas avoir gâché les sept dernières années de ta vie. Mais tu as pris soin de moi à la fin, n'est-ce pas ? Tu t'es assuré que je reçoive l'allégeance de la famille. Et je te pardonne pour cette nuit-là, pour me l'avoir dit comme ça.

Juste à ce moment, un rouge-gorge se posa sur la pierre tombale de mon père.

Gia poussa un petit cri à côté de moi. L'oiseau resta simplement là, immobile, et m'observa pendant un long moment avant de s'envoler vers une branche de l'arbre le plus proche, d'où il nous regarda attentivement. Nous restâmes silencieux jusqu'à ce qu'il s'envole finalement vers le ciel.

— Waouh, fit Gia.

Je soupirai en souriant.

— Je ne pense pas que ce soit un signe, tu sais.

— Un rouge-gorge symbolise le renouveau, Dominic. Peut-être que c'était ton père…

Je touchai la pierre tombale encore une fois et je me tournai vers elle, caressant sa joue, embrassant le bout de son nez froid.

— C'est mignon, mais ce n'est pas vraiment le style de Franco Benedetti, lui dis-je en riant un peu.

Je ne voulais pas que Gia sache que j'étais inquiet. Si Angus Scava la soupçonnait d'avoir contacté la police, il enverrait des hommes à sa poursuite. Il n'aurait pas besoin de preuves pour le faire. Mais j'espérais qu'avec Victor comme meilleur suspect, il mettrait tout sur le dos de son neveu. Victor avait eu accès aux enregistrements aussi, après tout, et celui-ci n'était qu'une petite partie de la preuve contre Angus.

Gia quitta son travail, mais elle ne voulut pas quitter la fac. J'emménageai donc avec elle dans son studio miteux pendant un peu plus d'un mois, jusqu'à ce que je signe le bail d'un bel appartement à Little Italy. Nous tombâmes sous le charme la première fois que nous le vîmes. Il était charmant avec ses briques apparentes, ses planchers de bois rénovés et ses immenses fenêtres. Gia et moi avions les mêmes goûts en matière d'ameublement : ultra-moderne, sans rien de commun avec aucune des maisons que ma famille possédait. Emménager ensemble semblait si naturel, comme si nous avions déjà vécu ainsi toute notre vie.

Effie prit l'avion pour New York afin de nous rendre visite. Isabella la laissa séjourner avec nous pendant les vacances de *Thanksgiving*. Gia et elle s'entendirent à merveille dès le début. J'appréciais de voir Effie aussi à l'aise, et même si je souhaitais pouvoir lui dire la vérité, je savais que ce n'était pas le moment. Je voyais que Gia me regardait faire en sa compagnie et je détestais la pitié qu'elle exprimait parfois. Mais nous n'en discutions jamais.

Diriger la famille Benedetti apportait son lot de défis. Maintenant que j'étais le chef, les choses étaient différentes de ce que j'avais toujours pensé. Je n'avais personne à qui faire confiance. Salvatore ne voulait rien savoir de l'entreprise familiale, et la souillure de la trahison de Roman laissait encore un goût amer sur ma langue. Je retins les services d'Henderson, mais j'avais appris que chacun avait ses propres intérêts. Je ne me ferais plus avoir, par personne.

J'épousai Gia à Noël. Nous nous envolâmes vers la Calabre, en Italie, pour le mariage. Cette maison était la seule des demeures familiales que j'avais conservées. Je n'y avais pas passé beaucoup de temps dans ma jeunesse, et elle ne semblait pas porter la tache de la trahison entre ses murs. Salvatore et Lucia assistèrent au mariage avec les trois enfants. Tout comme Isabella et Luke, et leur nouvelle petite fille, Josie. Effie était notre demoiselle d'honneur, et Salvatore et Lucia étaient nos témoins. La mère et la tante de Gia étaient présentes, mais personne d'autre, et c'était bien comme ça. Je suppose que nous étions tous les deux des êtres solitaires. Mais tant que nous étions ensemble, cela n'avait aucune importance.

Je ne montrai pas à Gia le journal qui arriva sur le pas de notre porte le matin de notre mariage. Je ne lui dis pas que Victor Scava avait disparu, ainsi que toutes les preuves contre Angus. Je ne mentionnai pas non plus la petite boîte qui se trouvait à l'intérieur du journal. Le cadeau de mariage d'Angus Scava. Une boîte contenant la langue de Victor – du moins, je le supposais. Cela aurait pu être la langue de n'importe qui, mais c'était peu probable. La carte qui l'accompagnait était adressée à « l'heureux couple » et nous souhaitait une longue vie.

J'avais jeté la boîte et la carte au feu.

C'était la vie de la mafia. Pas de repos pour les méchants et toute cette merde. Gia et moi avions les yeux grands ouverts, et nous faisions face à tous les défis qui se présentaient à nous. Mais je ferais en sorte qu'elle garde les mains propres. Qu'elle reste pure et que tous les fardeaux me reviennent. Tout le sang.

Je comprenais Salvatore pour la première fois de ma vie. Je comprenais sa décision de partir et je la respectais.

28

GIA

Dominic pensait que je n'étais pas au courant de la libération d'Angus Scava. Il pensait que je ne savais pas que la disparition de Victor signifiait probablement qu'il était mort. Je le laisserais croire cela pour l'instant. Cette journée était trop importante pour la gâcher en parlant des Scava. J'allais épouser l'homme que j'aimais. La bête sauvage qui avait traversé l'enfer et qui était au sommet de son monde. Il n'avait pas pris conscience jusqu'alors de la solitude extrême qu'il y avait au sommet, pas avant de prendre la place de son père.

Mais ensemble, nous n'étions pas seuls. Nous nous entendions parfaitement, Dominic et moi. C'était presque comme si nous étions les deux dernières pièces d'un puzzle, perdues depuis des années et retrouvées sous un canapé poussiéreux. Une fois que ces pièces étaient assemblées, l'espace vide était rempli et tout redevenait complet, comme s'il n'y avait jamais eu de manque.

Quand j'étais petite, je croyais aux contes de fées. Pas ceux de Disney. Non, je croyais aux vrais. Ceux qui font peur. Où tout le monde ne rencontre pas son prince en armure brillante, où tout le monde ne vit pas heureux jusqu'à la fin de ses jours. J'avais appris trop jeune à quel point la vie pouvait être merdique, comment la douleur, la souffrance et la mort se cachaient derrière chaque sourire. Mais je n'avais jamais cessé de croire en la puissance de l'amour, et j'avais toujours aimé les bêtes plus que les princes.

Dominic était ma bête. D'une certaine façon, j'étais sa princesse.

Je me tenais avec Effie à l'entrée de l'ancienne et minuscule chapelle où nous allions nous marier. Je portais la robe en dentelle ancienne transmise par ma grand-mère, serrant dans les doigts des roses si rouges qu'elles semblaient presque noires. Deux hommes ouvrirent les portes, et la petite assemblée se leva. L'odeur de l'encens et du thym émanait des portes ouvertes.

Je rencontrai le regard de Dominic à travers mon voile et mon cœur se serra dans ma poitrine. Pendant un moment, je regrettai de ne pas avoir accepté la proposition de Salvatore de me conduire dans l'allée, parce que soudain, mes genoux s'affaiblirent et je ne fus pas certaine que mes jambes me porteraient sur la distance qui nous séparait.

Mais alors, Dominic sourit, et sa fossette adoucit son visage, lui donnant une apparence plus jeune, presque innocente. *Un ange de la mort.* C'est ainsi que je l'avais vu au chalet, où il avait été envoyé pour me briser. Maintenant, je savais que c'était vrai. C'était mon ange de la mort. Mais il tuerait tous mes ennemis, il me protégerait et m'aimerait.

L'orgue commença à jouer la marche nuptiale : un morceau gothique lourd et sombre que j'avais choisi. Un air que Dominic avait accepté en levant un sourcil, mais sans poser de questions. Effie marchait devant moi, éparpillant des pétales de rose écarlates dans son sillage. Je fis mes premiers pas, plus droite, et rencontrai tous les regards, consciente que même si Dominic et moi n'étions jamais acceptés par certains, cela n'avait pas d'importance, plus maintenant. Nous n'avions besoin que l'un de l'autre.

Dominic fit les derniers pas pour me rejoindre, et avec son bras autour de ma taille, il me conduisit à l'autel. Nous fîmes face au prêtre. La musique s'arrêta et il commença la cérémonie. Je n'entendis pas grand-chose de ce qu'il dit. Je ne pouvais pas m'arrêter de regarder Dominic, et il semblait incapable de me quitter des yeux.

J'avais tort en croyant que l'amour que je trouverais un jour serait laid et tordu. Je réalisai que l'amour lui-même transformait toute laideur en une sorte de beauté propre, parfois étrange.

Parce que c'était dans ces moments les plus sombres que l'amour s'était glissé et nous avait attachés l'un à l'autre, plus étroitement que n'importe quelle chaîne ne l'aurait pu.

C'était dans ces ténèbres que la beauté semblait vouloir nous trouver.

J'avais toujours préféré le jour à la nuit, et je n'avais jamais eu peur du noir. Tandis que Dominic et moi nous tenions par la main, nous promettant l'un à l'autre, je savais que c'était exactement là ma place et que nous nous appartenions tous les deux. Nous venions de la laideur. La souffrance nous avait mis sur la route de notre destin. Mais Dominic avait eu tort sur un point. Même dans notre monde, notre amour serait éternel. Lui et moi, nous construirions notre propre bonheur pour toujours.

VOLUME TROIS

SERGIO : MAFIA ET DARK ROMANCE

NOTE DE NATASHA

Merci de lire cette note avant de commencer le livre.

Cher lecteur,

Je n'ai jamais pensé écrire l'histoire de Sergio. Il s'agissait d'un personnage secondaire dans un autre tome et rien de plus. Du moins, jusqu'à fin 2017.

Quand une histoire commence à se créer dans mon esprit, c'est généralement le héros qui prend forme. Je vois ses yeux et il devient lentement un être vivant pour moi. C'est généralement sa voix qui déclenche l'histoire en premier.

Dans le cas de Sergio, cela a commencé il y a quelques mois avec une chanson : *Darlin'*, de Houndmouth. Dès que je l'ai entendue, j'ai pensé que c'était bien ça. C'était Sergio. C'était sa chanson. Même en écrivant ces lignes, je peux presque le sentir, sentir ses bras autour de moi, son corps imposant qui bouge lentement au rythme de la musique, sa respiration chaude contre ma joue quand il chante en chœur.

J'ai l'impression que Sergio attendait son tour. Comme s'il était patient et qu'il observait le monde des Benedetti prendre forme et grandir avant d'entrer en scène. Il avait aussi une histoire et elle devait être racontée, quoi qu'il en coûte. Voilà pourquoi j'écris cette note.

Ce livre n'est pas un roman d'amour traditionnel, et je sais qu'il sera perturbant pour certains d'entre vous, mais je n'avais aucun tour de magie dans ma manche pour celui-ci. Pas de ruse. Rien du tout. C'est la seule histoire que je pouvais raconter pour Sergio et j'ai l'impression que, dès la première seconde où j'ai entendu sa voix, même si j'avais le cœur brisé, il en avait conscience, lui aussi.

Je ne veux pas en dire beaucoup plus ici. Je ne veux pas révéler quoi que ce soit. Je vous demande seulement de garder un esprit ouvert.

Comme toujours, merci beaucoup d'avoir choisi de passer du temps à lire mon livre. Je suis toujours honorée et émerveillée par cela. J'espère que vous tomberez amoureux et peut-être même que vous serez ému aussi. J'espère que vous éprouverez chaque chose comme je les ai éprouvées. Quand vous écouterez cette chanson, peut-être sentirez-vous également les bras de Sergio autour de vous.

Avec amour,
Natasha

PROLOGUE

NATALIE

Au mauvais endroit, au mauvais moment, darling.

Les mots résonnent dans ma tête.

Je l'ai déjà fait auparavant. Deux fois au cours de ma vie à présent, j'ai été au mauvais endroit au mauvais moment. N'y a-t-il pas une sorte d'équilibre karmique ? Je veux dire, n'est-ce pas suffisant d'être témoin de ce genre de violence une seule fois dans une vie ?

La dernière fois, c'était il y a six ans. J'avais quatorze ans et je me tenais devant le congélateur de la supérette, au bout de la rue où je vivais, en train de décider quelle glace je voulais. Je me souviens du vrombissement du climatiseur. J'appréciais l'intérieur frais en ce jour trop chaud du mois d'août. C'était l'une des seules occasions où mes parents me laissaient sortir toute seule. Nous ne vivions pas dans le meilleur des quartiers.

Les hommes étaient entrés si rapidement que j'avais à peine remarqué qu'ils portaient des masques de ski avant que le premier coup de feu ne parte. Je me suis jetée au sol et je suis restée sourde aux ordres qu'ils criaient, mais l'homme vêtu d'un t-shirt taché de gras m'avait vue. Il est venu vers moi et j'aurais crié si j'avais pu trouver ma voix, mais les hurlements des autres m'avaient rendue muette, et lorsqu'il m'a agrippée par les cheveux et qu'il m'a mise sur pieds, je l'ai suivi là où il m'a emmenée.

Un autre coup de feu fut suivi par un autre cri, et je jure avoir vu une substance rouge éclabousser les murs.

Du sang.

Mais lorsqu'il m'a jetée sur le sol d'un rayon, au fond du magasin, et que j'ai compris ce qu'il avait l'intention de faire, tout est devenu surréaliste.

Les coups de feu, les coups de poing et les cris semblaient tous très lointains. Comme s'ils ne faisaient plus partie de ma réalité, car ma réalité était sur le point de changer. Ma réalité se résumait à lui et moi, sur le sol de ce magasin oublié, avec une flaque de sang qui s'étendait sous la cloison du rayon ; la peur dans la voix des autres clients coincés là avec moi ; lui et son pantalon défait ; lui et ses mains dans mon jean ; moi qui l'observais dans un silence atterré, en essayant de le repousser.

Je me souviens du tintement de la cloche au-dessus de la porte.

Je me souviens des bruits de pas.

Quelqu'un a lancé un juron.

Je me souviens du bruit d'un pistolet que l'on arme. Que l'on prépare. Je ne sais pas exactement comment j'ai su ce que ce déclic signifiait, mais il s'agit d'un son facilement reconnaissable. Je me souviens du regard du malfrat qui se trouvait entre mes jambes, lorsqu'il a senti l'acier froid sur sa nuque.

Nous avons levé les yeux en même temps vers l'homme habillé d'un costume foncé. Il était vêtu de noir de la tête aux pieds, un ange sombre. Son pistolet brillait dans la lumière fluorescente qui clignotait. L'ange m'a appelée pour que je me dirige vers lui. Je l'ai fait. Je me suis relevée tant bien que mal et j'y suis allée. Il a baissé les yeux vers le bouton détaché de mon jean avant de croiser mon regard. Il m'a attirée contre lui, a mis une main derrière ma tête et enfoui mon visage contre son ventre.

Il m'a dit de garder les yeux fermés. De me couvrir les oreilles. Il a dit qu'il essayerait de ne pas me tacher de sang.

Je n'ai pas réfléchi. J'ai fait ce qu'il m'a dit. J'ai plaqué mes mains sur mes oreilles. Et je jure que je sais à présent quel bruit fait une balle qui traverse la chair.

Mais j'ai réussi à archiver tout cela. À le mettre sous clé dans une boîte jusqu'à maintenant.

Ce sont ses mots qui se répètent encore et encore. Le son de sa voix que je reconnais tandis qu'à présent, tant d'années après cette terrible journée, je me tapis derrière les machines délabrées pour me cacher dans cet entrepôt abandonné.

Au mauvais endroit, au mauvais moment, darling.

Darling.

Je n'oublierai jamais cette voix. Je n'oublierai jamais la décontraction avec laquelle il m'a appelée « darling ». Et je la reconnais à présent. L'homme au costume, mon ange sombre. L'homme qui a tué sans sourciller. L'homme qui m'a sauvé la vie une fois. C'est lui. Il est là.

Et lorsqu'il déplace son regard dans ma direction, je jure qu'il entend les battements de mon cœur contre ma poitrine. Je jure que cela va me trahir.

Cette fois, s'il me trouve, il ne me sauvera pas.

1

SERGIO

Putain. Je déteste ces satanés entrepôts. Poussiéreux et toujours glacés.

Je suis flanqué par deux de mes hommes. Quatre autres soldats nous suivent, avec une douzaine d'autres à l'extérieur. C'est pour faire une forte impression. Joe et Lance Vitelli ont dépassé les bornes.

Lance. Mais putain, qui appelle son gamin Lance, dans ce milieu ? Pas étonnant qu'il fasse l'imbécile. Pour essayer de prouver qu'il n'est pas une mauviette.

Nos bruits de pas résonnent contre les vieilles machines tandis que je suis Roman, mon oncle, dans la pièce principale et jusqu'au fond, où les frères sont retenus. Il n'y a pas de porte menant à cette pièce et la lueur de la seule ampoule contraste avec l'obscurité totale du reste des lieux.

Un coup de poing entre en contact avec un corps, puis on entend un grognement. Je sais que le grognement provient de Joe ou Lance. Je retire des peluches de ma veste et ajuste ma manchette tandis que nous nous approchons de l'entrée. Roman entre dans la pièce et se place sur le côté, croisant les mains. Il observe ce qu'il se passe puis il se tourne vers moi, m'adresse un bref hochement de tête et attend.

J'entre à mon tour en faisant craquer mon cou. J'ai mal dormi la nuit passée.

La vue qui s'offre à moi n'est pas inhabituelle. Les coupables sont assis sur des chaises à dossiers, mais ils ne sont pas attachés. Il y a des gouttes de sang sur la chemise blanche de Joe. C'est tout frais. Je suppose que c'est lui qui a reçu le coup de poing que j'ai entendu.

— C'est dégoûtant. Mets quelque chose sur son nez, dis-je à l'un de mes hommes.

— Il est cassé, putain, gémit Joe, prenant la boule de mouchoirs sales que quelqu'un vient de lui jeter.

Je me dirige droit vers lui. Je me penche en avant, mon visage contre le sien.

— Tu as de la chance que ce ne soit pas *toi* qui sois cassé. Sois reconnaissant, sinon ça va changer.

Il prend une grande inspiration et je sais qu'il se mord la lèvre pour ne pas répondre.

— Sergio… commence Lance.

Lance est le grand frère. Celui qui est légèrement plus intelligent que les autres. Ou, du moins, celui qui a la peur de mourir la plus saine.

La peur de moi, aussi.

Je me redresse et me tourne vers lui.

— Monsieur Benedetti, corrige-t-il.

J'attends.

— Mon frère a fait une connerie, mais elle est réparée. Les filles sont de retour chez elles. Sans rancune, alors ?

Il essaye de sourire, mais il échoue et ses lèvres s'affaissent.

— Sur le territoire de qui est-ce que tu vis ? demandé-je.

La nuit a été sacrément longue et elle n'est pas encore terminée. Je suis fatigué, alors j'irai droit au but.

— Le vôtre, monsieur, répond-il.

— Sur le territoire de qui est-ce que vos familles vivent ? Vos mères, vos sœurs, vos femmes, vos filles.

Le visage de Lance, qui était pâle quand je suis entré, devient gris.

— Le vôtre, monsieur Benedetti. Le territoire des Benedetti.

Je hoche la tête, tourne mon regard vers Joe.

— À qui ton père a-t-il promis la loyauté de ta famille, Joe ?

Ses yeux se plissent et, voyant qu'il ne répond pas immédiatement, Lance s'éclaircit la gorge pour le faire. Je l'arrête.

— Je pose la question à ton putain de frère.

— Les Benedetti, dit Joe en serrant les dents.

— Les DeMarco nous ont un jour été loyaux aussi, jusqu'à ce que ce ne soit plus le cas, leur rappelé-je.

Ce qui est arrivé à cette famille devrait être un avertissement suffisant. Ce qui arrive et ce qui va encore arriver à Lucia DeMarco, la fille la plus précieuse, devrait suffire. Mon père a raison à propos de la peur. Mais ce n'est pas tout. La cruauté. Voilà ce qui vous fait vraiment gagner le respect dans ce milieu.

Il est cruel.

Et je suis le fils de mon père.

— Vous avez une sœur, pas vrai ? demandé-je. Anna, c'est bien ça ? Quel âge a-t-elle à présent ?

Lance se contente de me fixer du regard, les yeux écarquillés par la peur.

J'ai beau ne pas être d'accord avec la façon dont mon père s'occupe de la fille DeMarco, je le comprends.

— Le même âge que Lucia DeMarco, je me trompe ?

— Elle n'a que seize ans, monsieur, dit Lance d'une voix un peu plus basse.

— C'est ça, le même âge que Lucia DeMarco quand ils ont perdu la guerre qu'ils nous ont déclarée.

Je n'ai pas besoin d'en dire davantage.

— Sergio, commence Lance. Monsieur Benedetti.

Je lève la main pour l'interrompre.

— Soyons bien clairs. Je vais vous donner un avertissement. Une chance, car je connais votre père. Il a été un ami de ma famille. Mais si vous dépassez les bornes à nouveau, les conséquences seront plus… permanentes.

Lance déglutit.

— Les Benedetti ne sont pas dans le commerce de chair humaine. Est-ce que c'est clair ?

— Oui, monsieur, dit Lance rapidement.

Je regarde Joe. Si un regard pouvait tuer, je serais mort à présent.

J'empoigne ses cheveux et tire sa tête en arrière.

— Est-ce que c'est clair, bordel ?

L'un de mes hommes charge son arme et Lance gémit comme une putain de fillette.

— Tu es le dur à cuire ? demandé-je à Joe. Ça craint de toujours être dans l'ombre du grand frère, pas vrai ?

Il souffle et détourne les yeux, mais ce n'est pas pour regarder son frère. J'ai raison. Tout comme Dominic, mon petit frère, il sait qu'il ne sera jamais le patron, et putain, ça le tue.

— Bordel, est-ce que je suis clair, Joe ? Ou est-ce qu'il faut que je te donne un exemple ?

Je serre le poing sur ses cheveux trop pleins de gel. Si je tords son cou juste une fois dans la mauvaise direction, je le lui briserai. Vite et bien. Pas de sang sur mon costume. Et il le sait.

— C'est clair, dit-il.

Je le relâche, essuie ma main sur mon pantalon et décide que je n'ai pas encore fini.

— Maintenant, prouve-moi ta loyauté. Ta gratitude envers la générosité de ma famille au cours de ce malheureux événement.

Je fais un pas en arrière, lui laissant de la place. Il sait ce que je veux et ça va lui en coûter.

Mais il va le faire.

J'attends. Je suis patient.

— Joe. Fais-le, putain, ordonne Lance à son frère après qu'une minute entière s'est écoulée sans que Joe ne bouge.

Son visage est d'un rouge explosif et ses yeux sont emplis de rage. Mais bientôt, sa chaise racle le sol en béton tandis qu'il tombe à genoux à mes pieds.

Je baisse les yeux vers lui. Je lui donne plus d'espace. Et mon sourire s'étire alors qu'il se prosterne et que ses lèvres touchent le bout de ma chaussure.

J'ai envie de donner un coup de pied à ce fils de pute, mais je ne le fais pas. Je suis un homme de parole. Je vais leur donner une dernière chance.

Un son provient de la rampe métallique marquant le périmètre du grand bureau, au second palier. Je regarde dans cette direction. Il devait servir de pont d'observation pour surveiller l'usine.

Je ne sais pas si quelqu'un d'autre l'a entendu. Un coup d'œil à Roman m'indique que c'est son cas, mais les autres ne l'ont pas remarqué. Je lui adresse un signe de la tête. Il sort de la pièce et deux hommes le suivent.

Lorsque je me retourne à nouveau, je suis très conscient de ce qu'il se passe autour de moi. Je veux être en mesure de déceler le moindre mouvement, car ce bruit était trop fort pour qu'il s'agisse d'une souris.

— Sortez-les d'ici, dis-je aux deux soldats campés derrière les frères.

— Oui, monsieur.

Je les observe tandis que Joe et Lance sont emmenés brutalement hors de la pièce. Après quelques instants, je me tourne vers mes hommes.

— Allez-y, déclaré-je d'une voix forte.

Ils sortent. Je reste derrière, éteins les lumières, écoute les bruits de pas qui résonnent tandis qu'ils sortent du bâtiment. Alors, je dégaine mon pistolet de l'étui situé sous ma veste et je marche silencieusement vers l'origine du bruit.

2

NATALIE

Tout est silencieux depuis un moment, mais j'ai trop peur pour bouger. Je n'arrive pas à croire ce que j'ai vu. Ce que j'ai entendu. Benedetti. Je connais ce nom. Et l'homme au costume, l'homme qui m'a un jour sauvé la vie, je crois qu'il m'a entendue quand ma botte a accroché la vis qui dépassait du sol. Cela dit, j'extrapole peut-être. Il n'a rien dit, se contentant de poursuivre ses affaires.

Mes genoux craquent lorsque j'ose enfin me redresser. Cela fait trop longtemps que je me cache, que je suis accroupie. Je retiens ma respiration, les yeux écarquillés. Il fait noir comme dans un four, ici, et j'ai trop peur pour utiliser la lampe de poche de mon téléphone.

Je fais deux pas, jette un coup d'œil derrière la machine qui me protégeait de leur vue. La pièce est vide. Je rampe jusqu'en haut des escaliers. Mon cœur continue de battre à toute vitesse tandis que j'agrippe la rampe glacée, mes genoux à peine assez solides lorsque je descends. Je range mon téléphone dans mon sac. Je suis au bas des marches, mon pied sur le point de se poser au rez-de-chaussée, quand je l'entends. Un pistolet que l'on charge. Deux fois au cours de ma vie, à présent, j'ai entendu un chargeur de trop près. Au même moment, un bras s'enroule autour de ma gorge et presse mon dos contre un torse d'acier.

Je crie lorsque la lumière s'allume et que trois hommes apparaissent. Le plus vieux, en costume. Deux autres. Et celui qui tient le canon de son pistolet contre ma tempe.

— On a attrapé la souris, dit-il derrière moi d'une voix au timbre profond.

Aucun des hommes ne sourit. Ils me regardent tous. Ils ont tous une arme à la main.

— L'entrepôt est vide, déclare l'un d'entre eux.

— Il aurait dû être fouillé *avant* la réunion, répond celui qui me tient.

Le bras se desserre autour de ma gorge et se retire complètement, écartant le pistolet de ma tempe. Il est désarmé.

Je suffoque, titube en arrière. La lanière de mon sac à main glisse le long de mon bras et le contenu se répand sur le sol crasseux. Je tombe à genoux. L'homme dans mon dos me contourne pour se mettre face à moi et je fais de l'hyperventilation. Je baisse les yeux vers le sol, sur le tube de rouge à lèvres qui roule jusqu'à sa chaussure. Elle est tellement cirée que je peux presque voir mon propre reflet terrifié.

Une main agrippe douloureusement mes cheveux et il me hisse jusqu'à ce que je sois sur la pointe des pieds. Il me tire vers lui.

— Une petite souris sournoise.

C'est lui. L'homme aux commandes. Monsieur Benedetti, c'est ainsi qu'ils l'appelaient. Et son regard est sombre.

— Sergio, dit l'homme plus âgé.

Sergio. C'est bien ça.

Il me libère de son regard, mais pas de sa poigne. Je ne peux pas tourner la tête, mais je détourne les yeux vers l'homme plus âgé.

— Tu vas être en retard à la réunion. Je m'occupe de ça.

S'occuper de ça ? Et par « ça », il fait référence à moi ?

Sergio me regarde à nouveau. Je le vois flou, car mes yeux se sont embués. Il incline la tête sur le côté et plisse les yeux.

— Occupe-toi de la réunion, mon oncle. Je vais me charger de ce problème de souris.

Le sourire qu'il m'adresse coïncide avec ses poings qui se resserrent. Des larmes coulent au coin de mes yeux.

— Tu veux que je laisse quelqu'un ? demande son oncle. Un nettoyeur ?

Un nettoyeur ?

— Je vais m'en occuper, insiste mon ravisseur sans jamais détourner le regard.

J'ai l'impression qu'il apprécie mes larmes.

— À demain, lance alors son oncle.

Un moment plus tard, nous sommes seuls tandis que trois paires de semelles s'éloignent, quittant le vieil entrepôt.

— C'est quoi, un nettoyeur ? demandé-je d'une voix à peine audible.

Je ne sais pas pourquoi je pose la question.

Sergio m'attire contre son torse.

— Ne t'inquiète pas pour ça, petite souris. Comment tu t'appelles et qu'est-ce que tu faisais ici ?

Je vais vomir, me faire pipi dessus, ou les deux.

Il continue de m'examiner d'un regard intense, comme s'il glanait des informations rien qu'en me scrutant. Ensuite, il fait quelque chose qui me surprend. Il lève le pouce et le passe sur mon visage, étalant ma larme sur ma joue, qu'il se contente de regarder pendant une longue minute.

— Eh bien ? répète-t-il, croisant à nouveau mon regard.

— Je… Je…

— Je… Je…

Il m'imite, moqueur, avant de me relâcher. Je recule en vacillant.

— Baisse-toi, m'ordonne-t-il d'une voix grave et rocailleuse.

Il désigne le sol bétonné.

— Qu… quoi ?

— Ton portefeuille. Donne-le-moi.

Je cligne des paupières, hébétée, et regarde le contenu de mon sac étalé par terre. Je me souviens de la façon dont l'autre type est tombé à genoux à ses ordres. De la façon dont il a embrassé la chaussure de cet homme.

— Est-ce que tu as des problèmes d'audition ?

Je le regarde à nouveau, confuse. Il m'adresse un signe de tête.

— Ton portefeuille. Donne-le-moi.

J'acquiesce et tombe à genoux. J'ai du mal à rester debout, de toute manière. Mes mains tremblent tandis que je prends mon portefeuille et le lui tends.

Il l'ouvre, en sort mon permis de conduire et laisse retomber le reste sur le sol.

— Natalie Gregorian.

Il lit l'adresse.

— Asbury Park ? fait-il en haussant les sourcils. Tu es loin de chez toi, non ?

— C'est la maison de mes parents, dis-je stupidement.

— Qu'est-ce que tu fais à Philadelphie, Natalie Gregorian ?

— Je vais à la fac ici. À l'Université de Pennsylvanie.

— Ah.

Il consulte à nouveau le permis de conduire, puis le fourre dans sa poche et recentre son attention sur moi.

— Et que fais-tu dans cet entrepôt, au milieu de nulle part, précisément ce soir ?

— J'ai un projet. Je n'étais pas censée venir ce soir. Je l'ai décidé au dernier moment.

Une fois de plus, il a l'air intrigué.

— Architecture. Je prenais des photos.

Je commence à bafouiller.

— L'un de mes professeurs offre un stage par an à un étudiant, et j'espérais attirer son attention avec ça.

Décidément, il faut que je m'oblige à me taire.

Sergio semble vraiment désorienté à présent.

— J'ai entendu les hommes entrer… j'ai pris peur et… je me suis cachée.

Ferme-la. Ferme-la. Contente-toi de la fermer.

— Personne n'était censé être ici, ajouté-je, incapable de suivre mon propre conseil.

— Y compris toi. C'est un bâtiment condamné.

Je lève les yeux vers lui. Le poids de ce dont j'ai été témoin me tombe dessus peu à peu.

— S'il vous plaît, ne me faites pas de mal. Je n'ai rien vu. Pas vraiment.

— Pas vraiment ?

Je secoue la tête. Je passe le dos de ma main sur mon nez avant d'essuyer les larmes de mes yeux.

— Où est ta voiture ?

— J'ai pris le bus. Je n'ai pas de voiture.

— Le bus ? Tu as pris le bus jusqu'ici ?

Il me regarde comme si c'était la chose la plus incroyable qu'on lui ait jamais dite.

— Il s'arrête à quatre pâtés de maisons d'ici.

— Donne-moi ton téléphone, dit-il en jetant un œil à sa montre.

Je m'exécute.

— Quel est ton mot de passe ?

— 0000.

Il m'adresse un regard qui semble dire : « Tu es sérieuse ? »

— C'est un vieux téléphone.

Tout ne fonctionne pas comme il le faudrait.

— Hmm.

Il saisit le mot de passe et s'assied sur l'une des chaises. Je le regarde passer mon téléphone en revue. Les brefs souvenirs que j'ai de lui n'ont rien à voir avec la réalité. Il est grand, près d'un mètre quatre-vingt-quinze, et il est fort. Ses jambes sont largement écartées et il se penche en avant, les coudes sur ses cuisses. Le costume qu'il porte arrive à peine à le contenir. Il est tendu au niveau des épaules et des cuisses. Et je suppose qu'il a presque trente ans. Plus jeune que je le pensais.

Son regard croise brusquement le mien et il tourne le téléphone vers moi.

— Qui est-ce ?

C'est un selfie de Drew et moi. Drew est mon meilleur ami. Nous nous connaissons depuis le lycée.

— Drew.

— Petit ami ?

Je secoue la tête en me demandant pourquoi il me pose cette question. Il retourne le téléphone vers lui, fait défiler d'autres photos.

— Tu ne faisais que prendre des photos pour ton cours d'architecture ? demande-t-il en faisant pivoter l'écran vers moi.

C'est la seule photographie que j'ai prise quand les deux hommes ont été amenés à l'intérieur. Je ne sais même pas pourquoi je l'ai fait.

— C'était un accident.

— Comment peux-tu prendre une photo accidentellement alors que tu as assez de bon sens pour te cacher ?

Je suis incapable de répondre à cette question.

— Tu vois bien. Tu as l'entrepôt sous tous ses angles, par contre.

Je commence à me lever pour me diriger vers lui et lui montrer. Mais il m'arrête en levant la main.

— Ne bouge pas.

J'obéis.

Il laisse tomber le téléphone par terre et se lève, puis il abat son talon sur l'écran et le réduit en miettes.

— Non !

Je suis à quatre pattes, à essayer de l'attraper en dessous de sa chaussure, alors même que je l'entends se briser en mille morceaux.

Sa main se referme à nouveau sur mes cheveux et il me met à genoux. Il s'accroupit de telle sorte que nous sommes presque au même niveau. Cependant, je dois quand même lever les yeux.

— Darling, tu as de plus gros problèmes que ton téléphone, là maintenant.

Darling. Il le dit avec désinvolture, comme avant.

— S'il vous plaît, ne me faites pas de mal. Je ne vous espionnais vraiment pas. Je ne suis pas venue exprès. Je...

— Arrête de pleurnicher, dit-il en me relâchant.

Il se lève.

— Remets de l'ordre dans ce bordel.

Je hoche la tête. Je m'assieds parmi les débris sans cesser d'opiner.

Il ricane.

— Je veux dire, remets de l'ordre dans tes *affaires*. Dans ton sac.

— Oh.

Je regarde le contenu de mon sac étalé autour de moi. Je rassemble mes affaires et m'essuie le nez tandis que mes larmes ruissellent. Je réfléchis à ce qui va m'arriver. Je n'ai jamais rappelé ma mère, hier. Elle va s'inquiéter, maintenant. J'aurais dû l'appeler. Et mon père. Je ne me souviens pas de la dernière fois où je lui ai parlé. Merde. Qu'est-ce qu'ils vont croire ? Est-ce qu'ils vont même le découv...

— Natalie, fait sa voix grave.

Les mains sur ses hanches, il se dresse au-dessus de moi.

— S'il vous plaît, ne me faites pas de mal, dis-je dans un sanglot bruyant. Je suis désolée. Je suis tellement désolée.

— Bon Dieu, je te crois. Au mauvais endroit, au mauvais moment.

Je m'immobilise. Je pense un instant qu'il se souvient de moi, lui aussi, mais j'étais une enfant à cette époque. Il ne pourrait pas se le rappeler. Lorsqu'il reprend la parole, je me rends compte que ce n'est pas le cas.

— Je ne pense pas que tu porterais un manteau rose vif si tu essayais de rester incognito. Pour te fondre dans la masse, par exemple. Mais tu as bien surpris quelques conversations.

— Je ne le dirai à personne. J'ai déjà oublié. Je ne sais même pas de quoi...

Il secoue la tête.

— Lève-toi.

Je tends la main vers le téléphone, le dernier de mes effets personnels.

— Laisse-le ici.

Je regarde l'appareil en morceaux. Il ne me servirait pas beaucoup, de toute façon. Alors, je l'abandonne et me lève.

— Allons-y, dit-il en me prenant le bras pour m'orienter vers la sortie.

— Où ça ?

— Chez moi.

— Pourquoi ?

Je recule.

Il me regarde.

— Pour que je puisse décider quoi faire de toi.

3

SERGIO

La fille est assise à côté de moi, à se tordre les mains sur ses genoux. Elle regarde par la vitre, les yeux écarquillés, tandis que nous dépassons la sortie qui mène au centre-ville. Elle est calme, comme promis. C'était soit ça, soit elle passait tout le trajet dans le coffre. Je n'avais pas vraiment l'intention de l'enfermer, mais elle n'en sait rien.

Elle est morte de peur, mais le truc, c'est que je la crois.

Je ne pense pas qu'elle était là-bas pour espionner. Je mettrais ma main au feu qu'elle ne sait même pas ce que signifie le nom de Benedetti.

Mon oncle a exagéré en suggérant un nettoyeur, c'est le moins qu'on puisse dire. Mais Roman ne pense qu'aux affaires. Je jette un coup d'œil vers elle. Si cela dépendait de lui, nous aurions probablement besoin du nettoyeur en question. Il y a quelques hommes dans mon milieu qui prennent un malin plaisir à punir. Les affaires sont les affaires, en ce qui me concerne. Je ferai ce que j'ai à faire. Mais souiller mes mains de sang innocent, ça ne m'excite pas du tout.

J'emprunte ma sortie et Natalie se redresse un peu sur son siège.

— Où se trouve votre maison ?

— Chestnut Hill.

Elle hoche la tête, silencieuse.

— Tu n'as pas d'autre question ?

— Qu'allez-vous me faire ?

Ah. Voilà. La question qui compte. En réalité, je n'ai pas encore décidé de ce que je vais faire. Je dois m'assurer qu'elle ne parlera pas. Et pour ça, elle doit avoir peur.

— Te punir, lui dis-je.

— Me punir ?

Sa voix chevrote.

Je hoche la tête une fois tout en suivant mon chemin dans les rues sombres et peu fréquentées jusque chez moi. D'habitude, je n'ai jamais à gérer de femmes comme ça et je ne suis même pas sûr de savoir pourquoi je l'emmène à la maison.

— Nous y voilà, annoncé-je en appuyant sur un bouton pour ouvrir le grand portail en fer avant de tourner dans l'impasse où ma maison fait partie d'un groupe de trois, chaque terrain délimité par un épais mur de pierre.

Je me demande ce que mes voisins ont à cacher derrière les leurs.

Je m'arrête le long de l'allée circulaire et gare la voiture. Je sors et rejoins son côté. Elle est encore attachée, fixant du regard la bâtisse en pierre, avec ses colonnes intimidantes et ses portes démesurées sculptées à la main. J'ouvre sa portière et elle sursaute. Je recule, lui faisant signe de sortir.

Comme elle ne bouge pas, je me penche devant sa taille pour détacher la ceinture et je lui prends le bras afin de l'inciter à sortir. Elle recule, mais elle n'a nulle part où aller. Pourtant, au moment où je la libère et me tourne vers la porte d'entrée, elle s'enfuit. Elle détale dans l'allée, revenant sur nos pas. Elle retourne vers le portail à présent fermé. Il mesure presque quatre mètres de haut. Elle ne sortira pas.

Mais c'est le truc, avec les souris. Ça ne me dérange pas de les chasser. En particulier celles qui sont jolies.

Alors, je le fais.

Je chasse ma petite souris dans l'allée, sur le gazon impeccable. À flanc de colline, en direction du portail. Je pourrais facilement la rattraper, mais je ne le fais pas, pas encore. J'aime ça.

Juste avant qu'elle n'atteigne la limite de la propriété, j'accélère, et un moment plus tard, je la plaque au sol. Elle atterrit dans un bruit sourd. Le choc lui coupe la respiration et mon poids sur son corps ne l'aide pas à reprendre son souffle.

Je me redresse sur mes coudes.

— Regarde ce que tu as fait, dis-je à voix basse. Tu as sali mon manteau. Tes vêtements.

— S'il vous plaît, ne me faites pas de mal !

Sa voix est forte, elle retentit dans la nuit.

Je regarde son visage. Elle se débat et je la laisse faire. Je la laisse se fatiguer.

Le sol est froid, givré à cause des températures que nous avons eues. Je me dresse sur les genoux et la maintiens bloquée avec mes cuisses de chaque côté de ses hanches. Lorsqu'elle essaye de me repousser, j'agrippe ses poignets, tire ses bras au-dessus de sa tête et les passe dans l'une de mes mains, me penchant tout près d'elle.

— Es-tu prête à faire ce que je te dis ? demandé-je.

Elle essaye de se libérer. En vain.

— Natalie ? Est-ce que tu es prête à faire ce que je te dis ?

— Si j'entre, vous allez me faire du mal ?

— Si j'allais te faire du mal, tu ne penses pas que je l'aurais fait à l'entrepôt ?

Elle s'immobilise, songeuse.

— Pourquoi t'amener chez moi ? L'ADN et tout ça ? insisté-je.

Ses yeux s'écarquillent à ces mots.

— Je déconne. Bon Dieu. Et je ne *veux* pas te faire de mal, mais je le ferai s'il le faut.

Elle déglutit et son regard circonspect croise le mien.

— Nous allons rentrer, en finir avec cette histoire, et si tu fais ce que je dis, tu seras chez toi en deux temps trois mouvements. Tu peux rendre les choses faciles ou difficiles. Ça dépend de toi.

Elle se contente de me fixer du regard.

— Compris ? demandé-je.

Elle hoche la tête.

— Que ce soit bien clair, si tu t'enfuis à nouveau, tu rendras les choses difficiles, compris ?

— Oui.

Je me relève et tends la main. Elle l'ignore, se lève toute seule et, cette fois, lorsque je me dirige vers la maison, elle me suit.

L'intérieur est obscur, mis à part une faible lumière dans le salon et celle au-dessus du four, dans la cuisine. Je me tourne vers mon invitée, qui regarde autour d'elle, bouche bée.

Je suppose que c'est une maison impressionnante. Grande, ancienne, mais complètement rénovée, avec un escalier imposant en plein milieu, la cuisine à gauche, le salon occupant toute la moitié arrière et mon bureau à droite. Toutes les fenêtres sont serties de plomb, ce qui donne un air sombre, presque gothique, à la maison.

— C'est joli, dit-elle.

Elle se retourne et surprend mon regard sur elle.

— Merci.

Je retire mon manteau, l'accroche et attends qu'elle me donne le sien. C'est une doudoune, et même si j'ai senti à quel point elle est frêle dans l'entrepôt, je la trouve presque menue lorsqu'elle se retrouve uniquement en t-shirt à manches longues et en jean.

Je passe dans le salon et elle me suit. Je vais directement vers le mini-bar et je prends la bouteille de whisky ainsi que deux verres plats. Elle reste dans l'entrée, regardant tout autour d'elle en tirant nerveusement les manches de son t-shirt, ses pouces dans les trous au niveau des poignets.

J'emporte les verres et la bouteille jusqu'au canapé, où je m'assieds pour nous servir.

— Viens ici.

Elle croise les bras autour de son buste et s'avance.

— Tiens.

Je lui tends un verre. Elle le regarde, mais ne le prend pas.

— Ça va te calmer.

— Qu'est-ce que c'est ? demande-t-elle.

— Du whisky.

Elle le prend, en boit une petite gorgée et grimace en l'avalant.

Après avoir vidé le mien, je me verse un deuxième verre et tends la main vers l'interrupteur à côté de moi pour allumer. Je m'assieds confortablement, croisant une cheville sur mon genou et étirant le bras sur le dossier du canapé pour pouvoir bien la regarder. Elle portait du maquillage à un moment donné, mais tout à l'heure, les larmes ont étalé le mascara sur sa joue. Ses yeux en amande sont tellement foncés qu'ils paraissent noirs. Sa peau est pâle, d'un teint uni, et elle n'arrête pas de se mordiller la lèvre inférieure, la faisant saigner un peu. Je ne pourrais pas dire quelle est la longueur de ses cheveux. Elle a attaché sa tignasse sombre en un chignon décoiffé.

— Qu'est-ce que ces hommes ont fait ? demande-t-elle.

Je souris, pris au dépourvu.

— Ne te soucie pas de ça.

Elle a l'air gênée et je réfléchis.

— Tu sais qui je suis ?

Je sais qu'elle a dû entendre mon nom plus d'une fois.

Elle baisse les yeux et je me demande si elle envisage de mentir, mais ensuite, elle hoche la tête, une fois seulement.

— Qui ?

— La mafia.

— Mon nom.

— Sergio Benedetti.

— Tu connais ma famille ?

— Pas vraiment. J'ai entendu parler du nom, c'est tout.

— Bois ton verre.

Elle prend une autre gorgée.

— J'ai cours demain, dit-elle.

Je hoche la tête et sirote mon whisky en réfléchissant.

— Qu'est-ce que vous allez me faire ? demande-t-elle finalement.

— Je ne vais rien faire. Toi, oui. Déshabille-toi.

— Quoi ?

Elle commence à trembler et se recroqueville sur elle-même, les bras serrés devant sa poitrine.

— Déshabille-toi, Natalie.

— Pourquoi ?

Sa voix n'est qu'un couinement.

— Une assurance.

— Pourquoi ? répète-t-elle en faisant un pas en arrière.

— Parce que j'ai besoin de m'assurer que quand je te ramènerai chez toi plus tard, tu ne diras pas à tes amis ce que tu as vu ou entendu.

J'attends. Je l'observe tandis qu'elle intègre l'information.

— C'est la seule manière de te garder en sécurité, ajouté-je sans vraiment savoir pourquoi.

— En sécurité ? Comment est-ce censé me garder en sécurité ?

— Crois-moi…

— Et contre qui suis-je protégée ? Contre vous ?

Elle fronce les sourcils.

— Vous avez dit que vous ne me feriez pas de mal.

— J'ai dit que je ne te ferais pas de mal à moins que tu ne m'y obliges.

— Je vous ai déjà dit que je ne répéterais rien. Je le promets.

Elle essuie de nouvelles larmes. Je finis ma boisson, pose mon verre et me lève. Elle s'écarte de quelques pas lorsque je contourne la table basse.

— Souviens-toi de ce que tu as accepté, dehors.

Je tends les mains vers elle, agrippe ses bras et les frictionne.

— Contente-toi de te détendre, il n'y a aucune raison de t'inquiéter.

— Aucune raison ? Ce n'est pas…

— Alors, maintenant, voilà ce qu'il va se passer. Tu vas faire ce que je te dis, retirer tes vêtements, et je vais prendre quelques photos.

— Des photos ?

Elle panique.

— Pourquoi ?

— Tu te répètes beaucoup, tu sais ?

Je marque une pause, mais je ne m'attends pas à une réponse.

— Comme je l'ai dit, c'est une assurance. Si tu parles, les photos seront envoyées à tes parents, tes amis, placardées sur les murs de ton université, etc.

— Etc. ?

— Crois-moi, c'est le moyen le plus simple pour moi.

— Quelle est l'alternative ? demande-t-elle en se dégageant de ma prise.

— L'alternative serait... douloureuse.

Elle déglutit, se tord les mains.

— Je crois que je vais vomir.

— Ça va aller. Ce sont juste quelques photos.

Elle secoue la tête et se passe une main sur le visage.

— Non.

Je désigne la salle de bains, et lorsqu'elle sort de la pièce, je me rassieds sur le canapé. Elle ne revient pas avant dix bonnes minutes, mais lorsqu'elle le fait, la peur semble s'être atténuée, ou du moins, elle est bien cachée derrière son regard enflammé.

Elle est énervée.

— Vous voulez des photos cochonnes ? lâche-t-elle sèchement.

Je hausse une épaule, nonchalant. C'est plutôt drôle de la voir ainsi. Je me demande quel discours d'encouragement elle s'est donné pour se mettre dans un tel état, car elle est tellement furieuse qu'elle tremble presque.

— Vous pensez me faire du chantage ?

Elle fait un pas en avant, puis recule à nouveau.

— Alors, hein ? Pervers ?

Elle sautille d'un pied sur l'autre comme un boxeur. Je ricane en la voyant, mais ça ne fait que l'énerver davantage. Enfin, elle se fige, serre les poings le long du corps, son visage rouge comme une pivoine.

— Eh bien, essayez toujours de m'y obliger.

Je m'adosse un peu mieux dans mon siège tout en l'examinant. Je me demande si elle réalise à quel point elle vient de rendre le jeu plus intéressant. Je prends tout mon temps pour déboutonner mes manches et les retrousser jusqu'à mes coudes avant de répondre.

— Tu en es sûre, darling ?

— Ne m'appelez pas comme ça.

— Tu en es sûre ?

— Allez vous faire foutre.

— Toi qui avais l'air si douce, dis-je en me levant.

Elle se retourne pour fuir hors de la pièce, mais je l'attrape facilement. Ma main s'enroule autour de son bras pour l'arrêter net. Je l'attire contre mon torse, la tête sur le côté.

— Je pensais que j'aurais droit à un strip-tease langoureux, mais apparemment, ce sera encore plus amusant.

— Lâchez-moi !

Je me penche tout près d'elle, inspire son odeur. Je sens la peur remonter à la surface. Je mets un point d'honneur à le faire.

— Souviens-toi juste que tu l'as choisi. Les choses auraient pu être plus simples.

4

NATALIE

Il est trop fort pour que je lutte contre lui, mais j'essaye. Je ne peux pas ne pas me battre. Le truc, c'est que je sais qu'il va gagner. Il obtiendra ses photos. Mais s'il doit m'y obliger, je peux au moins me raccrocher à un semblant de dignité.

Quand je suis allée dans la salle de bains, il a dû retirer sa veste de costume. En le voyant relever ses manches il y a une minute, ses bras épais m'ont fait prendre conscience de ma faiblesse. Je me demande s'il s'attendait à cela. S'il s'attendait à ce que je me batte. Car il était prêt pour moi.

Le t-shirt à manches longues d'abord. Je l'entends s'arracher tandis qu'il me le retire de force. Je titube en arrière et me heurte les jambes sur quelque chose derrière moi. Je tombe à la renverse. Il s'agit d'une ottomane. Je m'y affale et Sergio Benedetti s'approche avec un sourire. Il est malfaisant, obscène, ses yeux scintillent. Lorsqu'il se laisse tomber entre mes mollets et qu'il agrippe mes bottes, je lui donne un coup de pied.

Il rit. Sérieusement, il est en train de rire !

— Arrêtez, vous êtes taré !

Il tire sur mes bottes. Puis il se met à genoux, me saisit les poignets et me tord les bras.

— Tu es sûre que tu ne veux pas me faire ce strip-tease ?

— Allez vous faire foutre !

— Je vais être honnête, dit-il en m'attirant près de lui. Je préfère ça. J'aime mieux quand c'est un peu brusque.

Je ne sais pas pourquoi, mais je ne suis pas choquée. Pourquoi est-ce que ça me surprendrait, cela dit ? Il a défait mon jean et je le gifle tandis qu'il le baisse sur mes hanches, le long de mes cuisses, pour finir par le retirer à mes pieds.

— Arrêtez !

— Non.

Il se lève et me repousse. Je me retrouve allongée sur le fauteuil placé derrière l'ottomane.

— Assez ! Vous pouvez prendre des photos comme ça.

— Non, ce n'est pas suffisant.

Il se penche, et d'une chiquenaude, mon soutien-gorge est déchiré en deux, seulement retenu par mes épaules.

Je prends mes seins dans mes paumes pour les cacher à sa vue.

— Arrêtez ! S'il vous plaît, arrêtez. Je vais le faire. S'il vous plaît !

Il s'avance sur moi, me retenant d'une main.

— Trop tard, darling, dit-il en ôtant ma culotte.

Voilà, je suis entièrement nue. Je suis nue et il se tient là, à me regarder.

Je me redresse. Je me couvre autant que possible.

— Espèce de connard. Je vous déteste !

Mais ma voix est faible.

Il sort son téléphone et prend une photo. Puis une autre.

— Les bras le long du corps. Je veux tout voir.

Je glisse au pied de l'ottomane, mais il s'approche avec ce stupide téléphone, toujours en prenant des photos. Encore et encore.

Je me heurte contre le mur, dans le coin. Il n'y a nulle part où aller.

— S'il vous plaît, arrêtez. S'il vous plaît.

J'essuie mon visage du revers de la main.

— Je suis désolée. J'avais juste besoin de visiter ce satané entrepôt. Ça n'aura même pas d'importance, de toute façon. Je suis tellement désolée.

Il m'ignore et je me recroqueville. Je n'ose relever les yeux que lorsqu'il n'y a plus de flash. Il a reculé, d'un pas seulement, mais il s'attarde au-dessus de moi, avec ses cheveux sombres, ses yeux bleus et le danger émanant de tous ses pores. Il peut me faire faire ce qu'il veut. Tout ce qu'il veut.

Je serre mes genoux contre ma poitrine, utilisant mes jambes, mes cheveux, n'importe quoi pour me cacher.

Il se contente de m'observer un long moment avant de prendre une autre photo.

Je tourne mon visage sur le côté en même temps. Je me cache.

— Retire tes bras.

Le ton de sa voix est différent, cette fois. Sérieux.

Ce changement dans son humeur bouleverse tout. Je ne sais pas pourquoi, mais c'est le cas. Je sais que je ne pourrai pas échapper à cette épreuve. Je ne pourrai que la traverser. Je l'ai su dès le début.

— Fais ce que je dis, Natalie.

Alors, j'obéis. J'écarte les bras et il prend une photo. Je le regarde. Il ne sourit plus. Cette prétention sur son visage a disparu. Il ne se moque pas de moi, non, il se contente d'appuyer sur le bouton. Je ne suis même pas certaine qu'il apprécie cela.

— Lève-toi.

Je le fais, mais je ne peux pas le regarder. Pas dans les yeux.

— Retourne-toi et pose tes mains sur le mur.

Je m'exécute.

— Plus haut. Bien. Maintenant, recule.

Je fais deux pas minuscules, mais c'est suffisant. Je sais ce qu'il veut. Mes fesses.

— Maintenant, regarde-moi.

Je secoue la tête et sens mes cheveux sur mes épaules nues. Je me demande quand ils se sont échappés de la pince.

— Regarde-moi, répète-t-il fermement.

Je lui jette un coup d'œil par-dessus mon épaule. Veut-il aussi mes larmes ?

— Bien.

Du coin de l'œil, je vois qu'il est excité. Cela pourrait être pire. Il pourrait exiger une forme de paiement différente.

Qui me dit qu'il ne le fera pas ?

— Mets-toi sur le canapé. À quatre pattes. Les fesses vers moi.

J'ai envie de pleurer. J'ai envie que la terre s'ouvre en deux et qu'elle m'engloutisse tout entière.

— Fais-le.

Je ne discute pas. Mais ensuite, il pose sa main sur moi, sur ma hanche, et je sursaute. Il me donne une fessée, fait une photographie.

— Rien que des photos. Vous avez dit...

— Ce sont juste des photos.

Sa voix est enrouée, comme s'il avait la gorge sèche.

Je me tords le cou pour regarder sa main. Pour regarder la bague qui s'y trouve : elle est volumineuse, finement ouvragée, visiblement ancienne. Son bras est parsemé de quelques poils sombres et sa montre est de valeur. Je le vois bien. C'est là-dessus que j'essaye de me concentrer jusqu'à ce que, de la plus infime des pressions de son pouce, il écarte mes jambes. Je ne sais ni comment ni pourquoi, car cela n'a aucun sens, mais j'éprouve une sensation étrange dans le ventre et je retiens ma respiration. Quand je regarde son visage, ses yeux sont rivés sur mes fesses. Il semble différent, une fois encore. Il est excité, c'est évident, mais il y a autre chose. Il y a quelque chose de plus sombre.

Mon humiliation ne lui apporte aucun plaisir. C'est autre chose, à présent. Et à la seconde où il prend la photo, il semble s'empresser de ranger son téléphone dans sa poche et de s'écarter de moi.

— Rhabille-toi. On a fini.

Il sort de la pièce. Je l'entends dans la cuisine. Il ouvre l'opercule d'une cannette. Il me faut une longue minute pour bouger. Ma dignité est en lambeaux, comme mes vêtements. J'enfile ma culotte et mon jean. Je fourre mon soutien-gorge déchiré dans ma poche et passe le t-shirt à manches longues par-dessus ma tête. Il y a un trou au niveau de la couture. Je le touche du doigt, m'efforçant de rester concentrée là-dessus. Je ne veux pas penser à ce qui vient de se passer.

Je peux régler ça plus tard. Le recoudre. Ce n'est pas difficile.

Alors que je suis en train de remettre mes bottes, il revient. Il a déjà enfilé son manteau. Il me tend le mien.

Je suis incapable de le regarder. Je récupère ma doudoune, remonte la fermeture éclair jusqu'à mon menton et, docilement, sans discuter, je le suis à l'extérieur. Je monte dans la voiture lorsqu'il ouvre la portière.

— Où est-ce que tu habites ?

Je lui donne l'adresse. Il démarre dans un silence absolu. Nous ne parlons pas. Ni pendant le trajet. Ni quand il s'arrête au bord du trottoir, dans ma rue. J'habite à Elfreth's Alley, une rue historique de Philadelphie. L'accès est restreint pour les voitures et j'en suis contente, en particulier ce soir.

Lorsque je tends la main pour ouvrir ma portière, il parle enfin.

— Souviens-toi de ce qui se passera si tu parles.

— Je n'ai jamais eu l'intention de parler.

Je me glisse hors du véhicule, mon sac à la main. Je cherche ma clé dans ma poche et il ne part pas avant que je sois à l'intérieur. Quand Pepper, mon berger allemand de quatorze ans, m'accueille, j'éclate en sanglots. Et je pleure là, sur le carrelage de ma cuisine.

5

SERGIO

En rentrant chez moi, je vais directement dans mon bureau. Même si je suis seul, je ferme la porte par habitude. Je m'assieds et, à la lumière de la lampe sur mon bureau, je regarde les photos. Je les fais défiler une à une. J'examine son visage dessus. Je vois sa colère. Sa peur. Son humiliation. Les émotions m'apparaissent dans cet ordre. Je la détaille plus attentivement, mon sexe en érection.

Je n'ai jamais eu l'intention de parler.

Je le savais. Je le savais depuis le début. Elle a raison. Je suis un pervers. Un taré. Seul quelqu'un de taré ferait ça, avilirait une innocente de cette manière. Ce que j'ai fait n'était pas nécessaire. J'en avais envie, tout simplement.

Mais j'ai accepté cette partie sombre de mon être il y a longtemps. Et je n'ai pas l'intention de me psychanalyser maintenant.

La dernière photo, avec ma main sur sa hanche, attire mon attention. La chevalière de la famille Benedetti est bien visible à mon doigt, ma grande main virile et sèche sur sa hanche légèrement bombée. Ce n'est même pas le rose brillant de son sexe qui attire mon regard. C'est la manière dont elle me regarde, m'observe avec ses grands yeux sombres à travers le voile de ses cheveux. Comme si elle me voyait. Comme si elle me voyait pour de vrai.

Ses yeux m'obsèdent. Je ne peux pas m'en détourner. Ce que j'y décèle, je ne m'y attendais pas. Ce n'est pas de la haine. Ce n'est pas de la peur. C'est autre chose. Ça me rend curieux, presque comme s'il y avait quelque chose de familier chez cette fille.

Je peux encore la sentir si je me concentre. Était-elle excitée ou s'agit-il seulement de mon cerveau malade qui surchauffe, inventant quelque chose qui n'existait pas ? Je me demande si elle y pense, elle aussi, en ce moment. Si elle est allongée sur son lit, les doigts entre ses jambes, en se remémorant mes mains sur elle. Mes yeux sur elle. Elle s'en voudrait pour cela, j'en suis certain.

Je retourne à la première photo. Celle où elle est assise sur le sol, les genoux relevés, les mains couvrant son corps tant bien que mal. Son menton est baissé contre sa poitrine et ses cheveux font office de rideau, me cachant son visage. Mais si je regarde de près, je peux voir ses yeux accusateurs à travers cette cascade de cheveux.

Il y a une chose chez cette fille sur laquelle je ne parviens pas à mettre le doigt. Quelque chose qui me fait penser à elle longtemps après, alors que j'aurais dû l'oublier.

— Une assurance, me dis-je à moi-même en me levant.

J'allume l'imprimante et y envoie toutes les photographies. J'écoute le vrombissement lent et la sonnerie alors que chaque photo sort sur papier. J'observe le visage de Natalie, chaque nouvelle feuille succédant à la précédente dans le bac. Une fois qu'elles sont toutes imprimées, je les mets dans un tiroir verrouillé de mon bureau avant d'aller à l'étage pour me masturber.

L'APRÈS-MIDI SUIVANT, JE ME RENDS CHEZ ELLE. IL EST UN PEU PLUS de seize heures et les ombres s'allongent déjà. Les jours d'hiver sont courts. Ça ne me dérange pas comme la plupart des gens, cependant. J'aime l'obscurité.

Il n'y a pas de sonnette, alors je donne un coup sur la porte en bois, jetant un œil à travers les rideaux en dentelle de la fenêtre qui se trouve juste à côté. La cuisine est vide, mais il y a de la lumière plus loin dans la maison. Je frappe à nouveau, plus fort cette fois.

— Une seconde, crie-t-elle avant de tourner le verrou.

Elle pousse un cri de surprise, et à l'instant même où elle me voit, elle essaye de claquer la porte.

Je l'agrippe, arrêtant son geste.

— Pepper ! appelle-t-elle.

Je suis perplexe un instant avant d'entendre un aboiement fatigué et le son de griffes cliquetant sur le parquet. Pepper aboie à nouveau, passant sa truffe humide dans l'embrasure de la porte. Elle est vieille et pas très féroce, à l'évidence.

— Qu'est-ce que vous voulez ? demande-t-elle.

Son dos est plaqué contre la porte, si bien que je ne peux pas voir son visage, mais je sens la force qu'elle exerce.

— J'ai quelque chose pour toi.

— Je ne veux rien de vous.

— Laisse-moi entrer, Natalie.

— Pourquoi ? Pour que vous puissiez prendre plus de photos ? Taré.

— C'est terminé, dis-je. Laisse-moi entrer. C'est la dernière fois que je le demande gentiment.

— J'ai dit non…

Avant qu'elle puisse terminer sa phrase, je donne un coup d'épaule et entends un petit cri de surprise. Elle trébuche en avant et j'entre. La chienne remue la queue et je jette un œil à la petite cuisine ancienne, puis au visage alarmé de Natalie.

— Tu devrais fermer la porte, lui dis-je en déboutonnant ma veste. Tu laisses la chaleur s'échapper.

— Qu'est-ce que vous voulez ?

Je mets la main dans ma poche et pose la boîte sur la table. C'est un tout nouvel iPhone.

— Tiens. Le dernier modèle.

Elle le regarde, désorientée, puis se fâche.

— Je n'ai pas besoin que vous me donniez un téléphone. J'ai besoin que vous sortiez d'ici.

Elle porte un pull-over laid et trop ample ainsi qu'un jean. Elle n'a pas de chaussures et ses cheveux sont mouillés, comme si elle sortait de la douche.

— Je vous ai dit de partir ! répète-t-elle, ouvrant davantage la porte.

— Faisons une trêve, Nat.

— Ne m'appelez pas Nat. Nous ne sommes pas amis.

— Nom de Dieu, dis-je en prenant la porte et en la refermant moi-même.

Elle recule jusqu'aux patères, sous les placards, et tend le bras derrière la rangée de manteaux. Un moment plus tard, elle agite une batte de baseball vers moi.

— Qu'est-ce que vous voulez ? Pourquoi êtes-vous ici ?

— Tu vas te faire mal avec ça, dis-je, un œil sur la batte tandis que je caresse la chienne qui est assise à côté de moi, observant le spectacle. Bonne fille. Pas comme ta maîtresse.

J'essaye de ne pas me moquer franchement de Natalie avec la batte – mais de toute évidence, elle n'a jamais eu à affronter quelqu'un comme ça auparavant.

— Elle n'est pas à moi. Je la garde pour quelqu'un. Sortez, maintenant !

— Pose la batte, Natalie.

— Allez vous faire foutre.

— Tu m'as dit ça hier soir aussi. Si tu ne fais pas attention, je vais commencer à croire que c'est une invitation.

Elle reste bouche bée, sans réponse. Je saisis l'opportunité pour m'emparer de la batte. Elle essaye de me menacer avec, mais je l'attrape et les entraîne vers moi, elle et son arme de fortune. Je lui arrache la batte des mains et l'empêche de se dérober.

— Faisons une trêve. Je suis seulement venu pour remplacer ton téléphone.

— Pourquoi ?

— Parce que j'ai cassé le tien et que j'ai supposé que tu pourrais avoir besoin d'un nouveau.

— Je peux acheter mon propre téléphone.

— Tu es toujours aussi têtue quand quelqu'un te fait un cadeau ?

— Ce n'est pas un cadeau quand vous remplacez quelque chose que vous avez cassé exprès.

— Tu sais pourquoi j'ai dû le faire.

— J'avais besoin de ces photos.

— Je t'emmènerai en prendre d'autres.

Elle s'immobilise, puis secoue légèrement la tête.

— Que faites-vous vraiment ici ?

Je hausse une épaule, la lâche et jette un coup d'œil dans la pièce voisine.

— J'ai toujours voulu voir ce qu'il y avait à l'intérieur de ces baraques.

C'est un mensonge. Je n'en ai rien à foutre.

Je suis là pour la voir, elle.

6

NATALIE

— Vous êtes là pour une visite de la maison ?

Sergio Benedetti, qui a l'air d'un géant dans ma cuisine minuscule, hausse une épaule.

Je suis tellement désorientée, bordel. Hier, il m'a déshabillée et a pris des photos obscènes de moi pour me faire chanter afin que je me taise, et aujourd'hui, voilà qu'il m'offre un tout nouvel iPhone et qu'il veut visiter mon chez moi ?

— Je ne vous crois pas.

— D'accord, une visite et un café, précise-t-il.

— Est-ce une plaisanterie pour vous ?

— Je ne fais pas vraiment de plaisanteries.

— Quoi, vous voulez d'autres photos ?

J'incline ma tête sur le côté et croise les bras devant ma poitrine.

— Vous n'avez pas assez de supports pour vous branler ?

Il ricane.

— J'en ai beaucoup, en fait.

Il me fait un clin d'œil. Ses yeux étincellent presque, son regard m'indiquant qu'il pense exactement ce qu'il sous-entend.

Je m'éclaircis la voix et détourne les yeux, mal à l'aise.

Il confond mon silence avec une invitation, et avant même que je m'en rende compte, il suspend son manteau à côté des autres.

— Tu as beaucoup de vestes, commente-t-il en passant la collection en revue.

— Elles ne sont pas à moi. Je garde la maison pour des amis de mes parents pendant qu'ils passent l'hiver en Floride.

— Ah. C'est cohérent. Je ne pensais pas qu'une étudiante de fac pouvait se payer une de ces maisons.

— Ce que je peux ou ne peux pas me payer ne vous regarde pas.

Il lève les mains en signe de fausse capitulation.

— Je ne voulais pas t'offenser. C'est juste une observation.

— Vous n'allez vraiment pas partir tant que je ne vous aurai pas fait visiter ?

— Et un café.

— Pourquoi ?

— J'ai soif et j'ai envie de voir la maison.

Il ne peut pas être sérieux.

— C'est tout ?

— C'est tout.

— Pas d'entourloupe ?

— Pas d'entourloupe.

Une petite voix dans ma tête me dit que c'est louche. Qu'il y a des entourloupes, au contraire. Qu'il y aura toujours des entourloupes avec lui. Mais j'écarte cette voix. Il y a quelque chose chez Sergio Benedetti. Ce n'est pas qu'il me plaît. Il ne me plaît pas. Quelqu'un qui vous a fait ce qu'il m'a fait ne peut pas vous plaire. Pourtant, c'est subtil. Je n'ai pas vraiment peur qu'il me fasse du mal, même en sachant qui il est. Il ne fera rien. Et il y a autre chose. Quelque chose chez lui qui me donne envie qu'il reste, même si cela n'a aucun sens. Je me demande si c'est en rapport avec le passé, avec le hold-up à l'épicerie. Quand il était le héros et non pas le méchant.

— J'aimerais récupérer les photos, dis-je, tout en sachant qu'il y a peu de chances que cela arrive.

Il secoue la tête.

— Impossible.

— Vous ne devez jamais les partager. Ça fera du mal à mes parents s'ils pensent un jour…

— Respecte ta part du marché et tu as ma parole que personne ne les verra.

Il prend le téléphone.

— Juste une visite et une tasse de café. Pas de ruse. Pas d'intention cachée.

J'ai besoin de ce téléphone, à vrai dire. Je n'ai pas les moyens de m'en acheter un nouveau pour le moment.

— D'accord.

Il le pose sur la table et le fait glisser vers moi.

— Bon, voilà la cuisine.

Je dois faire court. Je le dépasse et mon épaule effleure son bras. Je sens sa masse compacte de muscles. Ça me donne des papillons dans le ventre, me rappelle la sensation de sa main sur ma hanche nue, hier soir, son regard intense, et je déglutis péniblement. Mon visage s'embrase et je suis contente de lui tourner le dos.

— Viens, Pepper.

Bon, elle n'a rien d'un chien de garde avec lui, à voir les petits coups de tête qu'elle donne contre sa jambe.

Pepper, le berger allemand qui venait avec la propriété, sautille vers moi. Elle est tellement vieille qu'elle est presque aveugle, mais d'habitude, elle n'a pas son pareil pour aboyer sur les inconnus.

— C'est un sacré chien de garde, commente Sergio, probablement conscient de la raison pour laquelle je l'appelle.

— Son flair doit lui faire faux bond si vous lui plaisez.

J'aperçois son sourire en jetant un coup d'œil derrière moi.

— Le salon, dis-je, soulignant l'évidence.

J'adore cette maison, son charme, ses craquements et même ses fantômes, mais elle est petite et Sergio semble la rapetisser encore plus.

— C'est superbe, dit-il en caressant la bibliothèque.

Visiblement, il apprécie le vieux bois et les meubles anciens.

— De quand date la maison ?

Je lui réponds, m'efforçant de faire comme s'il n'était pas la personne qu'il est. Comme si la nuit dernière n'était pas arrivée.

C’est gênant, mais j’essaye de l’ignorer. Ce sera bientôt terminé. Un café et une visite. Il sera parti dans quinze minutes.

Il me suit à travers le salon et je désigne la salle de bains, au rez-de-chaussée, avant de monter les escaliers étroits pour atteindre le premier étage. Pepper reste en bas, d’où elle nous observe.

— Elle est trop vieille pour monter, maintenant.

Il hoche la tête.

— Des plafonds bas.

Il doit se pencher pour passer.

— Il y a plus d’espace que vous ne le pensez, dis-je en désignant les deux chambres. Celle-ci, c’est la mienne.

J’ouvre la porte de ma chambre en désordre, y entre avant lui pour jeter quelques vêtements sous le lit et fermer le tiroir de la commode qui est resté ouvert avant de me tourner vers lui. Il regarde la cheminée.

— Tu peux l’utiliser ?

— Je crois. Mais je ne le fais pas.

— Pourquoi ?

— Je ne veux pas faire brûler tout le quartier. Disons que j’ai tendance à provoquer des accidents.

Comme pour le démontrer, je trébuche sur une chaussure à terre.

— Tu es désordonnée. C’est pour ça que tu as tendance à avoir des accidents.

— Vous ne savez rien de moi.

Il reste planté là, à me regarder, et je remarque une ombre derrière la légèreté et l’humour sur son visage, dans ses yeux. C’est un homme obscur. Au fond, peu importe à quel point il essaye de le cacher sous la surface, il y a des ténèbres en lui.

Je frissonne. Je ferais mieux de ne pas l’oublier.

— Je t’ai déjà vue quelque part, dit-il.

Se souvient-il du hold-up de la supérette ?

— C’est pour ça que vous êtes ici ? demandé-je.

Je sais qu’il n’est pas vraiment intéressé par une visite et un café.

Avant que je puisse répondre, j’entends la vibration d’un téléphone portable annonçant la réception d’un message. Sergio le sort de sa poche et consulte l'écran. Il répond quelque chose, puis se tourne à nouveau vers moi. Ses yeux, que je pensais noirs hier soir, me paraissent d'un bleu nuit avec de petites taches dorées. Comme des étoiles, un ciel nocturne dégagé et étoilé.

Je prends une inspiration. Il est si proche que je peux sentir son après-rasage.

Merde. Qu'est-ce qui ne va pas chez moi, bordel ?

— À ton avis ? demande-t-il.

Il m'examine et mon cœur bat à toute vitesse. Je me demande s'il peut l'entendre. Mais ensuite, il lit un autre message. Il est inquiet. Son téléphone vibre pour la troisième fois. Cette fois, il marmonne un juron entre ses dents. Il envoie une réponse, puis il passe la main dans la poche de son pantalon, sous sa veste.

C'est alors que j'aperçois un objet étincelant, brillant et noir dans l'étui, sous son bras.

— Vous avez une arme sur vous ?

Il ne répond pas, se contente de plisser les yeux. Peut-être cherche-t-il une réponse à ma question. Ou il essaye de puiser dans sa mémoire, de savoir pourquoi il ressent une certaine familiarité.

— Vous avez apporté une arme chez moi ? demandé-je à nouveau.

— Ce n'est pas chez toi, tu te souviens ?

— Vous en avez une ?

— Ça te ferait peur si je te disais que oui.

— Vous m'en avez braqué une sur la tête hier.

— Avant que je réalise que tu étais... toi.

— Vous m'avez fait peur, avoué-je.

Il marque une pause. Des rides se forment autour de ses yeux pendant un instant, comme s'il s'agissait d'une révélation pour lui.

— Et maintenant, je te fais peur ?

Je n'ai pas besoin d'y penser. Je secoue la tête.

— Non.

— Bien. De toute manière, les armes font partie de ta vie plus que tu ne le penses.

— Qu'est-ce que vous voulez dire ?

Son téléphone vibre à nouveau. C'est agaçant qu'il lise ses

messages tout en me parlant. Il saisit une réponse rapide avant de me prêter toute son attention, mais je vois bien qu'il est distrait.

— Le deuxième amendement, darling. Tu vis dans un monde violent. Seulement, tu l'ignores.

— C'est peut-être vrai pour vous, mais pas pour moi. Je n'ai pas affaire aux armes ni à la pègre.

— Tu serais surprise.

Il recule.

— Bon, je dois y aller.

— Oh.

Je suis curieusement déçue lorsqu'il désigne la porte de la chambre.

— On remettra le café à plus tard, ajoute-t-il.

Mon épaule effleure son torse ferme lorsque je passe devant lui pour sortir de la pièce. Je ne me retourne pas en descendant l'escalier, mon cœur toujours au galop. Dans la cuisine, je regarde la boîte contenant le téléphone neuf. Une fois de plus, je me demande comment, deux fois en moins de quarante-huit heures, je me retrouve dans une situation aussi irréelle avec Sergio Benedetti.

Il ouvre la porte d'entrée et une rafale glacée s'engouffre à l'intérieur.

— Tu as de bons verrous sur ces portes, Natalie ? demande-t-il en tournant la poignée, testant le loquet.

— C'est une drôle de question.

Il se retourne vers moi.

— Tu es une jeune fille attirante qui habite seule en ville.

— Une femme. Pas une fille. Et je peux me débrouiller.

Son visage me dit qu'il en pense autrement, et je le comprends. Car ce qui s'est passé la veille au soir n'a pas franchement fait valoir mon argument.

— Les verrous ? demande-t-il à nouveau, ignorant mon commentaire.

— Ils sont bons.

Il quitte la maison, mais se retourne comme s'il était sur le point de dire quelque chose. Son téléphone sonne, cette fois, et il sort, mais avant de décrocher, il me souffle de bien verrouiller ma porte.

Mon esprit est encore abasourdi lorsque j'arrive au café pour retrouver Drew, l'après-midi suivant. Il est là, à m'attendre à notre table habituelle. Il regarde sa montre dans un geste théâtral et je fais la même chose avec mon nouveau téléphone.

— J'ai à peine sept minutes de retard, dis-je en posant mon sac à main et en tirant une chaise.

— Eh, c'est joli, ça ! dit-il en me prenant le téléphone pour l'observer. Qu'est-ce qui est arrivé à l'ancien ?

Il le pose. Le téléphone, rose et doré, était prêt à être utilisé, avec un numéro enregistré dans le répertoire. Celui de Sergio Benedetti.

Pas d'entourloupe, mon œil !

— C'est une longue histoire, dis-je.

Je n'ai pas envie de mentir. Drew est mon meilleur ami. Je le connais depuis que je suis une petite fille, et nous sommes même sortis ensemble au cours de notre dernière année de lycée. Mais il a toujours préféré les garçons aux filles. Il me l'a annoncé le jour même où nous avons rompu et je me souviens seulement d'avoir été folle de joie qu'il en prenne conscience, qu'il le sache vraiment, et qu'il décide de ne plus le cacher.

Il était censé aller à l'entrepôt avec moi, mais il a annulé au dernier moment. Je suis ravie, à présent, qu'il ne soit pas venu.

— Tu as passé une nuit difficile ? demande-t-il.

— Ça se voit tant que ça ?

Je fais signe à Mandy, au bar. Je travaille ici, et je suis une inconditionnelle du double cappuccino. Elle m'adresse un signe de la tête pour me faire comprendre qu'elle s'en charge.

— Seulement parce que je te connais. Tu es allée à cet entrepôt, pas vrai ? Je t'ai dit de m'attendre.

— Je n'ai pas envie d'en parler.

Et je préfère ne pas penser à ce qui aurait pu arriver s'il avait été là.

— Il s'est passé quelque chose ?

Mandy m'appelle et je me dirige vers le bar pour récupérer ma tasse, lui laissant un billet de cinq dollars.

— Merci.

De retour à notre table, je prends une gorgée.

— Je peux te poser une question ?

Il hausse les sourcils.

— Ça a l'air sérieux.

— En effet. Tu connais un certain Sergio Benedetti ?

Drew recrache presque son café.

— Benedetti ? demande-t-il trop fort.

Je jette un œil à tous les visages qui se sont soudain tournés vers nous et je baisse la voix.

— Tu peux le dire plus fort ?

— Tu parles du fils de Franco Benedetti ? Le prochain sur la liste pour prendre la tête de l'affaire familiale ?

— C'est ça.

— Pourquoi ?

— Je suis tombée sur lui hier soir, en quelque sorte.

— Tu es tombée sur lui en quelque sorte ? Comment peut-on tomber en quelque sorte sur un homme comme lui ?

— C'est une longue histoire.

— Nat…

— N'insiste pas. Je ne veux pas en parler.

— Tu veux dire, à l'entrepôt ?

Ses yeux s'écarquillent.

— Disons qu'il était là-bas en train de faire des affaires.

— Nat…

— Ça va. Je vais bien.

Non, en réalité, je ne vais pas bien.

Drew jette un œil à mon nouveau téléphone. J'aurais dû l'érafler ou quelque chose comme ça. Il sait pertinemment que je ne peux pas me payer un dernier modèle d'iPhone tout neuf.

— Que s'est-il passé, exactement ? demande-t-il.

— Je ne peux vraiment pas le dire, Drew. S'il te plaît, n'insiste pas.

— Est-ce que tu as vu…

— Écoute, je veux juste en savoir plus sur sa famille. J'ai essayé de le chercher sur Google, mais je n'arrive pas à trouver grand-chose à son sujet. Je sais que toi, tu es au courant de tout.

Drew travaille dans un club de gentlemen. Il s'agit d'une boîte de strip-tease haut de gamme et il m'a déjà raconté que la clientèle comprenait parfois des hommes de la mafia locale.

— Alors, tu veux en savoir plus sur Sergio en particulier, pas sur sa famille ?

Je hoche la tête en me mordant les joues.

Il me donne un bref historique avant d'ajouter :

— Mais c'est là que l'histoire devient juteuse.

— Elle est déjà juteuse.

— Tu as entendu parler de la famille DeMarco ? demande-t-il.

Je secoue la tête.

— Une famille de criminels. Ils étaient loyaux à la famille Benedetti, mais ensuite, ils ont changé d'avis. Franco Benedetti, le père de Sergio, a enlevé Lucia DeMarco, la fille la plus jeune, et, en gros, il l'a enfermée dans un couvent jusqu'à ce qu'elle soit assez âgée pour être *offerte* à Sergio.

— Quoi ?

Mon cœur me dégringole dans l'estomac.

— De quoi tu parles ?

— Ça semble moyenâgeux, pas vrai ? Il a enlevé la fille de DeMarco pour le punir. Lui faire payer son soulèvement contre la famille Benedetti.

— Je ne comprends pas. Qui est Lucia DeMarco ? Quel couvent ? Et qu'est-ce que ça veut qu'elle ait été *offerte* à Sergio ?

— Elle avait seize ans quand tout cela est arrivé. C'était il y a deux ans. Il l'a littéralement envoyée chez les sœurs dans une sorte d'école privée ou quelque chose comme ça. Elle sera un cadeau pour Sergio.

Drew semble presque perplexe.

— En quelle année sommes-nous ? Ce n'est pas légal.

— Dis ça à Franco Benedetti.

— Est-ce qu'il va l'épouser, à ton avis ?

Je m'étrangle presque sur le mot et je ne parviens pas à comprendre pourquoi je suis aussi émue.

— Il va la *posséder.* Je ne pense pas que Franco cherchait à trouver une femme pour son fils.

Drew remue les sourcils.

Je sens un frisson le long de ma colonne vertébrale. Au même moment, le téléphone de Drew sonne et il m'adresse un regard navré avant de décrocher. Cependant, je suis trop absorbée dans ce que je viens d'apprendre pour m'en soucier. Je ne peux que digérer cette information lentement.

Enfin, il raccroche.

— Merde, j'ai complètement oublié ma réunion avec le conseiller.

Il se lève, termine son reste de café et fourre son manuel de cours dans son sac à dos. Drew étudie à l'Université de Pennsylvanie avec moi.

— En parlant de ça, est-ce que tu as décidé ce que tu vas faire pour le stage de Dayton ?

C'était la raison pour laquelle j'étais à l'entrepôt, initialement. Le professeur Dayton est propriétaire de Dayton Architecture, une entreprise chef de file dans la région de Philadelphie. J'ai une opportunité de stage là-bas pour cet été et je n'ai pas tenu compte des rumeurs selon lesquelles il se montrait particulièrement tactile avec ses stagiaires. Du moins, jusqu'à ce que j'en fasse l'expérience la semaine précédente, lors d'un entretien privé.

— Eh bien, je n'ai pas l'intention de coucher avec lui pour un stage, et comme je n'ai pas obtenu les photos sur lesquelles je voulais travailler, je crois que je suis hors-jeu.

— Quel connard.

Il ferme son sac à dos et me regarde.

— Tu peux le signaler...

— Qui me croirait ? Il a trop de contacts. Et puis, je trouverai autre chose.

— Je ne suis pas d'accord, mais c'est comme tu veux. Ça va aller ?

— Oui, je vais bien.

Je lui fais un signe de la main.

— Ne t'inquiète pas pour moi.

Il se penche pour me prendre dans ses bras, mais j'agrippe sa manche lorsqu'il est sur le point de partir.

— Drew, est-ce que c'est vrai ? demandé-je. L'histoire de la fille ?

Il me dévisage un moment, la mine soudain soucieuse.

— Nat, vraie ou pas, tu ne peux pas être impliquée avec un type comme ça.

Je hausse une épaule, détourne le regard.

— Ce n'est pas le cas. C'est juste une histoire bizarre.

— On se voit plus tard, d'accord ?

— D'accord.

Je finis ce qu'il me reste de café et me lève pour partir. Il fait déjà noir dehors et la météo a annoncé de la neige. J'espérais seulement un peu de pluie, mais pas de chance. Je mets ma capuche et fourre les mains dans mes poches pour parcourir à pied les six pâtés de maisons tout en pensant à ce que Drew m'a dit.

L'histoire semble ridicule, incroyable et d'un autre temps.

Quelqu'un peut vraiment faire ça ? Enfermer une fille de seize ans ? La posséder ? Bordel, qu'est-ce que ça veut dire, d'ailleurs ?

Les bourrasques se transforment rapidement en gros flocons cotonneux qui recouvrent le sol. Ce serait très beau si, à ce moment précis, mon cerveau n'était pas occupé à intégrer ces informations. Je me sens un peu stupide. Drew a raison. Je ne devrais pas penser à un type comme Sergio Benedetti. Je ne devrais même pas le laisser entrer s'il revenait pour cette tasse de café.

Je ne prête pas attention en m'approchant d'Elfreth's Alley. La neige tombe fortement à présent et je presse le pas pour ne pas être mouillée. Je sors ma clé de ma poche lorsque je tourne au coin de la rue et me cogne contre quelqu'un.

— Oh ! Je suis désolée !

Je suppose qu'il s'agit de l'un de mes voisins, mais difficile de le savoir, car il me dépasse en vitesse, sans une excuse ni même un signe de reconnaissance. Je me retourne pour le voir partir. C'est un homme et il est plutôt grand.

— Connard !

Je baisse les yeux pour trouver mes clés, qui m'ont échappé des mains. Décidément, il faudrait que j'achète un porte-clés. Il me faut une minute pour les trouver dans la neige qui s'accumule rapidement. Lorsque je suis enfin en mesure de rentrer chez moi, mes doigts sont engourdis par le froid.

Pepper aboie deux fois avant de me rejoindre dans la cuisine à grands pas.

— Salut, Pepper.

Je la caresse en me remémorant ce que Sergio m'a demandé à propos des verrous. Je m'efforce de le sortir de mon esprit.

— Tu veux dîner ? demandé-je à Pepper tout en retirant mon manteau et mes bottes.

Je suspends ma doudoune au-dessus du radiateur et laisse mes chaussures détrempées sur le paillasson à côté de la porte. Je termine à peine de vider sa pâtée dans son écuelle quand on frappe à la porte.

J'essaye d'écarter la première pensée qui me passe par la tête – l'espoir que ce soit lui. Il me faut un moment pour atteindre la porte. La personne frappe à nouveau avant que j'ouvre.

Sergio Benedetti se tient sur le seuil, sublime et impressionnant.

Son sourire s'évanouit quand il constate que je ne l'invite pas immédiatement.

— Il neige dehors.

Je regarde autour de moi, lâche la poignée et fais un pas en arrière. L'histoire que Drew m'a racontée tourne en boucle dans ma tête.

Je le regarde piétiner sur place pour retirer la neige de ses bottes avant d'entrer et de refermer la porte sans me quitter des yeux. À mon tour, je m'inspecte du regard. Je porte un pull-over, un vieux jean déchiré et d'épaisses chaussettes en laine.

— Le gars de la météo ne s'est pas trompé, pour la première fois de sa carrière, lancé-je.

Il m'examine. C'est toujours l'impression qu'il me donne, de toute manière.

Mon esprit est occupé, trop affairé à digérer ce que j'ai appris aujourd'hui.

— Vous allez continuer à vous pointer devant ma porte comme ça ?

Les griffes de Pepper glissent sur le sol et je sais qu'elle va le rejoindre comme elle l'a fait la dernière fois.

Il caresse la tête velue, mais son regard est posé sur moi.

— Tu devrais porter un bonnet, dit-il, ignorant ma remarque.

Je touche mes cheveux et me rends compte qu'ils ont été mouillés pendant le trajet jusque chez moi.

— Pourquoi êtes-vous ici ?

— Un café.

— Quoi ?

— Un café. Tu te souviens ?

— Maintenant ?

Il me regarde comme si sa requête était la chose la plus normale au monde.

— Pourquoi pas maintenant ? En plus, nous n'avons pas fini de parler.

— Je ne m'étais pas rendu compte que nous avions à parler. Vous avez dit qu'il n'y avait pas d'entourloupe, vous vous souvenez ?

— Fais-moi un café, Natalie.

— Vous avez l'habitude de donner des ordres et qu'on vous obéisse ?

Il s'immobilise, semble y réfléchir, puis répond avec un sourire.

— Oui, effectivement.

C'était sans doute une question stupide.

— Tout d'abord, j'ai une question, osé-je.

Il incline la tête sur le côté.

— Tu es quelqu'un d'étrange, tu le sais ?

J'ignore son sarcasme.

— Qui est Lucia DeMarco ?

7

SERGIO

— Ah.

Je l'observe. Cette fille m'intrigue. Elle est mitigée, d'un côté elle aimerait m'envoyer balader, mais en même temps, je lui plais.

— Qu'est-ce que tu as fait, tu as cherché l'histoire sordide de la famille Benedetti sur Google ?

— Je n'ai pas besoin de Google. Tout le monde le sait.

— Tu ne le savais pas avant aujourd'hui.

Je fais un pas vers elle, soulève ses cheveux de son épaule et les mets derrière son oreille avant de prendre son menton dans ma main pour l'incliner. Sa bouche s'ouvre et ses yeux s'écarquillent.

— Et qui c'est, tout le monde ?

Elle recule et tourne le visage à la seconde où elle se rend compte qu'elle n'aurait pas dû dire ça.

— Je n'ai rien dit à personne à propos de… l'entrepôt. J'ai juste mentionné que j'étais tombée sur vous.

Elle s'éclaircit la voix, esquivant mon regard, avant de reculer d'un pas pour mettre de la distance entre nous.

— Je me demande seulement comment on peut posséder un autre être humain.

Elle croise les bras sur sa poitrine, s'efforçant d'avoir l'air sûre d'elle.

— Mais de quoi tu parles, bordel ?

— Je suis au courant pour Lucia. Je sais qu'elle n'avait que seize ans quand vous l'avez fait enfermer.

— Vraiment ?

Je la dévisage avant de décrire lentement un cercle autour d'elle. Je ne dis rien avant de lui faire face à nouveau.

— Tu sais, tu devrais vraiment me demander d'aller me faire voir, maintenant. De sortir et de ne plus jamais revenir, lui dis-je.

Je ne suis pas du genre à mâcher mes mots, à jouer à des jeux stupides.

Le temps est trop précieux pour ça, alors je vais jouer cartes sur table.

— Tu sais que je t'ai menti plus tôt. À propos des entourloupes.

Je suis si près d'elle qu'elle est bloquée entre moi, d'un côté, et le mur, de l'autre. Elle ne porte pas de maquillage, et pourtant, elle est d'une beauté à couper le souffle. Je me demande si elle en a conscience. J'approche mon visage du sien.

— Avec les hommes comme moi, il y a toujours des entourloupes, Natalie.

Elle passe une main dans ses cheveux, regarde partout sauf dans ma direction.

— Mais tu ne me rejettes pas, n'est-ce pas ? demandé-je. Pour une raison ou pour une autre, tu as envie que je sois ici. Ça t'a plu de me voir en ouvrant la porte.

— Non.

— Hmm.

Je prends ma lèvre inférieure entre mes dents. Son regard tombe momentanément sur ma bouche.

— Donc, plutôt que de me demander de partir, tu veux en savoir plus à propos de Lucia DeMarco. Tu en es sûre ?

Elle m'adresse un rapide hochement de tête.

— D'accord.

Je m'écarte, retire mon manteau et le pose sur le dossier d'une chaise avant de m'asseoir.

— Prépare-moi cette tasse de café.

Elle soupire. La table est trop grande pour la pièce et elle doit la contourner. Je la regarde remplir d'eau la cafetière italienne et y mettre deux cuillères de café. Elle me tourne le dos tandis que le café passe. Je me demande si elle se sent mal à l'aise, mais le silence ne me dérange pas. J'aime être ici, dans cette maison. J'aime être avec elle.

Lorsque le café fume, elle éteint le brûleur, remplit deux minuscules tasses d'expresso et en pose une devant moi. Puis elle tire une chaise et s'assied.

— Merci, dis-je en buvant une gorgée.

Il est bon.

— Lucia DeMarco est la vendetta personnelle de mon père. Pour information, je n'aime pas ce qu'il fait d'elle, mais afin de punir la famille DeMarco pour leur trahison, il a exigé un bien de valeur. Ses filles sont ce que DeMarco a de plus précieux, alors…

Je marque une pause.

— Il en a pris une.

— Il en a juste pris une ?

Je hoche la tête.

— Les gens ne sont pas des objets.

Je hausse une épaule.

— Il l'a enlevée pour vous ? demande-t-elle.

Je sais que c'est sur ce point qu'elle s'agace, et ça me plaît.

— Ça te dérange ?

— Quoi ? Non.

— Tu en es sûre ?

Elle ouvre la bouche, mais je poursuis :

— À ses vingt et un ans, elle appartiendra à ma famille.

— Ce n'est pas légal. C'est impossible.

Je lui donne une minute pour réfléchir à cette déclaration.

— Mais…

— Ferme-la, Natalie. Contente-toi d'écouter.

Étonnamment, elle la boucle.

— Tu veux que je te dise que Lucia DeMarco n'a rien à voir avec moi ?

Elle m'observe, répondant à ma question par la sienne :

— Que subit-elle en ce moment ? Qu'est-ce qu'elle ressent, à votre avis ?

— Ce n'est pas une question à laquelle je peux répondre, ni à laquelle j'ai envie de réfléchir. Les actes ont des conséquences. Il y a un prix à payer. C'est tout. Et tu ne devrais pas le romancer.

— Je ne le romance pas, mais elle est enfermée quelque part, pas vrai ?

— Elle est dans une excellente école pour filles, où elle reçoit une excellente éducation. Maintenant, ça suffit avec les DeMarco.

Elle se lève brusquement, emportant sa tasse vers l'évier.

— Que vous est-il arrivé à la main ? demande-t-elle, le dos tourné.

Je regarde ma main et le bleu qui s'y forme.

— Rien.

— Les affaires ?

Je dois l'admettre, elle est observatrice. Lorsque j'ai dû partir si brusquement la dernière fois, c'était à cause d'informations à propos de cet idiot de Vitelli. Roman pensait que j'avais été trop indulgent. J'ai toujours su que mon oncle avait le goût du sang. Mais cette fois, il avait raison. Ma conversation avec les frères n'a pas vraiment corrigé le plus jeune. Car Joe a eu une réunion, dont je suis presque sûr que son frère n'était pas au courant, avec une famille qui est très clairement ennemie de la nôtre.

Cependant, après ma visite ce matin au plus jeune des frères Vitelli, il ne parlera plus à personne pendant un moment. En fait, il aura même de la chance s'il reparle un jour.

La chaise érafle le sol lorsque je recule. Je suis derrière elle avant qu'elle ne puisse se retourner. Je passe mon bras autour de sa taille et pose ma tasse dans l'évier en la regardant. Enfin, je la retourne face à moi. Elle agrippe le plan de travail, derrière elle.

— Tu m'as demandé pourquoi j'étais là, tout à l'heure. Eh bien, je suis là parce que je veux te voir.

Elle ouvre grand les yeux.

— Il y a quelque chose chez toi qui n'arrête pas de me pousser à revenir, alors me voilà. Et je pense que tu ressens la même chose.

— Je...

— À propos de ma main, est-ce que tu veux que je te mente ? demandé-je.

Elle secoue la tête.

— Tu sais qui je suis. Qui est ma famille.

— Il faut que je m'en souvienne.

Comme elle ne me regarde pas, je l'y oblige.

— Je ne suis qu'un homme, Natalie.

Elle reste silencieuse.

— En chair et en os.

Ma main remonte dans son dos et j'empoigne sa nuque, enroulant ses cheveux autour de mes doigts pour tirer sa tête en arrière.

— Et tu me donnes envie.

Son cou frémit lorsqu'elle s'humecte les lèvres. Elle déglutit.

— Au mauvais endroit, au mauvais moment.

— Quoi ?

— Il y a eu un cambriolage dans une supérette de mon quartier, il y a six ans. J'avais quatorze ans. C'est ce que vous avez dit après avoir tiré sur l'homme qui m'aurait violée.

Je l'examine. Les yeux dans les yeux. Peu à peu, tout prend forme.

Je ne me souviens pas de grand-chose à propos de ce jour-là. J'étais tombé par hasard sur le cambriolage. J'avais besoin de pisser après une grosse soirée de fête. Bordel, peut-être bien que j'étais encore saoul. Les deux criminels étaient des toxicos. Des idiots. Mais lorsque j'ai vu ce connard essayer de retirer le jean d'une gamine, j'ai perdu le contrôle de moi-même. Je lui ai dit de fermer les yeux et j'ai tiré sur cet enfoiré pour m'assurer qu'il ne baise plus jamais personne.

Je suis reparti avant que les flics n'arrivent. J'ai pissé et j'ai déguerpi.

— Alors, tu as la fâcheuse habitude d'être au mauvais endroit au mauvais moment.

Je me penche, effleure sa bouche sous la mienne. Elle est douce. Et elle ne me repousse pas. Je ne ferme pas les yeux lorsque je l'embrasse. Je prends sa lèvre entre les miennes et la goûte.

— Tu as bon goût.

Je savais que ce serait le cas.

Elle ne sait pas quoi dire. J'approche ma bouche de son oreille et inspire, caressant sa mâchoire jusqu'à sa joue tandis que je m'imprègne de son odeur. Je sens son désir. Et lorsque je baisse mon visage et que j'écarte son pull-over pour embrasser la courbe délicate de son cou, elle halète, ses mains à plat sur mon torse. Une fois de plus, elle ne me repousse pas.

Je recule. Mon sexe est dur. Elle le voit qui se dresse dans mon pantalon et déglutit quand ses yeux sombres croisent les miens, plus noirs maintenant que ses pupilles sont dilatées. Avant qu'elle ne puisse dire quoi que ce soit, je passe son pull par-dessus sa tête et la hisse pour l'asseoir sur le plan de travail. Mes mains sur ses cuisses, j'écarte bien ses jambes et je m'y avance.

— J'ai aimé te regarder l'autre soir, lui dis-je.

Elle est presque à hauteur de mes yeux, à présent. Elle n'a qu'à incliner légèrement la tête vers le haut.

— Quoi ?

Sa voix tremble lorsqu'elle pose la question.

— J'ai aimé ça. J'ai aimé que tu sois nue. J'ai aimé écarter tes jambes. Te voir. Voir tout de toi. Et après t'avoir ramenée chez toi, j'ai regardé tes photos. Je les ai mémorisées.

Je la rapproche de moi, de telle sorte que ses jambes pendent du plan de travail et qu'elle puisse me sentir entre elles. Son soutien-gorge est en dentelle, sans rembourrage. Ainsi, je vois ses tétons durcir. Ma bouche descend vers l'une de ces pointes avides, contre laquelle je frotte mon menton. L'instant d'après, je prends son téton entre mes lèvres. J'aime sentir la rugosité de la dentelle contre la douceur de sa peau.

Ses mains se cramponnent à mes épaules.

— Je...

Elle ravale ce qu'elle était sur le point de dire lorsque je m'écarte pour passer les doigts sur sa poitrine, ses tétons. Doucement, je baisse les bonnets pour révéler ses seins et je les contemple, rebondis par-dessus la dentelle. Je croise à nouveau son regard tandis que je la soulève du plan de travail. Elle se tient debout devant moi. Passant une main le long de son ventre, je défais les boutons de son jean et la fermeture éclair. Ma main s'aventure à l'intérieur, dans sa culotte, et je prends son sexe dans ma paume. Au même moment, elle ferme les yeux, prend une inspiration rapide. Elle est humide. Je la sens et je la désire.

— Arrête.

Ce n'est qu'un murmure.

Je glisse un doigt en elle, dans sa moiteur. Je l'observe, ce faisant. Sa bouche est ouverte, ses yeux fixés sur les miens. Le désir brûle en eux. L'atmosphère entre nous est chargée de tension, de son odeur musquée.

— Tu es humide, constaté-je en frottant son clitoris entre mon pouce et mon index.

Elle ferme les yeux, se mord la lèvre. Pousse ses mains contre moi.

— Non.

Je pince le renflement charnu, le taquine. Elle penche sa tête contre mon torse, un poing posé là tandis que son autre main me repousse toujours. Sa respiration est pantelante et je pense qu'elle va jouir bientôt. Je veux la voir jouir. C'est ce que je désire le plus au monde à ce moment précis.

Elle lève les yeux vers moi. J'agrippe son sexe, l'attire. Tout en frottant à nouveau son clitoris, j'observe son regard.

Lorsqu'elle déplace ses mains sous ma veste et palpe mon torse, je sais exactement à quel moment elle touche l'acier froid de mon arme, car elle s'immobilise.

Merde.

Je la dévisage. Elle cligne des paupières et son désir se transforme en tout autre chose.

Je me racle la gorge.

— Tu devrais me dire de partir, dis-je d'une voix enrouée.

C'est la bonne décision. Je le sais. Elle le sait.

Je glisse ma main hors de sa culotte, mes doigts enduits de son humidité.

Elle agrippe les deux côtés de ma veste, la retire de mes épaules et regarde l'arme dans son étui, mais elle ne dit rien. Au lieu de ça, elle la touche. Je regarde ses doigts hésitants, délicats et fragiles. Mais lorsqu'elle referme sa main sur la crosse, je saisis son poignet, retire sa main et la repousse. Enfin, je lui tourne le dos et m'appuie contre le plan de travail, la maintenant à distance. J'ai besoin d'un instant. De plusieurs instants, même. Je rajuste l'entrejambe de mon pantalon et lorsque je la regarde à nouveau, elle est en train de m'observer.

Cette fois, c'est moi qui ne parle pas. Je lui lâche le poignet. Je remets les bonnets de son soutien-gorge en place et lui jette un dernier coup d'œil avant de me retourner, de prendre mon manteau. Sans me soucier de l'enfiler, j'ouvre la porte, même s'il gèle dehors, et je quitte la maison sans un au revoir.

8

NATALIE

Je garde les yeux ouverts dans mon lit longtemps après son départ. Je n'arrête pas de me réveiller pendant la nuit, les souvenirs à vif. C'est la première chose à laquelle je pense le matin.

Il est parti sans dire au revoir. Et je n'ai pas eu l'occasion de dire un seul mot avant qu'il ne s'en aille. La porte s'est fermée derrière lui et il s'est volatilisé. Il a disparu dans la nuit comme un fantôme. Comme s'il n'avait pas du tout été là.

C'est très étrange, une sensation des plus troublantes – quelque chose qui m'échappe –, mais c'est presque une prémonition. Sergio est là, puis il disparaît.

Juste comme ça.

Comme un fantôme.

Les aboiements de Pepper me préviennent qu'il y a quelqu'un à la porte. La sonnette est cassée depuis toujours. Je me lève, enfile un sweat à capuche et jette un œil par la fenêtre. Je sais que ce n'est pas Sergio. Pepper ne lui aurait pas aboyé dessus.

Trois hommes se tiennent à l'extérieur, deux en vestes noires avec un logo que je ne peux pas lire à l'arrière, et le troisième avec un long manteau foncé. Le type au manteau lève les yeux et croise mon regard par la fenêtre. Il ouvre grand les yeux comme pour dire : « Eh, ouvrez la porte ».

Je descends et garde une main sur le collier de Pepper lorsque j'ouvre. Je ne connais pas cet homme.

— Bonjour, dit l'inconnu au manteau.

Il se présente. Je ne comprends que son prénom.

— Sergio m'envoie.

Je suis désorientée.

— Quoi ? Pourquoi ?

Il est sept heures du matin. J'ai cours dans une heure, mais quand même. Enfin, je lis le logo sur l'uniforme de l'un des hommes derrière moi. C'est un serrurier.

— Il a dit que vous aviez besoin de nouveaux verrous. Nous terminerons aussi vite que possible et nous nous en irons. Messieurs.

Il pose une main sur la porte et l'ouvre, faisant signe aux deux autres d'entrer.

— Attendez. Vous ne pouvez pas débouler ici et...

— Madame, si vous me le permettez, ces verrous n'empêcheraient même pas un voyou médiocre d'entrer.

Je reste bouche bée. Il sort son téléphone de sa poche, dit quelques mots et le tend vers moi.

— Tenez.

— Quoi ?

— C'est pour vous.

Je suis tellement désorientée. Je prends l'appareil.

— Bonjour, dit Sergio avant que je puisse prononcer un mot.

J'entends presque le sourire dans sa voix.

— Est-ce que tu es responsable de ça ?

— Oui. Je sais qu'il est tôt, mais...

— Tu ne peux pas envoyer quelqu'un chez moi pour changer mes verrous. Je ne te connais même pas. Ce n'est pas ma maison. Qu'est-ce qui viendra ensuite, les fenêtres ?

— Peut-être. Si tu en as besoin.

— Non. Je plaisante !

— Les propriétaires apprécieront les nouveaux verrous, Natalie.

Je te le garantis. Je peux entrer chez toi par effraction avec une main attachée dans le dos.

— Personne n'essaye d'entrer chez moi par effraction.

Il ne parle pas pendant une minute et je repense à l'homme d'hier soir, celui qui m'a presque fait tomber en sortant de la rue.

Personne n'a essayé. Pour le moment.

— Je veux juste que tu sois en sécurité. Une jeune *femme* vivant seule, tu comprends... Je veux m'assurer que tu sois protégée.

Une femme. Il a donc écouté ce que j'ai dit.

— Nat ?

— Je n'aime pas qu'on m'appelle comme ça.

— Natalie ? corrige-t-il. Fais ça pour moi et je me débarrasserai des photos que j'ai prises.

— Vraiment ?

— Oui.

— Comment pourrai-je savoir que tu l'as fait ?

— Tu devras me faire confiance.

— Je suis perdue.

— À propos de ta confiance en moi ?

— À propos de tout.

— Nous pouvons en parler plus tard si tu veux, quand je t'emmènerai prendre tes photos à l'entrepôt.

— Je n'en ai plus besoin.

— Pourquoi ? Je pensais que c'était pour tes cours ?

— C'est le cas. C'*était*.

Je secoue la tête.

— Je ne vais pas faire le stage. Le prof est bizarre, de toute façon. Nous sommes plusieurs à travailler bénévolement dans son entreprise déjà et il en choisira un pour le stage d'été.

— Qu'est-ce que tu veux dire par « bizarre » ?

— Aucune importance.

Il se tait, mais je sais qu'il aimerait insister.

— Sergio ? J'ai une autre question pressante.

— Oui ?

— Est-ce que je suis en danger ?

— Quoi ? Non. Non, rien à voir. Ce sont juste des verrous de merde. Laisse-moi faire ça pour toi.

— Ils sont anciens, c'est tout.

— Exact. Nous allons les mettre au goût du jour. Un cadeau pour les propriétaires.

— D'accord. Mais la prochaine fois, parle-m'en d'abord.

— Je l'ai fait. Je t'ai dit qu'ils étaient merdiques.

— Je ne pensais pas que ça voulait dire que tu les remplacerais.

Je regarde l'heure.

— Merde. Je vais être en retard en cours.

— Éric va s'occuper de tout. Tu peux partir à la fac.

— Euh, d'accord, merci.

— Parle-moi de ce prof.

— Non. Ce n'est rien.

Soudain, je suis inquiète. Sergio n'entre pas dans ma vie à petits pas. Il s'y engouffre et j'ai la sensation qu'il écartera tout ce qu'il a besoin d'écarter sur son passage sans y penser à deux fois.

— Je dois y aller.

9

SERGIO

Il m'a fallu faire appel à toutes mes forces pour partir hier soir.

Ce que je voulais, ce que j'aurais fait avec toute autre femme, c'est la déshabiller entièrement, la pencher sur le plan de travail de la cuisine et la baiser sans ménagement. L'emmener au lit. La baiser encore. Et encore.

Ensuite, je serais parti. J'aurais pris la porte et je ne serais jamais revenu. Je n'y aurais jamais repensé.

Pourtant, avec elle, c'est différent. Avec elle, tout est différent.

Au mauvais endroit. Au mauvais moment.

Elle a été placée sur mon chemin deux fois.

Je termine mon café et je me dirige vers la voiture. En envoyant Éric s'occuper des verrous, je me prive de garde du corps ce matin. Mon père se mettra en colère contre moi quand il l'apprendra, ce qui est toujours le cas. J'ai besoin d'un garde du corps. J'ai des ennemis. Je le sais très bien.

Ce qui m'amène à Natalie.

Si je ne fais pas attention, elle deviendra une cible potentielle. Et je me sens très protecteur par rapport à elle.

Ces verrous devaient être changés. Ils n'empêcheraient personne d'entrer et cette chienne est trop vieille pour la protéger.

Son allusion au prof ne me plaît pas du tout.

Mon téléphone sonne quand je monte dans la voiture. Je regarde l'écran. C'est mon père.

— Il est tôt pour toi, non ?

— J'ai entendu dire que le petit Vitelli était à l'hôpital.

— Effectivement.

Je jette un coup d'œil à l'hématome sur la jointure de mes doigts. Faire le sale boulot moi-même ne me dérange pas. Je ne voudrais pour rien au monde être l'un de ces hommes qui ont peur de se salir les mains.

— Il aura de la chance s'il réussit à reparler un jour, dit-il.

— Ma première réunion n'avait pas eu l'effet escompté.

— Roman pense que ça va contrarier le vieux Vitelli.

— Roman doit apprendre à rester à sa place.

— Il avait raison, la dernière fois.

— Je vais avoir une réunion avec le père Vitelli aujourd'hui. Il se montrera reconnaissant de ma retenue. Mon plan n'est pas d'inciter une nouvelle révolte comme celle des DeMarco. C'est d'obtenir le respect et, peut-être plus important encore, l'obéissance.

— Le pouvoir corrompt.

— Le pouvoir absolu corrompt absolument, dis-je. Quelle est notre place dans tout ça, à nous, les Benedetti ? À moins qu'on n'entre pas du tout en ligne de compte ?

Il y a un moment de silence.

— Assure-toi de prendre Éric avec toi, et au moins deux autres soldats. Roman aussi.

— Il y aura la sécurité, mais mon oncle peut rester chez lui, cette fois.

En temps normal, mon père aurait géré cela lui-même. C'est moi qui ai volontairement pris quelques dossiers en main, car avec la maladie de ma mère, il a été distrait ces derniers temps. J'ai beau avoir confiance en Roman, qui se montre loyal envers lui et notre famille, il y a des moments où il est ambitieux – un peu trop, d'ailleurs. Ce n'est pas un Benedetti. C'est le frère de ma mère. Il a beau être *consigliere*, c'est moi le fils, successeur de mon père.

— Sergio…

— Est-ce que le rendez-vous de maman est au cabinet du docteur Shelby ? demandé-je, même si je le sais déjà.

Je sens immédiatement le changement d'humeur. Aujourd'hui est un jour important. Nous allons découvrir si la chimiothérapie de ma mère a fonctionné. Je sais que mon père est mort de peur. En réalité, c'est la première fois que je vois mon père effrayé.

— Oui. À l'hôpital.

— D'accord. On se voit là-bas.

— Une dernière chose avant que tu raccroches. Je veux qu'Éric soit avec toi vingt-quatre heures sur vingt-quatre, sept jours sur sept. C'est pour ça que je le paye. Si tu veux aller baiser une fille quelconque, vas-y, mais il reste. Je me fiche du quand et du comment. Il reste, c'est compris ?

La façon dont il a dit « une fille quelconque » me tape sur les nerfs.

— Détends-toi, papa.

J'entends une porte claquer chez mon père.

— Que je me détende, il me dit ! s'exclame-t-il.

Ce n'est pas à moi qu'il parle.

— Ton oncle vient d'entrer. Vingt-quatre heures sur vingt-quatre, sept jours sur sept, Sergio. Je ne céderai pas sur ce point.

— D'accord.

J'arrive enfin au restaurant, lieu de réunion avec Vitelli. Mes gars ont déjà inspecté l'endroit et j'en suis à mon deuxième expresso quand Vitelli et deux de ses hommes entrent. Je ne l'ai pas vu depuis le mariage, il y a huit mois, mais il n'a pas beaucoup changé. Il a peut-être un peu plus de cheveux gris, pourtant il a la même expression sur le visage, celle d'un homme qui sent les autres redevables pour cause d'un passé en commun, et je n'aime pas ça.

Une fois que mes hommes ont fini de les fouiller, Vitelli s'approche seul de la table.

— Sergio, dit-il en guise de salutation.

Nous ne nous serrons pas la main.

— Assieds-toi.

Je fais signe à l'unique serveur.

— Qu'est-ce que tu veux ?

Il regarde mon expresso et commande la même chose.

— Comment va Joe ? demandé-je.

Personne n'a dit qui lui avait infligé ses blessures, mais nous le savons tous.

— En convalescence, répond-il d'un ton las. Mais ce sera long.

Je hoche la tête. Je prends une petite gorgée de café tandis qu'on lui apporte le sien. Le silence traîne en longueur, mais cela ne me dérange pas. Je veux qu'il entre lui-même dans le vif du sujet.

— Écoute, Sergio, nos familles se connaissent depuis longtemps. Nous étions voisins en Calabre.

— C'était il y a longtemps.

— Oui, mais nous avons un passé. Des racines en commun. Mes garçons…

Il se concentre sur sa petite tasse et je vois sa bouche se pincer, je sens la rage qu'il y a derrière.

Des hommes violents. Voilà ce que nous sommes. Lui et moi.

Il lève à nouveau les yeux.

— Mes garçons ont merdé, Sergio.

— Oui, exactement. Et Joe a merdé deux fois.

— Mon cadet est dans un putain de lit d'hôpital avec le visage recousu.

Impassible, je le fixe du regard. Je lui donne une minute pour se reprendre.

— Vous jouiez ensemble quand vous étiez petits, pour l'amour du ciel !

— Comme je l'ai dit, c'était il y a longtemps. Je sais que tu n'étais pas au courant de ses transactions, mais je ne suis pas sûr que ce soit une excuse. Si tu n'es pas capable de contrôler ta famille…

Je laisse ma phrase en suspens.

Ses épaules se crispent visiblement, et un moment plus tard, il s'éclaircit la gorge. C'était une erreur, reconnaît-il, sachant où je veux en venir, à savoir qu'il peut facilement être remplacé.

Suis-je surpris qu'il accorde plus de valeur à sa position qu'à la loyauté envers ses propres fils ?

— Ça va se reproduire ?

— Non.

— Si c'est le cas, quelqu'un se retrouvera dans une boîte plutôt que dans un lit d'hôpital. Est-ce clair ?

Son cadet a hérité de ses yeux. La même arrogance en émane.

— C'est clair, Sergio.

Il est sur le point de se lever, mais s'arrête en plein mouvement.

— Comment va ta mère ?

Je sens mes yeux se plisser, la haine me traverser.

— Ton oncle m'a dit qu'elle avait fini ses traitements.

Mon oncle a fait quoi ? Il doit percevoir ma surprise, car je devine la victoire dans ses yeux.

— Souhaite-lui un bon rétablissement de la part de ma famille.

— Au revoir, monsieur Vitelli.

Je le regarde partir, fou de rage. Comment mon oncle ose-t-il parler de nos histoires familiales privées à qui que ce soit ? En particulier de ce sujet.

En regardant ma montre, je me lève et me dirige vers la porte arrière. Éric est à côté de la voiture. Je monte, préoccupé à présent. Cette réunion ne s'est pas déroulée comme prévu. Pas comme je m'y attendais, du moins. Je suis distrait tandis que nous prenons le chemin de l'hôpital, mais une fois que je sors, j'inspire et me reprends. Je m'occuperai de Roman plus tard. Pour l'instant, je dois être présent pour ma mère.

Lorsque j'arrive au cabinet du médecin, ils m'attendent. Ma mère et mon père sont assis en face du docteur, la tête de ma mère enveloppée dans un foulard bleu sarcelle. Roman est debout sur le côté.

— Sergio, dit-elle en me voyant. Te voilà.

— Maman.

Elle se lève et je la prends dans mes bras. Je sens tout le poids qu'elle a perdu. Et je crois que je sais déjà ce que le médecin va nous dire. Je pense qu'elle aussi lorsqu'elle s'écarte et m'adresse un faible sourire. Je me demande si tout cela n'est pas dans notre intérêt. Si elle n'est pas en train de se prêter au jeu. De donner de l'espoir à mon père, car elle sait ce qui lui arrivera sans cela.

Un moment plus tard, la porte s'ouvre et mes deux frères entrent. Salvatore me voit en premier, me salue, puis dit bonjour à notre mère. Dominic va directement vers elle et lorsque tout le monde s'est salué, elle lui désigne la chaise voisine. Elle garde l'une de ses mains entre les siennes.

Dominic est différent de Salvatore. Lui, je le comprends. Nous sommes proches tous les deux. Mais Dominic a de la colère en lui. De la rage, même. Il est dominé par la jalousie. En un sens, ce n'est pas sans raison. Il est né en troisième. S'il m'arrivait quoi que ce soit, Salvatore serait le prochain sur la liste pour régner. Et régner, être le roi, c'est ce que mon petit frère désire plus que tout. Parfois, je me demande à quel prix.

Une fois que nous sommes tous réunis, le médecin met ses lunettes et ouvre un dossier sur le bureau. Et là, il nous annonce la nouvelle.

10

NATALIE

Je n'ai pas vu Sergio depuis trois jours et je suis sans nouvelles. Je suis déroutée, sans savoir vraiment ce que je devrais ressentir. Sans savoir si je devrais sentir quoi que ce soit.

S'il a disparu, c'est pour le mieux. Drew a raison. Je ne peux pas me lier avec quelqu'un comme lui. Qu'est-ce que j'ai dans le crâne, bordel ? Mais pourquoi est-il parti sans dire au revoir ? Je ne comprends pas.

Il est vingt-trois heures passées lorsqu'on frappe à ma porte. Je suis dans le salon, en train de réviser pour un examen. Pendant un court instant, je suis ravie d'avoir de nouveaux verrous, mais je m'empresse de me secouer.

On frappe à nouveau, plus fort cette fois.

— Un instant, crié-je en fermant mon sweat à capuche.

Un froid humide s'accroche aux murs de la maison en ces jours d'hiver enneigés. Je comprends pourquoi les propriétaires s'en vont jusqu'au printemps.

Je regarde par la fenêtre située à côté de la porte. Si son visage n'était pas tourné vers le lampadaire, je n'aurais pas ouvert, mais c'est lui.

Je tire le verrou. Sa main est à moitié brandie, prête à frapper à nouveau, et je vois tout de suite qu'elle est en mauvais état.

— Sergio ?

Il me regarde comme s'il était presque surpris de me voir. Il se gratte la tête. Son manteau est ouvert et il ne porte ni gants, ni bonnet, ni écharpe. Son visage est rouge comme s'il avait été fouetté par le vent qui n'a pas cessé de hurler depuis une heure.

— J'étais en train de marcher.

Je peux sentir le whisky dans son haleine.

— Il gèle. Tu es venu à pied ce soir ? Jusqu'ici ?

Il émet un grognement et jette un œil derrière moi, à l'intérieur de la maison.

— Est-ce que tu es saoul ?

Il reporte son regard sur moi, secoue la tête, mais je ne suis pas convaincue. Il entre sans attendre d'y être invité. Je ferme la porte en frissonnant dans le froid.

— Que se passe-t-il ? demandé-je.

— Une longue journée.

Il s'arrête, le regard dans le vague.

— Une putain de longue semaine. Tu as quelque chose à boire ?

— Du café ?

Sans surprise, il secoue la tête.

— Quelque chose de plus fort.

— Hmm.

J'entre dans le salon. Il me suit. Je ne bois pas de whisky, ce qu'il cherche, à mon avis, mais les propriétaires en ont une réserve. J'ouvre le placard et passe en revue la variété de bouteilles. Sergio se place derrière moi, tout proche. Je me tourne vers lui, examine son visage. Il parcourt la sélection et, un moment plus tard, il choisit une bouteille dans le fond. Il ne se donne pas la peine de verser l'alcool dans un verre et le boit directement au goulot.

— Est-ce que ça va ? demandé-je prudemment.

Il me regarde, ses yeux féroces dans la pièce faiblement éclairée. Il avale une autre gorgée, chancelant sur ses pieds.

— J'ai une clé, dit-il en sortant un porte-clés de sa poche.

— C'est bien.

Je ne vois pas où il veut en venir, alors je tends la main vers la bouteille.

— Peut-être que tu as assez bu.

Il la reprend et fourre les clés dans sa poche de derrière, puis il boit à nouveau. Lorsqu'il fait un pas de côté, il heurte son tibia contre la table basse et marmonne un juron.

— Et si tu t'asseyais ? dis-je en le prenant par les épaules et en le tournant vers le canapé. Donne-moi ton manteau.

À contrecœur, il me laisse prendre la bouteille le temps qu'il se déshabille. Il s'avachit sur le canapé et récupère le whisky pour en boire une nouvelle rasade.

— Qu'est-ce que tu faisais ?

Il prend mon livre.

— Rien, dis-je en lui arrachant résolument la bouteille pour remettre le bouchon.

— Parle-moi de ce professeur.

— Quoi ? Oh.

Il veut parler du professeur Dayton.

— Rien.

— Dis-moi.

— C'est juste un autre de ces hommes qui pensent avec leur pénis. C'est tout. Ce n'est pas important, je gère.

— Est-ce qu'il t'a touchée ?

— Ce n'est rien.

— Est-ce qu'il t'a touchée, bordel ?

— Il a passé une main sous ma jupe.

Les poings de Sergio se serrent. Je l'observe, ses yeux surtout. C'est un terrain dangereux. Dangereux pour le professeur Dayton.

— Oublie ça. Il n'y a rien eu de plus. Et je ne vais pas faire le stage, de toute façon. Je vais partir, en fait.

— Nat...

— S'il te plaît.

Ses yeux se plissent, comme s'il réfléchissait, et lorsqu'il hoche la tête, je suis surprise.

— Est-ce qu'il s'est passé quelque chose, ce soir ?

Il prend une grande inspiration, expire et me regarde, puis il me tient les mains et les garde pendant une longue minute.

— La vie est courte.

Il me relâche, passe ses deux mains dans ses cheveux et s'appuie contre le dossier du canapé. Pendant un instant, c'est comme s'il partait à la dérive ; il semble tellement absorbé dans ses pensées. Puis il tourne à nouveau son regard vers moi et se contente de m'observer un long moment. Lorsqu'il se lève, il est solide sur ses pieds et il a ce même regard que l'autre nuit. Mon corps le comprend avant que mon esprit ne l'intègre.

— Trop courte pour la gâcher, dit-il.

Il agrippe la fermeture éclair de mon sweat entre deux doigts et la fait glisser vers le bas, me le retire et le laisse tomber par terre.

— Natalie.

Il dit mon nom, puis il s'arrête, observant mon visage avant que son regard ne s'égare sur mes épaules et mes bras nus.

— Tu es belle, tu le sais ?

Il mange ses mots, titubant à nouveau.

Je l'observe. C'est étrange, la façon dont il me regarde. Intense et sombre.

Il saisit l'ourlet de mon débardeur et le passe par-dessus ma tête.

— Je veux te voir. Tout entière.

— Sergio, tu es saoul.

J'essaye de repousser ses mains.

— Non, darling, pas si saoul. Bon sang, je ne suis jamais saoul à ce point.

D'un doigt contre mon ventre nu, il me fait reculer.

— Attends, Sergio...

— Chut, dit-il en effleurant mes lèvres. J'ai juste envie de te voir.

Il se penche et m'embrasse, poussant mon dos contre le mur. Son sexe est épais entre nous. Ses yeux brûlent lorsqu'il s'écarte.

Agrippant mon survêtement à deux mains, il se met doucement à genoux, faisant glisser mon pantalon sur mes cuisses jusqu'aux pieds. Mes chaussettes suivent le mouvement et je me retrouve pieds nus, en soutien-gorge et culotte. Il m'adresse un coup d'œil avant de passer les doigts sous l'élastique de la culotte pour me la retirer. Je fais un pas de côté, et à ce moment-là, il empoigne mes cuisses et les écarte de force. Puis il me regarde. Il contemple longuement mon sexe nu.

Mon clitoris palpite sous ses yeux et il m'adresse un regard aux paupières tombantes avant de placer ses pouces de part et d'autre de ma fente pour m'entrouvrir.

— Sergio.

— Silence.

Il se penche, inhale profondément, puis me lèche sur toute ma longueur.

Je halète en avalant une grande bouffée d'air.

— J'ai envie de toi, dit-il, la tête penchée pour recommencer, forçant mes jambes à s'écarter davantage tandis qu'il plonge sa langue en moi avant d'en revenir à mon clitoris pour le prendre entre ses lèvres et le sucer.

— Oh, putain.

Je m'agrippe à lui, à ses bras, à sa tête. Il soulève l'une de mes jambes au-dessus de son épaule tout en me dévorant. Lorsqu'il prend mon clitoris entre ses lèvres à nouveau et le suce avidement, j'empoigne ses cheveux et me frotte contre lui. C'est alors que je bascule. Je jouis tellement fort que je ne peux pas rester debout sans qu'il me retienne. Sans sa main sur mon ventre qui me pousse contre le mur, son autre main autour de ma hanche pour me maintenir droite.

Lorsque je suis alanguie et pantelante, Sergio se lève. Il passe le dos de sa main sur sa bouche, un sourire aux lèvres et une ombre dans les yeux. Il m'embrasse avec passion, écrasant ses lèvres contre les miennes avant de me soulever dans ses bras et de m'emporter à l'étage. Dans ma chambre, il appuie sur l'interrupteur et les lampes de chevet s'allument, tamisées de chaque côté de mon lit. Il me pose sur le matelas. Lorsque j'essaye de m'asseoir, il secoue la tête, me repousse en arrière et écarte largement mes jambes pour se positionner entre elles. Il se penche en avant, agrippe mon soutien-gorge à deux mains et l'arrache d'un coup sec, abandonnant les lambeaux, m'exposant, m'exhibant comme l'autre soir. Il me regarde de haut en bas, maintenant mes jambes écartées, toujours entre mes cuisses, et il passe son pull par-dessus sa tête.

Je retiens ma respiration en découvrant ses bras et ses épaules très tatoués. Je n'en avais aperçu qu'une trace sur ses avant-bras le premier soir. Il est très musclé, son ventre est ferme et lorsqu'il saisit sa ceinture pour la desserrer, mes yeux parcourent le chemin de poils sombres disparaissant en dessous. Je passe la langue sur mes lèvres en attendant qu'il retire son pantalon et son caleçon, puis je le regarde. Je regarde son sexe, le gland déjà luisant. Il me laisse l'apprécier et j'ai envie de lui. Je ne peux pas me contenter de sa langue sur moi. En moi.

— Tu es trempée, commente-t-il en levant mes cuisses, repoussant mes genoux vers le haut pour me regarder tout entière. Tu dégoulines presque.

Je prends une profonde inspiration lorsque sa verge me touche, lorsqu'elle se frotte sur mon sexe.

— Sergio. Un préservatif. Il faut un préservatif.

— Chut. Je veux juste te sentir, être en toi. Rien qu'une seconde.

Il se glisse en moi sans protection, prend une grande inspiration et s'immobilise, les yeux fermés. Là, il laisse échapper un long et profond gémissement. Pendant un instant, je me contente d'observer son visage et de le garder en moi. Il ne s'agit pas que de sexe. Il ne s'agit pas que de jouissance. Pas à ce moment précis.

— On ne peut pas... préservatif, dis-je en me forçant, même si tout ce que je voudrais à présent, c'est qu'il reste ainsi, chaud à l'intérieur de moi, et proche, tellement proche, putain.

Il se retire et se penche pour m'embrasser, pesant de tout son poids sur moi un moment avant de s'écarter. Il ne lâche pas mes jambes, les gardant ouvertes un instant de plus avant de me retourner. Aussitôt, cette intimité disparaît. C'est du sexe, à présent. Il ne s'agit plus que de jouissance, au contraire.

— Lève-toi, Natalie. À quatre pattes.

J'obéis. Putain, j'ai envie de lui. J'ai envie qu'il me regarde. J'ai envie qu'il me touche. Qu'il me lèche. Qu'il soit à l'intérieur de moi.

— C'est bien. Maintenant, pose ton visage sur le lit. Je veux te voir tout entière.

Il prend mon clitoris entre deux doigts lorsqu'il me donne cet ordre et je ne peux que gémir et enfouir mon visage dans les draps. C'est alors que je sens ses mains sur moi, sur mes fesses, m'ouvrant davantage, puis sa bouche revient et se ferme sur mon sexe. Sa langue plonge en moi avant de glisser vers mon anus.

Je prends une grande inspiration et me crispe.

— Détends-toi, fait-il d'une voix rauque.

Sa main derrière ma tête, il me maintient baissée.

— J'ai envie de toi, Natalie. Tout entière.

Je me cambre tandis que sa langue joue entre mes fesses, décrivant des cercles avant de replonger dans mon sexe. Il me dévore, m'arrache des soupirs de plaisir, et bientôt, un nouvel orgasme me traverse. Je jouis pour la deuxième fois sous sa bouche experte.

Enfin, je m'écroule sur le lit lorsqu'il me retourne à nouveau et s'installe entre mes jambes. Avec tout son poids sur moi, il m'embrasse.

— J'aime ton sexe, dit-il à mon oreille. Et j'aime tes fesses. Et j'adore te voir jouir. Et t'entendre jouir. C'est ce qu'il y a de mieux au monde, putain.

Je ferme les yeux et je le serre contre moi, attirant son visage dans mon cou pour qu'il ne me voie pas. Je suis mal à l'aise. Personne ne m'a jamais fait ce qu'il vient de me faire. Je n'ai jamais joui aussi fort qu'avec lui.

Il se redresse et m'écarte à nouveau les jambes. Je ne pense à rien d'autre qu'à mon envie de le recevoir en moi. Je veux sentir sa chaleur, sa dureté, son désir. Et lorsqu'il se glisse entre mes cuisses, m'étirant sur son passage, c'est ce qu'il me faut. C'est exactement ce qu'il me faut, putain ! Il laisse échapper un gémissement et ferme les paupières un moment, un instant, s'ancrant profondément en moi. Puis il rouvre les yeux et les darde dans les miens avant de se retirer.

Il met la main dans la poche du pantalon qu'il a jeté et sort son portefeuille. Il y prend un préservatif, l'ouvre, le déroule sur sa verge épaisse, puis il me pénètre. Je ferme les yeux et me cambre tandis qu'il m'étire une fois de plus.

Je n'avais jamais couché avec un homme en laissant la lumière allumée auparavant. Je n'avais jamais couché avec quelqu'un comme ça, nos visages à quelques centimètres l'un de l'autre, les yeux grands ouverts, entourée du bruit de nos ébats, de leur odeur. Les coudes de Sergio se referment autour de mes bras et il tient mon visage en m'embrassant, prenant à peine ma lèvre entre les siennes avant de la relâcher, sans qu'aucun de nous ne cligne des paupières, pas une seule fois. Nous avons le souffle court, tout juste des bouffées d'air.

Il émet un râle qui provient des tréfonds de sa poitrine. C'est primal, à vif. Je le sens s'épaissir davantage et je suis sur le point de jouir. Je vais avoir un nouvel orgasme. Lorsqu'il me pénètre une dernière fois tout en m'observant, me laissant l'observer, j'explose. Au moment même où il palpite en moi, où je le sens jouir, le plaisir m'emporte. Tout en cet instant me semble tellement parfait. Tellement parfait, putain.

Et ça me fiche une trouille bleue.

Je ferme les yeux et me laisse aller à ressentir, à me perdre dans la sensation, dans l'extase. Lorsque nous terminons, je suis épuisée. Vide et légère. J'ouvre les yeux en clignant des paupières et constate que Sergio est encore sur moi. L'expression de son visage est étrange, indéchiffrable. Je ne me rends pas compte que je pleure avant qu'il pose son pouce sur mon visage, essuyant une larme qu'il étale sur ma joue.

Il a fait la même chose le premier soir. À l'entrepôt. Comme s'il était captivé par mes larmes.

Il est silencieux, complètement immobile, et il est encore entre mes jambes, toujours en moi. Toujours en train de me regarder.

— Est-ce que je t'ai fait mal ?

Je secoue la tête. C'est tout ce que je réussis à faire, car à ce moment précis, je suis incapable de parler. Je ne peux pas former de mots.

Mais ce n'est pas ça. Il ne m'a pas fait mal. C'était parfait. Idéal.

Trop de sensations.

Il se lève et s'éclipse dans la salle de bains. J'entends l'eau couler quelques minutes plus tard et il ressort en s'essuyant les mains sur une serviette. Je tire la couverture à moi et m'assieds tandis qu'il se rhabille. Il me regarde pendant tout ce temps.

— Tu peux rester. Il est tard, lui dis-je.

Il secoue la tête et je vois bien à son expression qu'il a quelque chose à l'esprit.

— Pourquoi est-ce que tu pleurais ? demande-t-il en mettant ses chaussures avant de s'asseoir sur le bord du lit.

— C'est beaucoup trop, tout ça.

Je chasse aussitôt cette pensée. Je ne veux pas en parler. Je ne crois même pas en être capable, pas avant de comprendre le bordel qui est en train de se dérouler dans ma tête.

Il m'examine un peu plus longtemps puis se lève, m'allonge et prend la couverture qu'il tire sous mon menton. Il se penche et dépose un baiser sur mon front avant de se diriger vers la porte.

— Pourquoi étais-tu contrarié quand tu es arrivé ? demandé-je alors qu'il tend le bras vers l'interrupteur.

Il s'arrête, mais ne se retourne pas.

— Ma mère est malade, dit-il en baissant la tête, et elle ne va pas guérir.

Il éteint les lumières, puis se retourne franchement. Je peux seulement discerner son visage grâce à la lueur du lampadaire devant ma fenêtre.

— Je le savais, mais j'imagine que j'avais encore de l'espoir.

Je me redresse en tenant la couverture contre moi.

— Je suis désolée.

Il se frotte la nuque, hoche la tête et se retourne. Une fois de plus, il est perdu dans ses pensées, comme s'il était retourné là où il était juste avant de venir ce soir. J'entends ses pas alors qu'il descend l'escalier. J'entends la porte d'entrée s'ouvrir et se refermer. Je ne me lève pas pour le regarder partir, cette fois. Je ne veux pas le faire. J'ai encore son départ de l'autre soir en tête et ça me donne le frisson.

C'est un présage.

Un mauvais présage.

11

SERGIO

Je franchis la porte de ma maison, laisse tomber mes clés sur la petite table, retire mon manteau et l'abandonne sur le sol. J'aurais dû rester avec elle. Ce que je veux plus que tout au monde à présent, c'est m'allonger à côté d'elle et la regarder dormir. L'écouter respirer. Tenir cette créature tangible, vivante. La tenir tellement fort qu'elle ne disparaîtra pas, comme tout le reste.

Dans le salon, je prends une bouteille de whisky et un verre en cristal. Les lumières sont toujours éteintes et je ne les allume pas. Au lieu de ça, je me dirige vers mon bureau. Cette maison est tellement calme. Tellement immobile. Les rideaux dans le bureau sont toujours tirés. C'est la pièce la plus obscure de la maison.

Je contourne mon bureau et allume. En dessous, je prends un long rouleau qui ressemble à un ancien parchemin. Ça n'en est pas un. Mais c'est censé y ressembler. Je le déroule, lissant les bords et examinant les cases noires et blanches, les parties grises et usées où j'ai effacé et redessiné, effacé et dessiné à nouveau bien trop souvent. Où j'ai érodé le papier jusqu'à laisser un petit trou dans l'une des cases.

C'est pour ça que je suis revenu chez moi. J'ai du travail à faire.

Sans y prêter attention, je me verse un verre de whisky et je pose la bouteille sur un coin de la feuille, sirotant avant de passer au coin suivant. Je le cale sous la lampe, puis un autre sous le presse-papiers tandis que je m'assieds. Une dernière gorgée, puis mon verre se pose sur le dernier côté et le parchemin est exposé à ma vue.

Je n'ai pas besoin de détourner le regard pour ouvrir le tiroir et prendre mes crayons. Des fusains, pour dessiner. La callosité sur mon majeur est encore assombrie par toutes les fois où je les ai tenus entre mes doigts.

Tout l'arbre généalogique des Benedetti est devant moi, depuis des générations. Je me demande si quelqu'un va continuer à le mettre à jour quand je ne serai plus là. Quand je serai l'une des cases qui doivent être effacées. Redessinées. Les dates inscrites, enfin.

Je ne trouve pas la gomme tout de suite et me tourne pour fouiller dans le tiroir. Elle a glissé au fond. Je la prends, ainsi que ma règle, et j'efface la ligne déjà étalée autour de la case de mon cousin. Je veux qu'elle soit parfaite.

Personne n'a vu mon petit projet, pas même Salvatore. C'est morbide, je le sais. Mais cela m'occupe tellement l'esprit, de plus en plus chaque jour qui passe.

Lorsque j'ai fini de redessiner la case, je retrace les dates. Ce cousin avait dix-sept ans lorsqu'il a été tué. Un accident de voiture, pas de violence de la part de la mafia. Seulement trop d'alcool et de stupidité. On a de ceux-là aussi. La vie. Normale. La mort.

Quand c'est fait, je tourne mon regard vers la case de mon père. Puis celle de ma mère. Je touche la sienne du bout du doigt. Il ne faudra pas longtemps avant que j'y ajoute une date.

Je prends une grande inspiration, frotte les poils sur mon menton. Si je ne me rase pas bientôt, ça deviendra une putain de barbe. Je détourne les yeux et les baisse vers les cases de mes frères. Vers la mienne. C'est drôle, j'ai connecté les leurs à des cases vides pour les épouses qu'ils finiront par avoir. Leurs familles.

J'ai dit à Natalie que le temps était précieux, mais la famille aussi. Les enfants. Une femme, putain.

Je ravale toute cette merde, ravale la boule dans ma gorge qui m'étrangle, je l'enfouis dans mes entrailles. Je me fais violence, regarde mon propre nom écrit là. Je serai le chef de cette famille, un jour. Cela arrivera quand j'aurai ajouté une date sous la case de mon père. Ça ne me dérangera pas. Au contraire, j'en ai envie. Et ce n'est pas comme si je ressentais de la culpabilité pour ce que je fais. Je n'en éprouve aucune. Je suis très à l'aise avec qui je suis. Seulement... tout est toujours doux-amer.

Parce qu'il faut toujours que quelqu'un meure.

J'aligne la règle, dessine presque un trait, ajoute presque une case, mais je m'arrête net. Je ne peux pas le faire, car si je le faisais, je la condamnerais.

Au lieu de quoi, je prends une feuille blanche du même type de papier. Celle-ci est au format d'une lettre. Je le fais confectionner tout spécialement – la vanité, je suppose. J'aime les belles choses.

Je pose la feuille au-dessus de la carte de notre famille – notre cimetière – et je prends mon verre, avale ce qu'il me reste de whisky. Je m'en verse un autre et me mets au travail.

De mémoire, je commence par ses yeux. En forme d'amandes et tellement sombres qu'ils sont presque noirs. Les yeux sont ce qu'il y a de plus difficile. Ils contiennent l'âme. Et je veux voir son âme. Je le désire plus que tout à ce moment précis.

Ça prend du temps, mais j'ai toute la nuit. Mes mains deviennent grises à cause des fusains tandis que je me trompe, efface et recommence, encore et encore. Je veux la dessiner comme elle était ce soir. Quand elle a joui. Douce, ouverte et éperdue. Éperdue face à moi.

Elle ne s'est pas rendu compte qu'elle pleurait avant que j'essuie sa larme. C'est une sensation des plus étranges, je n'ai pas de mots pour la décrire et je ne veux pas oublier ça, jamais. La mémoire est tellement fragile !

Lorsque je termine les yeux, je m'adosse dans mon fauteuil et contemple mon travail. Je respire avec le haut de la poitrine – je retenais ma respiration sans m'en rendre compte. Je tends la main pour prendre mon verre, mais il est vide, alors je me lève pour atteindre la bouteille et le remplir à nouveau, renversant quelques gouttes sur l'arbre généalogique. Je les essuie avec ma manche et bois le liquide brûlant d'une seule traite. J'aurais voulu qu'il m'engourdisse un peu, mais il m'en faut beaucoup ces jours-ci.

Je mets le dessin de côté et regarde à nouveau ma case sur l'arbre généalogique, la ligne que j'ai commencé à dessiner pour en ajouter une autre, pour la relier à la mienne, et pendant un instant, je me laisse porter par mon imagination. Je me laisse rêver à l'impossible.

Puis je m'assieds et m'oblige à me souvenir.

Je m'oblige à compter.

Je m'oblige à dire à voix haute le nom de toutes les personnes ici pour qui une date a dû être inscrite. C'est quelque chose qui ne sera plus jamais effacé. Une case. Une vie. Un autre genre de case différente. Je compte chacune d'elles.

Je le fais chaque fois que je sors cette feuille. Chaque fois que je m'apitoie sur mon sort, car je n'en ai pas le droit. Je ne suis pas quelqu'un de bien. Salvatore, lui, a une conscience. Je sais à quel point c'est difficile. Dominic, pas tellement. C'est une enflure, un vrai méchant. Moi aussi. La seule différence entre mon petit frère et moi, c'est que je vais obtenir tout ce que je désire et qu'il n'aura rien. C'est ma grâce salvatrice.

Même si je ne suis pas sûr que le mot « grâce » doive être prononcé par quelqu'un comme moi.

Je me redresse et passe doucement mon pouce sur le coin de l'œil de Natalie. Je le tache. J'étale le fusain sur la feuille de papier, comme j'ai étalé la larme sur sa joue, plus tôt.

Je mets la main dans ma poche pour prendre mon téléphone. Peut-être suis-je un peu saoul quand la voix ensommeillée de mon frère se fait entendre sur la ligne ; je regarde l'heure. Il est presque quatre heures du matin.

— Sergio ? fait Salvatore, puis avec plus d'insistance : Est-ce que tout va bien ?

Il doit s'être rendu compte de l'heure.

— Oui. Oui, tout va bien.

Un silence.

— Tu en es sûr ?

Je grogne. Je ne peux pas détourner les yeux de ceux de Natalie tandis que je prends la bouteille et bois directement au goulot.

— Sergio. Qu'est-ce qu'il y a, bordel ? Il est quatre heures du matin.

— Écoute.

Je ne reconnais même pas ma propre voix, elle est tellement grave. Tellement faible. Tellement brisée.

Il l'entend, lui aussi, je le sais grâce au silence sur la ligne.

— J'écoute, dit-il enfin.

— C'est à propos d'une fille, commencé-je.

— Une fille ?

— S'il m'arrive quelque chose, il faudra que tu t'assures qu'elle aille bien.

— De quoi tu parles, putain ? Il ne va rien t'arriver.

— Contente-toi d'écouter.

— Est-ce que tu es saoul ?

— Non. Oui. Peut-être un peu. Ça n'a pas d'importance.

J'étale le fusain que j'ai sur le bout du doigt. Je l'étale sur la tempe de Natalie, dessine une ombre.

— Où es-tu ? demande-t-il.

— Chez moi.

— Seul ?

— Oui. Seul.

— Tu as besoin que je vienne ?

— Non, je vais bien. J'ai juste besoin que tu la fermes et que tu m'écoutes, maintenant.

— D'accord. Parle-moi de la fille.

Je ferme les yeux, secoue la tête. Qu'est-ce que je vais lui dire ? Qu'est-ce que je peux dire qui ait du sens ?

— Assure-toi juste qu'elle aille bien.

Merde. Je suis vraiment saoul.

— Je viens chez toi. Tu peux me préparer un putain de petit-déjeuner, car ce n'est pas encore l'aurore, bordel.

Je ricane.

— Non, ça va aller. Salvatore, ce n'est pas la peine. Je vais bien.

Je prends une grande inspiration pour me dégriser.

— Alors, parle-moi de la fille. Comment s'appelle-t-elle ?

— Natalie. Natalie Gregorian.

Il répète son nom, puis il rit.

— Papa va t'engueuler si elle n'est pas italienne.

— Oui, eh bien, qu'il aille se faire foutre.

— Depuis combien de temps tu la connais ?

— Quelques jours.

— Elle t'a bien tapé dans l'œil, hein ? commente-t-il, amusé.

— Elle me plaît, c'est tout. Disons que si quelque chose m'arrive...

— Rien ne va t'arriver, putain, alors ferme-la. Ne sois pas con.

Je souris.

— Natalie Gregorian, dit-il sérieusement.

Je sais qu'il s'agit de sa façon de me dire que oui, il s'assurera qu'elle aille bien si quoi que ce soit devait m'arriver.

— Et si tu dormais un peu, maintenant, frangin ?

— Oui.

Je me lève.

— Écoute, désolé de t'avoir réveillé. Je sais que tu as besoin de ton sommeil réparateur pour être beau.

— Va te faire foutre.

— Au fait, ce truc avec maman...

— Elle va demander un second avis. Papa va appeler un spécialiste en Allemagne.

— Évidemment qu'il va le faire.

Il est désespéré.

— Ça craint.

— Tu l'as dit, ça craint. Écoute, tu ne peux pas y penser. Tu dois aller t'amuser un peu. Emmène Natalie en week-end ou quelque chose comme ça. Quelque part où il fait chaud et où il y a du soleil. Tu ne peux pas toujours rester dans cette merde, pas vrai ? Pas toi, Sergio. Tu as besoin d'une putain de pause.

Je sais ce qu'il veut dire et pourquoi il le dit. J'ai le cimetière de la famille étalé devant moi. Étiré sur des années. Cette obscurité, elle fait partie de moi. Et elle ne m'appartient pas. Non. C'est *moi* qui lui appartiens. Ça a toujours été le cas.

— J'y penserai.

— D'accord. Dors un peu.

— Bonne nuit.

Je raccroche et pose le téléphone. Puis je glisse la grande feuille sous mon nouveau dessin, l'enroule et la range. Je jette un dernier coup d'œil au portrait de Natalie avant d'éteindre la lumière et de monter à l'étage pour essayer de dormir, espérant juste profiter de quelques heures d'inconscience.

Bon sang, ce que je donnerais pour ça !

12

SERGIO

Roman habite à environ une heure de la ville. Nous ne sommes pas censés nous voir avant cet après-midi, mais je tiens à profiter de l'élément de surprise.

— Sergio.

Il regarde sa montre.

— Est-ce que je me suis trompé sur l'heure ?

— Non, mon oncle. Je suis en avance.

— Tu n'avais pas besoin de venir jusqu'ici.

— Ça ne me dérange pas.

Je jette un œil à la maison minutieusement décorée. C'est un bâtiment plus ancien et obscur, avec du bois partout. Pas mon style, mais c'est ce qu'il aime.

— J'ai quelques trucs à faire dans le coin, de toute façon. C'est une journée sacrément chargée pour moi.

Nous allons directement dans son bureau. Roman s'assied derrière la table. Je reste debout, examinant les peintures sur les murs.

— C'est nouveau ? demandé-je à propos d'une aquarelle que je n'avais jamais vue auparavant.

— Oui. Je l'ai achetée dans une vente aux enchères il y a quelques semaines, en fait.

— C'est très beau.

Et plutôt cher, j'en suis sûr.

— Merci. Comment est-ce que tu tiens le coup après l'hôpital ?

Je me tourne vers lui, m'adosse contre le mur et croise les bras sur mon torse. Intentionnellement, je ne prends pas place devant le bureau. Devant lui.

— Ce sont des nouvelles merdiques.

— Oui. Ton père est bouleversé.

— C'est compréhensible.

— Il y a des réunions dans les jours qui viennent, auxquelles je ne suis pas sûr qu'il pourra assister.

Je hoche la tête.

— Je prendrai sa place.

— Je peux y participer si nécessaire, précise-t-il.

— En tant que son fils et futur successeur, je prendrai sa place.

— Comme tu voudras.

— Comment est-ce que le vieux Vitelli est au courant pour ma mère, mon oncle ?

Roman a été aux côtés de mon père depuis plus longtemps que je m'en souvienne. Il a bien appris à dissimuler toute émotion. Il maîtrise cet art. Non que je ne lui fasse pas confiance, mais il y a toujours eu quelque chose dans le fond de mon esprit qui m'a tracassé.

— Quand on parlait de la situation de Joe, le sujet a été soulevé.

— Pourquoi est-ce que tu lui parlais de la situation de son fils ?

— Je le connais depuis longtemps, Sergio. Il n'avait rien à voir avec ce que ses fils ont organisé.

— On dirait que vous êtes amis.

— Tu sais aussi bien que moi qu'il n'y a pas d'amis dans ce métier.

— Est-ce qu'il sait que tu leur aurais donné une punition bien plus dure si tu avais été à ma place ?

À ces mots, son œil droit se plisse légèrement. Je ne le remarque que parce que je me suis entraîné à observer les gens de près.

— Qu'est-ce que tu veux dire, Sergio ? demande-t-il finalement.

— Je dis que la loyauté est de la plus haute importance, mon oncle. Au même titre que la famille. Peut-être même plus importante encore.

— Est-ce que tu doutes de la mienne ?

Il est direct. J'imagine que nous le sommes tous.

— Je suis le frère de ta mère, tu n'as pas oublié ? reprend-il. Ton parrain. Est-ce que tu doutes de ma loyauté envers toi et ta famille ?

— Explique-moi comment le sujet a été abordé.

Il hausse les sourcils. Le fauteuil grince lorsqu'il s'appuie contre le dossier.

— Je ne pense pas que la famille Benedetti ait besoin d'une autre guerre. Pas maintenant.

Je suis d'accord avec lui sur ce point. La guerre contre les DeMarco nous a abîmés, ne serait-ce qu'un peu. Nous avons gagné, mais entre ça et la maladie de ma mère, Roman a raison. Ce n'est pas le bon moment pour une guerre. Vitelli – bon sang, n'importe quelle famille ambitieuse, d'ailleurs – utiliserait la maladie de ma mère, la considérerait comme une faiblesse, une opportunité.

— Je donne un peu pour gagner un peu, dit-il. Je suis désolé si je t'ai outrepassé.

— Je n'aime pas être pris au dépourvu.

— Et mon intention n'était pas que tu le sois.

Il se lève, fait le tour de son bureau et s'approche de moi.

— Sergio, tu es mon neveu. Mon sang. Quand le moment viendra, j'espère que je te servirai comme je sers ton père.

Il incline légèrement la tête.

Je l'observe et je sais ce que cela lui coûte de le faire. Il a raison quand il dit qu'un lien du sang nous unit. Et devoir s'incliner devant un homme plus jeune de trente ans, dont le seul privilège lui vient de sa naissance, ça doit bien lui faire un peu mal.

Je hoche la tête, consulte ma montre.

— Des nouvelles des gars Vitelli ?

— Non. Ça ne pourrait pas être plus calme.

— Nous savons tous les deux que ça n'est pas vraiment bon signe.

Le silence précède toujours une embuscade. Un silence assourdissant et mortel.

— Oui, effectivement.

Il retourne derrière son bureau. S'assied.

— Je vais garder un œil sur Vitelli.

— Bien. Je veux être tenu au courant de tout ce qui se passe. Laissons mon père en dehors de tout cela pour le moment.

— Je suis d'accord.

— Est-ce que tu vas venir au dîner d'anniversaire de Dominic ? demandé-je pour changer de sujet.

— Bien sûr.

— Je t'y verrai, alors.

— Tu ne veux pas rester ? Manger quelque chose ?

— Non, merci. J'ai quelques affaires personnelles dont il faut que je m'occupe.

— D'accord. Je te raccompagne.

Lorsque j'en ai fini chez mon oncle, Éric me conduit à ma prochaine destination : les bureaux de Dayton Architecture. Du professeur Harry Dayton, le connard. Il l'a touchée, s'attendant à ce qu'elle couche avec lui pour un putain de stage. Sale fumier. Je suis sur le point de rendre un grand service à cette ville.

Alors que nous nous approchons des bureaux, je me demande comment elle s'y rend, car elle n'a pas de voiture. Il y a un arrêt de bus à quelques pâtés de maisons. Je suppose qu'elle prend le bus, et même si ce n'est pas un mauvais quartier, bien au contraire, je n'aime pas l'idée qu'elle marche toute seule ou qu'elle patiente dans le noir à l'arrêt de bus.

Les bureaux sont dans un manoir transformé pour devenir Dayton Architecture. Je l'admets, le travail est bien fait. J'ai entendu parler de l'entreprise. Quand j'ai acheté ma maison, ils faisaient partie des candidats que j'ai envisagé d'embaucher pour effectuer les rénovations.

Éric et moi nous dirigeons ensemble vers les portes principales. Je n'ai personne d'autre avec moi, mais je ne pense pas avoir besoin de beaucoup d'hommes. Lorsque nous entrons, une jeune et jolie fille lève les yeux depuis le bureau de la réception.

— Bonjour, messieurs. Comment puis-je vous aider ? demande-t-elle avec un sourire.

— Nous sommes là pour voir Harry Dayton, dis-je en jetant un coup d'œil alentour.

Il y a une femme dans la salle d'attente, qui a cessé de feuilleter un magazine posé sur ses genoux pour nous observer, et quelqu'un d'autre passe la tête au-dessus de son bureau, au fond.

Cependant, ce n'est pas comme si Éric et moi nous démarquions. Nous sommes bien habillés. Des costumes foncés. Propres sur nous. Enfin, peut-être sommes-nous différents. Peut-être qu'ils peuvent sentir l'agressivité émaner de nous.

— Vous avez rendez-vous ? demande-t-elle.

— Dites-lui que monsieur Benedetti est là pour le voir.

— Le professeur Dayton est très occupé, monsieur Benedetti.

Elle appuie sur quelques touches de son clavier.

— Et je ne vous vois pas sur la liste.

— À l'étage ? demandé-je en l'ignorant. C'est son bureau ?

Une double porte au sommet de l'escalier sinueux et finement sculpté me mène à penser que c'est le cas. Il doit trôner là-haut comme un putain de roi. Sale pervers.

— Nous allons monter nous-même.

— Monsieur ! Vous ne pouvez pas y aller…

Éric et moi montons d'un pas rapide. Je déboutonne la veste de mon costume tandis que j'atteins le palier du premier étage et je ne me donne pas la peine de frapper, au contraire, j'ouvre la porte pour découvrir un homme d'âge mûr dégarni, visiblement surpris, assis derrière un bureau massif.

— Qu'est-ce que…

La fille de la réception entre dans la pièce en courant.

— Professeur, je suis tellement désolée…

— Ce n'est rien, chérie, dit Éric derrière moi.

Je sais qu'il la pousse à sortir.

— Nous allons nous en occuper.

La porte se ferme.

Dayton me dévisage et se lève, les joues rouges de rage.

— Qu'est-ce que vous croyez faire, bordel ?

Éric se dirige vers le bureau, puis le contourne. Il jette un œil à l'écran d'ordinateur et ricane, posant les mains sur les épaules de Dayton et le forçant à s'asseoir.

— Nous allons te laisser retourner à ton porno dans quelques minutes, dit-il. Je te présente monsieur Benedetti.

Je m'assieds, pose ma cheville sur mon genou. Je jette un coup d'œil autour de moi.

— Monsieur Benedetti, dit Dayton.

D'après l'expression de son visage, il sait qui je suis.

— Je suis là à propos de Natalie Gregorian, dis-je.

Son visage perd ses couleurs.

— Vous connaissez ce nom ?

— Je... euh... c'est une de mes étudiantes.

— Vous la touchez ?

— Je...

— Est-ce que vous l'avez touchée ?

— Elle... non. Qu'est-ce que vous insinuez ?

— Vous offrez une place de stage convoitée, pas vrai ? Vous avez des exigences particulières pour les jeunes et jolies étudiantes ?

Il se contente de me fixer du regard.

— Laissez-moi simplifier les choses. Si elle veut ce putain de stage, il est pour elle. Les heures qu'elle passera ici, vous ne serez pas là. S'il vous arrive de croiser son chemin, vous vous retournerez et vous partirez – non, vous vous enfuirez en courant – dans l'autre sens.

— Je... Je... Elle est dans ma classe.

— Alors, il vaudrait mieux qu'elle n'obtienne que des « A ».

Je me lève, frappe son bureau de la paume. Dayton sursaute, mais les mains d'Éric sur ses épaules le maintiennent planté sur sa chaise, et lorsque je me penche vers lui, il se recroqueville.

— Vous m'avez bien entendu ? demandé-je.

— Oui.

— Oui, qui ?

— Ou... Ou...

Éric frappe le haut de sa tête.

— Oui, monsieur Benedetti.

— Voilà, on avance. Mais juste pour être sûr.

Je me redresse, boutonne ma veste, adresse un hochement de tête à Éric et me tourne en direction de la porte. Il ne faut que quelques minutes à Éric pour s'assurer que nous nous soyons bien compris. Il me rejoint lorsque j'arrive à la moitié des escaliers, où j'envoie un message à Natalie pour lui annoncer que je vais passer la prendre pour un dîner tardif.

13

NATALIE

Je fulmine. Il est tard et je suis assise dans le bus, tellement en colère que je ne suis même pas capable d'y voir clair.

Mon téléphone sonne. C'est encore Sergio. Ça fait une demi-heure qu'il m'appelle. Cette fois, je l'éteins complètement.

Je n'ai pas vu le professeur Dayton moi-même, car il était déjà parti quand je suis arrivée dans son bureau, mais les regards que m'ont lancés tous les autres m'ont laissé penser que ses vacances prises sur un coup de tête avaient quelque chose à voir avec moi. J'étais allée le voir pour lui dire que je n'étais plus intéressée par le stage. Que je retirais ma candidature et que je ne serais plus disponible en tant que bénévole. Mais je n'ai pas pu le faire.

Lisa, la réceptionniste écervelée, m'a dit que deux hommes étaient venus voir le professeur Dayton. Qu'ils portaient des costumes et qu'ils étaient séduisants, dans un genre mauvais garçons aux mains sales. Elle a soupiré après ces quelques mots. Un vrai soupir. Bien entendu, elle ne se souvenait pas de leurs noms. Je suis surprise qu'elle se souvienne du sien, parfois.

J'ai su exactement de qui elle parlait et j'ai envoyé un message à

Sergio pour lui annoncer que j'annulais le dîner. Je lui ai dit que je savais ce qu'il avait fait.

Je n'aurais jamais dû parler du stage ni du professeur. Mais je ne pensais pas qu'il irait lui faire du mal. Il a dû y penser pendant longtemps, car il n'a fait les choses qu'à sa tête, derrière mon dos, ignorant complètement ce que je lui avais dit.

Le bus arrive à mon arrêt environ trente minutes plus tard. Je sors en maudissant les hauts talons que je porte. J'avais une présentation à faire à la fac aujourd'hui, mais je préférerais vraiment porter un vieux jean, un énorme pull et des bottes confortables. Mon grand carton à dessins encombrant sous le bras, mon sac sur le dos et les quelques affaires que j'avais laissées au bureau dans un sac en plastique, je parcours à pied les six pâtés de maisons qui me séparent de chez moi. Les rues sont fréquentées, c'est l'heure du dîner, mais pour une raison quelconque, je me surprends à jeter des coups d'œil fréquents par-dessus mon épaule à plusieurs reprises, incapable d'écarter la sensation d'être suivie. Il doit s'agir de l'influence de Sergio sur ma vie. C'est un malfrat. Il m'a donné la preuve de ce qu'il fait, ce soir. Il tabasse les gens. Il leur fait du mal. C'est ce qu'il connaît.

Est-ce pourtant tout ce qu'il connaît ? Avec moi, il a été si doux. Si généreux.

Je secoue la tête. Ça me donne mal au crâne d'essayer de réconcilier ces deux parties de lui.

Elfreth's Alley est vide. Il n'y a aucune raison d'être là à moins d'y vivre. Les touristes viennent habituellement pendant la journée, pas le soir, du moins pas en hiver. Je cherche ma nouvelle clé dans ma poche. Le fait d'avoir ces nouveaux verrous – cadeau de Sergio, qui écrase tout sur son passage pour arriver à ses fins – m'agace prodigieusement. Je déverrouille la porte et entre. Tout d'abord, je retire mes chaussures et les abandonne en me dirigeant vers la table de la cuisine pour y poser mon carton à dessins. C'est bizarre que Pepper ne soit pas venue m'accueillir, ce soir. Je suis arrivée plus tard que d'habitude et elle a sans doute faim.

— Pepper, je suis là. Désolée d'être en retard. Tu ne t'imagines pas la journée que j'ai passée.

Je contourne la table, ouvre le placard situé sous l'évier et en sors sa nourriture.

— Viens, ma belle. C'est l'heure du dîner.

Rien. Pourtant, elle devrait entendre la pâtée tomber dans sa gamelle.

Je m'immobilise.

— Pepper ?

Mon cœur bat à toute vitesse. Merde. Elle est tellement vieille. Et si…

Je me redresse en imaginant le pire et tourne la tête vers le salon. J'allume le plafonnier et pousse un cri, car je ne suis pas seule.

Sergio est là. Assis sur le canapé, les bras grands ouverts, le regard dur.

À ce moment précis, il ressemble au Parrain, putain !

Pepper est par terre, la tête sur sa chaussure, en train de dormir.

— Je lui ai donné à manger.

Il est énervé, je l'entends dans sa voix, sa frustration émane de lui par vagues. Il y a une bouteille de whisky à moitié vide sur la table basse.

— Qu'est-ce que tu fais là ? Comment es-tu entré ?

— Elle avait faim.

— Comment es-tu entré ? répété-je.

Je peux me mettre autant en colère que lui.

— Je t'ai dit que j'avais une clé.

Merde. C'est ce qu'il a voulu dire hier soir.

— Tu ne peux pas avoir de clé. Je ne t'en ai jamais donné.

— Tu as éteint ton téléphone.

Je me dirige vers Pepper, m'accroupis pour la caresser. Je ne le regarde pas lorsque je lui réponds :

— Parce que je ne voulais pas te parler.

— Quand je t'appelle, tu réponds.

— Ça ne marche pas comme ça, décrété-je en me levant.

Je suis sur le point de m'éloigner quand il agrippe mon poignet d'une prise ferme, plus ferme que jamais auparavant. J'émets un son, essayant de me dégager, mais il tire sur mon bras et me donne un coup de pied dans les jambes de telle sorte que je tombe sur ses genoux, face contre terre.

— Qu'est-ce que tu…

Il m'assène alors dix grands coups sur les fesses, l'un après l'autre.

Je halète, ramenant instinctivement le bras en arrière pour me couvrir. Il saisit mon poignet, m'emprisonnant les deux mains entre ses doigts. Je me tords le cou pour le regarder. Sans me quitter des yeux, il passe une paume sur mes fesses, puis les frappe à nouveau, dix autres fois de l'autre côté.

— Arrête ! Ça me fait mal, putain.

— Quand je t'appelle, tu réponds, Natalie.

Je tire sur mes bras, mais sa poigne est comme un étau.

— Tu comprends ? demande-t-il.

— Lâche-moi.

— Est-ce que tu comprends, bordel ?

— Oui !

Il me donne encore une forte claque sur les fesses avant de me relâcher et je me redresse en chancelant. Je me sens excitée, embarrassée, et je me frotte les fesses.

— Je veux seulement que tu sois en sécurité.

Il se lève.

Je fais un pas en arrière.

Il porte un costume, dont la veste est pliée sur le dossier du canapé. Il écarte doucement la tête de Pepper de sa chaussure avant d'avancer vers moi.

Je reste silencieuse tandis qu'il s'approche. Il y a quelque chose de très noir chez Sergio. C'est accroché à lui comme une ombre. C'est la seule chose qui me fasse peur chez lui, car j'essaye de me persuader qu'il ne me fera pas de mal. Et je le crois quand il dit qu'il veut ma sécurité. J'ai beau ne pas le comprendre, je le crois.

Pourtant cette ombre, il ne la projette pas. Au contraire. On dirait qu'elle se projette elle-même sur lui. Qu'elle le possède. Un pouvoir étrange et puissant qui l'habite.

— Tu n'aurais pas dû lui faire de mal, dis-je une fois que je suis dos au mur et qu'il se tient à seulement quelques centimètres de moi.

— Tu ne pouvais pas te protéger toute seule, alors je l'ai fait pour toi. Et puis, ce n'est pas important. Cet imbécile n'a aucune importance.

— Non, ça ne marche pas comme ça. Je ne voulais pas...

— Comment est-ce que ça marche, alors ? demande-t-il, esquissant un demi-sourire.

Il me dévisage, ses avant-bras sur le mur de part et d'autre de ma tête.

— Hein ?

Il se penche un peu plus en avant, inhale, effleure ma joue du bord de sa mâchoire.

— Explique-moi comment ça marche.

Je lève les yeux vers lui, vers ses yeux bleu nuit. Je sens son après-rasage, me remémore ce que nous avons fait hier soir. Mon corps s'en souvient aussi.

— Comment est-ce que ça marche, Nat ?

Je déteste ce surnom. Depuis toujours.

— Hein ? poursuit-il. Je reste les bras croisés pendant qu'un connard t'intimide pour te mettre dans son lit ?

— Je ne l'ai pas fait. Je ne le ferai pas. Je ne suis pas stupide, putain. Je n'ai pas besoin que quelqu'un me protège. Je n'ai pas besoin d'un chevalier à l'armure étincelante et je ne cherche pas de héros.

Des larmes me brûlent les yeux. Je les déteste, j'ai horreur de la faiblesse. Mais ce que j'ai dit l'a immobilisé, l'a presque rendu perplexe.

Puis il rit.

— Tu crois que j'essaye d'être un héros ?

Un moment plus tard, il penche la tête. Son front se plisse et il baisse les yeux un long moment avant de croiser à nouveau mon regard, le sondant comme si j'y détenais les réponses.

— Je ne suis pas un héros, darling. Je suis un putain de monstre.

Voyant que je ne réponds pas, il sourit. Un sourire triste, qui ne monte que d'un côté.

— Qu'est-ce que tu en penses ? Ça a plus de sens, pas vrai ?

Je le repousse, mais autant essayer de faire bouger un mur. Son regard, le désespoir sombre dans ses mots, sa voix, tout cela me fait peur.

— Laisse-moi partir.

— Non.

Il prend mes poignets dans l'une de ses mains, les lève au-dessus de ma tête et les plaque contre le mur. Son autre main agrippe ma jupe et la retrousse.

— Tu es quelqu'un de bien. Tu es la seule chose bien dans ma vie, tu le sais ?

Son regard parcourt mes jambes dénudées, les bas qui m'arrivent à mi-cuisses.

— Je sais ce que je veux, conclut-il en croisant à nouveau mon regard. Je devrais te laisser partir. Je sais que ce serait la bonne décision.

Je ne peux pas intégrer ce qu'il dit, comme s'il ne me parlait pas à moi, mais à lui-même. Comme s'il avait réfléchi encore et encore et qu'il le disait simplement à haute voix à présent.

Il touche mon visage, ma joue. Il pose son pouce sur ma lèvre inférieure, m'obligeant à ouvrir la bouche.

— Mais je ne peux pas, dit-il finalement.

— Tu as une clé de chez moi.

C'est tout ce que je peux dire, et bon sang, il est tellement proche ! Lorsqu'il se presse contre moi, contre mon clitoris, je dois faire appel à tout mon contrôle pour ne pas enrouler mes jambes autour de sa taille, me frotter contre lui, lui sauter dessus comme un animal. Parce que j'en ai envie. J'ai envie de lui. Et ce n'est pas seulement cette partie de moi. C'est tout mon être. Même si je sais que mon cœur se brisera quand ce sera terminé. Quand il sera parti.

Il m'embrasse profondément sans attendre que je lui rende son baiser. Ses doigts se referment sur l'entrejambe de ma culotte, l'écartant et frottant mon clitoris sans ménagement.

— Tu es humide.

— Ça va trop vite. On ne se connaît même pas. Tu ne vois pas à quel point c'est étrange ? À quel point ce n'est pas normal ?

Ce ne sont que des paroles, cela dit. Je ne veux pas qu'il s'en aille. Qu'il parte… Même si ce n'est pas bien.

Tout en me maintenant contre le mur, il défait sa ceinture, les boutons de son pantalon. Il le baisse et la peau douce de son sexe me fait gémir lorsqu'il effleure mon clitoris, entre mes plis.

— Tu devrais me demander d'arrêter, murmure-t-il à mon oreille avant d'en mordre le lobe.

On dirait qu'aucun de nous n'écoute l'autre, cependant, car nous répétons la même chose sans parvenir à le faire.

Lorsqu'il abaisse sa bouche sur la mienne, je m'ouvre à lui. Notre baiser est mouillé, sa langue plongeant sur la mienne tandis qu'il pose mes mains sur ses épaules et me soulève par les hanches.

— Dis-moi non et j'arrêterai, dit-il en me mordillant la lèvre, provoquant un goût métallique de sang. Dis-moi non, Natalie. Oblige-moi à m'en aller. Oblige-moi à partir.

Il marque une pause, me regarde.

— Je vais te confier un petit secret.

Il murmure ce qui suit :

— Il vaudrait mieux pour toi que tu le fasses.

Sur ce, il me pénètre, me fait grogner, me fait panteler. Son sexe épais m'étire et lorsqu'il se retire un peu, ce n'est que pour revenir à la charge encore plus vigoureusement. Il m'observe, de ses yeux noirs cerclés d'un bleu nuit, les pupilles dilatées. Il m'embrasse, mais nous gardons les yeux ouverts. Il suçote ma lèvre inférieure. Je sais qu'il sent le goût du sang. Impossible qu'il en soit autrement.

Il se retire à nouveau pour me punir par un nouveau coup de reins.

— Dis-le, exige-t-il d'un ton menaçant. Dis-le maintenant. Dis-moi d'arrêter, c'est ta seule chance. Sauve-toi.

Il me pénètre douloureusement en constatant que je ne dis pas ce qu'il voudrait me faire dire, et lorsqu'il prend à nouveau la parole, c'est avec véhémence.

— Dis-moi d'arrêter, putain.

Je halète, m'accroche à lui.

— Tu sais qui je suis. Ce que je fais, poursuit-il.

Ça me fait mal : le mur contre mon dos, son sexe trop épais en moi, toujours plus profond, qui me fend en deux, déchire mes entrailles et perce jusqu'à mon cœur.

— Si tu ne me dis pas d'arrêter maintenant, je ne le ferai pas. Ni maintenant. Ni jamais.

Enfin, il se tait et je suis empalée. Prenant à nouveau ma mâchoire dans sa main, il m'oblige à lever les yeux vers lui.

— Dis-le maintenant. Dis-moi d'arrêter. Dis-moi de partir. C'est ta dernière chance.

Je secoue la tête autant que possible, étant donné qu'il agrippe mon visage. Merde. Je vais jouir. J'y suis presque, il me faut juste… juste une pénétration de plus.

Il sourit. Il a obtenu sa réponse. Et ce sourire se transforme en un rictus coquin, quelques instants plus tard.

— Tu veux jouir ?

Sa voix est basse, ses paroles traînantes. J'émets un bruit, mais je ne peux pas prononcer le mot.

— Dis-le.

Je me presse contre lui, essayant de me frotter à son corps. Ça ne me ressemble pas. Cet homme me fait quelque chose. Il me rend différente. Il me transforme en une personne que je ne reconnais pas.

— Dis-le, putain !

— Fais-moi jouir. S'il te plaît !

J'ai envie de lui et je ne peux pas me sentir assez proche. Je veux qu'il me remplisse. Je veux qu'il me possède. Qu'il me détienne !

— C'est bien, ça, dit-il en m'embrassant avec un grand sourire, se retirant plus qu'avant pour revenir à l'assaut tellement fort que je lâche un cri.

— Jouis, Natalie. Jouis sur mon sexe. Jouis contre moi.

C'est tout ce qu'il me faut, son ordre, sa verge, ses yeux qui m'observent, me regardent, me voient voler en éclats et me briser. Il voit tout.

Je ferme les yeux et me laisse aller au plaisir, jouissant avec une telle force que je ne peux pas respirer ni même penser. S'il ne me tenait pas, je ne serais pas capable de rester debout. C'est comme une explosion, un orgasme qui prend possession de mon corps tandis que Sergio réclame tout mon être. Quand je le sens me pénétrer, que je le sens jouir en moi, j'ouvre les yeux et je le regarde. Je m'accroche à lui, je le désire, non seulement lui, mais tout ce qui va avec.

Mes mains se cramponnent à ses épaules, mes ongles s'enfoncent dans son t-shirt, son dos, et il jouit en moi. Je n'ai jamais rien vu de plus beau que les yeux bleu nuit de Sergio qui étincellent. Sergio perdu dans la béatitude. Dans l'extase.

J'AJUSTE L'ENTREJAMBE DE MA CULOTTE, REMETS MA JUPE EN PLACE.

— Nous aurions dû utiliser un préservatif, dis-je.

Dans ma tête, je suis en train de compter les jours.

— J'aime jouir comme ça. J'aime savoir qu'une partie de moi se retrouve en toi.

Il remonte la fermeture éclair et reboutonne son pantalon, puis boucle sa ceinture.

— Sergio...

— Je n'ai rien, Natalie, dit-il.

— Je n'ai rien non plus, mais il y a d'autres choses.

Il semble surpris pour la première fois depuis que je le connais.

— Tu n'es pas protégée ?

Je secoue la tête.

— Où en es-tu...

— Ça devrait aller. Je pense. Mes règles se sont terminées il y a huit jours. J'ai encore quelques jours. Mais nous ne pouvons pas recommencer. Je veux dire, sans utiliser de préservatif.

Il se plonge soudain dans ses pensées. Il n'est pas en colère, juste concentré. Comme s'il venait de penser à quelque chose. À quoi il n'avait jamais pensé auparavant. Son regard est étrange. Perturbant.

— Notre conversation n'est pas terminée, dis-je, simplement pour interrompre le fil de ses pensées, quel qu'il soit.

— Ah bon ?

— Tu ne peux pas faire du mal aux gens pour me protéger.

Il se dirige vers la cuisine.

— Ce connard méritait d'être puni.

— Tu n'avais pas à le décider.

Je le suis, mais il ne me prête pas attention. Il ouvre un placard, prend le café.

— Sergio, je suis sérieuse.

Il s'affaire à ouvrir les tiroirs, à les refermer, à la recherche d'une cuillère, sans doute.

— Oh.

Je lui tire le bras, l'oblige à s'arrêter. Il interrompt son geste et se tourne vers moi, me faisant reculer jusqu'à ce que je sois contre le réfrigérateur.

— Natalie.

Je lève les yeux vers lui. Je sens son après-rasage et l'odeur du sexe.

— Je ne vais pas laisser qui que ce soit te faire du mal. Ce connard n'a pas d'importance. Nous parlons pour rien. C'est une perte de temps.

Je le repousse.

— C'est beaucoup trop. Trop vite.

Il me dévisage, mais ne répond pas. Ne bouge pas.

— Tu as une clé de chez moi. Tu as tabassé mon professeur. Pourquoi ? Un stage que je ne voulais même pas faire.

— Comment ça, tu ne voulais pas le faire ?

— Je t'ai dit que je n'en voulais pas. Tu ne pensais pas que j'allais travailler pour lui, sachant à quoi il s'attendait, si ?

— Tu as retiré ta candidature de ton plein gré ?

— Qu'est-ce que tu ferais si je te disais que non ? Qu'il m'a disqualifiée.

— Ce putain de...

Il est soudain tellement en colère que son changement d'humeur me prend au dépourvu.

— Tu vois. C'est ce que je veux dire. Non, je me suis retirée. Il n'était même pas là quand je suis allée à son bureau. Mais tu vois ce que je veux dire ? Tu ne peux pas seulement tabasser tous les idiots du monde.

— Pourquoi pas ?

— Je peux me débrouiller toute seule.

— Nat…

Je pose mes mains sur son visage, le forçant à m'écouter.

— Je peux me débrouiller toute seule.

Il lui faut un moment, mais il acquiesce.

— Nous allons trop vite.

Je le lui dis, car je sens qu'il le faut. Non parce que je veux arrêter.

— Non, ce n'est pas vrai.

Je sourcille, ouvre la bouche, la ferme à nouveau. Je ne m'attendais pas à cette réponse.

— Je sais ce que je veux, Natalie. Et toi ?

Lorsqu'il me regarde, ses yeux sont pleins de vie. Ils cherchent plus, en désirent plus. Plus que je ne peux lui en donner.

— Je n'aurais jamais pensé… commence-t-il à voix basse, comme s'il choisissait prudemment chaque mot.

Avec détermination.

L'obscurité le plonge dans l'ombre et il détourne les yeux, secoue la tête et souffle avant de croiser mon regard.

— J'ai perdu beaucoup d'amis. Des cousins. Des oncles. Beaucoup d'entre eux, trop tôt. La plupart d'entre eux, à vrai dire.

Il fait un pas en arrière et me lâche.

— Le temps est un luxe, Natalie. Et je ne pense pas que ce luxe me sera offert.

Il y a de la tristesse dans ses mots. Dans ses yeux. Et cette ombre, elle semble grandir derrière lui. Toujours là. Toujours présente.

Prête à l'engloutir et à l'emporter.

Je frissonne.

— Sergio…

— Je ne le gâcherai pas.

Il s'approche à nouveau. Cette fois, il prend mon menton dans sa main, m'incline la tête. Il me regarde, mes yeux et ma bouche, puis il m'embrasse. C'est brutal, il n'y a rien de tendre dans ce baiser. Il ne glisse pas sa langue entre mes lèvres. Il ne me goûte pas. Il me revendique.

Lorsqu'il se détache enfin, il ne recule pas. Au contraire, les yeux rivés aux miens, il passe sa main sous ma jupe, sur le sperme qui sèche sur ma cuisse, et glisse ses doigts dans ma culotte.

— Je veux que mon sperme soit sur toi. Je veux qu'il soit en toi. Je veux qu'il te marque.

Il me caresse. Toujours sensible après nos ébats, je suis excitée à nouveau. Je le désire encore et toujours.

Il sourit. Il le sait. Il me pince le clitoris. Ça me fait mal et il en a bien conscience, je le vois sur son visage, pourtant il prend son temps avant de retirer sa main de sous ma jupe.

Lorsqu'il me relâche, je dois m'agripper à lui pour rester debout, car mes genoux flageolent.

Il enroule ses mains autour de mes bras. Il me faut une minute pour reprendre le contrôle de ma respiration. Pour affermir mes jambes. Pour digérer ses paroles. Pour essayer de comprendre ce qu'il est en train de me dire.

Je lève les yeux vers lui, mais je suis incapable de parler.

— Ça ne va pas trop vite. *Trop vite* n'existe pas. Je ne veux pas arrêter ce qu'il se passe entre nous. Si j'étais quelqu'un de bien, je partirais, mais ce n'est pas le cas. Je ne suis pas quelqu'un de bien. J'ai fait de mauvaises choses. Mes mains sont tellement sales, bordel ! Il faut que tu le saches. C'est le cas, pas vrai ? Tu le sais ?

Je hoche la tête.

— Est-ce que tu sais ce que tu veux ? demande-t-il.

Je sais que c'est important. Je sais qu'il est important. Mais je ne peux pas le dire. Je suis encore prise de court par ce qu'il a dit juste avant.

— Alors ? insiste-t-il.

— Comment ça, c'est un luxe qui ne te sera pas offert ?

— Je pense que tu comprends.

Nous nous regardons un long moment. Seuls les ronflements de Pepper interrompent le silence, depuis l'autre pièce.

— Tu veux que je parte ? demande-t-il enfin. Je ne le demanderai qu'une fois, alors réfléchis bien.

Je déglutis, la chair de poule sur tout le corps. Tous mes nerfs à fleur de peau.

— Alors, Natalie ? Tu veux que je m'en aille ?

La tête me tourne, tant de choses arrivent tellement vite. Je détourne le regard, baisse les yeux vers mes pieds, vers le carrelage vieux et fissuré en dessous.

Il me serre les bras.

— Réponds à ma question.

— Non.

14

SERGIO

Nous allons vite en besogne, mais ce que j'ai dit est vrai. Et encore plus vrai et plus pressant depuis que je l'ai rencontrée. J'ai toujours eu le pressentiment que ma vie serait courte et cela tourne en boucle dans mon esprit, je n'arrive plus à m'en défaire comme avant. Peut-être est-ce à cause de ce qui arrive à ma mère. La réalité de la fragilité de la vie humaine. Ma propre mortalité me regarde dans les yeux. C'est comme si tout allait à une vitesse vertigineuse. Comme si ce que j'ai dit à mon père il y a quelques nuits à propos des comptes à rendre arrivait à grands pas. Ça me rattrape.

Mes mains sont sales.

Non, pas sales. C'est trop facile.

Elles sont couvertes de sang.

Peut-être est-ce pour cela qu'elle m'attire ? Elle dit qu'elle le sait, mais ce n'est pas le cas, pas vraiment.

Je repense à la nuit du hold-up à la supérette. Je me rappelle lui avoir dit de fermer les yeux. Elle l'a fait sans poser de questions, me faisant confiance, à moi, un homme – un inconnu – armé d'un flingue. Un homme qui détruit tout sur son passage. À qui l'obscurité s'accroche irrémédiablement. Elle ne m'a pas vu viser le connard qui allait la violer. Elle ne m'a pas vu tirer à bout portant, la terreur dans ses yeux alimentant ma colère, me donnant de la puissance.

Non, je ne pense pas qu'elle puisse imaginer cela. Elle peut bien penser qu'elle le sait, mais elle ne peut pas comprendre la profondeur de l'obscurité qu'est ma vie. Je suis un monstre. C'est la bête que j'ai créée et entretenue moi-même.

D'une certaine façon, j'espère peut-être que son innocence va m'absoudre. Même si je sais que pour quelqu'un comme moi, il n'y a pas d'absolution. Je suis voué à l'enfer. Je brûlerai pour ce que j'ai fait, pour les péchés que j'ai commis. Et je ne nie pas que ce sera ma place. Cela dit, je veux mon temps d'abord. Je veux mon temps avec elle, même si je sais que c'est égoïste. Même si je sais que je devrais partir maintenant, avant que les choses ne deviennent encore plus confuses.

Car elles sont déjà sacrément troubles.

Et quand elle a parlé des *autres choses*, le manque de contraception, je ne sais pas ce que je pensais. Ce que j'ai fait avant de partir – frotter mon sperme entre ses cuisses –, ce qu'elle a dit, le fait qu'un enfant soit une possibilité ?

Merde.

Je ne sais même pas ce que je pense. Ce que je fais. Qu'est-ce que je veux ? Lui faire un bébé ? Mais qu'est-ce qui ne va pas chez moi ? Elle va encore à l'université. Elle a toute sa vie devant elle. Et si j'avais raison ? Et si je n'étais pas là pour longtemps ? Que suis-je en train de lui imposer, bordel ? Pourrais-je seulement être plus égoïste que ça ?

Ces derniers jours, j'ai décidé d'avoir des moments « normaux » avec Natalie. Un verre, un dîner, du sexe. Beaucoup de sexe. Ce soir, je vais passer la prendre et l'emmener chez moi.

Je me gare comme d'habitude sur un parking à deux pâtés de maisons, donnant un généreux pourboire au gardien. Au même moment, je reçois un message de mon père.

Putain, pourquoi est-ce si dur pour toi de me faire cette simple faveur ?

Je lève les yeux au ciel. Je sais de quoi il parle et je vais devoir m'entretenir avec Éric. Je sais bien qu'il est employé par mon père, mais quand même.

Je m'arrête pour lui répondre.

Je suis un grand garçon. Je peux me débrouiller seul.

Mon téléphone sonne un moment plus tard.

— Assure-toi qu'Éric aille avec toi. Je n'aime pas te savoir seul dehors. Nous avons des ennemis, Sergio. Tu le sais, putain.

— D'accord. Nom de Dieu.

— Bien. Je n'aimerais pas avoir à renvoyer Éric. Il a une famille à nourrir.

— Je m'assurerai qu'il gagne son argent. Je dois y aller.

— Je suis sérieux, Sergio.

— Moi aussi, papa.

Lorsque j'atteins la petite maison – que j'adore tout en sachant que ça m'est inaccessible étant donné qui je suis –, je regarde par la fenêtre de la cuisine. Les rideaux en dentelle sont ouverts et je peux voir directement l'intérieur. Je me demande si elle se rend compte que sa vie est exhibée aux yeux de tous, avec les passants susceptibles de la regarder. Ce genre de détail me fait réfléchir, car je lui vole cette sérénité simplement en me pointant ici, en m'immisçant dans sa vie. Mes ennemis deviendront ses ennemis. Et elle n'en a pas la moindre idée.

Sans frapper, je déverrouille la porte et entre. Au moins, elle la garde bien fermée à clé.

— Nat ? lancé-je en traversant la cuisine, sans prendre la peine de retirer mon manteau étant donné que nous allons partir.

— Tu sais que je n'aime pas qu'on m'appelle comme ça.

Sa voix vient du premier étage.

Je souris, mais avant que je puisse répondre, un sèche-cheveux s'allume. Il y a une odeur étrange dans la maison aujourd'hui. Elle est familière, mais je n'arrive pas à l'identifier. Elle ne correspond pas à cet endroit et elle me provoque un sentiment de malaise.

Pepper est allongée sur le sol, à côté du canapé. Sa queue émet un bruit sourd contre le parquet quand elle l'agite à mon approche.

— Salut, Pepper.

Je la caresse et elle repose sa tête par terre. Elle a l'air fatiguée et je me demande combien de temps il lui reste.

Le sèche-cheveux s'arrête et j'entends des talons hauts cliqueter en haut des escaliers.

— Eh, la fenêtre de la salle de bains est coincée. Est-ce que tu peux essayer de l'ouvrir pour moi ? demande Natalie.

— Bien sûr.

Je monte les escaliers. Elle est dans sa chambre, en train de se mettre du mascara.

— Tu sais que tu n'as pas besoin de ça.

Je me dirige vers elle, croise son regard dans le miroir.

— J'aime bien, dit-elle en se redressant et en fermant le tube.

C'est alors que je comprends d'où vient cette odeur. Et pourquoi elle me met mal à l'aise.

— Qu'est-ce que c'est que ça ? demandé-je en désignant le vase ébréché sur sa table de chevet, qui contient un petit bouquet de lis.

Les fleurs sont roses et blanches, et elles ont beau être magnifiques, je ne peux pas les supporter, ni elles ni leur parfum nauséabond.

— Oh.

Elle jette un œil aux fleurs, puis à moi.

— Elles étaient sur le pas de ma porte quand je suis arrivée.

Je m'en approche en retenant ma respiration.

— Sur le pas de la porte ?

— Oui. Je pense qu'elles viennent de Drew. Il a un petit côté théâtral, quelquefois. Je suppose qu'elles symbolisent la mort de mon stage.

Je lui jette un coup d'œil tandis qu'elle lève les yeux au ciel et reporte son attention sur son reflet, prenant un tube de gloss.

— Il n'y avait pas de message, alors ?

— Non.

— Qui est Drew, déjà ?

Je me souviens vaguement du nom. Elle pose le gloss et me regarde.

— Mon meilleur ami depuis que nous sommes enfants, dit-elle d'un ton neutre.

— Est-ce qu'il t'a dit qu'elles venaient de lui ?

— C'est important ? Est-ce que tu es jaloux ? Il n'y a rien entre lui et moi. Je veux dire, il y a eu quelque chose une fois, mais nous sommes amis, c'est tout. Et puis, il est gay.

Je n'en ai rien à foutre.

— Est-ce qu'il te l'a confirmé, Natalie ? demandé-je à nouveau, essayant de cacher la nervosité de ma voix.

Elle prend son téléphone.

— Pas encore. Je lui ai envoyé un message, mais il ne l'a pas encore lu. Sergio, est-ce que tu es jaloux ?

Je ne suis pas jaloux, non. Je jette un œil par la fenêtre, d'un côté et de l'autre dans la rue. Je devrais demander à un homme de la surveiller, car j'ai le sentiment que ces fleurs ne viennent pas de son ami.

— Je n'aime pas leur odeur, c'est tout.

— Comme beaucoup de gens.

— Jette-les. Elles vont propager leur parfum dans toute la maison, dis-je en me tournant vers elle. J'aimerais que tu passes la nuit chez moi, de toute façon.

L'anniversaire de Dominic a lieu ce week-end. Je suis censé aller à la maison dans les Adirondacks demain, mais soudain, je prends conscience que je ne peux pas la laisser ici toute seule.

— En fait, commencé-je en me tournant vers elle, décidant sur un coup de tête. Viens avec moi.

Elle est au courant pour ce week-end, mais je n'avais pas voulu l'inviter jusqu'à présent. Je ne veux pas qu'elle soit à proximité de mon père ou de mon plus jeune frère. Pas encore, du moins.

— Quoi ?

— Ma mère, il ne lui reste pas beaucoup de temps.

Je hausse une épaule. Je ne mens pas, je veux vraiment qu'elle rencontre ma mère. Mais ce n'est pas la raison pour laquelle je souhaite l'emmener.

— Qu'est-ce que tu en penses ?

— Ce n'est pas un événement familial ?

De toute évidence, ça la rend nerveuse.

— Si, mais ça ira.

Je m'approche, enroule mes bras autour d'elle.

— J'ai vraiment envie que tu viennes avec moi.

— D'accord. Pourquoi pas ? Je demanderai à quelqu'un de prendre la relève au café, demain.

— Bien.

Je n'aurai pas à la forcer, c'est déjà ça.

— Est-ce que tu as un sac en toile ou quelque chose comme ça ?

J'ouvre le placard, qui déborde de vêtements.

— Tu es désordonnée, Natalie.

J'aime que les choses soient propres et bien rangées, et un tel spectacle me rend fou. Je prends un sac à dos sur l'étagère supérieure.

— Ça fera l'affaire.

— Et Pepper ? Elle est tellement vieille, j'ai peur que...

— Nous l'emmènerons aussi. Elle peut rester chez moi, quelqu'un s'occupera d'elle.

— Je pourrais demander à Drew.

— Viens, je veux passer la nuit avec toi.

Je m'approche, lui prends les mains et l'attire vers moi.

— Je n'ai pas encore couché avec toi dans mon lit.

Elle sourit, ses yeux illuminés.

Je l'embrasse, puis la lâche.

— Mets uniquement ce dont tu as besoin là-dedans et allons-y. Je t'attends en bas.

— Euh, d'accord. On fait comme ça.

Je prends le vase de fleurs et me dirige vers les escaliers.

— Attends, ne les jette pas.

— Toute la maison va empester avant ton retour.

Hors de question que ces horreurs restent chez elle. J'ai merdé. Putain, j'espère que je dramatise. J'espère que c'est ce Drew qui les lui a déposées.

Une fois que je suis certain qu'elle ne peut pas m'entendre, je prends mon téléphone et appelle Éric. Je lui dis que je veux qu'un homme la surveille. Et un autre en poste devant sa maison ce soir.

Quand Natalie descend, Pepper est déjà en train d'attendre à côté de la porte et les fleurs ont été jetées dans la poubelle du voisin, y compris le vase.

— Tu es anxieux, dit-elle en posant son sac à dos pour prendre son manteau.

Je remarque pour la première fois ce qu'elle porte : une jolie robe en laine moulante. Elle lui arrive juste en dessous des genoux et des chaussures pointues apportent la touche finale à sa tenue.

— Tu es jolie, dis-je.

— Merci.

Je prends son manteau, elle l'enfile et nous partons quelques minutes plus tard. Je suis presque sûr qu'elle ne remarque pas que j'observe chaque personne qui passe à côté de nous, mémorisant leurs visages, cherchant un détail qui sorte de l'ordinaire. Je ne veux pas encore parler des fleurs, pas avant qu'elle n'obtienne une confirmation de son ami. J'espère avoir tort à leur sujet, mais mon instinct me dit le contraire.

— Oh, fait Natalie.

Elle est en train de lire un message quand je m'installe au volant après avoir installé Pepper à l'arrière.

— Qu'est-ce qu'il y a ? demandé-je en allumant le moteur.

Elle tape une réponse avant de se tourner vers moi.

— Drew ne savait pas de quoi je parlais.

Je hoche la tête, les yeux sur la route. Je veux sortir de la ville. Je veux qu'elle soit derrière le portail de ma propriété, sous les verrous et en sécurité dans sa tour.

— Peut-être que quelqu'un les a laissées là par accident, dit-elle. Je me demande si elles n'étaient pas destinées à quelqu'un d'autre.

Son téléphone sonne et elle le regarde à nouveau en secouant la tête.

— Sergio, tu t'es comporté bizarrement à propos des fleurs.

Comme je ne la contredis pas, elle demande :

— Est-ce qu'il y a quelque chose qui m'échappe ?

Je lui jette un coup d'œil. Je ne veux pas l'inquiéter, alors je mens.

— Je n'aime pas cette odeur. Ça me rappelle les enterrements.

— C'est mystérieux.

— Comme la mort.

Je rejoins l'autoroute.

Une lourdeur s'installe entre nous dans la voiture, le silence est pesant. Elle va détecter le mensonge. Je le sais. Mais je ne veux pas avoir cette conversation à propos des fleurs. Pas encore.

— Sergio, dit-elle enfin, une fois que nous avons franchi le portail de ma propriété. Y a-t-il quelque chose que je devrais savoir à propos de ces fleurs ?

Je gare la voiture et coupe le moteur. Je sors et la porte d'entrée s'ouvre tandis que Natalie quitte son siège.

Elle regarde Éric, puis l'homme qui se tient à ses côtés, et elle se tourne vers moi.

— Que se passe-t-il ?

Je croise son regard inquiet, mais je vais ouvrir la portière de derrière, soulevant Pepper pour la sortir et la poser sur le sol. La chienne est trop vieille pour bondir toute seule hors de la voiture.

— Installons-la.

Je fais un pas en direction de la maison, mais Natalie pose une main sur mon bras.

— Sergio ?

Je prends une grande inspiration et me tourne vers elle.

— Je ne pense pas que les fleurs aient été déposées par accident.

15

NATALIE

— De quoi tu parles ?

Je me force à respirer lentement, essayant de me calmer.

— Entrons, dit Sergio.

Son regard sombre croise le mien quand il prend mon bras et m'emmène en haut des escaliers, vers la porte d'entrée.

Je jette un coup d'œil par-dessus mon épaule en direction du grand portail en fer, au loin.

— Entre, Natalie. Maintenant.

— Est-ce que nous sommes en danger ? demandé-je, Pepper trottinant entre nous.

Il ne répond pas, mais salue ses hommes lorsque nous entrons.

— Natalie, tu connais Éric. Voici Ricco.

Je jette un œil à Ricco. Il est grand, paraît plutôt fruste, et il m'adresse un signe de la tête en guise de salutation. Je détourne le regard vers Sergio.

Il m'observe. Je sais qu'il pèse ses mots lorsqu'il dit :

— Ricco va garder un œil sur toi pendant que tu seras à l'université.

Je libère mon bras et fais un pas en arrière. La fourrure de Pepper effleure l'arrière de mes jambes.

— Qu'est-ce que ça veut dire, bordel ?

— Un autre homme sera en poste chez toi.

— Qu'est-ce que...

— Ça veut dire que j'essaye de te garder en sécurité.

Il se tourne vers ses hommes.

— Éric, il y a un gros sac de croquettes pour chien dans le coffre. J'aimerais que tu ailles le chercher. Je te retrouve dans le bureau dans quelques minutes.

— Attendez, commencé-je, mais les deux hommes obéissent et Sergio se tourne vers moi.

Soudain, il a l'air différent. Plus grand. Plus effrayant.

— Nat.

Il me prend à nouveau le bras.

— Je t'ai dit que je n'aimais pas ce diminutif.

Mais cela n'a aucune importance. Je me fiche de la façon dont il m'appelle à ce moment précis.

— Viens, dit-il en penchant la tête sur le côté, s'efforçant de sourire sans vraiment y parvenir. Allons te chercher quelque chose à boire.

— Je ne veux pas boire, rétorqué-je d'un ton sec en libérant à nouveau mon bras – ou du moins, en essayant.

— Natalie.

— Que se passe-t-il ?

Je me rends bien compte que je suis fébrile et je sens la panique monter en moi, me donnant la chair de poule.

— Calme-toi. Tu es en sécurité.

— Pourquoi est-ce que je ne serais pas en sécurité ?

Il me dévisage, referme ses bras autour de moi et m'attire à lui, mais je place mes mains sur son torse.

— Sergio, pourquoi...

Je m'arrête, car ses doigts glissent le long de ma colonne vertébrale et sa main se pose sur ma nuque. Ses yeux balaient mon visage.

— Tu es avec moi, maintenant. Les choses sont différentes. Tu le savais.

Je détourne le regard, secoue la tête.

— Je ne...

— Un verre, Natalie. Même si tu n'en veux pas, moi j'en ai besoin.

Sans attendre de réponse, il m'emmène dans la cuisine. Il fait pivoter un tabouret devant le plan de travail et me fait signe de m'y asseoir. Je m'exécute.

Dans un placard, il prend une bouteille de whisky et deux verres. Il les apporte, tourne vers moi le tabouret à côté du mien et s'assied. Je l'observe tandis qu'il pose la bouteille et le verre, puis verse environ trois doigts dans chaque verre. Il referme ses doigts autour de l'un d'eux et, de la même main, pousse l'autre vers moi. Ses yeux ne quittent jamais mon visage, et lorsque je lève la main vers le verre, je constate que je tremble. Sergio aussi s'en rend compte.

— Les fleurs, dis-je en regardant le liquide ambré, consciente qu'il va me brûler quand je l'avalerai. C'est un signe ?

Je prends mon whisky, le porte à mes lèvres et m'oblige à boire. Je déteste ça, mais je prends une autre gorgée, car j'en ai besoin à ce moment précis. Lorsque je lève les yeux vers lui, il m'observe encore.

— Tu as dit que c'étaient des fleurs d'enterrement.

Je prends conscience de mes propres paroles tout en les prononçant. Mais je le sais depuis le début, pas vrai ? Le fait de le connaître, d'être avec lui, me met automatiquement en danger.

Il ne répond pas pendant longtemps, se contentant de me regarder comme s'il lisait dans mes pensées, comme s'il me lisait, moi.

Pepper laisse échapper un aboiement à proximité et nous nous retournons tous les deux vers elle.

Sergio pose son verre et se lève pour aller ouvrir un tiroir, d'où il sort un bol, qu'il remplit d'eau et pose dans un coin avant d'en mettre un autre à côté, vide celui-ci.

— Et si tu lui donnais à manger ? Je reviens dans quelques minutes. Je vais nous préparer à dîner ensuite.

— Je n'ai pas faim, dis-je en avalant le reste de mon whisky, posant mon verre avant de me lever et de me diriger vers Pepper qui lape son eau.

Je m'agenouille à côté d'elle, dos à Sergio, et la caresse. Elle est tellement vieille que sa peau et sa fourrure sont grasses. Je préfère ne pas penser au temps qu'il lui reste.

Sergio soupire, mais il sort de la cuisine et je suppose qu'il est parti dans son bureau pour retrouver ses hommes quand j'entends la porte se fermer.

Je prends une grande inspiration après son départ, puis je me relève. Prenant la gamelle, je vais chercher le dîner de Pepper, puis retourne au plan de travail. Je m'empare de la bouteille de whisky qu'il a laissée et m'en verse un peu plus. Je bois tout en me dirigeant vers le salon.

Ce soir, j'ai l'impression d'avoir certains droits ici. Une certaine autorité. Car je me rends compte de quelque chose. Quelque chose que j'intègre depuis que je l'ai rencontré. Quelque chose que je ne comprends toujours pas très bien.

Je n'ai pas encore fait le lien avec ce que la mafia signifie réellement. Pas du point de vue de la vie réelle. De *ma* vie.

Mon esprit s'égare vers ce qui aurait pu arriver si Sergio n'avait pas changé les verrous de ma maison d'emprunt. Est-ce que la personne qui a déposé les lis serait entrée par effraction ? Est-ce que quelqu'un m'aurait attendue à l'intérieur, quand je suis rentrée ? Prêt à me faire du mal ?

Non, ce n'est pas ça. Je ne pense pas qu'ils veuillent me faire du mal. Je pense qu'ils voulaient faire passer un message à Sergio.

Je suis en train d'étudier les photos dans le salon lorsque j'entends la porte du bureau s'ouvrir. Sergio dit quelque chose en italien. Je ne m'étais pas rendu compte qu'il parlait italien, mais c'est évident. Quelques minutes plus tard, les deux hommes s'en vont et Sergio entre dans le salon. Je me tourne pour lui faire face.

— C'était un message pour toi, pas vrai ? Moi, je n'ai aucune importance. Je suis juste un moyen de t'atteindre.

Il vient vers moi, mais je l'arrête.

— Réponds-moi, Sergio.

Il réfléchit un moment, puis répond :

— Oui.

— Qui a fait ça ?

— Cela n'a pas d'importance.

— Oh, je crois que ça pourrait en avoir.

Ses yeux se durcissent un peu.

— Je vais m'en occuper.

— Comme tu t'es occupé du professeur Dayton ?

Il prend une grande inspiration, expire doucement et franchit l'espace qui nous sépare. Je ne recule pas, mais j'en ai envie. Il me prend le verre des mains et le met de côté.

— J'ai dit que j'allais m'en occuper.

— Tu ne crois pas que j'ai le droit de savoir ?

Il reporte son attention vers ma main, qu'il prend dans la sienne. Il la retourne et retrousse la manche trois-quarts de ma robe jusqu'à mon coude. Il examine la peau de mon poignet, effleure mes veines à l'intérieur de mon bras. Son contact propage des frissons le long de ma colonne vertébrale.

— Ce sont mes ennemis, Natalie. Pas les tiens.

— Mais s'ils sont chez *moi*, s'ils me déposent des fleurs funéraires à *moi*, alors ce sont aussi *mes* ennemis.

— J'ai dit que j'allais m'en occuper et je le ferai.

— Comment ça ?

Pourquoi est-ce que je pose la question ? À quel point ai-je envie de le savoir ?

— Ne t'en fais pas pour ça. Je vais tout arranger.

Je secoue la tête, baisse les yeux vers sa main, vers le bout de ses doigts qui sont légers comme une plume sur ma peau. Il m'observe aussi, tenant mon petit poignet dans sa grande main. Avec lui, je me sens vulnérable. Ce serait facile de le briser d'un coup sec. Quels que soient les ennemis en question, mon poignet se briserait de la même façon.

C'est étrange, ce que je ressens pour cet homme que je ne connais que depuis quelques semaines. Il est dangereux. Je sais que je devrais fuir. Le truc, c'est que je ne m'imagine pas partir. Je ne peux même pas imaginer qu'il ne fasse pas partie de ma vie.

Mais je suis stupide. Je ne peux pas ignorer ce qui s'est passé ce soir, même s'il promet de « tout arranger ». Je libère ma main de la sienne.

— Et la prochaine fois ? J'imagine que tu as plus d'un ennemi.

Je tends la main vers mon whisky, mais il agrippe à nouveau mon poignet et prend mon verre, avale son contenu.

— Est-ce normal pour toi, Sergio ? C'est ta vie normale ? Il n'y a rien d'extraordinaire à ce que quelqu'un dépose un symbole de mort devant ta porte ?

Il frotte son menton, sa nuque. Il me regarde, mais il est perdu dans sa propre tête. Je le vois se débattre avec quelque chose. Peut-être s'agit-il de la même chose contre laquelle je me débats.

Il met longtemps à répondre.

— J'ai de nombreux ennemis. Et je ne veux pas que ce soit ta normalité. Je suis un homme dangereux. C'est dangereux pour toi d'être avec moi.

— Qu'es-tu en train de dire ?

Ses yeux brûlent. Il y a tant de choses dedans : un conflit, de la rage et une obscurité intense. Une violence presque palpable.

Il se retourne enfin, puis répond :

— Rien. Ça n'a pas d'importance.

Je m'approche de lui, touche son épaule.

— Tu veux que je m'en aille ? Que je parte ? C'est ce que tu es en train de me dire ?

Il se tourne vers moi, m'adresse un sourire faible et soupire lourdement en repoussant une mèche de cheveux derrière mon oreille.

— Il est trop tard pour ça, darling. Je ne vais pas te laisser partir. C'est ça, le problème, depuis le début.

— Je ne veux pas qu'un type me suive. Je n'ai pas besoin d'un garde du corps.

— Tu n'as pas le choix. Pas à ce sujet.

— Si. Il le faut. C'est ma vie. J'ai mon mot à dire.

— Pas quand c'est ta sécurité qui est en jeu, dit-il d'une voix plus dure, ses yeux plus sombres. Ne sois pas naïve. Tu ne sais rien de cette existence. Ce n'est pas négociable.

J'essaye de me libérer, mais cette fois, il me tire à lui, me faisant rebondir sur son torse.

— Lâche-moi.

Je tente de le repousser.

— Non.

— Tu n'écoutes rien de ce que je dis quand ça ne te convient pas.

Il incline la tête sur le côté.

— Tu ne l'as pas fait quand tu as tabassé mon professeur. Tu ne l'as pas fait quand tu as changé les verrous de ma maison sans ma permission, et maintenant, tu ne m'écoutes pas non plus.

— Tu n'es pas contente que j'aie changé ces verrous ?

Je le fixe du regard. Avant que je puisse répondre, il pose la paume de sa main au milieu de ma poitrine et me fait reculer jusqu'à ce que mon dos heurte le mur.

— Je suis un homme moderne, Natalie, mais j'ai mes limites, et quand il s'agit de ta sécurité, c'est moi qui décide.

— Et donc, je fais ce que tu dis ?

— Dans l'idéal.

Il essaye de le prendre à la légère.

Quant à moi, j'essaye de repousser ses mains, mais je n'y parviens pas.

— Laisse-moi partir.

— Non. Je te l'ai déjà dit, je ne te laisserai pas partir.

— Tu n'as pas le droit de décider pour moi.

— Je ne te laisserai pas sans protection.

— Je ne serais pas en danger si tu n'étais pas qui tu es.

— Assez !

Il donne un coup de poing dans le mur.

Je laisse échapper un petit cri.

Sa colère est à peine contrôlée lorsqu'il parle ensuite d'une voix grave, vibrante d'avertissement.

— Tu t'es engagée là-dedans en toute connaissance de cause. Tu le sais et je le sais.

Je frissonne.

A-t-il raison ? Je ne le savais pas, cependant, pas comme ça.

Mais je crois que je me mens à moi-même. Est-ce que c'est vraiment important ? Je ne partirai pas, de toute façon. Ça, je le sais.

Il agrippe mon menton et l'incline vers le haut.

— La première fois que nous nous sommes rencontrés, j'avais une arme pointée sur ce connard qui te faisait du mal. La deuxième fois, j'avais une arme pointée sur ta tête. Tu sais qui je suis depuis le premier jour. Je t'ai dit de m'arrêter, de m'obliger à partir. Je t'ai dit que je le ferais si tu me le demandais. Mais tu ne l'as pas fait, n'est-ce pas ? L'autre nuit, quand j'ai couché avec toi, quand je t'ai dit de me demander de partir, tu ne l'as pas fait. Je le répète. *Tu ne l'as pas fait.* Eh bien, c'est trop tard, maintenant, Natalie.

— Je n'avais pas l'intention de...

Je secoue la tête, essayant de remettre mes idées en place.

— Quoi ? Tu n'avais pas l'intention de faire quoi ?

Mais les mots qui me viennent à l'esprit sont insensés.

— Quoi ? grogne-t-il, cette fois en frappant le mur de ses deux mains, de chaque côté de ma tête, me faisant grimacer et me recroqueviller, me bloquant entre ses bras.

Il doit percevoir ma terreur, car il soupire et se passe les mains sur le visage.

— Putain.

Il lui faut quelques minutes, mais lorsqu'il reprend la parole, sa voix est contrôlée.

— Tu n'avais pas l'intention de faire quoi ?

Quelqu'un s'éclaircit la voix. Sergio prend une grande inspiration. De toute évidence, il est agacé quand il se retourne vers Éric qui se tient sous la porte voûtée.

— Tu dois voir un truc, dit-il avant d'ajouter quelque chose en italien.

Sergio avance vers lui et ils regardent tous les deux le téléphone d'Éric.

— Putain de connard, marmonne Sergio. Donne-moi une minute.

Éric s'en va et Sergio s'approche de moi.

— Je dois y aller.

— Où ?

— Je reviens dès que possible.

— Es-tu en train de régler ça ? Est-ce que c'est ta manière de *tout arranger* ? Est-ce que tu reviendras avec un autre bleu sur tes articulations ? Peut-être avec du sang sur ta chemise, cette fois ?

Il plisse les yeux et lorsqu'il fait un pas en avant, j'en exécute deux en arrière.

— Ne me mets pas à l'épreuve, bordel. Pas maintenant.

Je déglutis. Il me donne un avertissement, et pour la première fois depuis que je le connais, je me rends compte que je ne sais pas jusqu'où cet homme ira, à quelle violence il est habitué. J'ignore quelles violences il a provoquées. Je pensais le savoir, mais j'avais tort. Penser savoir quelque chose et le comprendre vraiment, le sentir dans ses tripes, sont deux choses très différentes.

Il se racle la gorge.

— Natalie…

Je détourne le regard, les bras croisés sur ma poitrine.

— Va-t'en.

— Il y a de quoi manger…

— Je n'ai pas faim. Va-t'en. Va tout arranger, putain.

— Fais-moi confiance, Natalie.

Je m'en vais. Je ne veux pas en entendre plus. Je dois installer Pepper. Je la trouve dans la cuisine, en train de finir son dîner, inconsciente du chaos qui se déroule dans l'autre pièce. Je ne me retourne pas lorsque j'entends les deux hommes échanger à voix basse dans le couloir. La porte d'entrée s'ouvre et se referme, et j'entends le moteur d'une voiture qui démarre. Pepper me lèche le visage quand je m'assieds par terre à côté d'elle. Je ne sais pas si je suis en colère, blessée, ou encore autre chose. Sergio prend des libertés, fait des suppositions, et l'ennui, c'est que je sais qu'il est comme ça. Je sais que les choses seront ainsi avec lui. Ce soir, ce n'est qu'un aperçu de là où je mets les pieds.

Furieuse contre moi-même, je me lève et prends Pepper par le collier.

— Viens, allons nous trouver une chambre.

Je n'ai certainement pas l'intention de dormir dans la sienne.

Il est quatre heures du matin lorsque je me réveille brusquement, me relevant d'un coup dans un lit inconnu, le souffle court.

Le cauchemar s'estompe dès que j'ouvre les paupières, mais il me faut un moment pour me souvenir de l'endroit où je suis. De la raison de ma présence.

Les ronflements de Pepper me parviennent au pied du lit. Je repousse la couverture et me lève. Je ne veux pas me rendormir. Je ne veux pas retourner dans ce rêve.

Sur la pointe des pieds, je sors dans le couloir. Il fait noir et je me demande s'il est déjà rentré. Si je suis seule dans cette grande maison étrange. Mais lorsque j'atteins le haut des marches, j'entends un son. De la musique. Elle n'est pas forte, comme si elle venait de loin.

Toujours pieds nus, je descends les escaliers sans allumer. Cette heure de la nuit est sinistre. Les vieilles maisons le sont toujours.

La musique devient de plus en plus forte comme je m'approche du bas des marches. Elle vient du bureau. J'y vais, m'arrête, et là, je l'entends. Il chante en chœur avec la musique. Je reconnais la chanson. *Darlin*, de Houndmouth.

J'ai l'impression de m'immiscer dans un moment très privé, par conséquent, je frappe à la porte une fois, doucement, avant de l'ouvrir.

Sergio est assis derrière son bureau. Il a retiré sa veste et déboutonné la moitié de sa chemise, dont il a retroussé les manches jusqu'à ses coudes. Ses cheveux sont ébouriffés, comme s'il y avait passé les mains, et ses yeux sont injectés de sang. Je sais pourquoi. La bouteille sur le coin de son bureau est presque vide.

— Tu es rentré, dis-je alors qu'il reste assis là, à me regarder.

Je me rends compte que la chanson tourne en boucle, car elle s'arrête puis reprend.

Sans attendre une invitation, je fais un pas de côté et ferme la porte derrière moi. Son odeur flotte dans la pièce. Celle de son après-rasage et de whisky.

Je baisse les yeux vers ce qu'il y a sur son bureau, un grand parchemin qui occupe presque toute la place. Il tient deux crayons dans sa main. Des fusains. Sa chemise blanche en est tachée, tout comme ses mains et ses avant-bras. Une gomme triangulaire usée est posée à côté de son verre.

Il ne se lève pas lorsque je m'approche du bureau. Lorsque je baisse les yeux sur la grande feuille. Il me faut un moment pour réaliser qu'il s'agit d'un arbre généalogique.

Je commence à lire les noms, les dates. Il y a des symboles à côté de certains d'entre eux, une petite croix. C'est la seule chose qui n'est pas tracée au fusain, mais au feutre rouge. Je réalise que les croix sont les seules traces permanentes. Tout le reste peut être effacé.

Sergio m'observe tandis que j'examine sa lignée, suivant la ligne qui va de son arrière-grand-père à son grand-père, puis à son père, Franco Benedetti. À sa mère. À Sergio.

Les noms de ses frères figurent à côté du sien. À côté de ces derniers, je distingue des lignes, des cases prêtes pour accueillir un second nom. Mais à côté de la sienne, là où il y avait une ligne auparavant, il n'y a plus qu'une trace effacée. Il n'y a que sa date de naissance en dessous, avec un tiret. Un vide inquiétant de l'autre côté de ce tiret. Une sorte de permanence.

Quand je lève les yeux, je surprends son regard.

— C'est toi qui as dessiné ça ?

Il repousse sa chaise, se lève et me fait signe de rejoindre son côté. Ensuite, il me prend la main, m'attire plus près, me place entre lui et le bureau de sorte que je me retrouve devant la feuille.

Sergio referme ses mains sur le dos des miennes, prend l'index de ma main droite et trace une ligne jusqu'à son père et jusqu'à un autre nom que je ne connais pas. Il l'appuie sur une croix rouge – elle a la forme d'une croix de l'époque des croisades. Presque gothique. Comme s'il avait passé du temps à former chacune d'elles, dessinant le contour de chacune d'un noir d'encre, les coloriant d'un rouge intense.

— La croix représente un meurtre de la mafia, dit-il.

Sans un mot, nous retraçons chaque croix macabre de la feuille, lui et moi. Je ne les compte pas. Je perds le fil. Je le sens dans mon dos, je sens le poids de son silence. Ce qu'il signifie.

Lorsque nous arrivons à son nom, il effleure la ligne effacée. Il est si proche de moi que je sens la chaleur de son corps derrière le mien, son haleine chaude au whisky sur ma nuque. Le doux baiser qu'il y dépose.

— Tu sais ce que je n'avais pas l'intention de faire ? demande-t-il, reprenant la conversation que nous avons eue plus tôt, juste avant son départ brutal. Je n'avais pas l'intention de tomber amoureux de toi.

La chanson reprend, ses paroles et sa mélodie tout aussi sombres.

Elle me fait frissonner, envoie un frémissement glacial le long de ma colonne vertébrale.

Je devrais être heureuse, non ? Après tout, ce ne sont pas des mots que toutes les filles rêvent d'entendre ?

Pourquoi ai-je l'impression qu'une brique en ciment vient d'atterrir dans mon estomac ?

— Celle-là, commence-t-il, lâchant ma main gauche pour passer la sienne autour de ma taille et m'attirer à lui, tout en désignant, de la gauche, les restes d'une case effacée qui était connectée à la sienne. Elle est pour toi.

Sa main glisse sur moi pour empoigner mon sein, le serre puis se coule autour de ma gorge, ses doigts agrippant ma mâchoire juste un peu trop fort, comme s'il voulait me forcer à regarder, à voir et à comprendre.

Un moment plus tard, il tend le bras droit, nous obligeant tous les deux à nous pencher en avant tandis qu'il agrippe le bord du bureau, relâchant ma gorge et prenant mon bras gauche pour le tendre de l'autre côté.

Il repousse mes cheveux et pose ma joue sur le dessin, sachant qu'elle sera tachée par le fusain. Peut-être un peu rouge aussi.

— Ne bouge pas, dit-il, sa respiration chaude sur mon oreille, ses lèvres douces lorsqu'il m'embrasse sur la joue.

Il se redresse et je le vois du coin de l'œil qui se profile au-dessus de moi sans me quitter des yeux. Il fait si noir dans son bureau qu'il me fait l'effet d'une ombre au cœur d'une autre ombre.

Ses yeux brillent et lorsque le couplet suivant se fait entendre, il chante par-dessus. Les paroles sombres, humides et glaciales me font mal au cœur.

Je l'entends ouvrir le tiroir, en sortir quelque chose, mais je ne vois pas de quoi il s'agit. Ses mains sont dans mon dos, glissent sur mes hanches, soulèvent jusqu'aux omoplates le t-shirt trop ample que je porte.

Le sang afflue entre mes cuisses et je me dévisse le cou pour l'observer. Il se concentre sur son travail tandis qu'il baisse ma culotte sur mes hanches et mes jambes, jusque sur le sol, attendant que je les retire de mes pieds pour se placer entre mes fesses, qu'il empoigne et écarte.

Je déglutis. Il m'observe et un moment plus tard, son pouce se pose sur mon anus, appuyant légèrement.

Lorsque je me raidis et commence à me redresser, il resserre ses mains sur mes hanches.

— Je t'ai dit de ne pas bouger.

Je m'allonge à nouveau. Il enfonce le bout de son doigt en moi. Je me rends compte de ce qu'il a pris dans le tiroir un moment plus tard, en sentant les gouttes froides entre mes fesses.

— Sergio, commencé-je.

— Je suis en conflit depuis que je t'ai rencontrée, dit-il en commençant à m'enduire.

La sensation est étrange. Différente, mais agréable.

— Je sais ce que ça impliquera pour toi d'être avec moi, et mon bon sens me hurle de te laisser partir, de ne pas te condamner à cette vie.

Lorsqu'il glisse les doigts de son autre main sur mon clitoris, je prends une grande inspiration. Il continue de me caresser et j'entends les bruits humides de mon excitation, j'entends sa propre respiration devenir plus saccadée. Et lorsqu'il pousse doucement un doigt en moi, je laisse échapper un gémissement.

— Natalie.

Il défait sa ceinture, baisse la braguette de son pantalon.

Cependant, je ne peux pas répondre, pas alors qu'il me touche comme ça.

— J'ai besoin d'être en toi. De jouir en toi.

Je ne suis pas protégée. Il ne peut pas jouir dans mon sexe.

Il frotte sa verge contre ma vulve, la trempant entre mes replis humides tandis qu'un deuxième doigt pénètre mon anus. Ça me fait mal, mais c'est bon aussi, et j'ai envie qu'il soit en moi. Je veux qu'il jouisse en moi. Il n'est pas le seul à avoir besoin de ça. À avoir besoin de cette proximité.

Il chante de plus belle avec le refrain et se retire. Je regarde derrière moi, le voyant caresser sa queue et y étaler du lubrifiant, m'observant tout en chantant, détournant le regard seulement un instant pour sortir ses doigts et aligner son sexe avec mon anus avant de me pénétrer. J'étouffe un cri et me cambre, agrippant fermement les bords de son bureau.

J'ai mal, il est tellement épais, mais il me frotte le dos, prend son temps, m'étirant tout en douceur. Lorsqu'il caresse mon clitoris, je me surprends à me tendre vers lui. Je le désire et je crois que les bruits qui s'élèvent autour de nous proviennent de moi. Ce sont des halètements, des gémissements. Bon sang, je vais jouir ! Il me pénètre de plus en plus profondément, et un moment plus tard, l'orgasme m'emporte. Il n'en perd pas une bribe, enfouissant son sexe en moi, bougeant avec lenteur et intensité à la fois jusqu'à ce que ce soit fini, jusqu'à ce que la vague passe.

C'est alors qu'il m'empoigne les hanches et me prend pour de bon. Il ne me ménage pas, se retirant entièrement, me pénétrant à nouveau en poussant des grognements bestiaux et primitifs des tréfonds de sa poitrine.

Je sais à quel moment il va jouir, exploser en moi, et quand il donne un dernier coup de reins, allongeant tout son poids sur moi, sa poitrine et son visage humides de sueur, son sexe palpite et je le sens se vider. Nous sommes si proches l'un de l'autre ! Plus proches que nous ne l'avons jamais été. Il tend les bras par-dessus les miens et entrecroise nos doigts, frémissant encore entre mes fesses. Je ne veux pas que ça s'arrête. Je ne veux plus jamais être séparée de lui.

Je ne veux pas qu'il parte. Je veux que nous ne quittions jamais cette pièce. Car ici, nous sommes en sécurité. Ici, il est en sécurité.

Ma sueur se mélange aux larmes et lorsqu'il se retire enfin, je suis épuisée. Je n'ai plus de force. Mes genoux se dérobent. Il me porte dans ses bras et je me contente de m'accrocher à lui.

Un long moment plus tard, nous sommes à l'étage. Il m'a lavée et mise au lit lorsque je lui demande :

— Pourquoi, Sergio ?

C'est cette chanson, cette mélodie, qui me hante à présent. Il l'avait mise en boucle. Je ne sais pas combien de fois je l'ai entendue. Je ne sais pas combien de fois il l'a écoutée avant que j'arrive.

— Qu'est-ce qui t'empêche de dormir la nuit ? demandé-je, reprenant les paroles.

Il détourne le regard. Il roule sur le dos et fixe le plafond.

— Sergio ?

Il tourne la tête et me dévisage longuement avant de répondre :

— Savoir que le temps est presque écoulé.

16

SERGIO

Éric a réussi à obtenir une vidéo d'une caméra de sécurité voisine montrant l'homme qui a déposé les fleurs devant la porte de Natalie. Mais ces gens ne sont pas stupides. Il portait un sweat à capuche et une casquette de baseball en dessous, la visière baissée sur son visage. Il pourrait s'agir de n'importe qui et je ne m'attendais pas vraiment à ce que le coupable agite sa putain de main en l'air. Ils veulent me faire savoir qu'ils ont découvert mon point faible. Qu'ils sont prêts à utiliser cette faiblesse, à lui faire du mal, à elle, et à me faire du mal par ricochet.

C'est la vie dans la mafia. Personne n'est en sécurité, que vous soyez le patron ou l'agent de terrain. Si vous avez la moindre connexion avec qui que ce soit d'entre nous. Car c'est ce que j'aurais fait, moi aussi. Je suis prêt à utiliser les faiblesses de mes ennemis, et tant pis pour les innocents.

Le karma. On récolte ce que l'on sème. Je suppose que c'est ce qui m'attend.

Et ça me va, bordel. Pour moi. Pas pour elle, cependant. Elle est innocente. Elle ne fait pas partie de tout ça.

— Pourquoi es-tu aussi silencieux ? demande Natalie.

Elle est assise à côté de moi dans la voiture qui nous mène chez mon père pour l'anniversaire de Dominic. J'ai l'intention de passer la semaine là-bas, mais Natalie doit être de retour lundi pour aller en cours.

— Rien. Je me prépare juste pour la visite.

— Tu me rends plus nerveuse que je ne le suis déjà. J'en ai même la nausée.

Tout se développe à une vitesse effrénée entre nous. Je sais qu'elle se sent un peu emportée. Et rien ne me ferait plus plaisir que de ralentir le temps un moment. Peut-être faire ce voyage que Salvatore a suggéré, partir avec elle. Dans un endroit chaud et tranquille. Quelque part où nous ne serons que tous les deux.

Car le temps est presque écoulé, je le sais.

Hier soir, dans le bureau avec Natalie, cette musique, elle, nous deux... tout cela me hante. Mes propres paroles se répètent dans mon esprit et je ne peux pas m'empêcher de sentir leur avertissement. Il me faut faire appel à toute ma force de volonté pour les empêcher de tout étouffer. De gâcher la joie du quotidien.

Il fait sombre lorsque nous arrivons devant le portail imposant de la demeure familiale des Benedetti, peu avant dix-neuf heures. Il s'ouvre à notre approche et ne se referme qu'une fois que nous tournons dans la longue allée conduisant au manoir, qui se profile au loin.

Je jette un coup d'œil vers elle, lui serre le genou. Elle fixe la maison, les yeux écarquillés.

— Prête ?

Elle hoche la tête.

— N'aie pas l'air aussi soucieuse. J'ai dit à mon père qu'il avait intérêt à être gentil avec toi.

Je lui adresse un clin d'œil, mais elle pâlit.

— Je déconne. Détends-toi.

— Je ne sais pas pourquoi je suis aussi nerveuse. C'est ridicule.

— Tu es avec moi. Ne t'inquiète pas, dis-je pour essayer de la rassurer. Oh, une petite chose. Dominic peut être un connard parfois. Contente-toi de l'ignorer.

— Nous ne sommes pas là pour son anniversaire ?

— Si, mais c'est plus pour ma mère, au fond. C'est son bébé. Je sais que, techniquement, les parents n'ont pas de préférés, pourtant c'est le cas.

J'ouvre ma portière, mais elle pose une main sur mon bras.

— Sergio ?

J'ai déjà une jambe hors de la voiture lorsque je me retourne vers elle.

— Combien de temps lui reste-t-il ?

Je prends une grande inspiration.

— Difficile à dire. Quelques mois. Elle ne survivra pas un an.

J'essaye de ne rien éprouver en le disant, mais c'est impossible.

— Viens, entrons.

Elle ouvre sa portière, et lorsqu'elle sort, je suis à ses côtés, nos sacs sur l'épaule. Je lui prends la main et me tourne vers les grandes portes en bois éclairées par des lanternes, de chaque côté. J'adore cette maison. Depuis toujours. Et un jour, elle m'appartiendra.

Les portes s'ouvrent alors que nous approchons et mon père apparaît dans l'entrée. Il m'adresse à peine un coup d'œil. Il attend de voir Natalie depuis que je lui ai dit ce matin que je l'amènerais.

— Papa, dis-je en montant les marches. Tu étais à la fenêtre ?

Je le prends dans mes bras et il me tape dans le dos.

— La première fois que tu ramènes une fille à la maison ? Bien sûr que je regardais par la fenêtre.

Natalie est tendue à côté de moi. Mon père la toise ostensiblement des yeux. Il essaye d'estimer si elle me mérite ou pas. La vraie question, c'est si *nous* la méritons.

— Je te présente Natalie Gregorian. Essayons de ne pas l'effrayer avant qu'elle soit à l'intérieur, d'accord ?

Les yeux de mon père sont rivés sur elle et il lève légèrement le menton. Il y a un moment de silence gênant avant qu'il ne lui tende la main.

— Bienvenue, Natalie Gregorian.

Je croirais entendre Natalie déglutir. Mon père peut être autoritaire, par moments, et c'est peu dire.

— Enchantée de faire votre connaissance, monsieur Benedetti, dit Natalie en glissant sa main dans la sienne.

Il ne la serre pas vraiment, se contente de la tenir, et je jurerais qu'il n'a pas cligné des yeux.

Je le regarde essayer de le voir comme elle le voit. Pas comme son fils. Son fils préféré.

Dominic a beau être le favori de ma mère, j'ai toujours été celui de mon père. J'ai presque de la peine pour Salvatore.

Ce n'est pas la première fois de ma vie que je vois une certaine froideur dans les yeux de mon père. De la cruauté. Est-ce ce qu'elle voit, en ce moment ? Je me demande à quel point je suis comme lui. Je me demande si je devrais éprouver quelque chose à ce propos, mais ce n'est pas le cas.

Natalie finit par baisser les yeux et s'éclaircit la gorge.

— Il fait froid, me dit-elle.

J'ai l'impression qu'elle ne parle pas du temps qu'il fait.

— Entrons.

Les portes se ferment derrière nous et des voix nous parviennent depuis l'angle du mur. Salvatore et ma mère. Je fais la même chose à présent. J'essaye de les voir comme elle doit les voir. Ma mère est l'opposé de mon père. Chaleureuse et accueillante, avec un sourire authentique et franc.

Salvatore a l'air d'un géant à côté d'elle, elle a perdu tellement de poids. C'est un grand gaillard, aussi grand que moi, mais ce n'est pas pour cela qu'elle semble aussi frêle.

Je tourne le regard vers mon frère et me demande comment Natalie le voit. Si elle perçoit l'obscurité qui s'accroche à lui. Cette ombre de solennité. Cela dit, c'est peut-être parce que j'ai du mal à ne pas penser qu'il s'agit certainement de la dernière fois où nous sommes tous présents ainsi. Avec ma mère en vie, pas dans une satanée boîte.

— Sergio, dit-elle.

Je la prends dans mes bras. Elle a la peau sur les os. Je maudis le putain de cancer qui fait rage en elle.

— Maman. Tu as bonne mine.

Elle porte un foulard rose clair sur la tête.

— Non, ce n'est pas vrai, petit.

Non, ce n'est pas vrai. Ce que j'ai dit à Natalie était juste. Elle ne passera pas l'année. Il ne lui reste que quelques mois et je ne suis pas prêt.

— Maman, je te présente Natalie. Natalie, voici ma mère.

Elle tourne les yeux vers elle et prend sa main tendue dans les siennes.

— Natalie, dit-elle avant de la serrer dans ses bras. C'est si bon de vous rencontrer. Nous sommes ravis de vous avoir ici avec nous.

Son accueil chaleureux est à l'opposé de celui de mon père.

— Je suis ravie de vous rencontrer aussi, madame Benedetti.

— Sergio n'a jamais ramené de fille à la maison, dit-elle avec un clin d'œil, s'écartant pour mieux dévisager Natalie.

Elle incline la tête sur le côté et la regarde dans les yeux, un peu trop longtemps. Enfin, elle lui adresse un hochement de tête.

— Je comprends ce qu'il voit chez vous.

Je jette un coup d'œil à Natalie. Elle rougit.

Dominic se racle la gorge et apparaît au coin de la pièce. Mon petit frère prétentieux met son téléphone dans sa poche et dévore Natalie des yeux.

— Je te présente mon frère, Salvatore, dis-je en ignorant Dominic, conscient qu'il sera agacé d'être présenté en dernier.

— Ravie de vous rencontrer, dit Natalie avant de serrer la main de Salvatore.

— Enfin une fille capable de supporter mon frère, dit-il.

Dominic s'éclaircit la gorge.

— Et moi, je m'appelle Dominic.

Je me rapproche d'elle, ma main sur sa nuque.

— Mon petit frère, ajouté-je.

Je vois Dominic s'irriter devant mon choix de mots. C'est tellement facile de l'agacer.

— Va installer Natalie. Je te retrouve dans mon bureau, dit mon père avant de tourner les talons. Nous devons parler affaires.

— Franco, j'ai dit qu'on ne parlerait pas du travail, commence ma mère.

Mais mon père chasse son commentaire d'un geste de la main.

— Ne t'inquiète pas, maman. Je vais m'assurer qu'il fasse court.

Je le regarde partir, mais je dois me forcer à sourire.

— Ta mère et Salvatore ont l'air vraiment gentils, dit Natalie une fois que nous sommes hors de portée de voix.

Je ricane.

— Mon père n'est pas mal non plus. Tu dois juste apprendre à le connaître. Voici ma chambre.

Nous entrons dans la pièce et je ferme la porte. Elle est spacieuse, luxueusement décorée dans des tons gris et noirs.

— Tu as grandi ici ?

— Et à Philadelphie aussi. Ma mère veut être ici, à présent. C'est son endroit préféré.

— C'est une belle maison.

— Merci.

J'entre dans le dressing et allume pour m'assurer que la robe que j'ai commandée au dernier moment est bien là. Je n'ai rien vu dans son armoire pour le dîner de ce soir. Elle sera parfaite pour Natalie. J'éteins et retourne dans la chambre.

— Ça va ?

Elle hoche la tête.

— J'ai juste une sensation étrange dans l'estomac.

— Ce sont les nerfs. Détends-toi. Prends un bain si tu veux. Nous ne dînerons pas avant vingt et une heures. Je vais aller voir ce que veut mon père et je remonterai te chercher.

— D'accord.

— Il y a une robe pour toi dans le dressing. Porte-la ce soir.

— Une robe ?

Je souris et me dirige vers la porte.

— Sergio ? demande-t-elle lorsque je pose la main sur la poignée.

Je me retourne.

— Oui ?

— Euh... ce n'est rien. Laisse tomber.

— Tu en es sûre ?

— Oui, le trajet a été long. Je vais prendre un bain.

Je hoche la tête.

— Je reviens dès que possible.

Je sors en fermant la porte derrière moi. Je n'aime pas la sensation de la laisser seule. Mais je dois me débarrasser de cette réunion avec mon père. Il n'est pas au courant pour les fleurs chez Natalie. Je ne le lui ai pas dit, car cela ne ferait que l'inquiéter. Mais je me demande quand même si c'est de cela qu'il veut parler. Si ce n'est pas la situation de Lucia DeMarco qui l'intéresse davantage. S'il ne veut pas obtenir mon consentement une bonne fois pour toutes, en particulier maintenant que Natalie est dans le tableau.

— Papa, dis-je en entrant sans frapper.

Il est assis derrière son bureau.

— Jolie fille, observe-t-il en s'accoudant sur son bureau pour me regarder. Ferme la porte.

17

NATALIE

Mon téléphone sonne un moment après que Sergio est sorti de la pièce. Je prends mon sac, que j'ai jeté sur le lit, et fouille pour trouver mon téléphone. C'est Drew, alors je décroche.

— Salut, Drew.

— Salut. Tu y es ? Dans *cette* maison.

Je souris.

— Oui.

Je me laisse tomber sur le lit.

— Espèce de taré.

— Alors, comment c'est ?

— Énorme. Luxueux. Je me demande si la maison est hantée.

— Ah. Est-ce que tu as rencontré Franco Benedetti ?

— Oui.

— Et ?

— Et rien. Il est exactement comme tu pourrais l'imaginer. Froid. La mère de Sergio est gentille, cela dit. Et l'un de ses frères a l'air sympa.

— Ouais, eh bien, à quoi est-ce que tu t'attendais ? Je n'arrive toujours pas à croire que tu sois avec lui.

— Je sais.

Bien sûr, Drew n'approuve pas. Il pense qu'on va me faire du mal et je peux comprendre, en particulier vu ce qu'il vient de se passer. Je lui ai menti pour la première fois depuis que je le connais. Je lui ai dit que les fleurs étaient de Sergio. Mais je m'oblige à écarter cette inquiétude de mon esprit.

— Au fait, j'ai entendu parler de quelque chose, comme quoi le professeur Dayton prenait quelques semaines de congés.

Merde.

— Vraiment ?

Je joue les idiotes.

— J'ai entendu dire que ton petit copain lui avait rendu visite.

— Drew...

— Sois prudente, d'accord ? Ce sont des gens dangereux.

— Il m'a dit qu'il m'aimait.

Mon commentaire est reçu par un silence de l'autre côté de la ligne.

— Est-ce que tu le lui as dit, toi aussi ? demande-t-il enfin.

— Pas encore. Mais...

— Nat, je me fais du souci pour toi.

— Ce n'est pas la peine. Il ne va pas me faire de mal.

— Je n'ai pas peur qu'il te fasse du mal. J'ai peur que tu sois en danger rien que parce que tu le connais.

Je le sais déjà.

— Je dois y aller.

— Merde. Je suis désolé, je t'appelais pour te dire de bien t'amuser. Je ne veux pas être un ami pourri.

— Ce n'est pas le cas. Tu ne seras jamais pourri.

— Alors, va t'amuser.

Je glousse.

— Et appelle-moi dès que possible pour me raconter des ragots ! ajoute-t-il, me faisant sourire.

— Tu es pire qu'une femme.

— Tu le sais bien. Je t'aime.

— Je t'aime.

Après avoir remis mon téléphone dans mon sac, j'ouvre la porte du dressing et entre. Là, accrochée entre plusieurs costumes, se trouve la plus belle robe que j'aie jamais vue. En dessous, sur le sol, il y a une paire d'escarpins rouges assortis.

J'effleure la robe, le tissu soyeux, et me mets sur la pointe des pieds pour retirer le cintre du portant. Les étiquettes sont encore dessus et je ne reconnais pas le nom de la boutique, mais je sais qu'il s'agit d'un couturier italien. Je ne veux même pas penser à son prix.

Je l'emporte dans la chambre et me dirige vers le miroir sur pied dans un coin. Je tiens la robe devant moi. La longue jupe asymétrique tombe jusqu'à la moitié de mon mollet et d'épaisses lanières exposent entièrement le dos. La couleur est parfaite, un cramoisi riche et chatoyant. Je l'adore.

La posant sur le lit, j'entre dans la salle de bains. Cette pièce aussi est vaste, décorée à l'ancienne, avec une baignoire sur pattes placée au centre, mise en valeur par la robinetterie en cuivre. Je mets le bouchon et fais couler l'eau, ajuste la température et la laisse se remplir tandis que j'attache mes cheveux sur le sommet de ma tête et jette un œil aux savons, shampooings et huiles de bain. J'en choisis une qui sent le jasmin, en verse quelques gouttes dans la baignoire qui se remplit rapidement et me redresse pour l'observer tout en me déshabillant. Puis je monte dedans, laissant le jet d'eau me chatouiller les pieds tandis que je regarde la nuit noire étoilée par la fenêtre.

C'est pour cette raison que le froid ne me dérange pas. Cela signifie que le ciel est clair, et là dehors, il y a un million d'étoiles qui parsèment la nuit.

La nuit.

Comme les yeux de Sergio.

Je ferme les miens, prends une grande inspiration et plonge doucement dans la baignoire, fermant le robinet du bout du pied. Les senteurs de jasmin s'évaporent dans l'air et je m'autorise à me détendre, écoutant le clapotis des dernières gouttes.

Ce week-end est important pour Sergio, pour le bien de sa mère. J'ai l'impression qu'il s'agit de l'une des dernières fois qu'ils seront tous réunis ensemble et qu'elle sera suffisamment en bonne santé pour ne pas être alitée.

J'ouvre les yeux et regarde le plafond, suivant du regard les motifs intriqués des moulures sur le bord et autour de la lampe. C'est un petit chandelier. Je ne peux m'empêcher de sourire en secouant la tête, me demandant à combien se chiffre la fortune de la famille Benedetti. Je ne peux même pas l'imaginer.

Mais ensuite, je pense à la manière dont ils gagnent cet argent.

Cette pensée me refroidit, me rappelle qui je suis. Et avec qui, surtout.

Je ne devrais pas me sentir trop à l'aise. Je ne peux pas oublier ce que ces derniers jours ont apporté avec eux. Ce qu'ils veulent dire pour moi. Ce que l'amour de Sergio Benedetti signifie envers moi. Car il a raison, je me suis bien engagée là-dedans, les yeux grands ouverts. Et je ne suis pas assez naïve pour penser que les mains de Sergio sont propres.

Je chasse ces pensées et débouche la baignoire. L'eau dégouline sur moi tandis que je me lève, m'empare d'une serviette épaisse sur le tas qui se trouve à proximité et l'enroule autour de moi. Je me dirige vers le miroir, regarde mon reflet et me demande comment je suis arrivée là, et à quel point je veux ignorer ce que cela signifie.

Je me demande qui je suis.

Je suis habillée, mais pieds nus et assise par terre, en face du miroir, en train de tresser mes cheveux quand Sergio entre, peu avant vingt et une heures. Je croise son regard dans le miroir, mais mon sourire vacille. Il a l'air étrange, comme s'il avait quelque chose à l'esprit, et dans sa main, il tient un verre de whisky. Il ferme la porte, se tient juste devant et m'observe tout en sirotant. Je me demande si c'est son premier verre. On ne dirait pas.

— Salut, dis-je doucement, reportant mon attention sur ma tresse.

Mes doigts disparaissent dans la masse épaisse tandis que je crée un motif long et complexe.

Sergio se déplace, il tire une chaise derrière moi et s'assied, prend une autre gorgée avant de poser son verre. Ses jambes sont de chaque côté de mes épaules.

— Ça va ? demandé-je.

Il hoche la tête.

— Tu es ravissante.

Je termine la tresse, mais je ne parviens pas à en attacher le bout avant qu'il pose ses mains sur les épaisses lanières de la robe et les retire de mes épaules. Je me regarde et vois la robe qui tombe jusqu'à ma taille, mes seins nus. Et la tresse, qui commence déjà à se défaire.

— Tu ne veux pas te changer pour le dîner ? demandé-je.

Sergio tend les bras et m'empoigne les seins. Il y enfonce ses ongles. Il prend mes tétons déjà durs entre son pouce et son index et les pince.

Je déglutis, les yeux rivés sur les siens dans le miroir.

— Nous allons être en retard, dis-je d'une voix faible.

— Retourne-toi.

Je me mets à genoux, place mes mains sur ses cuisses et lui fais face, entre ses jambes écartées. Il pose son pouce sur mes lèvres, puis étale le rouge foncé sur ma joue.

— Qu'est-ce que tu fais ? demandé-je doucement en commençant à me lever, touchant le coin de ma bouche.

Mais il me prend les mains et secoue la tête.

— Je veux salir ton visage, dit-il en défaisant sa ceinture et les boutons de son jean.

Je l'observe. Les battements de mon cœur accélèrent lorsqu'il le baisse et saisit son sexe épais.

— Je veux marquer tes lèvres parfaites en pénétrant ta bouche. Je veux jouir sur ton joli visage.

Une main sur ma nuque, il m'attire vers lui, défaisant la tresse tout en s'enfonçant dans ma bouche. Je l'ouvre pour lui, mais elle n'est pas assez large et lorsque j'essaye de m'écarter, il se lève et enroule ses doigts dans mes cheveux, les empoignant férocement.

— Contente-toi d'ouvrir grand.

Je lève les yeux vers lui, car il incline ma tête vers le haut. Il se mord la lèvre et je me redresse sur mes genoux, les mains autour de ses jambes puissantes.

— C'est bien. Comme ça. Contente-toi d'ouvrir la bouche et de me laisser te baiser le visage.

J'ai envie de passer ma main sous ma jupe, mais il bouge trop vite et je ne peux pas respirer lorsqu'il s'enfonce aussi profondément, alors je repousse ses cuisses pour tenter de m'écarter, mais il ne me laisse pas faire.

— Chut. Détends-toi, Natalie.

Il n'essaye pas de m'amadouer. C'est un ordre.

— Lève les yeux. Regarde-moi.

J'obéis et il hoche la tête, se retire un peu pour me laisser prendre un peu d'air avant de glisser à nouveau son sexe dans ma bouche.

— C'est bien, comme ça. Je vais y aller plus profond, maintenant. Je veux te regarder en train de recevoir mon sexe. Je veux voir ton visage quand je jouirai dans ta gorge.

Il commence à effectuer des va-et-vient et je panique en voyant que je ne peux pas respirer, mais il se baisse, me caresse les cheveux. Maintenant, il cherche à me cajoler, murmurant sans relâche.

— Fais-moi confiance, Natalie. Fais-moi confiance.

C'est le cas. Je lui fais confiance. Et lorsque je détends ma mâchoire, ma gorge, il m'agrippe tellement fort que je ne peux pas bouger. Il me pénètre profondément et je sais qu'il va jouir. Je le sens devenir encore plus épais, ses yeux prennent cette lueur, cet éclat, et un moment plus tard, je sens la palpitation, je sens sa jouissance, je la vois sur son visage tandis qu'il se vide dans ma gorge et que j'avale. J'avale, et lorsqu'il se retire, je couvre ma bouche, mais il ne me lâche pas. Au contraire, il s'accroupit.

— Natalie.

Il me sourit, m'embrasse doucement.

— Ma douce et jolie Natalie.

Il effleure ma tempe avec son menton.

— Tu dois apprendre à tout avaler, chuchote-t-il en étalant sur ma joue ce que je n'ai pas pu prendre, par-dessus mon rouge à lèvres gâché.

Il m'embrasse sans ménagement, sa langue là où se trouvait son sexe quelques instants plus tôt, goûtant son propre sperme, salissant mon visage comme il m'avait dit qu'il le ferait.

— Je t'aime, dit-il en me serrant contre lui, sa main derrière mon crâne pour me maintenir en place. Je t'aime et tu es exactement ce qu'il me faut. Tu es à moi. Quoi qu'il arrive. Compris ?

Je ne sais pas combien de verres il a bus, mais je sens le whisky dans son haleine et la façon dont il parle, la façon dont il me tient, sont étranges. C'est trop. Trop obscur.

— Est-ce qu'il s'est passé quelque chose ? osé-je demander.

Je ne veux pas m'écarter et interrompre cette intimité. Car ce qu'il dit est vrai. Je suis à lui. Je le sais et je le veux.

Il recule enfin, mais son visage reste à quelques centimètres du mien.

— Tu es à moi, Natalie. Pour toujours. Quoi qu'il arrive.

18

NATALIE

Sergio et moi sommes les derniers à entrer dans la salle à manger. Tout le monde est déjà assis, toute sa famille et un autre homme qui est en train de lire quelque chose sur son téléphone. Je me raidis sensiblement lorsqu'il lève les yeux et que nos regards se croisent.

Franco consulte ostensiblement sa montre tandis qu'un serveur verse du vin dans son verre.

— Désolé, nous sommes en retard, maman, dit Sergio en ignorant son père. Natalie, je te présente mon oncle Roman.

Ce dernier se lève, tend une main vers moi. Je marque une pause. Sergio me frotte le dos et j'essaye d'empêcher ma main de trembler lorsque je la tends vers la sienne. Roman est l'homme qui était là le soir où je suis allée à l'entrepôt. Celui qui a demandé à Sergio s'il avait besoin d'un nettoyeur.

Son oncle sourit. C'est étrange, comme si cette nuit n'était jamais arrivée.

— Ravie de vous rencontrer, Natalie, dit-il cordialement, d'une voix très différente de celle qu'il avait à l'entrepôt.

Je ne l'aime pas. Je ne l'aime pas même un peu.

Sergio tire une chaise et je m'assieds. Il serre ma main sous la table.

— Vous êtes ravissante, ma chère, dit la mère de Sergio.

— Merci, madame Benedetti.

Monsieur et madame Benedetti sont assis en face de moi. Roman est à droite de Franco et Dominic à côté de sa mère. Salvatore nous sépare, Dominic et moi, et j'en suis reconnaissante. Il y a quelque chose chez ce type qui me met terriblement mal à l'aise. Salvatore semble différent. Quant à Franco et Roman, ils me terrifient, purement et simplement.

Franco fait tinter une cloche et je suis surprise de voir une rangée de servants apparaître, apportant les plats les uns après les autres. En commençant par Franco, ils font le service à table.

Sergio m'adresse un clin d'œil lorsque je le regarde, intriguée par cet usage.

— Mon père est parfois perfectionniste. Ce n'est que l'entrée, alors ménage-toi, me murmure-t-il à l'oreille.

Je regarde soudain l'agencement et je me demande si l'on s'attend à ce que je sache quelle fourchette convient à quel plat. Lorsque mon tour arrive, je m'écarte tandis que les serveurs remplissent mon assiette de pâtes qui me font saliver.

Ensuite, on dirait qu'ils parlent tous en même temps, Franco avec Roman, Dominic avec sa mère, Salvatore avec Sergio, tandis que je me tasse sur mon siège. Mon estomac gargouille et je prends ma fourchette. Heureusement, ils parlent tellement fort que personne ne m'aura entendue.

J'essaye de participer, mais je suis absorbée par mon observation de la tablée. Et quand madame Benedetti me pose une question, toute la table devient silencieuse avant que je ne me rende compte qu'elle s'adresse à moi.

— Pardon ?

Je pose ma fourchette et m'essuie la bouche.

— Sergio m'a dit que vous étudiez l'architecture.

— Oh. Oui. Je vais à l'Université de Pennsylvanie.

— J'ai obtenu un diplôme en architecture, à l'époque, dit-elle en souriant.

Je remarque qu'elle a tout juste mangé une bouchée.

Je lui rends son sourire.

— J'adore ça, j'adore les maisons, en particulier les vieilles demeures comme celle de Sergio ou celle-ci.

— Vous savez, la famille a quelques contacts, si vous avez besoin d'aide pour trouver du travail, dit Dominic en fourrant une grande fourchetée de pâtes dans sa bouche.

Il m'observe tout en mâchant. J'ai l'impression qu'il s'agit d'un test.

Mon regard se tourne vers Franco, qui me regarde également.

Sergio s'éclaircit la gorge.

— Je suis sûr que Natalie n'aura pas de problème pour trouver un emploi toute seule, dit-il en passant la main sur ma nuque.

Il l'a fait plus tôt aussi, quand j'ai rencontré Dominic pour la première fois.

— Si elle a besoin de quoi que ce soit, je m'en occuperai.

Il s'en *occupera*. Il s'occupe de tout.

— Je n'en doute pas. Je veux juste qu'elle sache qu'elle a des options, si elle devient un membre de la famille, je veux dire.

Madame Benedetti lui adresse un coup d'œil en coin et Dominic lui renvoie un regard innocent en haussant les sourcils, souriant avant d'enfourner plus de pâtes dans sa bouche.

Franco, maintenant adossé dans sa chaise, laisse tomber sa fourchette dans son assiette et sonne la cloche. Les serveurs reviennent dans la salle à manger et débarrassent la table. Ils versent un vin différent dans un autre verre, même si le mien est encore plein. L'alcool aurait beau calmer ma nervosité, j'ai l'impression que je ferais mieux de rester en alerte.

— Ignore-le, souffle Sergio.

— Dominic, je pensais que tu allais amener une petite amie, dit Salvatore pour provoquer son frère.

Le visage de Dominic se durcit.

— Nous ne pouvons pas tous être aussi chanceux que Sergio, pas vrai, Salvatore ?

La rivalité entre les frères est palpable.

Franco dit quelque chose en italien. Quoi que ce soit, Dominic grogne et Sergio se raidit. Lorsque Roman reprend la parole, Sergio se racle la gorge.

— Natalie ne parle pas italien. Si on s'en tenait à l'anglais pour ce soir ?

— C'est impoli, Franco, réprimande madame Benedetti dans un murmure.

J'aurais souhaité que Sergio ne dise rien, car on dirait que tout le monde me fixe du regard.

Le silence gênant dure jusqu'à ce que je m'éclaircisse la voix.

— Oh, ce papier peint est intéressant, dis-je. Il est original, en fait. Alice au pays des merveilles. Ce n'est pas une version que l'on trouverait dans une chambre d'enfants, cela dit. Il est trop sombre pour ça.

Madame Benedetti jette un coup d'œil derrière elle, puis Franco et elle échangent un regard.

— Franco l'a fait poser pour moi. Et il le déteste.

Elle lui tapote le dos. Il sourit, et pour la première fois, il y a une lueur de tendresse dans ses yeux.

Mais je ne m'attarde pas dessus, car le fumet du plat que les serveurs apportent ensuite me fait retenir ma respiration. C'est du poisson. Du saumon. J'adore le saumon, mais ce soir, j'ai l'impression que je vais être malade.

— Ça va ? murmure Sergio. Tu es un peu pâle.

Le serveur vient ensuite à mes côtés et le plat de service se retrouve presque sous mon nez.

— Oh, juste un peu. S'il vous plaît.

Je ne pense pas que je puisse refuser. Je vais devoir me forcer à l'avaler.

— Eh, insiste Sergio.

Je me tourne vers lui. Je me demande si j'ai attrapé un virus ou quelque chose. Ça ne me ressemble pas.

— Je vais bien.

Je lui adresse un sourire crispé.

— Excusez-moi un moment, dis-je, me levant à l'instant même où le serveur s'écarte, tamponnant ma bouche avec la serviette. Où sont les toilettes ? demandé-je à Sergio, qui se lève immédiatement.

Il pose une main au bas de mon dos.

— Commencez à manger, dit-il à sa famille en m'emmenant rapidement.

Au lieu de me diriger vers les toilettes du rez-de-chaussée, il me porte presque jusqu'à sa chambre. Quand je fais irruption dans la salle de bains, j'ai à peine le temps d'atteindre les toilettes et de tomber à genoux avant de vomir.

Sergio est à mes côtés en un éclair. Je repousse mes cheveux tandis qu'une autre vague arrive. Les mains de Sergio retiennent l'épaisse tresse dans mon dos.

— Va-t'en, grogné-je, humiliée et écœurée. Tu n'as pas besoin de voir ça.

— Je n'irai nulle part.

Une autre vague m'ébranle, et je pense que je préférerais mourir plutôt que vomir.

— Je suis tellement désolée, dis-je en tendant le bras pour tirer la chasse d'eau avant de me rasseoir. Je pense que c'est fini.

— Tu n'as pas à être désolée.

— J'ai dû attraper quelque chose. Je me sens bizarre depuis deux jours.

— Viens, je vais te mettre au lit.

Il est sur le point de me prendre dans ses bras, mais je lui fais signe de s'écarter et retire mes chaussures en trébuchant. Je me dirige vers le lavabo, me passe de l'eau sur le visage et me brosse les dents. Je ne jette pas plus d'un coup d'œil à mon reflet.

Sergio me tend une serviette. Je la prends et m'essuie le visage.

— Retourne au dîner. Je ne veux pas le gâcher.

— Tu ne gâches rien du tout.

Sourd à mes protestations, il me soulève et me porte jusqu'au lit, où il retire ma robe et passe par-dessus ma tête le t-shirt qu'il a retiré plus tôt, quand il s'est changé. Il m'allonge sous les couvertures.

La nausée a disparu, mais je le laisse s'occuper de moi.

— Si c'est un virus ou la grippe, je ne devrais certainement pas m'approcher de ta mère.

D'après son regard, il y a déjà pensé.

— Nous trouverons ce que c'est.

Il me borde et s'assied sur le lit.

— Pourquoi tu n'essayes pas de dormir un peu ?

— S'il te plaît, dis-leur que je suis désolée. Je suis tellement gênée.

Il m'embrasse sur le front.

— Tu n'as pas à être embarrassée.

— Retourne dîner, Sergio. Je vais bien.

— Tu en es sûre ?

— Oui. Je vais juste rester allongée ici.

— D'accord. Je reviendrai pour voir comment tu vas.

Je le regarde partir et ferme les yeux. Soudain, je me sens terrassée par la fatigue et je m'endors.

Lorsque je me réveille, la pièce est baignée par les rayons du soleil. Je me rappelle où je suis, je me souviens du moment de honte de la veille, et même si l'autre côté du lit est vide, je constate que Sergio y a dormi. Je ne me rappelle même pas l'avoir vu revenir dans la pièce.

Il est presque dix heures du matin et je me lève. Je me sens mieux. Peut-être était-ce un petit malaise qui ne dure que vingt-quatre heures. Mais lorsque je me lève, cette satanée nausée revient et je cours vers la salle de bains. Rien ne sort. Ce n'est qu'une nausée sèche, et bientôt, la sensation s'estompe. Je me passe de l'eau froide sur le visage et regarde mon reflet. Je suis plus livide qu'un fantôme.

Je me retourne en grognant et ouvre l'eau de la douche, retire le t-shirt et ma culotte et passe sous le jet. Je me lave les cheveux et applique de l'après-shampooing, mais je ne reste pas trop longtemps sous la douche. Je me sens mieux de nouveau, j'ai même faim, alors j'enfile un jean et un pull avant de sortir dans le couloir.

Au même moment, Dominic quitte la chambre d'à côté.

— Eh bien, bonjour, dit-il.

Ses cheveux sont mouillés après sa douche et je trouve étrange qu'il ressemble aussi peu à ses frères. Il est blond alors qu'ils sont bruns, et même s'il est fort, il est plus svelte qu'eux.

— Bonjour, dis-je en sachant que je ne pourrai pas éviter de lui parler.

— Vous vous sentez mieux ? Vous avez meilleure mine, me dit-il en souriant.

— Oui, ça n'aura pas duré longtemps. J'espère que je n'ai pas gâché votre dîner d'anniversaire.

Il hausse une épaule.

— Nous ne sommes pas vraiment ici pour mon anniversaire. Nous sommes ici pour ma mère et je sais qu'elle est ravie de vous avoir rencontrée.

Je hoche la tête. Tout compte fait, je l'ai peut-être mal jugé. Il va bientôt perdre sa mère. J'ouvre la bouche pour dire quelque chose, mais il me devance.

— Vous savez, j'avais une amie à qui il est arrivé la même chose qu'à vous hier soir. À la seconde où elle a senti du poisson, elle est devenue verte.

— Quoi ?

— Il s'est avéré qu'il ne s'agissait pas d'un virus.

Je suis désorientée et sur le point de demander ce qu'il veut dire, mais son téléphone sonne et il le sort de sa poche.

— Comment ça ? demandé-je tandis qu'il fait glisser un doigt sur l'écran.

Il m'adresse un sourire, commence à parler en italien au téléphone et, contre toute attente, tapote un doigt contre mon ventre. Je sens ma mâchoire se décrocher. Le sourire de Dominic s'élargit, il me fait un clin d'œil, puis il tourne les talons et s'en va, riant à ce que lui dit son interlocuteur.

Pendant une longue minute, je reste debout dans le couloir vide, abasourdie.

C'est un virus. Juste un virus.

Je retourne dans la chambre de Sergio. Je ne ferme même pas la porte derrière moi, mais m'assieds sur le lit avant de me mettre à compter. Ce n'est pas possible. Nous avons eu une seule relation sexuelle sans protection. Nous avons vraiment fait attention. Nous avons tellement fait attention.

Non, bien sûr qu'il ne s'agit pas de ça. Je me sens bien, maintenant. Dominic essaye seulement de me faire marcher. Sergio m'avait prévenue.

Je retourne dans le couloir. Je veux trouver Sergio. Et prendre un café. M'excuser auprès de sa mère pour hier soir. J'entends Dominic parler, sans doute dans sa chambre. Il doit encore être au téléphone. Mis à part cela, la maison est calme alors que je descends silencieusement les escaliers. Je ne peux pas m'empêcher de me sentir comme une intruse.

Le grand salon est désert, même si un tourne-disque ancien diffuse une douce mélodie. En face, c'est la salle à manger où nous avons dîné la veille. On dirait qu'il y a un buffet de petit-déjeuner dressé, mais je n'y prête pas attention.

J'entends du bruit derrière la porte battante, de l'autre côté de la salle à manger. Des casseroles et des poêles, une femme qui ordonne de retirer une sauce du feu avant qu'elle ne brûle. Je me retourne et traverse le couloir en direction des pièces dont les portes sont fermées. Je me demande si Sergio est derrière l'une d'elles, et soudain, je panique à l'idée que ce ne soit pas le cas. Qu'il soit arrivé quelque chose et qu'il ait dû partir. Je ne veux pas être dans cette maison sans lui.

Cette pensée me donne le frisson, mais quand je m'approche de la porte du fond, je l'entends. Quelque chose me dit que je ne devrais pas m'attarder, pourtant je reste là. Je ne le fais pas exprès. Je n'ai pas l'intention d'écouter aux portes. Mais lorsque j'entends Franco élever la voix, que je discerne ce qu'il dit, je m'immobilise.

— Je te l'ai dit. Je ne veux pas de la fille, dit Sergio. Je n'ai jamais été d'accord avec ce que tu lui fais.

— Les DeMarco ont perdu la guerre. C'est leur punition. Les conséquences, fiston. Tu ferais mieux d'apprendre à t'en servir, sinon ils vont te marcher dessus quand tu seras le chef de famille.

— Punir une innocente, ce n'est pas correct.

— C'est une école. Au moins, je l'éduque, dit-il en se penchant en arrière. Elle t'appartient. Je me fiche de ce que tu en fais. Tu sais ce qu'on attend de toi. Tu es l'aîné.

— Nous ne sommes pas au Moyen Âge. Donne-la à Salvatore. Ou merde, ne la donne à personne !

— Non, dit Franco un peu plus calmement.

Je devine presque la ligne fine de sa bouche.

— Salvatore a déjà signé le contrat.

— Je me fiche de savoir qui a signé ce foutu contrat.

— Pour la dernière fois... fait Sergio avant de marquer une pause.

Je connais cette intonation. Elle signifie que la conversation est terminée.

— Je m'en lave les mains. De ce contrat. De ces conséquences en particulier. De Lucia DeMarco. C'est terminé.

Lucia DeMarco. Elle appartient à Sergio, d'après Franco Benedetti. J'ai honte de la jalousie que je ressens. Lucia est une victime, je suis sûre qu'elle ne veut pas entendre parler des frères Benedetti. Elle n'est qu'un pion. Comme je le suis pour les ennemis de Sergio.

Par conséquent, elle et moi avons peut-être plus en commun que je ne le pense.

Quelqu'un frappe du poing sur un bureau, vraisemblablement, et je sursaute. Je sais qu'il s'agit de Franco lorsque j'entends ce qu'il dit :

— Pour la dernière fois, commence Franco sur un ton similaire à celui de Sergio, me laissant imaginer les deux hommes nez à nez, deux hommes puissants qui s'affrontent. Lucia DeMarco t'appartient. C'est toi qui iras la chercher, le moment venu. Je me fiche de qui a signé quoi, et je n'en ai rien à foutre si cette pute nettoie tes parquets avec sa langue *ad vitam aeternam*, bordel. Tu fais ce que tu as à faire avec Natalie, mais c'est mon dernier mot. Est-ce clair ? demande Franco.

Je pose une main sur mon ventre. J'essaye de réfléchir, de comprendre ce qu'il se passe. Enfin, je le comprends, en quelque sorte. Mais c'est impossible.

Je fais un pas en arrière, trébuche sur quelque chose qui n'était pas là il y a un moment. Je me retourne en vacillant et le vois, là debout, aussi grand que Sergio. Aussi fort que lui. Aussi menaçant qu'il peut l'être parfois.

Salvatore Benedetti.

Il se tient juste derrière moi.

C'est sur son pied que j'ai trébuché.

Il m'attrape, les mains autour de mes bras une fois que j'ai retrouvé l'équilibre. Ma bouche s'ouvre et je ne parviens pas à détourner le regard.

Il sait ce que j'ai entendu, car il l'a entendu également.

— Natalie, commence-t-il avant de s'arrêter.

Je ne peux que rester plantée là, muette et prise en flagrant délit.

— Vous ne devriez pas écouter aux portes. En particulier dans cette famille.

— Je n'étais pas… Je… balbutié-je. Ce n'était pas mon intention.

Je me rends compte qu'il est immense. Cette gentillesse que j'ai perçue la veille a disparu. L'ai-je seulement imaginée ? Un autre sentiment lui succède. Quelque chose de plus sévère, de plus sombre.

Il m'examine. Ses yeux sont différents de ceux de Sergio. Si ceux de Sergio sont bleu nuit, les siens sont bleu cobalt. Ils tranchent nettement avec sa peau mate et ses cheveux foncés, et j'ai l'impression que, tout comme son frère, il peut voir jusque dans mon âme.

— Ne le lui dites pas, murmuré-je. S'il vous plaît.

Il ne réagit pas, pas avant longtemps, mais ensuite, il hoche la tête une fois.

— Retournez dans la chambre de Sergio et attendez-le là-bas.

— Je n'étais pas vraiment en train de…

— Natalie.

Il serre mes bras, baisse la tête, ses yeux rivés sur les miens derrière ses cils épais.

— Vous ne devriez pas être ici. Vous devez partir. Maintenant.

Je sourcille, mais j'ai beau avoir envie de m'enfuir immédiatement, je suis incapable de bouger. Je suis sur le point de fondre en larmes et je ne veux pas pleurer devant lui. Mais je ne bouge pas. Je ne peux pas bouger. Pas avant que la porte du bureau ne s'ouvre derrière moi. Pas avant que Salvatore ait détourné les yeux, me délivrant de l'emprise de son regard. Au moment même où il me lâche, je m'éclipse, aussi vite que possible, mes talons claquant sur le carrelage. Miraculeusement, je réussis à ne pas trébucher et à ne pas tomber. Je retourne tant bien que mal dans la chambre de Sergio, comme il me l'a dit.

Je ne veux pas voir Sergio. Je ne veux pas voir son père. Je ne veux pas qu'ils sachent que j'ai tout entendu. Qu'ils sachent que je sais. Car si j'avais encore le moindre doute, toutes mes illusions à propos de leur famille de mafieux ont été balayées par les paroles brutales de Franco Benedetti.

Elles m'ont montré exactement la vie dans laquelle je m'engagerais en restant avec Sergio.

19

SERGIO

— Je pense que je devrais rentrer chez moi, me dit Natalie lorsque je monte dans ma chambre.

Elle est habillée et lance des affaires dans son sac.

Je sais qu'elle était juste derrière la porte du bureau. Je sais ce qu'elle a entendu.

— Je ne me sens pas bien, ajoute-t-elle.

Je ne mentionne pas le fait que je l'ai vue se précipiter en haut des escaliers. Je ne mentionne pas que le regard que j'ai échangé avec Salvatore a bien confirmé ce que je pensais. Je pourrais tuer mon père. Nous en avons parlé mille fois. Il sait ce que j'en pense. Je ne changerai pas d'avis. Il me connaît suffisamment bien pour savoir qu'il ne peut pas m'y obliger.

— Je suis désolée, souffle Natalie lorsque je l'écoute à nouveau.

Elle n'est pas malade. Elle a bonne mine. Un peu plus pâle que d'habitude, mais ce n'est pas la grippe. C'est ce qu'elle a entendu.

— Je vais te ramener, lui dis-je.

Elle secoue la tête.

— Non. Tu devrais rester avec ta mère. Je peux prendre le train.

— Tu ne vas pas prendre le train. Je te ramène.

Elle s'arrête et son dos se raidit tandis qu'elle prend une grande inspiration, ferme son sac et le soulève du lit avant de me faire face.

— Sergio, il faut que tu restes ici avec ta mère. Je pense que tu as raison. Je ne crois pas que tu puisses prendre pour acquis le temps à passer avec elle, désormais.

Elle choisit soigneusement ses mots. Aucun de nous ne veut dire à voix haute ce que nous savons qu'elle veut dire.

— Ça ira.

Elle s'éclaircit la gorge, se dérobant à mon regard pour ajouter :

— Je ne veux pas qu'elle tombe malade.

C'est le premier mensonge de Natalie. Elle n'est pas malade, ou du moins, elle n'a pas la grippe. Je l'examine, mais elle ne parvient pas à croiser mon regard. Je hoche la tête.

— D'accord.

— D'accord ?

Elle est surprise par ma réponse.

— À une condition.

Elle expire, attend, soudain sur le point de fondre en larmes.

Je m'approche d'elle.

— Est-ce que tu vas bien ? Vraiment ?

Elle acquiesce, mais ses yeux brillent.

Je passe les mains autour de ses bras et les frictionne avant de l'attirer contre mon torse. Elle renifle, mais je ne dis rien quand je sens la chaleur de ses larmes couler à travers ma chemise.

— Tu te souviens de ce que j'ai dit hier soir ? demandé-je.

Elle acquiesce, son front contre mon torse. Je passe doucement mes doigts dans ses cheveux, prends sa nuque dans ma paume et la tiens ainsi.

— Tu es à moi. Quoi qu'il arrive.

Je l'entends prendre une grande inspiration. Je la sens frémir en même temps.

Elle s'écarte, essuie ses yeux et son nez du revers de la main. Elle ne commente pas ce que je viens de dire.

— Une condition, répète-t-elle en essayant de sourire. Ça m'aurait étonnée que tu n'en aies pas.

— Tu me connais bien. L'un de nos chauffeurs va te ramener

chez moi.

Elle secoue la tête.

— Je veux rentrer à la maison. Chez moi. C'est plus facile pour les devoirs et il y a toutes mes affaires là-bas. Pepper y est plus à l'aise, aussi.

— Cette dernière partie est entièrement fausse, mais d'accord, chez toi avec un garde. Ricco.

— Pas à l'intérieur.

— Je n'allais pas le poster à l'intérieur, mais il jettera un coup d'œil de temps en temps.

Elle finit par acquiescer.

— D'accord.

— Je reviendrai tôt. J'irai chez toi…

— Sergio, m'interrompt-elle.

Je sais ce qu'elle va dire. Je le vois dans ses yeux.

— J'ai besoin de temps.

Je ne dis rien.

— Je…

Elle marque une pause, passe une main sur son visage.

— J'ai besoin de réfléchir.

— Je sais que tu as tout entendu.

Elle baisse les yeux vers ses pieds.

— Natalie, ce que tu…

— S'il te plaît, ne dis rien.

Elle se retourne, met son manteau. Je me mords la lèvre pour m'obliger à garder le silence tout en l'observant. Lorsqu'elle est prête, je l'emmène en bas des marches, où je demande à l'un des hommes de mon père de la ramener chez elle. Je l'accompagne dehors. Elle se tourne alors vers moi et m'étreint plus fort que je ne m'y attendais. Pendant un long moment, elle s'accroche à moi.

— Je t'aime, tu sais. C'est vrai, murmure-t-elle.

Il y a de la tristesse dans ses mots, une sorte d'irrévocabilité. Mais lorsque je m'écarte, elle s'éloigne et se glisse sur le siège arrière de la berline. Je ferme la portière, tapote la vitre à l'avant et regarde la voiture partir le long de l'allée, franchir le portail et disparaître de mon champ de vision.

20

NATALIE

Le trajet de retour est long et je suis contente d'être seule. Je pense. Je compte. Encore et encore, je compte les jours. Et comme un écho, les mots du père de Sergio ne cessent de se répéter en arrière-plan. Je ne fais pas attention au paysage ni aux autres voitures sur l'autoroute. Le visage du chauffeur est impassible, et parfois, je croise son regard dans le rétroviseur, je vois l'obscurité dans ses yeux, et je sais qu'il est plus qu'un simple chauffeur.

— Il y a un accident plus loin. Nous allons devoir prendre une sortie différente.

Ce sont les seules paroles qu'il m'adresse. Surprise par l'interruption, je suis désorientée un instant. Mais tandis que la voiture ralentit et tourne vers une sortie, je hoche la tête.

— Pas de problème. Merci.

Le ciel est étrange. De lourds nuages laissent tomber une pluie fine, permettant par intermittence au soleil de briller avec éclat. Quelques instants plus tard, il pleut à nouveau des cordes. J'allume mon téléphone portable, que j'avais volontairement éteint, mais Sergio n'a pas appelé. Je cherche le numéro de Drew, l'appelle presque, mais me ravise et l'éteins à nouveau. Je le remets dans mon sac.

La première chose que je dois faire, c'est aller chercher un test. Avoir une confirmation, dans un sens ou dans un autre, car je ne suis peut-être pas enceinte. J'ai peut-être seulement du retard. Pourquoi est-ce que je laisse l'étrange pichenette de Dominic sur mon ventre me bouleverser à ce point ? Comment pourrait-il le savoir avant moi ? Ce n'est qu'un imbécile, comme l'a dit Sergio.

Je me fiche de savoir qui a signé quoi, et je n'en ai rien à foutre si cette pute nettoie tes parquets avec sa langue ad vitam aeternam, bordel. Tu fais ce que tu as à faire avec Natalie, mais c'est mon dernier mot.

Merde.

La façon dont Franco Benedetti parle de Lucia DeMarco, la façon dont il parle de moi, mais à quoi pense-t-il ? Qu'est-ce qu'il envisage pour son fils ? Qu'il sera avec moi et qu'il l'aura, elle aussi ? À quel titre ? Et à quel point ce qu'il dit est-il ferme et définitif ? Est-ce que Sergio est obligé de lui obéir ?

Nous ralentissons pour nous arrêter à un feu rouge. Il n'y a pas d'autres voitures autour de nous et le feu tricolore ne sert à rien. Je ne connais pas du tout cette partie de la ville. Elle est délabrée. C'est un endroit où je ne voudrais pas être seule, ni le soir ni pendant la journée.

Il y a une station-service au coin. Je jette un œil à l'intérieur du bâtiment. Un homme est debout derrière la caisse, son attention centrée sur la télévision située sur le petit comptoir. Il y a une rangée de maisons inoccupées de l'autre côté de la rue, avec des graffitis sur les murs et des planches clouées sur les fenêtres et les portes. Des traces noires marquent la partie supérieure des murs et un morceau du toit est manquant. Il y a eu un incendie, sans doute.

Je me demande combien de temps le feu va encore rester rouge. Cet endroit est étrange.

Une voiture s'arrête à la station-service, de l'autre côté des pompes. Elle est ancienne et la portière arrière est cabossée. C'est cohérent avec cet endroit, mais c'est un détail qui se démarquerait ailleurs. Le conducteur et le passager jettent un coup d'œil dans notre direction, et même si les vitres sont fermées, je sens la fumée de cigarette. Lorsqu'il éteint le moteur, la musique s'arrête brusquement.

Le feu passe au vert, mais nous ne bougeons pas. Je remarque le regard de mon chauffeur dans le rétroviseur. Il semble tendu et prend quelque chose dans sa veste. Je me demande s'il est armé. Sans doute.

Au moment où cette pensée me vient à l'esprit, une voiture apparaît, accélère et rentre dans la nôtre. Je porte ma ceinture de sécurité, mais je suis quand même secouée. Mon cœur bat à toute vitesse. Une alarme se déclenche dans ma tête. Nous devons avancer, mais je ne suis pas sûre que nous puissions le faire.

C'est une berline noire rutilante avec des vitres teintées. Elle ne semble pas à sa place dans un tel quartier. Soudain, trois portières s'ouvrent, le côté passager et les deux à l'arrière. Des hommes en surgissent. L'un d'eux porte un costume noir. C'est lui qui attire mon attention. Les autres sont habillés de façon plus décontractée. Avant que je puisse réfléchir, le type en costume ouvre ma portière et referme la main autour de mon bras comme un étau. Il me sort de la voiture ; mon sac tombe de mes genoux et son contenu se répand sur le sol.

Mon chauffeur se penche sur le siège du côté passager vers la portière, car la sienne est coincée. Il a du sang sur le visage. Il a dû heurter le volant quand la voiture nous a percutés.

Je crie et essaye de m'accrocher au siège du conducteur, mais je suis hors de la voiture et je tombe par terre. Le trottoir égratigne la peau de mes genoux. Des pneus crissent tandis qu'une voiture démarre à toute vitesse. C'est le véhicule ancien, avec le couple à l'intérieur. Ils s'enfuient comme s'ils avaient le diable aux trousses, le réservoir encore ouvert, déchirant le tuyau. La puanteur d'essence me prend aux narines.

Le coffre de la voiture qui nous a percutés s'ouvre tandis que l'homme en costume me tire dans cette direction. Je me débats, perds l'une de mes chaussures en tentant désespérément de m'accrocher à quelque chose, n'importe quoi, pour l'empêcher de m'enlever. La dernière chose que je vois avant qu'il ne me soulève et ne me jette dans le coffre, c'est mon chauffeur qui sort en dégainant son pistolet. Mais les autres sont prêts à le recevoir, et l'un d'eux brandit son arme. Il vise. Tire.

Je lâche un hurlement quand mon chauffeur tombe par terre.

L'homme en costume me pousse lorsque j'essaye de me redresser, et lors de ma tentative suivante, il me gifle tellement fort que ma tête vient cogner le bord du coffre. Je suis étourdie, une substance chaude coule sur ma tempe, le long de ma joue. Il me faut une minute pour le voir clairement à nouveau. Je constate alors qu'il sourit en levant le poing, et cette fois, quand il me frappe, je n'ouvre pas les yeux. Je ne ressens rien après la terrible douleur sur le côté de mon crâne. Je ne sens rien d'autre que l'essence lorsqu'il ferme brusquement le coffre. La voiture commence à bouger, puis je perds connaissance.

21

NATALIE

Ma tête est douloureuse et mes paupières semblent collées, impossibles à ouvrir. Je ne peux pas bouger tout de suite et je ne comprends pas où je suis. Je suis allongée sur le côté, je le sais car je sens le tissu rugueux sur ma joue. Il empeste et j'ai envie de vomir, j'ai l'impression que je vais le faire. Peut-être l'ai-je déjà fait. Peut-être est-ce l'une des odeurs que je sens. Celle-là et celle de corps sales. De sexe. Ça pue les cigarettes, la sueur et le sexe.

Je tourne la tête, gémis à cause de la douleur sur mon arcade sourcilière. J'essaye de bouger la main pour me toucher, mais je ne peux pas le faire. Quelque chose de froid encercle mes poignets et ils sont attachés l'un à l'autre au-dessus de ma tête. Je me force à ouvrir les yeux. Pendant un instant, la pièce tourne. La couverture élimée sur laquelle je suis étendue est d'une combinaison orange et marron des années 1970. Les murs sont jaunes, mais je pense qu'ils ont été blancs à une époque. Sur le bureau en mauvais état se trouve un téléviseur démodé et il y a une veste posée sur le dossier de la chaise. C'est le seul bel objet ici. Une cannette de soda est abandonnée à côté de la télévision et un cendrier déborde de mégots. Je roule sur le dos et lève les yeux vers les taches au plafond, puis la grande fenêtre dont les rideaux ont été fermés. Ils sont assortis à la couverture sur laquelle je suis allongée.

Des bruits de pas me parviennent de l'extérieur, des pas lourds, et je me tourne vers la porte. Ma tête palpite sous l'effort. La porte s'ouvre et un homme que je ne connais pas entre. Il parle au téléphone.

— Ouais. Ça marche.

Il m'adresse un grand sourire et s'assied sur le bord du lit.

— Je ne suis pas stupide, bordel, dit-il avant de raccrocher, posant le téléphone sur la table de chevet.

Il ne me quitte pas des yeux un seul instant.

Ce n'est pas l'homme au costume. Celui qui m'a attrapée. Qui m'a frappée. Celui-ci porte un t-shirt jaune trop étiré sur sa bedaine de buveur de bière. Il y a une tache dessus. De la sauce tomate, je pense. Ou du sang. Le mien, peut-être.

Lorsqu'il se penche vers moi, je plaque mon dos contre le matelas.

— Tu es réveillée, ma jolie ?

Je ne réagis pas et j'essaye de m'écarter lorsqu'il tend la main et appuie un gros doigt contre ma tempe. Je prends une inspiration et il sourit, enfonçant un peu plus le doigt dans ma chair. Du sang chaud coule sur mon oreille. Il a rouvert une coupure. Je suppose que c'est arrivé quand l'homme en costume m'a frappée.

— Ça, c'est pour m'avoir vomi dessus, dit-il.

Il essuie son doigt sur son t-shirt et ma première idée est confirmée. La tache que j'ai vue était de la sauce tomate, car le sang est bien plus sombre.

Je lève les yeux vers mes mains, tire sur mes bras pour tester les menottes attachées à la tête de lit.

— Tu n'iras nulle part, me dit l'homme en se levant.

Il est grand. Très grand. Et l'expression de son visage, la façon dont ses yeux se déplacent sur mes seins, mon ventre et mes jambes, m'effraient au plus haut point.

— Que voulez-vous de moi ? dis-je d'une voix rauque.

Ma voix ne fonctionne pas, ma gorge est sèche et je sais que j'ai bien vomi sur lui. J'en sens le goût dans ma bouche.

Il hausse une épaule, tourne son attention vers la télévision et l'allume.

— Pas grand-chose, marmonne-t-il. Tu n'es pas mon genre.

Il se rassied sur le lit et se laisse complètement absorber par les chaînes qu'il parcourt. Un pistolet est rangé dans la ceinture de son jean.

— J'aime les nichons, explique-t-il en prenant son soda pour le siroter bruyamment.

J'essaye de me traîner en position assise, mais ma tête me fait souffrir le martyre. Lorsqu'il se retourne et agrippe ma cheville, je m'immobilise.

— Où tu vas ? Tu n'as nulle part où aller.

Il ne doit pas être aussi distrait que je le pensais.

— Où suis-je ?

Il me lâche la jambe et recommence à parcourir les chaînes de télévision. Il s'arrête sur un dessin animé en noir et blanc. J'ai l'impression d'être coincée dans une sorte de faille temporelle. Comme si cet endroit était bloqué dans le passé. Un coup d'œil à la fenêtre m'indique qu'il doit faire nuit, sinon je verrais les rayons du soleil passer entre les rideaux. Je tends l'oreille, mais soit la pièce est insonorisée, ce dont je doute, soit il n'y a aucune circulation à l'extérieur.

— Où suis-je ? demandé-je à nouveau, un peu plus fort cette fois, tandis que je réussis à m'asseoir un peu, ramenant mes mains attachées devant moi.

— Silence.

— Vous ne pouvez pas suivre le dessin animé ?

Il coupe le son de la télévision et se tourne vers moi. Aussitôt, je prends conscience de ma bêtise.

— Tu veux que je te fasse taire, ma jolie ? Je peux y arriver bien comme il faut, et ça me plairait, dit-il en se levant pour s'approcher de moi.

J'ai un mouvement de recul lorsqu'il agrippe ma cheville, mais je me retrouve étendue.

— Je t'ai dit que tu n'irais nulle part, pas vrai ?

Je lève les yeux vers lui, incapable de répondre.

— Je t'ai posé une question, dit-il en penchant son gros visage vers moi, son haleine putride me montant aux narines.

— Oui, dis-je. Je voulais juste…

— Je m'en fous de ce que tu veux. Ce qui importe, c'est ce que *je* veux et *je* veux que tu la fermes, bordel. Compris, connasse ?

Je déglutis, mais hoche la tête.

Il acquiesce, se redresse et me regarde à nouveau, de la tête aux pieds. Je vois sa main se déplacer vers moi, vers cette partie nue de mon ventre où mon pull s'est soulevé. J'émets un gémissement lorsque ses doigts touchent ma peau, et quand ses mains se referment sur la taille de mon jean, je crie.

Soudain, la porte s'ouvre brutalement et claque contre le mur, laissant s'engouffrer une rafale de vent froid. Nous nous tournons tous les deux. L'homme en costume est debout là, sans sa veste. Il a l'air agacé. Deux autres, ceux qui étaient à l'arrière de la voiture, sont à ses côtés.

— Ne la touche pas, bordel, espèce d'imbécile. Tu connais les règles.

L'homme resserre sa main sur mon vêtement, soulevant mes hanches du lit.

Même s'il est plus fort que celui qui se trouve devant la porte, lorsque ce dernier entre dans la pièce, il recule et me lâche.

— Je veux juste qu'elle la ferme pour que je puisse regarder la télé.

Le nouveau venu me regarde.

— Tu penses que tu peux la fermer pour qu'il regarde son dessin animé ?

Je hoche la tête.

— Voilà, dit-il à son acolyte. Elle dit qu'elle va la fermer.

— Et si elle ne le fait pas ?

L'homme incline la tête sur le côté et me regarde.

— Je te laisserai lui coller ta bite dans la bouche. Ça devrait la faire taire, pas vrai ?

Je peux sentir le sang abandonner mon visage.

Lorsque je détourne le regard, je vois le gonflement au niveau de l'entrejambe de mon geôlier.

— Oui, ça la fera taire, dit-il en frottant son sexe déjà dur.

— Putain d'abruti, marmonne l'homme en ricanant avant de prendre la veste qui se trouve sur le dossier de la chaise.

Il se tourne vers les deux hommes, plus jeunes que celui à la bedaine.

— Souvenez-vous des règles, sinon le patron aura nos têtes, leur rappelle-t-il.

— Pas de problème.

L'homme au costume se dirige à nouveau vers la porte, mais l'un des types l'arrête.

— Quand est-ce qu'on aura l'argent ?

Il marque une pause et je vois la méchanceté pure dans ses yeux. Il est plus intelligent que les autres. Il les manipule.

— Demain matin, quand je reviendrai la chercher.

Le type acquiesce et l'homme au costume s'en va, refermant la porte derrière lui. J'entends une voiture démarrer. Quand je comprends qu'il est parti, je regarde à nouveau les trois hommes qui sont restés avec moi. Les deux plus jeunes disparaissent dans une pièce adjacente. Le gros prend la télécommande, m'adresse un sourire repoussant ; sa main est à présent dans son pantalon, en train de caresser son érection.

Je détourne les yeux et garde le silence.

22

SERGIO

Je comprends que quelque chose ne va pas lorsque Ricco m'appelle à vingt et une heures pour me dire qu'elle n'est toujours pas arrivée. Il a attendu Natalie chez elle et elle aurait dû y être depuis plusieurs heures. Le chauffeur n'a pas décroché une seule fois. J'ai l'impression d'être un imbécile de l'avoir laissée partir toute seule.

— Détends-toi. Nous allons la trouver, me dit Salvatore.

Il est assis à côté de moi tandis que nous empruntons la sortie où la voiture qui a emmené Natalie est garée, selon le traqueur incrusté à l'intérieur. Deux soldats nous suivent dans un autre véhicule.

— Je suis un imbécile, putain.

— Non. Tu n'es pas un imbécile. Elle a besoin d'espace. Tu essayes de lui en donner. Quand on sait ce qu'elle a entendu…

— Non. Elle ne peut pas avoir d'espace. Plus maintenant. Merde !

Je donne un coup de poing sur le volant pour la centième fois.

— Je n'aurais pas dû l'amener dans cette maison.

Je secoue la tête, furieux contre moi-même, tout en accélérant sur la route déserte.

— Là, dit Salvatore en désignant la clôture autour du groupe de bâtiments abandonnés.

Je ralentis en m'approchant et m'arrête devant le portail fermé. Les lieux ont été vandalisés, mais un gros cadenas empêche l'accès à la parcelle. Je ne peux pas aller plus loin.

— Nous allons continuer à pied, dis-je en éteignant le moteur avant de sortir de la voiture.

Salvatore est derrière moi et je l'entends charger son arme tandis que nous passons par l'étroite ouverture que quelqu'un a pratiquée en sectionnant les fils de fer.

J'aperçois la berline dans un coin, au fond. Elle jure dans ce décor, où les fenêtres sont toutes cassées ou manquantes. Même les squatteurs n'y viendraient pas. L'endroit est inquiétant. Hanté par la misère des gens qui ont vécu et sont morts ici.

Il n'y a pas un seul bruit aux alentours. S'il s'agit d'une embuscade, ils nous auront ce soir. Nous aurions dû venir plus nombreux. Une putain d'armée. Je n'ai pas seulement mis Natalie en danger, mais mon frère aussi.

Un son grave se fait entendre tandis que nous nous approchons du véhicule. Je sors mon pistolet de son étui et échange un regard avec Salvatore. Tandis qu'il fait le tour de la voiture, je me dirige vers le côté conducteur. J'entends le léger fredonnement de la musique, je pense que c'est de la country. La radio est allumée.

La vitre est légèrement baissée. Même si les vitres sont toutes teintées, je devrais voir une silhouette si quelqu'un est à l'intérieur, mais ce n'est pas le cas. Mon arme est quand même prête lorsque j'ouvre la portière. Comme je m'y attendais, l'habitacle est vide.

Je tends le bras à l'intérieur et retire les clés, qui sont encore sur le contact, ce qui éteint la musique.

— Ouvre le coffre, dit Salvatore alors même que je jette un coup d'œil à la plage arrière pour y voir le sac de Natalie, son contenu éparpillé sur le sol.

Au moins, il n'y a pas de sang. Rien de ça dans la voiture.

— Sergio. Ouvre ce putain de coffre.

Je jette un coup d'œil à Salvatore dont les yeux sont rivés sur le coffre fermé. Puis je tends le bras, l'ouvre et retourne vers lui au moment même où il désarme son pistolet.

— Merde.

Merde, effectivement. Le corps du chauffeur est à l'intérieur. Son visage est couvert de bleus et il y a un impact de balle entre ses yeux encore ouverts. Un mot est épinglé sur le revers de sa veste.

Garde tes amis près de toi.

Et tes ennemis encore plus près.

Il y a un nom sous le message énigmatique. Une adresse.

— Qu'est-ce que... commence Salvatore en me l'arrachant des mains.

— Allons-y. C'est à Atlantic City.

Nous nous déplaçons rapidement, parcourant l'heure et demie de trajet jusqu'à Atlantic City à toute vitesse. Salvatore est à côté de moi. Il examine encore le mot, mais nous ne pouvons rien en apprendre.

— Qu'est-ce que ça veut dire, bordel ?

— Ça veut dire que quelqu'un nous cherche.

— Vitelli ?

Je secoue la tête.

— Non. Impossible. Il serait sacrément stupide de faire ça après ce qui est arrivé à Joe.

— Alors qui ?

— Pioche. Nous avons assez d'ennemis parmi lesquels choisir.

— DeMarco ?

— Je ne sais pas, putain.

Garde tes amis près de toi. Et tes ennemis encore plus près. On dirait un avertissement.

Nous conduisons en silence, réfléchissant tous les deux. Si c'est bien un avertissement, ils ne lui feront pas de mal. Le plan était de l'enlever. De me montrer qu'ils pouvaient le faire. S'il s'agissait de la tuer, elle serait allongée dans le coffre avec le chauffeur.

Il est presque cinq heures du matin lorsque nous approchons du motel aux abords d'Atlantic City. Il n'est pas en service, et il a probablement été cambriolé il y a des mois. Je gare la voiture à une rue de là et nous y allons à pied. Cette partie de la ville est presque vide. Les lampadaires qui ont un jour illuminé ces rues sombres ont été détruits il y a longtemps. Il y a un feu tricolore dont la lumière rouge clignote à deux pâtés de maisons, et juste derrière se trouve le motel. Douze chambres, d'après ce que je peux voir. Le bâtiment semble sur le point de s'effondrer à tout moment et un fourgon est garé devant la toute dernière porte.

— Elle doit être là-dedans. Vous trois, faites le tour par derrière.

Salvatore hoche la tête et disparaît derrière le bâtiment tandis que je me dirige vers la dernière porte. La fureur me fait crisper les doigts sur la crosse de mon arme.

Tandis que je m'approche de l'avant-dernière chambre, je remarque, grâce aux lumières qui clignotent à travers la séparation des rideaux, que quelqu'un est en train de regarder la télévision à l'intérieur. Mais ils savent que j'arrive. La personne qui l'a kidnappée a laissé une putain d'adresse. C'est trop facile. Ça sent mauvais.

Salvatore et les deux soldats font le tour. Je leur fais signe d'écouter à la porte de la chambre voisine. Un moment plus tard, il hoche la tête. Je lève trois doigts et compte à rebours : trois, deux, un.

Les deux portes volent en éclats lorsqu'elles sont enfoncées. Natalie crie. Pendant un instant, je suis paralysé. Je la vois allongée sur le matelas, les bras au-dessus de la tête, menottée au cadre de lit. L'homme qui la surveille réagit plus rapidement que je ne l'en aurais cru capable étant donné sa corpulence et pointe son arme sur moi en moins de temps qu'il ne faut pour le dire. Cependant, je suis quand même plus rapide et les balles qu'il tire ricochent sur le mur derrière ma tête alors que la mienne atteint son bras armé. Il trébuche en arrière et son pistolet s'envole, retombant à un mètre de lui.

D'autres coups de feu se font entendre de l'autre côté de la porte et Natalie hurle à nouveau, se redressant sur ses genoux.

— Reste baissée ! lui crié-je en me ruant sur le géant, tombé à genoux pour prendre son arme.

C'est stupide. Il pourrait se battre contre moi, ou du moins essayer. Nous serions à la hauteur l'un de l'autre.

— Ferme les yeux, Natalie.

Déjà vu. Je lui ai déjà dit exactement la même chose auparavant. Le passé se répète.

J'arme mon pistolet et vise l'arrière du genou du gros type.

J'appuie sur la détente et il crie, tombant sur le côté, les mains autour de sa rotule brisée. Même s'il y a un silencieux sur mon arme, la détonation n'en est pas moins assourdissante. Les coups de feu le sont toujours.

Je me tiens au-dessus de lui, un pied sur le creux sanglant de son bras, et j'appuie. Je sais que cet idiot n'est pas responsable de l'enlèvement. C'est un mercenaire. Un accessoire.

— Qui t'a engagé ?

Il crie, pleurniche comme une gonzesse. J'entends des bruits de pas derrière moi.

— Il y en avait deux dans l'autre chambre. Tous les deux à terre, dit Salvatore.

— Je veux savoir qui a engagé ces connards, craché-je à l'homme sans regarder mon frère.

Voyant qu'il ne répond pas, j'arme à nouveau mon pistolet.

Natalie pleure. Je l'entends. Elle doit savoir que je me prépare à tuer ce type.

— Surveille-le, dis-je à Salvatore en m'approchant d'elle.

Je l'examine. Elle est amochée, il y a un hématome sur sa tempe et une coupure qui laissera une cicatrice. Je m'énerve de plus en plus tandis que je m'assieds et la touche avec douceur.

— Est-ce que ça va ? dis-je en essayant de calmer ma voix.

Elle secoue la tête, de nouvelles larmes affluant de plus belle.

— Physiquement. Est-ce que ça va ?

Il faut que je le sache. Le reste, je m'en occuperai plus tard. À ce moment précis, il faut que je sache qu'elle n'est pas physiquement blessée. Mais elle se contente de lever les yeux vers moi en sanglotant.

— Natalie, regarde-moi. Est-ce qu'il t'a blessée ailleurs ?

J'arrive à peine à prononcer les mots.

— Est-ce que ce connard t'a touchée ?

Elle me fixe du regard, semble comprendre ce que je veux dire et secoue la tête.

— Je veux rentrer à la maison.

J'acquiesce avant de regarder ses menottes. Il me faut une clé.

— Ferme les yeux, dis-je en prenant l'arrière de sa tête dans ma main, la serrant contre mon ventre avant de tirer sur le barreau de la tête de lit auquel les menottes sont attachées.

Je lui prends les mains, la berce.

— Ça va aller. Tu vas t'en sortir.

Je me tourne vers l'un des soldats.

— Va chercher la voiture.

Il obéit et se rue vers la porte.

— Trouve-moi les foutues clés de ces trucs, dis-je à l'autre en agrippant les menottes qui emprisonnent Natalie.

Quelques minutes plus tard, l'un des hommes me tend les clés.

Natalie lève les yeux vers Salvatore, qui se tient tout près et nous observe.

— Vous êtes en sécurité, maintenant, lui dit-il.

Elle reporte son attention vers mes mains, qui détachent déjà les menottes, et lorsqu'elles s'ouvrent, je lui frotte les poignets.

— Sergio, dit Salvatore en désignant du regard le gros type par terre.

Je ne veux pas qu'elle voie ce qui est sur le point de se passer.

— Donne-moi une minute.

Le soldat que j'ai envoyé chercher la voiture revient.

— Installe-la à l'arrière, ordonné-je en me levant, attirant Natalie avec moi.

Elle tremble. En état de choc, peut-être.

— Et reste avec elle.

— Non, dit-elle en s'accrochant à moi. Non. Je veux juste rentrer à la maison. Je veux que tu m'emmènes à la maison. Toi.

— J'ai besoin que tu m'attendes dans la voiture. Je dois m'occuper de ça avant de te ramener à la maison.

Elle secoue la tête, ses ongles s'enfonçant dans ma nuque. Ses yeux sont des soucoupes et sa terreur est palpable.

— Nat.

Je sais qu'elle déteste être appelée ainsi, mais elle ne le remarque même pas. Son regard ne cesse de revenir sur l'homme à qui je vais faire du mal, et chaque fois, d'autres larmes se forment dans ses yeux.

— Il faut que je m'occupe de ça. J'ai besoin que tu m'attendes dans...

— Fais-le, dit-elle.

Elle fixe l'homme des yeux, et dans les abysses de son regard, je découvre une ombre qui n'y était pas auparavant.

— Tu ne veux pas...

Elle tourne son regard vers moi.

— Si, je veux que tu le fasses.

Je la dévisage. Elle ne cligne même pas des yeux, mais recentre son regard sur l'homme. Elle sait ce que je vais faire.

— Détourne-toi, lui dis-je.

— Non.

— Natalie, il y a des choses que tu ne peux jamais oublier.

— Tu ne comprends pas ? demande-t-elle en levant les yeux vers moi. Je veux le voir. J'en ai besoin.

Son regard est de marbre.

Je hoche la tête. Salvatore nous observe. Je lis ce qu'il pense sur son visage. C'est malsain, tordu.

Lorsque je m'approche de la brute sur le sol, j'arme mon pistolet, et sans un mot, je tire dans son autre genou. Son cri a beau être fort, j'entends quand même celui de Natalie par-dessus.

Elle veut le voir.

Elle veut voir de quoi je suis capable.

Quel genre de monstre je peux être.

— Sergio, dit Salvatore en posant une main sur mon épaule. Je peux terminer le travail.

Je l'ignore.

— Non.

Je m'accroupis à côté de l'homme.

— Tu veux mourir lentement ou rapidement ? Car tu vas mourir, ce soir. Comment, cela dépend de toi.

— S'il vous plaît. S'il vous plaît. L'homme au costume. Il m'a engagé pour surveiller la jolie fille. Je ne l'ai pas touchée. Je ne l'ai pas touchée. Ce sont les règles.

Je sais qu'il n'est pas très évolué intellectuellement, mais je m'en fiche. Voilà, c'est ce qui fait de moi un monstre. Je n'ai aucune compassion. Pas quand on prend ce qui m'appartient. Pas quand on fait du mal à ce qui m'appartient.

— Comment s'appelle-t-il ?

Il secoue la tête, désorienté.

— L'homme au costume.

Je suis en train de perdre patience. J'agrippe son t-shirt crasseux, le tire par le col.

— Bordel, comment s'appelle l'homme au costume, connard ?

Il commence à pleurer, à sangloter.

— L'homme au costume, répète-t-il encore et encore.

— Merde.

Je me lève et me tourne vers Natalie.

Elle est inébranlable, assise sur le lit infect, agrippant la couverture dégoûtante. Je ne pense pas qu'elle ait cligné des paupières ni pris une seule respiration.

Je me retourne vers le type, prends mon pistolet et le pointe entre ses sourcils.

Je n'hésite pas.

Elle veut le voir. Elle le verra.

J'appuie sur la détente – une fois, deux fois –, deux trous dans son front, entre ses yeux.

C'est excessif, mais c'est rapide. Ma version de la clémence. Il meurt en un instant.

— Appelle un putain de nettoyeur.

Je rengaine mon arme et, avec du sang sur les mains, prends Natalie dans mes bras. Elle ne résiste pas. Je l'emmène jusqu'à la voiture et la câline tendrement sur le siège arrière. Salvatore s'installe au volant, et un moment plus tard, nous nous éloignons.

23

NATALIE

Deux semaines se sont écoulées depuis cette terrible nuit. Mon esprit est sens dessus dessous, mais je ne veux pas prendre le temps de trier ces pensées, de revoir ce que j'ai vu cette nuit-là. Je ne veux penser à rien de ce qu'il s'est passé. Je ne sentirai pas les mains de l'homme sur moi. Je n'entendrai pas les coups de feu amortis par le silencieux. Je ferme les yeux pour chasser l'image de Sergio debout au-dessus de l'homme, pistolet à la main. Il l'arme. Il le pointe. Il tire. Pas une fois, mais deux. Avec une précision redoutable.

A-t-il remarqué le sang qui tachait son manteau ? Ses mains ? Le sang qu'il a étalé sur moi lorsqu'il me tenait.

Je frissonne.

C'est étrange, un silencieux, vraiment pas assez silencieux. Une milliseconde et la vie est éliminée.

Je ne suis pas désolée pour cet homme, ni pour les autres qui sont morts ce même soir.

Je pense au chauffeur qui est mort à cause de moi, et même dans son cas, je me dis qu'il l'a choisi. Il a choisi cette vie. Est-ce que cela fait de moi quelqu'un comme eux ?

L'image de Sergio cette nuit-là, furieux comme je ne l'avais jamais vu auparavant, est gravée derrière mes paupières. Cruel et mortel. Tellement mortel !

Il a essayé de me faire partir. Il ne voulait pas que je voie cela. Mais je voulais voir. Je voulais savoir exactement comment c'était. J'en avais besoin.

Ce que j'ai entendu dans la maison de son père est pâle en comparaison avec ce dont j'ai été témoin ce soir-là.

— Madame.

Je tressaille. L'homme derrière le comptoir a l'air agacé.

— Désolée.

Je vide mon panier rempli d'articles dont je n'ai pas besoin – des magazines, des bonbons, des médicaments contre le rhume – pour ne pas attirer l'attention sur ce qu'il me faut vraiment. Les tests de grossesse.

J'en suis sûre à présent. Le test est un supplément. J'ai du retard. Mon corps est différent, il est plus douloureux et sensible. Et je ne parviens pas à digérer la nourriture ni le matin, ni le midi, ni le soir.

Le vendeur m'annonce le total et place mes articles dans un sac tandis que je le paye en espèces, prends la monnaie et pars. Je ne lui dis même pas au revoir. La pharmacie est à deux pâtés de maisons de chez moi. Ricco et un autre homme dont j'ai oublié le nom me suivent, quelques pas derrière moi. Ils ne sont pas discrets, mais je parviens à les ignorer. De toute façon, je ne pense pas qu'ils aient l'intention d'être discrets. Sergio veut qu'on y réfléchisse à deux fois avant d'envisager de m'enlever à nouveau.

Il m'appelle chaque soir, mais je ne sais pas où il est et il n'a pas essayé de venir chez moi. Je pensais qu'il le ferait. J'imagine ce qu'il est en train de faire. Les dégâts qu'il a infligés l'autre soir n'étaient qu'un début. Il va punir le responsable de tout cela. Suis-je censée m'en sentir coupable ? Ce n'est pas le cas. Et la même question me revient à l'esprit : *qu'est-ce que cela dit de moi ?*

Je lui ai raconté tout ce dont je me souvenais à propos de l'homme en costume. Il me semblait qu'on avait tendu un piège aux autres. Que le responsable savait que Sergio viendrait. Qu'il savait ce qu'il ferait. Depuis le début, il avait l'intention que je sois sauvée. Un autre message, plus fort que les fleurs de mauvais augure déposées devant ma porte.

Je déverrouille la porte et mes doigts sont glacés quand je l'ouvre. Je porte des mitaines. Pas un choix très intelligent, étant donné les températures, mais au moins, j'ai eu la présence d'esprit de mettre des chaussures et un manteau avant de sortir de la maison. Je n'ai pas brossé mes cheveux depuis des jours. Mon cerveau est en bouillie.

Après avoir verrouillé la porte derrière moi, je pose toutes mes affaires, caresse Pepper et monte à l'étage. Je ne lis pas la notice. C'est plutôt évident. Uriner sur le bâtonnet ; il y en a deux dans cette boîte.

J'urine sur le petit bâton et le pose sur le lavabo. Je regarde l'image sur le dos de la boîte, avec les deux lignes roses, comme si j'avais besoin de savoir ce qu'elles voulaient dire. Mais cela va plus vite que je le pensais. Il faut moins d'une minute pour qu'elles apparaissent.

Étrange, je pensais que cette confirmation officielle me ferait un effet différent, mais ce n'est pas le cas.

Je jette les tests, celui que j'ai déjà utilisé et l'autre, qui est encore empaqueté, dans la poubelle, avec la boîte. Je touche les ombres sous mes yeux, sors un tube d'anticernes et l'applique. Je mets une couche généreuse de mascara, au point que mes cils se collent les uns aux autres. On dirait des pattes d'araignée, comme au matin après une nuit très longue. Mais je m'en fiche. Je laisse tomber le tube encore ouvert sur le lavabo, le regarde rouler jusqu'au siphon et passe dans la chambre.

Là, sans les regarder, je jette dans le bac à linge sale les affaires que j'avais empaquetées dans mon sac pour le week-end chez Sergio et j'enfile un jean et un pull. Une paire de chaussures de sport. J'allume la télévision dans la chambre, pour Ricco. Je vais chercher ma brosse à dents dans la salle de bains. Je hisse le sac sur mon épaule et l'emporte au rez-de-chaussée, où j'enfile mon manteau et mes bottes. Puis je prends Pepper et sors par la porte de derrière. Ricco et l'autre homme sont à l'avant. Impossible qu'ils aient posté un homme à l'arrière, à moins qu'il ne soit dans le jardin, et je m'y suis opposée. Je fais le tour vers celui du voisin et passe par la porte de notre clôture commune. Pepper me suit facilement, elle a l'habitude.

Madame Robbins est à la fenêtre de la porte arrière avant même que je ne puisse frapper.

— Natalie, quelle bonne surprise.

Elle a environ soixante-dix ans et s'occupe parfois de Pepper.

— Bonjour, madame Robbins, comment allez-vous ? demandé-je en entrant.

J'essaye d'avoir l'air enjouée, mais le résultat est étrange. Forcé.

— Ça va, ma chérie. J'ai froid dans cette maison pleine de courants d'air, mais rien de nouveau. Et toi ? Tu as l'air fatiguée, ma chérie. Tout va bien ?

Je souris, mais ça me semble artificiel.

— Oui, j'ai beaucoup à faire avec les études. En fait, je passais pour vous demander si vous pourriez vous occuper de Pepper ce week-end. Je pense aller rendre visite à mes parents, et Pepper supporte mal les longs trajets en bus. Je sais que je demande à la dernière minute…

— Pas de problème, dit-elle en souriant à Pepper, qui est déjà à côté de la vieille femme. Je serais enchantée d'avoir de la compagnie, pour être honnête. Et puis, ça me forcera à sortir de la maison et à faire un peu d'exercice. Il en faut beaucoup pour garder tout ça en forme, tu sais.

Elle m'adresse un clin d'œil en tapotant sa hanche généreuse.

Je souris.

— Merci beaucoup. Vous avez mon numéro ?

— Bien entendu.

Elle désigne le réfrigérateur, où se trouvent le numéro et l'adresse de mes parents sous un aimant, qu'elle conserve depuis quelques mois.

— Passe autant de temps que tu veux là-bas, ma chérie. C'est bien que tu continues à leur rendre visite.

Une pointe de culpabilité me fait détourner le regard vers Pepper.

— Mon garçon… Enfin, tu sais comment sont les garçons.

Elle secoue la tête et j'ai de la peine pour elle. Je devrais passer plus souvent. Son fils lui a rendu visite une seule fois depuis que je vis à côté, et il n'habite qu'à dix minutes en voiture.

— Merci, madame Robbins. Quand je reviendrai, peut-être que nous pourrions aller déjeuner ensemble ou quelque chose comme ça.

— Ça me ferait plaisir.

Je lui dis au revoir, serre Pepper dans mes bras et sors par le jardin. J'emprunte le portillon à l'opposé de celui qui mène chez moi, pour arriver dans la ruelle de derrière. Là, je mets ma capuche et m'éloigne rapidement de la maison en direction de la gare routière. J'achète un ticket pour Asbury Park, où vivent mes parents.

Ce bus ne part pas avant une heure, alors je commande une tasse de thé à la cafétéria et j'attends. Je ne me donne pas la peine d'appeler mes parents, car ils ne sont pas à la maison. Ils passent toujours cette partie de l'hiver chez ma tante, en Arizona. La maison sera vide, et c'est ce que je souhaite.

Je regarde les voitures qui défilent pendant tout le trajet, et une fois arrivée, je prends un taxi jusqu'à la maison. Elle est trop éloignée pour y aller à pied et la course dure vingt minutes. Mes parents habitent au bord de l'eau, c'est un joli petit cottage qu'ils ont acheté il y a quelques années. Je paye le chauffeur de taxi et porte mon sac jusque derrière la maison. Là, j'ouvre la porte de la cuisine et entre. Je pose mon sac, enveloppée par l'odeur familière. Je me sens en sécurité ici. C'est silencieux, parfaitement tranquille, et je monte directement à l'étage sans éclairer, dans la chambre où je loge quand je viens voir mes parents. J'allume et ferme les rideaux de la fenêtre qui donne sur la rue. Je vais chercher des draps dans l'armoire à linge, je fais le lit, et après m'être brossé les dents, je m'allonge pour fermer les yeux. Je vais peut-être enfin pouvoir me reposer. Prendre un peu de répit, de recul sur ce que ma vie est devenue.

Parce que je dois réfléchir.

Je porte le bébé de Sergio Benedetti.

Et j'ai beau l'aimer, partir aura beau être douloureux, comment pourrais-je mettre au monde un bébé dans une telle existence ?

Je roule sur le côté et sens une larme couler sur l'arête de mon nez.

Est-ce naïf de croire qu'il me laissera partir, cela dit ? C'est l'homme le plus possessif que je connaisse. Depuis le premier jour, il me possède.

Non, il ne me laissera pas partir. Pas s'il l'apprend.

Il ne doit jamais découvrir que je suis enceinte. Je ne dois jamais le revoir.

Tu es à moi. Quoi qu'il arrive.

Je dois lui cacher ce secret, car je lui appartiendrai plus que jamais s'il découvre un jour l'existence du bébé.

24

SERGIO

Je pensais que Vitelli était derrière l'enlèvement de Natalie. Soit le vieil homme, soit ses fils. Mais ce ne sont pas eux. Bien trop évident, et ils ne sont pas aussi stupides. La famille DeMarco ? Ils ont été émasculés, pour ainsi dire. Que le père de Lucia DeMarco ait été obligé de voir ce qu'il a vu, aussi révoltant que ce soit, a été efficace. Qui d'autre oserait, bordel ?

Mon père était scandalisé. Roman a immédiatement commencé à lister des noms. À passer des appels. Mais ça me tue de ne pas savoir, bordel. De ne pas enrouler mes mains autour de la gorge de celui qui a ordonné l'enlèvement, de ne pas la serrer, de ne pas le regarder suffoquer jusqu'à son dernier soupir, lorsque je l'étranglerai à mains nues jusqu'à ce que mort s'ensuive.

Je m'arrête à ma place habituelle, dans le parking, et je vois Ricco assis au café, au bout de la rue. Il peut surveiller la maison de Natalie et rester au chaud – les températures ont été glaciales la semaine dernière. Je lui adresse un hochement de tête en passant. La maison est sombre, mis à part la fenêtre de sa chambre. Je frappe à la porte et passe ma clé dans la serrure en même temps. Elle m'a évitée, mais cela va changer ce soir. Je veux qu'elle emménage chez moi. Je ne veux plus qu'elle soit ici toute seule. Et j'ai besoin de la faire parler de ce qu'il s'est passé. Qu'elle me le dise afin de pouvoir s'en débarrasser, arrêter de le voir, car je sais que c'est le cas chaque fois qu'elle ferme les yeux. Elle doit m'en parler pour cesser d'avoir peur.

La télévision à l'étage est allumée. Même Pepper ne vient pas me voir, ce qui est étrange. Mais peut-être est-elle en haut avec Natalie. Je retire mon manteau et monte.

Je l'appelle. Comme elle ne répond pas, je me demande si elle s'est assoupie. Mais lorsque j'atteins sa chambre, celle-ci est vide. Le lit n'est pas fait, ce qui n'a rien d'inhabituel en soi. La télévision est allumée, mais elle n'est pas là. Je l'éteins, plongeant la maison dans un profond silence.

— Nat ? lancé-je en sortant mon téléphone de ma poche pour l'appeler, jetant un regard circulaire dans la chambre.

J'entends son téléphone sonner et un signal d'alarme se déclenche en moi.

Le son provient de sa chambre et le téléphone est sur la table de chevet, avec un livre à l'envers posé dessus.

— Merde !

Je raccroche et appelle Ricco. Je lui ordonne de rappliquer tout de suite. Je vais dans la salle de bains, vois sa trousse ouverte et un tube de mascara dans le lavabo, comme si elle était partie en pleine séance de maquillage. C'est alors que je remarque la boîte dans la poubelle.

— Patron.

Les bottes de Ricco sont lourdes dans l'escalier.

Je tends la main dans la poubelle et en sors l'emballage. Un test de grossesse empaqueté. À côté d'un autre, utilisé celui-ci. Mon cœur tambourine contre ma poitrine et je tends la main pour le prendre. Deux petites lignes roses. Je consulte la boîte dans mon autre main, confirmant ce que cela signifie.

— Je ne l'ai pas vue partir, commence Ricco. Merde. Je n'ai pas quitté la porte des yeux de toute la putain de journée ! Elle est allée à la pharmacie, elle est revenue avec un sac rempli et elle a allumé la télévision. Je me suis dit qu'elle resterait dedans.

J'aurais dû demander à Éric de la surveiller. Pas à ce demeuré.

Mais mon esprit est obnubilé par ce que je tiens dans ma main, mes yeux rivés à ces lignes. Roses. Délicates. Vulnérables.

Je le glisse dans ma poche et me tourne vers Ricco.

— Où est la chienne ?

— Pas ici.

— Pourquoi es-tu seul ? Où est le type que j'ai posté avec toi ?

Ricco secoue la tête, détourne le regard.

— Il a dû aller s'occuper de quelque chose.

— Qu'il aille se faire foutre avec son quelque chose. Je vous paye, bordel, espèces d'abrutis. Ramène ses fesses ici tout de suite. Va chercher Éric. Va chercher une putain d'armée s'il le faut !

Je le bouscule et dévale les marches. Il surveillait la porte d'entrée, ce qui veut dire qu'elle doit être sortie par l'arrière.

Le test de grossesse est brûlant dans ma poche tandis que je sors dans le jardin minuscule. Je me dirige vers la seule porte de la clôture, l'ouvre et entends le cri de surprise d'une vieille femme dans l'embrasure de la porte de la maison voisine lorsque le détecteur de mouvement m'éclaire.

Je m'immobilise, les mains en l'air, et j'essaye de sourire. Pepper aboie, mais elle accourt vers moi. Elle se trouvait au fond du jardin, en train de faire ses besoins. La femme souffle, visiblement soulagée.

— Salut, Pepper, dis-je en faisant un effort pour m'accroupir et caresser la vieille chienne.

Natalie n'a pas été enlevée. Elle est partie. Il faut que je découvre où elle est allée.

— Qui est là ? demande la vieille femme.

Je lève les yeux vers elle. Elle porte une longue chemise de nuit et un gros pull-over usé par-dessus.

— Je n'avais pas l'intention de vous effrayer, madame. Je suis un ami de Natalie. Je voulais déposer quelques devoirs pour la fac, mais elle n'était pas chez elle. Elle a dû oublier que je venais.

— Oh, ça ne lui ressemble pas. Elle n'est pas ici. Elle est partie pour le week-end. Peut-être plus longtemps. C'est gentil de sa part de rendre encore visite à ses parents.

— C'est vrai. Elle m'a dit qu'elle irait les voir. Mince. Il faut que je lui rende les livres que je lui ai empruntés. Elle en a besoin pour son examen.

— Ils vivent loin de tout, jeune homme, à Asbury Park. Il vaut mieux que vous les laissiez ici, elle les trouvera quand elle reviendra.

— Ça ne me dérange pas d'aller les lui apporter. Vous voulez que je prenne Pepper avec moi ?

— Oh, non. Pepper déteste les longs trajets.

— Je ne me souviens pas de l'adresse exacte de la maison de ses parents. Vous ne l'auriez pas, par hasard ? Je peux appeler Natalie.

Je sors mon téléphone et commence à appuyer sur des touches au hasard.

— Je l'ai juste ici. Donnez-moi une minute.

Un moment plus tard, j'ai l'adresse des parents de Natalie et je suis en route pour Asbury Park.

Elle est partie. De toute évidence, elle voulait me fuir, mais c'était déjà hors de question avant que je découvre qu'elle était enceinte, et ça l'est encore plus maintenant.

La ville paisible est plongée dans le noir lorsque j'arrive. Je me demande combien de résidents partent pendant l'hiver. Si proche de l'océan, et avec des températures glaciales. Cela dit, j'aime bien cet endroit. C'est charmant et la tranquillité qui y règne est à l'opposé de ma vie.

Les parents de Natalie vivent dans une impasse. Les lampadaires émettent une faible lueur dans la nuit noire. Je gare la voiture sur le bord du trottoir, devant chez ses parents. Toutes les maisons, y compris celle-ci, sont complètement éteintes. Je sors de la voiture et me dirige vers la porte d'entrée de la maison jaune et pittoresque. Je me rends compte qu'il est très tard lorsque je monte les marches du porche pour sonner. Mais il ne se passe rien quand j'appuie sur le bouton. Pas un bruit. Je me demande si la sonnette est cassée.

J'essaye la poignée. Sans surprise, c'est fermé à clé.

Jetant un coup d'œil autour de moi, je descends les marches du porche et contourne la maison. Le jardin n'est pas clôturé et il est sableux. Je peux entendre les vagues sur la plage et je relève mon col contre le vent glacial.

Trois marches mènent à la porte de la cuisine. Je frappe à la fenêtre, mais il n'y a personne à l'intérieur. La pièce est sombre. Je secoue la poignée de la porte, verrouillée elle aussi. Je ne veux pas entrer par effraction, mais je ne vois pas d'alternative. Je ne vais tout de même pas aller chercher un double des clés sous un satané pot de fleurs. Du coude, je casse le verre d'un des quatre panneaux et j'entends les débris tomber sur le carrelage de la cuisine. Je passe la main à l'intérieur, me tords le bras pour trouver le verrou et le tourne. J'ouvre la porte et entre dans la maison en faisant crisser le verre sous mes semelles.

Personne ne semble avoir entendu mon entrée. Je traverse la cuisine, petite mais chaleureuse, jusqu'à la salle à manger. Je jette un œil dans le salon désert, puis je me retourne et me dirige vers les escaliers. Ils sont en bois et je fais attention à ne pas les faire craquer. Il y a quatre portes fermées sur le palier. J'ouvre la première et regarde à l'intérieur. C'est la chambre principale. À ma grande surprise, elle est vide. J'ouvre un peu plus la porte, troublé. Les rideaux sont tirés, les draps du lit ont été retirés, avec deux oreillers et une couette épaisse proprement pliée dessus.

Je retourne dans le couloir et ouvre une autre porte. C'est une salle de bains. Des gouttes d'eau perlent dans le lavabo sur pied et il y a une serviette de travers sur le porte-serviettes. Une seule brosse à dents se trouve dans un verre, sur l'étagère sous le miroir. Celle de Natalie.

Un soulagement intense me submerge.

Elle est là.

Je retourne dans le couloir et ouvre la porte suivante, celle de l'armoire à linge. Je marque une pause devant la dernière porte avant de l'ouvrir silencieusement. Une silhouette est allongée dans le lit, dos à moi. Les rideaux sont fermés, mais il y a juste assez de lumière pour que je puisse discerner ses cheveux sombres. J'ouvre grand la porte sans prendre la peine d'étouffer le craquement et je reste là, à la regarder se réveiller en sursaut et se retourner. Je contemple son visage tandis qu'elle se redresse en poussant un petit cri de surprise. Je suis énervé. Tellement énervé que je la laisse avoir peur une minute à cause de mon visage plongé dans l'obscurité. Il fait trop sombre là où je suis. Le test de grossesse est lourd dans ma poche, et maintenant, je suis sacrément furieux qu'elle soit partie. Après tout ce qui s'est passé.

J'allume le plafonnier et elle cligne des yeux dans la clarté soudaine. Je suis traversé par un pincement de culpabilité en voyant le bleu sur sa tempe, mais la brûlure de la colère le dissipe aussitôt.

— Sergio.

Ses yeux noirs sont écarquillés, son visage pâle, presque décharné. Les cernes assombrissent la peau autour de ses yeux.

J'entre. Elle me regarde approcher, le souffle court.

— Tu es partie, dis-je.

— Quoi ?

Je mets la main dans ma poche. Sors le test. Elle me regarde le poser sur la table de chevet avant que je retire mon manteau.

— Tu es partie, répété-je.

Elle frémit en levant les yeux vers moi.

— Je...

— Tu es à moi. Quoi qu'il arrive. Tu as oublié ?

Elle garde le silence. Je suis en colère contre elle pour ne pas m'avoir parlé, pour m'avoir exclu. Pour être partie. Pour m'avoir caché sa grossesse.

Pour avoir refusé de rester dans la voiture l'autre soir.

Pour avoir voulu tout voir.

Me voir comme ça.

Impitoyable.

Brutal.

Mortel.

Je suis en colère contre moi-même pour l'avoir laissé faire. J'aurais dû l'obliger à partir.

— Je n'aurais pas dû te laisser regarder.

Je passe mon pull par-dessus ma tête et le jette sur le côté. Je ne la quitte pas des yeux. Je retire mes chaussures et m'approche du lit, rejetant la couverture d'un geste.

— Sergio…

— C'était une erreur. Je n'aurais pas dû te laisser voir ça.

Je la regarde. Elle porte un débardeur et une culotte. Je pose un genou sur le lit, agrippe le haut du débardeur, l'arrache jusqu'au milieu.

Elle laisse échapper un cri de surprise.

— Je n'aurais pas dû garder mes distances. Bordel, je n'aurais jamais dû te laisser quitter la maison de mon père.

Elle se couvre les seins. Mon regard glisse sur son ventre, marque une pause avant de descendre jusqu'à sa culotte.

Je croise à nouveau son regard, puis je la pousse en arrière sur le lit.

Elle ne résiste pas. Pas à ce moment-là, ni quand je lui prends les poignets, ouvrant ses bras de chaque côté du lit et que j'enroule ses mains autour des barreaux.

— Ne les bouge pas, lui dis-je.

Je lâche ses poignets et la regarde. On dirait qu'elle est étendue sur la croix. Comme un sacrifice. Mon sacrifice.

Mais ce n'est pas de ça qu'il s'agit. Je ne suis pas là pour faire une offrande.

Je défais ma ceinture.

— Je devrais te fouetter les fesses. Je le ferais volontiers. Tu le mérites, bordel.

Elle me regarde, bouche bée, les yeux grands comme des soucoupes. Elle déglutit.

Je lui arrache sa culotte et regarde son sexe. Il est à moi aussi. Elle ne le comprend pas encore, apparemment. Je le croyais, mais j'avais tort. Je glisse mes doigts à l'intérieur.

— Tu me fais mal, couine-t-elle.

— Bien.

— Sergio…

— À qui appartiens-tu ?

Elle se tortille, agrippe mon bras pour m'écarter.

De ma main libre, je prends son poignet et le remets sur la tête de lit.

— Je t'ai dit de laisser tes mains là, bordel. Est-ce qu'il faut que je t'attache ?

Elle secoue la tête.

— Tiens-toi, dis-je en constatant qu'elle ne l'a toujours pas fait.

Elle m'obéit, en silence, ses yeux expressifs. Ils trahissent sa peur. Mais autre chose aussi. Elle le sait. Elle le comprend. Mais elle ne peut pas l'accepter. Je dois lui faire accepter qu'elle n'appartient plus à elle-même, mais à moi.

— Si tu lâches, je te jure que je vais te donner des coups de ceinture sur les fesses.

Mon visage est de marbre tandis que je défais mon pantalon, que je le baisse avec mon caleçon, suffisamment pour libérer mon sexe.

Elle tourne le regard vers le test que j'ai posé sur la table de chevet.

Je prends ses chevilles et lui écarte les jambes. Je replie ses genoux et les pousse en l'air. Une fois de plus, j'ai son attention, et à ce moment-là, je baisse les yeux vers son entrejambe, ses lèvres grandes ouvertes, roses et luisantes.

Mes doigts s'y enfoncent. Même quand elle geint, je n'adoucis pas mon geste. J'ai l'intention de lui faire mal. De la punir. L'instant d'après, je la pénètre. Elle n'est pas prête pour me recevoir, mais je m'en fiche.

— Regarde-moi.

Elle émet un son, le front plissé lorsque nos regards se croisent.

— Tu n'as pas le droit de partir, putain. Tu n'as pas le droit de t'en aller. Nous l'avons décidé.

Je me retire et la pénètre brutalement tout en lui frappant les fesses. Le claquement de ma chair sur la sienne retentit entre les murs.

Elle grogne. Je me retire et fais pivoter son corps pour la frapper une fois de plus sur les fesses. À deux reprises. Plus fort. Avant de la pénétrer. Elle a tourné le visage, fermé les yeux.

Toujours enfoui en elle, j'agrippe sa mâchoire, la tourne pour qu'elle soit face à moi.

— Ouvre les yeux, bordel.

Elle le fait. Une larme coule du coin de l'un de ses yeux.

— Qu'est-ce que je t'ai dit l'autre soir, chez mon père ? Qu'est-ce que je t'ai dit ?

— Arrête.

— Non. Ce n'est pas ça. Qu'est-ce que je t'ai dit, bordel ?

Des larmes jaillissent de ses deux yeux à présent.

Je la regarde pleurer. Elle est sacrément belle quand elle pleure. Je ne peux pas cesser de la contempler. C'est malsain, je le sais, mais on dirait que ses foutues larmes me captivent. Je suis profondément en elle, c'est chaud et humide. Je glisse mes mains le long de ses bras, les referme sur les siennes. Elle s'agrippe encore à la tête de lit, comme je le lui ai demandé. Je les ouvre, entrelace mes doigts avec les siens.

— Natalie. Qu'est-ce que je t'ai dit ?

— Que je suis à toi.

— C'est ça. À moi.

C'est une réponse farouche. Sauvage et indomptée.

— Pour toujours. Quoi qu'il arrive.

Nous nous regardons dans les yeux et je la pénètre deux fois de plus. Elle n'a pas encore joui et je m'en fiche, car ce n'est pas de cela qu'il s'agit. Je plonge en elle, palpite et me vide, la remplis. Elle est tellement moite que je m'y perds pendant une minute. Dans ses yeux. Dans son sexe. En elle.

25

NATALIE

Le sperme coule entre mes cuisses et Sergio se dresse au-dessus de mon corps. Il baisse les yeux jusqu'à mon entrejambe et il me bloque. Je suis incapable de bouger, je ne peux pas me couvrir. Il se redresse, m'écarte les jambes. Regarde son sperme s'échapper, me regarde jusqu'à ce que ce soit terminé, avant de croiser à nouveau mes yeux.

— Le test.

Il marque une pause et j'attends en silence qu'il poursuive.

— C'est pour ça que tu es partie ?

Je couvre mon visage, me frotte les yeux.

— Qu'est-ce que nous sommes en train de faire ? Dans quel genre de monde vais-je donner naissance à un bébé ?

— Nous, dit-il, le visage dur. Pas « je ». « Nous ».

— Mais c'est ce que je veux dire.

Il s'allonge sur le flanc. On dirait qu'il sait ce que je veux dire. Qu'il le pense aussi.

— Je n'aurais pas dû l'apprendre comme je l'ai fait.

— Je viens de le découvrir moi-même, dis-je.

Au fond, ce n'est pas vrai. Je le savais.

J'avais seulement trop peur pour y faire face.

Il touche mon visage, le tourne pour me forcer à le regarder.

— Je n'aime pas ça quand tu me mens.

Je ne nie pas le mensonge.

— Depuis quand est-ce que tu le sais ?

— J'ai fait le test aujourd'hui.

— Depuis quand est-ce que tu le sais ?

— Depuis le week-end chez ton père.

S'il est surpris, il ne le montre pas.

— Combien de temps ?

— Peut-être six semaines.

Un silence.

— Je pensais que c'était un virus. C'est ton frère qui a dit quelque chose qui m'en a fait douter. Qui m'a fait compter les jours.

— Mon frère ?

— Dominic. Il m'a surprise dans le couloir. Il a fait un commentaire à propos d'une amie qui vomissait à l'odeur du poisson et il s'est avéré qu'elle était enceinte.

— Il te faisait marcher.

Nous gardons à nouveau le silence. Sergio m'observe, ses yeux bleu nuit brûlants.

— Tu ne peux pas partir, Natalie. Quoi que tu penses, mets-toi ça dans la tête.

— Ton père, ce qu'il a dit à propos de Lucia DeMarco…

— Mon père peut dire ce qu'il veut. Lucia n'est pas pour moi. Point final. Elle appartient à Salvatore et je ne veux plus entendre prononcer son nom. Fin de la discussion, compris ?

Je hoche la tête.

— Où sont tes parents ? demande-t-il.

— En Arizona.

— J'ai brisé le carreau de la fenêtre de la cuisine.

— Tu es entré par effraction. Bien entendu.

Je sens mon visage s'assombrir. C'est un criminel. Un gangster.

Je le revois debout devant l'homme, son arme à la main. Je ferme les yeux pour ne pas le voir. Je ne veux plus jamais le voir comme ça. J'aurais dû l'écouter quand il m'a dit qu'il y avait des choses que l'on ne pouvait pas oublier, car je souhaiterais ne l'avoir jamais vu.

Il touche ma joue. J'ouvre les yeux.

— Tu sais qui je suis. Ce dont je suis capable. Tu voulais le voir et tu l'as vu. Tu as vu ce que je suis prêt à faire pour protéger ce qui est à moi. Jusqu'où j'irai quand on me prend ce qui est à moi. Quand on y fait du mal. Le bébé et toi, vous êtes à moi, Natalie. Je vous protégerai toujours. Je t'aime et je ne peux pas te laisser partir, quoi qu'il arrive. Même si ce n'est pas bien. Je ne te laisserai pas partir.

— Ce n'est pas ce que je veux.

26

NATALIE

Deux semaines plus tard, je suis de retour chez Franco Benedetti. La mère de Sergio a déjà l'air d'aller moins bien. Elle est affaiblie. Même quand elle essaye de fixer un voile dans mes cheveux.

— Je l'ai porté. Ma mère l'a porté. Et sa mère avant elle. C'est une tradition de famille, me dit madame Benedetti.

Le voile a jauni et il y a une vieille trace qui s'y accroche, une odeur. Une sensation.

— Nous ferons une grande cérémonie d'hiver. C'est tellement joli ici, avec la neige, poursuit-elle.

Je ne sais pas si c'est l'idée qu'elle ne tiendra pas jusqu'à l'hiver ou autre chose qui me noue l'estomac.

Mais je souris à son reflet. Je refuse de laisser quoi que ce soit gâcher le bonheur de cette journée.

— Avec une grande robe, dis-je.

— La plus grande possible.

Nous avons en projet d'expédier ce petit mariage aujourd'hui. Et une fois que le bébé sera né, nous ferons une cérémonie en bonne et due forme dans la chapelle, non loin d'ici.

— Voilà, dit-elle en coinçant une mèche de cheveux rebelle

derrière mon oreille.

Elle est fixée avec une gypsophile sous le voile jaunissant qui atteint le milieu de mon dos.

— Tu es très belle. Rayonnante. Mon fils est un homme chanceux.

Elle me serre l'épaule.

— C'est quelqu'un de bien, dis-je.

J'ai l'impression que je dois le dire. Et lorsque je le fais, ses yeux s'assombrissent quelque peu, emplis d'inquiétude.

Elle tire une chaise, s'assied et prend mes mains dans les siennes.

— Notre famille n'est pas facile. C'est une vie difficile dans laquelle entrer par le mariage. Je ne sais pas si tu l'aurais choisie, si tu l'avais su.

— J'aime Sergio.

C'est ma seule réponse, car elle a raison. Je ne l'aurais pas choisie si je l'avais su. Cela dit, en y repensant, ai-je vraiment eu le choix ? Ou Sergio et moi étions-nous destinés l'un à l'autre ? Destinés à nous rencontrer ? Même comme c'est arrivé ? Le destin m'a mise sur son chemin pas une mais deux fois. Cela veut dire quelque chose, pas vrai ?

— Je ne serai pas là très longtemps.

— Ne parlez pas comme ça, la coupé-je, mais elle serre ma main et poursuit.

— Sergio va te protéger. Et Franco aussi. Tu seras la femme de son fils. La mère de son petit-fils. Et ils auront aussi besoin de toi, Natalie. Une fois que je ne serai plus là, ils auront besoin de toi, tous autant qu'ils sont, mais en particulier Sergio.

Ses yeux sont larmoyants.

— Madame Benedetti...

— Je sais que c'est beaucoup demander, mais j'ai besoin de savoir qu'il sera en sécurité aussi. Que tu le protégeras à ton tour.

— Je le ferai, dis-je pour essayer de la rassurer.

— Quoi que tu fasses, quoi qu'il arrive, ne le laisse pas oublier son humanité.

Elle prend une grande inspiration, redresse sa colonne vertébrale et paraît plus grande, tout à coup, plus forte.

— C'est le fils de son père, Natalie.

Je l'observe lorsqu'elle dit cela. Elle essaye de me faire passer un message. Elle veut que je comprenne cela. Et que je l'aime en dépit de tout.

— Je pense que c'est un homme bon. Vraiment.

Quelqu'un frappe à la porte et nous nous levons lorsqu'elle s'ouvre. Mais quand Sergio passe la tête à l'intérieur, sa mère pousse un petit cri.

— Voir la mariée avant le mariage porte malheur, dit-elle en se dirigeant vers la porte, essayant de me cacher à la vue de Sergio.

Il entre en souriant, puis se tourne vers moi, me regarde de la tête aux pieds.

— C'est une superstition absurde, dit-il.

Il sourit. Je lui rends son sourire.

— Ton père t'attend en bas des escaliers quand tu seras prête, dit-il. Je vais aller faire asseoir ma mère.

Il la fait sortir de la pièce, puis me jette un coup d'œil. Son sourire s'agrandit.

Après son départ, je regarde mon reflet une dernière fois. Je porte une robe fourreau en satin. Je voulais quelque chose de simple, mais c'était impossible avec Sergio. La robe est belle, douce contre mon corps, épousant mes formes sans trop en faire. Le dos est échancré de façon séduisante ; le col à l'avant est horizontal sur mes clavicules. Mes seins semblent déjà gonflés et la robe n'en paraît que plus jolie. Un nuage blanc de satin flotte autour des sandales que j'ai aux pieds.

Je touche mon ventre. Ma grossesse n'est pas encore visible, mais tout le monde sait pourquoi nous avançons la cérémonie avant qu'une autre, plus importante, soit organisée après la naissance du bébé. Attendre la naissance ne me dérangeait pas, mais Sergio n'était pas d'accord. Il voulait que le bébé naisse alors que nous serions mari et femme. Entre cela et la santé de sa mère, je ne m'y suis pas opposée.

Avec une grande inspiration, je baisse la partie avant du voile sur mon visage et je prends le bouquet de roses classique dans un large ruban bleu ciel. C'est mon élément bleu pour honorer la tradition. Quelque chose d'ancien, quelque chose d'emprunté – ça, c'est le voile –, quelque chose de neuf – la robe.

Cela nous portera chance. J'ai bien fait les choses. Tout est correct. Nous aurons de la chance, Sergio et moi.

Je m'oblige à détourner les yeux de mon reflet lorsqu'ils deviennent larmoyants, prends une grande inspiration, sors et descends les marches où mon père m'attend, encore désorienté par la précipitation de la cérémonie, par l'annonce de ma grossesse. Il a du mal à se faire à l'idée que je me marie avec un homme qu'il vient de rencontrer, promis à la succession de la famille Benedetti.

Apparemment, nous essayons tous de prétendre que tout cela est normal.

Seule la famille proche et Drew sont rassemblés dans le salon. Drew est assis à côté de ma mère. La famille Benedetti est en face d'eux : monsieur et madame Benedetti ainsi que Dominic. Je ne regarde pas Dominic. Je n'ai pas besoin de voir son demi-sourire narquois laissant entendre « je te l'avais bien dit ». Je ne regarde pas non plus l'oncle de Sergio. Sa cruauté me terrifie presque plus que celle de Franco Benedetti.

Quelle tournure ont prise les événements !

Salvatore se tient à côté de son frère. Je n'ai pas de demoiselle d'honneur. Un prêtre que je ne connais pas nous attend, une bible à la main. Le pianiste recommence la marche nuptiale. Je me rends compte que j'ai raté le signal. Sergio s'éclaircit la gorge en voyant que je ne bouge pas.

Je lève les yeux vers lui. Il ne sourit pas. Il se contente de m'observer. Il attend.

Tu es à moi. Pour toujours. Quoi qu'il arrive.

Et je vais le faire.

Je fais le premier pas. Mon père me serre la main et nous descendons l'allée vers mon destin. Mon avenir. Avec cet homme aussi bon que brutal, qui a tué et m'a fait l'amour avec les mêmes mains. Cet homme dont le bébé grandit dans mon ventre. L'homme à qui je suis liée. À qui j'étais liée avant même de poser les yeux sur lui.

27

SERGIO

Pendant une minute, je ne suis pas sûr qu'elle le fasse. Qu'elle fasse ces quelques pas pour descendre l'allée. Pour venir vers moi. Elle est perdue dans ses pensées et je sais qu'elle n'a pas dormi dernièrement. Je le vois aux cernes sous ses yeux.

Je ne sais pas ce que je ferai si elle se retourne et s'enfuit.

Je sais que je ne peux pas la laisser partir. Je ne la laisserai pas s'en aller.

Mais je ne veux pas la pourchasser. Je ne veux pas la forcer.

Un moment plus tard, quand le pianiste recommence la marche nuptiale, je suis ravi de ne pas avoir à le faire. Ses lèvres forment un léger sourire et, les yeux rivés sur les miens, elle vient vers moi.

Je n'ai jamais ressenti un soulagement tel que celui que je ressens à ce moment précis.

Est-ce qu'elle mérite ça ? Moi ? Ma famille ? Non, elle mérite cent fois mieux. Je vivrai et mourrai en le sachant. Je vivrai et mourrai en sachant que je l'aime trop pour la laisser partir. C'est égoïste. Mais il faut croire que je suis égoïste. Et ce que je ressens pour elle me submerge parfois. Les sentiments gonflent, déferlent et me font sombrer jusqu'à ce que je ne parvienne plus à respirer.

Elle est l'air. Elle est la vie. Elle est tout.

Elle arrive devant l'autel et je lui prends ses fleurs, les tends au prêtre, car je ne sais pas quoi en faire. Je lève le voile qui couvre son visage et ses yeux brillent de larmes. Je sais que ce ne sont pas uniquement des larmes de joie. Je me penche vers elle, touche la peau douce de ses joues et approche ma bouche de son oreille.

— Tu es belle.

De mon pouce, j'essuie une larme et nous restons simplement ainsi pendant une minute ; je la respire et j'ai envie de faire durer ce moment pour toujours.

— Je suis heureuse, dit-elle tandis que d'autres larmes ruissellent sur ses joues.

Je referme ma main sur la courbe de l'une de ses hanches et m'écarte pour la regarder. Je sais qu'elle n'est pas seulement heureuse. Je sais qu'elle est effrayée. Je veux lui dire de ne pas avoir peur. Que je la protégerai. Que je ne laisserai jamais rien lui arriver. Nous arriver. Que je m'occuperai de tout. Mais je ne peux pas le faire. Et je ne le fais pas. Je ne peux que sourire en réponse à ce qu'elle a dit.

Quelqu'un se racle la gorge. Foutu Dominic. J'ai envie de le trucider. J'ai envie de tuer mon salaud de frère. Mais Natalie recule et nous nous tournons vers le prêtre. Il commence la cérémonie et, un peu plus tard, Natalie Gregorian devient Natalie Benedetti.

Ma femme.

28

SERGIO

— La vie en ville va me manquer, dit Natalie.

Nous sommes à quelques pâtés de maisons d'Elfreth's Alley, où nous venons de remettre les clés à une personne que j'ai engagée pour garder la maison afin que Natalie et Pepper puissent emménager avec moi.

— Tu vas apprécier la tranquillité. Mais tu devras apprendre à conduire.

— Je sais conduire. Ça fait tellement longtemps que je ne l'ai pas fait.

— Si tu conduis toujours comme tu l'as fait ce soir, tu vas prendre des leçons.

— Je suis rouillée, c'est tout. Et ta voiture va vite. Je n'y suis pas habituée.

— C'est ça.

Je suis ravi qu'elle ne puisse pas voir l'expression de mon visage.

— C'est mon restaurant italien préféré de toute la ville, dis-je pour changer de sujet tandis que nous tournons au coin et que je pousse la porte du petit établissement.

— Je n'ai jamais vu cet endroit, et pourtant je dois passer devant quatre fois par jour, dit-elle une fois que nous sommes à l'intérieur.

Je souris. Le restaurant est bruyant, même s'il n'y a que sept tables. Il faut dire que les Italiens parlent fort, et tout le monde ici est italien.

— C'est un secret bien gardé, dis-je en accrochant mon manteau sur le portant de l'entrée avant de l'aider à retirer le sien.

Le propriétaire m'adresse un signe de tête pour me saluer depuis le bar, où il est en train de verser deux verres de vin.

— Par là, dis-je, la main au bas du dos de Natalie tandis que je la guide vers une table dans le coin, au fond.

Je tire sa chaise puis prends la mienne. Je suis dos au mur, de façon à pouvoir surveiller qui entre et sort. Mais cet endroit est sûr.

— Est-ce que les gens te fixent toujours du regard quand tu vas quelque part ? demande-t-elle. Est-ce qu'ils vont commencer à me fixer du regard aussi maintenant ?

— S'ils te fixent du regard, c'est parce que tu es sacrément belle.

— Je me demande si tu le penseras encore quand je serai grosse et large à cause du bébé.

Elle prend la carte pour esquiver mes yeux.

Je pose ma main sur la sienne et l'oblige à me regarder.

— Je me fiche que tu pèses cent quatre-vingts kilos. Tu seras toujours belle.

Elle lève les yeux au ciel, mais sourit.

— Je vais commander pour nous, si ça ne te dérange pas.

— Je peux décider toute seule, merci, dit-elle.

— Ce n'est pas une atteinte à tes droits, tu sais. C'est juste un dîner, en particulier étant donné que…

— Non, merci.

— Comme tu voudras.

Le propriétaire vient vers nous et ouvre une bouteille de Chianti et une bouteille d'eau.

— Sergio. C'est toujours bon de te voir ici.

— Ravi de te voir aussi. Comment vont les affaires ?

— C'est calme. Merci.

Je hoche la tête. Il lève la bouteille pour verser un verre à Natalie, mais elle l'en empêche.

— Juste de l'eau pour moi, s'il vous plaît.

Il me regarde et je hoche la tête. Il me sert donc un verre de vin et de l'eau pour Natalie.

— Comme d'habitude ? demande-t-il dans un anglais approximatif, en posant les deux bouteilles sur la table.

— Natalie ? dis-je.

— Euh.

Elle est encore en train de regarder la carte, qui, elle vient de s'en rendre compte, est en italien et je sais qu'elle n'en comprend pas un mot.

— Celui-là.

Elle désigne quelque chose.

Il lit à voix haute ce qu'elle a commandé et je ne peux pas m'empêcher de sourire. J'ai hâte de voir sa tête quand son plat arrivera. Après avoir rendu son menu, elle s'éclaircit la voix et s'appuie contre le dossier de sa chaise.

— Comme d'habitude pour moi, dis-je.

Il acquiesce et part.

— Alors, qu'est-ce que tu as commandé ? demandé-je.

D'après l'expression de son visage, je sais qu'elle n'en a pas la moindre idée, mais elle est bien trop têtue pour l'admettre.

Elle prend son verre d'eau.

— Je vais te surprendre.

— Je ne savais pas que tu pouvais lire l'italien, dis-je en prenant mon verre de vin et en le levant. Santé.

— Santé.

Je bois, puis pose mon verre et la regarde.

— Tu es obligé de partir pour trois nuits ? demande-t-elle alors.

Je sais qu'elle n'a pas cessé d'y penser. Ce sera la première fois que je m'absente depuis que nous sommes mariés. Elle n'est pas encore à l'aise chez moi et elle a du mal à se faire à la présence d'un garde du corps qui la suit quand elle n'est pas à la maison ou avec moi.

— Ça passera vite. Mon père n'est pas concentré en ce moment. Pas avec ma mère dans cet état.

— Salvatore ne peut pas y aller tout seul ? Ou Dominic ?

Elle est incapable de prononcer son nom sans grimacer.

— Salvatore vient avec moi, mais il faut que j'y aille. C'est important.

— Je sais. Je souhaiterais juste que tu n'y sois pas obligé.

Un serveur vient à notre table avec deux assiettes fumantes, une serviette sur le bras. Il les pose et je vois à la mine de Natalie qu'elle ne s'attendait pas à ce qu'elle reçoit.

Je ne peux pas m'empêcher de sourire, mais lorsqu'elle lève les yeux vers moi, je prends ma fourchette et reporte toute mon attention sur mon assiette. Je fourre un gros gnocchi dans ma bouche et le mâche, mais lorsque je lève les yeux vers elle, j'en prends deux autres pour ne pas éclater de rire.

— Qu'est-ce que j'ai commandé ? demande-t-elle, le visage légèrement pâle.

— Du foie aux oignons, dis-je, la bouche pleine.

— Oh, mon Dieu.

Cette fois, c'est plus fort que moi. Je pose ma serviette contre ma bouche et essaye d'avaler pour ne pas recracher ma bouchée en riant.

— Espèce d'imbécile. Ce n'est pas drôle.

Je secoue la tête et m'essuie les yeux, car je ris tellement que j'en pleure.

— Si, c'est drôle. Ta tête est hilarante, en fait.

Elle m'adresse un regard noir, pose sa fourchette et met sa serviette sur la table. Lorsqu'elle fait mine de se lever, j'agrippe sa main.

— Allez, tu dois l'admettre, tu es sacrément têtue. Tu aurais dû me laisser commander pour toi.

Elle regarde mon assiette, prend sa fourchette et l'enfonce dans un gnocchi. Puis elle le met dans sa bouche et ferme les yeux.

— Oh, waouh.

— Je te l'avais bien dit.

Elle ouvre les yeux et me tire la langue.

Je prends son assiette et pousse la mienne devant elle.

— Mange.

Elle baisse les yeux vers les gnocchis.

— Tu n'as pas à faire ça.

Mais elle ne propose pas d'échanger à nouveau.

— Ça ira. Mange.

Je maintiens sa main dans la mienne une minute, et lorsqu'elle croise mon regard, je lui adresse un sourire chaleureux.

— Merci.

— De rien.

J'AI EMMENÉ ÉRIC À LA RÉUNION, OÙ J'AI PRIS LA PLACE DE MON PÈRE. Salvatore aurait dû m'accompagner, mais il a attrapé une sorte de virus et je ne voulais pas que Dominic soit là. Je me fiche d'être seul. Je préfère ça.

Il en sera ainsi quand mon père ne sera plus là. Moi, à l'arrière de la voiture. Moi, seul. Je maintiendrai Natalie loin de tout cela autant que possible. En sécurité.

Le bébé, d'une certaine façon, j'espère que c'est une fille. Je me demande si mon père a pensé la même chose quand ma mère est tombée enceinte de moi. S'il a souhaité avoir une fille pour ne pas avoir à transmettre son héritage de sang. Je me demande si, dans une certaine mesure, nous savons au fond de nous que l'héritage du premier garçon né est une condamnation. Une fille ne peut pas régner. Pas dans notre famille, en tout cas. C'est sexiste, je le sais, mais son mari prendrait le contrôle en temps voulu.

Je suis en train de penser à cela lorsqu'Éric fait ralentir la voiture.

— Il faut remettre de l'essence, dit-il. Le gamin qui devait s'assurer que la voiture soit prête avant qu'on quitte la ville ne s'est pas pointé. D'après moi, il se remet d'une cuite quelque part.

— Pas de problème. J'ai besoin de me dégourdir les jambes, de toute façon.

La réunion a eu lieu à Manhattan et ça fait trop longtemps que je suis assis.

Je sors de la voiture et appelle Natalie. Il est tard, mais elle m'a dit qu'elle m'attendrait.

— Salut.

Sa voix est douce.

Je peux l'entendre sourire. Ça me fait sourire en retour.

— Salut. Est-ce que tu dormais ?

— Non.

— En train de somnoler ?

— Peut-être.

— Tu as dîné ?

— Un sandwich au fromage fondu, dit-elle. Deux, en fait. J'essaye d'atteindre ces cent quatre-vingts kilos pour voir si tu penses encore que je suis belle.

Je ricane.

— Tu es bientôt arrivé ? demande-t-elle, une pointe d'inquiétude dans la voix.

— Je suis à environ trente minutes. Va dormir. Je te réveillerai quand j'arriverai à la maison.

— Non, je vais t'attendre, dit-elle en bâillant.

— J'aime te réveiller, murmuré-je.

Elle sait ce que je veux dire.

— Tu es cochon, Sergio Benedetti.

— Tu aimes que je sois cochon, Natalie Benedetti.

Elle grogne, puis sa voix devient sérieuse.

— Tu me manques.

— Moi aussi. Ça a été les trois plus longs jours de ma vie, mais je serai bientôt à la maison.

La pompe cliquette et Éric sort l'embout.

— Il faut que j'y aille. À tout de suite.

— Promis ?

— Promis, chérie.

Nous raccrochons.

Aucun crissement de pneu ne se fait entendre lorsque deux SUV aux vitres teintées entrent dans la station-service. Ils ne se précipitent pas. Ils se contentent de ralentir en s'engageant sur le parking. Je suis en train de ranger mon téléphone dans ma poche quand ça se produit. Quand je sens que quelque chose ne va pas.

Le silence est censé précéder les embuscades.

Le silence arrive toujours avant la dévastation. C'est ce que j'ai toujours cru. C'est comme ça que j'ai toujours pensé que mon heure arriverait.

Mais lorsque j'entends la première volée de coups de feu, on dirait que tout se déroule au ralenti. Je me retourne et vois le corps d'Éric projeté en arrière. Une tache rouge sombre se forme sur sa chemise. Elle commence à s'étendre en un cercle parfait, s'effilant sur les bords comme un flocon de neige. C'est à cela que je pense, quand je le vois. Un putain de flocon de neige parfaitement dessiné.

Il avait laissé sa veste dans la voiture. Il n'a pas son arme. De toute façon, elle ne lui serait d'aucune utilité. Ils sont venus préparés.

Merde. Nous n'aurions pas dû être ici, à découvert comme ça. Sans protection et vulnérables.

D'instinct, j'agrippe mon arme. Je vise et tire sur la vitre du côté conducteur, même si je ne vois rien du tout, car le pare-brise est noir. Cela dit, je touche le conducteur. Je le sais quand le SUV accélère et heurte une voiture garée juste devant le magasin ouvert en permanence.

La première balle me touche derrière le bras. C'est le bras que j'utilise pour tirer. Mais je sais reconnaître le son d'un automatique. Ce n'est pas fini.

C'est l'heure.

Mon jugement dernier.

Je le sais. J'en ai l'intime conviction.

J'ai beau penser souvent à la mort, j'ai beau être conscient de sa présence éternelle, de ses doigts froids et décharnés, comme des serres, des ombres qui me suivent, qui s'accrochent à moi, j'ai beau la garder à l'esprit, lorsqu'elle arrive, même si elle est inévitable, d'une manière ou d'une autre, elle n'en est pas moins inattendue.

Je réussis à me retourner. Les lâches m'ont mis une balle dans le dos, sous l'omoplate. Ça me brûle. Je tombe à genoux. Je regarde la vitre du côté passager. Elle est en partie baissée. J'aperçois des cheveux, c'est rapide et bref, du blond ou du gris. Mais les balles continuent de voler. Six, je pense. Sept. Je suis sur le dos et quelque chose de chaud glisse dans mon cou.

Je ne pense qu'à elle.

Son visage.

Ses yeux.

Le bébé dans son ventre.

Mon bébé, que je ne verrai jamais.

Ma femme. Je l'ai eue pendant si peu de temps.

Je ne tiendrai pas la promesse que je lui ai faite ce soir. Ce sera la première fois que je ne tiens pas une promesse envers elle.

Je pense à la case de l'arbre généalogique où se trouve mon nom. La date de naissance. Qui écrira la date d'aujourd'hui sous mon nom ? Qui coloriera la croix en rouge ? Est-ce que cette tâche lui échoira ? Non, impossible. Je ne peux pas le permettre. C'est une tâche trop lourde pour elle. Trop sinistre.

Il y a un crissement à présent. Et des sirènes. Un SUV sort à toute vitesse de la station-service. Ils tirent une autre balle, mais celle-ci me rate. Non que cela ait de l'importance. Une de moins ne fera pas la différence. Pas pour moi. Plus maintenant.

— Nat.

Ça l'agace toujours quand je l'appelle comme ça et je souris presque en me souvenant de son visage quand je le fais.

Quelque chose gargouille dans ma gorge. J'ouvre les yeux un instant pour voir le visage d'un inconnu.

Ensuite, j'observe. Je ne fais qu'observer.

Rien ne me fait mal. Ça a été le cas de la première balle. Elle brûlait atrocement. La deuxième aussi. Et celle qui a traversé mon cœur.

À présent, plus rien.

Une jambe est pliée sous moi, l'autre est tendue. Le sang forme une flaque autour de mon corps. L'ambulance est là et les sirènes faiblissent. Je me rends compte que tous les sons faiblissent. Leurs cris. Leurs mots. Je n'entends rien. Et ce n'est pas comme je l'imaginais.

Je veux la revoir. Une dernière fois. J'en ai besoin. Je le veux de toutes mes forces. Être à la maison. M'allonger à côté d'elle. La toucher à nouveau. Effleurer sa joue de mes doigts. Poser ma main sur son ventre. L'entendre rire. La sentir se blottir contre moi. Sentir sa respiration sur ma joue.

Lui dire que je suis désolé.

Peut-être est-ce la grâce qui m'est accordée. Peut-être qu'à un moment, au cours de ma vie, j'ai fait quelque chose de bien, car voilà ma récompense. Je suis avec elle. Et elle dort. Elle porte mon t-shirt. Il est si ample sur son corps. Elle tient mon oreiller contre sa poitrine, ses cheveux sont étendus autour d'elle et elle est magnifique.

J'aimerais crier pour qu'elle m'entende, mais je ne peux pas. J'essaye de lui parler, de toutes mes forces, mais rien ne sort. Rien. Je veux la toucher, pourtant je ne peux pas la sentir. Je ne peux pas la sentir, bordel.

Merde. Merde. Merde.

Je crie, mais il n'y a rien. Rien que le silence. Le silence le plus absolu.

Elle bouge. Cligne des paupières. Je m'immobilise. Et pendant un moment, je pense qu'elle lève les yeux vers moi. Je pense qu'elle me voit.

Mais ensuite, elle referme les yeux et roule sur le côté. Elle se rendort. Toujours paisible.

Elle ne le sait pas encore. Elle ne sait pas encore que je ne suis plus. Que je ne pourrai pas tenir ma promesse. Que je ne la réveillerai ni ce soir, ni aucun autre soir.

Elle ne sait pas encore que je suis mort.

29

NATALIE

Je ne suis pas allée dans le bureau au cours des quatre semaines depuis la nuit où Sergio n'est pas rentré. Je me suis barricadée dans la maison, que je n'ai jamais eu la chance de transformer en foyer accueillant. Je le voulais. Après tout ce qu'il s'est passé, je voulais m'y sentir chez moi. Chez nous.

Je sais que c'est trop tôt, mais je crois sentir le bébé bouger en moi. Je sens la petite bosse de mon ventre. Depuis cette nuit-là, je jure que je le sens. Lui. Ce sera un garçon. J'en ai aussi la certitude.

Sergio ne verra pas mon ventre s'arrondir tandis que le bébé grandira. Il ne sera pas là quand son fils viendra au monde. Il n'aura pas la chance de le tenir dans ses bras. Je me demande s'il ressemblera à Sergio. D'une certaine façon, j'espère que ce ne sera pas le cas, car ça me briserait le cœur de le voir, et je ne suis pas assez forte pour ça.

La maison est silencieuse. Toutes les lumières sont éteintes à part celle qui se trouve au-dessus de la cuisinière. Debout devant la porte du bureau, je prends une grande inspiration. Il y a quelque chose que je dois faire. Quelque chose que je dois finir.

Je pose ma main sur la poignée de la porte et la tourne, entends le craquement tandis que je l'ouvre.

Je suis instantanément submergée par des souvenirs de lui. Par son odeur. Son après-rasage. Son whisky. Submergée par le poids de la vie qu'il portait. L'ombre qui s'accrochait à lui, qui maintenait une emprise sur lui. Je me souviens de tous ces moments où j'ai eu l'étrange pressentiment qu'il ne serait pas avec moi longtemps. Qu'il était un fantôme. Que cette chose le réclamerait. J'avais alors repoussé ces pensées. Elles étaient trop terribles pour que je m'en occupe. Mais la vérité est pire encore, car c'est exactement ce qu'elle est : réelle. Et définitive.

Le contour de mes yeux est mouillé à nouveau, mais je l'ignore et j'entre, fermant partiellement la porte derrière moi. Je rejoins le bureau de mémoire. Là, j'allume la lampe. Son fauteuil est poussé comme s'il venait de se lever. Je le touche, le cuir est froid, doux, usé et confortable tandis que je m'enfonce dedans.

Le verre droit dans lequel il a bu pour la dernière fois est encore sur le bureau. La bouteille à moitié vide est à côté. J'enroule ma main autour du verre lourd et l'attire vers moi. Vers mon nez. J'inhale. Je me souviens. Les larmes coulent librement sur mon visage et dans le verre. Je l'approche de mes lèvres et bois la dernière gorgée de whisky. Le son étranglé qui résonne dans le verre vient de moi. C'est mon chagrin et je ne peux pas avaler, ma gorge est nouée. J'ai envie de vomir. Mais je ne me souviens pas de la dernière fois où j'ai mangé. Il faut que je mange pour le bébé. Je le sais.

Je me force à prendre une grande inspiration. Je me sens frissonner. Je sens le whisky me brûler quand je l'avale enfin. Cela me renforce et je me redresse, car j'ai du travail.

Posant le verre vide, je tends la main sous la table et cherche à tâtons le parchemin. Je le sors, le déroule, l'ouvre mécaniquement sur le bureau et je pose une bouteille sur un coin, glisse l'autre sous le socle de la lampe.

Je passe en revue les images, les cases, survolant les noms tandis que j'ouvre le tiroir et en sors ses crayons, émoussés par l'usage, la gomme usée jusqu'à ne plus être qu'une petite boule. Je passe mon pouce dessus. J'essaye de le sentir.

Détournant mon attention de la feuille, je cherche plus profondément dans le tiroir pour trouver une règle. C'est alors que je tombe sur une autre feuille. Celle-ci est à plat. Je la sors, la pose sur le parchemin pour pouvoir l'examiner sous la lampe.

C'est moi. Mon visage. Du moins, une esquisse. Je vois les traces provoquées par les efforts pour parfaire ce qu'il voyait, et je jure que je le vois aussi. Comme si j'y étais dévoilée. Comme s'il avait dessiné mon âme.

Je pose mon pouce sur l'empreinte du sien, plus grand, et l'étale sur ma joue comme il l'a fait avant. Avec ce geste, la chair de poule recouvre mon corps, et tout à coup, il est là. Il est ici, avec moi. Derrière moi. Me tenant dans ses bras. Une main sur la mienne, son pouce sur le mien, son autre bras enroulé autour de ma taille, la paume sur mon ventre. C'est alors que les sanglots reprennent, sauf que cette fois, il me soutient. Il me tient tandis que je m'écroule. Alors que je pleure à chaudes larmes, gémissant d'une voix qui n'est pas la mienne, avec une angoisse qui ne peut pas m'appartenir, dont je ne veux pas.

— Ce n'est pas juste.

C'est stupide, mais c'est tout ce que je peux dire. Car ce n'est pas juste. Nous étions censés avoir du temps. Nous étions censés avoir un peu de temps.

Je sens ses bras me serrer, me bercer tendrement contre son torse, me tenir tellement fort que pendant une minute, je ferme les yeux et imagine que c'est réel. J'imagine qu'il est réel.

— Reviens, sangloté-je.

Il ne peut pas, bien sûr. Je le sais. J'ai vu quand on le mettait en terre.

Je me rends compte que les pleurs aigus viennent de moi. Et alors même que je sens les baisers légers comme des plumes sur ma tempe, alors même que les cheveux de ma nuque se dressent à son contact, je laisse aller mon chagrin. Car c'est terminé. C'est un adieu.

J'entends ses paroles dans mon esprit. « Je t'aime », murmure-t-il. Je sens une dernière pression sur mon bras, la paume de sa main sur mon ventre. Le bord de sa mâchoire contre ma joue.

Et quand je parviens à respirer de nouveau, je chuchote ces

mêmes mots en réponse tandis qu'il disparaît. Sergio a disparu. Sergio a disparu loin de moi. Loin de ce monde pour toujours.

Je ne sais pas combien de temps je reste assise là, dans l'obscurité presque complète, le regard dans le vide. Mon visage est poisseux de larmes. Mon regard est vide. C'est lorsque j'entends le verrou de la porte d'entrée que je bouge. Que mon regard se tourne vers la porte entrouverte du bureau.

— Natalie.

Je sursaute. Leurs voix sont tellement similaires.

Des pas s'approchent et un moment plus tard, la porte s'ouvre et Salvatore se tient dans l'embrasure. Je me rends compte que la nuit est terminée, car la lueur chaude du soleil matinal l'entoure. C'est étrange. Comme une auréole autour de lui.

Il me regarde. Je ne peux pas m'empêcher de sourire, presque, en imaginant ce qu'il doit voir. Je ne me suis pas douchée depuis des jours. Je n'ai pas brossé mes cheveux depuis tout aussi longtemps. Je porte encore l'un des t-shirts de Sergio que j'ai trouvés dans le bac à linge sale.

Salvatore regarde ce qui se trouve sur le bureau. Il regarde le verre vide de whisky. Il entre.

— Tu n'as pas bonne mine, Natalie.

Sa façon de parler, appuyé sur la porte pendant qu'il retire ses gants, un sourcil arqué et un demi-sourire aux lèvres, me fait sourire à mon tour.

— C'est le tien ? demande-t-il en désignant le whisky.

Je secoue la tête.

— C'est le sien.

J'effleure les motifs du verre.

— C'était le sien, corrigé-je.

Il retire son manteau, le pose sur le dossier du fauteuil, ainsi que ses gants.

— Tu ne bois pas, j'espère ? Ce n'est pas ce qu'il voudrait. Avec le bébé, et tout ça.

— Je ne bois pas.

— Bien. Quand as-tu mangé pour la dernière fois ?

Je hausse une épaule.

— La dernière fois que tu as appelé tes parents ? Appelé Drew ?

Je secoue la tête. Je ne sais pas. Je sais qu'ils ont appelé. J'ai vu le nombre incalculable de messages, mais j'ai éteint mon téléphone il y a plusieurs jours.

— Drew m'a téléphoné ce matin. Il m'a dit que tu n'allais pas en cours.

— La fac n'a aucune importance en ce moment.

— Tu te trompes.

Il tourne son regard vers le parchemin, s'approche pour l'examiner de plus près. Secoue la tête.

— Satané Sergio. Il a dessiné un putain de cimetière.

Lorsqu'il tend le bras pour le toucher, j'interpose ma main et l'arrête.

Il me regarde.

— Est-ce que tu es sortie depuis les funérailles ?

— Qu'est-ce que tu fais là ? Pourquoi as-tu une clé ?

— Parce que mon frère m'a fait promettre quelque chose. Une chose. S'il devait lui arriver quelque chose.

Merde. Je vais perdre le contrôle de moi-même.

Salvatore s'assied et je remarque une ombre dans ses traits.

— Il m'a appelé, une nuit ou deux après t'avoir rencontrée, et il m'a dit que s'il lui arrivait quelque chose, je devrais prendre soin de toi. M'assurer que tu ailles bien.

— Vraiment ?

Salvatore hoche la tête.

— Je pense qu'il le savait. J'en suis sûre, dis-je entre les sanglots et les larmes. Il m'a dit un jour que le temps était un luxe. Un luxe qu'il n'avait pas.

— Oui, eh bien, tu connais Sergio.

« Connaissais ». Pas « connais ». Sergio n'est plus là. On ne pourra plus jamais parler de lui au présent.

— Il a toujours été un peu dramatique.

Il essaye de le prendre à la légère.

— Oui, j'imagine.

— Qu'est-ce que tu fais ici, dans le noir ?

— Je dois le terminer.

— Terminer quoi ?

Je désigne l'espace sous le nom de Sergio. Juste en dessous de sa case. La date de naissance. Le tiret. L'espace vide.

Salvatore hoche la tête. Il se lève et fait le tour du bureau.

— Laisse-moi faire.

Je repousse ma chaise. Lui laisse la place. Et je l'observe tandis qu'il prend le crayon et inscrit la date.

Il la fixe des yeux un moment et je le regarde. Salvatore Benedetti.

Il va prendre la place de Sergio à présent. Il sera le prochain à régner.

Le prochain à mourir ?

— Est-ce que tu as peur, parfois ? demandé-je.

Il tourne les yeux vers moi.

— De mourir. Comme lui, ajouté-je.

Mon visage se fripe à nouveau sous la douleur et j'ai du mal à respirer.

Il y réfléchit un long moment. Prend une grande inspiration.

— Oui. Parfois. Mais ensuite, je pense : est-ce que je ne le mérite pas ? J'ai du sang sur les mains, moi aussi.

Je le sais. Je sais qu'après la mort de Sergio, la famille Benedetti a déchaîné sa rage. Ils ont vengé la mort de leur fils aîné. Et c'était une sacrée vengeance. Un châtiment impitoyable.

— Il a vraiment fait ça ? Il t'a appelé ? Pour te demander de prendre soin de moi ?

Salvatore hoche la tête.

— Saoul au milieu de la nuit.

Il part d'un petit rire.

Le silence qui suit est gênant, soudain. Je tourne les yeux vers la feuille. Tends le bras pour prendre le feutre rouge. Pour dessiner la croix.

— Meurtre de la mafia, dis-je.

Par miracle, je ne pleure pas. Je dessine une croix soigneusement. Parfaitement. Je la colorie. Je prends mon temps, car une fois que cette partie sera terminée, elle ne pourra plus être effacée. On ne peut pas retourner en arrière. Je le sais.

— Qu'est-ce que tu vas faire maintenant ? demande-t-il.

Je lève les yeux vers lui.

— Partir. Je ne veux plus être mêlée à ta famille.

Je ne m'en excuse pas.

Il hoche la tête.

— Est-ce qu'il me laissera partir ? Maintenant ? Avec le bébé ?

Il sait ce que je veux dire.

— Si ce que tu souhaites, c'est partir, je ferai en sorte que tu partes. Je te protégerai. J'ai donné ma parole à Sergio et je compte la tenir.

— Même contre ton père ?

C'est exactement ce qu'il se passerait. Franco Benedetti n'a pas l'intention de me laisser prendre le bébé de Sergio et disparaître dans la nature.

— Même contre mon père.

30

NATALIE

Un an et demi plus tard

Sans Salvatore, je ne serais pas là, dans ma propre maison à Asbury, en ce moment même. Franco était fermement décidé à ne pas me laisser partir. À ne pas me laisser emmener son premier petit-fils loin de lui, ce dernier morceau de Sergio.

J'ai compris quelque chose au cours de ces derniers mois et j'en suis ravie. Franco pleurait Sergio. Il a été dévasté par sa perte et cela m'a permis de voir une autre facette de lui. Une facette humaine. Toujours froide. Toujours manipulatrice et toute-puissante, mais humaine. C'est la seule chose que Franco Benedetti et moi avons en commun. Nous pleurons tous les deux la mort de Sergio.

Alors, nous avons passé un accord. Franco Benedetti fera encore partie de la vie de mon fils, mais il n'y sera pas présent, pas pour l'instant. Pas encore. Je me chargerai de l'avenir plus tard.

J'ai prénommé mon fils Jacob Sergio Benedetti. Et lorsqu'il m'a regardée pour la première fois, j'ai été emplie de gratitude qu'il ressemble à Sergio, tout compte fait. C'est douloureux, mais cela m'a également permis de me souvenir de lui. Je ne veux pas oublier Sergio. Je ne veux pas oublier une minute de cette courte période que nous avons passée ensemble. Avec ce bébé que nous avons fait, l'amour que je ressens pour lui est accablant.

Il est presque vingt-trois heures quand la sonnette de la porte d'entrée retentit. C'est Salvatore. Généralement, il me rend visite une fois par mois, mais je ne l'attendais pas avant plusieurs semaines. Quand il vient, c'est généralement le matin pour passer du temps avec Jacob. Cependant, nous sommes devenus amis depuis la mort de Sergio et je l'apprécie. Il se débat avec la vie qu'il est désormais destiné à mener. C'est étrange, il voit les choses sous un angle si différent de Sergio.

Il se passe quelque chose, je le sens, car Salvatore m'a appelée il y a moins de vingt minutes pour savoir si j'étais à la maison. Il a demandé s'il pouvait venir.

— Salut, Salvatore, dis-je en ouvrant la porte.

Il est inquiet. Il lui faut une minute pour me répondre.

— Entre, dis-je en ouvrant grand la porte.

— Pourquoi est-ce aussi calme ?

— Il est tard. Jacob dort.

— Oh.

On dirait qu'il ne s'est pas rendu compte de l'heure. Il entre, s'arrête. Secoue la tête en grognant comme s'il était en train de poursuivre une conversation mentale.

— Que se passe-t-il ? demandé-je en fermant la porte.

Il se fraye un chemin entre les jouets pour s'asseoir sur le canapé.

— Tu as quelque chose à boire ?

— Bien sûr.

Je vais lui chercher un whisky, m'assieds à côté de lui et me verse un verre également. J'ai commencé à en boire, ces derniers mois. Juste un peu, de temps en temps. Ça me brûle encore, mais c'était la marque préférée de Sergio et ça me permet de me souvenir de lui, de nous deux, assis ensemble, tandis qu'il sirotait un verre. L'odeur en elle-même est suffisante, mais certains soirs, c'est la brûlure qui compte.

Salvatore prend une gorgée, puis concentre son attention sur le liquide ambré qui tourne dans le verre.

— Je dois la faire mienne, dit-il.

— Quoi ?

Il me regarde.

— Lucia DeMarco. Son heure est presque arrivée.

Je me contente de l'observer. Je regarde les plis entre ses sourcils. La relation de Salvatore avec son père est différente de celle qu'avait Sergio. Sergio pouvait faire face à Franco. Il était son fils préféré. Salvatore et Franco, cependant, ont une relation tendue, c'est le moins qu'on puisse dire.

Il avale le reste de son whisky.

— Dans moins de six mois, je devrai la prendre. Montrer au monde à quel point la famille Benedetti est puissante.

Il se lève, remplit généreusement un deuxième verre et en vide la moitié avant de se tourner vers moi.

— Je dois la briser. La détruire.

— Il n'est pas possible de...

— Non.

Il m'interrompt par un horrible grognement.

— Ce n'est pas possible de faire quoi que ce soit, crache-t-il avant de finir son verre.

Il s'en verse un autre et l'avale d'une seule rasade.

— Dans six mois, je posséderai la princesse de la mafia DeMarco. Je la sortirai de sa tour, je l'emmènerai chez moi et je la punirai pour être née une DeMarco. Je la mettrai à genoux pour enfoncer le nez de son père dans la poussière.

Je m'approche de lui.

— Salvatore.

Mais que puis-je dire ? Je n'ai pas de conseils, pas de réconfort à lui apporter. Je connais le pacte DeMarco. C'est un pacte avec le diable établi par Franco Benedetti, qui doit être exécuté par son fils successeur.

— Au moins, ce n'est pas Dominic.

Il me regarde et secoue la tête.

— Tu sais ce qu'il lui a fait ? Ce que mon père a ordonné quand la fille avait seize ans ? Seize ans, putain. Une gamine.

Je ne veux pas le savoir.

— Il l'a fait attacher sur une table en acier, lui a fait écarter les jambes et a demandé à un médecin de confirmer que sa virginité était intacte.

— Mon Dieu.

— Pendant que son propre père était obligé de regarder.

— Salva...

— Pendant que je me tenais à côté, et je n'ai rien fait, lâche-t-il d'une voix plus dure. Rien, putain. Merde. Je ne pouvais même pas la regarder. Ça me rendait malade. Ou du moins, ça aurait dû être le cas. Mais tu sais quoi ?

Il s'éloigne en me tournant le dos.

— Ça m'a excité. Ça m'a excité, putain.

Je regarde son dos, ses larges épaules, ses bras musclés. Il a la même carrure que Sergio. C'est un homme puissant.

— Je suis le fils de mon père. Un monstre. Comme lui. Pire, peut-être.

— Non. Non, ce n'est pas vrai.

J'essaye de lui prendre son verre, mais il ne me laisse pas faire.

— Je serai *son* monstre.

— Salvatore, tu n'es pas obligé de...

— Si, rétorque-t-il, un peu trop fort. J'y suis obligé. C'est le but. Je vais prendre la fille. Je vais la briser. C'est mon devoir.

Le moniteur s'allume à ce moment-là. Jacob s'agite. Il nous entend probablement. Sa chambre est juste au bout du couloir et Salvatore n'est pas discret.

— Merde, dit-il quand il s'en rend compte. Je suis désolé.

— Ce n'est pas grave. Il se réveille souvent la nuit, en ce moment.

C'est un mensonge, mais je ne veux pas qu'il se sente encore plus mal. Jacob pousse un long cri.

— Je ferais mieux d'aller le calmer.

Salvatore hoche la tête. Je me rends compte qu'il n'a même pas retiré sa veste. Je m'approche du bébé, le soulève de son berceau, le berce, embrasse le sommet de sa tête parfaite, ses cheveux sombres si doux.

— Chut, mon bébé. Tout va bien. Là, là.

Il ne lui faut pas longtemps pour se rendormir. Sans un bruit, je l'allonge à nouveau et le borde, mais quand je retourne dans le salon, Salvatore est parti.

31

NATALIE

Je ne rêve pas souvent de Sergio. Je souhaiterais pouvoir le faire. Mais les rares fois, je me réveille en pleurant. Cette nuit est l'une d'entre elles. Peut-être est-ce parce que Salvatore vient de me rendre visite. Peut-être est-ce à cause de ce qu'il m'a dit. À la mention du nom de Lucia DeMarco.

C'est étrange, même si je ne parviens pas à me souvenir du contenu de mes rêves, je me rappelle que je me sentais en sécurité, en dépit de son aspect doux-amer. Même en sachant qu'il me manquera beaucoup plus le jour suivant. Jacob m'occupe et je suis reconnaissante de l'avoir. Je ne suis pas sûre que je survivrais sans lui.

Il est quatre heures du matin quand je me réveille avec des larmes sur les joues. J'allume et me lève, sachant que je ne dormirai pas davantage cette nuit. Je m'approche de la commode, ouvre un tiroir où, dans le fond, je range une boîte. Je l'emporte sur le lit et l'ouvre. À l'intérieur, il n'y a que quelques objets. Des souvenirs. Le premier est une bague. Sa chevalière. Le blason sombre de la famille Benedetti y est fièrement exposé. Je la remarque toujours au doigt de Salvatore aussi.

Je la glisse sur mon doigt. Elle est tellement grosse et lourde que je dois la tenir en place pour l'observer.

Je devrai la donner à Jacob quand il aura seize ans. Cela fait partie de l'accord. Je ne suis pas encore sûre de pouvoir le faire, mais c'est ce que Franco attend de moi.

Enfin, je suis toujours à temps de revenir sur ma parole envers Franco Benedetti. Je ne veux pas que Jacob soit impliqué dans cette vie. Je ne veux pas qu'il meure comme son père.

La retirant de mon doigt, je la repose dans la boîte et souris en voyant l'objet suivant. Un portrait, 20 x 25 cm, de nous deux, le jour de notre mariage. Sergio me tient la main et son sourire est radieux. Il vient de me murmurer quelque chose à l'oreille qui m'a tellement fait rire que je me suis presque pliée en deux.

C'est curieux. En regardant mon visage, on ne verrait que la mariée la plus heureuse du monde. Et j'étais heureuse à ce moment précis. Malgré ça, je me souviens de la sensation persistante que quelque chose n'allait pas, et je sais maintenant qu'il s'agissait d'une prémonition. Pourtant, à son bras, je me rappelle que j'étais heureuse.

Je pose la boîte et place la photographie au cadre luxueux sur la table de chevet. Ça me semble parfait. Quelque chose en moi me dit que c'est parfait.

Je l'ai pleuré pendant plus d'un an. Sergio est mort. Mais j'ai Jacob, à présent. J'ai mes souvenirs. Je les prendrai. Le mauvais, le triste, avec le bon. Au fond, le temps a été clément avec moi. Il me permet de me remémorer les bons moments. Même si je n'oublie jamais la tristesse. La sensation est toujours là, toujours en marge de ces moments heureux, mais elle est gérable, de plus en plus avec le temps. J'aimerai toujours Sergio. Il sera toujours l'amour de ma vie. Et je l'honorerai. J'éduquerai son fils pour qu'il le connaisse. Qu'il connaisse son père comme je le connaissais. Dévoué et plein d'amour.

C'est ce que Jacob connaîtra de son père.

Car c'est ce que Sergio était.

SECONDE NOTE DE NATASHA

Cher lecteur,

J'imagine que vous avez envie de me lapider à coup de Kindle en ce moment.

Si c'était le premier de mes livres que vous lisiez, sachez que c'est le seul qui n'a pas une fin heureuse et j'espère que vous continuerez avec la lecture des histoires de Salvatore et Dominic Benedetti.

Si ce n'était pas le premier et que vous avez déjà lu Salvatore et Dominic, alors je voudrais juste vous remercier. Merci d'être entrés dans ce récit en toute connaissance de cause. Merci d'être ouverts à l'histoire déchirante de Sergio. Merci de m'avoir fait confiance pendant cette lecture.

Je vous ai dit dans ma note d'introduction que Sergio avait une voix très forte dans ma tête pendant l'écriture de ce livre. Eh bien, c'était vrai la plupart du temps. Quand les dernières scènes sont arrivées, il était devenu plus silencieux. Il devait savoir ce qui s'était passé. Il s'y est engagé en toute connaissance de cause, lui aussi. Et je pense que cela demande du courage. Mon cœur s'est brisé d'avoir écrit ce livre. Il se brise à présent en écrivant cette note. Mais je suis heureuse de l'avoir fait. Sergio méritait que sa vie soit racontée et j'adore son histoire avec Natalie. J'aime même le déchirement qui en fait partie.

Une fois de plus, merci d'avoir passé du temps à lire mon livre. Vous ne savez pas à quel point c'est important pour moi.

Avec amour,
Natasha

EXTRAIT DE KILLIAN : MAFIA ET DARK ROMANCE

Elle est posée, réfléchissant peut-être à la façon de répondre.

— Pitié, ne lui faites pas de mal.

Ce détail me frappe. Pitié, ne *lui* faites pas de mal. Non pas : pitié, ne *nous* faites pas de mal.

— Je devrais le laisser partir sans conséquence ?

Elle déglutit avant d'expirer. Elle sait que je ne le ferai pas.

— C'est que...

Elle secoue la tête. Ses larmes ont mouillé le bandeau et coulent sur ses joues.

— Je suis désolée.

Ses excuses me font détester Jones encore davantage.

— Aide-la à se lever.

Hugo lui prend le bras et la hisse sur ses pieds. Elle se redresse sur son pied chaussé avant de basculer sur l'autre. Je m'approche. Même si elle ne me voit pas, je sais qu'elle sent le déplacement d'air, parce qu'elle recule en se crispant, le visage orienté vers le haut comme pour me chercher.

— Priscilla Hawking, dis-je en m'écoutant prononcer son nom.

Je tiens à ce qu'elle sache que je sais exactement qui elle est.

Un frisson visible la parcourt.

J'avance jusqu'à elle, puis sur le côté, et je passe lentement derrière elle en examinant les cordes qui ont entamé la chair de ses poignets. Je me penche et je hume une bouffée délicate de parfum sous l'odeur âcre de la terreur.

— Tu as peur ?

Elle devient rigide. Je sais qu'elle sent mon souffle dans son cou.

— Réponds à ma question.

— Oui, fait-elle d'une petite voix.

Je la contourne et reprends ma position devant elle.

— Au moins, l'un de vous deux est honnête. Mais quel genre de message enverrais-je si je laissais Jones s'en aller ? Si je ne le punissais pas ?

Elle baisse la tête, essuyant son nez sur son épaule.

— Ce ne serait pas bon pour les affaires, dis-je.

— Alors, qu'allez-vous faire ? demande-t-elle, la mâchoire contractée, en tournant le visage vers moi.

— Lui casser une jambe, peut-être deux.

Je hausse les épaules tandis que Jones commence à bafouiller des inepties. Je prends conscience qu'il est sans doute défoncé.

— Je peux vous payer.

Sa voix se brise. Elle ne peut cacher ses sanglots.

Je m'approche d'elle et tends la main pour écraser une larme sous mon pouce. Elle hoquette.

— Il ne s'agit pas d'argent, ma belle.

— S'il vous plaît, non...

— Là, là, Priscilla.

Je me tourne vers Jones et j'ordonne :

— Lève-toi.

À l'évidence, elle croit que je vais lui casser les jambes séance tenante, parce qu'elle se jette en avant et se heurte à ma poitrine. Je la rattrape lorsqu'elle rebondit pour l'empêcher de tomber.

— Je ferai n'importe quoi !

Je la tiens toujours par les bras et elle tremble. Le silence s'attarde dans l'atmosphère entre nous.

— N'importe quoi ?

Elle recule et lève le visage. Soudain, j'ai envie de voir ses yeux. Au même moment, elle acquiesce. Trois petits hochements de tête, rapides et nerveux.

Je lui touche le visage, étalant une larme sur son menton, sa gorge et jusqu'au creux entre ses clavicules, sur la peau de sa poitrine. Elle retient son souffle tandis que mon doigt s'aventure à l'endroit où son chemisier s'est déchiré, sur le renflement souple de son sein.

— Me proposes-tu de baiser avec moi, Priscilla ?

Elle recule vivement. Je la regarde affronter en silence les conséquences du marché qu'elle vient d'accepter. Je m'avance derrière elle, effleurant les cordes qui lui lient les poignets.

— Je dois d'abord voir ce qu'on m'offre, bien sûr.

Elle émet un petit bruit et je sais qu'elle pleure à nouveau.

Lentement, je détache la corde et la première chose qu'elle fait, c'est de poser la main sur son bandeau. Je saisis ses deux poignets par-derrière.

— Ne fais pas ça, lui chuchoté-je à l'oreille. Pas si tu veux sortir d'ici.

Ses mains tremblent, mais elle hoche la tête et laisse lentement retomber ses bras sur les côtés.

Je vais me camper devant elle.

— Montre-moi.

— Qu… quoi ?

— Montre-moi ce que tu as à offrir.

Sa bouche s'ouvre comme si elle n'en revenait pas. En fait, je ne m'attends pas à ce qu'elle le fasse. Qu'elle se déshabille. Je vois bien qu'elle n'est pas ce genre de fille. Or quand ses mains tremblantes font glisser son manteau de ses épaules, je suis surpris. Son frère la regarde aussi, mais sa tête est inclinée. Je n'arrive pas à croire qu'il laisse sa sœur agir ainsi. Quel connard. Quand j'en aurai fini avec elle, je pense que je lui casserai les bras.

Le manteau de Priscilla tombe par terre et elle pose les doigts sur les boutons de son chemisier. Des larmes coulent sur son visage, mais je ne peux pas m'empêcher de regarder chaque bouton se détacher. Enfin, elle ouvre son chemisier, puis l'enlève, le laissant tomber par terre sur son manteau. Elle porte un joli petit soutien-gorge blanc et j'aperçois ses tétons durs et roses à travers la dentelle.

Ses mains reculent et il lui faut une minute pour baisser la fermeture éclair de sa jupe. Ensuite, elle la laisse glisser le long de ses jambes fines. Elle porte des bas de couleur chair et je peux voir son joli pubis foncé à travers la dentelle blanche de sa culotte.

Les bras le long du corps, elle croit avoir fini.

— Continue !

— Je... est-ce que vous...

Elle commence à respirer très vite.

— Ton frère est une merde. Tu es sûr qu'il en vaut la peine ?

Je ne peux pas m'empêcher de lui poser la question. Elle tend la main vers son visage et je lui saisis à nouveau les poignets, les maintenant fermement entre nous.

— Tss, tss.

Je ne veux pas être contraint à lui faire du mal. Ça ne me semble pas juste.

— Habille-toi et rentre chez toi. Laisse ton frère assumer les conséquences de ses actes.

— Je peux y arriver. J'ai... juste besoin d'une minute. J'ai juste...

— Cilla.

C'est Jones. Nous nous tournons tous les deux vers lui.

— Je...

Cilla commence à parler, mais elle s'interrompt.

— Rentre chez toi, Priscilla. Tu n'es pas à ta place ici, lui dis-je.

— S'il vous plaît, je veux juste...

— Tu quoi ?

Rien.

Je la regarde. Quelque chose chez cette fille m'intrigue. Je me surprends à lui dire :

— Un mois.

— Qu... Quoi ?

— Tu es à moi pendant un mois.

— Je...

— Tu m'appartiens pour trente jours, précisé-je très clairement.

— Je ne comprends pas.

— Je pense que si. Tu as une minute pour te décider.

— Que faudra-t-il que je fasse ?

— Tout ce que je veux.

Elle sait ce que je veux dire.

J'attire l'attention d'Hugo, parce que soudain, il n'y a rien que je désire plus que cela. Elle. Un mois. Elle, à moi. Rien qu'à moi.

Quand j'adresse un signe de tête à mon homme de main, il arme le pistolet. Elle sursaute.

— Oui ! Oui. D'accord. Un mois. Ce que vous avez dit. S'il vous plaît, ne lui faites pas de mal. S'il vous plaît.

Jones garde le silence. Je détourne le regard vers lui et l'empoigne par les cheveux.

— Tu vas laisser ta sœur faire ça ?

— J'ai dit oui, s'écrie-t-elle. Laissez-le tranquille !

— Tu ne dis rien ? demandé-je à Jones.

Il gémit. Comme le putain de lâche qu'il est. Je prends une grande inspiration et je me penche tout près afin que lui et moi soyons côte à côte.

— Je veux juste savoir une chose avant d'emmener ta sœur dans mon lit.

Ses yeux injectés de sang glissent enfin vers la jeune femme à côté de nous.

— Ici, Jones. Concentre-toi, là.

Je tire sur ses cheveux gras jusqu'à ce qu'il me regarde.

— Qui t'a mis en contact avec l'acheteur ?

Rien. Rien que de la peur.

— Laisse-moi t'aider. C'était mon putain de cousin ?

Il n'a pas à répondre. Je vois la vérité dans ses yeux. Je le libère et il tombe en arrière.

— S'il vous plaît, ne lui faites pas de mal ! s'écrie à nouveau la fille.

Je me tourne vers elle et je l'attire à moi. Sa poitrine touche la mienne et ma queue appuie contre son ventre. Je veux qu'elle sente à quoi elle peut s'attendre. Ses mains se lèvent entre nous, barrière infime que je repousse aisément.

— Jolie Priscilla, dis-je en tendant la main pour défaire le bandeau, le faisant lentement glisser sur ses yeux. Tu es tellement inquiète pour ton frère. Mais dis-moi, tu n'as pas peur que je *te* fasse du mal ?

Commandez dès maintenant !

AUTRES LIVRES DE NATASHA KNIGHT

Un Mariage Maudit

Une alliance à son doigt

Une corde à son cou

Unholy Union Romantic Duet

Promesse impie

Alliance impie

Dark Legacy, la trilogie

Sacrifice

Préjudice

Supplice

Collateral Damage Romantic Duet

Mafia : romance et mariage arrangé

Œil pour œil

Vie pour vie

Les Frères Benedetti

Salvatore: Mafia et Dark Romance

Dominic: Mafia et Dark Romance

Killian: Mafia et Dark Romance

Giovanni: Mafia et Dark Romance

Sergio: Mafia et Dark Romance

Mine & His Romantic Duet

Elle et moi

Lui et nous

Ties that Bind Duet

Mine

His

Collateral Damage Duet

Collateral: an Arranged Marriage Mafia Romance

Damage: an Arranged Marriage Mafia Romance

Dark Legacy Trilogy

Taken (Dark Legacy, Book 1)

Torn (Dark Legacy, Book 2)

Twisted (Dark Legacy, Book 3)

MacLeod Brothers

Devil's Bargain

Benedetti Mafia World

Salvatore: a Dark Mafia Romance

Dominic: a Dark Mafia Romance

Sergio: a Dark Mafia Romance

The Benedetti Brothers Box Set (Contains Salvatore, Dominic and Sergio)

Killian: a Dark Mafia Romance

Giovanni: a Dark Mafia Romance

The Amado Brothers

Dishonorable

Disgraced

Unhinged

À PROPOS DE L'AUTEUR

Natasha Knight est une auteure de thrillers romantiques et de romances dark, classés best-sellers par le *USA Today*. Elle a vendu plus d'un million de livres traduits en six langues. Elle vit aux Pays-Bas avec son mari et ses deux filles, et quand elle n'écrit pas, elle aime marcher dans les bois en écoutant un audiolivre, lire dans un coin tranquille ou explorer le vaste monde dès qu'elle en a l'occasion.

Pour écrire à Natasha, c'est ici : natasha@natasha-knight.com

Printed in France by Amazon
Brétigny-sur-Orge, FR